U0330505

中国语言文学文库·荣休文库

吴承学　彭玉平　主编

补拙斋丛稿

董上德 著

中山大学出版社

·广州·

图书在版编目（CIP）数据

补拙斋丛稿／董上德著. ‒‒广州：中山大学出版社，2024.7. ‒‒（中国语言文学文库／吴承学，彭玉平主编）. ‒‒ ISBN 978 ‒ 7 ‒ 306 ‒ 08142 ‒ 1

Ⅰ. I207.41；I207.37

中国国家版本馆 CIP 数据核字第 20246HB558 号

出　版　人：王天琪

策划编辑：嵇春霞

责任编辑：裴大泉

封面设计：曾　斌

责任校对：周明恩　孙碧涵

责任技编：靳晓虹

出版发行：中山大学出版社

电　　话：编辑部 020 - 84110283，84113349，84111997，84110779，84110776

　　　　　发行部 020 - 84111998，84111981，84111160

地　　址：广州市新港西路 135 号

邮　　编：510275　传　　真：020 - 84036565

网　　址：http：//www.zsup.com.cn　E-mail：zdcbs@ mail.sysu.edu.cn

印　刷　者：佛山市浩文彩色印刷有限公司

规　　格：787mm×1092mm　1/16　23.25 印张　431 千字

版次印次：2024 年 7 月第 1 版　2024 年 7 月第 1 次印刷

定　　价：89.00 元

总　序

吴承学　彭玉平

　　中山大学建校将近百年了。1924 年，孙中山先生在万方多难之际，手创国立广东大学。先生逝世后，学校于 1926 年定名为国立中山大学。虽然中山大学并不是国内建校历史最长的大学，且僻于岭南一地，但是，她的建立与中国现代政治、文化、教育关系之密切，却罕有其匹。缘于此，也成就了独具一格的中山大学人文学科。

　　人文学科传承着人类的精神与文化，其重要性已超越学术本身。在中国大学的人文学科中，中国语言文学学科的设置更具普遍性。一所没有中文系的综合性大学是不完整的，也几乎是不可想象的。在文、理、医、工诸多学科中，中文学科特色显著，它集中表现了中国本土语言文化、文学艺术之精神。著名学者饶宗颐先生曾认为，语言、文学是所有学术研究的重要基础，"一切之学必以文学植基，否则难以致弘深而通要眇"。文学当然强调思维的逻辑性，但更强调感受力、想象力、创造力和语言表达能力。有了文学基础，才可能做好其他学问，并达到"致弘深而通要眇"之境界。而中文学科更是中国人治学的基础，它既是中国文化根基的重要组成部分，也是中国文明与世界文明的一个关键交集点。

　　中文系与中山大学同时诞生，是中山大学历史最悠久的学科之一。近百年中，中文系随中山大学走过艰辛困顿、辗转迁徙之途。始驻广州文明路，不久即迁广州石牌地区；抗日战争中历经三迁，初迁云南澄江，再迁粤北坪石，又迁粤东梅州等地；1952 年全国高校院系调整，始定址于珠江之畔的康乐园。古人说："艰难困苦，玉汝于成。"对于中山大学中文系来说，亦是如此。百年来，中文系多番流播迁徙。其间，历经学科的离合、人物的散聚，中文系之发展跌宕起伏、曲折逶迤，终如珠江之水，浩浩荡荡，奔流入海。

　　康乐园与康乐村相邻。南朝大诗人谢灵运，世称"康乐公"，曾流寓广州，并终于此。有人认为，康乐园、康乐村或与谢灵运（康乐）有关。这也许只是一个美丽的传说。不过，康乐园的确洋溢着浓郁的人文气息与诗情画意。但对于人文学科而言，光有诗情是远远不够的，更重要的是必须具有严谨的学术研究精神与深厚的学术积淀。一个好的学科当然应该有优秀的学术传统。那么，中山大学中文系的学术传统是什么？一两句话显然难以概括。若勉强要一言以蔽之，则非中山大学校训莫属。1924 年，孙中山先生在国立广东大学成立典礼上亲笔题写"博学、审问、慎思、明辨、笃行"十字校训。该校训至今不但巍然矗立在中山大学校园，而且深深镌刻于中山大学师生的心中。"博学、审问、慎思、明辨、笃行"是孙中山先生对中山大学师生的期许，也是中文系百年来孜孜以求、代代传承的学术传统。

一个传承百年的中文学科，必有其深厚的学术积淀，有学殖深厚、个性突出的著名教授令人仰望，有数不清的名人逸事口耳相传。百年来，中山大学中文学科名师荟萃，他们的优秀品格和学术造诣熏陶了无数学者与学子。先后在此任教的杰出学者，早年有傅斯年、鲁迅、郭沫若、郁达夫、顾颉刚、钟敬文、赵元任、罗常培、黄际遇、俞平伯、陆侃如、冯沅君、王力、岑麒祥等，晚近有容庚、商承祚、詹安泰、方孝岳、董每戡、王季思、冼玉清、黄海章、楼栖、高华年、叶启芳、潘允中、黄家教、卢叔度、邱世友、陈则光、吴宏聪、陆一帆、李新魁等。此外，还有一批仍然健在的著名学者。每当我们提到中山大学中文学科，首先想到的就是这些著名学者的精神风采及其学术成就。他们既给我们带来光荣，也是一座座令人仰止的高山。

学者的精神风采与生命价值，主要是通过其著述来体现的。正如司马迁在《史记·孔子世家》中谈到孔子时所说的："余读孔氏书，想见其为人。"真正的学者都有名山事业的追求。曹丕《典论·论文》说："盖文章，经国之大业，不朽之盛事。年寿有时而尽，荣乐止乎其身，二者必至之常期，未若文章之无穷。是以古之作者，寄身于翰墨，见意于篇籍，不假良史之辞，不托飞驰之势，而声名自传于后。"真正的学者所追求的是不朽之事业，而非一时之功名利禄。一个优秀学者的学术生命远远超越其自然生命，而一个优秀学科学术传统的积聚传承更具有"声名自传于后"的强大生命力。

为了传承和弘扬本学科的优秀学术传统，从 2017 年开始，中文系便组织编纂中山大学"中国语言文学文库"。本文库共分三个系列，即"中国语言文学文库·典藏文库""中国语言文学文库·学人文库"和"中国语言文学文库·荣休文库"。其中，"典藏文库"（含已故学者著作）主要重版或者重新选编整理出版有较高学术水平并已产生较大影响的著作，"学人文库"

主要出版有较高学术水平的原创性著作，"荣休文库"则出版近年退休教师的自选集。在这三个系列中，"学人文库""荣休文库"的撰述，均遵现行的学术规范与出版规范；而"典藏文库"以尊重历史和作者为原则，对已故作者的著作，除了改正错误之外，尽量保持原貌。

一年四季满目苍翠的康乐园，芳草迷离，群木竞秀。其中，尤以百年樟树最为引人注目。放眼望去，巨大树干褐黑纵裂，长满绿茸茸的附生植物。树冠蔽日，浓荫满地。冬去春来，墨绿色的叶子飘落了，又代之以郁葱青翠的新叶。铁黑树干衬托着嫩绿枝叶，古老沧桑与蓬勃生机兼容一体。在我们的心目中，这似乎也是中山大学这所百年老校和中文这个百年学科的象征。

我们希望以这套文库致敬前辈。

我们希望以这套文库激励当下。

我们希望以这套文库寄望未来。

2018 年 10 月 18 日

吴承学：中山大学中文系学术委员会主任、教授
彭玉平：中山大学中文系系主任、教授

弁　言

董上德

我自 1978 年 10 月入读中山大学中文系后，由学生而教师，至今屈指一算，已有四十五个年头。眼下到了"荣退"之龄，编此丛稿，多多少少留下些雪泥鸿爪。

素无自珍之癖，亦深知浅陋，惟有朝着精进方向走去，方可不负年华。此稿就是自己继续攀登的踏脚石。

书分三辑，曰世说私语，曰戏曲新语，曰岭南人语，构成三个"板块"。粤谚有"落雨收柴"一说，意为下雨时将劈好的柴收起来，捆成一把一把；本书题为"丛稿"，名副其实，上述三"语"，大体反映我随缘而为的一些劳作，拾掇一下，捆为三把。

问学还算勤恳，但所获尚少，正可借用孔乙己说碟子里茴香豆数目的那句人所共知的名言来形容。然而，感激之情充溢胸间：感谢中文系 78 级同学，感谢所有培养我的老师，感谢历届听过我的课的学生！

本书有幸列入中山大学中文系"荣休文库"，与有荣焉！

2023 年 9 月 19 日
于中山大学补拙斋

目 录

辑三　岭南人语

辑一　世说私语

《世说新语》的成书背景及编写心态

如今，出版《世说新语》，一般将著作权归于"南朝宋刘义庆"。依据是《隋书·经籍志》《旧唐书·经籍志》《新唐书·艺文志》等权威书目在著录此书时均有"宋临川王刘义庆撰"字样；乃至于到清代的《四库全书总目》，一直没有第二种说法，历代官修、私修的目录书皆相沿不变。

刘义庆（403—444），是南朝宋开国皇帝刘裕的侄子。他的生父是刘道怜（长沙景王），是刘裕的弟弟。刘义庆后来过继给无子的刘道规（临川烈武王）；刘道规是刘裕最小的弟弟，本是刘义庆的叔叔。刘道规较早去世，刘义庆作为继子，由"南郡公"转而承袭"临川王"的封号，还是"开国皇帝"宋武帝刘裕在世时候的事情。

身为南朝宋的皇室成员，刘义庆的一生没有大风大浪。尽管当时的政治风云诡谲多变，动辄得咎，杀戮成风，但刘义庆十分谨慎，生活简朴，为人谦虚，不惹是生非，甚至在元嘉八年（431 年）"乞求外镇"，即离开朝廷，到地方上去做官。这时他已经 29 岁，正处于仕途的"上升期"；而当时的皇帝宋文帝刘义隆（是其堂弟）还挽留他继续在朝中任职，可刘义庆一再恳求皇帝解除其在中央政府的"尚书仆射"职务；刘义隆是劝他不过才最后同意的。次年，刘义庆结束了他的"京尹时期"（义熙十三年至元嘉九年，即 417—432 年，刘义庆 15 岁至 30 岁），出任荆州刺史（元嘉九年至元嘉十六年，即 432—439 年），长达约 8 年的时间，即其 30 岁至 37 岁是在荆州度过的。其后，他 37 岁至 42 岁病逝期间，先转任江州刺史（江州府治在今江西的九江市，一说在今南昌市；时间是元嘉十六年至元嘉十七年，即 439—440 年），再转任南兖州刺史（府治在今江苏的扬州市；任南兖州刺史的时间是元嘉十七年至元嘉二十一年，即 440—444 年）。据记载，刘义庆于元嘉二十一年"薨于京邑"即今南京，时年 42 岁。估计是他病重时由扬州转往京师（今南京）救治，直至去世。

有点麻烦的是，《宋书·刘义庆传》没有提及刘义庆编写《世说新语》一事（显然不是"国家项目"），那么，他在何时何地完成这项工作，是一人完成还是"成于众手"，这成了学术界的"悬案"；还有，他在何种心态之下去从事编写，也是值得探讨的。

先谈谈编于"何时何地"，以及是否"成于众手"问题。

学术界有一种较为权威的看法，认为编写时间是元嘉十六年（439 年），刘义庆出任江州刺史，《世说新语》大概成书于这个期间，而地点就是江州府治（杨勇《〈世说新语〉书名、卷帙、版本考》，《杨勇学术论文集》，中华书局，2006 年，第 448 页）。这一说法的主要依据是刘义庆身边有一群文士，如著名诗人鲍照，还有当时以"辞章之美"著称的袁淑、陆展、何长瑜等，他们是在江州与刘义庆相遇相识，并受到刘义庆的器重。此说启示我们注意，《世说新语》一书可能不是刘义庆一个人编写的，更有可能是"书出众手"，是一个集体完成的项目。关于这一点，鲁迅先生《中国小说史略》早有论及，但措辞比较谨慎，说"书或成于众手，未可知也"，没有使用论断的语气。

问题是，刘义庆在江州的时间较短，大概不满一年就到扬州转任南兖州刺史去了。而《世说新语》一书，涉及为数众多的人物、丰富繁杂的文献，而且部头颇大、分类细致（多达 36 个门类），抄抄写写，拼接归类，还要尽量避免各类之间的资料重复，加上这不是"国家项目"而是"业余爱好"，这么大的一个项目要在不足一年里编写成功，殊非易事。

我们认为，时间过于仓促，《世说新语》编成于刘义庆江州刺史任上的可能性不太大。然而，他在江州认识的文士，不一定在他赴任扬州时就与之分开。请注意，《宋书·刘义庆传》说刘义庆把鲍照、袁淑等人"引为佐史国臣"，此句之后接着写道："太祖（即宋文帝刘义隆）与义庆书，常加意斟酌。"此语不可忽视，它暗示着一个情形是以前没有的，即刘义庆自从结识了鲍照、袁淑等人之后，身为皇帝的刘义隆在处理某些重要的文书时常常以书信的方式与刘义庆"加意斟酌"，无他，就是因为刘义庆身边有若干文笔过硬的人。从写文章的角度看，若无关系，就不会在"引为佐史国臣"之后紧接上"太祖与义庆书，常加意斟酌"这句话。如果这样理解不错，则可以推断，"引为佐史国臣"的鲍照、袁淑等人，具备为朝廷"斟酌"文书的特殊职分；于是，我们有理由相信，刘义庆身边的某些文士很有可能在他离开江州之后依然做了"临川王"所依赖的文胆。

换言之，鲁迅先生"书或成于众手"的说法大体还是可以成立的。有人分辩说，查鲍照、袁淑等人的生平，并无关于他们参与编撰《世说新语》的任何证据，从而否定"书出众手"说（王能宪《世说新语研究》，江苏古籍出版社，1992 年，第 15—21 页）。但是，我们没有必要执着于要去认定非要鲍照、袁淑等人参与不可，哪怕他们真的没有，也不排除刘义庆身边还有其他人帮助完成这部书，《宋书·刘义庆传》说得很清楚："（刘义庆）招聚文学之士，近远必至。"既然如此，刘义庆身边，除了鲍照、袁淑等之外，还大有人在。

接下来的问题依然是"何时何地"。如果说，刘义庆不太可能在不到一年的时间里成书于江州，那么，可能的时间和地点又如何推断呢？我们提出如下猜想：《世说新语》可能最终编成于刘义庆出任南兖州刺史的任上（这里并不排除此前已经在江州动手编写的可能性），地点是扬州。理由如下：刘义庆在元嘉十七年冬十月从江州移镇扬州，次年的五月，宋文帝刘义隆给予刘义庆特别的恩遇，即"开府仪同三司"，这是魏晋南北朝时期的一种朝廷重赐：通俗地说，就是在指定的地方建立专属府邸，其"规格"大致与太尉、司徒、司空等所谓"三公"相仿，其身份、地位一下子超越了一般的刺史。有了这个"所在"，就更容易"招聚文学之士"了。这一件事，不仅《宋书·刘义庆传》有记载，而且，《宋书·文帝本纪》亦郑重记录，可见"非同小可"，于刘义庆本人而言，这绝对是其一生中的"亮点"，对于编写《世说新语》也是"重大利好"，提供了良好的环境和条件。还有一点，扬州是刘义庆生命历程的最后一站，从 38 岁到 42 岁，他在扬州度过的时间约有 4 年，相对安稳，编写并最后完成《世说新语》全书是较为从容的。

再谈谈编书出于"何种心态"问题。

既然《宋书·刘义庆传》没有提及编写《世说新语》一事，今传《世说新语》又无编著者的序跋、凡例，那么，刘义庆出于何种心态编书真是个不小的问题。我们觉得，不妨从刘义庆与宋武帝刘裕、宋文帝刘义隆的关系入手来加以考察。这样或许能够找到进入刘义庆内心世界的"秘密小径"。

刘义庆从小就得到其伯父刘裕的赏识和器重，刘裕评论刘义庆为"此我家丰城也"。此话怎解？据说，西晋永平元年（晋惠帝年号，291 年），在江西丰城出土春秋时楚国干将、莫邪铸造的雌雄宝剑，"丰城"于是成了"藏宝"的代称，故"我家丰城"云云，指刘义庆潜力不凡、将成大器，也就是古人所谓"藏器待时"的另一种说法。而事实上，刘义庆是有意在行事作风方面向其伯父学习的，比如，他平时十分注意生活简朴，不事张扬，"为性简素，寡嗜欲……受任历藩，无浮淫之过"，"足为宗室之表"（《宋书·刘义庆传》）。再看刘裕的日常作风："清简寡欲，严整有法度，未尝视珠玉舆马之饰，后庭无纨绮丝竹之音。……内外奉禁，莫不节俭。"当时，有一位叫袁颛的大臣盛称宋武帝"俭素之德"（《宋书·武帝本纪下》）。不要忽略这一点，刘裕、刘义庆的节俭、严整、寡欲的人格修养，可以帮助我们理解《世说新语》里为何有不少表示负面评价的类别，如"汰侈""任诞""惑溺"等等，这些都是刘义庆所要否定的。

刘义庆是宋文帝刘义隆的堂兄，二人相差 4 岁。他们除了堂兄弟的关系之外，还有一层更为密切的缘分，即二人年少时都是由刘道规一手养大的，甚至刘义隆一度也要过继给刘道规，因为"礼无二继"，最终只确立了刘义庆的继子身份，刘义隆"还本"依旧做回刘裕的儿子（排行第三）。纵观这一对堂兄弟，自从他们变为"君臣"之后，可以说颇为相得。这里有一点需要稍做辨析，即《宋书·刘义庆传》说刘义庆"少善骑乘，及长，以世路艰难，不复跨马"。论者认为，所谓"世路艰难"，就是指封建统治阶级内部的种种矛盾，特别是指宋文帝刘义隆的猜忌，使诸王和大臣都怀有戒心，惴惴不能自保。故此，刘义庆为了全身远祸，于是招聚文学之士，寄情文史，编辑了《世说新语》这样一部清谈之书（参阅周一良《魏晋南北朝史札记》，中华书局，1985 年，第 159—161 页）。我不能完全同意这一观点。

刘义隆猜忌成性、杀人无数，是事实，但是说刘义庆因此就不过问政治、只是想躲到地方上"寄情文史"，不符合实情。依据是，元嘉十二年（435 年），刘义庆时任荆州刺史，宋文帝"普使内外群官举士"，即要求朝廷内外的官员举荐人才，刘义庆上表推举了若干人，并称这些人的品行高洁，或者"恬和平简，贞洁纯素"，或者"才学明敏，操介清修"，或者"秉真履约，爱敬淳深"，如此及时而热心地响应，不能说他是置身于朝廷政治之外的。而《世说新语》里一些表示正面评价的类别，如"德行""方正""雅量"等等，这些都是刘义庆所要肯定的。

再说，刘义庆"乞求外镇"，想离开京师，虽不能说没有政治考量，但更与他本人的迷信心理有关，元嘉八年（431 年），因为"太白星犯右执法"，他才提出要到地方上去的（《宋书·刘义庆传》）。《世说新语》里也记录了曹魏时期何晏等人、东晋时期王导等人的迷信心理，其间是否也有一定的相关性呢？

回到刘义庆与刘义隆的关系问题上来，可以看到的是，他们经常有书信来往，一直没有出现冲突，保持着正常的"君臣"关系，甚至到了元嘉十八年即刘义庆去世前 4 年，刘义隆还特意赐刘义庆"开府仪同三司"；刘义庆病重后由扬州回到京师救治，很有可能还是出于刘义隆的"关照"。我们不能因为刘义隆有严重的性格缺陷就想当然地以为刘义庆跟他的关系非常紧张，以至于推断刘义庆编写《世说新语》是为了"避祸"。

虽说编写《世说新语》不是"国家项目"，但是，在梳理刘义庆与刘裕、刘义隆的关系的基础上，我们还可以看到，《世说新语》的内容，正面的与负面的并举，即"褒"与"贬"适成对照，别看全书有 36 个类别之多，但就义理层面而言，就是一个"正与负"的二元结构（正面的价值判断/负面的价值判断）。我们或许从《宋书》的相关史料里找到一些解读这个二元结构的线索。

刘义庆毕竟是刘宋皇室成员，刘裕、刘义隆均待他不薄，他不会对刘裕、刘义隆的为政思想和"东晋败亡论"置若罔闻，他的政治立场不会与之有异。刘裕即将登基时，禅位的晋恭帝发布诏书，其中承认"晋道陵迟，仍世多故"（《宋书·武帝本纪中》），换言之，东晋政权在治国理政上出现很多问题、产生一连串危机，这可以说是刘宋政权要取而代之的"逻辑起点"。刘义庆不会不在其政治生涯中时时思考。

刘裕登基后，一方面，"礼貌性"表示"晋朝款诚于下，天命不可以久淹，宸极不可以暂旷"，自己就把政权接过来了；另一方面，刘裕在登大位时也说得明白："晋自东迁，四维不振"，导致"宗祀湮灭"（《宋书·武帝本纪下》），对东晋政权的政治作了反思和论断，这就是刘裕的"东晋败亡论"，为刘宋政权的"东晋论述"定下基调。可见，思辨东晋"四维不振"的原因，是当时的重要课题。刘义庆不会不在其政治生涯中时时留意。

到了刘义隆掌权后，败亡的东晋依然是最高统治者要天下人引以为鉴的对象，故而要求臣下"各献谠言，指陈得失"（《宋书·文帝本纪》）。值得注意的是，刘宋统治者对于晋朝尤其是东晋人物，心态是复杂的，比如，对东晋谢氏家族的后人谢混（谢安的孙子），刘裕发现他依附异己势力，迅速铲除，毫不手软；对同是东晋谢氏家族的后人的谢灵运（谢玄之孙），刘义隆虽曾经表示赏识，但最后还是以"谋反"之名将他杀了。可另一方面，为了显示刘宋政权与东晋政权的"承继"关系（刘裕曾经还是东晋的臣子），刘宋统治者又不能对东晋人物一概否定，于是，就有了刘裕上台后的一个很特别的举措："以奉晋故丞相王导、太傅谢安、大将军温峤、大司马陶侃、车骑将军谢玄之祀。"（《宋书·武帝本纪下》）换言之，刘宋政权对于此前一个朝代的政治基本是持否定态度的，对于此前一个朝代的人物却不敢轻易否定。但无论如何，均有"是非"判断。这是《世说新语》义理层面存在"是与非"二元结构的深层原因。刘义庆在这一点上与刘裕、刘义隆保持基本一致。

有一个小人物，可以帮助我们了解刘义庆对于文采风流、生性轻浮的人是持何种心态。这个人叫何长瑜，是谢灵运的好朋友。《宋书·刘义庆传》记载：刘义庆在任江州刺史时，他的身边就有"东海何长瑜"。换言之，何氏曾经是刘义庆的文胆之一。另据《宋书·谢灵运传》，何长瑜任刘义庆幕僚期间，曾以轻薄的口吻嘲笑同僚陆展等人，惹得"义庆大怒"，上报朝廷，将何氏打发到岭南去，成为"流人"。等到刘义庆去世之时，何氏仍在岭南，没有北归。这等于说，刘义庆到死也不愿再见此人（以刘义庆的权势，让何氏返回并非难事），其决绝如此。比对何氏与谢灵运二人的性格，颇多相似之处：同样具有文学才能（何氏曾是谢灵运族弟、南朝著名文学家谢惠连的老师），同样风流倜傥，同样偏激轻浮。何氏先依附谢灵运；谢灵运死后（谢卒于元嘉十年，433 年），大概于元嘉十六年（439 年），何氏成为刘义庆的助手。按说，谢灵运故事甚多（仅《宋书·谢灵运传》就记载不少），曾几何时，熟悉谢灵运的何氏就在身边，刘义庆不会不了解谢的诸多往事。如果刘义庆是喜欢谢灵运的，他完全可以将更多谢灵运的故事编入书中，可是，《世说新语》里，谢灵运的故事仅有一则，而且是负面的（"言语"第108则，讲谢灵运的举止很造作）。刘义庆对谢灵运的态度和评价不言而喻。

其实，若论言行举止，谢灵运与谢玄、谢安乃至于王导、王衍等等，可谓风神互接、一脉相承，而王导、王衍等等又与"竹林七贤"、"正始名士"等精神相通；善于"清谈"，就成了他们共同的"标签"。据《宋书·谢灵运传》，谢灵运的性格是多侧面的，如他"性奢豪，车服鲜丽"，这与谢玄讲究服饰是近似的；他喜欢"肆意游遨"，这与谢安的"东山之乐"是近似的；他对于公务粗枝大叶，无所用心，这与大大咧咧的谢万（谢安之弟）是近似的。其实，《世说新语》里谢氏家族的类似故事也甚多。因此，刘宋政权尤其是宋文帝刘义隆在使用谢灵运的问题上是极有保留的，《宋书·谢灵运传》写得明白："灵运为性偏激，多愆礼度，朝廷唯以文义处之，不以应实相许。"换言之，谢灵运的轻浮性格很不利于他的仕途发展，他是被朝廷"控制使用"的，真正具有"实权"的事情不会安排他去做。其中，"多愆礼度"四字是其"要害"，指违背常情礼法、举止失"度"；反观《世说新语》，里面的"多愆礼度"的故事所在多有，这能不引起我们的格外注意吗？

刘义庆对谢灵运的否定态度，使我们不得不要"管中窥豹"地重新审视其编写心态。可以说，刘义庆对于"魏晋风流"是时刻在反思着的，虽不能说一概否定（他作为"爱好文义"的人，且喜欢与"文学之士"打交道，对于素雅、机智、辩才等，还是能够赏识的，如同宋文帝刘义隆也要侧重于利用谢灵运的"文义"一样），但也不是盲目欣赏，更不是以之作为"名士养成的教科书"。只要思考《世说新语》全书为何有一个内在的"正负二元结构"，就会明白这是一部充满着"反思"意味的大书，内含着刘宋政权的"东晋论述"。这就是我在介绍《世说新语》的成书背景和编写心态时最想揭示的一点。

《世说新语》人物平议

　　本文依据东晋袁宏《名士传》所列名单，对其三个部分即"正始名士"、"竹林七贤"、"中朝名士"里的人物做出平议，写法效仿《史记》的"太史公曰"，而实际上只是高山仰止而已，实难做到。

　　此外，增加东晋名士部分，选择王氏、谢氏若干人物，一例做出平议。可视为阅读《世说新语》的一份尝试知人论世的札记。

一、正始名士

　　正始，是魏齐王曹芳在位时的年号，起止时间是公元 240—249 年。曹芳，是魏明帝曹叡的养子，名义上算是魏文帝曹丕的孙子。他 8 岁登基，年纪尚幼，实际掌权的是曹魏宗室的曹爽（曹操侄孙）。

　　所谓正始名士，指活跃于正始年间的、以谈论"玄学"（主要对象是《周易》《老子》《庄子》，其中涉及"玄而又玄"的学理，故称"玄学"）出名的人物，何晏、王弼、夏侯玄是其代表。其中，何晏、夏侯玄同属曹爽政治集团的核心成员。嘉平元年（249 年），何晏与曹爽均被发动政变的司马懿所杀。王弼也因急病卒于此年。夏侯玄则于嘉平六年（254 年）被司马懿之子司马师杀害。

　　东晋袁宏撰《名士传》，其"正始名士"部分收录以上三人的传记（原书已佚）。三人在"玄学"方面造诣颇深，尤其是何晏、王弼，他们的"谈玄"引领着西晋和东晋的学风，深刻影响了士大夫们的精神世界。他们是"玄学"的开创者，也是后世"清谈家"的偶像。他们的言谈方式被尊为"正始之音"。

　　至于夏侯玄，他对后世的影响主要不在学术方面，而是在行为举止上成为不少名士模仿的对象。所谓"魏晋风度"，如刚正孤傲、处变不惊、玉树临风等，夏侯玄可做"标本"。

　　换言之，这几位"正始名士"开启了一个从"外在姿态"到"内在心态"都显然有别于以往的"个性化处世样式"。

1．何晏

何晏（190？—249），字平叔，南阳郡（今属河南南阳）人。三国时曹魏大臣，东汉大将军何进之孙（一说是何进弟何苗之孙）。其父早逝，生母改嫁曹操，故曹操是其继父；从少年时代开始，何晏是在曹操的爱护和影响之下长大的。

在魏文帝曹丕在位期间，何晏与曹丕有矛盾，无所任事，相当失意。正始年间，他与掌控实权的曹爽交好，被委以重任，负责官员的提拔。司马懿伺机铲除曹爽势力，何晏被杀，死于非命。

何晏以才秀知名，在儒学、玄学方面均有较高修养，著有《论语集解》《老子道德论》等。他是魏晋玄学的奠基者之一。

何晏既是学者，又是政客。他出自高门大族，又受到位高权重的曹操的深刻影响，其身上的权贵做派是显而易见的。

作为学者，何晏饱学识，有著作，且留下了谦让后辈的佳话，不能说他一无是处。他虽然在生活作风上不无可议之处，兼有矫揉造作的毛病，但是，他与王弼开创的玄学研究在古代哲学史上占有一席之地，这是不能否定的。阅读《世说新语》，经常会接触到"正始之音"一词，何晏就是其主要代表之一。

可作为政客，何晏颇多劣迹。查阅《三国志·魏书·何晏传》，史家对何晏的评价基本负面。究其原因，是他在正始年间伙同手握朝政大权的曹爽做了不少坏事；狐假虎威，党同伐异，尤其是利用吏部尚书的权力卖官鬻爵，满足私欲，为世人所不齿。

何晏从小生活在某种人际关系的"夹缝"里，特别是他与曹丕互不服气，结下仇怨，这或许是他人格分裂的一个原因。因为受到曹丕的排挤和侮辱，他深知权力的重要性；等到曹丕死后，机会来了，攀附曹爽，拥抱权力，为所欲为，其人生随之下沉。

一个有成就的学者堕落为醃醃无耻的政客，这是何晏的人生污点。为人处世，可不慎乎！

2．王弼

王弼（226—249），字辅嗣，山阳高平（今山东微山）人。其祖父王凯是三国时刘表的女婿，是文学家王粲的堂兄弟。父亲王业，过继给王粲。王粲曾得到东汉大文豪蔡邕的器重，蔡邕临终前将自己的毕生藏书赠与王粲；

王粲过世后，这批藏书归属王业。故而，王弼是在优越的读书条件和良好的家族环境中长大并成才的。

王弼与何晏相似，儒学与玄学并重，他对儒学中的《周易》和玄学中的《老子》尤其深造有得，著有《周易注》《老子注》等，这一类著述已经成为中国古代哲学史上的权威注本。他对经典的注释，内含着他的哲学观念，对后世产生较大影响。

王弼是一位早熟的学者，可惜英年早逝，去世时年仅24岁。

王弼在《世说新语》里的故事不多，这与他过早去世有关。在魏晋时期，他与何晏齐名，常见"王何"并称，王弼居前。客观地说，在哲学史上，王弼的影响要大于何晏。

王弼的成就，除了天分之外，还要充分留意他的成长环境。他的父亲王业，承继了东汉末年大学问家蔡邕的藏书，这对于王弼的学问的养成极为有利。王弼与玄学名家何晏、裴徽等生活在同一时代，相互的切磋和启发，对尚处于年少阶段的王弼而言，也是促使他"思想早熟"的一个不可忽视的因素。

《三国志·魏书·钟会传》附有王弼的简要小传，说"（王）弼好论儒道，辞才逸辩，注《易》及《老子》，为尚书郎，年二十余卒"。其中，"好论儒道"四字可圈可点，这是王弼治学的特点，即没有将儒家和道家各自孤立起来，而是发现二者之间的区别与联系，尤其是从儒家经典《周易》与道家经典《老子》之间寻找二者的"相关性"，这是他注释《周易》和《老子》的重要收获。他能够得出"老、庄未免于'有'，恒训其所不足"的认识，与此有关。他没有将"无"与"有"对立起来，比当时各执一端的学者要高明很多。

裴松之于王弼小传之后加注释，说王弼进入仕途做官，其行政能力较差，而且又不大用心。他有性格缺陷，"颇以所长笑人"，即为人骄傲，自以为玄学是其所长，不把他人放在眼里。所以，他的人缘相当不好。

王弼年寿不永，很可惜；他表现出虚骄之气，很不智。儒家有"满招损，谦受益"（《尚书·大禹谟》）的名句；《周易》第十五卦为"谦卦"，王弼自己注释过的，不会不懂"谦，亨，君子有终"的意思。这位很有哲学智慧的年轻人却"颇以所长笑人"，这样的人生"错位"，值得深思。

"知"固不易，"行"则更难。这是王弼留给后人的深刻教训。

3.　夏侯玄

夏侯玄（209—254），字泰初（或写作太初），沛国谯县（今安徽亳州）人。三国时征南大将军夏侯尚之子，是大将军曹爽表弟。在魏齐王曹芳继位后参与军国要事，是曹爽的心腹之一。

在司马师掌权时期，夏侯玄卷入凶险的政治漩涡，被处死刑，终年46岁。

夏侯玄仪表出众，博学多识，著有《乐毅论》等。与何晏交好，是魏晋玄学的奠基人之一。

夏侯玄是一位复杂而有争议的人物。

曾几何时，夏侯玄与何晏等人请求结交当时的名流傅嘏，遭到拒绝，傅嘏称他们"利口覆国"，是"败德之人"。

夏侯玄生活在曹魏政权由"弱"转"衰"的节点上，他与何晏一样，攀附曹爽，但程度有别。从《三国志·魏书·夏侯玄传》看，夏侯玄有一定的政治见识，司马懿喜欢跟他交换看法，或征询他的意见，这方面的内容占了《夏侯玄传》的大部分篇幅，不能不引起我们的关注。当司马懿杀曹爽、何晏时，他显然是"放过"了与曹、何结党的夏侯玄，可见是区别对待。虽然夏侯玄也死于非命，但杀害他的已经不是司马懿，而是司马懿死后继而掌权的司马师。在历史上，这件事与"李丰案"密切相关。如果说，曹爽、何晏死于司马懿的暗中反扑，那么，夏侯玄则是死于司马师的公然镇压，情势前后不同，性质也各自相异。

《三国志》中的《夏侯玄传》说他"格量弘济"，即称扬他气度弘大，格局不小；也表彰他"临斩东市，颜色不变，举动自若"。可见，与他同时代的人，以及身为晋朝历史学家的陈寿，都给予夏侯玄不错的"人物鉴定"。

《世说新语》所收录的夏侯玄的几则故事，相当正面，评价之高，在全书中也是少见的。这就与傅嘏的判定极为不同，甚至是相反的。这是一个值得研讨的现象。不管如何，《世说新语》的编写者显然对他有所偏爱。

夏侯玄不无缺点，但其玉树临风的外形，刚正孤傲的气质，与处变不惊的素质，成为"魏晋风度"的一个"标本"。

二、竹林七贤

所谓"竹林七贤",是指七位生活于"曹魏末期"的名士(若干人物进入了"西晋前期"),他们都目睹曹魏政权的由"弱"转"衰"以至灭亡,也经历过司马氏父子由篡夺政权到"改朝换代"的过程。就后一点而言,他们比起"正始名士"来其所见到的历史变化要大得多,处境也复杂得多。

这些人,本来是曹魏时代的臣民,程度不同地与曹魏政权有着难以解开的利益关联,换言之,他们的命运在某种程度上是与曹魏当局的命运结为"共同体",按说,是一荣俱荣,一损俱损;可是,与此同时,他们出于不大一致的人际交往和处世策略,与司马氏父子的关系却也各各不一,日子也过得不完全一样。不过,也有一条是避不开的,即他们人生的前半程均与司马氏同属曹魏集团,后半程都是司马氏眼皮底下的"臣民"。

他们活着,比起"正始名士"来更伤脑筋。后者在世时可以"选边站",比如,站到代表曹魏政权的、尚且处于"强势"的曹爽一边,鄙视蠢蠢欲动的、尚然处于"守势"的司马氏父子,就算死了,也死得干脆,何晏死于司马懿之手,夏侯玄死于司马师之手,也是"一了百了"。可是,竹林七贤生活在司马氏的眼皮底下,就难以如此干脆,他们已经没有可以依靠的"曹爽",只能面对司马氏的耀武扬威;他们内心还相当依恋曹魏集团,可是这集团已经灰飞烟灭,无所凭吊;他们几乎本能地厌恶、憎恨阴险毒辣的司马氏父子,可是人家"拳头大",已经"君临天下"了,还能够对他们怎么样?要命的是,他们自己还要活下去,还要养儿育女,还要赡养老人,怎么办?

于是,就"魏晋风度"而言,他们命中注定要给"风度"注入更多的花样,更复杂的情感,更隐晦的"身体语言"。他们身上所展现的是"正始名士"所开创的"个性化风度"的"升级版"。

这七位名士是:阮籍、嵇康、山涛、向秀、刘伶、阮咸、王戎。《世说新语·任诞》第一则说"七人常集于竹林之下";《水经注》卷九"清水篇"记载,阮籍等七人"同居山阳(今河南焦作山阳区),结自得之游,时人号之为'竹林七贤'"。这些都是"竹林七贤"名号的出处。

顺带说一句,"七贤"是可以"落实"的,可"竹林"是"实景"还是"虚语",学术界看法不一。有人认为,并无"实景",只是"虚语",如陈寅恪先生认为,先有"七贤"而后有"竹林";"七贤"取《论语》

"作者七人"之遗意，是"中国的"，而"竹林"二字是后人追加的，取的是"天竺竹林"之名，是"外来的"（见陈寅恪《魏晋南北朝史讲演录》，贵州人民出版社，2011年，第43页）。姑备一说，以资谈助。

《论语·宪问》记孔子语："贤者辟世，其次辟地，其次辟色，其次辟言。""辟"字通"避"。孔子还说："作者七人矣。"意谓"作者"（"做到了的人"）也仅有七位古贤而已，那些人做到避开了"浊世"，避开了"险境"，避开了阴险脸色，避开了恶言恶语。据说，孔子心目中的"作者七人"是伯夷、叔齐、虞仲、夷逸、朱张、柳下惠、鲁少连（这可能是后人的附会，《论语》里没有记载）。相比较而言，"竹林七贤"大多各有各的"避"的行为，但是，他们跟不食人间烟火的古贤不完全相同，他们是喜欢人间烟火的，没有脱离"世俗"，甚至是他们活得很"世俗"，所以，此"七贤"与彼"七人"有着明显的区别。

"竹林七贤"的"俗"，是人格化的，有时甚至是政治化的，我们一定要紧贴着他们的特殊处境和独特心性来理解。正是"俗"，才显得他们是脚踏实地的活人，而不是世外的"隐士"。可更不能忽视的是，他们的"俗"的背后或许还隐藏着某种具有反抗意志的血性，还闪耀着令世人追慕的人格审美之光。

这才是说不尽的"竹林七贤"。

1．阮籍

阮籍（210—263），字嗣宗。因在司马昭掌权时做过"步兵校尉"，世称"阮步兵"。三国魏陈留尉氏（今河南尉氏）人。其父阮瑀，是建安七子之一，著名学者蔡邕的弟子，也是曹操身边的重要写手，深得重用，曹操的军国文书，不少出自阮瑀之手。受到其父的影响，阮籍在学问与文学等方面均有专长。他对老庄深有研究，著有《通老论》《达庄论》；他是一位成就颇高的诗人，代表作有五言体《咏怀》八十二首。他还是建安时期以来着力创作五言诗的文学家，对五言诗的成熟与发展做出重要贡献。他的散文《大人先生传》寄意遥深，脍炙人口。传世著作有《阮步兵集》。

阮籍是一位很有个性的人物，本来，他对于自己喜欢的人用"青眼"，对不喜欢的人用"白眼"，爱憎分明。可是，自从司马氏掌权以后，他性情大变，喜怒不形于色，绝口不说他人是非，不议论当朝政治，经常以醉酒的姿态应世。其内心十分复杂，他写的《咏怀》诗，隐晦之处不少，可谓索解不易。

　　阮籍的父亲是曹操的文胆之一，他本人在魏高贵乡公在位时，受封关内侯，任散骑侍郎。阮氏父子同受曹魏政权的俸禄，对曹魏的感情是比较深的。他对于司马氏父子篡夺权力，并非没有立场和看法，但是，很刻意地隐藏起来。更为奇特的是，在司马师死后，他跟继而掌权的司马昭保持着"不错"的关系，甚至是，当阮籍被人恶意攻击时，是司马昭替他说话、帮他解围。而他也似乎"无所谓"地在司马昭身边"我行我素"。他是当时的名士，具有一定的示范性；他在司马昭的眼皮底下没有"妄议朝政"，大概司马昭看中的主要是这一点。当然，曾几何时，二人同属曹魏集团，他与司马昭的"交情"并非没有。

　　很难说，阮籍内心对于司马昭不是在"依违之间"。"依"是人生策略，"违"是内心真实。所以，阮籍绝不是一位可以"一言以蔽之"的人物。

　　阮籍，是中国古代文人中的一个"异数"，也是一个很复杂的人物。

　　他的后半生是生活在必须"选边站"的政治环境里，名义上，还是"曹魏时代"，可朝政实权已经"旁落"于司马氏父子手上。换言之，一边是"曹魏"，一边是"司马"，他作为曹魏的臣子，情感上依恋于"曹魏"是自然的；可他与司马氏父子尤其是司马昭的关系不能说很浅。而且，司马氏父子在嘉平元年（249 年）灭了曹爽，篡夺了大权，"曹魏"已经名存实亡，司马氏父子成了"真命天子"，他要不要选择"司马"的一边呢？如果选，会遭到同时代那些痛恨司马氏父子的知识分子的"鄙夷"与"斥责"；如果不选，一家大小，要养起来就很不容易，没了一份俸禄该怎么办？这是很现实的问题。

　　选也难，不选也难。阮籍的聪明之处是将"选"与"不选"的边界模糊起来，天天喝醉酒，口不臧否人物，哪怕关系密切的司马昭想套他的口风，他也慎之又慎，滴水不漏，也着实保护了那些明里暗里憎恨司马氏父子的朋友。

　　《晋书·阮籍传》记载，阮籍的前半生可不是这样的，他爱恨分明，见到不喜欢的人，"以白眼对之"；见到喜欢的人，"乃见青眼"。可以想见，他要以多大的意志力才能够发生这一百八十度的转变。

　　不可讳言，阮籍受到司马昭的"保护"。这是一件耐人寻味的事情。司马昭明知阮籍在"装"，大概阮籍也知道司马昭知道自己在"装"，大家都不说破，保持"默契"。无他，司马昭想让阮籍充当他的"统战对象"，而阮籍也想在"模糊状态"下苟存性命于乱世。

　　"模糊状态"是阮籍后半生的生存策略，其灵感或许来源于庄子的《齐物论》。他熟读《庄子》和《老子》等书，"博览群籍，尤好《庄》《老》"（《晋书·阮籍传》），这是他早就打下的"底子"；发生时代剧变，不得不做出艰难的"心理调适"，《齐物论》提供了重要的"精神资源"："方生方死，方死方生；方可方不可，方不可方可；因是因非，因非因是。……彼亦一是非，此亦一是非；果且有彼是乎哉，果且无彼是乎哉？"这种"绕口令"式的表述，正好帮了"大忙"，反正将"是"与"非"的边界模糊起来，在日常的世俗生活里，懒得分别，无分彼此，视如"齐一"，不亦乐乎！

当然，外在的"装"与内在的"真"是错位的，不要以为阮籍真的活得很自在、很洒脱，他的内心之苦只有自己知道。否则，他何以会写出难么难懂的《咏怀诗》呢？他的内心，很多人是不懂的，那么，自己知道就好了，也不需要别人懂。所以，世上真正懂得《咏怀诗》全部意蕴的只有一个人，就是阮籍自己。

2. 嵇康

嵇康（224—263），字叔夜，谯郡铚（今安徽宿县）人。与魏宗室通婚，是宗室成员之一（魏"长乐亭主"婿）。官至中散大夫，世称"嵇中散"，是"竹林七贤"的重要成员。

嵇康"早孤"，没有显赫的家族背景。他跟阮籍交好，但不像阮籍那样有一位"著名的父亲"，也不像阮籍那样与司马氏父子有密切的关系。可他的学养构成与阮籍相近，《晋书·嵇康传》说："博览无不该通，长好《老》《庄》。"这是二人心灵相契的机缘之一。阮籍喜爱吹"啸"，乐感很好；嵇康"弹琴咏诗，自足于怀"，也是音乐造诣甚高的人。阮籍著《达庄论》《通老论》，嵇康撰《养生论》《声无哀乐论》，在哲学思辨方面都具备通达、明辨、深思等特质。"竹林七贤"中，嵇康、阮籍的名声最大，地位最高，影响最为深远。

然而，嵇康的个性与阮籍颇为不同，阮籍为人偏于"圆"，偏于"大智若愚"，而嵇康的为人却是偏于"刚"，偏于"疾恶如仇"。嵇康作为曹魏宗室成员，出于家庭关系，以及出于对司马氏篡权行为的厌恶和痛恨，不可能如阮籍那样依违于"曹魏"与"司马"之间，他倒是没有"选边站"的烦恼，绝不会"选"到"司马"那一边去。

嵇康死于司马昭的手下，是一位悲剧人物。

鲁迅先生敬慕嵇康的为人，曾经下了很深的功夫重新辑校《嵇康集》。

鲁迅可算是嵇康身后的著名知音之一。

嵇康，也是一位说不尽的人物。

论人格魅力，嵇康远胜阮籍。尽管他说想学阮籍，"吾每师之，而未能及"，可设想一下，如果他真的学足了阮籍，世上只是多了一个"再版阮籍"，而不是流芳百世、令人景仰的嵇康了。

说到底，嵇康身上的血性，内心的刚毅，以及对人格"洁癖"的追求，是独特的，是难能可贵的。阮籍做得到的，他不能够真正做到；阮籍做不到的，他却做得十分杰出。嵇、阮并称，可并非没有区别。

嵇康有一种可贵的"大蔑视"精神。他蔑视权威，蔑视权贵，蔑视一切戕害人性的东西。自称"每非汤、武而薄周、孔"，权威不放在眼里；至于钟会之流、司马昭之辈，均是当朝权贵，更不放在眼里；表明"游心于寂寞，以无为为贵"，并以"野人"自居，实际上就是看透了"现实的龌龊政治"时时在戕害人性，自己绝不在此"污浊之地"插上一脚。他的《与山巨源绝交书》，就是一份"人格洁癖自我鉴定书"。

鲁迅《魏晋风度及文章与药及酒之关系》提出了他自己觉得很稀奇的现象：嵇康在《家诫》里教他的儿子做人要小心，还有一条一条的教训；嵇康是那样高傲的人，而他教子就要他这样庸碌。鲁迅对此做出解释："嵇康自己对于他自己的举动也是不满足的。所以批评一个人的言行实在难，社会上对于儿子不像父亲，称为'不肖'，以为是坏事，殊不知世上正有不愿意他的儿子像自己的父亲哩。"鲁迅在这里也算是"实话实说"，可似乎还有进一步辨析的必要。

鲁迅提出的似乎是一个"嵇康悖论"：自己这样做，却要儿子那样做，方向不同。为何是方向有异呢？每一个生命个体，都有自己选择"活法"的权利，父亲不能代替儿子去"选择"；嵇康去世时，他的儿子嵇绍才十岁，他不可能预先替代儿子"选定"一条与自己一样的人生之路。他深知，自己的"选择"有着种种的缘由与"不得已"，他只希望儿子在其未来的岁月里如常人一样做到"谨慎为人"，这是一个人处世的"最大公约数"；至于是取何种"活法"，言之尚早，还是等待儿子将来长大之后再说吧。嵇康的《家诫》是很世俗化的，就这一点而言，谁能说嵇康不通"世故"呢？可十分熟悉"世故"的嵇康最终走上一条极不"世故"的路，该需要多大的勇气和胆识！

深通"世故"而又极不"世故"，这就是嵇康。后世的鲁迅，在某种程度上也像极了嵇康。难怪鲁迅为了精研《嵇康集》，自己动手下了那么大的文献整理的功夫。

3. 山涛

山涛（205—283），字巨源，魏河内怀县（今河南焦作武陟县）人。

《晋书·山涛传》记载，山涛"早孤，居贫"，这一点与嵇康相似。故而，"与嵇康、吕安善"结为好友；后来，又结识了阮籍，"便为'竹林之交'，著'忘言之契'"。换言之，山涛与阮籍、嵇康均为"竹林七贤"的核心成员。

山涛与嵇、阮不同，他活得很长，年过古稀而尚存，由曹魏进入西晋。在仕途上，他出仕比较晚，40 岁时才做郡主簿、功曹等职务，时在正始年间，正是曹爽"得意"的时期。可是，他颇有见识，预判曹爽不可长久，也明白司马懿在曹爽"专横"之时"卧病家中"的真正用意，于是大概在 42 岁时也"隐居"起来了，跟曹爽拉开距离。其后，曹爽果然"出事"，死于非命。山涛是一位"知所进退"的人。

山涛与司马氏有亲戚关系（司马懿夫人张氏是山涛的表亲），这是理解山涛选择其人生道路的一个关键。他略为年长于司马师、司马昭（辈分上，山涛是"表舅"），他们都有不错的"交情"，《晋书·山涛传》记载，"魏帝尝赐景帝（司马师）春服，帝（司马师）以赐涛。又以（山涛）母老，并赐藜杖一枚"。可见，作为"亲戚"，司马师对山涛母子是很关心的。而司马昭对山涛也是评价颇高，并予以"资助"，曾经在写给山涛的信里说："足下在事清明，雅操迈时。念多所乏，今致钱二十万，谷二百斛。"故此，在政治立场上，山涛与作为曹魏宗室成员的嵇康会有差异，而跟阮籍有些近似。

山涛在司马昭时代出来做官，而且还举荐嵇康，此事引发嵇康写出《与山巨源绝交书》。嵇康主要是与司马昭"切割"，故而不得不与山涛"绝交"。这是他们二人交往史上的悲剧结局。而山涛为人厚道，顶着世俗的"非议"，在嵇康遇害之后关照嵇康儿子嵇绍的成长，这也是嵇康临终前所预料到的。可无论如何，"绝交"事件令人唏嘘不已，感慨万端。

司马炎掌权后，山涛在西晋政治体制内享有威信和权力，长期掌管"选职"，任用官员，连司马炎有时也不得不听从于他。年近八十，"上书告退"，得享天年。

山涛是一个复杂人物。在嵇康的盛名之下，他更多的是以"山巨源"之名而为后世所知。

山涛作为一个历史人物，是有争议的。

余嘉锡先生《世说新语笺疏》说，山涛此人，"善揣摩时势，首鼠两端；与时俯仰，其迎合之术，可谓工矣"。（中华书局，2011年，第589页）观其一生，前半生以"隐"为主，即"竹林七贤"时代的山涛，其个人志趣和处世态度与其余诸人尤其是与嵇、阮等几无二致；后半生却以"显"为主，即先后经历了山尚书、山少傅、山司徒等"步步高升"的仕宦阶段，荣贵异常，可谓"一人之下，万人之上"，位高权重，非同小可。余先生所批评的，主要是其出仕以后的举止行为。

一"隐"一"显"，前后相反，判若两人，难怪余先生表露出鄙视的态度，可说是"事出有因"，并非"无的放矢"。

山涛为人"圆融"，不骄纵，不跋扈，不高调。这是他的性格基调，在年岁比他小得多的嵇康面前，他也没有端起"大哥"的威势，也不见他与嵇、阮发生冲突的故事。他为人还算"厚道"，顾及情义，顶住压力，关照嵇康的儿子嵇绍，相信九泉之下的嵇康还是信任他的。他做官清廉，人所共知；位极人臣，虽不一定事事公正，但作为长年掌管朝廷吏部的大员，涉及很多利益关系，却也选拔得人，颇获令誉，大体也是出以公心，极为不易。诸如此类，要说山涛是一个历史上的"反面人物"，实不公允。

我们评论山涛，可以看到历史人物的复杂性。他跟嵇康不同，嵇康是曹魏宗室成员，对于司马氏，后者是恨之入骨的；他跟阮籍也不太一样，阮与司马氏关系暧昧，对于司马氏，后者在依违之间。可山涛是司马懿的表内弟，是司马师、司马昭兄弟俩的表舅，是司马炎的表舅公；到了某个时期，山涛出于特种原因（如时局已不可逆转，不可能回到曹魏时代），他进入司马氏政权核心，儒家那种"入世"的意识占据内心，加以无可"抹去"的亲戚关系，他自然不会如嵇康那样对司马氏"恨之入骨"，也不会如阮籍那样对司马氏采取"依违之间"的态度，他做官做得很投入，官声甚佳，"德高望重"，这一类的历史记载也不能视而不见。

比较懂得山涛的是王戎，他说山涛是"璞玉浑金"，大致说到点子上了。山涛绝非"完人"，人格上不无"缺陷"，尤其是与嵇康并提，一篇《与山巨源绝交书》，足以让山涛成了嵇康的一个"反衬"。诸如此类，会不会就是"璞玉浑金"里那些该"去掉"的东西呢？

《晋书·山涛传》用了不少篇幅写山涛晚年多次"辞职"的事情，说明他真的不恋权位，是否为自己的出仕后悔过，我们不得而知。但是，山涛不收贿赂，将陈郡袁毅送来的百斤丝绸，原封不动地交出，"积年尘埃，印封如初"，史家特别以此作为《山涛传》的结尾，也算是"盖棺论定"了。

不得不补上一句，山涛有一位贤惠的妻子韩氏；其后半生做大官而无"大过"，恐怕也得益于韩氏的提点和帮助。

4. 向秀

向秀（227？—272？），字子期，魏河内怀（今河南焦作武陟县）人。魏晋之际著名的文学家、哲学家，是"竹林七贤"的主要人物之一。

向秀在哲学史上占有一席之地，他注《庄子》，见解精辟，影响深远，其研究成果得到西晋玄学家郭象的借鉴、吸收并发扬光大，世传《庄子》郭象注，一般认为含有向秀的注《庄》心得。可惜的是，向秀的原稿已经失传。

向秀也擅长文学创作，存世作品不多，最出名的是收入了梁萧统所编《文选》的抒情小赋《思旧赋》，其所思的对象是旧日好友、同时遇害的嵇康和吕安；篇幅虽短，而情文并茂。他还有一篇《难嵇叔夜养生论》，附在《嵇康集·养生论》之后。

向秀与山涛同郡，"少为山涛所知"，《晋书·向秀传》记载："（向秀）后为散骑侍郎，转黄门侍郎、散骑常侍；在朝不任职，容迹而已。卒于位。"他显然得到了当时主管吏部的山涛的格外关照。

向秀与嵇康"走得很近"，人们熟悉的是他在大树底下拉风箱协助嵇康打铁的画面，好像就是他的"定格"照片了。

可人们也许不太留意嵇康遇害后向秀的"行踪"。

向秀毕竟也出来做官了，而且官运不错，境遇颇佳，"在朝不任职，容迹而已"，这种待遇不是什么人都可以有的，只因为他是"向秀"。

在某种程度上说，向秀入京，愿意去见司马昭，已经意味着司马昭"赢"了。须知，向秀见司马昭的时候不外是河内郡的"计吏"；可是，见过司马昭之后，向秀"入朝"了，官做得不算小，好歹是"黄门侍郎""散骑常侍"。这其中的"官运"，不排除是山涛"关照"的。向秀从小就得到山涛的赏识，而且有"同郡"之谊，又同属"竹林七贤"，不"关照"他还能"关照"谁呢？可是，这是司马昭的天下，山涛再悉心照料，没有司马昭的默许，可以做得到吗？反正，司马昭的用心，生前一直被司马昭格外照顾的阮籍是清楚的，估计向秀那么聪明，也不会不清楚。向秀也好，阮籍也罢，只要不公开与司马氏作对，干活也好，不干活也好，都可以，朝廷"养起来"。这才是"在朝不任职，容迹而已"的内情。

同属"竹林七贤",山涛"入朝"后很卖力,十分投入;而向秀显然是消极怠工,看来连"做一天和尚撞一天钟"也不是,大概属于做和尚而不"撞钟",找个岗位待着,领一份俸禄,得过且过。主要的区别在于,他不像山涛,跟司马氏有着特殊关系;向秀本来就不会对司马氏政权有多少认同意识;所谓"在朝不任职",意味着他仍然心存芥蒂,抱持"看法",还有不得已的苦衷。

最后,向秀"卒于位"。如果他在九泉之下与嵇康重逢,不知嵇康会不会翻白眼,补写一篇《与向子期绝交书》呢?

5. 刘伶

刘伶(生卒年不详),魏沛国(今属安徽宿县)人。其人以"容貌甚陋"和"放情肆志"著称。西晋初年(泰始年间)尚在世,是由曹魏入西晋的名士。

刘伶在文学史上留下了一篇《酒德颂》,文笔恣纵,颇显个性,有《庄子》遗风。与阮籍、嵇康结为好友,是"竹林七贤"的主要人物之一。

刘伶在曹魏时期,曾经做过"建威参军"。进入西晋后,他并未失去政治热情,向朝廷献策,"盛言无为之化",即希望朝廷提倡老庄哲学,而没有得到向来倡导"儒学"的司马氏政权的接纳;于是,"独以无用罢",当政者将他排挤出"体制"外。尽管与西晋的官场无缘,但刘伶"以寿终",得以享其天年。

《晋书·刘伶传》说,刘伶"初不以家产有无介意",不事生产,看来也并非清贫。他能够在"独以无用罢"的环境里活下来,说明他还是有办法安排"生活"的。

刘伶以特立独行著称,据《晋书·刘伶传》记载,刘伶虽然是"竹林"中人,但是,他"澹默少言,不妄交游",可见为人十分"孤傲"。

在某种程度上说,刘伶喜欢"行为艺术",妻子要他戒酒,他却"骗"了妻子,竟然在妻子决意"断供"的情况下成功地使得她"乖乖"送上酒肉,其场景如演戏一般;《晋书·刘伶传》还说,他常常乘坐"鹿车","携一壶酒,使人荷锸而随之,谓曰:'死便埋我'"。这何尝不也是一种"表演"呢,关键是"常常",并非偶一为之。他是有着"表演欲"冲动的名士。

刘伶的行为,不无怪诞色彩,与《庄子》里所描述过的奇奇怪怪的人物有些相似,而他又是庄子思想的继承者,也是"践行者"。他尚未完全忘情于"政治"，但他的政治理想是"无为之化"，还是以"老庄"为本。

刘伶是"善终"的，大概他始终没有"妄议"过司马氏政权，诈"癫"扮"傻"，和光同尘；在人生策略上，他"精明"过嵇康，"颓废"过阮籍。既"精明"又"颓废"，是后人研究"变态心理"的好样本。

6. 阮咸

阮咸（234—305），字仲容，魏陈留尉氏（今河南开封尉氏县）人。阮籍的侄子。其父阮熙（曾官至武都太守）。

阮咸为人"任达不拘"，性情与阮籍比较接近，关系也格外密切。因阮籍的援引，阮咸参与"竹林之游"，是"竹林七贤"的主要人物之一。

同为"竹林七贤"的山涛，在进入西晋之后，曾经想关照阮咸，为他说好话，称阮咸"贞素寡欲，深识清浊"，更对他有较高期许："若在官人之职，必绝于时。"而一向比较听从山涛建议的晋武帝司马炎，却不给"面子"，认为阮咸"耽酒浮虚"，坚决不予"录用"为吏部郎（《晋书·阮咸传》）。阮咸曾经在晋武帝咸宁年间做过散骑侍郎、始平太守（一说是在泰始年间）。咸宁年号之后，改"太康"，山涛卒于太康四年（283 年）。故此，太康四年之后，估计无人为他说话了。

阮咸是一位杰出的音乐家，善弹琵琶，妙解音律，具有较高的音乐造诣。乐器"阮咸"，或简称"阮"（弹拨乐器，有圆形音箱，又称"秦琵琶"），就是以其名字命名的。他的音乐才华过于突出，反而招惹其上司的妒忌，遭遇排斥，颇不得志。

阮咸"以寿终"，他在"竹林七贤"中是"花边故事"较多的人物。

阮咸是阮籍眼中的一个"人物"，可不一定是阮籍心目中理想的"阮氏后人"。阮籍的儿子阮浑长大成人，"风气韵度"很像其父，也想学着父亲和堂兄阮咸那样放达不羁。没想到，阮籍很严肃地对儿子说："我们阮家后人，有一个阮仲容就够了，你不能再学了！"（《世说新语》"任诞"第12则）显然，"放达不羁"不是"正途"，阮籍心里明白。

阮籍领着阮咸参与"竹林之游"，也不能说把自己的侄子"带坏"了。当时，曹魏政权"裂变"，曹氏衰落，司马氏兴盛起来；接着，司马氏取曹氏而代之，这已经是"改朝换代"的节奏。作为曹操时代的著名文士阮瑀的后代，阮籍也好，阮咸也好，他们对曹魏政权尚存好感，要他们一下子转过弯来，是很难的；可面前的司马氏也不得不面对，要完全脱离，又是很难的。实在是处于两难的境地。所以，所谓"放达不羁"是一种"模糊"的处世策略，谁都不得罪，谁都不讨好，浑浑噩噩，和光同尘，这是在"两难"的夹缝里求生存的无奈之举。

随着时间推移，也跟随政治环境的变迁，上一代人的"活法"不一定要"复制"给下一代，时移世易，"活法"没有"标准答案"。这是阮籍不愿意儿子再去学自己和阮咸的原因。

其实，"活法"不可"复制"，阮咸也是不可复制的。这一位"竹林七贤"中的小字辈，真是一个"人物"。他好玩，有趣，旷达，任性。有时候，很"粗线条"，粗豪到可以跟猪一起喝酒；有时候，却"精细无比"，乐音与乐律在协调时就差那么"一丁点儿"，他也能听得出来，在高手那里几乎可以"忽略不计"，可他"较真"到"神妙"的程度，超越了高手，是高手中的"高手"。如此反差明显，却又集于一身，这就是独一无二的阮咸。

阮咸的人生道路曲折不断，有时代的因素，也有个人的问题。就后者而言，他玩世不恭，疏于检点，缺点不少，故而惹来"物议"，遭遇困顿，也就"事出有因"了。

阮咸毕竟是古代文化史尤其是音乐史上有着重要贡献的人物，他的音乐天分是出众的，他对琵琶的改造是成功的，一把"阮咸"流传千古，于是，随着"阮咸"的不朽，阮咸其人也就活在历史之中。

7. 王戎

王戎（234—305），字濬冲。魏晋琅邪临沂（今山东临沂）人。其父王浑，官至凉州刺史、贞陵亭侯，是阮籍的好友。

王戎比阮籍小二十岁，阮籍很喜欢他，结为忘年交。王戎与阮咸同岁，一起加入"竹林之游"，成了"竹林七贤"之一。

王戎为人处世，多有模仿阮籍之处，《晋书·王戎传》记载："性至孝，不拘礼制，饮酒食肉，或观弈棋，而容貌毁悴。"这类举止，颇像阮籍。

王戎与阮咸不同的是，其后半生的官运相当不错，曾因"平吴"有功，进爵"安丰县侯"，故世称"王安丰"；后官至尚书令、司徒，达至"三公"的高位。

王戎是"竹林七贤"的最后一位人物。他成名早，赶上了与嵇康、阮籍等一起"玩"的"好时光"。所谓"好时光"，不是指时代，而是指"机缘"。嵇康、阮籍等人，是不世出的英才，能够跟他们结伴，作"竹林之游"，是王戎一生的荣幸。

王戎的性格异常复杂，构成一种很大的性格张力：他拒不接受"数百万"的帛金，却对借给女儿、女婿的钱念念不忘，不见到还回来的钱心里不踏实；他家大业大，财富多到数不过来，可是侄子结婚时送出去的一件单衣却还要讨回；他见识过不少事件和人物，阅历越来越丰富，年寿越来越长，官阶也越来越高，可没有做过什么值得历史学家记录下来的"大事"。他的故事，"小聪明"的多，"大智慧"的少，甚至可以说没有。

写在《晋书·王戎传》里的文字，多是琐琐细细，而消极负面的不少。按说，他一生在官场上遇到的"贵人"不少，如魏明帝、钟会、山涛等等，机遇很多，官运很好，可就是不成"气候"。

不过，王戎的晚年，权势较大，为琅邪王氏在政坛上的崛起营造了有利氛围，奠定了门阀基础。他的堂弟王衍、王澄，以及同宗的王敦、王导等，在将要形成的新的历史舞台上得以大显身手，乃至于在东晋建构起相当独特的"门阀政治"，出现"王与马共天下"的局面，追溯起来，王戎无形的影响力不可忽视。

三、中朝名士

东晋袁宏编撰的《名士传》，其第三部分即最后一部分就是"中朝名士"。

所谓"中朝名士"，是东晋人的说法。南渡之后，京师洛阳就成为生活于江南的北方人尤其是权贵们怀想不已的"故都"，多少往事，只在"梦忆"之中，他们所尊崇的一些西晋名士，就成为其口中的"中朝名士"了。洛阳，曾经的西晋皇朝的首都，坐落在中原，"中朝"于是成为西晋的代称。

中朝名士，极少数是竹林名士的晚辈，与竹林名士有过交集，比如裴楷。可是，好些人出生于西晋初年，他们生活在晋武帝、晋惠帝、晋怀帝时代，目睹"八王之乱"或"石勒之乱"，或者遭受牵连，如身为成都王司马颖岳父的乐广，或者死于乱局，如王衍和庾敳。有若干位，在西晋末年随着南渡的人潮离开战乱不已的中原，来到江南谋生，并且死于南方，如王承、卫玠和谢鲲。

这批名士，不是铁板一块，各有个性，或张扬，或内敛，或在张扬与内敛之间，颇不相同。在对待老庄方面，他们倒是比较一致，都是研读《老》《庄》的专家，都是玄学权威，都是清谈高手。可在对待儒学方面，就很不一样，像裴楷、乐广是维护儒学的，他们看不惯当时的某些名士虚伪造作、矫情待人，甚至放荡不检，而主张尊重"名教"和"仪轨"。而像王衍，以清谈领袖自居，不切世务，专注于老庄而远离儒学，冥想于玄虚境界，终至于在历史上留下"清谈误国"的骂名。

总体而言，他们在一定程度上是正始名士和竹林七贤的"传人"，在玄学方面是有所推进的；尤其是裴楷、乐广的思想，在某种程度上拉近了玄学与儒学的距离，或者可以说是要让玄学向着儒学"回归"，这是值得注意的新的变化。他们每一位都身处"乱世"，在"乱世"中各有"活法"，也各有不同的结局。

1. 裴楷

裴楷（237—291），字叔则，晋河东闻喜（今山西闻喜）人。

其父裴徽，享有盛名，官至魏冀州刺史。其从兄裴秀得到司马昭的重用，官至晋尚书令、加左光禄大夫，封济川侯，位至司空。其从侄裴頠（裴秀之子），官至晋国子祭酒，兼右军将军，也是竹林七贤之一王戎的女婿。河东裴氏，是魏晋时期的名门望族。

裴楷精于《老子》《周易》，年少时已经与王戎齐名。他口才极好，达到"听者忘倦"的程度。钟会将他推荐给司马昭，并且说："裴楷清通，王戎简要，皆其选也。"（《晋书·裴楷传》）于是，任用裴楷为吏部郎。裴楷与统领吏部的山涛交往密切。裴楷后转任中书令，因他"风神高迈，容仪俊爽"，故而，"出入宫省，见者肃然改容"，富有魅力。世称"裴令公"。

裴楷性格宽厚，不竞于物，安于淡薄，对于某些权贵的奢侈作风和豪横做派极为反感，比如，以奢豪出名的石崇，裴楷就"不与之交"。为人颇见风骨。

裴楷卒于晋惠帝永平元年（291年），享年55岁。

裴楷，在中朝名士之中，是一位没有负面评论的人物。在某种意义上说，几为"完人"。

他外形俊朗，内有"神识"，内外兼美，殊不多见。

裴楷的出现，其特殊价值在于，他跟裴頠、乐广等一起于西晋时期形成一种"声音"，借用裴楷在哭祭阮籍母亲时所说的话，就是"我辈俗中人，故以仪轨自居"，此话与乐广的"名教中自有乐地"是相通的，与裴頠《崇有论》里对儒术的推崇是相近的，总而言之，这几位人物不以"方外之人"自居，而是自觉地意识到"放达"行为不能再提倡了，不宜再影响下一代了。这在西晋时期具有思想史和社会史意义。

像裴楷，他的一生，一方面持守"宽厚"原则，与儒家所说的"仁政"是接近的，即以朴素的人道立场来处世，对于不合理、不公平现象持否定态度；另一方面得益于老庄哲学的启迪，认定"损有余以补不足，天之道也"，这与儒家的"仁政"观念形成理论上的"互补"。从这个角度看，裴楷之所以几为"完人"，其主观条件是具备的。

就客观条件而言，河东裴氏家族在魏晋之交本已享有美誉，裴楷为人，既有才具，又有人缘，当遭遇凶险之时，会有人出手相助，逢凶化吉；而裴楷的为政风格是"不竞于物"，且"与物无忤"，顺势而为，不出风头，不乱折腾，形成有利于他成为"完人"的环境。

西晋政坛，烽烟四起，朝夕有变。身处其中，尚能因病而终，享其天年，实在不易。可与他做比较的是乐广、王衍等人的晚年，乐广的忧愤而殁，王衍的死于非命，都反衬着裴楷的"从容"一生。

2．乐广

乐广（？—304），子彦辅，晋南阳（今河南南阳）人。曾任吏部尚书等职，一度代替王戎出任尚书令，故世称"乐令"。

其父乐方，正始年间曾与夏侯玄共事。夏侯玄颇为器重年纪尚小的乐广，称之为"神姿朗彻，当为名士"。《晋书·乐广传》称："（乐广）性冲约，有远识，寡嗜欲，与物无竞。尤善谈论，每以约言析理，以厌人之心；其所不知，默如也。"言简意赅，是乐广的话语风格；且持守"知之为知之，不知为不知"的儒家遗训。

乐广得到时任荆州刺史的王戎的提拔，又得到时任尚书令的卫瓘（卫玠祖父）的高度评价，声誉日隆。他的为政作风是不事张扬，不求显赫的政绩，可是，离任之际，"遗爱为人所思"。

乐广能清醒地分析时局，为人颇有底线，"值世道多虞，朝章紊乱，清己中立，任诚保素而已"（《晋书·乐广传》），是一个有政治头脑的人。但是，他虽有心"保素"，但无奈其女儿嫁给了成都王司马颖，在"八王乱局"中，其成都王岳父的身份为他带来较多麻烦，"群小谗谤之，竟以忧卒"。一代名士，以此收场，未免令人唏嘘。

乐广的知识结构里，儒家学理是基本面，然后再添加了一些玄学。这与一味讲论玄学的名士如王衍等显然有别。

按说，乐广守"正道"，人缘好，影响大，他的一生应该是风平浪静才是。可人不能超越时代，有什么样的时代就会有什么样的人生，乐广也不例外。且不说他的言论和观念与当时的一些权贵不同，会招惹他人的议论或引来麻烦；且不论他也算身居高位，官至尚书令，会有意无意地陷入某种政治漩涡；仅说他的一个身份，即成都王司马颖岳父这一"角色"，就会要他的命。

身处晋惠帝时代，政坛诡谲，风波屡起，人人自危，朝不保夕；"八王"都在觊觎"大位"，不幸乐广的女婿就是"八王"之一。乐广所信奉的"名教"即儒家的纲常伦理在这场凶险、混乱、惨烈的"皇位争夺战"中荡然无存。

司马颖还是"八王"之中距离"皇位"很近的一个"王"，曾几何时，他"入朝不趋，剑履上殿"；他镇守邺城，"悬执朝政，事无巨细，皆就邺谘之"（《晋书·成都王颖传》）。不知是乐广无法改变女婿的想法，还是曾经劝说终告失败，反正，明知女婿的所作所为是在违反"名教"，为何不见乐广对女婿说"名教中自有乐地"的记载呢？

当然，在权力欲异常"爆发"的时代，一切说辞都会显得苍白无力。这是乐广的悲哀。在"八王"互杀的情景中，他尽管有成都王做女婿，可也保不了自己的命，不得不在长沙王司马乂的威吓之下忧愤而死。这是乐广的悲剧。

乐广似乎也在自保，他为了释除司马乂的猜疑，表示自己有五个儿子，比女儿重要，暗示自己会跟女婿成都王"切割"。可是，于事无补。这是乐广的无奈。

无奈，悲哀，还有悲剧，这是乐广的一生。一个聪明而自律的人，一个名满天下的"乐令"，一个拥有著名女婿的岳父，竟然如此收场，令人无限感慨，深叹尘网之险恶，"名教"之无效。

3. 王衍

王衍（256—311），字夷甫，晋琅邪临沂（今山东临沂）人。是"竹林七贤"之一王戎的从弟。

王衍显得"神情明秀，风姿详雅"。年少时曾造访山涛，山涛称之为"宁馨儿"，但预判"误天下苍生者，未必非此人也"。西晋末期，王衍投靠东海王司马越，外敌当前，司马越病死，军队交给王衍统领；而王衍不懂军事，只会清谈，输得一败涂地，最后死于石勒之手，西晋政权继而覆灭。山涛预判，果如其言。

王衍以善于清谈而"倾动当世"，《晋书·王衍传》说他"妙善玄言，唯谈《老》《庄》为事"。是当时的"清谈领袖"，"后进之士，莫不景慕放（仿）效"。在某种程度上，王衍以"竹林七贤"的传人自居。

王衍颇有政治野心，凭借手中权力，安排其弟王澄、族弟王敦分别镇守荆州和青州，自己留在京师，以成"狡兔三窟"之势，伺机图谋不轨。其心机颇为有识者所不齿。

王衍少负盛名，在仕途上可谓一帆风顺，步步升迁，官至司空、司徒、太尉，位极人臣；可因"清谈误国"，落得死于非命的下场。

世称东晋时代是"王与马共天下"，其中的"王"，指临沂王氏；而王氏的核心人物王敦、王导与王衍同宗，王衍是前辈。王衍在西晋末年的权势和声望对于临沂王氏的兴起有着一定的内在关联。

在晋朝历史上，王衍是反面人物，此乃定论。

可此人异常复杂，其内心是一个丰富的"宇宙"，了解他，思考他，总会能增进对世情的认知，对人性的理解。

像王衍这类人物，初一看，会觉得极有吸引力，甚至可说是魅力四射，气场很大，令人感兴趣，也叫人着迷。他外形好，有"内涵"，言行举动，一招一式，都很有"范"；妙语如珠，口才极佳；摇动麈尾，风神飘逸；所讲的内容，都是超越尘网，不染俗气，比"心灵鸡汤"更令人动心。他并非不学无术，而是很有学问，满腹经纶，头头是道。他不是浪得虚名，曾几何时，得到当时的"著名人物"如山涛、王戎等"竹林七贤"的大佬们的垂注，年纪轻轻就已经名播京师，在洛水边畅所欲言，放言高论，自感得意，也备受赞誉。

如果王衍保持清高，不入官场，或许他还可以做一个时代的"学界领袖"，接受年轻学子的膜拜，得到一般民众的景仰，还可以心安理得地好为人师，培养出一批"王衍之徒"，在晋代学术界造成广泛影响。

坏就坏在他要在官场里大显身手，不仅眼中无"彭城王"，而且还要采取"狡兔三窟"之策，自己在京师，安排其弟王澄镇守荆州，安置族弟王敦出守青州，形成王氏家族的"势力范围"，时刻准备，伺机而行，胆子很大，心眼很多，大有视司马氏江山如"囊中之物"的野心。

尤其不堪的是，王衍将清谈挂在嘴边，而于军国大事毫无根底，说的多，做的少，甚至不会做；东海王司马越病死前将军队交给王衍，他竟然束手无策，面对外敌，一败涂地，并且做了阶下囚，葬送了西晋王朝的一片江山。虽说"清谈误国"的说法有其简单化和片面性，但是，清谈高手王衍不是治国之才，却是可以肯定的。

王夫之在《读通鉴论》卷十七里评论"读书亡国"的梁元帝，说虽是"读书万卷"，但梁元帝"义不能振，机不能乘"，所读之书，不得其要领，"得纤曲而忘大义，迷影迹而失微言"，结论是："无高明之量以持其大体，无斟酌之权以审于独知，则读书万卷，止以导迷，顾不如不学无术者之尚全其朴也。"（王夫之《读通鉴论》，中华书局，2013 年，第 493–495 页）这些话，移评同样好读书的王衍，也是适用的。

"读书万卷，止以导迷"，这是很要命的。以一己之聪明，求一己之私利；说则天花乱坠，做则无从施行，关键是没有家国情怀，没有民生关切，没有舍己为人的宏愿。于是，那些读过的书只能将人引向"迷乱"而不知方向，这对于一个进入官场的知识分子而言，犹如自己跟自己打起"迷踪拳"来，最后连自己的性命也"迷"了进去，终至于稀里糊涂，呜呼哀哉。

这是王衍一生深刻的教训，也是其最大的悲剧。

4. 庾敳

庾敳（261—311），字子嵩，晋颍川鄢陵（今河南许昌鄢陵县）人。生活于"王室多难"之际，自知"天下多故，机变屡起，"遂以"静默无为"处世，于《庄》《老》之义多有领悟（《晋书·庾敳传》）。与之可作对比的是，其父庾峻"潜心儒典"，不满"重《庄》《老》而轻经史"的风气，认为此风不可长，否则就会导致"雅道陵迟"，即儒学的衰败（《晋书·庾峻传》）。由此可知，学术风气的形成与转变跟特定的政治环境有密切关联。

庾敳得到东海王司马越的赏识，招致麾下，曾任东海王太傅军事，转军谘祭酒。不过，在东海王的众多幕僚中，庾敳比较收敛，不喜欢出风头，"常自袖手"，而不求"表现"。官至豫州长史。

庾敳"纵心事外"及"雅有远韵"，反而赢得"重名"，并且"为缙绅所推"，成为"名重一时"的人物。不幸的是，"石勒之乱"中被害，时年五十。

从世俗的角度看，庾敳属于"世上高人"，他心明眼亮，早就看出"王室多难"，并且预感"终知婴祸"，内心不无惶恐，所以才会效法贾谊的《鹏鸟赋》而写出《意赋》，在"善于托大"的庄子意境中寻求慰藉，解除烦恼。

可是，"世上高人"再清高也要谋生，所以，庾敳不得不加盟东海王司马越的王府，显然，"常自袖手"的庾敳在幕僚生涯中但求"饭碗"，不求

"表现"。他"常自神王",内心十分瞧不起刘玙一类货色;不卑不亢,意态从容,神情内敛而不失自信。他要防同僚们不时而来的明枪暗箭,要应付司马越不时而来的种种"考验",还要在"有无之间"做些既不是"轰轰烈烈"又不是"鸡毛蒜皮"的事情,以便对得起那只"饭碗"。一句话,庾敳有庾敳的难处,"世上高人"并非没有心烦之时。

庾敳是颇有忧患意识的,别的不说,他喜欢"聚敛",这与一般人的"贪货"可能有些不同。人们觉得奇怪,庾敳生活简朴,不是那种要享受奢华的人,可为何要"聚敛"呢?这大概与他对时代的基本认知即"王室多难,终知婴祸"有关,他要防备不时之需,要留有"后手"。若以"守财奴"视之,则难以解释他何以能一口答应将自己的"巨款"借出给司马越。世事多变,储蓄保身,可能是庾敳"聚敛"的本意。

一个人再懂得"超越"也难以超越自己所处的时代,庾敳就是一个典型例子。他依附司马越,司马越是"八王之乱"中最后一个覆灭的"王",有实力,有野心,可就是没有"全局观念",只知道打自己人,无意于抵御外敌,不支持抵抗入侵异族的刘琨,导致满盘皆落索,自己病死项城,由王衍领军去对付异族首领石勒;毫无军事才能、也无战争经验的王衍将西晋政权拖入了深渊,其本人一败涂地,束手就擒,落得"八王死尽晋随亡"的结局。王衍死于石勒之手,而庾敳也未能幸免,同样死于石勒之手。《晋书·庾敳传》的最后一句是:"石勒之乱,与(王)衍俱被害,时年五十。"读之令人深感沉痛。

自求多福,不如求社会的清明、时代的进步。这是庾敳的一生留给后人的深刻启迪。

5. 王承

王承(275—320),字安期,晋太原晋阳(今山西太原)人。以"清虚寡欲"著称。其为学之道是"但明其指要而不饰文辞",追求"约而能通",年二十已经享有声望。

王承得到东海王司马越的器重,司马越称王承是"人伦之表",教导儿子学习王承的品格和为人。曾任东海内史,故世称"王东海"。

在动乱不堪的年代,王承离开北方,渡江南下,得到晋元帝司马睿的赏识,为司马睿镇东府从事中郎,"甚见优礼",可见他与司马睿相处融洽。《晋书·王承传》说:"渡江名臣王导、卫玠、周颉、庾亮之徒皆出其下,为'中兴第一'。"可惜,死于46岁,时在晋元帝泰兴三年;比谢鲲的去世早两年，比王敦的去世早四年。

王承"每遇艰险，处之夷然，虽家人近习，不见其忧喜之色"（《晋书·王承传》），这也是"魏晋风度"的一种表现。东晋谢安与之相近，故有谢安"继踪王东海"一说（桓彝语，见《世说新语》德行第 34 则刘孝标注引《文字志》）。

王承的儿子王述、孙子王坦之，也是东晋有名的人物。

太原王氏家族在晋朝属于名门望族。王承的父亲王湛在晋武帝时代已经得到"山涛以下，魏舒以上"的评价（《晋书·王湛传》），即上比山涛不足，而下比魏舒（曹魏末期深得司马昭重用；入晋以后，继山涛为司徒，领吏部）有馀。这为王承的日后发展营造了良好的家族氛围和社会影响。王承正是在此有利的背景之下成长起来的。

《晋书·王承传》在篇末强调"渡江名臣"如王导、卫玠、周𫖮、庾亮等都不如王承，"皆出其下"，并称王承"为中兴第一"。不知是否有夸大的成分，但王承乃是当时之"一等人物"，应无疑义。

因此，王承先后得到东海王司马越、晋元帝司马睿的赏识和重用，这也反映出王承作为"社会精英"具备足够的才华和人格魅力。而王承在实际的官宦生涯中颇有"个性色彩"的治理风格也得到后世史家的认可，故而《世说新语》所载王承为官的小故事都写进了《晋书·王承传》。

太原王氏家族自王承之后，代不乏人，其子王述官至散骑常侍、尚书令；其孙王坦之官至散骑常侍、中书令等；其玄孙王忱官至建武将军。祖孙四代均在《晋书》里有传，这可算是东晋"门阀政治"的一个缩影了。

6. 阮瞻

阮瞻（生卒年不详），字千里，晋陈留尉氏（今河南开封尉氏县）人，阮咸的长子，阮籍的侄孙。

阮瞻继承了其父阮咸的音乐特长，"善弹琴，人闻其能，多往求听，不问贵贱长幼，皆为弹之"。西晋著名文学家潘岳是他的内兄，"潘岳每令鼓琴，终日达夜，无忤色。由是识者叹其恬淡，不可荣辱矣"（《晋书·阮瞻传》）。

在仕途上，阮瞻先后依附于司徒王戎、东海王司马越；晋怀帝永嘉中，为太子舍人。三十岁时因病而亡。

在中国古代思想史上，阮瞻以主张"无鬼论"著称。其读书态度是"不甚研求，而默识其要"，可谓上接嵇康，下启陶潜。

阮瞻，在阮籍、阮咸身后属于"贵游子弟"，刘孝标注引王隐《晋书》说，阮瞻等人"祖述于（阮）籍，谓得大道之本"（《世说新语》"德行"第23则刘注）。刘孝标又引《名士传》说："（阮瞻）夷任而少嗜欲，不修名行，自得于怀。读书不甚研求而识其要。"（《世说新语》"赏誉"第29则刘注）换言之，阮瞻大体继承了阮氏家风，以"夷任"（平易而又任性）著称，读书也好，做人也罢，都很"随便"，亦即"不修名行，自得于怀"。他在"竹林七贤二代"里算是颇有影响的人物。

因此，袁宏编纂《名士传》将阮瞻列入了"中朝名士"之中。阮瞻是"中朝名士"里与"竹林七贤"存有"直系血缘"的唯一人物。

奇怪的是，《世说新语》收录阮瞻的故事甚少，而且是间接的。一则，可能与他早逝有关；一则，有些故事，可能"遗失"了。但袁弘编《名士传》时没有将阮瞻漏掉，王导在南渡之后仍然对阮瞻念念不忘，这些都能说明，阮瞻的存在，其意义和价值不可忽视。

至于是什么样的意义和价值，可能会见仁见智，未必能够达成"共识"。不过，"竹林七贤"作为历史事件和文化现象，总会有"终结"的时候，阮瞻的去世，多少意味着"竹林七贤"与"竹林七贤二代"不可避免地要"淡出"历史舞台，转眼间，又将会是另一番历史风云的酝酿与呈现了。

附带一提，《晋书·阮瞻传》记载：有一次，阮瞻跟众人一起外出，天气甚热，大家口渴，刚好走到一个地方，发现有水井；朋友们争先恐后，都挤到井台喝水，而阮瞻独自一人在人群后面走来走去，就是不靠近水井，等到大家都喝够了，阮瞻这才上去润喉解渴。这是当时流传着的阮瞻性格"恬淡"的故事。可见，他不是没有故事的人。不过，如此"恬淡"，则"出格"故事相对少一些，也在情理之中。

7. 卫玠

卫玠（287—313），字叔宝，晋河东安邑（今山西运城）人。少年时即有令誉。其祖父卫瓘官至司空、太保，父亲卫恒官至黄门侍郎，山涛之子山简称之为"权贵门户"。卫玠先娶乐广之女，丧偶之后，再娶山简千金，故他先后做了乐广和山简的女婿。

身处西晋末年，北方多乱，卫玠移家南渡，一度依附王敦；无奈身体病弱，过早离世，年仅二十七岁；时在晋怀帝永嘉六年（313年），距离西晋政权的最后覆灭尚有数年。

卫玠是清谈高手，得到王敦、谢鲲等的高度赞誉，他的言谈被称为永嘉末年的"正始之音"。《晋书·卫玠传》说他"终身不见喜愠之容"，可见也在效法阮籍的处世姿态。

卫玠生前尽享美誉，死后也备受哀荣。仅仅二十七年的生命，有此"成就"，可算是一个不多见的奇迹。

卫玠在西晋末年的存在，其主要意义和价值是一定程度上"复活"了"正始之音"。这可能是王敦乃至于王导最为看重的一点。卫玠本质上不是"政治人物"，而是"学界精英"，是当时大家都佩服的青年玄学家，不论是王澄，还是谢鲲，不论是王敦还是王导，还有舅舅王济等等，都是卫玠的"粉丝"。要知道，这一系列人物，均为当时的一时之选，名头很响，地位颇高，可见卫玠在世人的心目中确实是非同寻常的。

可惜卫玠不如正始年间的王弼，没有留下任何著作，连片言只语也罕见，还不如他的祖父卫瓘、父亲卫恒。清严可均辑《全晋文》，尚然收录了卫瓘、卫恒的若干篇文字，而卫玠却是一句话也不见。而卫玠竟然在《世说新语》里获取了比祖父、父亲更多的赞美，不得不说是"异数"。

卫玠是有学问的，而且他的学识、见解必定"高妙"，才会令王澄绝倒，使王敦等人另眼相看，估计不会是浪得虚名。王弼二十来岁取得较高的学术成就，卫玠二十来岁也取得较高的学术成就，是可能的。

问题在于，如果要将卫玠这样的人培养成"政治人物"，比如，让他去做太子洗马之类的官，设想卫玠长寿，他真的会成为"政治家"吗？在某种程度上说，"正始名士"也好，"竹林七贤"也好，称得上"政治家"的几乎没有。在"官本位"时代，学而优则仕，学问家好像除了"变为"政治家之外，就似乎没有"前途"了，这是学术史上不必讳言的"怪现象"。

可悲的是，"正始之音"已经成为一种"符号"，一个政权，如果没有"正始之音"来衬托一下，就好像缺了点什么似的。王敦需要卫玠，卫玠也需要王敦，前者需要的是"花瓶"，后者需要的是"饭碗"。"正始之音"在西晋末年，乃至于到了东晋，依然"吃香"，确实值得后人认真反思了。

不知卫玠是否死得"及时"，如果他不死，活到东晋的建立，活到王敦作乱的时候，他还会不会有资格接受朝廷正式的"改葬"呢？

8. 谢鲲

谢鲲（280—322），字幼舆，魏晋陈郡阳夏（今河南周口太康）人。其父谢衡，长于儒学，官至国子祭酒。

　　谢鲲爱好研读《老》《易》，歌唱弹琴，均有造诣。不修威仪，任达不拘。东海王司马越知道他的声名，招致麾下，做幕僚；此后，时为左将军的王敦招他做长史，故人称"谢长史"。他曾经是王敦的得力亲随。后因看出王敦有"不臣"之心，加以规劝而无效，渐与王敦疏离。官至豫章太守。卒于官。

　　谢鲲虽不无放荡的行为，但眼光独到，见识非同一般，守住"君臣"底线。晋明帝尚在东宫的时候，就已经对谢鲲颇为信任。可惜，谢鲲43岁去世，未能见晋明帝与王敦的"最后决战"。然而，谢氏家族后来在东晋的政治版图上占有较大势力，与谢鲲早年奠定的"政治基础"有一定关系。

　　附带一提，谢鲲儿子谢尚，在晋穆帝时代颇有作为，对于扩大和巩固谢氏家族的权势也起到不小作用。兹以谢尚故事三则，附于谢鲲的故事之后。

　　谢鲲在"中朝名士"里是一位很特别的人物，他为陈郡阳夏（今河南周口太康）谢氏家族日后在东晋政治舞台上的"业绩"奠定了基础。

　　提及东晋历史，不得不说到"王谢"，唐刘禹锡的《乌衣巷》脍炙人口，虽是一首七绝，却是东晋权力变迁的一幅"缩影"："朱雀桥边野草花，乌衣巷口夕阳斜。旧时王谢堂前燕，飞入寻常百姓家。"其中，"王"是山东琅邪王氏，"谢"是陈郡阳夏谢氏。

　　从"门阀政治"的角度看，一个"门阀"的形成和强大，要靠几代人的经营，如同接力赛一样，"一棒一棒"地交接和传递。就陈郡阳夏谢氏而言，谢鲲的父亲谢衡"仕至国子祭酒"，毕竟"以儒素显"，即其影响大致限于"学界"。谢鲲则不同，他虽然"任达不拘"，但是极有政治头脑，从年轻时起就在西晋末期、东晋初期的"政治圈"里赢得名声，王澄对他十分推崇，王敦对他十分器重，晋明帝司马绍在身为太子时就对他十分信任。晋元帝、晋明帝父子都喜欢谢鲲，谢鲲因而也就有了向王敦进行"规劝"的底气，并自以为有居间"斡旋"的能力；正是因为谢鲲敢于反对王敦"谋反"，其言其行均能进入司马氏政权的"考察范围"之内，而作为"考察对象"，谢鲲是完全"合格"的。要不是他过早去世，如果他活到王敦死后，其政治地位将会更高，其影响力度将会更大。尽管早逝，但谢鲲给陈郡阳夏谢氏家族打下了良好的政治基础，这是相当重要的。他的儿子谢尚，他的同宗后辈谢安、谢万、谢玄等都能够在东晋政治舞台上叱咤风云，尤其是谢安、谢玄叔侄，赢得"淝水之战"，名留青史，万古流芳。如果说这是谢氏家族的"接力赛"，跑第一棒的就是谢鲲。

　　谢鲲是一个复杂而有趣的人物。他有趣，"花边新闻"不少；他复杂，其复杂性呈现为既很懂政治，又与政治若即若离，并非十分热衷。故此，他才会说自己有"丘壑之癖"，而不如庾亮那样对于政务那么"投入"。

谢鲲骨子里流动着阮籍、嵇康等"先贤"的血脉，喜爱音乐，重视发展自己的个人兴趣；他的外圆内方更多的像阮籍，但比阮籍"外露"，不掩饰自己的政治立场，不屈服于已经走上"邪路"的政治势力，不惜与顶头上司"闹翻"也要维护自己的政治信念。就这一点而言，别看谢鲲长于"清谈"，其内心隐藏着相当坚定的儒家思想。他守住"底线"，与此大有关系。

日后，陈郡阳夏谢氏能在东晋政治圈里大有作为，不妨看作是谢鲲早年守住"底线"的政治回报。

四、东晋名士

以上三部分的名单与排序，全依东晋袁宏《名士传》。此"东晋名士"部分，是当年的袁宏未及编写的。

东晋名士甚多，限于篇幅，难以一一论列。

东晋历史，向来"王谢"并称，均为门阀，而"东晋门阀政治"是这一历史阶段的独特的政治形态，有鉴于此，兹以"王谢"为中心，选入王敦、王导、王羲之、谢安诸人，试作平议。

田余庆先生曾经指出："东晋所见士族，其最高层级所谓门阀士族中的当权门户，以其执政先后言之，有琅邪王氏、颍川庾氏、谯国桓氏、陈郡谢氏、太原王氏五族。"（田余庆著《东晋门阀政治》，北京大学出版社，2012年，第316页）上面提及的王敦、王导、王羲之等，属于琅邪王氏；而谢安、谢玄等，则属于陈郡谢氏。前者有旧族渊源关系，后者却是魏晋新出门户，各有一定的代表性。

《资治通鉴》卷九十一概述东晋政权的建立："帝（晋元帝司马睿）之始镇江东也，（王）敦与从弟（王）导同心翼戴，帝亦推心任之。敦总征讨，导专机政，群从子弟布列显要，时人为之语曰：'王与马，共天下'。"（中华书局，2007年，第1078—1079页）这一政权，是"合力"的产物，即司马睿的皇族血统加上王敦、王导的强劲扶持，二者形成合力。缺了前者，政权就没了"名分"；缺了后者，政权就少了"骨架"。后者是"硬件"，前者是"软件"，相互配合，方能有效运作。琅邪王氏于是得以在东晋的政治舞台上起着极为特殊的作用。

至于陈郡谢氏的兴起，不能忽视一个历史环节，即当王敦意图谋反之际，其身边有一位出身于陈郡谢氏的谢鲲（中朝名士之一），他本是王敦的亲随，可在大是大非问题上守住了为臣的底线，多方劝阻王敦，苦口婆心想说动王敦回归朝廷，在"选边站"的问题上，谢鲲站在了晋元帝司马睿一边，因而得到司马氏的信任。尽管他卒于东晋初年，但是，其后人如儿子谢尚、族人如谢奕、谢万、谢安、谢玄等均在东晋皇朝里先后出任要职，追本溯源，谢鲲当年在关键时刻的"忠心"无疑对于诸谢日后的起用具有"无形"的影响。

尽管东晋历史上有王（琅邪）、庾、桓、谢、王（太原）五个门阀士族先后执政，但是，"王谢"并称已经进入常识范畴，唐刘禹锡的名句"旧时王谢堂前燕"（《乌衣巷》）脍炙人口，"王谢"二字已经成为东晋最显赫的权贵的代称。可具体而言，王氏与谢氏，各有家族史，一在山东，一在河南；后来南渡，寄居江东，王氏与齐鲁文化，谢氏与河洛文化，却又不得不分别与江南文化相融合，南北互补，相得益彰。王氏与谢氏的族人，从王敦、王导到王羲之、王徽之、王献之，从谢安到谢玄、谢灵运，他们各有故事，个性纷呈，得失不一。这一批东晋名士自成格局，可与正始名士、竹林名士和中朝名士并列。

东晋的"王谢"，既是北方的，又是南方的，更是南北"合流"的产物。这一切，成就了他们与众多西晋名士不一样的独特性。他们之间在南北"合流"过程中不期然而产生的某些方面（如政治态度、家族利益、价值取向等）的动态"错位"，甚至是意想不到的家族矛盾等，可能更有历史价值和文学意味。

1. 王敦

王敦（266—324），字处仲，晋琅邪临沂（今山东临沂）人。其父王基，是王导的从父。

王敦从小有异于常人，被视为"奇人"。得到晋武帝司马炎的器重，王敦与晋武帝之女襄城公主成婚，拜驸马都尉，除太子舍人，这是王敦在西晋年间的政治基础，可谓起点甚高。

"八王之乱"期间，赵王司马伦篡位，幽禁晋惠帝；当时，王敦叔父王彦为兖州刺史，王敦力劝王彦起兵反赵王；晋惠帝复位后，王彦立下大功，王敦也随之升迁，巩固了自己的政治地位。

及后，东海王司马越得势，王敦得到司马越的重用，出为扬州刺史。有人劝司马越不可如此用人，说："今树（王）处仲于江外，使其肆豪强之心，是见贼也。"但司马越不听（《晋书·王敦传》）。在晋朝，扬州是"江外"重地，扬州刺史地位特殊。王敦的政治地位和军事势力已经到了不可小觑的程度。

正因为如此，司马睿（即后来的晋元帝）在镇守江东时，鉴于自己"威名未著"，不得不借重于王敦以及王导。琅邪王氏在江东成为相当重要的一种"政治存在"。

西晋彻底灭亡，"中朝"不复存在，人在江东的司马睿被拥立为晋元帝，是为东晋的开始。司马睿知道自己的权力基础薄弱，在有赖于王敦、王导扶持的同时，暗自培植亲信，稳定局面，伺机巩固属于自己的权势。于是，备受晋元帝重用和信任的刘隗和刁协进入人们的视野，而刘、刁均趁机劝说晋元帝"疏离"王氏，有意摆脱"王与马，共天下"的"窘境"。晋元帝自有盘算，王敦敏锐感受到被排挤的危机，加以自己有晋武帝女婿的身份，属于皇室的外戚，而司马睿如何一步一步"转身"为晋元帝，王敦也是心中有数。故此，在自认为处境日益恶化的情形之下，王敦"不臣之心"愈益膨胀，并一发不可收拾，终于走上与司马氏严重对抗的道路，先后两次举兵，进犯京师；却在晋元帝"驾崩"之后、晋明帝在位期间病死军中，时在晋明帝太宁二年（明帝亦于次年病亡）。

《晋书·王敦传》说王敦"性简脱，有鉴裁，学通《左氏》，口不言财利，尤好清谈，时人莫知，惟族兄（王）戎异之"。显然，王敦受到清谈之风的影响，其两位族兄王戎和王衍又同是玄学名家，故其"尤好清谈"可视为"家学"。至于"口不言财利"的举止，则更像将"钱"说成"阿堵物"的王衍。

王敦，是东晋历史绕不开的人物。他有破坏，无建设，蓄意谋反，制造动乱，涂炭生灵，祸害社稷，被钉在历史的耻辱柱上。

这个人，从小就表现出并非善类。为人阴狠、狂妄、张扬，虽然出身名门望族，接受良好的教育，自己也颇以熟读《左传》等书而洋洋得意，但是，性格粗豪，目中无人，与一般的文弱名士绝不相类。

受时风影响，王敦"雅尚清谈，口不言财色"，在某些方面与大名士王衍较为相似。可此人实际上极为好色，随便一松口，就可以放出数十名侍婢，可见其府邸"猎艳"众多，"春色"无限。"雅尚清谈"以及"不言财色"，都只是他的"遮羞布"而已。

王敦与晋元帝司马睿识于微时，这是他的"无形资本"。他利用司马睿早年许下的"管鲍之交"来要挟已经登基的晋元帝，将所谓的"管鲍之交"当作一笔可观的"股金"，不断要"分红"；后来发觉晋元帝也不是笨蛋，刻意扶植忠于自己的势力，如刘隗、刁协等人，让他们把持要职，而逐步疏远王氏一族。有道是"王与马，共天下"，王敦以为这本是一家"合资银行"，如今看来，晋元帝有把它悄悄地变为"独资银行"的苗头，于是，一不做二不休，干脆挥军北上，直逼建康。他除了"无形资本"之外，还有不可小觑的有形资本，那就是比"王师"还要强盛的军队。

《世说新语》用了不少篇幅写王敦谋反的各类故事片段。这些片段，有的被收录到《晋书》里，有的还是本书的"独家报道"。虽是点点滴滴，然而，十分具体，很有"现场感"，是稍纵即逝的历史瞬间，十分珍贵地保留了下来。王敦的一言一行，一举一动，固然极具个性，可是，我们也可以从中领悟到"权力欲望"叠加"野心阴谋"是怎样将一个人转变为失去理性的狂魔。

一言以蔽之，王敦祸国殃民，罪无可恕。

2. 王导

王导（276—339），字茂弘，晋琅邪临沂（今山东临沂）人。王敦从弟。

王导的父亲王裁，官至镇军司马。王导年少时已有"风鉴"，神态异于常人，有一位民间人士张公说"此儿容貌志气，将相之器也"（《晋书·王导传》）。

王导政治生涯的起点是做过东海王司马越的幕僚。但他与其他入东海王府的人不大一样，与东海王的关系并不十分密切。另一方面，却跟琅邪王司马睿相当投契，《晋书·王导传》记载：琅邪王出镇下邳，"请（王）导为安东司马，军谋密策，知无不为"，在较长时间的"合作"中获得司马睿的信任和赏识。可以说，出任琅邪王的安东司马是王导与司马睿结盟之始。

王导与司马睿的关系延及王敦。王导对王敦说："琅邪王仁德虽厚，而名论犹轻；兄威风已振，宜有以匡济者。"（《晋书·王导传》）这些话已经显露出日后东晋政权的"结构性特色"："威风已振"的王敦（其晋武帝驸马的身份不可小觑）在司马睿走向皇权的宝座过程中起过关键作用，司马睿政权早就"嵌入"了"王敦因素"，加上司马睿在各种谋略和谋划上依赖王导，也"嵌入"了"王导因素"，"王与马，共天下"因而成为东晋门阀政治的"基石"；尽管就东晋历史而言，"王与马"，或者可以替换成"庾

（亮）与马"，转换成"桓（温）与马"等不同说法，但是，"结构"是一样的，即东晋政权在不同皇帝治下均存在复合型的"同构关系"，而开创这一独特政治格局的最早"契机"是王导、王敦与司马睿的"三剑合一"结构。这一特殊关系的"结合点"就是王导。

王导在王敦之乱事件中，角色独特，十分尴尬。但他成功地化解了自己与晋元帝司马睿的紧张关系，果敢地与王敦"切割"，即维护了司马氏的"皇权"，也巧妙地保住了"王与马，共天下"格局；他在晋元帝、晋明帝、晋成帝三个时期，均在政治上保持了一定的影响力。

王导的为政之道多与"无为而治"方针相合，表面上没有多少"大动作"，实际上花费了很大心力，使得东晋政权在江东逐步壮大起来，并且，推动和促进了南北文化的交流和融合。史学家陈寅恪先生曾专门撰写论文《述东晋王导之功业》，加以表彰。

王导是东晋名士里话题性最强的一位。关于他的历史地位，史学家有截然相反的评论，构成史学界的一桩"王导公案"。

清王鸣盛《十七史商榷》卷五十"王导传多溢美"条说："《王导传》一篇凡六千馀字，殊多溢美。要之，看似煌煌一代名臣，其实乃并无一事，徒有门阀显荣、子孙官秩而已。所谓'翼戴中兴，称江左夷吾者'，吾不知其何在也？"（王鸣盛《十七史商榷》，凤凰出版社，2008 年，第 283 页）王氏还列举了王导为人的诸多"不是"，最大的一条是"导兄敦反，虽非导谋，……导固通敦矣"，认为王导当时为正直人士所羞，可知"时论"于王导不利。

与之相反，陈寅恪特因王氏这番言论写了一篇驳论，即上文提及的《述东晋王导之功业》，陈氏毫不客气写道："王氏为清代史学名家，此书复为世所习知，而此条（即'王导传多溢美'条）所言乖谬特甚，故本文考辨史实，证明茂弘（王导字）实为民族之功臣。"并指出："本文仅据当日情势，阐明王导在东晋初期之功业一点，或可供读史者之参考也。"此文篇末云："王导之笼络江东士族，统一内部，结合南人北人两种实力，以抵抗外侮，民族因得以独立，文化因得以续延，不谓民族之功臣，似非平情之论也。"（陈寅恪《金明馆丛稿初编》，生活·读书·新知三联书店，2001 年，第 55—77 页）

《世说新语》里的王导故事，给我们留下深刻印象的是温峤在南渡后与王导深谈，消除了自己从北方带过来的忧虑，对王导治下的东晋政权抱有信心；读过《世说新语》的读者还会记得，王导是如何放下身段结交江东各方人士，是如何注意培养、提拔顾和一类的江南才俊，是如何顾及和维护江东族群的切身利益，而这一切，都是为了使得侨寓江南的北方人政权有一个比较安稳的立足之地。东晋享有国祚逾百年之久，其最初的基础是王导打下来的；东晋开国皇帝司马睿得以登基，是王导扶助而成的；东晋开国后的两任皇帝晋元帝和晋明帝父子相继遭遇"王敦之乱"，参与平定这一叛乱的也少不了王导。王鸣盛说"导兄敦反，虽非导谋，……导固通敦矣"，此说经不起推敲。晋明帝继位后，王导接获王舒父子的情报，赶紧报告了晋明帝，以便朝廷及时采取对策，精准打击王敦叛军，《资治通鉴》卷九二明文记载："（王）舒与王导俱启帝，阴为之备"。这是晋明帝最终得以平乱的关键，王导之功不可抹杀。故而，我们联系《世说新语》之王导故事，可以判断陈寅恪的论证是成立的，而王鸣盛的说法有失公允。

王导并非"完人"，他有不少缺点，如好色，家有"女伎"，享有声色之乐，为人方刚正直的蔡谟就看他不顺眼；他的小妾雷氏，贪得无厌，还干预政务，这跟王导的纵容脱不了干系；他与周𫖮关系密切，可严重误判，在一定程度上加大了王敦杀害周𫖮的决心，有意无意间将自己的恩人推向了王敦的屠刀之下；他有过度自信的时候，乃至于不接受郗鉴的当面质疑。诸如此类，不必讳言。

然而，王导毕竟是一位大政治家，其施政手腕之灵活、"无为而治"之得当、掌控政坛能力之高超，是并不多见的。他头脑清醒，知所进退，这就更为难得了。

3．王羲之

王羲之（303—361），字逸少，晋琅邪临沂（今山东临沂）人，王敦、王导之从子；其父王旷，官至淮南太守。十三岁时拜谒周𫖮，得到周𫖮另眼相看。及长，亦深得其从伯王敦、王导的器重。《晋书·王羲之传》记"年五十九卒"。

王羲之娶妻郗氏，是东晋权势人物郗鉴的女婿；郗鉴选定王羲之为女婿，已成典故，成语"东床快婿"即源出于此。

王羲之的生年另有一说，是生于321年，即晋元帝泰兴四年（清钱大昕《疑年录》）。此说颇为可疑，因为王羲之的岳父郗鉴与其从伯王导均卒于339年（晋成帝咸康五年），若依据"生于321年"说，则此时王羲之尚未到弱冠之年；郗鉴与王导在晚年交恶，二人政见不同，关系紧张，甚至到了无法以言语沟通的程度；若王羲之生于321年，其结婚的时候正值郗鉴之晚年，此事则不太可能发生。故此，郗鉴将王羲之招为女婿，当在更早时候，即他与王导交恶之前。此外，还有一个旁证，即王羲之看不起王述，王述与他一样生于303年，是同龄人，同龄人相轻是比较自然的；如果王羲之生于321年，他与王述岁年相差甚大，王述是中朝名士王承的儿子，连王导也很敬重王承，以与王承结交为荣，则作为"小字辈"的王羲之轻视其"前辈"王述的可能性是比较小的。再有一个旁证，庾亮卒于340年（晋成帝咸康六年），临终前上疏称王羲之"清贵有鉴裁"，提拔为宁远将军、江州刺史，这也不会是一个未及二十岁的人所能够得到的。更有一个"坚实"的证据，《晋书·王羲之传》记王羲之十三岁去见周顗，而周顗死于"王敦之乱"时期的322年（晋元帝永昌元年），如果王羲之生于321年，则"十三岁"之说完全落空。余嘉锡于《世说新语》"企羡"第3则正文之下加按语，认为陶弘景《真诰》及张怀瓘《书断》记王羲之卒于晋穆帝升平五年（361年）享年五十九岁，是可信的。由此上推，其生年是303年。

王羲之初为秘书郎，得征西将军庾亮启用为参军，后迁长史；历任宁远将军、江州刺史、右军将军、会稽内史。后决然辞官，优游度日。他出任右军将军最为世人所知，故世称"王右军"。

王羲之为政多有成绩，《晋书·王羲之传》记载："时东土饥荒，羲之辄开仓振贷。然朝廷赋役繁重，吴会尤甚，羲之每上疏争之，事多见从。"世人都知道他是大书法家，其实，他的政治能耐也是不小的。

王羲之书法以"妍美流便"著称，其草书、正书、行书各有个性，虽增损古法，千变万化，但均出于自然，东晋以下历代书家尊之为"书圣"。其法书有《兰亭序》《乐毅论》《十七帖》《快雪时晴》等。

王羲之出自琅邪王氏，这是其一生经历的"底色"。他的两位从伯王敦、王导在东晋政坛上位高权重，可以呼风唤雨，这对于王羲之而言有好有不好。从好的方面说，王羲之从小得到王敦、王导的栽培，成长在良好的家族环境之中，其文化教养、政治素质、人生追求乃至于婚姻家庭等均与此大有关系。从不好的方面说，就是过多卷入政治漩涡，政坛上的纷争难免波及家庭，影响亲属关系，王家与郗家的恩恩怨怨由此而起，可以想见，王羲之身边的郗夫人很难做，而王羲之本人也很难做。

王羲之是天生的艺术家，为人淳厚，敏于感悟，丰富的内心、深刻的体验不断滋养着他的艺术世界，《晋书·王羲之传》说他"以骨鲠称，尤善隶书，为古今之冠，论者称其笔势，以为飘若浮云，矫若惊龙"。他生在权贵世家，却对官场不太入迷，保持若即若离的心态，且自称"吾素自无廊庙志"（《报殷浩书》），正因如此，才会在艺术上专精不二，深造有得，独树一帜。

可王羲之毕竟是"王右军"，他也是官场中人，这就决定着他的行为不可能是纯粹的，而不得不卷入人事纠纷。他的辞官和退隐，实在有不得已的苦衷，带着强烈的"挫败感"，否则，没有必要跑到自己的父母坟前发誓再也不入官场："自今之后，敢渝此心，贪冒苟进，是有无尊之心而不子也；子而不子，天地所不覆载，名教所不得容。"（《晋书·王羲之传》）此话说得很严重，而其辞官的起因就是"轻慢"了王述。说到底，王羲之不够世故，如果世故一点，不那么任性，就算看不起王述也不必张扬出来，或许他跟王述的矛盾不至于恶化到不可收拾的程度。

附带一提，王羲之的儿子，在很大程度上继承了"任性"的"基因"。像王徽之、王献之都很任性，各有不同的任性故事；而且，若仅在"自我"的世界内任性也就罢了，可在社交场合任性是会出"事故"的。任性且傲慢的王徽之、王献之当时留下了不少"话柄"，这兄弟俩的故事多入《世说新语》的简傲门、任诞门，这些门类里的一项项、一件件，往往属于编写者心目中的"负面清单"，其评价也就可想而知了。

尽管如此，东晋的王羲之父子是一种不可替代的"历史存在"，十分独特，且耐人寻味；宜具体分析，不可只做简单判断。其人生得失一言难尽，可在历史语境里阅读，不同的人可能会从中领悟到不同的经验或教训。

4. 谢安

谢安（320—385），字安石，晋陈郡阳夏（今河南周口太康）人。其父谢衰。他是"中朝名士"谢鲲之子谢尚的从弟。自小就给人"风神秀彻，神识沉敏，风宇条畅"的印象，得到王导的器重，从而享有重名。

谢安出仕晚于其弟谢万，年逾四十才步入官场，在征西大将军桓温身边为司马。而在出仕之前，谢安常常流连山水，与王羲之、支道林等人为友，在浙江上虞的东山一带优游岁月。谢安的"东山之志"很出名，但仅指其"刻意"远离体制的行迹，而不代表他要"弃绝"功业；事实上，谢安深受儒家思想影响，其建功立业之心是明确的。

自置身官场之后，谢安的官运颇为亨通，步步高升，先后做过吴兴太守、侍中、吏部尚书、中护军等职。符坚意欲攻取江东，谢安领命抗击，派遣其弟谢石和侄子谢玄等率军征讨；先拜卫将军、开府仪同三司，封建昌县公，后赢得胜利，是为淝水大捷，而"以总统功，进拜太保"。卒后赠太傅。

谢安多才多艺，于音乐尤具造诣；而手足情深，自其弟谢万去世后，"十年不听音乐"，其用情之真挚于此可见一斑。

谢安，既属"大器晚成"，又兼"彪炳千古"。这在历史上并不多见。

《晋书·谢安传》的第一句话是"谢安，字安石，（谢）尚从弟也。"然后才说其父亲是谢裒。史官在写这篇传记时首先强调谢安是谢尚的从弟，其意很明显，意欲揭示在东晋历史上叱咤风云、与王氏家族并称的"谢"，渊源有自，其权势是从谢鲲、谢尚父子开始的，属于后起的门阀，有别于早就形成气候的王氏家族。

如果将这一关系纳入视野，就可以明白，谢鲲当年不跟从王敦谋反而站在司马氏一边，这一举动是谢氏家族的"立族之本"，谢安念念不忘，以至于在他出山之后，同样面临当初谢鲲遇到的难题时，谢安如同谢鲲疏离王敦一样，疏离了自己的"恩公"桓温，而站在了维护司马氏政权的立场上。

忠孝节义，这些儒家的传统观念深植于谢安的内心，或许，谢安心知肚明，陈郡谢氏之所以在东晋皇朝里有立足之地，完全靠谢鲲当年对司马氏的"忠心"。没有了这一条，谢鲲的儿子谢尚，以及谢氏族人谢奕、谢万（分别是谢安的兄和弟）等不一定一早就可以出来做官，而且越做越大；没有了这一条，朝廷未必会一再表示"起用"谢安。这一条太重要了，也正因为谢安具备明确的政治立场，故而在桓温死后，他才会独当一面，辅助司马氏，并成功抵抗前秦苻坚咄咄逼人的入侵，成就了一番轰轰烈烈的功业。

于是，就可以理解为什么谢安要精心培养他的侄儿谢玄、谢朗。他们是谢氏家族的接班人。谢安训诫侄儿，主要用儒家的那一套，比如，对前人乐广、李重的评价，是非分明，毫不含糊，以李重为优，以乐广为劣，主要看是否守住儒家的伦理底线：乐广守不住，承认了赵王伦的"谋逆"；李重守得住，拒不认同赵王伦的"胡作非为"。从这些事例可以看出，谢安骨子里属于"儒家"。

可谢安表面上又属于"老庄"，四十岁之前，悠游山水，吟啸度日，擅长清谈，超然世外。但不可不注意，就算是过着这样的日子，谢安也在"暗中用功"，军事方面的，施政方面的，民生方面的等等，他都会留心学习，否则，就难以解释他为何比他的弟弟谢万（西中郎将）更懂军事、更能治军；难以解释他为何懂得要放那些逃亡的士兵和杂役一条生路；难以解释他的施政何以很接地气。他绝对不是一位只会"读书"的书生。而"外道内儒"是谢安的个性化标签。

　　有一个现象值得关注，《世说新语》的编写者敬重谢安，哪怕谢安偶尔发一次脾气，有失仪态，编写者也要为他辩护一番（《世说新语》"尤悔"第 14 则），这在整部书里也是极为罕见的。可是，对于谢氏家族的"末流"，如由东晋入刘宋的谢灵运，编写者持鄙夷态度（《世说新语》只收谢灵运故事一则，属于负面的，见该书"言语"第 108 则）。《宋书·谢灵运传》记刘宋统治者在使用谢灵运方面的态度："朝廷唯以文义处之，不以应实相许。"原因是，谢灵运其人"为性偏激，多愆礼度"，暗示谢氏家族再也出不了谢安、谢玄这样杰出的人物。在此语境下，《世说新语》编写者不可能赞颂谢灵运。

　　敬重谢安，而鄙夷谢灵运，这是理解《世说新语》编写旨趣的一把"钥匙"。宋武帝刘裕与东晋有着太多的关联，谢安时代的东晋，不能否定，要否定的只能是已成谢氏对立面的桓氏（桓玄），刘裕就是靠起兵讨桓玄起家的。刘裕"开国"后，仍然尊奉王导、谢安、谢玄等东晋名臣（《宋书·武帝纪下》），以示承祚有序。故而，身为刘宋皇室成员的刘义庆编写《世说新语》而崇敬谢安等人是吻合当时政治环境的。可是，刘宋统治者也明确指出，"晋室微弱，民望久移"（《宋书·武帝纪上》），所谓"晋室微弱"，像不能成大事的谢灵运（谢玄之孙）就可做代表。《世说新语》里有不少属于"为性偏激，多愆礼度"的故事，从类名"任诞""汰侈""谗险"、"惑溺"等可知，是负面的，要否定的，《世说新语》编写者的倾向性不言而喻。

《世说新语》中的历史踪影

这里选释《世说新语》中涉及魏晋历史进程的文字32则，均可视为颇有"现场感"的微型报道。原文出处以括注方式标明。

一、"劝进"心迹

阮籍遭母丧，在晋文王坐，进酒肉。司隶何曾亦在坐，曰："明公方以孝治天下，而阮籍以重丧，显于公坐饮酒食肉，宜流之海外，以正风教。"文王曰："嗣宗毁顿如此，君不能共忧之，何谓？且'有疾而饮酒食肉'，固丧礼也！"籍饮啖不辍，神色自若。（**任诞2**）

阮籍母亲去世，热孝在身，某日，在司马昭（死后追封"晋文王"）那里闲坐，进食酒肉。司隶何曾也在座，对司马昭说："您正提倡'以孝治天下'，而阮籍母亲去世，正处热孝之中，竟然在您这儿大模大样地饮酒食肉，应该把他流放到海外，以示惩戒，以正视听，纯化风俗，尊崇礼教。"司马昭说："嗣宗自其母亲去世后，已经憔悴不堪，身体虚弱成这样了，你不能为他分担一些忧伤，还要指责他，你这是什么意思呢？再说了，'有疾而饮酒食肉'，本来就符合儒家丧礼的法度。"阮籍照样不停地喝酒吃肉，神色自若。

何曾的斥责与司马昭的回护，构成了这个故事的"戏剧张力"，而故事的主角阮籍好像是一个旁观者似的。这三个人，形成了一个"戏剧场面"，意味十足。

何曾，在司马氏集团中，是重量级人物，废魏帝，立晋朝，他都立下"大功"。表面上，给人的印象是"用心甚正，朝廷师之"（刘孝标注引《晋诸公赞》），似乎是一位"正人君子"。可是，何曾堪称是真小人，伪君子，《晋书·何曾传》记载，担负朝廷"检察"重任的何曾，私生活却是极度奢华，"侈汰无度"，"帷帐车服，穷极绮丽；厨膳滋味，过于王者"；也曾多次被人弹劾，只是他身为"重臣"，司马氏"一无所问"，从不追究。而为人"极假"的何曾，一向"死盯"着阮籍，说他"恣情任性，败俗之人"（刘孝标注引干宝《晋纪》），喜欢在司马昭面前说阮籍的坏话；这一次，更是当着司马昭的面"严词指斥"阮籍，欲置诸死地而后快。人家母亲新丧，悲苦哀伤，他竟然要司马昭流放阮籍到"海外"，其不近人情，居心恶毒，乃一至于此！

令人大感意外的是，司马昭不仅不听何曾的"坏话"，反而语带悲悯于阮籍、语含呵责于何曾，说了一番反驳何曾的话，入情入理，无可辩驳；尤其是司马昭引经据典，用《礼记》里的"条例"为阮籍辩护，从一个侧面说明司马昭的儒学修养的确不简单，毕竟是"儒学大家"司马懿的儿子。

有趣的是，为何司马昭要这样回护阮籍呢？为何不顾何曾的"面子"也要给处于"母丧"中的阮籍"送温暖"呢？不能排除司马昭与阮籍的确有不错的"私交"，否则，就无从解释了，这是前提。可是，看来也不限于此，司马昭自然有自己的盘算：阮籍是曹操"文胆"阮瑀的儿子，同样是当代知识分子里的"翘楚"和"头面人物"，这绝对是"统战"对象，不能没有这样的一枚"棋子"。事实上，在魏元帝景元四年司马昭进位"晋公"的各项"表演环节"中，阮籍写出《劝进文》，就是颇为重要的一环，在司马昭的生命史和政治史上，他真的没有"白疼"了阮籍。

读这一则故事，可以帮助我们理解为什么阮籍日后"冒天下之大不韪"也要替人写《劝进文》，帮了司马昭"一把"。其中，不无"感情回馈"的成分在内。试想，如果司马昭真的听从何曾的"检察意见"，并实施"惩戒"，阮籍的命运会是如何？还能够"终其天年"吗？何况是在母丧期间，出现了如此令人不测的人生"危机"，正是司马昭替他排解掉了，化险为夷，身为"人子"的阮籍怎能忘怀？南宋吕祖谦说："凡人之易感而难忘者，莫如窘辱怵迫之时。"（《东莱博议》"齐鲁战长勺"条）阮籍、何曾、司马昭三人，此刻相对，于阮籍而言，正是"窘辱怵迫之时"。

阮籍坐在一旁，听着何曾、司马昭所说的话语，一来一往都严重关切到己身的"利害关系"，而丧母之痛叠加着人世的冷暖和处境之凶险，难道会是无动于衷地饮酒吃肉吗？以他的机敏和悟性，经此一"役"，更加深知何曾与司马昭的"存在"分别对他有截然不同的"意义"。"神色自若"，不等于"心如止水"，只是遮掩"内心波澜"的一种"演技"罢了。

至于司马昭这一次没给何曾面子，也是一种"表演"。此后，何曾的官运继续亨通，还在司马昭死后，得到晋武帝司马炎的格外重用；他是司马昭、司马炎父子身边"不可缺少"的人物。客观上，在实际的政治生态中，司马氏父子都给何曾足够的面子。反正，假作真时真亦假，政治是可以这样

"玩"的。

二、"劝进"结果

魏朝封晋文王为公，备礼九锡，文王固让不受。公卿将校当诣府敦喻。司空郑冲驰遣信就阮籍求文。籍时在袁孝尼家，宿醉扶起，书札为之，无所点定，乃写付使。时人以为神笔。（**文学 67**）

魏元帝曹奂在位时，拟封司马昭为"晋公"，已经备好了"九锡"大礼，司马昭一再辞让，不肯接受。当时，一批公卿、将校纷纷到访司马昭的府邸，恳请、敦劝司马昭接受朝廷的"嘉勉"。司空郑冲急切派遣使者带着自己的亲笔信去求助于阮籍，请阮籍写《劝进文》。此时，阮籍刚好在袁孝尼的家里，头一晚喝醉酒，勉强让人扶起来，在木片上书写草稿，一气呵成，没有任何删改痕迹，再楷写后交付来使。时人都称赞阮籍是"神笔"。

这是魏、晋交替时期的"大事"，是"标志性"事件，司马昭接受"九锡"，是在高贵乡公死后，魏元帝曹奂被司马昭扶上皇帝位的第四年，即景元四年（263 年）十月。

据《晋书·文帝纪》的记载，早在高贵乡公甘露三年（258 年）五月，朝廷已经要封司马昭为"晋公"，加九锡，但司马昭辞让了；高贵乡公甘露四年（259 年）四月，朝廷又一次加封，但司马昭还是辞让了；高贵乡公于甘露四年五月被杀，魏元帝曹奂于是年六月继位改元，年号为"景元元年"，再一次加封，但司马昭依然辞让了；景元二年八月，前述"戏码"又上演了，还是没有改变"演法"。终于，到了景元四年（263 年）十月，前述"戏码"上演之后，一开始司马昭仍然"以礼辞让"；可这一次司空郑冲再也"等"不下去了，于是"率群官劝进"，效果"十分显著"，司马昭"乃受命"（当年接受"九锡"，进位为"晋公"；并于次年即咸熙元年三月"进爵为王"）。而事件中起了特殊作用的《劝进文》，就出自阮籍的手笔。

其实，世人所熟知的"司马昭之心路人皆知"，是高贵乡公的"名言"。司马昭的野心家形象人所共知。可是，司马昭真不是等闲之辈，他有野心，更有耐性。换了别人，既然朝廷要加封九锡，进位"晋公"，装模作样一两次也就差不多了，何至于要前后"装"五次之多呢？弱势的高贵乡公曹髦，身为司马昭傀儡的魏元帝曹奂，碍于有郑冲之流给朝廷"传话"，朝廷才不得不表示"嘉勉"；而深知司马昭真实内心的非郑冲等辈莫属。司马昭这么有"耐性"是很令人生疑的事情。

　　问题的症结在于司马昭豢养的军士成济刺死了高贵乡公（《晋书·文帝纪》），成济负有"弑君"之罪，而司马昭当然也逃不了干系。司马氏父子儒学修养不浅，尤其是司马懿"博学洽闻，服膺儒教"（《晋书·宣帝纪》）；既然以"儒教"相标榜，那么，《春秋》大义强调要警惕"狼子野心"，警告"多行不义必自毙"，《孟子》说得更明确："孔子成《春秋》，而乱臣贼子惧。"（《滕文公下》）有如此重视"儒教"的"家学"背景，说司马昭内心完全没有"忌惮"，恐怕说不过去。我们可以进一步推断，司马昭的超强"耐性"，更有可能是其压在心底的"忌惮"的转化形态。他前后"装"五次之多，说明其藏于心中的"忌惮"在高贵乡公死后的几年里一直难以消除。当然，司马昭一连五次的"辞让"表演，也可以理解成是他的"行为艺术"，意在一次又一次地强化自己没有"野心"的假象，算是为自己"留白"吧。

　　说了这么多，还是想为了说阮籍。

　　阮籍写《劝进文》，是代郑冲等人写，语气、口吻都并非阮籍自己的。郑冲是一位甚有权势的人物，资历很深，早年做过曹丕（时为太子）的文学侍从；还是高贵乡公的经学老师（《晋书·郑冲传》）。按说，以郑冲的学养和文笔，他自己也可以写，本来用不着十万火急般地去"麻烦"阮籍做"枪手"。事实上，刘孝标为这一则文字做注，引用了阮籍《劝进文》若干句（"窃闻明公固让，冲等眷眷，实怀愚心。以为圣王作制，百代同风，褒德赏功，其来久矣。周公藉已成之业，据既安之势，光宅曲阜，奄有龟蒙。明公宜奉圣旨，受兹介福也。"），这些句子大体也可以在《晋书·文帝纪》里找到，两相对照，《晋书·文帝纪》里所录郑冲等人的《劝进文》，大概就是阮籍所写的那一篇。则《劝进文》写于景元四年十月，大致也可以确定了。

　　不管怎样，郑冲请阮籍"操刀"，是事实；阮籍与嵇康等一批跟司马氏有矛盾的人物交好，也是事实。高贵乡公已经"驾崩"多年，事件也慢慢淡化；而阮籍作为与"体制"内外均有交往的名士，他似乎更有代表性，连《劝进文》也是出自阮籍手笔，司马昭这一回大概比较"安心"地接受加封了。这或许是做过文学侍从的郑冲还是非要请阮籍做一回"枪手"不可的主要原因。

　　至于阮籍本人，他自然很清楚明白司马昭的多番"辞让"表演的"深意所在"，以他的世故心态，不会不知道事情的最后结果：加封是必然的，是迟早的事情。故此，他接到郑冲的"求援信"之后，乘着未消的醉态，文不加点，以"倚马可待"的速度完成，除了说明他是"神笔"、文思泉涌之外，恐怕更重要的是，他早有"劝进"的文章在肚子里；不是他真心"劝进"，而是他看了三番五次的"表演"，是"心中有数"了。

司马昭是需要身边有一个阮籍这样的人的，姑且看作是"统战"对象吧；阮籍是一枚棋子，用得着的时候，还真的管用。这是阮籍的无奈（需要一份俸禄），也是他的悲剧所在。我们不要忘了，阮籍死于景元四年（263 年），应该就是他写出《劝进文》之后的不久。死的时候刚年过半百，毕竟远远未到"耳顺"之年。他内心受到了多少谴责，只有他自己才知道。

三、"绝交"内情

山公将去选曹，欲举嵇康；康与书告绝。（**栖逸 3**）

山涛即将离开吏部郎的职位而有所升迁，打算举荐嵇康接任吏部郎一职。嵇康写了《与山巨源绝交书》，跟他"切割"，从此绝交。

据《三国志·魏书·嵇康传》裴松之所加案语，山涛出任吏部郎是在魏元帝景元二年（261 年）。大概他在同一年得以升迁，空出职位，想让嵇康替上。换言之，嵇康《与山巨源绝交书》当写于此年。约两年后（263年），嵇康就不幸遇害。

这是嵇康将要走向"生命尽头"之前发生的事情。

作为好友，山涛不会不知道嵇康的立场和态度，他也会了解嵇康的日常生活；举荐嵇康，更大的可能性是考虑到嵇康的日子过得比较艰难（阮籍尚且也需要一份俸禄，这是可以"参照"的），让嵇康出任吏部郎，可以减低生活上的窘迫程度。可是，嵇康毕竟是一个内"方"而外不够"圆"的人，在是否与司马氏"合作"的问题上，他只认"死理"，绝无商量余地，所以写出了《绝交书》。

翻开《嵇康集》，可以见到嵇康一生之中至少写过两封"绝交书"，一封给吕安的兄长吕逊（此人是"真小人"），一封给山涛（此人依然是嵇康信任的朋友）。从私人关系看，两封"绝交书"的性质有所不同，前一封表达了对吕逊的痛恨，是"动了真气的"（吕逊恶意陷害弟弟，天理不容）；后一封则不大一样，更多的意思是写给"当局"看的。此时，山涛已经"出仕"，而且是他"出面举荐"，跟他"绝交"，其实是意味着公开声明与司马氏政权"一刀两断"（可以比较的是，阮籍做不到如此"绝情"）。这或许是嵇康后来"不得不死"的更深刻的"内情"。

嵇康没有真的"恨"山涛，也"恨"不起来，《晋书·山涛传》写道："（嵇）康后坐事，临诛，谓子（嵇）绍曰：'巨源在，汝不孤矣。'"这就说得很清楚，在嵇康心目中，山涛依然是信得过的好朋友，哪怕自己不在了，他也相信山涛会照顾好自己的"遗孤"，让年幼的儿子放心。事实上，嵇绍后来进入"仕途"，就是山涛"关照"的结果。

可以想见，嵇康写《与山巨源绝交书》时，内心是多么痛苦。他真的舍得与这位心肠极好的朋友"绝交"吗？可是，出于内心的正义感，出于他作为曹魏宗室成员"天然"的政治立场，出于他对司马氏政权的十分绝望，他只好"痛下决心"，写出"绝交书"，以一种"刚烈"的姿态宣布"老子不跟你玩"。

嵇康好像是冷峻的，可其内心"热"得滚烫。

嵇康没有看走眼，到生命的最后关头，他还是怀抱着对山涛的某种"期待"；至于山涛，也没有让嵇康在其身后"失望"，真心照顾好嵇康的"遗孤"。这是人性，复杂而丰富的人性。

四、整肃嵇康

嵇中散临刑东市，神气不变。索琴弹之，奏《广陵散》。曲终曰："袁孝尼尝请学此散，吾靳固不与，《广陵散》于今绝矣！"太学生三千人上书，请以为师，不许。文王亦寻悔焉。（**雅量2**）

嵇康被解往刑场处以死刑，神气不变。只是有一个请求：给他一把琴，可以弹奏一曲《广陵散》。弹奏完毕，无限感慨，说："袁孝尼曾经提出想跟我学弹此曲，我还吝啬着、不忍心教他，一再推却。《广陵散》没人会弹了，从此失传了！"太学生们得悉嵇康将要蒙冤而死，上书朝廷，要求以嵇康为师，挽救其性命，人数多达三千人。可是，朝廷不许。嵇康死后，司马昭没过多久就"后悔"了。

据说，《广陵散》不是"和平之声"，而有"杀伐之气"，比较流行的说法是取材于"聂政刺韩王"的故事，原名《聂政刺韩王曲》。也有人附会《广陵散》的曲名，说该曲影射毌丘俭"广陵之败"事件（毌丘俭反抗司马氏政权，其军队在广陵败散，情景悲壮）。诸种说法，给《广陵散》琴曲披上一层扑朔迷离的色彩。但可以肯定的是，《广陵散》绝非祥和之曲，而多悲苦之音。这或许是嵇康不肯传授给袁孝尼的原因。

说到嵇康之死，有远因，也有近因。

　　远因与毌丘俭有关。毌（读 guàn）丘俭（？—255），曹魏大将，靠镇压黄巾军起家，是司马师的政敌，反对司马师专权，维护曹魏集团的正统性。他于高贵乡公正元二年（255 年）密谋起兵讨伐司马师，而兵败于慎县（今属安徽肥东，古代属于扬州郡；扬州古名广陵，故有人将毌丘俭兵败慎县附会成琴曲《广陵散》的题材背景）。《三国志·魏书·嵇康传》裴松之注引《世语》说，毌丘俭密谋起兵反司马师，嵇康"欲起兵应之，以问山涛，涛曰：'不可'。俭亦已败"。换言之，当时，尚未"绝交"的好朋友山涛劝阻嵇康不要与毌丘俭相配合，而且此时毌丘俭已经败亡，也来不及与之呼应了。裴松之在引用完这条资料后做了辨析，认为此事不可能发生。姑且不论此事是否真实，但是，无风不起浪，《世语》白纸黑字的记载，就算是"假的"，也不易断定嵇康与毌丘俭"互无联系"；嵇康没有"行动"，也不等于说他对于毌丘俭的举动"毫不知情"（嵇康毕竟是曹魏宗室的成员，通俗的说法是"曹家女婿"，自然会站在毌丘俭一边）。总之，在若有若无之间，嵇康的对立面是可以借此当作某种"把柄"而置嵇康于死地的。这或许是一桩"曹魏版"的"莫须有"事件。

　　近因则是与嵇康的好朋友吕安有关。吕安发生了"家变"，同父异母哥哥吕逊（或作吕巽）与吕安妻子徐氏"有染"，被吕安发觉，准备要控告兄长，驱逐妻子；他先与嵇康商量，嵇康跟他说明利害关系，劝他不要轻举妄动。而吕逊自知理亏，却担心弟弟采取行动，于是恶人先告状，无中生有，告弟弟"打"母亲，极为不孝（司马氏提倡"以孝治天下"，故"不孝"是"大罪"），要求官府将吕安流放到边远地方去。没想到，官府竟然听从了吕逊，惩戒吕安，判吕安"徙边"；吕安在官府自辩，其辩护词提及嵇康当初对自己的劝阻云云。更没想到的是，嵇康随之极为无辜地被卷入了这起"民事纠纷"之中。嵇康当然要为自己辩护，不曾想，这桩案子落入钟会的手里，钟会趁机报复嵇康当初对自己的不理不睬，故意将事件作"升级"处理，上纲上线，定了嵇康"死罪"。据刘孝标注引王隐《晋书》的记载，嵇康与吕安是同时遇害的。

　　不能小看了钟会，他是嵇康一生的"噩梦"。《资治通鉴》卷七十七记载，钟会在司马昭身边越来越受到重用："（司马）昭亲待日隆，委以腹心之任，时人比之（张）子房。"换言之，钟会给司马昭出过很多"主意"。而他对嵇康早就怀恨在心，肯定不会错失任何机会要将嵇康"整死"。我们不知道钟会在司马昭耳边说过嵇康多少"坏话"，但嵇康之死，与钟会的谗言大有关系，《晋书·嵇康传》记载，钟会在司马昭面前说嵇康"欲助毌丘俭"，这可是"谋反"的大罪，非同小可；还说嵇康和吕安一起"言论放荡，非毁典谟，帝王者所不宜容。宜因衅除之，以淳风俗。"司马昭听信钟会之言，随即处死嵇康。

这里还有一重关系不可忽略，即吕逊与钟会关系密切（《文选·思旧赋》李善注引干宝《晋书》）；嵇康写过《与吕长悌绝交书》（长悌，是吕逊的字），吕逊假手于钟会杀人，这也是一个不小的缘由。

嵇康遇害没过多久，据说司马昭"后悔"了，那也只是"假惺惺"而已，不必当真。

如果将上面所说的远因和近因联系起来看，在司马昭时代，在钟会"得意"之时，在小人"吃得开"的环境里，嵇康是"不得不死"的。嵇康死的时候，才虚岁四十。

这是一桩千古冤案，令人扼腕痛惜！

五、山涛入世

人问王夷甫："山巨源义理何如？是谁辈？"王曰："此人初不肯以谈自居，然不读《老》《庄》，时闻其咏，往往与其旨合。"（赏誉21）

有人问王衍："山巨源在清谈的义理方面达到何种程度呢？大概跟哪些人旗鼓相当呢？"王衍答道："此人当初不肯以善于清谈自居，尽管如此，他的妙处在于，好像不读《老》《庄》，不时听到他的吟咏，其意趣往往跟《老》《庄》的旨趣相合。"

王衍是山涛的晚辈，他对山涛是有所知，也有所不知。

据《晋书·山涛传》记载，山涛"性好《庄》《老》，每隐身自晦。与嵇康、吕安善，后遇阮籍，便为竹林之交，著忘言之契。"这就说得很清楚，山涛熟读《庄》《老》，根本没有"不读《老》《庄》"这回事，王衍是在信口开河。而且，论"清谈"的功力，山涛与嵇、阮等是旗鼓相当的，否则，他们就不会结为"竹林之交"，成为"竹林七贤"的核心人物，并以"著忘言之契"为乐。嵇、阮都是眼睛长在额头上的人，能看得起的人不多，而与山涛交好，可见山涛绝非等闲之辈。对于"是谁辈"这个问题，王衍没有回答；其实，了解"竹林七贤"的人，大可不必有此一问。

若说王衍不懂山涛，也不全是。他起码跟山涛有过直接的接触，多少感受过山涛为人处世的特点和风范，那就是，山涛以"低调"著称，他不爱出风头，为人很"内秀"，《庄》《老》的旨趣化入自己的血脉之中，故而往往不经意间的言谈吟咏也能够流露出他在《庄》《老》"义理"方面的高度造诣，只不过不像某些人处处引用《庄》《老》的语句而已。这大概是王衍所说的"时闻其咏，往往与其旨合"的原意。

话又说回来，深谙《庄》《老》"义理"的山涛与嵇康不同，与阮籍也不同。嵇康压根儿不想做官，阮籍做官也做得吊儿郎当，可是，山涛可不是，他要么不做官，真要做起官来却做得有板有眼，甚至做得轰轰烈烈，乃至于很较真，不惜跟皇帝"叫板"。换言之，要么不入世，一决定入世为官，则全副身心投入进去，那些《庄》《老》"义理"似乎抛到九霄云外了。

山涛是古代从"士人"转化为"士大夫"的一个复杂而典型的"标本"。说到底，王衍还真没有彻底理解山涛；他的回答，只是"皮毛之见"而已。

六、山涛言兵

晋武帝讲武于宣武场，帝欲偃武修文，亲自临幸，悉召群臣。山公谓不宜尔，因与诸尚书言孙、吴用兵本意。遂究论，举坐无不咨嗟。皆曰："山少傅乃天下名言。"后诸王骄汰，轻遘祸难，于是寇盗处处蚁合，郡国多以无备，不能制服，遂渐炽盛，皆如公言。时人以谓山涛不学孙、吴，而闇与之理会。王夷甫亦叹云："公闇与道合。"（**识鉴4**）

晋武帝司马炎在宣武场谈论武备问题。他打算弱化武备，强化文教，因为这是很重要的国策宣示，故而亲自来到宣武场，也把众大臣全部召集起来。山涛听完之后，认为皇帝所说有其失宜之处；因而跟众位尚书谈论孙武、吴起的用兵之道，越谈越深入，在座的人无不赞叹、佩服。大家都说："山少傅所论，真是天下名言。"后来，宗室王侯各自骄纵，越做越过分，动不动就爆发祸端，相互厮杀，而各地的盗寇纷纷趁乱聚合，祸上加祸；由于弱化了武备，各地郡县封国不足以制服动乱，祸患渐趋严重，不可收拾。这样的后果，一如山涛当初所料。当时的人议论说"山涛不以研究孙吴兵法出名，而谈论起兵法来每每跟孙武兵法暗合。"卒于西晋末年的王衍也赞叹道："山公所言，暗合治兵之道。"

山涛论兵，当在其做"太子少傅"时期，故人称"山少傅"。《晋书·山涛传》记载，"咸宁初，（山涛）转太子少傅"。咸宁，是晋武帝司马炎的第二个年号，第一个年号是泰始（266—274）；而咸宁（275—279）是司马炎正要巩固权力的时期。司马炎大概认为，此时"国基"已立，正是"偃武修文"、步入"国家正轨"的时候，如果再加强武备，在"兵农合一"的格局内，则不利于发展农耕业，不利于民生。按说，这是"合乎逻辑"的做法，与"文景之治"的思路相似。可是，山涛敏锐地意识到，片面弱化武备不可取，故而不完全赞同司马炎的意见。

《孙子兵法·始计篇》说："兵者，国之大事，死生之地，存亡之道，不可不察也。"除了强调武备的重要性，还说"计利以听，乃为之势，以佐其外；势者，因利而制权也"。大概山涛是从一般性的角度说明军备不可忽视、军事不可失"势"的道理。西晋政权只是接了"曹魏"的"盘"，距离"三国纷争"为时不远，山涛所论，大概也是从"大局"着眼的，未必与西晋日后的"内部权斗"挂钩。山涛去世时，司马炎尚在，那时还没有"诸王"不可一世的情形。所以，"后诸王骄汰，轻遘祸难"云云，说得山涛"料事如神"，这只是后人的附会之言。

我们不必过高估计山涛所论的"预见性"。他不太可能"预见"在他的身后会出现"八王之乱"这类毁灭性的历史事件；出现"八王之乱"也不完全是因为弱化武备触发的。这本来是一个"政权结构性问题"，相当复杂，此处不赘。

山涛在司马炎宣示"国策"之后，"因与诸尚书言孙、吴用兵本意"，可见他平时是读过《孙子兵法》或《吴子》的，故原文说"山涛不学孙、吴"，不能够仅从字面上理解，而应该回到当时的语境看，即彼时的人都知道山涛精研《老》《庄》，是清谈专家，却不以研究"孙吴"著称，可是，在谈论"孙吴"时，却也能说得头头是道，这才是让人们觉得"意外"并且表示佩服的原因。

山涛于《老》《庄》之外，还懂得军事。他不仅仅是"名士"那么简单。他以其辈分和资望敢于向皇帝提出异议，可知在朝中的地位非同小可。

七、七贤末路（1）

嵇中散既被诛，向子期举郡计入洛；文王引进，问曰："闻君有箕山之志，何以在此？"对曰："巢、许狷介之士，不足多慕。"王大咨嗟。（**言语18**）

嵇康遇害之后，向秀被推举为"河内郡计吏"，并以此身份入京；司马昭得知向秀来到洛阳，命人引进，与之见面。司马昭问："我听说阁下有箕山之志，可今天到这里来，到底是怎么回事呢?"向秀回答道:"巢父、许由这类人，自命清高，狷介自爱，也没什么可羡慕的。"司马昭听毕，大为嗟叹。

向秀在嵇康被杀前，经常和他在一起，还帮助拉动风箱，陪伴嵇康打造铁器;也跟阮籍、山涛等人多有往来，时常清谈。故而，与阮籍、山涛相熟的司马昭对向秀其人会早有耳闻，大概也想会一会这一位颇有名气的"竹林人物"。既然他来了，那就安排见上一面。

见面的时候，估计会说过不少话，但是没有都记录下来，只是记下了这么一小段。司马昭的问话显然别有居心，话题有点"刁钻"，被问者若一不小心，会掉进话语的陷阱里去。可向秀毕竟是才学之士，反应机敏，也不忸怩作态，话说得比较直白，估计还有点出乎司马昭的意料。司马昭本来以为，像向秀这类人，应该是很爱面子的，问的是"出处之间"的大问题，你以前采取"处"即隐居的态度，现如今却转为"出"即终于出来为司马氏政权服务了，看你怎么解释。可向秀的话语策略是不为自己辩护，直截了当，说所谓的"箕山之志"也"不足多慕";既然"不足多慕"，就避开"箕山之志"这个话语"焦点"，变被动为主动，顿时化解了尴尬。

向秀的脸皮有点"厚"，就是"厚黑学"里的"厚"。反正已经到了这个份上，自我辩解是愚蠢而不智的，干脆毫不遮掩，在司马昭面前否定了"箕山之志"。《晋书·向秀传》的记载略有差异:"巢许狷介之士，未达尧心，岂足多慕。"参照此语，可知"未达尧心"四字才是关键，换言之，向秀认为，尧是儒家极为推崇的"圣人"，巢父、许由与尧的距离不小，不能达至尧的境界，没有什么值得羡慕和效法的，"岂足多慕"一句，用的是设问语气，更为传神。

请注意，向秀采取了话语转换的技巧。因为，《老》《庄》是向秀等清谈家常用的典籍，"箕山之志"也是与道家话语相通的，都表明"避世"的态度;可是，在司马昭面前，可不能使用道家话语，应该活用儒家话语，司马氏父子以"儒学传人"自居，一句"未达尧心"，迅速进入儒学语境，难怪《晋书·向秀传》说，司马昭听完之后，"帝甚悦"，即相当满意了。

而"帝甚悦"与"王大咨嗟"是有微妙差异的。后者偏重于形容司马昭发自内心的感慨和隐含着的得意。曾几何时，向秀不是跟嵇康打得火热的吗? 怎么嵇康死了你向秀就"转向"了呢? 其实，向秀怎么回答，在司马昭看来也并非十分重要，重要的是你这个人已经来到了我的跟前。故而，论描写司马昭的神态，"王大咨嗟"显得更妙。

做了河内郡的"计吏",大概是向秀步入仕途的开始;后来,步步高升,转为"散骑侍郎",升至"黄门侍郎、散骑常侍",而且,"在朝不任职",领着俸禄不怎么干活,最后"卒于位",这"日子"过得如此"潇洒",大概九泉之下的嵇康无论如何也是想不到的。

向秀有些"人格分裂",可叹乎,可悲乎?

八、七贤末路(2)

山公举阮咸为吏部郎,目曰:"清真寡欲,万物不能移也。"(**赏誉 12**)

山涛举荐阮咸出任吏部郎,在上奏朝廷的举荐评语中有一句话:"清真寡欲,万物不能移也。"

在晋武帝司马炎当政时期,山涛是主管吏部的朝廷大员,吏部郎是他的下属。他有意举荐阮咸,一来重视阮咸的才干,一来念及"竹林同游"的交谊。

据刘孝标注引《山涛启事》,当时,吏部郎史曜被调出,有空缺,山涛推举阮咸"补缺";另据曹嘉之《晋纪》,山涛执意让阮咸来补,接连三次上奏朝廷,可是,都被晋武帝否决。结果,吏部郎改由一个叫陆亮的人来出补。阮咸与此职无缘,而山涛也白费了功夫。

山涛在其仕宦生涯中很少出现这种"挫折",晋武帝对他"言听计从"的时候居多。按说,阮咸也不是别人,是阮籍的侄子;阮籍是晋武帝父亲司马昭"好友",尽管此时阮籍已经去世,但照顾一下自己"世叔伯"的侄子,于情理上似乎没有难度。但晋武帝"咬定"阮咸是一个"不中用"的人,说他"轻浮",任凭山涛如何说好话,就是不听。

这从一个侧面折射出阮咸当时的"名声"很不好。

山涛给出的好"评语",不仅有"水分",而且可能是"大话",但这样做,暗藏着山涛的一份"苦心",只是晋武帝不能理解和领会。刘孝标注引《竹林七贤论》说:"山涛之举阮咸,固知上(晋武帝)不能用,盖惜旷世之俊,莫识其真故耳。夫以(阮)咸之所犯,方外之意称其清真寡欲,则迹外之意自见耳。"山涛有时候是保留着一种"名士脾气"的,他认为阮咸是"旷世之俊",不宜用世俗眼光来看待他;可别人不明白山涛的用意,也就不懂山涛身上的"竹林七贤"的某些"遗风"。所谓"方外之意"或"迹外之意",即有超越世俗的意思;说不定山涛是想说服晋武帝也来学学其父司马昭当年"统战"阮籍的"故事",将阮咸视为可以"统战"的对象，这样对巩固西晋政权有好处而没什么坏处。也许，在政治智慧上，司马炎还真不如他的父亲。

可话说回来，阮咸此时所处的环境已经变了，不复是他叔父阮籍在司马昭身边的时候。这只能说阮咸的遭际暗示着"竹林七贤"的"末路"。

九、七贤末路（3）

王濬冲为尚书令，着公服，乘轺车，经黄公酒垆下过，顾谓后车客："吾昔与嵇叔夜、阮嗣宗共酣饮于此垆，竹林之游，亦预其末。自嵇生夭、阮公亡以来，便为时所羁绁。今日视此虽近，邈若山河。"（**伤逝2**）

王戎做尚书令的时候，一次，穿着公服，坐着公车，路过黄公酒垆。回过头来对坐在车后边的人说："我以前跟嵇叔夜、阮嗣宗一起在此酒家喝酒畅饮，当年的竹林之游，我是叨陪末座。自从嵇先生夭折、阮公病亡以来，便为时势所羁绊（不得不出来做官）。今天来到此旧游之地，虽然也感受到一份亲近，可是已经跟嵇、阮二公相距甚远，如同阻隔于大山大河一般了。"

为何强调王戎此时是穿着公服、坐着公车呢？因为想当年，他作为"竹林七贤"之一时，没有"公职"，远离"体制"；可如今，已经大有不同，身份的差异很大。

王戎路过黄公酒垆，一定有很多感慨，不仅仅是"今日视此虽近，邈若山河"那么简单、那样空泛；他称"嵇生夭、阮公亡"，用语十分考究，可以看出他是回想着嵇康是如何"夭"（被杀头）、阮籍是如何"亡"（写出《劝进文》后不久就病亡）的，这些往事不堪回首，却也难以忘怀。旧地重游，物是人非，天人永隔；人事的纷繁，政事的变迁，乃至于自己身份的前后对比，怎不叫王戎五味杂陈呢？

王戎做尚书令，是在晋惠帝永宁二年（302年），而王戎本人卒于晋惠帝永兴二年（305年），享年72岁。换言之，此时的王戎已届垂暮之年，触景生情，回首前尘往事，不胜唏嘘，无限慨叹。官也做了，越做越大，却又如何？能够拿出来向后辈"炫耀"一下的"光荣历史"还是追随嵇、阮的那一段时光。

"自嵇生夭、阮公亡以来，便为时所羁绁"，最是可圈可点。嵇、阮离别人世以后，王戎其实是官运亨通的，他得到钟会的提拔，得到司马氏政权的重用，可是，在其心目中，那不过是"为时所羁绁"；是有点无奈，还是有些后悔？天晓得！如果借用阮咸当初所说的"未能免俗"的话来形容王戎的心情，可能是说得轻了一些；但是，人是复杂的，王戎是否想到，若在黄泉之下与嵇、阮重逢，该如何说话呢？也许王戎自己也不知道。

十、西晋诸王

梁王、赵王，国之近属，贵重当时。裴令公岁请二国租钱数百万，以恤中表之贫者。或讥之曰："何以乞物行惠？"裴曰："损有余，补不足，天之道也。"（**德行18**）

梁王司马肜，赵王司马伦，均为皇帝亲族。裴楷向朝廷提出建议，每年请求梁王、赵王两个郡国拿出数百万得之于租税收入的钱，用来救助中表亲属中的穷困者。有人对此举不以为然，当着裴楷的面讥笑道："为什么要以'行乞'的方式来施惠于人呢？"裴楷回敬道："损有余，补不足，天之道也。"

刘孝标注引《名士传》曰："（裴）楷行己取与，任心而动，毁誉虽至，处之晏然，皆此类。"换言之，裴楷为人处世，自有原则，所作所为，未必得到人们的普遍认可，甚至还会招惹非议，可是，他不为所动，毁也好誉也好，都无所谓，淡然置之，我行我素。

这个故事有一定的"史料"价值，可知在西晋初年，晋武帝司马炎"分封"诸王的举措导致诸王各自"独大"，财富多积累于诸王的手中，别说黎民百姓，就是诸王的中表亲属，也有穷困不堪的，这才会使得裴楷动了恻隐之心，要求朝廷出面，让像梁王、赵王这些极为富有的"王"拿出一些钱来，帮助一下他们的中表亲戚。可是，就算如此，也惹来非议和嘲讽。估计讥笑裴楷的人，如果不是司马肜、司马伦本人，也是他们的跟班亲随。在利益"受损"的情况下，他们拉下了面子，奚落裴楷，不计情面。要知道，裴楷是"出入宫省，见者肃然改容"的名士，有人竟然恶意"讥之"，肯定是动了某些人的"奶酪"，甚为生气了。

连梁王、赵王的中表亲戚里也有"贫者"，说明西晋诸王贪得无厌，聚敛极大，无情无义，在利益面前已无"亲戚"可言。像裴楷这样的清正之人也看不过眼，他提出的建议也只是惠及中表亲戚而已，仅此一点，也遭遇非议。可以想见，随着晋武帝司马炎的死去、白痴皇帝晋惠帝的上台，一群白眼狼似的"八王"岂有不乱之理！

十一、洛水记忆

诸名士共至洛水戏。还，乐令问王夷甫曰："今日戏乐乎？"王曰："裴仆射善谈名理，混混有雅致；张茂先论《史》《汉》，靡靡可听；我与王安丰说延陵、子房，亦超超玄著。"（**言语23**）

多位名士一起来到洛河岸上边游玩边清谈，以之为"戏"。在归途上，乐广问王衍道："今日如此为'戏'，开心吗？"王衍带着满足的语气回答："裴仆射擅长谈论名理之学，言论滔滔而不失风雅。张茂先论及司马迁的《史记》和班固的《汉书》，可谓娓娓动听。至于我，还有王安丰，交谈季札和张良的故事，也是超拔玄妙，深刻精辟。"

"至洛水戏"是晋朝很多名士的"集体记忆"，进入东晋以后，王导就曾多次提及与阮瞻、王承等人在洛水边的往事，无限眷恋，深情回味。而王衍参与的这一次，就更是"不得了"的一段体验。

这是一场竹林名士与中朝名士发生交集的清谈。作为"最后的竹林名士"，王戎参与其中；作为中朝名士的核心人物，乐广、王衍也共襄盛举；还有裴頠、张华，他们都是著名学者，说这一次"洛水之戏"是清谈史上的"高峰论坛"，一点也不为过。

我们不知道这一次"高峰论坛"发生在哪一年，但是，下限是知道的，即不可能晚于公元300年（晋惠帝永康元年），因为裴頠、张华均卒于此年。乐广生年不详，但他于公元304年去世（晋惠帝永安元年）；王戎在次年即公元305年（晋惠帝永兴二年）也下世了。综合起来看，此"洛水之戏"大概出现于裴頠、张华、乐广、王戎的晚年，而王衍本人可能也开始步入中年了（生于256年）。

据刘孝标注引《竹林七贤论》，王济（240？—285？）也参与了，而王济疑似卒于285年（晋武帝太康六年），那么，此"洛水论坛"发生在太康年间的可能性极大。《竹林七贤论》还说他们的聚会的目的是"至洛水解禊事"，那就可以推断"洛水论坛"是在太康某年的春天或秋天举行的，所谓"解禊事"，即是古代春秋两季在水边举行的意在除去"不祥"的祭祀。

可以想象的是，王衍他们利用"解禊事"的机缘而聚会，临时举办"论坛"，而且话题是开放性的，并不像此后的东晋时代谢安他们限定于讨论《庄子》某一篇的那种做法。

"解禊事"，在洛水边；边游玩边清谈，是一种娱乐身心的"玩法"，无怪乎称之为"戏";而王导之徒心心念念的"洛水边"原来是这样的一种无拘无束、放言高论的场合。

王衍的答语富于"满足感",在回家的路上借回答乐广的问话而"回放"刚刚结束的"洛水之戏",重温大家各有特色的妙论,连带也自我"表扬"一下,似乎在提示乐广:我的发言也属一流啊。其开心得意,则是尽在言外了。

十二、乐广悲剧

乐令女适大将军成都王颖。王兄长沙王执权于洛,遂构兵相图。长沙王亲近小人,远外君子,凡在朝者,人怀危惧。乐令既允朝望,加有婚亲,群小谗于长沙。长沙尝问乐令,乐令神色自若,徐答曰:"岂以五男易一女?"由是释然,无复疑虑。(**言语 25**)

乐广的女儿嫁给了大将军成都王司马颖。司马颖的兄长长沙王司马乂在京师洛阳掌有实权,在八王互相残杀的局势下,司马乂要发兵征讨司马颖。司马乂亲近小人,远离君子;凡是朝廷中人,都人人畏惧,人心惶恐。而乐广,已经在朝廷中获得声望,加以又是司马颖的岳父,一群小人相继在司马乂耳边进谗言。司马乂曾经当面问乐广是否与女婿联手夺权,只见乐广神色自若,从容镇定地回答:"我有五个儿子,岂会为了一个女儿去毁掉五个儿子的性命?"听毕,司马乂放下疑虑,不再视乐广为敌人。

据《晋书·成都王颖传》,司马颖在八王之中是一个不可小觑的人物,他"形美而神昏,不知书,然器性敦厚,委事于(卢)志",在亲信卢志等人的辅助下,颇具号召力,乃至于"羽檄所及,莫不响应",拥有军队"二十余万",很有实力。而且,曾经一度得势,"进位大将军",可以享有特权,"入朝不趋,剑履上殿",十分威风。随着威权日增,司马颖以"皇太弟"的身份行事更为嚣张,"有无君之心,大失众望"。

而司马乂与司马颖的矛盾和相争,是"八王之乱"中的一乱,乐广置身其中,无可逃避。所谓"乐令既允朝望,加有婚亲,群小谗于长沙",并非无缘无故。"乐令既允朝望"是客观事实,这对于身为乐广的女婿的司马颖而言,会有"加分"作用;就算乐广没有参与司马颖争权夺利的预谋和行动,他的身份、地位和名望会成为"群小"攻击、构陷司马颖的"话柄",谁叫乐广是司马颖的岳父呢?

刘孝标注引《晋阳秋》曰:"成都王之起兵,长沙王猜(乐)广,广

曰：'宁以一女而易五男？'乂犹疑之，遂以忧卒。"这条材料的说法与
《世说新语》略有差异，差异之处是，《晋阳秋》先说司马乂对乐广有猜疑，
以为乐广与司马颖合谋起兵；乐广以"宁以一女而易五男"回应，为自己
辩护，替自己洗脱，但还是没有打消司马乂的疑虑，故说"乂犹疑之"。这
与《世说新语》的"由是释然，无复疑虑"不同。《晋阳秋》强调乐广在
司马乂的怀疑之下度日，自己忧心忡忡，"遂以忧卒"，其晚年岁月过得很
压抑、很郁闷、很惶恐。看来，《晋阳秋》的说法更为接近当时的情理，因
为司马乂不大可能一下子就放下对乐广的戒心。《晋书·长沙王乂传》说司
马乂"开朗果断，才力绝人"，相较于"形美而神昏"的司马颖，司马乂可
不是那么好"糊弄"的。《晋书·乐广传》及《资治通鉴》卷八十五均采
信《晋阳秋》乐广"遂以忧卒"的说法。

然而，无论如何，《世说新语》的这个故事在一定程度上"再现"了西
晋八王之乱的一个"实景"，读者可以从司马颖的得失存亡以及乐广的戒慎
恐惧来了解卷入权力纷争是多么可怕的事情。这一对翁婿，终究逃脱不了悲
剧命运。

更为难堪的是，乐广死于永兴元年（304年），两年之后，即光熙元年
（306年），其女婿司马颖被"赐死"，他的两个年纪很小的外孙也同时遭
难。相信"名教中自有乐地"的乐广，若泉下有知，也不知他做何感想，
他还会相信有千年不变的"名教"吗？

十三、构陷辣招

刘庆孙在太傅府，于时人士，多为所构。唯庾子嵩纵心事外，无迹可
间。后以其性俭家富，说太傅令换千万，冀其有吝，于此可乘。太傅于众坐
中问庾，庾时颓然已醉，帻坠几上，以头就穿取，徐答云："下官家故可有
两娑千万，随公所取。"于是乃服。后有人向庾道此，庾曰："可谓以小人
之虑，度君子之心。"（**雅量 10**）

刘庆孙在太傅东海王司马越的府邸，与司马越交谈时经常对当时的知名
人士多有政治构陷，唯独一直抓不到庾敳的任何把柄，原因是庾敳心不在时
政之内，而在时政之外，无迹可寻。后来想出一个"主意"：庾敳生性俭
朴，可其家富有，说服司马越出口向庾敳借贷一千万，想必庾敳舍不得而面
露为难之情，于此找到"整"庾敳的借口。司马越听从刘庆孙的计谋，在
大庭广众之中问庾敳借钱，此时，庾敳正喝得烂醉，似乎有点神志不清，昏

昏欲睡，头伏在几案之上，头巾脱落，听闻司马越发话，一时提不起头来，可又不得不"回话"，于是，将头伸过去靠近头巾、趁势穿上，一字一句、徐徐回答："下官家里本来就有两三千万，主公随便取走就是了。"听得此言，大家都佩服庾敳真的是"纵心事外"，无意得失。过后，有人悄悄向庾敳道出"实情"，庾敳说："可谓以小人之虑，度君子之心。"

这一段文字，具有故事性和"戏剧张力"。

在整个故事中，刘玙（庆孙）是关键人物。此人名头响当当，与弟弟刘琨（字越石）齐名，《晋书·刘玙传》说京帅洛阳流传着一句话："洛中奕奕，庆孙、越石。"兄弟俩曾被视为"一代精英"。刘琨是历史上的一位正面人物，是著名的军事家和文学家，在抗击异族入侵方面名留青史。可他有一个极为"小人"的兄长刘玙，为人阴险而狠毒，虽说有才干，但是心地暗黑，以构陷他人为"乐事"，没事也要"找事"去"整人"，可谓生性卑劣，人格败坏。兄与弟，反差极大。

故事开头，说"刘庆孙在太傅府，于时人士，多为所构"，说明在西晋的政治环境里，在"八王之乱"的酝酿和发展变化过程中，如何"投靠山头"，如何"找寻攻击目标"，如何"排挤他人"，是当时的"官场病毒"，弥漫着、扩散着，乌烟瘴气，难以收拾。于是，有识之士如庾敳等，主观上只能"纵心事外"，袖手旁观，小心谨慎，低调度日。可是，尽管如此，也不得安生，人家总要有事无事"找麻烦"，哪怕是"鸡蛋里挑骨头"也要弄出一些"事儿"来，让你难受，让你丢脸，让你下不了台。庾敳面对的就是这样凶险的场景，刘玙充当的就是"整人"的角色。

庾敳已经是够小心翼翼的了，可人家刘玙还是不放过他，因为庾敳很有名，对自己是一种"威胁"，一定要想方设法"除掉"而后快。刘玙苦思冥想，终于想出一记阴招，让司马越向庾敳"借钱"，而且数额巨大。想必平时"吝啬""孤寒"出了名的庾敳一定面露难色，回绝司马越；这样一来，就有借口从中挑拨，添油加醋，移花接木，令庾敳"吃不了兜着走"。

当司马越真的开口的时候，气氛十分紧张，众人心里肯定马上萌生悬念：庾敳能答应吗？大概在众人会期待着庾敳做出"否定"回答时，没想到喝得醉醺醺的庾敳一方面不掩饰"醉态"，一方面也不失礼貌地"穿取"头巾，尽管不大利索，但是还算"像样"，穿好头巾后一板一眼地说"随便拿"，大出众人意料之外，估计连刘玙也没想到庾敳竟然"如此大方"！

这是一个令人出冷汗的场面，一个不得不屏住呼吸的情景，一个极度"意外"而令人瞠目结舌的"故事"。不知这算不算是庾敳的一种"斗争艺术"，但不论如何，庾敳"赢"了，刘玙"输"了。这"输"与"赢"之间，惊心动魄，人生之"诡谲"，不外如是。

话说回来，要不是有司马越的纵容，甚至是司马越本人还"配合表演"，刘玙再"小人"、再嚣张也不至于以构陷他人作为"家常便饭"。像司马越这样的"主子"，恨不得坐观属下内斗，以便考察、选用内心"更狠"的人为自己服务，这如同"斗蟋蟀"一样，斗赢的那一头蟋蟀可以"居为奇货"，成为自己手中的"秘密武器"。阴谋家、野心家都会玩这样的"把戏"。

其实，阴谋家、野心家都是心理变态之人，其豢养的下属如果不心理变态就难以"跟上节奏"，故此，心理正常的人在如此险恶的政治环境里"不求表现"就是最正常的"表现"；庾敳在东海王府中"常自袖手"，可作如是观。

十四、王承享誉

太傅东海王镇许昌，以王安期为记室参军，雅相知重。敕世子毗曰："夫学之所益者浅，体之所安者深。闲习礼度，不如式瞻仪形；讽味遗言，不如亲承音旨。王参军，人伦之表，汝其师之！"或曰："王、赵、邓三参军，人伦之表，汝其师之！"谓安期、邓伯道、赵穆也。袁宏作《名士传》直云王参军；或云"赵家先犹有此本"。（**赏誉34**）

太傅东海王司马越镇守许昌时，将王承招为记室参军，对他十分赏识和器重。东海王给世子司马毗下达一份敕书，其中写道："从书本上学到的东西未免浅易，而在实际生活中所体验到、理解了的书本知识才会是深刻的。平常学习各种礼数，固然必要，但还不如亲自瞻仰有德君子的举止仪态来得重要；诵读品味先圣先贤的遗训格言，固然必要，但还不如亲自听取有德君子的现身说法来得重要。王参军是人伦之表率，你要向他学习，以他为师。"另一个文本是这样写的："王、赵、邓三位参军，均是人伦之表率，你要向他们学习，以他们为师。"这说的是王承、邓攸、赵穆三个人。袁宏作《名士传》只是提及"王参军"一人。但有人说赵穆家先前还保存着提及王、赵、邓三人的敕书文本。

显然，《世说新语》的编写者也难以判断上述司马越给司马毗敕书的两个"文本"到底哪一个更准确，所以，干脆"二说并存"。袁宏作《名士传》只是提及"王参军"一人，《晋书·王承传》也采用"王参军，人伦之表，汝其师之"这一文本。不管怎样，在身为父亲的司马越心目中，王承就是他要儿子学习、模仿的对象之一，这是没有异议的。

《世说新语》"赏誉"第33则："司马太傅府多名士，一时俊异。"换言之，司马越是一位颇具号召力的"王"，在"八王"之中也算是一个比较突出的"人物"，他招聚了不少当时首屈一指的才俊，以辅助自己建立功业。王承无疑是其中之一。司马越在敕书里表彰王承，可谓别具眼光；作为父亲，想让儿子学好，为儿子树立榜样，也是在情理之中。

可吊诡的是，司马越本人就没学好。据《晋书·东海王越传》，司马越"专擅威权，图为霸业；不臣之迹，四海所知"；因为"祸结衅深，遂忧惧成疾"，于晋怀帝永嘉五年（311年）就去世了。其时，正是西晋的末期，风雨飘摇，烽烟遍地，一片惨淡。有才能，有眼光，这是司马越；有野心，有罪过，这更是司马越。读他给儿子的"敕书"，反观其人的一生，不得不感叹人格分裂所导致的后果是如此严重！

另据《晋书·王承传》，王承做了一段时间的记室参军之后，就辞职离开了东海王，渡江南下。不知道他是否察觉了司马越有"不臣之心"而决定辞职，但是，既然司马越"不臣之迹，四海所知"，王承因此与之"切割"是很有可能的；若然如此，则说明王承十分机敏，也相当果断，不会因为顶头上司的"器重"而忘乎所以。

王承渡江之后，得到已在江南的司马睿（晋元帝）的欣赏，出任镇东府从事中郎，这是"题外话"了。

十五、卫玠改葬

卫洗马以永嘉六年丧，谢鲲哭之，感动路人。咸和中，丞相王公教曰："卫洗马当改葬。此君风流名士，海内所瞻，可修薄祭，以敦旧好。"（**伤逝6**）

卫玠死于永嘉六年，谢鲲哭祭，哀伤不已，感动路人。咸和年间，丞相王导正式发布指令："应当给卫洗马改葬。此君风流名士，声望甚高，海内人士都瞻仰敬佩；改葬时，宜为他备办一场简朴而不铺张的祭奠仪式，感念和追怀年长日久的交情。"

谢鲲痛哭卫玠，是出于真情。先当初，卫玠刚从洛阳来到武昌，去见王敦，二人相见甚欢，说着说着，王敦一时高兴，把自己的长史谢鲲也叫来加入谈话；没曾想，谢鲲的到来更激发起卫玠清谈的雅兴和激情，彻夜长谈，不知疲倦；卫、谢二人旗鼓相当，棋逢对手，惺惺相惜，结为莫逆之交。而卫玠过早去世，意外地令谢鲲顿时失去了一个好朋友、好对手。谢鲲哭祭年纪轻轻的卫玠，之所以感动路人，完全是痛彻心扉之情倾泻而出。

值得注意的是王导选择的改葬时间。刘孝标注引《卫玠别传》，说"（卫）玠咸和中改迁于江宁"，换言之，所谓"改葬"，指将卫玠的坟墓从豫章迁至江宁（建康的别称，即今南京），时间是"咸和中"，约330年，是晋成帝在位之时。此时，王敦已死（卒于晋明帝太宁二年，324年），而王导处于晚年（卒于晋成帝咸康五年，339年）。王导提出为卫玠改葬，上距卫玠之死（永嘉六年，313年；葬于南昌城郊）早已过了15年左右。为何忽然间会出现这个事情呢？

对于东晋政坛而言，卫玠与王敦的关系是大家都知道的"掌故"；王敦作乱，"欲有废明帝意"（《世说新语》"方正"第32则），也是朝野共知；晋明帝司马绍趁王敦病危，发兵讨伐，王敦病死于军中；而晋成帝司马衍是司马绍的长子，五岁登基，靠王导、庾亮辅政，咸和是晋成帝的第一个年号，所谓"咸和中"，也就是晋成帝做了五年左右的"小皇帝"的时候。此前，晋明帝司马绍在门阀士族庾亮、王导之间是"亲庾疏王"的（田余庆《东晋门阀政治》，北京大学出版社，2012年，第104页），换言之，王导在晋明帝时代，处境已经有其微妙之处，并非时时处处都会"顺风顺水"；这种情景，到了晋成帝时代，估计不会有多少变化，何况庾亮是晋成帝的舅舅，情势可能对王导更为不利。

王导忽然间想到与王敦关系密切的卫玠，想到帮卫玠"改葬"，而且是以正规的形式进行，似乎不仅仅是怀念"故旧"那么简单而毫无政治上的考量。哪怕没有实际上的政治意义，也暴露出王导在晚年时的心态：想当年，谢鲲在卫玠死后哭道："栋梁折矣，何得不哀？"（刘孝标注引《永嘉流人名》）谢鲲视卫玠为"栋梁"，王敦视卫玠为"自己人"；而在咸和年间，晚年王导面对庾亮咄咄逼人的政治态势，忍受晋成帝的疑心和有意无意的疏远，他想到了卫玠，要将卫玠改葬到江宁（此事费工不小，并非易事），并且举办"薄祭"（花费可能不多，但是颇为高调），公开的意思是"以敦旧好"（论私情，卫玠与王敦的交情深于王导），而事实上，在晋成帝、庾亮身边不无落寞之感的王导，此时有没有由卫玠联想到自己的从兄王敦呢？有没有在缅怀王敦的死去呢？要是卫玠不死，王敦不亡，如今的政治局面又会是何种模样呢？人是复杂的，人心更是繁杂多端，我们不知王导想了些什么，但是，内心肯定不会平静。

卫玠生前大概怎么样也没有料到，其身后会由"东晋"的丞相王导为自己"改葬"（卫玠还没有见到"东晋"的建立）。如果王敦不死，王敦为卫玠"改葬"，倒是更有可能的。在某种程度上说，"从洛投敦"的卫玠，谁都知道，其后半生与王敦紧密相连；而"王敦"，在晋明帝、晋成帝父子相继在位的时代，都是一个"敏感词"。

幸亏卫玠死于王敦作乱之前，王导如何高调纪念卫玠，别有用心的人也抓不到王导的"把柄"。这是王导"老练"之处。

不过，"王与马共天下"这句话，到了晋成帝时期，恐怕真要"打折扣"了。王导为卫玠"改葬"一事，除了为卫玠致哀之外，是否也是"曲折地"为一个"时代"的终结致哀呢？

十六、谢鲲有节（1）

谢幼舆曰："友人王眉子清通简畅，嵇延祖弘雅劭长，董仲道卓荦有致度。"（赏誉36）

谢鲲说："我的朋友王眉子，思路明晰，处事简易而不拖泥带水；嵇延祖，心胸开阔，品味高尚，且美好出众；董仲道，才华卓越，不同流俗，颇有韵致风度。"

谢鲲以"不修威仪"著称，也不是很有"企图心"的人，《晋书·谢鲲传》说他"不徇功名，无砥砺行，居身于可否之间"，换言之，不以追求功名为自己的人生目标，不太自律，也不够刻苦，做人也不甚执着，比较随便，做官也行，不做官也行，如此而已。尽管是这样，谢鲲可不是一个"浑浑噩噩"之人，他心里明白，设有底线，该做什么，不该做什么，心中有数，不会含糊。这是谢鲲的可取之处。

为什么谢鲲能够做到在大是大非面前不含糊呢？他提及自己的朋友，如王玄（眉子），如嵇绍（延祖），固然在他的眼里都是不错的，均给予好评。而刘孝标在注释这一段文字时则别有见地，原来，他更看重的是董养（仲道），而王玄、嵇绍却没有在他的思考范围之内。

刘孝标引用谢鲲写的《元化论序》，值得重视。《元化论》（《晋书·董养传》作《无化论》）是董养的文章，谢鲲为之作序，其中写道："陈留董仲道于元康中见惠帝废杨悼后，升太学堂叹曰：'建此堂也，将何为乎？每见国家赦书，谋反逆皆赦；孙杀王父母，子杀父母不赦，以为王法所不容也。奈何公卿处议，文饰礼典以至此乎？天人之理既灭，大乱斯起。'顾谓谢鲲、阮孚曰:'《易》称:知几其神乎! 君等可深藏矣!'乃与妻荷担入蜀,莫知其所终。"在这里,谢鲲转述了董养的关于晋惠帝元康时代(292—299 年)的"时政分析",其要点是:晋朝"以孝治天下",如果是孙辈杀祖父母,儿辈杀父母,朝廷绝对"不赦";奇怪的是,谋反而有"不臣"之心的,朝廷却会颁布"国家赦书",不予惩治。董养认为这样做,是要"灭天理,起大乱"的。显然,董养从儒学出发,要维护"国家纲常",伸张"君臣大义",反对"叛逆谋反"。董养在晋武帝司马炎泰始年间(266—274 年),已经到了洛阳谋生,而谢鲲出生于晋武帝太康元年(280 年),可知董养年长于谢鲲,他们是忘年交。谢鲲深受董养的影响,在乱世之下,认同董养的看法,不仅不能做"不孝"之事,更不能生"叛逆"之心。谢鲲在写《元化论序》时,董养已经"与妻荷担入蜀,莫知其所终"了。这样的行为,对谢鲲也是有启迪意义的,故《晋书·谢鲲传》说他发现王敦有"不臣"之心时,"乃优游寄遇,不屑政事",即与王敦保持距离,不与之同流合污、沆瀣一气。

谢鲲的态度和做法,相当明智,可谓"大节不亏";而他说的"董仲道卓荦有致度",若关联起来,就显得更有意味了。

十七、谢鲲有节(2)

谢鲲为豫章太守,从大将军下至石头。敦谓鲲曰:"余不得复为盛德之事矣。"鲲曰:"何为其然? 但使自今已后,日亡日去耳!"敦又称疾不朝,鲲谕敦曰:"近者,明公之举,虽欲大存社稷,然四海之内,实怀未达。若能朝天子,使群臣释然,万物之心于是乃服。仗民望以从众怀,尽冲退以奉主上,如斯则勋侔一匡,名垂千载。"时人以为名言。(规箴12)

谢鲲做豫章太守时,跟随镇东大将军王敦沿着长江走水路,从位于上游的武昌到达位于下游的石头城。石头城是朝廷所在地,王敦挥军直指京师,用意甚明,他对谢鲲说:"(事已至此)我不能够再被人誉为做'盛德之事'了。"谢鲲听此语气,劝解道:"何必一定要这样呢? 只要从今往后(不生事端),……时间会一天一天过去的……"王敦又故意"称病",不去朝见皇帝,谢鲲再次劝谕道:"近日,明公的举动,本意是好的,是要保存社稷江山的,可是,真实的情怀还没有表达出来,四海之内的人还不能理解;如果能够朝见天子,使众大臣明白,放下疑虑,朝廷内外的人都会信服您的苦心。依仗民望,顺从民意,以谦和退让之心敬奉主上,若能如此,将来建立功勋，足以与管仲相提并论，名垂千载。"谢鲲这一番话，当时的人都认为是至理名言。

刘孝标注引《晋阳秋》，说王敦是强行要谢鲲跟随自己去石头城"逼宫"的："（谢）鲲为豫章太守，王敦将肆逆，以鲲有时望，逼与俱行。"并且记载，谢鲲劝王敦上朝，而王敦"不朝而去"。苦口婆心，付诸东流。

尽管劝阻不住，谢鲲的一番言辞却足以令他青史留名。

其实，谢鲲不仅"会说话"，而且有"史识"。查《晋书·王敦传》，可以知道，王敦"谋反"，是具备一定实力的。他"既素有重名，又立大功于江左，专任阃外，手控强兵，群从贵显，威权莫贰。"这是他的政治和军事"资本"。此外，有一条不可忽视的是，他在上给朝廷的奏章里公然说："昔臣亲受嘉命，云：'吾（即晋元帝司马睿）与卿（即王敦）及茂弘（即王导）当管鲍之交。'臣忝外任，渐再十载，训诱之诲，日有所忘，至于斯命，铭之于心，窃犹眷眷，谓前恩不得一朝而尽。"这段话，带有威胁的意思：想当初，我们"识于微时"，皇上说过"王与马"是"管鲍之交"，"王"就是王敦、王导，"马"就是司马睿。换言之，"王与马"即仅是我们三个人而已，是"王与马共天下"这一政治局面的"基本盘"与"核心人物"，我王敦别的可以忘记，"管鲍之交"云云，绝对忘不了。说白了，在王敦眼中，这个"江山"并非仅仅是"司马睿一个人的"，皇上不要说话不算数，这才是所谓"前恩不得一朝而尽"的话中之话。试想，这样的"人物关系"与"利害关系"，谢鲲不会不知道；如果谢鲲是野心家，他很有可能"力挺"王敦；王敦不是没有"得手"的可能；而王敦一旦"得手"（何况王导与他同一家族），谢鲲也会跟着飞黄腾达，享受荣华富贵。可是，谢鲲没有这样做，他守住"底线"，他知道王敦的行为是"逆天"的，性质恶劣，他想用"仗民望以从众怀，尽冲退以奉主上，如斯则勋侔一匡，名垂千载"一番话来说动王敦争得"历史美誉"。谢鲲对"历史美誉"是有自觉意识的。这就是他的"史识"。

当然，谢鲲也知道，此时的晋元帝以及太子司马绍（晋明帝）早有防范之心，晋元帝扶植自己的势力，想摆脱王氏的掣肘，特别重用刘隗等人；若要夺其江山，也并非易事。更为重要的是，谢鲲记住董养早年说过的话："天人之理既灭，大乱斯起。"（见谢鲲《元化论序》）他不愿意看到天下大乱，百姓遭殃，其内心的儒学修养与"纲常意识"使得他明辨是非，不亏大节。

谢鲲是有故事的人，但他的这一段"故事"，格外著名，也相当光彩。

十八、王敦谋反（1）

王大将军始下，杨朗苦谏不从，遂为王致力，乘"中鸣云露车"迳前曰："听下官鼓音，一进而捷。"王先把其手曰："事克，当相用为荆州。"既而忘之，以为南郡。王败后，明帝收朗，欲杀之。帝寻崩，得免。后兼三公，署数十人为官属；此诸人，当时并无名，后皆被知遇，于时称其知人。**（识鉴 13）**

王敦即将启程，率领叛军进犯位于长江下游的京师建康。杨朗苦口婆心，极力劝谏，意为不能轻举妄动，可王敦就是不听，一意孤行。没办法，身为属官的杨朗只好尽力配合王敦，他登上军中的楼车，驱车径直来到王敦跟前，说道："请听下官发出的鼓音，第一通鼓音即可告捷。"王敦随即握住他的手，说："事情成功后，定会提拔阁下做荆州刺史。"这一次军事行动结束后，王敦忘了当日的承诺，改以委任杨朗做南郡太守。王敦之乱被平定，晋明帝收捕了杨朗，准备杀掉他。因明帝没过多久就驾崩了，杨朗得以免罪，这才躲过一劫。后来，还得到朝廷器重，兼任三公曹郎，选拔了数十人为属官；这一批人，本来籍籍无名，经过杨朗的选拔后，都脱颖而出，逐渐被委以重任。当时的人称赞杨朗有"知人"之明。

这个故事，侧重于写杨朗，却也提供了王敦谋反时的一些细节。原来，其身边的人之中，反对王敦发动叛乱的，不仅有谢鲲，而且尚有杨朗，还有没有其他人，不得而知，但是，显然，王敦的举动突破了一些正直之士的政治底线，哪怕他们就是王敦的亲随或部下。

此外，王敦许愿封官的细节，也颇有意味。一则，连荆州刺史这样重要的职位，王敦也"够胆"私相授受，大有"口含天宪"的野心，可见其人狂妄到何种程度，已经预想着自己"得手"后可以号令天下的情景了；一则，王敦不知是善忘还是别有居心，他只是委任杨朗做南郡太守，此官职低于荆州刺史，从这一行为看，王敦不守承诺，为人轻佻，是无信之人。

十九、王敦谋反（2）

王大将军既为逆，顿军姑孰。晋明帝以英武之才，犹相猜惮，乃着戎服，骑巴賨马，赍一金马鞭，阴察军形势。未至十馀里，有一客姥，居店卖食，帝过渴之，谓姥曰："王敦举兵图逆，猜害忠良，朝廷骇惧，社稷是忧。故劬劳晨夕，用相觇察。恐形迹危露，或致狼狈。追迫之日，姥其匿之。"便与客姥马鞭而去。行敦营匝而出，军士觉，曰："此非常人也！"敦卧心动，曰："此必黄须鲜卑奴来！"命骑追之，已觉多许里；追士因问向姥："不见一黄须人骑马度此邪？"姥曰："去已久矣，不可复及。"于是骑人息意而反。（假谲6）

　　王敦已经公然叛逆，在安徽姑孰驻军。晋明帝虽有英武之才，可还是对王敦十分猜疑忌惮，高度戒备，放心不下，于是身穿军服，打扮成军人，骑着巴寶马，怀抱着一根金马鞭，暗中观察王敦的布防和阵势。距离王敦的军营十馀里地，有一家客店，主人是一位老妇，在店里出售食物，晋明帝路过此店，进去歇息，对老妇说："王敦兴兵谋反，猜忌、加害忠良，朝廷为之震惊和害怕，担忧社稷的安危。所以，我早晚忙碌，窥视观察王敦的军营。又怕行迹泄露，导致狼狈，要是我被追踪，您老请替我隐瞒吧。"顺手将金马鞭送给老妇，随即离开。晋明帝绕着王敦的军营走了一圈，然后离去，此时已被军士发觉，报告王敦说："这一位可不是普通人！"王敦正在卧床休息，忽觉心里怦然一动，说："肯定是黄须鲜卑奴来了！"命令军士赶紧骑马追寻，尽管军士快马飞奔，却发现已经看不见逃离者的身影，落后许多里路了。追赶的人就向路边客店的老妇打听："有没有见到一个黄色胡须的人骑马路过这里？"老妇说："已经走过很久，不可能追得上了。"于是，军士这才打消念头骑马返回军营。

　　这个故事，《晋书·明帝纪》也有记载，从一个侧面生动地反映出晋元帝"驾崩"之后晋明帝与王敦的深刻矛盾。

　　王敦是皇室的外戚，知道很多皇家内情，他称晋明帝是"黄须鲜卑奴"，估计不是随便说的。《晋书·明帝纪》也说得很清楚，晋明帝生母荀氏"燕代人，帝状类外氏，须黄"，"外氏"指非汉族，即少数民族，荀氏生长于燕代地区（河北西北部、山西东北部地区，少数民族聚居地），大概有鲜卑血统。当然，所谓"黄须鲜卑奴"是蔑称，犹言"杂种"，王敦身为晋武帝的驸马，本已不把晋元帝放在其眼里，何况是晋元帝之子呢？

　　可是，王敦也有失算的时候。《晋书·明帝纪》记载，太宁二年（324年）六月，"敦将举兵内向，帝密知之，乃乘巴滇骏马微行"。其中，"帝密知之"是关键，而情报来源正是王敦身边的王舒之子王允之。王允之得知王敦的叛变谋略之后，假装喝醉，以"省亲"名义跑回家告知父亲王舒，王舒连忙跟王导一起"俱启明帝"（《晋书·王允之传》）。这是晋明帝"微行"的前提条件。

王敦咄咄逼人，恣意狂妄，而晋明帝惶恐不安，心系家国。当时的晋明帝还很年轻，才 25 岁，其窥视王敦军营的行动发生在他登基后的第二年。王敦做贼心虚，一听说有人来窥探军营，马上想到"黄须鲜卑奴"，可知其内心也不无忐忑，"敦卧心动"，说明他内心为之一惊：没想到晋明帝情报如此灵通！没过多久，王敦在巨大的心理压力之下忽病死去（324 年），也是咎由自取。

然而，晋明帝"驾崩"于 325 年，他跟王敦"斗法"，也把自己年轻的性命赔上了。政治斗争如此残酷，令人不寒而栗。

二十、王导新政（1）

顾司空未知名，诣王丞相。丞相小极，对之疲睡。顾思所以叩会之，因谓同坐曰："昔每闻元公道公协赞中宗，保全江表，体小不安，令人喘息。"丞相因觉，谓顾曰："此子珪璋特达，机警有锋。"（**言语 33**）

顾和还没出名，一次，去拜访王导。当时，王导显得稍感疲倦，面对着顾和打起瞌睡来了。在场的还有别人，顾和转动脑筋，想着引出什么话题来不至于使在座的其他人感到冷场，于是就对同坐的人悄声说："以前，每每听到我们家元公称道王公，说他协助扶持晋元帝，保全了我们江东一带的利益，费心劳力，身体稍有不佳，都会令人不安。"王导似睡非睡，听到顾和的话，醒了过来，对顾和说："你这孩子，真是赋有异秉的人才啊，机警得体，秀逸英挺。"

刘孝标注引《顾和别传》，略曰："（顾）和字君孝，吴郡人。总角知名，族人顾荣雅相器爱，曰'此吾家之骐骥也，必振衰族。'累迁尚书令。"可知江东大名士顾荣，作为"族叔"，早就器重顾氏家族的后辈顾和，在其尚未成年的时候就视之为"吾家之骐骥"，并将振兴家族的大任寄托在顾和身上。从顾和的话中可以得悉顾荣经常在家人聚会的场合提起王导，说他的政绩和贡献，并对北方人王导在江南的举措表示赞赏和感激。顾和听了不少，记在心里。

王导善于团结江南人物，对顾氏一族是格外重视的，原因是，顾氏是江东大族，具有不可小觑的号召力；顾氏归服，对于提升东晋政权在江东地域的"认可度"大有好处，便于逐步巩固皇朝的权力。

小小年纪的顾和，尚未出名，就可以进出王导的府邸，这是一种"特殊待遇"。最初的考虑无疑是要从小培养忠诚于东晋皇朝的顾氏后人。而不经意间，王导发现顾和的确是一个人才，就更加喜欢他了。

据《晋书·顾和传》，顾和之所以出名，契机就是这一次的"叩会"。王导对他的品评，成为顾和进入东晋官场的"许可证"。其后，在跟随王导理政的过程中，王导越来越发现顾和很能理解自己的为政风格和特点，对他就更为信任了。

《世说新语》"雅量"第 22 则记顾和出任时为扬州刺史的王导的从事，即幕僚，与周颛有过交集，给周颛留下很深、很好的印象；周颛后来见到王导，说你的身边有一个难得的人才。可见顾和的确不同凡响。

又，《世说新语》"规箴"第 15 则记顾和与王导的一段对话："王丞相为扬州，遣八部从事之职（按：之职，意为到职）。顾和时为下传还（按：下传，按察下属的官吏），同时俱见。诸从事各奏二千石官长得失，至和独无言。王问顾曰：'卿何所闻？'答曰：'明公作辅，宁使网漏吞舟，何缘采听风闻，以为察察之政？'丞相咨嗟称佳，诸从事自视缺然也。"这也是发生在王导出任扬州刺史期间的事情。所谓"二千石官长"，指的是郎将、郡守这一层级的官员（享受"二千石"俸禄），王导要诸位"从事"去考察他们的工作得失。其他"从事"均如实汇报，唯有顾和一言不发。王导察觉有异，追问顾和有何见闻，顾和深知王导的施政风格是"无为而治"，以"网漏吞舟"即法网疏阔来回应，表示不宜事事追究以示"察察之政"。王导听后，大为赞赏，而那些积极"采听风闻"的同僚反而显得尴尬。作为南方人的顾和，如此熟悉王导，如此认同王导的施政理念，大概跟他的同族前辈顾荣一样，明白王导在江南没有施行"察察之政"是为了顾及江南人的利益，是一种"收买人心"的手段。睁一只眼闭一只眼，"宁使网漏吞舟"也不要引起反感，只要江南人归附东晋政权，就是"成功"。

可以说，王导启用顾和，与顾和等江南人士结为"同盟"，是东晋政权能够立足的关键举措。王导发现顾和，重用顾和，除了通常意义的爱惜人才之外，还有一重用意，就是大胆启用南方人以求缓和北方人与南方人的矛盾，方便施政，事半功倍。这是王导精明之处。故而，刘孝标注引邓粲《晋纪》，其中有一句话特别醒目："晋中兴之功，（王）导实居其首。"实在是可圈可点。

二十一、王导新政（2）

王蓝田为人晚成，时人乃谓之痴。王丞相以其东海子，辟为掾。常集

聚，王公每发言，众人竞赞之。述于末坐曰："主非尧、舜，何得事事皆是？"丞相甚相叹赏。（赏誉62）

王述并非早熟之人，不求闻达，颇欠表现，成名较迟，当时的人说他"痴"。王导可不这样看，由于王述是中朝名士之一东海太守王承的儿子，就起用他为自己的属官。王导经常将属官们聚集在一起，每当王导说话，众人都说好，争相美言，而陪于末座的王述与众不同，说："长官也不是尧、舜，哪能事事都说得对呢？"王导听后，大为赞赏。

王述不愿意无原则地奉承上司，这或许是人们说他"痴"的理由之一，转换成如今的说法，就是"不会做"或"不识趣"。相比之下，那些迫不及待为上司"喝彩"的人就显得十分势利和庸劣。难得王导头脑清醒，没有觉得王述的话"逆耳"，反而是"甚相叹赏"，即当众表扬。这是王导作为一位有智慧的政治家所表现出来的度量和胸襟。

无独有偶，可资比较的是另一位人物，即王导也十分欣赏的何充，同样是一个极端厌恶说假话的人。何充在做王导的"从事"之前本是王敦的主簿，《世说新语》"方正"第28则记王敦的兄长王含做庐江郡太守，"贪浊狼藉"，官声极差，而王敦睁眼说瞎话，当众说自己的兄长做官做得很好，口碑甚佳，"庐江人士咸称之"，云云。何充在现场，身为王敦的主簿，却敢于当面"怼"自己的上司："（何）充即庐江人，所闻异于此！"此话一出，令王敦当即哑口无言，十分难堪。在场的其他人都替何充捏一把冷汗，而何充"神意自若"，晏然处之。何充因此得罪了王敦，被降职，后来反而得到王导的重用。

王导深通世故，知道官场里盛行假话，故而不为种种"美言"所迷惑，这是他的可贵之处。他器重何充，也重用王述，看中的就是他们身上的正直方刚的品格。

关于王述，还有一个相关的故事，《世说新语》"品藻"第23则："王丞相辟王蓝田为掾，庾公问丞相：'蓝田何似？'王曰：'真独简贵，不减父祖；然旷澹处，故当不如尔。'"王导提拔王述做属官的时候，庾亮不大了解王述，就问其人如何，王导的评价是"真独简贵"，看来这是王导用人的一个相当重要的"指标"，即要有独立思考的精神，说真话不讲假话，不会人云亦云；同时，分析问题能一语中的，要言不烦；还要自尊自重，有骨气，无媚态。当然，王导也看得出王述有其缺点，即不够"旷澹"，为人太直，狷介而欠圆通，这些方面就不如他的父亲王承（据《晋书·王承传》记载，王承"推诚接物，尽弘恕之理"），也不如其祖父王湛（据《晋书·

王湛传》记载，王湛宽宏大量，为人处世，颇似山涛）。王导看人是很有分寸的。

王导重用王述，除了其本人的品格、能力等因素之外，还要看到，其用人策略是讲究"平衡"的，一方面着意重用南方人如顾和等，另一方面，也不可忽视北方人如王述等。真正的政治家，是"玩"各种"平衡"的高手。

二十二、王导新政（3）

宣武移镇南州，制街衢平直。人谓王东亭曰："丞相初营建康，无所因承，而制置纡曲，方此为劣。"东亭曰："此丞相乃所以为巧。江左地促，不如中国；若使阡陌条畅，则一览而尽。故纡余委曲，若不可测。"（**言语102**）

桓温奉命镇守南州城，他所规划的城市街道方正平直，整齐划一。有人对王珣说："王丞相当初规划、建设京师建康的时候，没有参考过史上别的京城的设计，而制定城市规划时偏向于高低起伏、蜿蜒曲折，而不是平直方正。要是跟如今的南州比较，就显得逊色多了。"王珣答道："这才是丞相之所以巧妙的地方。江东地势，多起伏而欠平缓，不像北方平原；若是如您所说，定要阡陌整齐，条畅笔直，就只能一览无余，别无风致。而高低起伏、蜿蜒曲折，望不穿，看不透，更会显得富有韵味，引人遐想。"

刘孝标注引《晋阳秋》，其中提及当年王导在经营建康城时的思路是"镇静群情"。这四个字很重要。

王导的孙子王珣替其祖父说话，称赞建康城的布局是"纡余委曲，若不可测"，似乎是在从"城市美学"的角度为祖父辩护。看上去，王珣的说法是可以成立的，也说得比较客观。但是，他没有看到"城市美学"之外的东西。

那一位在王珣面前称道南州街衢布局的人，估计其心目中有一个都城的"样板"，从他大力赞美"街衢平直"这一点来看，可以推断其想说的"样板"大概就是古代长安的样子；长安城是以"街衢平直"著称的，乃至于日本京都也是对之"有所因承"而形成条条块块的城市布局。可是，这样的布局，人为地将道路"拉直拉平"，人为地使城市街衢大幅拓宽，必定是先"大拆"，后"大建"，这是折腾老百姓的事情，不符合王导"镇静群情"的理政思路。

王导的理政思路是"不折腾",不过于惊动老百姓,还要尽量照顾老百姓尤其是江东富族的利益;江东最有权势的人物之一顾荣经常表扬王导维护了他们的权益(参见《世说新语》"言语"第33则),可见,京师建康的街衢规划,除了"城市美学"之外,更是内含政治上的重大考量。

此外,东晋政权建立之初,国库空虚,财政严重不足,条件有限,也不容许大肆铺张,把并不充裕的国家储备用在"门面"上。

王导是政治家,从这一个侧面也能够看出其思考是够缜密、有见识的,是实事求是的。他与那些只追求"政绩工程"、只讲究"高大上"效果的高官显然有别。

二十三、元帝正会

元帝正会,引王丞相登御床,王公固辞,中宗引之弥苦。王公曰:"使太阳与万物同晖,臣下何以瞻仰?"(宠礼1)

晋元帝于正月初一会见群臣,拉着王导的手让他也同坐御床。王导执意推辞,而元帝硬是拉着王导不放手,愈加恳求他坐上御床。王导只好对元帝说:"要是让太阳和万物一起都发光发热,臣下怎么能够瞻仰到太阳呢?"

刘孝标注引《中兴书》曰:"元帝登尊号,百官陪位;诏王导升御坐,固辞然后止。"记的是同一件事情,可时间有别。《中兴书》说的是"元帝登尊号"即正式登基之际,而《世说新语》说的是"元帝正会"即新正初一。依照常理,似以后者的说法较为可信。因为皇帝登基,名义上还是"司马氏的天下",仪式庄严隆重,不太可能出现"引王丞相登御床"之事。《晋书·王导传》亦记此事,依据的是《中兴书》,疑有失察之处。

不管如何,这件事情流传甚广,是"王与马,共天下"的一个具有象征性的场景。尽管王导没那么"傻"真的坐上去,可晋元帝的举动似乎也不是想"忽悠"王导,他借这个场合表达对王导的敬重,所以才会出现"中宗引之弥苦"的细节。

联系到温峤初到江南时听到王导的治国理政观念,由衷地赞叹王导是"当代管仲",并对东晋政权产生了信心,可知王导的存在对于"东晋王朝"而言是十分独特的,具有举足轻重的作用。从这一角度看晋元帝"引王丞相登御床"的"惊世之举",也就不会觉得过于"戏剧性"了。

《晋书·王导传》记王导对王敦说过的一番话,其中有一句是不可忽略的:"琅邪王(司马睿)仁德虽厚,而名论犹轻。"此"名论犹轻"四字正是日后的晋元帝的"短板"之一。有鉴于此,王导及时安排、导演出一场"众星拱月"式的街头表演,让司马睿在江南名士面前显露威仪,而王导、王敦及诸多南渡名士随扈,"吴人纪瞻、顾荣,皆江南之望,窃觇之,见其如此,咸惊惧,乃相率拜于道左"。王导亲自策划的这场"表演"大获成功,而当初他在恳求王敦加入"表演"时是这样说的:"兄威风已振,宜有以匡济之。"这才是表演成功的秘密所在。不要忘记,王敦除了手中有军队之外,他还有一个响当当的名头:西晋开国皇帝晋武帝的驸马!

《晋书·元帝纪》有一段文字,可借以说明"王与马,共天下"的基本盘是如何形成的:"永嘉初,用王导计,始镇建邺,以顾荣为军司马,贺循为参佐,王敦、王导、周颉、刁协为腹心股肱,宾礼名贤,存问风俗,江东归心焉。"身为北方人,置身江东,时值西晋的末年,不能没有属于自己的"根据地",不能失去当地人尤其是"名贤"的"归心"和协助,不能不懂江东的"风俗",这一切,均出自王导之"计"。司马睿内心明白自己是怎样"上位"而做了晋元帝的,如果没有王导、王敦这样的人物"加持",在"五马渡江"的背景下,这"五马"都是司马氏的后代,谁都具备"上位"的法统。

《晋书·王导传》还记载王导与司马睿交情极深,二人识于微时,"素相亲善";司马睿"雅相器重,契同友执"。《世说新语》"规箴"第11则记载了一个小故事,可以了解二人关系之"特殊性":"元帝过江犹好酒,王茂弘与帝有旧,常流涕谏。帝许之,命酌酒一酣,从是遂断。"在这里,"王茂弘与帝有旧"是前提;而为了劝司马睿戒酒,王导乃至于要"常流涕谏",可知二人虽情感深挚,无话不说,但各有个性,司马睿嗜酒,酒瘾难戒;尽管司马睿难戒酒瘾,但终于还是在王导的监督之下戒掉了,司马睿"从是遂断",可知王导一直规劝,直到最后的"胜利",王导的意志力是很强的,而他本人还有很强的自制力。

这个小故事暗示了一点:司马睿平素在王导面前并非"强势",反而,显得"强势"的是王导。《晋书·元帝纪》中,史官有一句评论:"恭俭之德虽充,雄武之量不足。"这是对晋元帝的盖棺论定。"雄武之量不足"的晋元帝需要"强势"的王导来扶持,于是,我们可以明白,其"引王丞相登御床"的举动,姑且可视为他在特定场合的"肢体语言",这一"肢体语言"出卖了他的内心隐情。晋元帝"引之弥苦"这一重要细节的心理内涵是相当丰富的。

二十四、元帝立储

　　元皇帝既登阼，以郑后之宠，欲舍明帝而立简文。时议者咸谓："舍长立少，既于理非伦，且明帝以聪亮英断，益宜为储副。"周、王诸公，并苦争恳切。唯刁玄亮独欲奉少主，以阿帝旨。元帝便欲施行，虑诸公不奉诏。于是先唤周侯、丞相入，然后欲出诏付刁。周、王既入，始至阶头，帝逆遣传诏，遏使就东厢；周侯未悟，即却略下阶。丞相披拨传诏，迳至御床前曰："不审陛下何以见臣？"帝默然无言，乃探怀中黄纸诏裂掷之。由此皇储始定。周侯方慨然愧叹曰："我常自言胜茂弘，今始知不如也！"（**方正23**）

　　晋元帝司马睿已然登基，宠爱郑阿春，打算将太子司马绍撤下，改立郑阿春所生的小儿子司马昱为太子。当时立即引发异议，大家都说："舍长立少，一来不符合礼法，二来对于太子司马绍而言不公平，太子聪慧开朗，英俊果敢，更适宜做储君。"周顗、王导等大臣，一个个恳切力劝晋元帝收回成命。可有一位刁协，只有他独力吹捧司马昱，说司马昱最适合做"少主"，以此迎合晋元帝。晋元帝见终于有人出面支持，就想立即施行，可又生怕其他众多的大臣执意反对，于是想出一个办法：先将周顗、王导二人召入，然后把诏书递给刁协，瞬间即可造成既定事实。周顗、王导奉命入宫，已经走至大殿前的台阶之上，此时，晋元帝忽然派太监迎面传诏，强令二人临时转往东厢房；周顗没有反应过来，就转身往回走，步下台阶。而王导见势不妙，迅即一手推开传诏的太监，径直入内，走到晋元帝的御床之前，说："不知陛下有何事情要见臣下呢？"只见晋元帝默然无语，随手将藏于怀中的黄纸诏书抽出，撕裂后扔在地上。从此之后，皇储问题尘埃落定。事后，周顗不无愧疚，感慨说道："常常说我胜过茂弘，今日才知远远不如啊！"

　　这是一段"大内秘闻"，很有"在场感"，相当难得。

　　整个故事，中间的"转捩点"是"帝逆遣传诏，遏使就东厢"。本来，晋元帝的如意算盘是将周顗、王导召入宫中，与刁协早有"默契"，等周、王进来，刁协宣读诏书，"大事"就这么定了，生米煮成熟饭。可是，为何忽然"帝逆遣传诏，遏使就东厢"呢？这其间，估计是晋元帝还在犹豫：就算"依计行事"，可反对的人多，支持的人少，甚至少到只有刁协一人，尽管自己是"皇帝"，可这是"王与马，共天下"，自己能说了就算吗？"逆遣传诏"，就是迎面挡住周、王二人，让他们临时在东厢房等候，以为自己争取多一些时间思考；晋元帝底气不足，这是他不得不犹豫的原因。何况，他的"决定"实在"出格"，连他本人也未必过得了自己的内心。我们联系王导进来后"帝默然无言"的情状，就可以进一步明白他真的不自信，正因为如此，不待王导争辩，他已经自行撕毁已经写好的诏书了。在"反对的人多，支持的人少"的情况下，晋元帝没有办法一意孤行，这也是"王与马，共天下"的实情。

不过，不要低估晋元帝的心计。他要改立太子，不仅仅是为了讨好郑阿春，而是要打破王导等人的"势力平衡"。从种种迹象看，晋元帝不愿意"王与马，共天下"的局面持续下去，他要扶植属于自己、真正忠于自己的势力，刁协是一个，刘隗也是一个（晋元帝重用并听信刘隗、刁协，严重威胁到琅邪王氏的权势，"王敦之乱"与此有内在的逻辑关联）；这还不够，据《晋书·简文宣郑太后传》，原来，郑阿春有四姊妹，她本人居长，二妹嫁给长沙王褒，三妹嫁给刘隗从子刘傭，四妹嫁给汉中李氏，三妹和四妹的婚事都是由刘隗操办的；同时，晋元帝特召二妹的丈夫王褒为尚书郎。如果将晋元帝要立郑阿春的小儿子司马昱为太子的事情跟上述事实联系起来看，不难看出，晋元帝想掌控属于自己的"节奏"，这是不言而喻的。如果立了司马昱为太子，不久的将来，权势的天平会向着司马氏倾斜，"王与马，共天下"就会"破局"。

所以，这还不只是一般通常所见的"太子废立"问题，内含着严重而尖锐的权力格局之争。王导当机立断，"披拨传诏，迳至御床前"，趁着晋元帝把持不定的契机，化解了一场政治危机。

在这个故事里，周颢的角色比较尴尬。因为他是晋元帝要拉拢的对象，从王敦起兵犯阙时周颢力救王导成功就可以知道周颢在晋元帝的心目中有多重要。周颢在西晋政权里有过历练，连王敦也怕他几分，如今，在东晋政权里，周颢不会不明白晋元帝改立太子的用心，他表面上是"反对"的，但是否很坚定，我们不得而知，可是，从王敦执意要除掉周颢就可以看出，王敦视周颢为晋元帝心腹，如同刘隗、刁协一样，是毫无疑问的。不管如何，周颢事后说自己不如王导，有点自我解嘲、自行下台阶的意味。

《晋书·王导传》记载，王导在晋元帝面前称赞太子司马绍贤明，不同意任何的改立意见。故而，王导深得司马绍的信任。待司马绍继位而成了晋明帝，王导"迁司徒"，"剑履上殿，入朝不趋，赞名不拜"，也就是古代官场最为艳羡的"位至三公"。虽然王导"辞让"，但是，无论如何，王导当日果断地"披拨传诏，迳至御床前"，这一举动日后得到了丰厚的"政治回报"，其权势依然相当稳固。

而且还要看到，王导的及时举动在一定程度上"延缓"了"王与马，共天下"格局被改变的进程。在关键时刻，王导"保住"了司马绍的"太子地位"，司马绍对王导另眼相看，不会把他与王敦等量齐观，这才出现如下场景：司马绍登上大位，随即联手王导，一举铲除王敦的叛变势力。显然，司马绍成为晋明帝之后，与他的父亲晋元帝不同，晋元帝眼中的王敦、王导"都姓王"，对王导不无戒备，周顗费了多大的口舌才说服了晋元帝不要对王导一家"动手"；而晋明帝将王导当作"自家人"，在平定了王敦叛军后，在即将"驾崩"之际，遗诏嘱托王导和庾亮"共辅幼主"。尽管"添加"了"庾亮因素"，但"王与马，共天下"格局大体也延续到了晋成帝时代。

二十五、王导之痛

王大将军起事，丞相兄弟诣阙谢。周侯深忧诸王，始入，甚有忧色。丞相呼周侯曰："百口委卿！"周直过不应。既入，苦相存救。既释，周大说，饮酒。及出，诸王故在门。周曰："今年杀诸贼奴，当取金印如斗大系肘后。"大将军至石头，问丞相曰："周侯可为三公不？"丞相不答。又问："可为尚书令不？"又不应。因云："如此，唯当杀之耳！"复默然。逮周侯被害，丞相后知周侯救己，叹曰："我不杀周侯，周侯由我而死。幽冥中负此人！"（**尤悔6**）

王敦举兵叛变，王导兄弟到皇宫门外谢罪。周顗对王导一家深怀忧虑，正要步入宫门时，神色异常凝重。王导见到他，隔远呼叫："我们王氏百口人就拜托您了！"周顗没有回应，直入宫内。进入大殿，面对晋元帝，周顗苦苦恳求不要对王导一家动手。终于，晋元帝被周顗说服了，答应宽免，不予追究；周顗内心大为高兴，于是大口地喝起酒来。酒后出宫门，见到王导及其家人依然如故，守候在宫门之外。周顗趁着几分酒意对他们说："今年将你们这些贼奴杀了，我就立下大功，斗大的金印就可以系于肘后了。"王敦攻进石头城，见到王导，问他："周顗可否位至三公？"王导没回应。又问："可否做到尚书令？"王导还是没回应。王敦接着说："这样的话，那就只有把他杀了！"王导依然沉默不语。及后，王敦将周顗逮捕、杀害。王导隔了些时候才知道周顗当天在晋元帝面前救了自己全家，悲叹道："周侯虽不是我亲手杀的，可他遇害是因我而起。哪怕到了黄泉之下，我也对不起他啊！"

这是王导故事里最为悲情的一个；周顗之死是王导一生永远的痛！

《晋书·周顗传》记载，周顗死后，"（王）导料检中书故事，见（周）顗表救己，殷勤款至。导执表流涕，悲不自胜，告其诸子曰：'吾虽不杀伯仁，伯仁由我而死。幽冥之中，负此良友！'"这就是"丞相后知周侯救己"的内情，有点像古希腊悲剧里的剧情反转，可以想见，王导见到周顗力救自己的档案资料的那一瞬间，其内心的震颤、惊讶和激动，难以言表，充满着巨大的冲击力度，所以，才会有"幽冥中负此人"的痛切心扉之言。

周顗喜欢喝酒，常常一喝就醉，醉后失态是难免的。其人有粗豪的一面，爱开玩笑，所谓"今年杀诸贼奴，当取金印如斗大系肘后"就是一句很不正经的玩笑话；他掩饰不住内心的兴奋，好不容易救下王导一家，很有"成就感"，却因酒后失言，正话反说，招致王导心生怨恨；王敦动了杀机之时，王导没有拦阻，间接成了杀害对自己有大恩大德的周顗的"凶手"。周顗与王导，二人产生了严重而致命的"心理错位"。

不过，王导事后自责是一回事，周顗必死是另一回事。何以见得？《晋书·周顗传》说，王敦早在西晋时期，就与周顗不和，那时，周顗已经很有声望，而"敦素惮顗，每见顗辄面热"，可知二人常有龃龉之内情；及至东晋政权建立，晋元帝对琅邪王氏有防范戒备之心，于是，刻意扶植自己的势力，如王敦视为"眼中钉"的刘隗、刁协等就是晋元帝的亲信心腹；《晋书·王导传》有一句话"及刘隗用事，（王）导渐见疏远"，多少说明问题；王敦谋反，就是以清除刘隗、刁协为借口的。那么，周顗竟然可以在晋元帝面前救下王导一家，晋元帝与周顗的密切程度可想而知，王敦焉有不除掉周顗之理？刘孝标注引虞预《晋书》说："（王）敦克京邑，参军吕漪说敦曰：'周顗、戴渊，皆有名望，足以惑众。视近日之言，无惭惧之色，若不除之，役将未歇也。'敦即然之，遂害渊、顗。"王敦身边的参军吕漪是一个卑鄙小人，他煽风点火，落井下石，力劝王敦除掉周顗和戴渊；就算王导当时加以拦阻，也难免周顗不会成为王敦的刀下之鬼。

但话说回来，王导无论如何在道义上是对不起周顗的，其本人也已经意识到了。只能说，这是真正意义上的悲剧，对周顗来说，固然如此；对王导而言，何尝不是？

二十六、王导救场

王敦引军，垂至大桁，明帝自出中堂。温峤为丹阳尹，帝令断大桁，故未断，帝大怒，瞋目，左右莫不悚惧。召诸公来。峤至不谢，但求酒炙。王导须臾至，徒跣下地，谢曰："天威在颜，遂使温峤不容得谢。"峤于是下谢，帝乃释然。诸公共叹王机悟名言。（**捷悟5**）

王敦举兵犯阙，大军片刻就到朱雀桥，晋明帝从中堂出来，命令时任丹阳尹的温峤将桥砍断；不知为何，朱雀桥没有断掉，晋明帝大为恼火，怒目圆睁，身边的侍卫和官员无一不惊恐畏惧。晋明帝连忙召集众大臣，温峤来到后，却没有自责，一声声要人将酒肉送来。王导没过多久也到了，只见他赤脚伏于地上，面对晋明帝谢罪道："陛下已经天威在颜，震慑一切，温峤一下子就无法及时谢罪了。"温峤听毕，随即下跪，自称"死罪"，晋明帝这才平息心头之火。在场大臣无不赞叹王导机敏，将他急切里的应对传为名言。

这是晋明帝时期"王敦之乱"的一个小插曲，气氛危急，惊心动魄，而全靠王导的一句话化险为夷，化解了突如其来的君臣冲突，使得温峤"躲"过了一个劫难。

刘孝标注引《晋阳秋》等文献的记载，说"（王）敦将至，（温）峤烧朱雀桥以阻其兵"，这个说法估计可信，但跟上述故事并不矛盾，可能二者有一个"时间差"，即"帝令断大桁，故未断"在前，而"峤烧朱雀桥以阻其兵"在后。正是因为朱雀桥一下子断不了，温峤干脆下令烧毁，以阻挡叛军的进攻。这就可以解释为何温峤来到晋明帝面前"但求酒炙"，这是他成功"烧朱雀桥"之后的邀功之举，没想到晋明帝还在生"桥未断"的气！而王导信息灵通，得知晋明帝大动肝火，临急临忙连鞋也来不及穿上，就赶往大殿，替温峤缓颊，这样才平息了一场风波。

温峤是没想到晋明帝还在生"桥未断"的气的。他是在"诸公"进来后才到达，原因是他要指挥"烧桥"。他兴冲冲地进入大殿，没怎么看皇帝的脸色，这才出现"冒然"要"酒炙"的举动。这也符合当时温峤内心的逻辑：我终于完成任务，将王敦叛军阻拦于朱雀桥之外了，来些酒肉庆贺一下，有何不可！

在这个故事里，晋明帝不够淡定，慌里慌张，在危急应对之际，不合时宜地召集大臣，为的是发一通脾气，表露出他的性格缺点，难怪在平定王敦之乱后他就"驾崩"了。王敦之乱，使得晋明帝六神无主，精神消耗极大，他生温峤的气，就是一个例子。

王导在朝中一定有很多"线眼"，随时向他提供准确的"情报"。为什么他在温峤之后才来到大殿呢？当时，千钧一发，王导在协调各方力量去应对来势汹汹、"垂至大桁"的王敦叛军，他本来抽不出身，这是他身为丞相的职责所在，哪有时间去开什么"临时会议"呢？可是，皇帝发火，不可收拾，他于是光着脚跑进大殿，赶紧前来"灭火"。"徒跣下地"这个细节值得仔细品味。

温峤当初离开北方南渡，在踏足江南之际，目睹百废待兴景象，忧心忡忡，可是，与王导深谈过后，二人结为深交，温峤对王导治下的江南有了信心，这还是晋元帝时代的事情；这一次，已经进入晋明帝时代，温峤飞来横祸，王导及时相救，也可见二人交情之深了。

二十七、明帝忧惧

王导、温峤俱见明帝，帝问温前世所以得天下之由。温未答。顷，王曰："温峤年少未谙，臣为陛下陈之。"王乃具叙宣王创业之始，诛夷名族，宠树同己；及文王之末，高贵乡公事。明帝闻之，覆面着床曰："若如公言，祚安得长！"（**尤悔 7**）

王导、温峤一起去朝拜晋明帝，明帝面对温峤问及司马氏祖辈之所以得到天下的缘由。温峤不敢回答。随后，王导说："温峤出生晚，不了解情况，为臣来给陛下说一说吧。"于是，王导具体讲了司马懿在"创业"开始的时候，如何诛灭曹魏的名门望族，如何重用自己的人马；以及司马昭在晚年如何跟高贵乡公作对等事。明帝一一听明白后，惊讶不已，坐也坐不稳，掩面着床，说："要是真的如您所言，我们司马氏的国运怎么可以长久！"

晋明帝是在"王敦之乱"的惊恐状态下登基的，他的父亲晋元帝也是在王敦谋反的严峻局势下"驾崩"的。王敦本是西晋皇室里的成员，是开国皇帝司马炎的女婿；王敦如此顽劣嚣张，一定引起晋明帝的某些不解；他眼看着自己的父亲正是因为王敦的背叛而忧心如焚，操劳过度，并过早去世；他年纪尚轻，也眼看着父亲从琅邪王变为"晋元帝"，到底司马氏是如何得到政权的，所知不多，于是，才会对温峤发问。

温峤不敢回答。他固然比王导晚出生（王生于 276 年，温生于 288

年），可是，司马懿"创业"的那个正始时代对于王导、温峤而言同样"遥远"，他们二人都出生于曹魏政权灭亡之后，那个"正始年间"似乎是遥不可及了；王导所说的一切，温峤未必不知道；或者可以倒过来说，温峤所知未必一定比王导少。他们从小生活在北方，都会从长辈口传的故事里得悉司马氏的过去。只是温峤有所顾忌，生怕"实话实说"会大大刺激了晋明帝。这是温峤懂得世故的表现。

王导同样世故，可为何他没有遮掩地说出实情呢？在这里，王导年岁比温峤大的"好处"就显露出来了。王导是晋明帝父亲的"好友"，是明帝本人的长辈，他是看着明帝长大的，更何况，明帝当日的"太子"地位还是王导力保下来的，《晋书·王导传》记晋元帝意图改立司马衷为太子，王导反对，"（王）导日夕陈谏，故太子卒定"，明帝对此清清楚楚（《世说新语》"方正"第 23 则记晋元帝想改立司马昱为太子，说法有异，可以参看）。所以，王导有"倚老卖老"的资格，这是温峤不如他的地方。

王导是东晋政权的建立者之一，他向明帝说出司马氏得天下的"血腥历史"，或许是在暗示政治斗争的残酷性，让明帝有充足的心理准备，因为当下的明帝正处于王敦之乱的极端困扰之中。

二十八、王导倦意（1）

有往来者云：庾公有东下意。或谓王公："可潜稍严，以备不虞。"王公曰："我与元规虽俱王臣，本怀布衣之好。若其欲来，吾角巾径还乌衣，何所稍严。"（**雅量** 13）

有流转于外地的人密报：庾亮有意从武昌东下，进发京城建康。有人接获这一情报后提醒王导："可以暗中有所戒备，以防不测。"王导坦然道："我跟元规虽说都是朝廷大臣，可我们也保持着常人间的友情；要是他真的要入京取我而代之，我干脆改戴角巾，绝不迟疑，返回乌衣巷过我的平静日子好了，用得着有所戒备吗？"

这虽是一段"云淡风轻"的回应，回应的语气很大度，很"王导"，也就是显出"雅量"，可实际上没这么简单。

《晋书·王导传》有相近的记载，王导的话略有差异："吾与元规休戚是同，悠悠之谈，宜绝智者之口。则如君言，元规若来，吾便角巾还第，复何惧哉？"并对来人示意说："庾公，帝之元舅，宜善事之。"

表面上看，王导息事宁人，不愿意做庾亮的对立面；可当时的事实是：

"时（庾）亮虽居外镇，而执朝廷之权，既居上流，拥兵强，趣向者多归之。（王）导内不能平。"换言之，这一个时期，是王导政治生涯中的"渐暗时刻"，所谓"内不能平"，已经表明王导对朝政的主导权逐渐旁落，人们开始不大听他的，转而听从庾亮的指挥，所以，"趣向者多归之"。另据《晋书·庾亮传》，当时的政情于王导极为不利，一则"陶侃尝欲起兵废（王）导"；一则"（庾）亮又欲率众黜（王）导"，虽然都没有立即施行，但对于王导的"围堵"态势已然形成。所谓"庾公有东下意"，正是以此为背景的。

这是"王与马，共天下"渐渐"嬗变"为"庾与马，共天下"的过渡阶段，是东晋历史进程中的重要转折点。可以说，"史有明文"，王导不得不承认"庾公，帝之元舅"这一不可改变的新的"政治增长点"。有了这个"政治增长点"，配以"居（长江）上流，拥兵强"这一令人心寒的强力"加持"，王导意识到"王与马，共天下"已经走向"终结"，大势已去，无力回春。

王导毕竟是老牌政治家，他懂得分析大势，知所进退；有始有终，有长有消，此消彼长，符合"易理"。他是清谈家，自然也是玄学家，其深谙"易理"是不在话下的。他不像族兄王敦那样莽撞，那样顾前不顾后，才会有效地延续了自己的政治生命。岁月流逝，与他有布衣之好的晋元帝司马睿"驾崩"日久，他自己身体欠佳，年齿日长，"角巾还第"的时候也就差不多到了。

就王导那种"云淡风轻"的回应而言，与其说是有"雅量"，不如说是他已经丢掉"妄想"；王导多历年所，阅世已深，倦于宦情，世味转淡，不再有当初南渡时的飞扬想象了。

二十九、王导倦意（2）

丞相尝夏月至石头看庾公。庾公正料事，丞相云："暑可小简之。"庾公曰："公之遗事，天下亦未以为允。"（**政事14**）

有一次，王导在夏天到京师石头城看望庾亮。当时，庾亮正在料理政务，王导看到他那种聚精会神的样子，就说："大热天，可以稍为简化处理嘛。"庾亮回应道："都知道您习惯放下政事，可天下人都不认为是妥当的做法哦！"

《晋书·庾亮传》记载："王导辅政，以宽和得众；（庾）亮任法裁物，颇以此失人心。"可见，庾亮与王导的理政风格很不一样，前者"严"，后者"宽"。

两个人都是东晋前期的实权人物，可在晋元帝"驾崩"之后，他们跟"司马氏皇朝"的关系发生了一些微妙的变化，王导跟当朝皇帝不再有"识于微时"的情感联系，而庾亮却以"外戚"的身份与当朝皇帝更为密切（他是晋明帝的"妹夫"，是晋成帝的舅舅），可以深度介入朝政。尤其是晋成帝登基之后，政治生态发生明显变化，其基本局面是"太后临朝，政出舅氏"（阮孚语，见《资治通鉴》卷九三）；太后就是庾亮妹妹，舅氏就是庾亮本人。表面上，庾亮与王导同时"辅政"，可实际上，王导的权力与庾亮的权力正处于动态的此消彼长之中。从上述对话里可以看出，庾亮显然对王导的"遗事"作风表达了不满，一句"天下亦未以为允"，已内含教训口吻。

可要知道，王导何许人也？东晋"开国皇帝"晋元帝登基时还要让王导"同坐"皇位，那时的王导何等风光，何等荣耀；就政治地位而言，晋元帝时代的王导仅仅是一人之下，"朝野倾心，号为'仲父'"（《晋书·王导传》），是"王与马，共天下"的标志性人物。比王导年轻了十几岁的庾亮，本来没资格去"教训"王导，可如今他已是"国舅"，可以出言不逊，可以目中无人，而进入"多病之秋"的王导，面对咄咄逼人的庾亮也要礼让三分。曾有人善意提醒他要对庾亮有所防备，王导干脆说："元规若来，吾便角巾还第。"（《晋书·王导传》）无意跟庾亮争长论短。

《世说新语》"轻诋"第4则记一段相关的逸闻："庾公权重，足倾王公。庾在石头（按：石头城在建康，故址在今南京石头山后），王在冶城坐（按：冶城也在建康，故址在今南京朝天宫一带），大风扬尘，王以扇拂尘曰：'元规尘污人！'"最为可圈可点的是"庾公权重，足倾王公"八个字，王导深感庾亮的存在对自己有严重威胁，才会说出"元规尘污人"的轻蔑之语。王导的内心并非"云淡风轻"，而是时有心潮起伏的。

上面王导跟庾亮的对话，隐含着一个历史进程中的重要信息："王与马，共天下"已经逐渐向着"庾与马，共天下"转变，结构还是原有的结构，可是"参演"的角色隐然有所更替。读《世说新语》，有时候是可以见微知著的。

反观王导，一代杰出的政治家，已经有些无可奈何了。岁月蹉跎，王导的心态不会始终如一，起码，他当初在新亭与周颉等人"饮宴"时说过的"戮力王室，克复神州"等豪言壮语，已随风飘散，豪气不再，看来，他争不过庾亮，他毕竟老了。

三十、贵族离婚

王子敬病笃，道家上章，应首过，问子敬"由来有何异同得失？"子敬云："不觉有馀事，惟忆与郗家离婚。"（**德行 39**）

王献之病危，其家人请道士制作章表，向天祷告，以期消灾祈福，其中，有一项内容是要自首自己一生的过失，以求上天宽恕。道上问王献之："您这一生有什么异于常理的举动和内心有愧的过失吗？"王献之回应道："别的没有，就是记起了跟郗氏离婚这件事。"

刘孝标注引《王氏谱》曰："献之娶高平郗昙女，名道茂，后离婚。"又，《晋书·王献之传》记王献之"以选尚新安公主"，此新安公主，是简文帝第三女；另据《初学记》卷十引王隐《晋书》，王献之与新安公主结婚后育有一女。可知，王献之前后结过两次婚。

看来，王献之对于前妻郗氏还是难以忘怀的，其内心当有愧疚，故而临终前以愧对郗氏为"过"。

至于二人为何离婚，不得而知。郗氏父亲郗昙，既曾是王献之的岳父，又是其舅舅。其间，一定发生过比较"难堪"之事，否则，这门"亲上加亲"的婚事没有理由以"离婚"收场。联系到郗昙之父郗鉴晚年与王导交恶（参见《世说新语》"规箴"第 14 则），王羲之夫人郗氏劝诫自己的弟弟（郗愔、郗昙）不要再去王家（参见《世说新语》"贤媛"第 25 则），等等，郗、王两家似乎后来积怨不浅。

东晋门阀之间的婚姻，不可避免带有政治因素；而门阀婚姻，又受制于政治关系的变化。其间，真有不足为外人道的内幕与悲情。王献之的故事就是案例之一。

《世说新语》"简傲"第 15 则所记故事，可以参看："王子敬兄弟见郗公（郗愔），蹑履（穿鞋，代指'正装'，表示恭敬）问讯，甚修外生（甥）礼。及嘉宾（即郗超，字嘉宾，郗愔之子，王献之的表哥，因依附桓温而甚有权势）死，皆著高屐（穿木屐，不再'蹑履'），仪容轻慢。命坐，皆云'有事，不暇坐。'既去，郗公慨然曰：'使嘉宾不死，鼠辈敢尔！'"刘孝标注云："（郗）愔子超，有盛名，且获宠于桓温，故为超敬愔。"所谓"故为超敬愔"，指王献之兄弟因为郗超有权势才敬重郗愔，待郗超一死，他们态度急转，变得轻慢异常，哪怕郗愔是他们的舅舅。对于王献之而言，郗愔不仅是舅舅，而且还是他岳父郗昙的哥哥，关系如此亲密，而相处得如斯势利，实在是匪夷所思。这就令身为舅舅的郗愔气得七窍生烟，恶骂王家兄弟是"鼠辈"。

说不定，王献之临终前回想到这类情景，内心十分愧疚，才会说"不觉有馀事，惟忆与郗家离婚。"这大概是王献之认定的自己一生之中最大的"亏心事"了。

三十一、桓温篡权

桓公既废海西，立简文，侍中谢公见桓公拜。桓惊笑曰："安石，卿何事至尔？"谢曰："未有君拜于前，臣立于后！"（**排调 38**）

桓温已经将司马奕的帝位废掉，改称海西县公，而扶立司马昱为简文帝。当时，谢安出任侍中，见到桓温，想到连简文帝都要给他行拜礼，于是下跪行礼。桓温颇为惊讶，笑着说："安石，你何至于此呢？"谢安回答道："国君此前见到您也要行礼，我作为臣子没有理由站立不拜啊。"

简文帝是桓温扶立起来的傀儡，人所共知。简文帝对桓温也显得谦恭有礼，这对谢安的刺激很大。谢安"见桓公拜"，表面上是"谦敬有加"，实际上是暗讽桓温将自己摆在"至高无上"的地位。此时，谢安与桓温的关系发生了明显的变化。

谢安不赞成桓温篡权，这是他持守儒家忠孝节义观念的具体表现。因此，桓温也开始对谢安有所戒备，甚至起了除掉谢安之心（参见《世说新语》"雅量"第 29 则）。上述谢安与桓温之间的"互动"，彼此均较为尴尬。以桓温的聪明，他不会不知道谢安话里有话。

本来，在司马昱成为"简文帝"之前，司马昱、谢安、桓温三人的交往是比较平和的，如《世说新语》容止门第 34 则："简文（司马昱）作相王（以'会稽王'身份出任丞相）时，与谢公共诣桓宣武。王珣（王导孙子）先在内，桓语王：'卿尝欲见相王，可住帐里（躲进帐里观看）。'二客（指司马昱、谢安）既去，桓谓王曰：'定何如？'王曰：'相王作辅，自然湛若神君；公亦万夫之望，不然，仆射（谢安时任尚书仆射）何得自没？'"大意为，司马奕立为皇帝时，会稽王司马昱进位丞相，是为"相王"，一次，他跟谢安一起去拜见桓温，刚好王珣早前已在桓府，桓温告知王珣："你想见到相王就躲进帐里吧。"等到谢安和司马昱告辞后，桓温问王珣："你的印象到底如何？"王珣答道："相王出任辅政之职，自然深沉稳重，机敏贤明；明公您也是万民仰望的大人物，要不然，谢仆射怎么会愿意隐没在您的身后呢？"谢安是桓温赏识并提拔的人，王珣说谢安此时在桓温的"光环"之下，是符合实情的。王珣不偏不倚，对三个人分别做出了"好评"，谁也不得罪，毕竟是王导家的后人。从上述场景看，谢安作为桓温的属下，去桓温那里，是很正常的；不太正常的是"相王"司马昱，他还要谢安陪着去找桓温，可见桓温权势之大、气焰之高，真是不可一世。

这样的桓温，是谢安所不能接受的。他与桓温的矛盾也由此而起。

三十二、淝水大捷

谢公与人围棋，俄而谢玄淮上信至。看书竟，默然无言，徐向局。客问淮上利害，答曰："小儿辈大破贼。"意色举止，不异于常。（**雅量 35**）

谢安跟客人下围棋，不一会儿，侄子谢玄报告淝水（淮上）战事的信函到了。谢安急忙将信看完，未出一声，不急不忙，脸朝棋盘，看黑白局势。客人心知有事，问淝水战事胜负如何。谢安回答："小儿辈大破前秦侵略军。"继续下棋，意态从容如故，一举一动如同无事发生过一样。

刘孝标注引《续晋阳秋》曰："初，符坚南寇，京师大震。谢安无惧色，方命驾出墅，与兄子玄围棋；夜还乃处分，少日皆办。破贼又无喜容。其高量如此。"这条材料先是说符坚领前秦军队南侵，朝野闻之惊恐，而谢安此时执掌朝政，无惧无畏，从容应对，举重若轻，白天跟谢玄下棋，到晚上才部署作战事宜；接着说，到了战事已然展开，谢安接到战报而没有"喜容"。这里的细节，不能跟《世说新语》所记载的完全对应而互有出入，但是，"基本面"是一致的，即谢安表现出"每临大事有静气"的"雅量"。

《晋书·谢安传》记载：淝水大捷，喜报到来，谢安正在与客人下棋，其描述与《世说新语》基本一样，不过，还补充了一个重要细节："既罢（围棋结束），还内（入内室），过户限（门槛），心喜甚，不觉屐齿之折（木屐接触地面的'齿'因过度用力而折断了）。"编写《晋书》的唐代史官加上一句评语："其矫情镇物如此。"上述下完棋返回内室时"木屐齿折"的细节，《资治通鉴》卷一百五也写到，司马光等人却删去了"其矫情镇物如此"一句。

可以说，熟悉"竹林七贤"故事的谢安，对"喜怒不形于色"的"魏晋风度"十分推崇，并且在日常的生活实践中付诸行动。到底这是不是一种"矫情"呢?《晋书》编写者的评语似是诛心之论。

附带一提,淝水大捷,谢氏家族声威大震,而当时在东晋政权内也握有重权的桓氏家族却心情复杂,折射出桓、谢二姓力量的消长变化。《世说新语》"尤悔"第16则记载如下故事:"桓车骑(冲)在上明(在今湖北境内)畋猎(打猎)。东信(由湖北以东的京师传来的信息)至,传淮上大捷。语左右云:'群谢年少,大破贼。'因发病薨。谈者以为此死,贤于让扬之荆。"桓冲是桓温最小的弟弟。淝水大战之时,桓温已死,而桓氏家族依然甚有权势,尤其是在长江中游地区;桓冲曾经将自己的扬州刺史一职转让给了谢安,自己出任荆州刺史,这就是发生在桓、谢之间的"(桓冲)让扬之荆"的故事。按说,谢安本是"桓温的人",只是没有支持桓温篡夺政权而被桓温疏远和猜疑,由此谢与桓两大家族的关系发生了微妙变化。上述桓冲听闻淝水大捷之后"因发病薨"的故事,折射出谢、桓二姓的复杂关系。《晋书·桓冲传》说:"(桓)冲本疾病,加以惭耻,发病而卒,时年五十七。"虽说桓冲之死更多的是与其患上重病有关,但是,谢氏家族尤其是年少的谢玄竟然可以取得胜利,是桓冲始料不及的,对这位拖着病体的荆州刺史冲击不小,故有"惭耻"之说。

至此,谢氏的势力超越桓氏,已是不争的事实了。

《世说新语》里的思辨风采

这里选释《世说新语》中具有思想史价值的文字，辨析其中要义，以见中国中古思想史的某些"新变"，亦可见彼时的思辨风采。原文出处以括注方式标明。

一、傅嘏预言

何晏、邓飏、夏侯玄并求傅嘏交，而嘏终不许。诸人乃因荀粲说合之，谓嘏曰："夏侯太初一时之杰士，虚心于子，而卿意怀不可交。合则好成，不合则致隙。二贤若穆，则国之休，此蔺相如所以下廉颇也。"傅曰："夏侯太初，志大心劳，能合虚誉，诚所谓利口覆国之人。何晏、邓飏，有为而躁，博而寡要，外好利而内无关龠，贵同恶异，多言而妒前。多言多衅，妒前无亲。以吾观之：此三贤者，皆败德之人耳！远之犹恐罹祸，况可亲之邪？"后皆如其言。（识鉴3）

何晏、邓飏、夏侯玄相约一起请求跟傅嘏交好，而傅嘏始终不肯。他们于是转而求荀粲帮忙疏通，说些好话。荀粲对傅嘏说："夏侯玄是当今杰出人士，对您也很谦恭仰慕，可是您抱有成见，不与他交往。其实，相互交往会做成事情，不交往就容易产生误会和隔阂。贤者与贤者如果和睦相处，是国家之幸。这就是蔺相如忍让廉颇、避免冲突的缘由。"傅嘏回应道："夏侯玄志向颇大而心术过多，有才能，积累了一些虚名，可此人正是个嘴巴厉害、多言误国的人。何晏、邓飏，希冀有所作为但躁动不安，学问广博却不得要领；外则贪图利益，内则心无底线；意见相同的结为团伙，意见相异的排斥打击；以善于言谈著称，而妒忌比自己厉害的人；炫耀自己善于言谈，也时时因言谈与人结怨；嫉恨超过自己的人，到头来没有亲近的朋友。在我看来，这三个所谓'贤者'，全是品德败坏之人。我怕祸及自身，避之唯恐不及，怎么可能还要跟他们接近呢？"此后，上述三人的处世经历和下场，都一一被傅嘏说中了。

这一则文字，在《世说新语》中具有十分重要的指标性意义。

在此书"识鉴"门的语境里，傅嘏是正面人物，是一位目光敏锐、见解卓越的"预言家"，他没有被何晏、邓飏、夏侯玄等人的"虚誉"所迷惑，不认为他们的滔滔口才可以治理国家；更为尖锐的是，他并非随意做出判断，而是依据自己的观察，以及对何晏等人的性格特点、行为习惯的分析，认定他们正因为口才特好反而更不利于国家，即所谓"利口覆国"。

通观魏晋时期，诸多名士都是以何晏等"正始名士"为榜样的，刘义庆在编写《世说新语》时，十分在意研讨东晋王朝为何拥有那么多"声誉日隆"的名士政治家却终于败亡的原因，在某种意义上说，刘义庆是一位"结果论者"，我们要特别注意这一则文字的最后一句话："后皆如其言。"历史无情，无可辩驳，何晏等人尽管名气甚大，也似乎满肚子"学问"，但由于性格的缺陷、品德的败坏，以及结党营私的罪行，最终落得身败名裂的下场；曹魏政权走向覆灭，他们也要承担一定的历史责任。以之对照的是，东晋的一批名士政治家盲目推崇"正始名士"，没有从他们身上吸取应有的历史教训，同样是以"清谈"来招摇过市，甚至忙于政治门阀之间的争斗，没有几个人是真心从事"北伐"大业，以求恢复中原失地的；东晋政权走向覆灭，他们也要承担一定的历史责任。

从曹魏到东晋的历史，若贯通起来看，就可以明白，《世说新语》的编写者是在"反思"这历史长河里的不同时期的"名士们"的种种言行，虽然并非一概否定（对于"名士风流"里一些具有文化史价值的东西还是适当肯定的），但更多的是借助书中的各个类别的故事，让读者看清楚人性之复杂多样，以及名士们的"虚誉（生前的世俗名声）"和"下场（身后的历史评价）"之间的严重"错位"。

故此，何晏等人被傅嘏"预言"的这一则文字，以及编写者特意加上的"后皆如其言"一句，值得我们三思，所谓"指标性意义"就在这里了。

这一则文字，是解读整部《世说新语》的一把钥匙。

二、王弼释"无"

王辅嗣弱冠诣裴徽，徽问曰："夫'无'者，诚万物之所资，圣人莫肯致言，而老子申之无已，何邪？"弼曰："圣人体'无'，'无'又不可以训，故言必及'有'；老、庄未免于'有'，恒训其所不足。"（**文学**8）

王弼20岁时去拜访裴徽，裴徽跟他讨论"无"与"有"的玄学问题："所谓'无'，本是万事万物赖以存在的依据，可圣人都不愿意就此发表见解；老子却不厌其烦地阐释'无'，是什么原因呢?"王弼回答道："圣人是能够体察领悟到'无'的，但'无'过于抽象，不可以诉诸语言，所以圣人以具象化的'有'来帮助阐释。老子和庄子也不会看不到具象化的'有'，只是他们常常补充和揭示'有'所阐释不到的意义。"

裴徽是王弼父亲王业的同僚。王业做尚书郎，裴徽是吏部郎。有了这重关系，已经二十岁的王弼去见裴徽，就不会显得突兀。这时的王弼，学问水平已经相当高，作为清谈家的裴徽自然觉得是"棋逢对手"，于是抛出一个玄学领域的难题来问王弼。

《老子》第四十章明确指出："天下之物生于'有'，'有'生于'无'。"今传王弼注《老子》此句之下，王弼写道："天下之物，皆以'有'为生；'有'之所始，以'无'为本。"换言之，王弼认为具有蓬勃生机的"天下之物"的表现形态就是"有"，而"天下万物"之所以一一产生，是依赖着看不见、摸不着的"无"即事物运行的规律才能实现，这才是"本源"。比如，春种秋收，年复一年，这就是农业的运行法则，它是"非物质形态"的。在王弼看来，"有"属于"物质形态"；"无"属于"非物质形态"，但不等于"没有"或"不存在"。"有"和"无"处于不同的"存在"的层面上，二者是相辅相成的，并不矛盾。就哲学而言，"有"属于存在的"表层结构"，"无"属于存在的"深层结构"；前者类似于"硬件"，后者类似于"软件"。只有认识到"有"与"无"的关系，才能够全面深刻地认知世界。

这一则文字里的"老、庄未免于'有'，恒训其所不足"，揭示出一个古代思想发展史上的新现象：即在正始年间，像王弼这样的思想家意识到老子、庄子（尤其是老子）偏于言说天下万物的"运行规律"（即"无"），而儒家偏于言说世俗社会的种种现象（即"有"），认为前者是对后者的重要"补足"。这就开了后世的"儒道互补"论的先河。

或许从这个故事可以推测为什么何晏会特别佩服王弼的《老子注》。王弼的注，以及他回答裴徽的话，都反映出他不是以"老"解"老"，而是将儒家（以孔孟为代表）与道家（以老庄为代表）联系起来思考，发现二者的"互补"关系。须知，王弼与何晏均为儒学修养很深的学者（都注释过儒家经典），可在发现儒道可以"互补"的认识问题上，王弼是"领先一步"的。

三、言浊啸清

阮步兵啸，闻数百步。苏门山中，忽有真人，樵伐者咸共传说。阮籍往观，见其人拥膝岩侧。籍登岭就之，箕踞相对。籍商略终古，上陈黄、农玄寂之道，下考三代盛德之美以问之，仡然不应。复叙有为之教，栖神导气之术以观之，彼犹如前，凝瞩不转。籍因对之长啸。良久，乃笑曰："可更作。"籍复啸。意尽，退，还半岭许；闻上啾然有声，如数部鼓吹，林谷传响。顾看，乃向人啸也。（**栖逸** 1）

阮籍是吹"啸"高手，其声音可以传至数百步那么远。在河南，有一座苏门山，忽然有传闻说来了一位"真人"，进山砍柴的樵夫们都纷纷互传。阮籍得知后上山探视，远远望见那位"真人"在岩石旁双手抱膝而坐。于是，继续登山，走近"真人"，阮籍跟他相对而坐，都采用"箕踞"的坐姿。阮籍叙述、评议上古时代的人和事，诸如黄帝、神农的玄远幽寂之道，以及夏商周三代的德政之美，然后征求"真人"的看法，"真人"昂首望天，没有回应。阮籍不甘寂寞，又谈论儒家积极入世的"有为之教"，以及如何凝聚心神、导引气息的道家修炼方式，观看"真人"有何反应，"真人"一如刚才那样，抬头远视，目不转睛。阮籍此时见状，转而不再说话，面对着"真人"吹起"长啸"来了；吹了好长一段时间，只听见"真人"笑着说："可否再来一遍？"阮籍于是重来一次，意兴已尽，离别"真人"下山而去。下到半山腰，忽听得山上响起了阵阵乐音，音色多样，颇为丰富，好像有多种鼓吹乐器在合奏，音乐在山林和溪谷之间回荡。回过头仰望，原来就是那位"真人"在吹"啸"呢。

这位"真人"，刘孝标在注释里说世人称之为"苏门先生"；又引用《竹林七贤论》的说法，阮籍离开苏门先生回家，就写出了《大人先生论》（疑为《大人先生传》之误）。

检阅《大人先生传》，可知此文是阐释老庄思想的，尤其有《庄子》的文风，其中所说的"大人先生"，其特点是"与造物同体，天地并生，逍遥浮世，与道俱成"，指出"保身修性，故能长久"。换言之，阮籍精研老庄思想，其内心有着超越世俗的追求，"逍遥浮世，与道俱成"是他对人生真谛的认知。

这一则文字，展示的是阮籍自由放达的性格侧面。

为什么"真人"对于阮籍的前后两番言辞毫无反应，而对阮籍的"啸"

大为欣赏呢？按说，以阮籍的学问、口才，他的这两番言论不会不精辟，不会不动听，可"真人"就是把他的一套又一套的话语当作耳边风，弄得阮籍很无趣，也觉得自己跟"真人"无法沟通。他似是不经意地吹起"啸"来，自我解嘲一下，不至于使自己在冷清、尴尬的境地里灰溜溜地"走人"。可是，意想不到的效果来了，"真人"大感兴趣，开金口说话："可否再来一遍？"而且笑容可掬，期待着自己重新"表演"。阮籍当时可能还不大明白"真人"的用意，吹完"啸"也就下山而去了。可万万没想到，自己一步一步往下走的时候，头顶上响起了更好听的"啸"，音色丰富，奔放自由，响彻山林、溪谷。阮籍这才知道那真是一位高人。他为什么不在阮籍尚未离开时"表演"呢？如果在阮籍面前吹"啸"，就会当场产生"对比"，会分出个"谁高谁低"，这就不符合道家的思想了。道家讲"齐物"，不分长短、高低、优劣，这一切视同"齐一"，说不定"真人"还要顾及一下阮籍的面子。何以"真人"要用"啸"来作为与阮籍"沟通"的语言呢？原来，古人有一种说法，是"言"浊而"啸"清，以"清"为尊，以"浊"为卑（唐孙广《啸旨·序》）。再联系魏晋时期有"言不尽意"（语言的表现力是有限的，人的"意义世界"却是无穷的）的说法，干脆以自由奔放、不拘一格的"啸"来沟通超越世俗的心灵。

说不定阮籍在下山时一边听一边领悟，于是，别有会心，回家写出了《大人先生传》。所以，《竹林七贤论》说苏门先生与阮籍"长啸相和"，是一对好知音。

附带说一下，唐孙广撰写的《啸旨》有"苏门章"和"阮氏逸韵章"，就是为了纪念苏门先生和阮籍的。而西晋成公绥的《啸赋》说"发妙声于丹唇，激哀音于皓齿；曲既终而绝响，遗余玩而未已"（《文选》卷一八），更能阐释"啸"的特殊魅力。

四、喝渴齐一

王戎弱冠诣阮籍，时刘公荣在坐。阮谓王曰："偶有二斗美酒，当与君共饮。彼公荣者，无预焉。"二人交觞酬酢，公荣遂不得一杯。而言语谈戏，三人无异。或有问之者，阮答曰："胜公荣者，不得不与饮酒；不如公荣者，不可不与饮酒；唯公荣，可不与饮酒。"（**简傲2**）

王戎二十岁的时候去拜候阮籍，此时刘公荣也在座。阮籍对王戎说："你来得正好，刚到手了二斗美酒，正要和你分享。那一位公荣没份儿。"

于是，阮、王二人频频碰杯，相互敬酒，酣饮起来，坐在一旁的刘公荣始终不得一杯，而言语交谈，三人都参与了，没有出现异样。有人事后问阮籍何以会这样，阮籍答道："比公荣强的人，不得不要跟他一起饮酒；不如公荣的人，也不可不跟他一起饮酒；唯有公荣本人，可以不跟他一起饮酒。"

阮籍很喜欢王戎，二人相差二十多岁，可他们俩相处得有如平辈，不分老少，可说是忘年交。这个故事说得很清楚，王戎二十岁了；他生于魏明帝青龙二年（234 年），阮籍生于汉献帝建安十五年（210 年），此时大概是公元253—254 年，阮籍已经四十多岁了。司马师死于255 年，所以，这一次喝酒，估计还是在司马师掌权之时。

阮籍在曹魏政府里做事，跟王戎的父亲王浑是同僚，都做尚书郎。可阮籍跟王浑的儿子更谈得来，曾经不客气地对王浑说："与卿语，不如与阿戎语。"（刘孝标注引《竹林七贤论》）魏晋名士在交往方面不仅讲究"人缘"，还十分考究"话缘"，是否谈得来很重要，至于年龄的差别可以忽略不计。他们格外重视谈论，其雅号叫作"清谈"。

我们不知道阮、王、刘坐在一起是否在"清谈"，但可以肯定的是，阮、王在喝酒，而刘一人在"干坐"。奇怪的是，刘毫不介怀，在谈话时，他也有份，三个人竟然一点都不觉得尴尬。

这个场面传开了，当时的人已经十分难以理解，所以，才会有好事者要问个明白。而阮籍也一本正经地回答了，不知那位好事者听懂了没有，反正作为今天的读者，如果不找点资料，还真的只是听了一段"绕口令"而不明所以。

其实，阮籍说的那番话的"版权"原来是属于刘公荣的，这才是"奥妙"所在。《世说新语》"任诞"记载一个故事，说刘公荣跟谁都能喝酒，哪怕是三教九流的人，都无所谓，有人讥笑他太不讲究"身份"了，刘回答道："胜公荣者，不可不与饮；不如公荣者，亦不可不与饮；是公荣辈者，又不可不与饮。"话题是从"杂秽非类"（即与不三不四的人混在一起）引发的，所以，这里所说的"胜公荣"、"不如公荣"之类的话指的是社会地位，刘公荣则一视同仁，没有分别，这与他作为"通士"的性格有关，《庄子·齐物论》将生与死、贵与贱、荣与辱等视为"齐一"而毫无区别，刘公荣无非是"践行"庄子的主张而已。阮籍是刘公荣的好友，深知朋友的个性与风趣，趁着王戎到来，跟刘公荣开个玩笑：老兄你如此通达，"喝"与"不喝"不都是一样的吗？刘公荣自然知道，也就继续"践行"庄子哲学，"不喝"就是"喝"，"喝"即是"不喝"，算是扯平了。

话说回来，刘公荣和阮籍一样，都是"酒鬼"，以终日喝酒为乐。看着阮、王喝酒，刘只能暗自"咽口水"了。所以，阮籍在回答好事者的问题时，是故意改动了刘公荣的原话的。

"唯公荣，可不与饮酒"，阮籍说这话的时候，估计是不怕传到刘公荣的耳朵里的，因为他知道刘公荣在老庄哲学方面有高深的"修为"。而阮与刘是心灵相通的，"桥梁"就是老庄思想。

阮与刘的关系，阮籍的幽默搞怪，尽在不言中。这也是"魏晋风度"。

五、名教乐地

王平子、胡毋彦国诸人，皆以任放为达，或有裸体者。乐广笑曰："名教中自有乐地，何为乃尔也！"（**德行 23**）

王澄、胡毋彦国等人，都是以任性放荡当作"洒脱通达"，更有甚者，裸露身体，不以为羞。乐广却不以为然，抿嘴一笑，说："名教中自有乐地，如此自我放逐，背离规矩，所为何来！"

刘孝标注引王隐《晋书》："魏末阮籍，嗜酒荒放，露头散发，裸袒箕踞。其后贵游子弟阮瞻、王澄、谢鲲、胡毋辅之之徒，皆祖述于籍，谓得大道之本。故去巾帻，脱衣服，露丑恶，同禽兽。甚者名之为通，次者名之为达也。"这段话，将"以任放为达"的处世方式归咎于竹林七贤的核心人物阮籍，说王平子、胡毋彦国诸人是"有样学样"，而"通达"还分为两个层次，以"通"为第一等，以"达"为第二等。

阮籍身处魏晋交替之际，险象环生，曹魏则不想得罪，司马氏则不敢得罪，干脆沉湎醉乡，不理人事，甚至口不臧否人物，喜怒不形于色，无是无非，不招谁，不惹谁，不选边站，不摆明立场，浑浑噩噩，以此度日。至于他的"露头散发，裸袒箕踞"，也是一种"避世"策略，他甚至在司马昭身边，也是这样的不修边幅，不讲"体面"，以这样"糟糕"的形象来打消别人的"猜疑"和"嫉恨"，表明自己对政治和权力都没有兴趣。若以了解之同情来看阮籍，他有其不得不如此这般的苦衷。

可是，随着时间推移，世情有变，尤其是晋朝政权正式建立以后，像阮瞻、王澄、谢鲲等人就出生于晋武帝时代，他们已经与曹魏政权没有瓜葛，也无当年阮籍要选边站的烦恼和苦衷；何况早在阮籍在世时，他并不同意其子弟学他的样子，如《世说新语》"任诞"第 13 则，记阮籍儿子阮浑成人后想学父亲的"风气韵度"，阮籍告诫他说：我们家已经有阮咸学成那样了，你就不能再来效法。可见阮籍不愿将自己的举止作为后人模仿的对象，要是让阮籍来承担引导风气的"责任"，显然是不适当的。

不过，话说回来，竹林七贤对后世的影响实在很大，后人们从他们的身上看到了"率性"和"随便"，觉得这样的行为方式似乎无拘无束，自由自在，尤其是在礼教管束很严的环境下，像阮籍他们的那种"活法"对于年轻人而言有着吸引力，他们竞相效法，以为非如此算不上"名士"，加以老庄思想的流行，逐渐形成他们所认为的"达"的观念。而在抱持传统礼教观念的人看来，这就成为一个不可小觑的"社会问题"。

乐广是看不过眼的，他虽然也是清谈家，熟悉老庄的言论，可是，他比较自觉地维护儒家的"名教"，认为一个社会总不能出现类似王澄、胡毋彦国等人的"怪诞"行为，这些出格的举止对社会风气起到不好的作用，还是回归"名教"为好。

阅读这个小故事，可以感受到在西晋时期，"通达"与"名教"形成对立关系，当时的社会也不是一味"通达"的，尚有部分人士对之持否定态度。乐广就是一个代表。而他一生说过很多话，最出名的应该是"名教中自有乐地"这一句了。

还有一点可以注意，熟读《老》《庄》的乐广，其本质上还是一个儒家，这就与阮修在王衍面前说老庄思想与"圣教"是"将无同"（莫非是"同"，见本书下条），颇有一定的关联，即在魏晋时期，儒家思想与老庄思想并非绝对的对立，它们之间的某种"同一性"（在"性与天道"问题上的相关性）也是值得关注的。

六、阮修妙语

阮宣子有令闻，太尉王夷甫见而问曰："老、庄与圣教同异？"对曰："将无同。"太尉善其言，辟之为掾。世谓"三语掾"。卫玠嘲之曰："一言可辟，何假于三？"宣子曰："苟是天下人望，亦可无言而辟，复何假一？"遂相与为友。（**文学** 18）

阮修名声颇佳。一次，王衍见到他，问道："老子、庄子的思想与圣人之道是同还是异呢？"阮修回答："莫非就是'同'吧。"王衍听毕，认为其言甚妙，于是征召他做属官。此事传开了，人们就说阮修用"将无同"三个字换来一个官，是为"三语掾"。卫玠打趣道："说一个字也可以被征召为官，何须三个字那么多呢？"阮修回敬道："要是名闻天下，哪怕一个字不说也被征召为官，说一个字也嫌多。"一轮言语交锋之后，两人却成了好友。

这是一段十分著名的轶事。

阮修凭着"将无同"三个字就能够进入历史，好像是一个"奇迹"。其实，阮修以此三字成名，不是侥幸，而是有道理的。

道理何在？我们如果回顾一下儒家学说的"基本面"，就可以知道，以孔子为首的儒家说了很多日常生活层面和伦理学说层面的道理，这些道理比较具象化、具体化，而没有多少抽象的思辨。用子贡的话说，就是："夫子之文章，可得耳闻也；夫子之言性与天道，不可得而闻也。"（《论语·公冶长》）孔子在《论语·阳货》里曾经说到"性相近也，习相远也"，这算是涉及到一个抽象的范畴"性"，但是，仅此而已，没有进一步的阐释。但是，连子贡也知道"性与天道"的问题是存在，那么，谈论"性与天道"就不是老子、庄子的"专利"，儒家也是"有份"的。这是一个大前提，也是阮修"将无同"的大前提。

在一定程度上说，魏晋玄学的兴起是对不够抽象的儒家学说进行"抽象化"处理的直接产物。理由很明显，儒学在东汉末年陷入衰退期，何晏、王弼等人都是以儒学起家的，他们要寻找提升儒学地位的路径，于是掐准了一点：儒学不够抽象，尤其是在"性与天道"之类的大问题上欠缺"现成答案"，留下了一个很大的"发展空间"，于是，借助对《周易》义理的研究去弥补（玄学家王弼有《周易注》传世），顺便旁及《老》《庄》（二者均讲"天道"），这就是何晏、王弼同时注《老子》等书的动力所在（《易》与《老》《庄》并称"三玄"，即儒家的经典与道家著作并列，这是"将无同"的基本依据）。换言之，玄学的兴起是儒学在魏晋时期寻求突破和发展的结果。

可是，随着研究的深入，尤其是在"入世"与"出世"的问题上，人们发现儒家的思想与老庄等道家的思想有着明显的区别；又由于魏晋政权的更替都出现"得位不正"的内情，掌权者为了维护"权位"，横行无忌，消灭异己，人人自危，人心惶惶，"避世"乃至"出世"的意识抬头，越来越成为一种带有时代特色的精神追求，于是，到了一定的时候，老庄思想与儒家思想的"不同"愈发显露出来，"老、庄与圣教同异"就成了一个大问题。

对于王衍的这个问题，我们还要考虑到一个背景，即裴頠写《崇有论》就是批评"王衍之徒"只谈"空无"，不论世务，主张要回归儒学，特别提到"礼制弗存,则无以为政矣";《晋书·裴頠传》强调一点,即裴頠对当时的"不尊儒术"(偏于《老》《庄》)极为不满,对何晏、阮籍等人"不遵礼法"尤为反感。在此语境之下,老庄与"圣教"之辨,就成了一个尖锐话题,而裴頠在跟"王衍之徒"论辩时还明显占了上风。王衍对此肯定是耿耿于怀的。

幸而,有一个阮修出来为王衍"解困",其"将无同"三个字之所以得到王衍大为赞赏,是因为这样一来,等于为玄学"正名",谁说玄学与儒学是"对立"的?不,它们不仅并非对立,而且还是"同一阵线",否则,何以有"三玄"的说法呢?

阮修"将无同"三字,提示我们在考察儒学发展史时,不能忽视东汉末年至魏晋时期这一段特殊的历史阶段。儒家与道家之不同,人所共知,毋庸置疑;可是,魏晋玄学之发生、发展与变异,则与儒学之"求变"有关,也与儒学之"先天性缺陷"即缺乏抽象思辨有关,"将无同"的说法并非"诡辩",是以《易》与《老》《庄》并称"三玄"为依据的;从"玄学发生学"的角度看,阮修是为当时不明玄学是如何产生的人"补了一课";从王衍所遇到的眼前窘境看,阮修的说法是回敬裴頠《崇有论》的"一把利器"。

阮修疑似生于公元 270 年(晋武帝泰始六年);卫玠生于公元 287 年(晋武帝太康八年);裴頠卒于公元 300 年(晋惠帝永康元年),此年,阮修大概 30 岁,而卫玠尚在少年时期,才 13 岁。估计,阮修说出"将无同"时,当在卫玠成年之后,裴頠已死,而《崇有论》流传多时。

七、"通""过"释义

谢镇西少时,闻殷浩能清言,故往造之。殷未"过",有所"通",为谢标榜诸义,作数百语。既有佳致,兼辞条丰蔚,甚足以动心骇听。谢注神倾意,不觉流汗交面。殷徐语左右:"取手巾与谢郎拭面。"(**文学 28**)

谢尚年少的时候,听说殷浩擅长清言,对《老》《庄》深意有精心的研究,故而特地到殷浩家去请教。殷浩没有逐句解释,只为谢尚阐释诸篇的题旨,"串讲"一番,仅仅作数百语,已十分精辟;既有透彻理解,又是条理清晰,议论风生,并不枯燥;谢尚听其高论,足以动心,且为之耳目一新。谛听之余,自愧弗如,不觉紧张起来,愧然流汗,汗珠顺着脸颊流了下来。殷浩见状,倒是悠闲地吩咐身边的人说:"拿手巾来,给谢郎擦擦脸吧。"

刘孝标为此条文字加按语，说："按殷浩大谢尚三岁，便是时流。或当贵其胜致，故为之挥汗。"意思是，谢尚比殷浩只是小了三岁而已，可殷浩已经这样"厉害"，比自己优胜，所以不禁"为之挥汗"。这是解释为何谢尚"流汗交面"的心理原因。这一说法，是有道理的。

殷浩与谢尚，是一个很有意思的话题。如果考察二人的日后发展，就可以看到，这两位人物都是绝顶聪明的，可结局大不一样，别看当年在殷浩面前谢尚不免"汗颜"，论个人的功业，谢尚青史留名，《晋书·谢尚传》说他"在任有政绩"，故而一路升迁，"进号镇西将军"；要不是生病，死于五十岁，谢尚在"北伐"的事业上可能还会有一番作为，他是在"事业上升期"因病去世的。反观殷浩，此人华而不实，据《晋书·殷浩传》记载，他虽然"以中原为己任"，但治军无方，又盲目"自信"，在军事行动中惨败，以至于被朝廷"黜放"，度日如年，"终日书空，作'咄咄怪事'四字而已"，其人生终以黯淡收场。若与谢尚比较，该"汗颜"的反倒是殷浩了。

这一段文字，有一处难解的地方，即"殷未'过'，有所'通'"一句（有的本子标点为"殷未过有所通"，有的标点为"殷未过，有所通"）。有译注本解释此句："殷浩没有过多地发挥阐述，只给谢（尚）揭示各条义理"（张万起等译注《世说新语译注》，中华书局，2009 年，第 187 页）；此外，或解释为："殷浩没有过多地阐发，只是为谢尚揭示许多义理"（朱碧莲《世说新语详解》，上海古籍出版社，2013 年，第 133 页）；或解释为："殷浩并没有作太多的阐发，只是为谢尚揭示一些主要意义"（毛德富等译注《世说新语》，中州古籍出版社，2017 年，第 93 页）；或解释为："殷浩没有过分地阐述发挥，只是给谢尚揭示一些主要的义理"（董志翘等笺注《世说新语笺注》，江苏人民出版社，2019 年，第 237 页）。以上解释，大同小异，但都没有了解到魏晋清谈的用语"过"和"通"的特定含义，故而，上引诸条，其"翻译"未免有"误解"之嫌。

其实，文中的未"过"，意为没有（逐句）解说。过，魏晋时清谈用语，指逐句解释，即"过一遍"。如《世说新语》"排调"第 32 则："时郝隆在坐，应声答曰：'此其易解：处则为远志，出则为小草。'谢（安）甚有愧色。桓公（桓温）目谢（安）而笑曰：'郝参军此'过'乃不恶，亦极有会。'"所谓"郝参军此'过'"，即是"郝参军这样的逐句解释"。

至于文中的有所"通"，若与下文"为谢标榜诸义"联系起来看，此句则意为对《老》或《庄》的某些篇的题旨有所通解。通，魏晋时清谈用语，指阐释题旨，即"串讲大意"。如《世说新语》"文学"第55则："许（询）便问主人有《庄子》不（否），正得《渔父》一篇。谢（安）看题，便各使四坐'通'。支道林先'通'，作七百许语……"可知，在清谈的时候，"通"与"过"对举，各有所指，意思有别。但有时，"通"与"过"可以互换，如上引《世说新语》"排调"第32则"郝参军此'过'乃不恶"句，《太平御览》卷九八九引作"郝参军此'通'乃不恶"。应视具体的语境而定。

八、圣愚相近

谢公云："贤圣去人，其间亦迩。"子侄未之许。公叹曰："若郗超闻此语，必不至河汉。"（**言语75**）

谢安在一次家庭聚会时对众人说："其实啊，圣贤跟普通人的差别是比较小的。"子侄们一听，觉得不可思议，都未能赞同。谢安有点失望，说："要是郗超听到我的这番见解，必定不会像你们这样认为我是胡言乱语。"

"必不至河汉"，语出《庄子·逍遥游》，肩吾听了接舆的话，觉得接舆的言辞不着边际，对连叔说："吾惊怖其言，犹河汉而无极也，大有径庭，不近人情焉。"设身处地替谢家子侄们想一下，他们从小接受儒家学说的教育，只知道"子曰诗云"是至高无上的，不要说孔子，哪怕是孔子的弟子尤其是七十二贤人也是高不可攀，怎么可以说"贤圣去人，其间亦迩"呢？这不是胡言乱语么？可是，谢安还是要埋怨谢家子侄们智商不够，不如郗超那样感悟"精微"。

为什么谢安特别提到郗超？这是一个有趣的问题。按说，谢氏子侄们高智商的人是有的，比如，谢玄、谢道韫等，可为何他们不如郗超？《晋书·郗超传》说，郗超有一个特点，就是其宗教信仰与其父郗愔不同，"愔事天师道，而超奉佛"；故而，郗超与支道林的关系特别密切，二人"甚相知赏"。刘孝标注引《（郗）超别传》曰："超精于理义，沙门支道林以为一时之俊。"在佛学方面，郗超与支道林可谓"同声同气"。我们知道，佛教的教义有一条是"无分别心"，从谢安的以上表述看，可视为"无分别心"观念的具体应用，即就"人"而言，圣贤是"人"，普通民众也是"人"，哪有多大的分别呢？而谢安本与郗超、支道林等相熟，看来他是接受了佛教的一些说法并有所认同的。

不宜小看谢安这句话的分量。

所谓"贤圣去人，其间亦迩"，是中国古代思想史上的一大命题。儒家向来分别"上智"与"下愚"，谢家子侄们不同意谢安的说法，他们只认同"上智"与"下愚"显然有别的"定论"，不可能接受"上智"与"下愚"是差不多的"奇谈怪论"。可是，谢安不然，他受到佛家思想的启发，以"无分别心"来看待天下众生，其实是开了中国古代"佛性论"的先河。如果这一说法可以成立，那么，从谢安到慧能，从慧能到王阳明，其间形成了一条中国思想史上的脉络，这条脉络过去被"遮蔽"了。

需要略加辨析的是，《孟子·告子卜》记载曹国国君之弟曹交问孟子："人皆可以为尧舜，有诸？"孟子曰："然。"在这里，孟子的回答是指人经过"求放心"的修养后都有成为尧舜的可能，即此"可能性"是有条件的。而谢安说"圣贤去人，其间亦迩"，是指人性的本体原就区别不大，是无条件的，即"本来如此"。二者是分属不同意义层面的命题。谢家子侄本就熟读《孟子》，却还是不理解谢安的命题，可见谢安的说法有其独创性。

谢安的"贤圣去人，其间亦迩"，与《涅槃经》所说"一切众生悉有佛性"是接近的，或者说，他的这句话是"一切众生悉有佛性"的"中国式表述"；这与慧能在《坛经》里说的"人虽有南北，佛性本无南北"有异曲同工之妙，均为"中国式表述"的典型案例。我们过去强调了慧能将佛理"中国化"，却忽略了这种"中国化"的努力早有人做，在慧能之前就有，他就是谢安。

有了谢安，有了慧能，其后再出现王阳明是顺理成章的。谢安解决了"贤圣去人"没有什么差别的问题，慧能提出了天下之人皆有佛性之说，王阳明接着立下了"四句教"："无善无恶心之体，有善有恶意之动；知善知恶是良知，为善去恶是格物。"这是针对"所有人"说的，不分贤愚，无分贵贱，人人有"心"则人人有"份"，概莫能外。可以说，谢安、慧能、王阳明，一步一个台阶，步步提升，这种混合着中外智慧的"中国式表述"构成了先后承接、不断深化的过程，而终于成为带有中国标签的"东方智慧"。

附带一提，《世说新语》"文学"第 24 则故事，折射出谢安不仅好学深思，而且长于思辨，是有"童子功"的："谢安年少时，请阮光禄道《白马论》。为论以示谢，于时谢不即解阮语，重相咨尽。阮乃叹曰：'非但能言人不可得，正索解人亦不可得！'"所谓"白马论"即为公孙龙子的著名论题"白马非马"论，刘孝标注引《孔丛子》曰："赵人公孙龙云：'白马非马。马者所以命形，白者所以命色。夫命色者非命形，故曰白马非马也。'"

阮光禄即阮裕，《晋书·阮裕传》说他"虽不博学，论难甚精"，除了对《白马论》有精到的见解外，于《四本论》亦有高见，以"精义入微"见称。谢安年少时接受过阮裕在论难方面的启迪和训练，他能够成为中国古代思想史上的一个人物，不是偶然的。

《世说新语》"文学"第 48 则记谢安能够提出与佛理相关的问题："殷（浩）、谢（安）诸人共集。谢因问殷：'眼往属万形，万形来入眼不?'"殷浩精通佛理，谢安抓住机会向他提问：眼力所及，有万物万形；万物万形真的"进入"我们的眼里吗？刘孝标注引用了佛典《成实论》关于"眼到色到"的一段话，说明谢安的问题从佛经而来，也可知谢安对佛理是关注的，也有一定的认识和思考。

可惜谢安没有著作留下。要是他有一部什么书，跟《坛经》《传习录》并列为三，那就堪称佳话了。不过，谢安对后世的影响是客观存在的，其事迹、话语写进了《世说新语》，此书自问世以后，代有传抄；宋代以来，刻印不断，读《世说》者不会不知道谢安。此外，《全晋文》卷八三节录了谢安的《与支遁书》（原出《高僧传》卷四），其中有句云："人生如寄耳，顷风流得意之事，殆为都尽。"这与佛家所说的"空"颇有相通之处，与后世的名句"是非成败转头空"遥相呼应，可知，谢安的佛学修养与思辨能力是不可低估的。

《世说新语》若干疑难辨析

这里选释《世说新语》若干段著名而又颇有疑难的文字，抱着"疑义相与析"的态度以献一得之愚，供读者参考。原文出处以括注方式标明。

一、群猪来饮

诸阮皆能饮酒，仲容至宗人间共集，不复用常杯斟酌，以大瓮盛酒，围坐，相向大酌。时有群猪来饮，直接去上，便共饮之。（**任诞 12**）

阮姓家族的人都能豪饮，一次，阮咸跟同宗的人聚集，喝起酒来嫌酒杯太小，斟酌过于频繁，不能尽兴，干脆改用大瓮盛酒，喝个痛快。他们围坐在一起，"捉对"斗饮。刚好有一群猪也"拱"了进来喝酒落在地上的酒，他们也不拦阻，让猪随便入场，人也喝，猪也喝，人猪两便。

不用杯而用瓮，喝酒时酒落一地是常见的，故而猪才会来凑热闹。这是理解该故事的一个关键点，否则，就很费解了。

有人翻译为："当时有一群猪也来喝，径直凑到酒瓮跟前，于是就一同喝起来。"（张万起等译注《世说新语译注》，中华书局，2009 年，第 724 页）

有人翻译为："当时有很多猪也来喝，它们直接就上去喝了，于是大家就与这群猪一道喝酒。"（朱碧莲《世说新语详解》，上海古籍出版社，2013 年，第 483 页）

有人翻译为："当时有一群猪也来喝酒，直接爬上大瓮，人与猪就一起喝起来。"（毛德富等译注《世说新语》，中州古籍出版社，2017 年，第 337 页）

有人翻译为："这时有很多猪也来喝酒。（阮咸等）只是把浮面的一层酒舀掉，便一起喝起来。"（董志翘等笺注《世说新语笺注》，江苏人民出版社，2019 年，第 830 页）

以上的"翻译"，说实在的，均欠贴切。没有扣住用瓮来喝酒这一关键"细节"。其实，"诸阮"在豪饮，嫌杯的容量太小，才会"以大瓮盛酒"，几乎是在倒进口中的时候也会洒落一地；猪也来"喝酒"，是正逢其时的。

只不过，他们任凭猪来加入，不做驱赶，也是一种"放达"的表现。如果不理解口语"直接去上"是什么意思，也就领会不了此故事写"人猪两便"的超然意态。

二、王敦"干饭"

王敦初尚主。如厕，见漆箱盛干枣，本以塞鼻，王谓厕上亦下果，食遂至尽。既还，婢擎金澡盘盛水，琉璃碗盛澡豆，因倒著水中而饮之，谓是"干饭"。群婢莫不掩口而笑之。（纰漏 1）

王敦高攀皇室，刚刚与晋武帝女儿襄城公主成亲。上厕所，见到厕所里有一个华美的漆箱，内放干枣，本来这些干枣是用来塞鼻子的，王敦不明所以，以为厕所还摆设着果子，于是将干枣统统吃光了。返回新房，婢女端着金澡盘等候，盘里有水，另有琉璃碗，盛着豆状的洗手用品，时称"澡豆"。王敦以为"澡豆"可吃，顺手将澡豆倒进水中服食。看见婢女惊讶的样子，王敦马上解释：这是干饭的吃法。那一群贴身侍候的婢女无不掩口而笑。

这是新婚之夜王敦的糗事。文中的一个"初"字最是值得注意。

刘孝标注称："（王）敦尚武帝女舞阳公主，字修祎。"而《晋书·王敦传》说是"尚武帝女襄城公主"。我们依从后者。

这段文字，最难理解的是"干饭"二字。且看学者们的"翻译"。有的译作"王就把澡豆倒在水里给吃了，认为是干饭"（张万起等译注《世说新语译注》，中华书局，2009 年，第 927 页）；有的译作"他于是就把澡豆倒进水中喝了下去，还认为这些是干粮"（朱碧莲《世说新语详解》，上海古籍出版社，2013 年，第 605 页）；有的译作"王敦便把澡豆倒入水里吃起来，说是'干饭'"（毛德富等译注《世说新语》，中州古籍出版社，2017 年，第 433 页）；有的译作"王敦便把澡豆倒入水里喝了，以为是稠稀饭"（董志翘等笺注《世说新语笺注》，江苏人民出版社，2019 年，第 1040 页）。王敦是何许人，怎么会在将澡豆倒入水中服食之后说是吃"干饭"、"干粮"或是"稠稀粥"呢？他哪里会"弱智"到这种程度？

《释名·释饮食》："干饭，饭而暴干之也。"《后汉书·范冉传》："干饭寒水，饮食之物"。均指"干饭"是晒干了的米饭，必须用水浸泡才能服食。显然，王敦看到婢女们不解的神情，才为自己的举动辩解，说"干饭"，其实是"干饭的吃法"之省略语。既然是"干饭"，不用水来服食，怎么吃？王敦的"干饭"二字还有及时回击婢女们的那种惊讶神情的意思：有什么好惊讶的，你们才不懂呢！

王敦自视甚高，且熟习军事，将士行军，是随身携带"干饭"的；他见到澡豆而联想到"干饭"，除了新婚之际多喝了几杯之外，跟他对军旅生活的了解也有关系。说不定，吃干枣，是为了解酒；误认"干饭"，是醉眼朦胧、酒气上升所致。王敦这"丑"虽出得离奇，但也不宜视之为"傻乎乎"。固然，他尚未熟悉皇家厕所的气派，也是原因之一。

三、王敦"豪爽"

王大将军年少时，旧有田舍名，语音亦楚。武帝唤时贤共言伎艺事。人皆多有所知，唯王都无所关，意色殊恶，自言知"打鼓吹"。帝令取鼓与之，于坐振袖而起，扬槌奋击，音节谐捷，神气豪上，傍若无人。举坐叹其雄爽。（**豪爽 1**）

王敦年少的时候，早已有"乡巴佬"的俗名，说话也是粗鄙不雅的。有一次，晋武帝司马炎召集当时的一批才俊之士，一起谈论各种伎艺表演。很多人都显得在行，懂得的伎艺不少。唯独王敦对于伎艺之事无所关心，听着别人说得头头是道，不免自惭形秽，脸色神态特别难看，却也不服输，声称自己会"打鼓吹"。晋武帝于是命人抬上鼓来，交与王敦表演。只见王敦坐在鼓旁，振袖而起，扬槌奋击，音节铿锵，鼓点准确，神气豪迈，旁若无人。在座的人无一不惊叹其雄豪爽朗的鼓风。

《晋书·王敦传》亦记此事，文字基本相同，可知取材于《世说新语》，只是"自言知'打鼓吹'"一句，改作"自言知击鼓"。所谓"打鼓吹"，当指参与演奏鼓吹乐（军乐），有人司鼓，有人吹箫，等等，而王敦主要是会打鼓。故《晋书》的编写者干脆将"打鼓吹"改为"击鼓"。

王敦为人粗豪，是没有问题的。可说他从小就有"田舍名"，且"语音亦楚"，未可尽信。

《晋书·王敦传》说他"雅尚清谈，口不言财色"，其篇末又说"口不言财利，尤好清谈"，这样的文字前后出现，不避重复，所要强调的是王敦毕竟是"名士"，与同为"名士"的王衍等有其相似之处，怎么会像是一个"乡巴佬"呢？其父亲王基"治书侍御史"，王敦从小就有良好的家庭教育；何况，王敦本人"少有奇人之目"，一定有其与众不同的魅力，晋武帝才看上他，将女儿襄城公主嫁给他。故此，难以想象王敦是一个土里土气、有如"田舍郎"一般的人。魏晋时讲究门阀名望，琅邪王氏注重教育，有目共睹，王敦在此家庭和家族的氛围里长大，说他"旧有田舍名"起码是一种词不达意的表述。所谓"旧有田舍名"，意为很早以前就有"乡巴佬"的俗名；田舍，借指土里土气。至于"语音亦楚"，代指说话粗鄙不雅；楚，本指迟迟不开化的楚地，此处转义为粗鄙不雅。

《世说新语》"豪爽"第3则写道："王大将军自目：'高朗疏率，学通《左氏》。'"可见，王敦毕竟也是读书人出身，而且，对于自己的学问颇为自负，声称将《左传》"学通"了。刘孝标注引《晋阳秋》曰："敦少称高率通朗，有鉴裁。"这才是王敦年少时的写照。

此外，《世说新语》"豪爽"第4则写道："王处仲每酒后辄咏'老骥伏枥，志在千里。烈士暮年，壮心不已'。以如意打唾壶，壶口尽缺。"可见，王敦不仅熟读《左传》等书，而且，也能够默诵曹操的诗作，说他是"腹有诗书"是不为过的。

再者，王敦并非没有艺术细胞。他有很好的节奏感，听觉敏锐，"扬槌奋击，音节谐捷"，就很能说明问题。刘孝标注引述某人的说法：有一次，王敦坐于武昌钓台，闻行船打鼓，俄而，一槌小异，敦以扇柄撞几曰："可恨！"意为这一"小槌"没有打准，遗憾了。旁人对他说："不然，此是回飙槌。"原来，此鼓音是示意"船人入夹口"。这个故事也显示出王敦的听觉异常灵敏，一小槌鼓音出现微小的异常也能够听得出来，只不过这一回他没有意识到是"回飙槌"的特殊打法而已。

四、王府"后阁"

王处仲世许高尚之目，尝荒恣于色，体为之敝。左右谏之，处仲曰："吾乃不觉尔。如此者，甚易耳！"乃开后阁，驱诸婢妾数十人出路，任其所之。时人叹焉。（**豪爽2**）

王敦（"口不言财"），有其可取之处，世人称许他，视之为"高尚"的人。可是，他极为好色，沉迷肉欲，身体过度损耗。其身边的幕僚加以规劝，王敦说："我可没有意识到问题如此严重。解决这个问题，容易得很！"于是，悄悄打开府邸后面的侧门，将自己的数十名婢女和侍妾放出，任凭她们自寻归宿。这一举动，得到当时人们的赞叹。

刘孝标注引邓粲《晋纪》说王敦"口不言财"；此四字，唐写本作"口不言财位"，疑通行本漏了一个"位"字，当以唐写本为准。换言之，王敦尽管劣迹斑斑，可他成为一个历史人物，而且还是晋武帝的"驸马"，自然有其成为"人物"的理由。故而，《世说新语》编写者写下的"王处仲世许高尚之目"一句，大概是有出处的，并非杜撰。

可是，王敦的性格很复杂，负面的因素甚多，其中之一就是好色。他为了应付其幕僚的规劝，一下子就放出了"婢妾数十人"，可知其府中"储蓄"女性之数颇为可观。

其实，王敦"驱诸婢妾数十人出路"，并不能够保证他不再"征选"其他更为年轻的女子补其空缺。他自然有这样的权力和条件。他的"驱遣"的举动，做得比较低调，"乃开后阁"，让这一批女子从后门出走。可还是传开了，成为当时人们茶余饭后的一条八卦新闻。

"乃开后阁"一句，"阁"是关键词。此字《新华字典》（第11版）收作字头，释义为小门，旁门。但是，有的学者可能误读了，将"阁"改作"阁"，成"后阁"一词，解为"内室"，句子译作"于是打开后楼内室，打发了所有的几十个婢妾上路"（张万起等译注《世说新语译注》，中华书局，2009年，第575页）；有的译作"于是就打开后阁小楼，把几十个婢妾赶上路"（朱碧莲《世说新语详解》，上海古籍出版社，2013年，第394页）；有的译作"因此，打开后楼，把几十名婢妾放出来驱赶上路"（毛德富等译注《世说新语》，中州古籍出版社，2017年，第270页）。此外，有的学者没有将"阁"改作"阁"，作"后阁"（这是对的），可是也解为"内室"（这是可以商榷的），译作"于是打开内室，把几十个婢妾都遣散出去"（董志翘等笺注《世说新语笺注》，江苏人民出版社，2019年，第677页）。以上诸种理解，均未能贴合具体的情景。

我认为，"乃开后阁"，就是打开府邸后面的侧门，让几十个婢妾悄然离开。这样似乎更为符合情理。又，（陈）徐陵编《玉台新咏》卷一《古诗八首》之一有"新人从门入，故人从阁去"，可做旁证。

五、王敦"障面"

王大将军在西朝时，见周侯辄扇障面不得住。后度江左，不能复尔。王叹曰："不知我进，伯仁退？"（**品藻12**）

王敦在西晋时，很怕见到周顗，一见到，就马上以扇子遮住面部不敢移开。可是，后来南渡，到了江南地区，就不再见王敦怕周顗了，不再像以前那样以扇子遮面了。王敦不无得意地感叹："不知道是我进步了，还是伯仁退步了呢？"

刘孝标注引沈约《晋书》曰："周颢，王敦素惮之，见辄面热，虽复腊月，亦扇面不休，其惮如此。"这是描写西晋时"老鼠怕猫"似的情景，而且，哪怕是寒冬腊月，王敦见到周颢就会脸红耳热，手不离扇子。这或许有些夸张。刘孝标对此很是怀疑，加注写道："（王）敦性彊（强）梁，自少及长，季伦（石崇）斩妓，会无异色；若斯傲狠，岂惮于周颢乎？其言不然也。"换言之，刘孝标指出，王敦性格蛮横，为人残暴，并非胆小之人，连杀人场面也不怕，怎么会怕一个周颢呢？因而认为这个"传闻"不可信。

然而，余嘉锡先生有不同看法："周侯之丰采，必有使王敦自然慑服之处，见辄障面，不可谓必无其事也。"（《世说新语笺疏》，中华书局，2011年，第447页）。

据《晋书·周颢传》，可知周颢喜欢骂人，尤其是喝醉酒是常态，甚至"略无醒日"，于是，"颇以酒失"，即经常在酒后出状况，其厉声痛骂，"荒醉失仪"，是家常便饭。不要说是王敦，就是在皇帝的宴席上，周颢也敢于借着酒疯顶撞皇帝。故此，余嘉锡先生的说法不无道理。而刘孝标的意见未免"书生气"了。

其实，王敦"见周侯辄扇障面不得住"，不见得一定是真怕周颢，是因为周颢醉酒闹事，故以扇子遮面，当作没看见，多一事不如少一事，这或许是王敦比较"世故"的表现。再者，周颢毕竟是一个人物，人家"少有重名"，二十岁就袭封"武城侯"，他到底是安东将军周浚之子；而西晋时期的王敦，还没有周颢这样的权势，还没有跟司马睿（后来的晋元帝）结为"权力同盟"，他多少有点忌惮周颢，也是可以理解的。

至于南渡之后，情况有所变化，王敦、王导与司马睿号称"管鲍之交"，权势大增，王敦见到周颢，说不定可以昂首而过。此时的王敦，与当日的王敦就不可同日而语了。且看王敦所言："不知我进，伯仁退？"骄横之态，已然显露。这就是王敦。

相当诡异，早年见周颢而以扇子遮面的王敦，竟然是杀死周颢的刽子手。这两位人物的人生故事，充满了令人目眩的"戏剧张力"。

六、杨朗"位望"

王大将军与丞相书，称杨朗曰："世彦识器理致，才隐明断，既为国

器，且是杨侯淮之子。位望殊为陵迟，卿亦足与之处。"（**赏誉58**）

王敦写信给王导，称赞杨朗道："世彦见识宏远，条理清晰；才学深邃，明于决断。既是栋梁之才，又是杨准之子。他职位不高，名望不低，二者极不相称，却也值得你好好为他安排一下。"

王敦看好杨朗，为杨朗之"位望殊为陵迟"抱不平。当时杨朗的"位"到底低到什么程度，我们不得而知，可其"望"是明摆着的；王敦绝非泛泛之辈，他说杨朗"识器理致，才隐明断"，这就是杨朗的"望"，何况王敦还说杨朗是"国器"，更是一种"名望"，这些用词均出自身为"大将军"的王敦之口，非同小可。我们不能将"位望"看作一个词，它们是两个互相对举的词。杨朗"望高"而"位卑"，这才是"位望殊为陵迟"所要表达的意思。

有的学者将"位望殊为陵迟，卿亦足与之处"译作"他的官位和声望却相当低微，你可以和他交往"（张万起等译注《世说新语译注》，中华书局，2009年，第418页）；有的译作"可是他的地位名望却过于衰落不振，你也是值得与他交往的"（朱碧莲《世说新语详解》，上海古籍出版社，2013年，第289页）；有的译作"可地位和名望很是衰落，你也值得和他相处"（董志翘等笺注《世说新语笺注》，江苏人民出版社，2019年，第511页）。这样理解，就不明白王敦写信给王导的用意了。

难道王敦写这封信仅仅是为了将一个"位望殊为陵迟"的杨朗介绍给王导认识并与之交往吗？显然不是。既然杨朗的"位"与"望"不相称，王敦企图要王导利用职务之便给杨朗"安排安排"，这才是"卿亦足与之处"的意思。换言之，杨朗这么优秀，你给他安排一个更好的职位，是值得去做的，这是"因公"而不是"因私"，否则，何必说"卿亦足与之处"呢？仅仅是介绍认识，只说"卿亦可与之处"就够了。正因为有一个"足"字，才突出了"值得不值得"的问题。据《晋书·王导传》记载，"晋国既建，以（王）导为丞相军谘祭酒"；"及帝登尊号，百官陪列，命（王）导升御床共坐"，王导的地位何其崇高，他需要跟杨朗认识吗？如果不是有所求，王敦不必将一个"位望殊为陵迟"的杨朗介绍给朝廷地位极为特殊的王导去"交往"；如果王敦不是自以为出以公心，也就不会为了一个职位卑下的杨朗去特意写这一封《与丞相书》。明白了王导地位高到什么程度，才好理解"卿亦足与之处"的"处"字，不是"相处"，而是"处置"，即安排职位。

"他职位不高，名望不低，二者极不相称，却也值得你好好为他安排一下"，王敦说这样的话，说明他是爱才的，也是有眼力的。杨朗在王敦之乱后，刚好遇到晋明帝驾崩，免予处分，却还得到新皇帝（晋成帝）的器重，做出了一番事业，尤其是提拔了一批青年才俊（可参看《世说新语》"识鉴"第13则）。我们不知道王敦写出《与丞相书》之后有何成效，但是，可以知道的是，王敦当年没有看走眼，他看好的杨朗终于还是"国器"。这与他盛赞过的王舒终成国家"功臣"是相似的，可谓"无独有偶"。这在王敦的生命史上算是一点"亮色"了。

七、过江诸人

过江诸人，每至美日，辄相邀新亭，藉卉饮宴。周侯中坐而叹曰："风景不殊，正自有山河之异！"皆相视流泪。唯王丞相愀然变色曰："当共戮力王室，克复神州，何至作楚囚相对？"（言语31）

北方的权贵渡江，他们本来熟悉京师洛阳的山水风物，来到南方后，每每在吉日良辰，大家相约，一起到建康西南方的新亭观赏山光水色，铺好草垫，坐在江边，边饮宴，边聊天。周颙坐在众人之间，忽发感叹道："这里也有山有水，山山水水就是山山水水，似无区别；可眼前的山河，哪里是北方的山、北方的河啊！"众人听后，多有共鸣，你看着我，我看着你，不禁悲从中来，眼含热泪。唯有王导一人，脸色一沉，机敏地说："我们这些离开了北方的人，更应当同心协力，扶助王室，收复失地，回归神州一统，何至于像春秋时被囚禁在晋国的钟仪那样靠着以怀念昔日的时光来度日呢！"

这是《世说新语》里最著名的故事之一，只要是选本，每每不会漏选。

然而，这一段文字，有两个难点，一个是"山河"，一个是"楚囚"。相当难解，也容易解错。

先说"山河"。有学者注意到《资治通鉴》卷八七记周颙的话为："风景不殊，举目有江河之异！""山河"二字作"江河"，一字之差，意义有别。元胡三省在《资治通鉴注》里写道："言洛都游宴多在河滨，而新亭临江渚也。"河滨，即黄河边上，江渚，即长江边上，所谓"举目有江河之异"，"江"与"河"都是实指，分别指长江和黄河。认为"江河"比"山河"更为贴切，而"山河"乃是泛指，不够精准。

不过，我们认为，《世说新语》早出，《资治通鉴》晚成，在如今看不到"江河"二字出处的前提下（不排除人为改动的可能性），还是以《世说新语》的"山河"为准，比较妥当。

　　况且，"山河"二字是说得通的。回到周顗说话的语境上来：一开头说的是"风景不殊"，明明是南方独特的明媚秀丽的风景（尤其是新亭一带），怎么会说成是与北方"风景不殊"呢？周顗还不至于没有美感差别之意识，其实，这里"风景"二字，显然指眼前的"山""水"而言，强调这里也有山有水，山山水水就是山山水水，就这一点来说，似乎并无多大差别。而下一句"正自有山河之异"，倒是指北方的"山河"与南方的"山河"很不一样，不仅是"水"（不管是黄河还是长江）不一样，"山"（不管是洛阳周边的山还是建康周边的山）也不一样。还有一层意思，即回忆北方的山水，我是"主"；面对南方的山水，我是"客"，所谓"正自有山河之异"的"异"，深层次的意思正是"主客之辨"，即发生了"身份认同"之差异。请注意，"正自有山河之异"是一个全称判断，不可能只看"水"而不见"山"。可知周顗的话是有内在逻辑的。而《资治通鉴》的"举目有江河之异"，明显是将"山"漏掉了，反为不妥。

　　再说"楚囚"。王导与王敦一样，都熟读《左传》。他随口说出的"楚囚"，典出《左传·成公九年》。不少学者一见"楚囚"二字，就联想到"饮泣""悲泣无计""处境窘迫"等等，可是，如果返回《左传》的具体语境，根本没有这些意思。所谓"楚囚"，专指楚国伶人钟仪，他尽管被囚禁在晋国，但是，并无"饮泣"之类的细节，与晋侯交谈，从容自如，也得到晋侯的敬重；范文子盛赞钟仪"不背本，不忘旧"，劝说晋侯送他返回楚国，结果是"公从之，重为之礼，使归求成（求晋楚之和好）"。钟仪的处境终究还是很不错的。

　　王导引用"楚囚"典故，其焦点在于：钟仪作为楚国的"伶人"，在晋侯面前"操南音"，回顾楚君做太子时的事情，于是得到身为北方人的晋侯的同情和礼遇。王导眼中的"楚囚"，依据原典的语境，无非是说，作为南方人，钟仪念念不忘昔日往事，仅此而已。王导的所谓"作楚囚相对"，是指你们这些北方人刚好与南方人"楚囚"相比是"半斤八两"，正像春秋时被囚禁在晋国的钟仪那样以怀念昔日时光度日；南人在北方，北人在南方，一南一北，可以互相"对举"了，这才是"作楚囚相对"的意思。

　　其实，《左传·成公九年》里的"楚囚"并无"悲哭"之态，可是，有的学者解释为"怎能像囚徒似的相对垂泪一筹莫展呢"（张万起等译注《世说新语译注》，中华书局，2009 年，第 76 页），或者是"何至于像楚囚那样相对哭泣呢"（朱碧莲《世说新语详解》，上海古籍出版社，2013 年，第 55 页），或者是"哪里至于像楚国囚徒般相对饮泣"（毛德富等译注《世说新语》，中州古籍出版社，2017 年，第 46 页），或者是"哪至于像囚徒一样相对垂泪、一筹莫展"（董志翘等笺注《世说新语笺注》，江苏人民出版社，2019 年，第 99 页）。均有"望文生义"之嫌，属于"过度解读"而失却焦点。

还请注意，"楚囚"在原典里是"单数"，只有一个，不是若干个"楚囚"，如果将"楚囚相对"解释为"像囚徒一样相对垂泪、一筹莫展"，完全是脱离了原意，是承上文"皆相视流泪"而想当然的结果，不符合王导的意思。王导的意思仅仅是，你们不必像钟仪那样"活在昔日"，应当"活在当下"，放眼未来，以回归"神州一统"为己任。

王导针对的是周颚的那番话，不是针对众人"相视流泪"的表情。其言外之意是，大家现在都在南方了，那就在南方先干出一番事业来，一步一步发展，那才会有返回北方的一天。若是终日摆脱不了自己的"北方情结"，就好像钟仪摆脱不了他的"南方情结"一样，既于己无益，又于事无补，何必呢！

其实，当时聚集在新亭的人，都是南下的权贵，正在自由自在地"饮宴"，王导怎么会将他们比拟为"楚囚"呢？可以说，王导绝无此意。"楚囚"云云，仅仅是钟仪其人的代称，不是泛指。若将"作楚囚相对"的内涵弄清楚，就不至于产生误解。

王导说话是很讲究艺术的，他的话含蓄委婉，富有学养，也不失机趣。置身新亭的人，都熟悉《左传》的故事，听得此言，当会不以为忤，而有所自励。

八、羲之疑云（1）

王右军年减十岁时，大将军甚爱之，恒置帐中眠。大将军尝先出，右军犹未起。须臾，钱凤入，屏人论事，都忘右军在帐中，便言逆节之谋。右军觉，既闻所论，知无活理，乃剔吐污头面被褥，诈孰眠。敦论事造半，方意右军未起，相与大惊曰："不得不除之！"及开帐，乃见吐唾从横，信其实孰眠，于是得全。于时称其有智。（假谲 7）

王羲之未满十岁时，王敦相当喜欢他，常常将他安置在自己的蚊帐里一同睡觉。某天，王敦先起来，王羲之还在睡。没过多久，钱凤进来；屏去左右，王敦与钱凤密谋反叛朝廷的大事。王羲之这时已醒，躺着不动；他们如何谋划，句句入耳，听得王羲之心惊胆战，又恐如此"偷听"会惹来杀身之祸，急忙预作掩饰，故意抠喉作呕，以示酒后大醉，呕出来的东西弄脏了头面和被褥，佯装熟睡。二人的谋划到了一半，王敦忽然记起王羲之还在蚊帐里，神色大异，钱凤也见状大惊，暗地相约："如此一来，立即干掉!"连忙打开蚊帐，只见王羲之好像烂醉如泥，醉后乱吐，一片狼藉，就相信他什么也没听到，只是睡得如死猪一般，免予下手，王羲之也保住了性命。当时，知情者赞王羲之机智无比。

刘孝标的注有一句按语："按诸书皆云王允之事，而此言羲之，疑谬。"的确，像《晋中兴书》，也记载同一事情，故事主人公正是王允之（《太平御览》卷四三二引）。唐人编写《晋书》，亦将此事记于《王允之传》中。余嘉锡在此条文字之下加笺疏云："其非（王）右军事，审矣。《世说》之谬，殆无可疑。"（余嘉锡《世说新语笺疏》，中华书局，2011 年，第 739页）换言之，这个故事存在"张冠李戴"的情况。

尽管如此，我们不能否定王敦特别喜欢王羲之、将他留在身边的事实。《世说新语》"轻诋"第 5 则有如下记载："王右军少时甚涩讷，在大将军许，王、庾二公后来，右军便起欲去。大将军留之曰：'尔家司空、元规，复可所难?'"所谓"在大将军许"，即可证明王羲之年少时在王敦府中留宿是常有的事，他有点木讷，怕见人，见到有人进来，还想着躲开，王敦赶紧劝他不必如此，自己家的王导（司空）和庾亮（元规）来了，又不会为难你，怕什么! 此外，《世说新语》"赏誉"第 55 则："大将军语右军：'汝是我佳子弟，当不减阮主簿。'"这是王敦喜欢王羲之的"理由"，即认定王羲之是琅邪王氏大家族中的"佳子弟"，是优秀人物，跟名气很大、才华出众的阮裕（王敦主簿）起码是不相上下。

其实，琅邪王氏另一位重量级人物王导也跟王敦看法一样，《世说新语》"品藻"第 28 则："王右军少时，丞相云：'逸少何缘复减万安邪?'"万安，即刘绥的字，他是当时一位备受赞誉的人物，如庾琮（字子躬，中朝名士之一庾敳的兄长）称之为"灼然玉举"，同时又说"千人亦见，百人亦见"，意为刘绥其人，在百人之中，甚至在千人之中都是可以一眼就认得出来的，其出类拔萃，可想而知（见《世说新语》"赏誉"第 64 则）。庾琮捧刘绥，王导则捧王羲之，说"王逸少怎么样也不会差过刘万安"，真有点"抬杠"的意思。

无论如何，王羲之深得王敦、王导的欢心是无疑的。大概有此因缘，好事者将王允之无意间"偷听"到王敦谋反的故事就"嫁接"到王羲之头上了。可谓事出有因，查无实据。不过，当"小说"读，其文字颇为惊心动魄，令人过目难忘。

九、羲之疑云（2）

郗太傅在京口，遣门生与王丞相书，求女婿。丞相语郗信："君往东厢，任意选之。"门生归，白郗曰："王家诸郎，亦皆可嘉，闻来觅婿，咸自矜持。唯有一郎，在床上坦腹卧，如不闻。"郗公云："正此好！"访之，乃是逸少，因嫁女与焉。（雅量19）

郗鉴在京口的时候，想到与琅邪王氏联姻，于是，给王导写一封信，派遣门生送达王府，大致意思是想从王氏家族里招一位女婿。王导随即对这位信使说："阁下可以到东厢房看看，请任意挑选。"门生回去向郗鉴报告说："王家的诸位公子，看样子都不错，听说我们郗家来招女婿，一个个显得庄重，有点拘谨；唯独有一位，躺在床上，大模大样，还露出肚皮，若无其事，似乎不知道有选女婿这回事儿。"郗鉴听毕，随口说道："正是这一个好！"仔细打听，得知那一位露出肚皮的是王羲之，于是就将女儿嫁给他了。

这个故事脍炙人口，成语"东床快婿"由此而出。

郗家与王家联姻，两家都是侨寓江东的北方人，都是显赫门第，而且都是山东老乡，郗氏是高平金乡（今山东济宁金乡县）人，王氏是琅邪临沂（今山东临沂）人，估计郗鉴的联姻动议是不无政治考虑的。

颇为奇特的是，以"儒雅"著名的郗鉴，为何选中了一个不拘小节的王羲之呢？我们一下子很难找到答案。但有一条，故事里有"访之，乃是逸少"数字，说明郗鉴并非一时冲动就选定了王羲之，而是要加以"考察"，将"听到了什么"和"看到了什么"一并纳入考察范围，这就是"访之"二字的内含，经过了这一"程序"，最后才有了"因嫁女与焉"的决定。

不能忽视《晋书·王羲之传》里有一条记载："年十三，尝谒周顗，顗察而异之"，由此"始知名"。此外，《世说新语》"汰侈"第12则亦云："王右军少时，在周侯末坐；割牛心啖之，于此改观。"刘孝标注："俗以牛心为贵，故羲之先餐之。"换言之，位于"末座"的少年王羲之，竟然得到主人周顗的格外青睐，名贵的"牛心"让这个"小朋友"先吃，大家一下子就注意到王羲之了。周顗以一种类似于"行为艺术"的方式帮助王羲之"出名"。所谓"于此改观"，就是"王羲之"这个名字此时已然进入了东晋权贵们的"公共领域"。郗鉴对王羲之其名应该是早有耳闻的。

当然，更其重要的是王羲之身上的素质，《晋书·王羲之传》说："及长，辩赡，以骨鲠称……深为从伯敦、导所器重。时陈留阮裕有重名，为敦主簿。敦尝谓羲之曰：'汝是吾家佳子弟，当不减阮主簿。'裕亦目羲之与王承、王悦为王氏三少。"阮裕是阮籍的族人，"以德业知名"，又"论难甚精"（《晋书·阮裕传》），王敦认为王羲之"当不减阮主簿"，而已经知名的阮裕也对王羲之颇有好评，诸如此类，对于提高年轻时的王羲之的知名度均大有助益。这可能是郗鉴选定他做女婿的主要原因。事实上，王羲之在成为郗鉴女婿之前，就已经"口碑"在外了。

《世说新语》"赏誉"第80则、第100则均记殷浩称赞王羲之的话语。前者谓"逸少清贵人"，刘孝标注引《文章志》曰："羲之高爽有风气，不类常流也。"后者谓"（羲之）清鉴贵要"，刘孝标注引《晋安帝纪》曰："羲之风骨清举也。"殷浩在当时享有"盛名"，他对王羲之如此推举，可作旁证，证明郗鉴选女婿并非一定是因为王羲之敢于"在床上坦腹卧"。所谓"坦腹东床"云云，视之为别有趣味的"小说家言"可也。

十、羲之自得

王右军得人以《兰亭集序》方《金谷诗序》，又以已敌石崇，甚有欣色。（企羡3）

有人将王羲之的《兰亭集序》与西晋石崇的《金谷诗序》相提并论，又认为王羲之与石崇不相上下。王羲之得悉后甚为高兴，喜形于色。

且看《金谷诗序》中的文字："余以元康六年，从太仆卿出为使持节、监青徐诸军事、征虏将军，有别庐在河南县界金谷涧中，去城十里，或高或下，有清泉茂林、众果竹柏、药草之属，金田十顷，羊二百口，鸡猪鹅鸭之类，莫不毕备。……时征西大将军王诩当还长安，余与众贤，共送至涧中，昼夜游宴，屡迁其坐，或登高临下，或列坐水滨，……遂各赋诗，以叙中怀；或不能者，罚酒三斗。感性命之不永，惧凋落之无期，故具列时人官号姓名年纪，又写诗著后。后之好事者，其览之哉。"（严可均辑《全晋文》卷三三，商务印书馆，2006年，第335页）换言之，这一次"金谷相聚"的"由头"是"征西大将军王诩当还长安"，临行送别，大家共乐，各赋其诗，成《金谷诗》一卷，石崇为之作序，表明《金谷诗》的编辑成书是为了纪念这次欢聚。

刘孝标注引王羲之的《临河叙》（《兰亭集序》的别称）："永和九年，

岁在癸丑，莫春之初，会于会稽山阴之兰亭，修禊事也。群贤毕至，少长咸集。此地有崇山峻岭，茂林修竹；又有清流激湍，映带左右。引以为流觞曲水，列坐其次。是日也，天朗气清，惠风和畅，娱目骋怀，信可乐也。虽无丝竹管弦之盛，一觞一咏，亦足以畅叙幽情矣。故列序时人，录其所述。右将军司马太原孙承公等二十六人，赋诗如左，前余姚令会稽谢胜等十五人，不能赋诗，罚酒各三斗。"而这次"兰亭相聚"的"由头"不是为了送别某人，而是"修禊事也"，即依照民间风俗于三月三这一天（上巳节）在水边举行"修禊"仪式，以期消灾祈福。当然，能赋诗的赋诗，不能赋诗的罚酒三斗，跟"金谷相聚"是同一"规矩"。传世唐人摹《兰亭序》墨迹尚有"向之所欣，俯仰之间以（已）为陈迹，犹不能不以之兴怀；况修短随化，终期于尽。古人云死生亦大矣，岂不痛哉"等语，其对于人生之感叹略同于《金谷诗序》的"感性命之不永，惧凋落之无期"。

两相比对，有人将《兰亭集序》比拟于《金谷诗序》，并非没有道理。两篇文章的文体、结构以及所要表达的意思，不无相似之处。石崇的《金谷诗序》自西晋以来已成名文，东晋的王羲之得知自己的文章能够与之相提并论，自然是高兴的。

不过，对于"又以已敌石崇"，王羲之竟然也"甚有欣色"，这就有点出人意料了。以我们今人的眼光看，石崇是一个"负面人物"，他穷奢极侈，在历史上"口碑"甚差，而王羲之是"书圣"，是大艺术家，石崇怎么可以跟王羲之比，或者倒过来说，王羲之怎么可以跟石崇拉上关系呢？可是，若以"了解之同情"来看待，则可以得出另一种解释。

据《晋书·石崇传》，在"八王之乱"期间，石崇被赵王司马伦的势力所杀；待赵王被灭，晋惠帝"复辟"，朝廷为石崇补办了隆重的葬礼，即"以卿礼葬之"，并且封石崇的从孙石演为"乐陵公"。可见，石崇及其石家在晋朝还是很有地位的。而且，石崇并非一无是处，《晋书》本传说他本是"功臣子"（其父石苞官至司徒），"少敏惠，勇而有谋"，"伐吴有功，封安阳乡侯；在郡虽有职务，好学不倦"；还有，"颖悟有才气"，身上有"任侠"之气，等等。估计在王羲之的时代，石崇依然颇有名望，有人将王羲之与石崇相比拟，更有可能是在"颖悟有才气"、"好学不倦"等方面指出二人有相似之处。王羲之乐于接受这类"议论"，是有其缘由的。

十一、雪夜访戴

王子猷居山阴，夜大雪，眠觉，开室命酌酒；四望皎然，因起仿偟，咏左思《招隐诗》。忽忆戴安道，时戴在剡，即便夜乘小船就之。经宿方至，造门不前而返。人问其故，王曰："吾本乘兴而行，兴尽而返，何必见戴？"（**任诞47**）

王徽之居住在山阴，一天夜里，下起大雪，大寒地冷，睡不安稳，忽然醒了，开门吩咐仆人备上热酒；探头四望，但见外面尽是一片皎洁的雪景，干脆走动走动，暖暖身子，边走动边吟咏着左思的《招隐诗》。由《招隐诗》忽然想起隐居自乐的好友戴安道，当时戴安道住在剡县，王徽之随即连夜从山阴出发，乘着小船沿着曹娥江往南走，走了一夜的水路，终于抵达戴安道的住处，来到门口，却不上前，转身下船，当即折返。有人问王徽之何以如此，答道："我本来就是乘着兴致而来的，兴致到了头，自然就返回好了，何必非要见戴安道不可呢？"

这是王徽之自娱自乐的"一夜折腾史"。

自娱与折腾构成了这一"事件"的内在张力。王徽之在整个"事件"里体验到了"乘兴而行，兴尽而返"的"过程"。"过程"的价值远远大于"结果"，王徽之满足于享受过程，不在乎结果；在"时间"之中感受"存在"，而"存在"的"证明"就是"我来过，我走了"。

启动"一夜折腾史"的触媒是左思的《招隐诗》。刘孝标在注文里摘引了此诗的前面几句："杖策招隐士，荒涂横古今。岩穴无结构，丘中有鸣琴。白雪停阴冈，丹葩曜阳林。"其实，原诗还有下半首，其中"非必丝与竹，山水有清音"也是名句，且是"岩穴无结构，丘中有鸣琴"二句的具体说明。换言之，《招隐诗》能够感发出读者对"天籁之音"的向往，对自然而然的体验的追求，而王徽之是一个感悟力很强的人，又十分率性，他感受到似乎有一种无形的牵引力将他"带到"了剡县，一夜水路，除了听着船行水面的声音之外，大概还会听到接近黎明时分那些树上刚醒过来的小鸟的鸣叫，以及雪夜里呼啸过耳的风声，等等，这也是"非必丝与竹，山水有清音"的体验。可以想见，夜里尤其是大雪纷飞的深夜，能看到的东西往往是模糊不清的，置身于寂静的夜色之中，动态地航行于弯弯曲曲的水道上，正是享受天籁之音的好时机。王徽之体验过了，满足了，可以回家了。

这可以理解为是一次难得的即兴式的审美体验。从俗人的角度看，这一夜太"折腾"了,而王徽之身为贵族,以清高自许,却会觉得"一夜折腾史"更是深具"行为艺术"的韵致,"我"做到了别人做不到的事情,"我"享受到了别人享受不到的快乐,如此足矣,别无他求。

所谓"雪夜访戴",这个故事到底是"没结局"还是"有结局"的呢?不同的人会有不同的答案。就王徽之而言,"非必丝与竹"跟"何必见戴"对应起来,仿佛他走进了左思的意境中去了。

十二、李重"仰药"

谢公与时贤共赏说,遏、胡儿并在坐。公问李弘度曰:"卿家平阳,何如乐令?"于是李潸然流涕曰:"赵王篡逆,乐令亲授玺绶。亡伯雅正,耻处乱朝,遂至仰药。恐难以相比!此自显于事实,非私亲之言。"谢公语胡儿曰:"有识者果不异人意。"(**品藻 46**)

谢安跟当时的一批才俊之士谈论前人,品鉴评说,谢玄、谢朗也在座(遏、胡儿,分别指谢安的侄子谢玄、谢朗;谢玄,小字遏,其父谢奕;谢朗,小名胡儿,其父谢据)。谢安问李充(字弘度,官至中书侍郎):"阁下家的李平阳(即李重,字茂曾,李充的伯父,曾任平阳太守)跟乐令(即乐广,'中朝名士'之一,曾任尚书令)比较,该如何评价呢?"李充听到这个问题,不禁想起其伯父李平阳临终前的情景,潸然泪下,答道:"赵王司马伦篡逆时,乐令亲自将玉玺上所系的彩色丝带交到了赵王手里(指赵王司马伦登太极殿'僭逆为帝'时,乐广等人'进玺绶给司马伦',等于承认了司马伦的'皇帝身份',事见《晋书·赵王伦传》);而我的伯父,为人雅正,以处于伪朝为耻,乃至于服毒自尽。乐令难以跟我的伯父相比啊!我只是据实而论,并非带着私人感情而说些偏爱的话。"谢安听后,对谢朗说:"你看,有识之士说话就是实在,果然跟人们的看法相同。"

关于李重离世前的细节,有不同说法。"仰药"出自其侄儿李充之口,姑备一说。《晋书·李重传》的说法是"永康初,赵王伦用为相国左司马,以忧逼成疾而卒,时年四十八"。不论如何,李重死于赵王伦"篡逆"之际,痛恨"伪朝",是可以肯定的。刘孝标注引《晋诸公赞》曰:"赵王为相国,取(李)重为左司马,重以(司马)伦将篡,辞疾不就。敦喻之,重不复自治,至于笃甚;扶曳受拜,数日卒。"《晋书》大概取信于《晋诸公赞》的说法。

看得出,谢安更为尊敬李重(平阳)而不是乐广。乐广尽管名气很大,曾以一句"名教中自有乐地"而广为人知，可是，其晚节出现了大问题，已无法挽回。在谢安的心目中，乐广绝非"完人"。

谢安对于西晋时期的人物是相当了解的，如何评价，其实心中有数。他借这个"遏、胡儿并在坐"的场合，通过对比，暗示在政治立场上怎样做出"正确"的选择，以此对两个侄儿进行教育。所以，待到李充说完后有"谢公语胡儿曰"的细节。

谢安甚为重视对侄儿的培育。除了谢玄外，谢安对谢朗（胡儿）的教诲也是多种多样的。如《世说新语》"纰漏"第5则："谢虎子（谢朗父亲谢据的小名）尝上屋熏鼠。胡儿（谢朗）既无由知父为此事，闻人道'痴人有作此者'，戏笑之（谢朗也戏笑'上屋熏鼠'者是'痴人'）；时道此非复一过（说此故事还不止一次）。太傅（谢安）既了己之不知（知道谢朗不了解实情），因其言次（趁着谢朗再一次说及'熏鼠'故事），语胡儿曰：'世人以此谤中郎（谢据），亦言我共作此（也说我参与其事）。'胡儿懊热（懊悔），一月日（整个月）闭斋不出。太傅虚托引己之过（故意将自己也'扯'进去，作为自己的一种'过错'），以相开悟，可谓德教。"大意为，谢朗的父亲谢据小时候曾经做过一件"傻事"，就是爬上屋顶熏老鼠（白费功夫）。当时，人们作为笑话来讲，说的是只有"痴人"才会做这样的事情。谢朗不知是在说自己的父亲，于是跟着说，以为好玩，还不止一次，谢安觉得不妥，趁着谢朗又说"笑话"时，故意把自己也"扯"进去，说："你知道吗，这个笑话说的就是你的父亲！是人们恶意诽谤他，还说我也有份这么干。"谢朗听后，十分懊悔，才明白自己不懂得"为尊者讳"，十分内疚，将自己禁闭在房间里，整月不出。谢安的话，启迪谢朗以后不要再提这个故事，以免有损父亲的声誉。晋朝司马氏"以孝治天下"，说谢安的举动属于"德教"，是以此为背景的。

总的来看，谢安教育侄儿，大体仍以儒家的忠孝节义为主。

十三、谢安畜妓

谢公在东山畜妓，简文曰："安石必出。既与人同乐，亦不得不与人同忧。"（识鉴21）

谢安隐居在东山，家里还养着若干演习音乐舞蹈的女子，与众人一同娱乐。简文帝司马昱说："安石必有出山的一天。理由是：既然与众人同乐，也不得不与众人同忧。"

　　谢安名气颇大。他从小就得到王导的赏识，就算是隐居在东山，也已经是名声在外，连东晋开国皇帝晋元帝的小儿子司马昱也早就关注他了。

　　其实，司马昱所说的"安石必出"只是一个逻辑不严谨的推论。他以"谢公在东山畜妓"为其"推论"的由头：既然养着一批女子，唱歌跳舞，与人同乐；那么，有乐亦有忧，如同有阳亦有阴一样，照此说来，谢安也会"与人同忧"；如今，家国多事，忧愁不断，谢安"必出"。

　　估计司马昱是在半开玩笑，"安石必出"是"想当然"的推论，而绝非有什么事实依据。他由"谢公在东山畜妓"而做出上述的联想和猜测，实在有些出人意表。

　　刘孝标注引宋明帝《文章志》曰："（谢）安纵心事外，疏略常节，每畜女妓，携持游肆也。"可以看出，谢安的"疏略常节"还比较张扬，不守礼教也就罢了，还领着女妓们招摇过市，或许会引来好事者的"欢呼"和掌声，也或许会引来卫道者的"嘘声"和非议，反正会众说纷纭，话题不断。

　　不过，司马昱的话后来果然得到了验证，谢安真的是出山了。这是"戏剧性事件"。《世说新语》"赏誉"第77则揭示出一个内情："王右军（羲之）语刘尹（刘惔）：'故当共推安石。'刘尹曰：'若安石东山志立，当与天下共推之。'"王羲之年长于谢安，刘惔是谢安的大舅子，他们也在暗中议论如何"推"谢安出山。似乎他的大舅子心里更急，表示"当与天下共推之"，再拖下去不是办法，要发动天下的人，一定让谢安出来为国效劳。

　　一则是"东山畜妓"，一则是"安石必出"，二者构成很大的"戏剧张力"。谢安既是历史人物，也是"话题人物"；能兼而有之者，史上亦复不少，可像谢安如此"好玩"的却也不多。

　　附带一提，谢安家"畜妓"，《世说新语》里有一条旁证，见"贤媛"第23则："谢公夫人帏诸婢，使在前作伎；使太傅（谢安）暂见（短时间观看），便下帏（要谢安退下）。太傅索更开（重入帏内），夫人云：'恐伤盛德。'"可知，谢家之"妓"，并非谢安"专享"，管控权在夫人的手里；夫人有时会"帏诸婢，使在前作伎"，即歌舞表演，让谢安"暂见"，即看一会儿；然后，谢安要离场；要是谢安提出还想继续看演出，夫人会劝阻："恐伤盛德。"上文中的"下帏"指夫人让谢安从帏中退下（退出），故才会有谢安"索更开"的请求。简文帝说"（安石）与人同乐"，大概就是指这类家庭"乐事"。

〔以上"世说私语"诸题，据董上德著《世说新语别裁详解》（四川人民出版社 2024 年 6 月第 5 次印刷本）辑录，重加编排，并于文内添加小标题〕

辑二　戏曲新语

中国戏曲的演化路径与前海学派的深度阐释

——以"先上马，后加鞭"说为中心

引　言

张庚、郭汉城主编《中国戏曲通论》曾经提出一个值得深思的问题："中国的戏曲大致是在十二世纪中叶昌盛起来的，不论南戏或北曲，都是在几乎差不久的时间相继出现。为什么这么巧？"① 这是该书第一章"中国戏曲与中国社会"里的文字，此章由张庚先生执笔。

在张庚先生看来，不论是南戏还是北曲，它们尽管体式有差异，但是均有一些"共同条件"："比如需要叙事文学、特别是叙事诗歌的发达做它的前提。这一点，无论南戏或北曲都是一样的。中国文学的发展史，是一部统一的历史，无论国家分裂成南北政权或三国鼎立，文学发展的趋势却是统一的，北杂剧的形成得力于诸宫调为它开了先路。南戏的产生，也有鼓子词、话本等为它作了故事题材上和艺术形式上的准备，地域相隔虽远，而历史的基本条件还是相同的。"② 张庚先生这番话是相比较而言的，他所要比较的对象是梵剧，他说："中国戏曲里的剧中人常常跳出人物的身份用叙事体的口气说话，而梵剧是纯粹代言体的戏剧形式，而中国戏曲却带着相当浓厚的叙事文学色彩，如果中国戏曲是从梵剧直接移植过来的形式，为什么当时的移植者不按纯戏剧的样子来学习，却偏要加进许多叙事的成分呢？这许多叙事的成分又是从哪里来的呢？"③ 张庚先生对某些学者的"中国戏曲是直接受梵剧的影响"的说法表达不同意见，同时，他也实事求是地指出中国戏曲不像印度梵剧，即它不是纯粹的代言体戏剧。按说，中国戏曲作为一种文体，其主要特征是代言体，王国维先生《宋元戏曲史》已经指出，元杂剧

①　张庚、郭汉城主编《中国戏曲通论》，上海文艺出版社，1993 年，第 14 页。
②　张庚、郭汉城主编《中国戏曲通论》，1993 年，第 15 页。
③　张庚、郭汉城主编《中国戏曲通论》，1993 年，第 5 页。

"视前代戏曲之进步"的指标之一就是"由叙事体而变为代言体",且说："虽宋金时或当有代言体之戏曲,而就现存者言之,则断自元剧始,不可谓非戏曲上之一大进步也。"① 而张庚先生所特别指出的"中国戏曲里的剧中人常常跳出人物的身份用叙事体的口气说话"也是客观事实,不容忽视。换言之,像元杂剧这样的"代言体",不是纯粹的,而是在有的时候与叙事体如说唱文学难以切割,混杂一起,相互缠绕,这一特点,相沿成习,成了中国戏曲的一个"基因"。此外,张庚先生还指出,南戏一开始"在剧目上的准备并不充实",随着时间推移,逼不得已,试编新的剧目,"而剧目的唱腔也仍是杂凑,宋词也要,里巷歌谣也要,只要有人会唱,就可以拿来用。南戏似乎就是这样'先上马,后加鞭'地逐渐形成起来的"。②

其实,"先上马,后加鞭"的提法,不仅适用于南戏,也适用于整个中国戏曲,它十分准确地表述出中国戏曲的演化路径。《中国戏曲通论》还特别指出:"许多地方戏并不是在条件准备充足以后才进行创造的,而多半是先上马后加鞭,经过千辛万苦才形成一个剧种的。这种情形,在近代以至直到解放前好些小剧种的诞生都是经过了的。如像今天的越剧、评戏、吕戏等等都是如此。"③ 可以说,"先上马,后加鞭"就是一部中国戏曲史的通则,只是此说法较为通俗形象而已。具体地说,"先上马",即作为"戏剧",在条件尚未充分"俱备"的情况下以带有一定的说唱艺术的"戏曲"的形式服务于有着迫切审美需要的观众;"后加鞭",即在已然"上马"的前提之下,不断因应着各种限制与条件加以完备与完善,尤其是不断地调适着戏曲的音乐结构与戏剧结构的矛盾关系,久而久之,形成了中国戏曲的整套审美规范和美学特质。这也是以张庚先生等为代表的前海学派在《中国戏曲通论》及《中国戏曲通史》里的阐释思路。

笔者受到上述提法的启发,试图将以上二书详加对读,写下这篇研读札记,以求教于方家。

一、戏曲借力于说唱艺术而"先上马"

如前文所引,张庚先生说"北杂剧的形成得力于诸宫调为它开了先路。

---

① 王国维著《宋元戏曲史》,上海古籍出版社,2008 年,第 56—57 页。
② 张庚、郭汉城主编《中国戏曲通论》,上海文艺出版社,1993 年,第 16 页。
③ 张庚、郭汉城主编《中国戏曲通论》,1993 年,第 17 页。

南戏的产生，也有鼓子词、话本等为它作了故事题材上和艺术形式上的准备"，换言之，戏曲借力于说唱艺术而"先上马"（话本穿插诗词，以念诵的形式表演；某些话本在讲唱时还有音乐伴奏，见胡士莹著《话本小说概论》①；故而话本与说唱艺术也难以切割），这是一个十分重要且客观的判断。

沈达人先生在《中国戏曲通论》第三章写道：金元杂剧、宋元南戏对当时各种艺术样式进行同化，"首先解决的是说唱音乐的戏剧化问题。纵观戏曲历史的客观进程，使我们不能不充分估价说唱艺术在戏曲形成期所起的巨大作用，因为说唱艺术在为戏剧演出提供了丰富的戏剧内容的同时，也为戏曲音乐的构成提供了丰富的艺术材料和艺术经验。"② 这可以说是一种具有"发生学"意义的认识。

王国维先生在《宋元戏曲史》里曾说："后代之戏剧，必合言语、动作、歌唱，以演一故事，而后戏剧之意义始全。"③ 这是一种"事后判断"而并非"发生学"意义上的认识。本来，小说或说唱文学是讲"故事"的，为什么戏剧的目的也是"演一故事"呢？二者岂不是具有"同质关系"吗？既然具有"同质关系"，为何要区分为小说（说唱文学）与戏剧文学呢？其实，王国维先生只是依据戏剧的一般规律说"必合言语、动作、歌唱"云云，以示戏剧与小说（说唱文学）之不同，却没有考虑到戏曲借力于说唱艺术而"先上马"的"发生学"问题。

所谓戏曲借力于说唱艺术而"先上马"，已经表明戏曲不是为了简单地"必合言语、动作、歌唱，以演一故事"，而是另有主意，别有布置。试想，关汉卿写作《窦娥冤》，并非只是为了"演述"一个"东海孝妇"般的"故事"，白朴写作《梧桐雨》，也不是为了仅仅"演述"一个《长恨歌传》"故事"；不论是《窦娥冤》还是《梧桐雨》，都是为了以舞台演出的方式强烈表现或激越高亢或哀怨深沉的人的感情，以求情感表现的"最大化"。这是小说（说唱文学）所难以企及的。这一切，都不能够仅仅以"演一故事"来阐释。

然而，前海学派的高明之处在于，客观上承认"先上马"是权宜之计，其主要目的不是为了"演一故事"，而是注意到艺术样式的创新与转换是有

---

① 胡士莹著《话本小说概论》，中华书局，1982 年，第 90 页。
② 张庚、郭汉城主编《中国戏曲通论》，上海文艺出版社，1993 年，第 142 页。
③ 王国维著《宋元戏曲史》，上海古籍出版社，2008 年，第 28 页。

一个"草创阶段",难以求其完善与完美,只能在不断熟悉"马"的脾性之后渐进式地加以改进。沈达人先生说"说唱艺术在为戏剧演出提供了丰富的戏剧内容的同时,也为戏曲音乐的构成提供了丰富的艺术材料和艺术经验",这就不只是看到说唱艺术所提供的"故事",更为关注到说唱艺术"为戏曲音乐的构成提供了丰富的艺术材料和艺术经验",这就解释了宋元戏曲乃至于明清相当部分的戏曲作品为何采用曲牌体或曲牌联套体的"起因"。

《中国戏曲通史》对北曲(元杂剧)的音乐结构形式有如下阐释:"各种传统音乐对北曲的影响表现在音乐的结构形式上,也就是在曲牌联套的方法上。这种影响,表现得更为复杂深刻,所谓曲牌联套,是将若干支不同的曲牌联成一套曲子,这在传统上也叫作'套数'。'套数'是与只曲、小令相对而言的。曲牌联套,并不是任何一群曲调的自由组合,而是将若干个互有联系的曲调按一定的规律、规则组织起来,使之共同构成一套完整的乐曲结构。因此,曲牌联套的出现,也就形成了一种完整的、严密的乐曲结构体制。北曲中严谨的联套体制,以及多样的联套方法的运用,常呈现着各种传统音乐复杂交错的影响。"① 作为说唱艺术的诸宫调,以及散曲"套数",它们的音乐结构方式为"戏曲"的"曲"提供了样板和借鉴,较为方便地使得作为新兴的艺术样式的"戏曲"得以初步成型。

因而,《中国戏曲通史》也相应地指出:杂剧表演中"一人主唱"的特殊表演形式,"反映了杂剧表演形式中还保留着某种说唱艺术的遗迹。在说唱艺术中,不论短篇还是长篇,都是连说带唱一人包到底。到了杂剧舞台上,'说'的部分可以分给各行脚色;演唱部分则仍保留了说唱的特点,只不过是由正末或正旦代替了说唱艺人的地位。"与此同时,"在杂剧表演艺术的形成过程中,说唱艺术的影响是很复杂的。例如舞台上人物上场时,其介绍人物的方法,很明显地是从说唱形式中演化而来的。"于是,基本的判断是:"在北杂剧表演中,由于说唱艺术的影响,结合当时舞台演出的物质条件,已形成戏曲舞台时间空间处理的特殊表现形式。"②

至于南戏的前身"温州杂剧",《中国戏曲通史》也做出"发生学"意义的判断:"温州杂剧开始只在温州附近的城乡演出,剧本也是由本地人编写的。剧目不多而简约,还不是我们所见到的荆、刘、拜、杀这样的大型而

---

① 张庚、郭汉城主编《中国戏曲通史》上册,中国戏剧出版社,2006年,第292页。

② 张庚、郭汉城主编《中国戏曲通史》上册,2006年,第315—317页。

完整的戏，甚至也还不是《张协状元》这样表现方法比较丰富的南戏，它只不过是以民间歌舞加上一些宋词的调子来演一个有头有尾的故事而已。"①此与民间说唱也是脱离不了关系的。

　　总而言之，前海学派对于中国戏曲的演化路径有着不同于王国维先生的把握。他们以历史唯物主义的立场和观点看待戏曲的演化线索，综合了艺术学、社会学、民俗学、经济史、城市发展史等视角，聚焦于"戏曲发生学"的判断与阐释，不再只是看到戏曲"演一故事"的浅表层面，而是深入到戏曲的不断层累叠加的错位矛盾的深层结构之中，揭示其持续磨合调适的生成机制和不懈地自我革新的完善方式，透彻地论述了中国戏曲在条件不完备的前提之下"历史地"以因地制宜的草创方式适时满足不同时代民众的戏剧审美需求的发展历程。这是中国戏曲演化的"内在逻辑"，同时也是中国戏曲的一再反复出现的变化通则。

二、戏曲音乐结构与戏剧结构的长期磨合与多方调适

　　与戏曲借力于说唱艺术而"先上马"这一戏曲发生学的"逻辑起点"相对应，中国戏曲作品内部存在着双重的结构，既有不得不"就范"的音乐结构，此跟说唱艺术的制约作用脱不了关系，也有在叙述一个"故事"时为了区别于小说（说唱文学）而形成的戏剧结构，它内含着悬念、冲突、人物关系的"翻转"，以及矛盾双方力量的此消彼长、对"情感高潮"的期待等戏剧因素，这些因素每每不能轻易"服从"于音乐结构。音乐结构相对稳固，且在"曲本位"观念约束之下具有不可冒犯的规定性；而戏剧结构总是处于动态的变化之中，任何一点"稳固"的规范都会造成戏剧结构的不该有的"变形"，这对戏剧结构而言无疑是一种伤害。

　　这样的格局，是"先上马"的策略所造成的。

　　元杂剧的体制是"四折一楔子"，就其曲体部分而言，四折戏内含着四套曲子，在某种意义上，杂剧作家的主要任务是"填满"这四套曲子。一定程度上说，这样的格局对于一些不太了解"戏剧"真谛的作者来说比较容易导致"戏"与"曲"的疏离，而难以实现"戏"与"曲"的结合。这是一个不得不面对的问题。

　　不仅是杂剧如此，南戏也不例外。《中国戏曲通史》指出："后期南戏

---

① 张庚、郭汉城主编《中国戏曲通史》上册，中国戏剧出版社，2006 年，第 80—81 页。

文学形式针对着早期南戏的不足，有了很大的发展和革新，奠定了后来传奇剧本形式的基础。但是元代南戏也有它始终没有解决的问题，例如，一本南戏动辄数十场，由于结构过于庞大，不免流于松散，产生一些多余的场面。再如，由于音乐结构的日趋严密，在音乐结构和戏剧结构之间，往往也产生一定的矛盾，有时为了适应音乐结构的安排，而把戏剧结构不适当地加长或缩短等等。这些不足之处，到了明代昆山腔和弋阳诸腔剧本创作中，才逐步地得到改进。"①

其实，"先上马"策略所造成的局限性只能在不断的实践中去加以克服或改进。于是，就出现了戏曲音乐结构与戏剧结构的长期磨合与多方调适的"戏曲史现象"，这也是"后加鞭"的重要意蕴之一。

正如上文所引已经点出的线索，元代以后的传奇剧本的内在矛盾，"到了明代昆山腔和弋阳诸腔剧本创作中，才逐步地得到改进"；换言之，音乐结构与戏剧结构的长期磨合与多方调适总是处在"进行时"状态，没有停歇过。直到梆子腔的兴起，依然在磨合与调适，只不过，这时的磨合力度和调适程度超越了前代，以至于遍地开花，且较为彻底地解决了长期困扰戏曲界的音乐结构与戏剧结构的深层次矛盾。《中国戏曲通史》如此阐释："梆子腔兴起后，促使戏曲艺术形式发生了一次重大的变革，这就是突破了曲牌联套的传奇形式，创造出以板式变化为主的'乱弹'形式。戏曲艺人的这一创造，从艺术形式上反映了人民群众要求戏曲艺术更能自由灵活地表达激越、悲壮的时代感情的需要。从梆子腔本身来说，也由于它的基础是从民歌和说唱演变来的民间小戏，在艺术形式上原也比较自由活泼，是整齐句格的东西，不过多地受旧有的传奇形式和曲牌长短句格的拘束。从传统的戏曲形式变化来看，早在明代末叶时，传奇形式也已适应时代和群众的要求，以适应表达内容和抒发感情的需要，而产生了向板式变化发展的趋势。在明末《钵中莲》传奇中，就有了把整齐句格的【西秦腔二犯】等曲调吸收运用到传奇形式中的情况，给突破原有的形式带来了新的因素。新兴的梆子腔与传统的传奇形式的结合，才变化发展出新的以板式变化为特征的乱弹形式。"与此同时，不仅音乐结构与戏剧结构相互协调了，而且还导致舞台呈现方式的改观："这种变革，对戏曲艺术的发展，不仅表现为一种戏曲音乐上的创造，而且还促使唱、做、念、打等各种艺术表现手段的进一步综合，使每种艺术手段能够得到更充分的发挥。梆子以前的曲牌体剧种，大都受昆曲载歌

---

① 张庚、郭汉城主编《中国戏曲通史》上册，中国戏剧出版社，2006 年，第 225 页。

载舞的影响，而从梆子起，才形成了唱时不舞或不作激烈的舞，舞时不歌的新的表演方法。这都为戏曲舞台艺术的丰富和提高打开了广阔的道路，更有利于戏曲艺人从事剧目和舞台艺术方面的创作。"① 换言之，解决音乐结构与戏剧结构的矛盾，是戏曲变化发展的"牛鼻子"，抓住了这一"牛鼻子"，逐步弱化音乐结构对戏剧结构的制约作用，相对应地，逐步强化戏剧结构对音乐结构的"适配性"，或者说，尽量使得后者更好地服务于前者而不是相反，这是戏曲演化路径的"大方向"，也是理解中国戏曲改革脉络的关键所在。

顺带提及一个不可忽视的戏曲史现象："戏"与"曲"的疏离对于中国戏剧文学的健康发展是颇为不利的。由于长期以来形成了"曲本位"的观念，一些不懂得戏剧真谛的作家以为借助"曲"来"演一故事"就是戏曲创作的"全部"，于是，误以为"故事"就是"故事"，不嫌人多势众，热热闹闹才好，而不顾及戏剧结构应有的特定人物关系和必要的情节张力，于是，就出现了清李渔在《闲情偶寄》里所严肃批评过的现象："后来作者不讲根源，单筹枝节，谓多一人可增一人之事。事多则关目亦多，令观场者如入山阴道中，人人应接不暇。殊不知戏场脚色，止此数人，便换千百个姓名，也只此数人装扮，止在上场之勤不勤，不在姓名之换不换。与其忽张忽李，令人莫识从来，何如只扮数人，使之频上频下，易其事而不易其人，使观者各畅怀来，如逢故物之为愈乎？"② 李渔指出的创作弊病，带有一定的普遍性，即不少戏曲家在创作时过度关注音乐结构而忽视戏剧结构，甚至将戏剧结构误以为就是讲"故事"的小说结构，以小说叙事取代了戏剧叙事，其作品变成是带有"唱词"的"小说"，而未能将"戏"与"曲"有机地结合起来，导致明清时期戏曲作品（主要是曲牌体传奇）数量颇多而精品较少的尴尬局面。

这一现象从反面证实，戏曲音乐结构与戏剧结构需要长期的磨合与多方的调适，惟其如此，才能逐步拉近"戏"与"曲"的关系，进而强化"戏"与"曲"的"协同性"和"适配性"。这是一个漫长的过程，也是中国戏曲发展史的主要脉络。所谓"后加鞭"，不可能是"一步到位"的，而是加鞭又加鞭，不断进取，不断改善，不断提升。中国戏曲的辉煌成就，是戏曲艺术自身在"乡土中国"的大地上不懈地演化的结果。

---

① 张庚、郭汉城主编《中国戏曲通史》下册，中国戏剧出版社，2006 年，第769—770 页。

② （清）李渔著，江巨荣等校注《闲情偶寄》，上海古籍出版社，2000 年，第28 页。

三、声腔系统内含"差序格局"与花部的出现

张庚先生在《中国戏曲通论》的第一章对戏曲声腔系统做了一个明晰的定义:"所谓声腔系统,乃是一种声腔从它的发源地流传开去,在各地生根,而形成这个声腔的各种地方分支,这些分支和它们的母体声腔形成一个系统,我们就称之为戏曲上的声腔系统。如梆子腔系统、皮黄腔系统、高腔系统等。"[①] 研究中国戏曲史,声腔系统是一个重点,甚至可以说,某个声腔系统的"母体"是"纲",由此而演化出来的分支是"目",纲举目张,这是戏曲史研究的基本局面。

如今,剧种史研究正在成为"显学",有不少剧种史著作问世,这是可喜的现象。可剧种史写作也不宜"各自为政",如果将"单体"的剧种置于所属声腔系统的框架内来思考其来龙去脉,就可能更为科学、更加全面地阐释本剧种的渊源与特色。

回到上引张庚先生的定义,结合中国戏曲声腔系统的实际情况,我们可以领会到,"一种声腔从它的发源地流传开去,在各地生根,而形成这个声腔的各种地方分支,这些分支和它们的母体声腔形成一个系统",如果借用费孝通先生发明的术语,就可以说这内含着一个"差序格局"。费先生在《乡土中国》一书中有一章叫"差序格局",他使用这个术语是为了揭示中国乡土社会的结构:"我们的社会结构本身和西洋的格局是不相同的,我们的格局不是一捆一捆扎清楚的柴,而是好像把一块石头丢在水面上所发生的一圈圈推出去的波纹。每个人都是他社会影响所推出去的圈子的中心。被圈子的波纹所推及的就发生联系。每个人在某一时间某一地点所动用的圈子是不一定相同的。"[②] 其实,与之相似,一个声腔的母体衍生出各个分支,各个分支与母体之间"亲疏关系"不尽相同,也是一种"差序格局"。如此理解声腔系统,可以提示我们注意地域文化(包括地方剧种)不是孤立的存在,而是在"大一统"前提下的"差序格局"中各有其自身的位置。这不仅是艺术问题,而且是文化认同问题。明乎此,以声腔系统内含"差序格局"的认识来理解中国戏曲在"后加鞭"时代的各种作为,不失为一个切实的阐释思路。

---

① 张庚、郭汉城主编《中国戏曲通论》,上海文艺出版社,1993年,第23页。

② 费孝通著《乡土中国·生育制度·乡土重建》,商务印书馆,2016年,第27页。

中国戏曲在"后加鞭"时代的各种作为之中，花部的出现是一个划时代的事件，一方面，它表明戏曲艺术的传播范围越来越广；另一方面，它还显现出声腔系统的"差序格局"给与各个地方的戏曲艺人以各自发挥聪明才智的巨大空间，以此来补救"先上马"策略带来的局限与不足。

前海学派是历史唯物主义者，他们是辩证地看待声腔的传播的。换言之，不是任何声腔都具有传播力，张庚先生在《中国戏曲通论》第一章写道："同时出现的声腔，有的壮大了，有的虽然也在成长，然而只局限与一地，还有的发展了一个时期，却被别的声腔所吸收、所吞并，有的则干脆自行消亡了。如弋阳腔就发展成为一个庞大的系统，流布在全国各地，特别是长江以南的地区；而余姚腔却成为一个下落不明的声腔，我们在没有找到它的下落时，暂时只好说它是消亡了；海盐腔原来也兴盛过一阵，但自昆山腔兴起以后，它就湮灭无闻了。"① 客观地说，声腔的传播力的强弱，成因复杂，但有一点是明显的，即传播力较弱的声腔不具备广泛的民众基础，而传播力较强的声腔是各地民众和艺人的集体"审美"所认可的，是具备艺术的"通约性"的，故而能够以"母体"的身份演化出不同的地域分支。于是，关于地方剧种，我们不宜只是看到"地方特色"，还要顾及它身上具备的本声腔系统的"通约性"，两相结合，互相融化，才是地方剧种艺术的"全部"。

张庚先生对这一点是特别重视的，他还写道："一种声腔要形成一个声腔系统，还有一个必要的条件，即它非得在所到之处扎根，成为各个地方的老百姓所喜闻乐见的艺术不可。简单说，即非地方化不可。否则这个声腔就只能在这里热闹一时，而不能深深扎根，自行生长。我们看，高腔之成为系统，首先就不拘泥于保持弋阳腔的纯洁性，而变成了带滚调的'徽池雅调'或青阳腔。它流传到湖南就运用了湖南的语言来演唱，并结合湖南的民歌以及本地原有的某些腔调而形成了湖南高腔，流传到四川，就形成了四川高腔。甚至在一个省区以内，如在湖南，还分长沙高腔、祁阳高腔等。"② 这番话，正好说明了声腔系统内含"差序格局"。我们研究某个声腔系统，乃至于研究某个声腔系统内的某个地方剧种，张庚先生的话具有方法论意义。

当然，声腔因传播而形成"差序格局"，仅从艺术的角度还不能完整地阐释清楚，《中国戏曲通史》对此有重要的补充："清代地方戏在这时出现

---

① 张庚、郭汉城主编《中国戏曲通论》，上海文艺出版社，1993年，第23页。

② 张庚、郭汉城主编《中国戏曲通论》，1993年，第25页。

了一个在全国范围内遍地开花的局面。这是前代戏曲所未曾达到的。这种局面的出现，是和康乾时期社会经济的恢复与发展所提供的条件分不开的；也和戏曲本身传统日渐深厚有关。"限于篇幅，本文不拟引用原书对于康乾时期社会经济的恢复与发展的具体论证文字。而上引文字提供的思路是，"戏曲本身传统日渐深厚"与具体时空的经济繁荣两相结合，促进了清代花部的出现与兴盛；在此前提下，再看艺术的原因，即"后加鞭"时代如何加鞭的问题就更为清晰了："继昆山腔与弋阳腔的盛行之后，到18世纪初至19世纪中叶，即清康熙末叶至道光末年，我国戏曲艺术的发展又出现了一个新的面貌，这个新的面貌就是民间地方戏的兴起和盛行。民间地方戏，继承了弋阳诸腔在民间流布、演变的传统，吸收了昆山腔的艺术成就，在新的历史条件下，对原有的戏曲形式进行了革新、创造。它们突破了杂剧传奇联曲体形式，创造了板式变化为主的'乱弹'形式，使我国戏曲艺术经历了一次重要的变革。从此，我国戏曲跨入了一个新的历史阶段，即'乱弹'时期。其主要标志，就是梆子、皮黄两大声腔剧种在戏曲舞台上取代了昆山腔所占据的主导地位，从而使戏曲艺术更加群众化，更加丰富多彩。"①

　　至此，我们可以明白"先上马，后加鞭"的戏曲演化之路走得颇为曲折，却也走得越来越接地气。"先上马"，本来是为了适时满足民众的戏剧审美需求，不待条件"俱备"而仓促问世；"后加鞭"，一步一步摆脱草创时期的"粗疏"与"局限"，逐渐解决比较顽固的结构性问题。到了花部的出现，这类结构性问题终于较为彻底地解决了。可见，"后加鞭"表现出中国戏曲的"后劲"具有"内部的修正功能"。

　　其实，在"后加鞭"时代，中国戏曲的"后劲"不仅具有"内部的修正功能"，而且还具有优化发展的提升能力。《中国戏曲通论》有一节专门谈戏曲导演的形象构思问题，指出戏曲演出在由广场表演转变为剧场表演时导演起着相当重要的作用，导演思维的要点是既要注重舞台演出的歌舞化呈现，又要将程式化与个性化相结合，更要建构好虚拟时空，三者并重，使得一台戏曲演出浑然天成。② 这就属于戏曲艺术的优化提升的范畴，同时也是"后加鞭"的题中应有之义了。

　　以上札记，是将《中国戏曲通论》与《中国戏曲通史》二书对读之后的粗浅看法。总之，"先上马，后加鞭"的戏曲演化之路，具有鲜明的中国

---

① 张庚、郭汉城主编《中国戏曲通史》下册，中国戏剧出版社，2006年，第751页。

② 张庚、郭汉城主编《中国戏曲通论》，上海文艺出版社，1993年，第539—544页。

特色，在世界戏剧史上独树一帜。而以张庚先生等为代表的前海学派对这一演化之路的深度阐释贯串于以上二书的字里行间，值得反复细读，认真琢磨。

（原刊于《戏曲研究》第 119 辑，文化艺术出版社，2021 年）

试论张庚"剧诗"说的表述形态与核心问题
——兼及其"中国话语"特色

张庚先生（1911—2003），是戏曲史家，也是戏曲理论家。七卷本《张庚文录》（湖南文艺出版社，2003 年）及《张庚自选集》（中国戏剧出版社，2004 年）等是张庚先生数十年来研究戏曲史、思考戏曲的创作与发展的重要成果。他主编的《中国戏曲通史》《中国戏曲通论》等专著已经成为戏曲业界的必读书。张庚先生生前力倡"剧诗"说，是一个影响大、经得起时间考验的理论贡献。近读贾志刚、毛小雨、王馗三位先生的大作（载《文艺研究》2013 年第 12 期），他们从不同的侧面对"剧诗"说做了新的阐释；读后颇受三位先生的启发，并对"剧诗"说重加研读，觉得在当今戏曲前景存在"变数"的情形下，有必要探寻张庚先生的理论思考的形成过程与表述形态，关注其核心问题，以便加深理解张庚"剧诗"说所具备的"中国话语"特色，推进戏曲的传承与创新，建立我们的文化自信。

一、张庚"剧诗"说前后表述形态的比照

张庚先生的"剧诗"说不是"学究"在书斋里苦思冥想的产物，是长期观察、欣赏、思考中国戏曲的"特质"的成果。纵观先生的著作，可以发现，其"剧诗"说有一个形成与成熟的过程。

1948 年，先生曾在大连养病，"脑筋一闲下来"，就思考中国歌舞剧的历史与现状，"恰好这时候关东文法专门学校指定秧歌这个题目叫我去演讲，这更促成我的决心"，即借写作演讲稿的机会，梳理歌舞剧（尤其是秧歌剧）的发展线索，探讨在实践中存在的问题。在写稿时，"由于我在大连是去休养的，什么参考资料也没有带，许多事情单凭记忆"，终于写成了《秧歌与秧歌剧》一文，其完稿的时间是该年八月。我们关注这一篇文稿的写作，是因为先生在此文中已经开始用了"剧诗"这一术语来较为完整地表述他对中国戏曲特质的理解。

切不可忽视"什么参考资料也没有带，许多事情单凭记忆"这个写作

"背景"，它揭示了一个基本情形：先生提出一个"说法"，是以多年来形成的"心证"为依据的。研究艺术，文献资料固然重要，可在具体的艺术欣赏、艺术实践中，一点一滴积累而成的"心证"更为重要，因为文献资料是"板结化"的，而"心证"是活态的、灵动的，以艺术体验为其产生的"土壤"，以艺术感觉为其形成的"条件"，以艺术思考为其"结胎"的"契机"。

先生在《秧歌与秧歌剧》中已经初步表现出将戏剧（文学）、音乐、舞蹈通盘思考、有机联系、辩证统一的"整体思考"。他认为，中国传统的歌舞剧"在艺术上是有相当高的水平的；它在世界戏剧、音乐、舞蹈的成就上是独辟蹊径的。它在歌舞剧形式的创造上，也是世界上独特的"。故而，他在文中分别谈及剧本问题、音乐问题、舞蹈问题等，正是在这样的"整体思考"中，先生就歌舞剧的"灵魂问题"即剧作问题提出见解。其见解的形成有一个不可忽视的参照对象，就是话剧。正是话剧的艺术形式"逼"得先生不得不确认话剧与歌舞剧的"识别度"，不仅要确认，而且还要强调这种"识别度"："歌剧和话剧编剧上不同之点是歌剧应当更集中。这所说的集中并非该编成三幕的一定要集中在一幕中间来，而是说，话剧在主要线索之外，可以有更多的枝节穿插，而歌剧则不允许。因为歌剧的表演比话剧过程长，如果像话剧一样穿插的枝节太多，就会变得冗长散漫，主题不明了。"其中重要的一点是"歌剧的表演比话剧过程长"，这里面显然含有歌唱、舞蹈的因素，而歌唱、舞蹈与剧情的配合必然涉及剧中人情绪的酝酿与爆发，因而，先生接着写道："（歌剧）不仅仅故事要更集中，在感情的表达上也更强烈。于是就要尽量删除那感情平淡稀薄的场面，而集中去描写那些抒情的、兴奋的、悲哀的、壮烈的或是喜悦的场面，否则很容易令人感到沉闷，而且也就必然变成无法用歌舞来表现的，无可奈何的情况。"换言之，正是有歌、舞的重要因素，使得歌舞剧不得不走"立主脑，减头绪"的创作路线，不得不"更集中"、"更强烈"，先生在这里的阐述继承了清李渔《闲情偶寄》里的写作观念，同时更为明确地凸显了歌舞因素对剧本构思的制约作用，以及对剧情演进的特殊要求，其说法比李渔更加简明而透彻。

既然是"更集中"、"更强烈"，歌舞剧的语言就不能"啰嗦琐碎"，其语言"应当是从日常语言中洗练得更精致一些，但也不是辞藻堆砌得更多一些，而是更形象一些，更富于感情一些，更容易感染人一些，因此也就更强烈一些。"先生还是以话剧为参照对象来提出看法："如某一场戏本是用话剧的手法编成的，事情啰嗦琐碎，到中间忽然要唱起来，也是写不出好词的。不仅仅写不出好词而已，还影响了作曲的人，决然是作不出好曲来的。因为琐碎的事情感情必然平淡稀薄，无法渲染强调起来。"于是，先生由此推导出歌舞剧的语言应该是"诗的语言"，这种语言不一定非要"分行有韵"不可，因为"分行有韵也可以不是诗"；它来源于日常语言，又不等同于日常语言，是对日常语言"洗练化"、"精致化"的结果；更为关键的是："我这里所说的诗是'剧诗'，而不是一般抒情诗。剧诗的特点是从特定人物的感情出发，而非如抒情诗的从诗人本身感情出发。剧诗的作者应当从角色的感情去看一切事物。作者应当客观，抛开自己的感情，又应当主观，充沛着人物的感情。剧诗中间的性格化，人物描写的问题，主要是掌握人物最浓厚的感情问题。"可知，"最浓厚的感情"是"剧诗"说的关键词，而避免"啰嗦琐碎"是"剧诗"说的"底线思维"。

"剧诗"说以话剧为参照对象，以歌舞剧的语言问题为"触媒"，而其实，它又不仅仅是语言问题，是语言问题"诱发"之下所产生的关于歌舞剧的"艺术哲学"的思考。其核心观念是在"最浓厚的感情"统摄之下实现歌舞剧语言（故事）、歌唱、舞蹈的全面诗化。这种"诗化"不是形式主义的"分行有韵"，其实质是透过一个感情浓烈的故事展现人物情感的丰富性、人物性格的鲜明性，以及美丑对比的故事情节所蕴含的感发人心的强大力量。

这是张庚先生于 1948 年以自己常年积累的"心证"为基础的对于中国歌舞剧的艺术特质的认识。值得关注的是，先生又于 1962 年在《文艺报》（第 5、第 6 期）上发表了《关于剧诗》一文，这也是一篇重要文章，文中一些说法比《秧歌与秧歌剧》一文有所推进，尤其是对"剧诗"的特性有进一步的阐释，如说"戏剧诗人必须知道，一段让人挂在嘴上的剧诗，一方面是它本身的语言漂亮，另一方面，它却必须是剧情发展的结果"。又如"戏剧诗人用以言志载道，表达他的诗情画意的，并不在孤立的几行诗，而在对于整个戏的艺术匠心"。再有，"戏剧是一个复杂的结构，其中有各种情境、各种事态，如果在诗体上弄得太单一了，就不能恰当地传达各种事态，渲染各种情境"。诸如此类的言说，是对《秧歌与秧歌剧》一文的深化或补充。可以说，《关于剧诗》一文是张庚"剧诗"说的重要组成部分，是一个趋向成熟的理论成果。为节省篇幅，本文不打算再一步一步去"还原"先生的"剧诗"说形成历程中的诸多细节（先生在 1948 年以后的不同时期均有与"剧诗"说相关的文章或讲话），而着眼于从"时间张力"的维度来观察先生"剧诗"说的原初形态与晚年形态的对比和变化。

我认为，能够代表先生晚年艺术认知水准的是写于 1990 年的《戏曲美学三题》。它呈现着先生"剧诗"说的成熟形态。将此文与写于 1948 年的《秧歌与秧歌剧》对比，可以看出，"剧诗"说的理论出发点是前后一致的，即以话剧为参照对象，去构建属于中国本土的戏剧（歌舞剧）话语。先生在《戏曲美学三题》中写道："话剧所依据的美学基础是模仿生活，在时空的运用上是比较固定的（特别 19 世纪的写实话剧如此）。而戏曲的美学基础是写意的，在时空运用上是比较不固定的。戏曲中可以有《女起解》这样的戏，两个演员在起解的路上可以形成一场戏；也可以有《十八相送》这样的戏，梁山伯送祝英台回家，在十八里的路上，祝英台触景生情启发梁山伯，她是女的，而梁山伯始终不悟，形成了一场非常逗趣的戏；还可以有《秋江》这样的抒情而又十分幽默的。这些戏都不是过场戏，而是可以独立演出的折子戏，这在话剧里是没有的。"要言之，不可混淆话剧与戏曲的不同的美学基础。

在理论出发点的前后一致的前提下，先生 1990 年的思考比 1948 年要深细得多，其理论建构已经提升到美学的层面。如果说，此前写于 1962 年的《关于剧诗》具有"答辩"的色彩（回应"剧诗"与"诗"的区别问题，指出二者有不同的"言志"方式，有"不避俗"与"避俗"两种不同的语言风格，等等），那么，《戏曲美学三题》已经进入理论自信的阶段，先生更为圆融地以"整体思考"为依托，深入肯綮，要言不烦，精辟地揭示中国戏曲独特的美学个性的成因："戏曲之所以具备这样的特点，由于它是从歌舞表演和说唱演化而来。这两种表演艺术都不需要预先假定一个特定的时空才能在其中表演，它们的表演虽有时也设身处地，但并无一贯的连续性。歌舞只是抒情的表演而不着重故事，说唱着重故事的叙述而不以表演故事为主。戏曲虽继承了二者的传统，却以表演故事为目的，演员在舞台上必须自始至终处在假定的情景之中，虽说这个情景可以有较大的变换自由，但这假定的时空也经常会固定下来。"可以说，被固定下来的"假定时空"，实际上具备通约性，在表演者与观众之间建立起默契关系，战场上的厮杀，衙门里的场景，闺房内的情形，宫廷中的摆设，等等，已经约定俗成，一见便知，故事正是在如此这般的"假定时空"之内展示出生活的多样、命运的诡异、人生的喜乐。这样的"假定时空"就充满着诗意，故而，先生指出了中国戏曲的诗性时空所独具的表演特性："因为要演故事，要表现具体的戏剧行动，这就免不掉进出门、上下楼、爬山、过河以至坐下、站起等等日常生活动作的表演。为了让观众明白台上的演员在干什么，有时得靠演员的表演，有时得借助砌末，如马鞭、船桨等等；有时还得设桌椅。这就是说，台上除了演员外，不能经常是空无一物，许多时候，还得依靠大小砌末才能表演。但又不能像传统话剧那样在一种逼真的布景环境里去表演，因为戏曲演员虽然在相对固定的环境中演戏，但他们的动作是歌舞性的，节奏性强的，舞台上的设施不能妨碍歌舞性表演。"在这里，"不能像传统话剧那样"，可圈可点，这又一次说明了先生的"剧诗"说有着鲜明的"边界"，他对于戏剧艺术上的"中国话语"有着十分自觉的意识。《戏曲美学三题》一文，精彩的话语很多，显示着先生对于中国戏曲作为"歌舞剧"的诗性特质的精准把握。

二、戏曲故事的诗意化及其构思"路径"

浓厚的抒情色彩与强烈的戏剧效果，可称为先生"剧诗"说之"两翼"。此"两翼"是要从诗意化的故事中"生发"出来的。先生特别指出，中国的歌舞剧"以表演故事为目的"。因此，戏曲故事的诗意化，是"剧诗"说的核心问题。

什么是戏曲故事的诗意化？

古代出现过很有抒情色彩与个人风格的"案头"剧本，抒发的是一己之情，不能说它们没有"诗意"，可不能算是戏曲故事的诗意化，先生强调，"剧诗"的创作主体不应进入"个人化"写作模式："剧诗诗人必须设身处地于许多人物的思想感情之中，所以他的心胸必须广阔，生活必须丰富；假使一个剧作者只能描写他个人的感情，这个诗人在舞台上是不会成功的。"在先生的心目中，真正的剧诗诗人可以关汉卿为代表，他说："中国不是没有好的剧诗，像元曲中间关汉卿的许多作品，例如《窦娥冤》，那是很好的剧诗。"又说："关汉卿一生写了不少作品，其中的人物非常多，性情、遭遇、出身、思想也是多种多样的，人们说他是元曲作者中最伟大的一个，这是不过分的。"因此，个人化、案头化写作所产生的似乎有"诗意"的剧本，与"剧诗"说有很大的距离。

先生强调剧诗诗人是"群体"中的个体，而不是孤立的个体；其笔下的故事关乎时代问题，关乎族群命运，关乎正义的伸张。先生在《关于剧诗》一文中说："剧作者或戏剧诗人必须对于社会生活有丰富的知识，必须观察、研究、分析过许多人以及他们之间的关系，只有这样，他才能够写出他们来，才能够在他们之中看出是非，对他们产生爱憎。"鲜明的是非、强烈的爱憎，是戏曲故事诗意化的必要前提。

可是，是非之鲜明、爱憎之强烈，不能以口号化方式表现出来，一定要尊重故事的逻辑，因而，"剧诗作者明明对于他所描写的对象有着是非爱憎的感情，但他不能像叙事诗人一样直说出来，却只能通过客观的描写透露出来，因此他必须抓住他所认为的人物和事情的关键，集中而鲜明地表现出来，以支持他的看法。在这里，他就必须比叙事诗人更准更狠地掌握对象的要害，否则他的看法就会变得模糊，观众也就会无从懂得他的爱憎。"先生以反面的情形加以阐释：有的剧作者"不遵守客观事物的逻辑，人物性格的逻辑，而为说明自己的观点，表达自己的爱憎，而强迫人物做他所做不出来的事，强迫剧情做不合理的发展，因而失败了"。换言之，戏曲故事的诗意化除了有必要的前提之外，还要捕捉故事形态的内在逻辑，努力避免"主观"与"生硬"，更重要的是，懂得抓住"人物和事情的关键"，掌握"对象的要害"，这就进一步说明了戏曲要"立主脑"的理论依据。可见，诗意化的戏曲故事是拒斥"模糊"的，是具备叙事逻辑的，又是以强烈的爱憎感情贯注于剧情之中的。

与此相关，在故事的诗意化的构想中，先生主张不滥用笔墨，用心经营好该经营的场次和唱段："戏剧诗人应当像善于操持家务的主妇花钱一样，应当十分有计划地、珍惜地运用自己的笔墨，不是地方不撒手，但到了地方又要肯撒手，使得写出来的诗行叮当作响，谱入曲中之后，观众唱不离口；可千万不要像大少爷花钱那样，写是写得真不少，不管是不是地方，把那些诗句都倒上一大堆，到了作曲家那里，作曲家皱眉头，到了演员那里，演员埋怨结果还得大量删除才能上演。最后，因为它究竟不是有计划地精心制作出来的，到了观众面前，仍旧过耳即忘。"换言之，诗意化的故事除了有贯注剧情之中的强烈的爱憎感情之外，除了有让人难以忘怀的情节细节之外，还要有"观众唱不离口"的唱段，这些唱段是诗意化故事的重要组成部分，它们有叙事性，更有抒情性，是二者的高度统一。它们的存在，强化了故事的感情深度，强化了观众对故事的记忆，强化了故事的影响力；当有人唱起"地也，你不分好歹何为地？天也，你错勘贤愚枉做天！哎，只落得两泪涟涟"，人们就会马上知道这是《窦娥冤》的著名唱段，想起窦娥的天大冤情，记起是怎样的故事情节将窦娥一步一步推向了命运的深渊。中国戏剧史上曾有一句流行语："家家'收拾起'，户户'不提防'"，这也是观众"唱不离口"的著名事例：一听到"收拾起大地山河一担装"，就知道是清李玉

《千忠戮》中建文帝所唱，一听到"不提防余年值乱离"，就知道是清洪昇《长生殿》中李龟年所唱，可见，诗意化的故事与诗意化的唱段是互相依存的。"剧诗"说重视诗意化的唱段，而诗意化的唱段是故事诗意化的必有环节。

以上论述，已经大体揭示了张庚先生关于故事诗意化的构思"路径"。这是一条符合中国观众之观赏习惯与审美情趣的构思思路，它主张立足于家国情怀，而不是一己私情；它主张尊重故事逻辑，而不是脱离生活胡编乱造；它主张线索鲜明、主脑突出，而不是模糊不清、头绪纷乱；它主张惜墨如金与浓墨重彩的辩证统一，而不是乱撒"胡椒面"不分轻重；它主张诗意化的故事与诗意化的唱段相辅相成，产生"乘法"效应，而不是将诗意化的唱段仅仅看作是"分行有韵"的诗句；它强调诗意化的唱段在整个演出中具有别的艺术手段所没有的特殊功能，具有别的艺术手段所没有的美学效应，具有别的艺术手段所没有的"叙事与抒情相统一"的高度强烈的艺术效果。总之，借助多种艺术元素，使故事诗意化，其最终目的是产生强大的感发人心的功效。

三、张庚"剧诗"说与辩证思维

张庚先生的"剧诗"说将中国戏曲视为"歌舞剧"，除了要思考戏曲故事的诗意化之外，还要处理好诸多艺术要素在"歌舞剧"中的辩证统一。因此，探究"剧诗"说，不能不关注先生的辩证思维。

先生是戏曲史家，他从戏曲的发展进程看出歌唱与戏剧性是有矛盾的，如果处理不好，就难以产生歌唱与戏剧性二者的"乘法"效应。先生在《中国戏曲与中国社会》一文里考察了宋元时期杂剧与南戏的两种不同情形，分别说明了歌唱与戏剧性的统一不是容易做到的，二者甚至处于相互"消耗"的尴尬局面，比如，在杂剧这一方，由于杂剧的形成有特殊原因，故而所受到的牵制不可忽视："北杂剧产生之前有金院本的繁荣发展，有诸宫调的兴盛，特别是后者，使得它能在文学上、诗歌上直接继续中国这方面的传统而开了一代剧诗的新局面；它又继承了诸宫调演唱上的高度技巧，使得北杂剧的演唱水平也是相当高的。但在同时，这种继续却给了它一种桎梏，使它不能痛快地摆脱说唱文学的某些框框，而必须一人主唱，这无疑大大地限制了北杂剧的戏剧性的长足发展，特别是限制了在唱的艺术戏剧化上的发展，而形成了它的时代局限性。"这一说法很精辟，指出北杂剧有严重缺陷，即歌唱的"戏剧化"被"一人主唱"严重"损耗"了。我们知道，张庚先生盛赞过关汉卿，认为其作品是"剧诗"的典范；从先生的相关文章可以看出，先生充分肯定关汉卿的作品具有"剧诗"的精神，这种精神不是"一己私情"，不是"案头"产物，这种精神是正义的"化身"，是时代的呼声，具有充沛的生命意志与严正的批判力度，这一切都是"剧诗"应有之义。可是，回到具体的历史语境看问题，关汉卿的作品不可能完全摆脱其时代的局限性，尤其是艺术的局限性。辩证地看，张庚先生对"剧诗"的认知还有更高的层面。先生对于南戏的看法可以帮助我们了解其认知的高度，他说："南戏在这一方面却处于另一种情况。它虽然也从说唱文学里得到了滋养，却没有受它的限制，它并不限于一人主唱，而是互相对唱。这一点，它一开始就获得了自由，但它所得到的这点自由在付出的代价上也是并不轻的。早期南戏的文学水平是不高的，戏剧的完整性也比北杂剧差，可见在这方面有所获的同时就容易在另一方面有所失，何况在戏曲形成的年代，艺术家们在从事创造性的工作之时是带有相当大的盲目性的。"南戏避开了一人主唱的限制，开创了"对唱"的形式，或许在某种程度上、某些场合中提升了戏剧性，可是不能够保证其"戏剧的完整性"得以体现，换言之，就算"对唱"等形式减低了说唱文学的拘限，其所获得的戏剧性也是局部的，不是完整的；艺术效果反而不如北杂剧来得强烈而予人以深刻的印象。可见，歌唱与戏剧性的统一绝对不是二者的相加，而应该是二者的交乘，转化出感发人心的力量。

　　要解决歌唱与戏剧性的矛盾统一问题，先生特别强调以"立体表现"的观念来统筹安排、妥善处理。这就回到"整体思考"的路子上来。所谓"整体思考"，就是将歌舞性、故事性、戏剧性三者置于舞台的"立体表现"的框架之内通盘考虑，先生在《戏曲美学三题》一文中指出："剧本上的文学表现要变成舞台上的立体表现，必须经过创造性的重新处理，才能达到体现文学剧本的原意。要以唱作念打为载体，将文学的唱词、说白的意蕴变为可视可听的艺术形象，让观众看得明白，听得清楚。"先生尤其强调"立体表现"观念之所以重要，是因为有一条剧场的"潜规则"在起作用，此"潜规则"是："一般说来，在剧场中看戏，比起在房子里看书来，观众是相对粗心的。"形成这一"潜规则"的原因是："坐在剧场里看戏，观众是驳杂的，有时还很不安静，或受邻座对台上演出反应的影响。"故而要特别拈出"看得明白，听得清楚"八个字，就是只能够"服从"上述"潜规则"。而这八个字可以转换成"可视可听，看清看懂"，所有的"立体化"

考虑，就是"放在观众相对粗心，或理解力相对低下这个假定的基点上"。这是具有中国特色的戏剧话语。中国戏剧，从宋元以来，多在节庆、庙会等时间节点上演出，后来在商业化的"戏园"里演出，观众多为社会下层人士，他们习惯于在嘈杂纷扰的剧场环境里观看表演，久而久之，形成"粗心"看戏的心理定势，这正是中国出现具有民族特色的戏剧美学的"土壤"。舞台演出就应以精细的演技、动人的歌舞、清晰的交代，辅以易于辨认的脸谱、约定俗成的程式、略带夸张的动作等等，弥补观众"粗心"所带来的不利因素。

如果说，上述话语是在本土的"艺术哲学"层面上看问题，那么，张庚先生还在"演艺"的层面上提出解决歌舞与戏剧性之间的矛盾的思路，即发明了"戏剧节奏控制"的理念："一个戏的节奏设计，意味着给整个戏中情绪和感情的发展变化勾画出一个外化尺寸的轮廓，以备演员按照这个尺寸上台演出。这就是说，一个戏的音乐节奏，是根据戏的情节设计出来的。这中间体现出演出集体对一个戏的认识，包括主线的起伏高潮，也包括感情色彩，如悲、欢、兴奋、低沉等等的安排。这样的设计使得整个戏无处不在变化着的节奏控制之中。"（《戏曲美学三题》）在此，先生提出了戏的音乐节奏（自然也包含了舞蹈节奏）与剧情节奏的统一，换言之，在以"立体化"为核心的"整体思考"的框架内，有一个"牛鼻子"必须抓住，就是"节奏控制"。所谓"节奏控制"，以"戏的情节"为依据，以戏情的变化为主导，以主线的起伏高潮为着眼点，以不同场次的感情色彩为着笔的用力点，融汇了编剧者、导演者、演出者等所组合而成的"集体"对整个戏的认识。一切的艺术手段包括唱做念打等都不能够超越"节奏控制"的范畴，所有的艺术创造都统一在"节奏控制"的内在协调之中。而"节奏控制"可以实现戏剧演出的鲜明性、生动性与强烈性的协调统一，达至"诗化"的效果。

先生对戏曲音乐格外关注，关注音乐与戏剧性的融合之道："戏曲音乐化的主要部分，当然是唱腔的设计与安排，这是全剧宣泄感情的主要部分。它不是戏中可有可无的部分，更不是破坏戏剧性的部分，有了它就使得戏的感情洋溢，对观众的渗透力特强。在这里，音乐除了发挥其节奏性特长之外，还要尽量发挥其旋律性的威力。旋律是最具抒情能力的，对于观众也是最具感染力。观众对唱腔不但容易受感染，而且一旦感受到了，一哼起这段旋律来，当初听它的情景、情绪就会被唤起来，恍如重新身历其境。"（《戏曲美学三题》）在"节奏控制"之下，唱腔的设计与安排可以很妥帖地与情节的节奏协调起来，该悲则悲，该喜则喜，该兴奋则兴奋，该低沉则低沉，不受宫调的制约，不受曲牌的拘限，唱腔的轻重缓急、高低起伏，完全随着剧情的变化而变化，这也就揭示了戏曲之所以由"曲牌联套体"转变为"板腔体"的缘由，揭示了歌舞与戏剧性相统一的正确路径。同时，强化了唱腔的唤起"记忆"的功能，其实是深化了"剧诗"感发人心的意味。

张庚的"剧诗"说，是明王骥德《曲律》、清李渔《闲情偶寄》之后有重要影响、有本土特色、有理论建构之自觉意识的中国戏剧话语。它源于千百年来的中国歌舞剧的艺术实践与艺术创造，以中国戏曲史演化线索为思考背景，以歌舞与戏剧性的辩证统一为理论基点，以中国歌舞剧与话剧的不同的美学基础为建构其理论框架的"边界"。它揭示了中国戏剧作为"剧诗"的文体特征，揭示了"剧诗"与传统诗歌的重大区别，揭示了"剧诗"与中国乡土社会的依存关系，揭示了"剧诗"多样艺术手段的结构性意义，揭示了"剧诗"的著名唱段与剧本文学性的相得益彰的关系，揭示了著名唱段具有唤起人们的"记忆"的独特功能，揭示了"剧诗"不可能是"话剧＋唱"的艺术哲理。

因此，"剧诗"说并非如某些人士所认为的只是关于戏曲艺术特征"综合性、虚拟性、程式化"的论说，其内涵是丰富的，有层次的，有哲理深度的。更为可贵的是，它不是形而上的、只产生于书房中的"理论"，而是可以启迪国人继续进行戏曲艺术实践与艺术创新的一个重要的参考思路。

然而，我们不应将张庚"剧诗"说看成是"封闭"的话语，它其实也是在世界艺术史的视野下产生的。张庚先生熟识话剧，早年还专门研究过话剧，开设过"中国话剧运动史"课程；而且，他并不拒斥西方理论，认可亚里士多德、莱辛的一些理论主张，是一位理论眼界很开阔的学者；他的关于中国戏剧的话语，其实也会借用国外的某些艺术用语来丰富自身的语言表达能力，如说及中国歌舞剧有诸多艺术元素，它们进入歌舞剧后不仅没有泯灭原有的特性，而且，"特点仍然存在，当运用之时都作为一种富有特性的手段来加以发挥，唱、做、念、打在一出戏里如何得宜，本身就是一门艺术。要知道一出戏不能从头至尾单纯抒情，如果这样，就变成单调乏味了。多数的戏其中少不了有热闹而富有戏剧性的一面，又有侧重细腻抒情的一面，中间还有种种不同的层次，这样才使得整个戏有丰富的色彩变化。这就正需要充分发挥唱、做、念、打各种不同手段的长处，构成交响乐似的起伏有致、快慢对比、动静多变、庄谐调节、冷热相济的美学效果。"（《戏曲美学三题》）这样的美学效果犹如"交响乐似的"，可见，张庚先生的戏剧话语既具有本土性，又具备与国外艺术"对话"的潜力。我们在 21 世纪重新审视先生的"剧诗"说，毫无固步自封之意，而是想如先生一样，站得更高，更能看出自己脚下的土地的独特风貌，以便在全球化时代建立自己的文化自信，更好地与世界"对话"。

（原刊于《戏曲研究》第 96 辑，文化艺术出版社，2016 年）

雅部衰落与"不完整的戏剧性"之关系

　　清中叶以后，雅部逐渐衰落，是中国古代戏剧史上的一种客观现象。其衰落的原因，通常说是"愈益走向案头化"①。笔者认为，这是比较笼统而表面的说法。其深层次原因恐怕与古代戏剧传统中的"曲本位"观念影响下出现的"不完整的戏剧性"密切相关。本文试就此问题做初步的讨论，敬请方家教正。

一、"有曲无戏"与"不完整的戏剧性"

　　自有剧本以来，中国的戏剧大体有两大类，一类是具有相对完整的戏剧性的，一类是具有相对不完整的戏剧性的。前者往往出自熟悉"行院"、"梨园"的剧作家之手，或者其题材经过相当长时间的"打磨"、其剧情经过不少人的加工和创造，有鲜明的舞台形象，有强烈的戏剧冲突，有扣人心弦的情节张力，脍炙人口，传演不衰，如《西厢记》《琵琶记》《一捧雪》《十五贯》等等；后者虽则也多据小说、讲唱文学的故事改编，可是，受"曲本位"观念的影响，过于注重"曲"而对于"戏"关注不够，"曲"与"戏"尚未达至为水乳交融的境地，导致作品呈现出"不完整的戏剧性"，即戏剧冲突不够强烈，人物形象不够鲜明，情节张力有所松懈，甚至是如李渔所批评的"头绪繁多"、结构庞杂、上场人物杂乱，没有形成一个紧张而"饱满"的戏剧空间。故而，中国古代戏剧中的"曲"与"戏"存在着颇为微妙的关系，二者或结合紧密，或结合松散，或若即若离。吴梅先生在概述清代戏剧的创作风貌时说："余尝谓乾隆以上有戏有曲；嘉道之际，有曲无戏；咸同以后，实无戏无曲矣。"② 此说盖指清初李玉等戏剧家的作品如《清忠谱》《一捧雪》等尚有可观，嘉庆、道光以后逐渐衰败，以至于咸丰、同治之后已不足观。这样的判断或许过于苛刻，可是，吴梅先生观察到

---

① 张庚、郭汉城主编《中国戏曲通史》下册，中国戏剧出版社，1984 年，第 34 页。

② 吴梅《中国戏曲概论》，《吴梅戏曲论文集》，中国戏剧出版社，1983 年，第 185 页。

"戏"与"曲"有时处于松散甚至脱节的状态，这一见解不仅是对于清代戏剧而言，乃至于对于中国古代戏剧史来说都是适用的。

"不完整的戏剧性"，是一个长期困扰中国古代戏剧创作的问题。吴梅先生早在 1916 年出版的《顾曲麈谈》里提及一个基本事实，他说："古今曲家，自金源以迄今日，其间享大名者，不下数百人，所作诸曲，其脍炙人口者，亦不下数十种。"就事论事，"数百人"与"数十种"适成对照：创作者数量颇大，成功作品即具备"完整的戏剧性"、足以"脍炙人口"者却数量不多。这现象本身就值得反思。吴梅先生还指出古代戏剧家有一个"通病"：自己只顾写出剧本，"而于分宫配调、位置角目、安顿排场诸法，悉委诸伶工"。并进而指出："虽有《中原音韵》及《九宫曲谱》二书，亦止供案头之用，不足为场上之资。"[1] 尽管剧作家写出作品后还要交由"诸伶工"进行"二度创作"，但是，剧作家的写作与剧场的安排布置在一定程度上不宜有过度脱节的情形。剧作家懂音韵和曲律，而不一定懂舞台，这是导致"曲"与"戏"有所分离的重要原因。有些剧作家借"曲"以叙事，并且寄托怀抱，犹如吟诗作赋一般，其创作心态也如吴梅先生所言："自来帝王卿相，神仙鬼怪，皆不可随意而为之；古今富贵寿考，如郭令公者能有几人？惟填词家能以一身兼之：我欲为帝王，则垂衣端冕，俨然纶綍之音；我欲为神仙，则霞配云裙，如带朝真之驾，推之万事万物，莫不称心所愿，屠门大嚼，聊且快意。士大夫伏处蓬庐，送穷无术，惟此一种文字，足泄其抑塞磊落不平之气，借彼笔底之烟霞，吐我胸中之云梦。"[2] 剧作家可以利用戏剧作为"代言体"文学的长处，不是代圣贤立言，也不是代别人立言，而是代"自己"立言，其"胸中云梦"借某个戏剧故事得以表露，借以抒发，以求不吐不快之妙。这样的创作心态虽然不是所有剧作家都具有，但也比较常见。拥有此种心态的人，不一定对"戏剧性"有充分的认识和考虑，不一定设想着自己要当一个名副其实的戏剧家，他们以戏剧写作为"馀事"，为"雅事"，寻找一种表达自我的方式而已。

自明梁辰鱼创作出以"昆腔"演出的剧本《浣纱记》以来，以"昆腔"为"雅部"渐成"共识"，而"雅部"的创作也在明清时期的较长时间里成为戏剧史上相当重要的组成部分，甚至成了"主流"。风气所及，不少文人雅士以此为乐。不过，"雅部"似乎从一开始就存在着"误区"，即

---

① 吴梅《顾曲麈谈》，《吴梅戏曲论文集》，中国戏剧出版社，1983 年，第 3 - 4 页。

② 吴梅《顾曲麈谈》，《吴梅戏曲论文集》，中国戏剧出版社，1983 年，第 4 页。

以"曲调"、"文词"为中心，而不是自觉地以"戏"为出发点和落脚点，故而清李调元曾经一语中的地指出："自梁伯龙出，始为工丽滥觞。盖其生嘉、隆间，正七子雄长之会，词尚华靡"；受其影响，"吴音一派，竞为剿袭，靡词如绣阁罗帏、铜壶银箭、紫燕黄莺、浪蝶狂蜂之类，启口即是，千篇一律。甚至使僻事，绘隐语，不惟曲家本色语全无，即人间一种真情话，亦不可得。"① 人间的真情实感、社会诸相以及矛盾冲突等，往往为"紫燕黄莺、浪蝶狂蜂"所"遮蔽"。吴梅先生也曾指出，某些人士"慕词曲之美名，窃欲自附于风雅，其视度曲之道，仅等诸博弈游戏之具。旋宫未喻，安问宫商；正犯未明，谬然点拍。推其居心，以为我辈只求自适，原非邀人赏鉴；即有乖误，本自无妨也"②。这一类剧作家，或许于度曲之道略知一二，却未及精心钻研，率尔操觚，有时不免"谬然点拍"；对于"曲"尚且如此，而于舞台效应、氍毹规则，更是不大用心，也未必了然。于是，不少戏剧作品就不一定具有"完整的戏剧性"，这才导致"案头化"倾向的出现。

二、颇具考察意义的案例

颇具考察意义的案例是清代的洪昇（1645—1704）。他无疑是古代戏剧史上伟大的剧作家。他的《长生殿》自问世以来传演不衰，是一部具有"完整的戏剧性"的杰作。可是，即便是洪昇，在构思他的戏剧作品时，不一定都以具有"完整的戏剧性"为依归，比如，他的杂剧《四婵娟》，就很难说是成功的戏剧创作。这个作品，由四个短剧组成，分别写了四个古代女性：谢道韫、卫茂漪、李易安、管仲姬。这四个短剧，文字清雅，结构单一，颇有寓意。若从文学写作而言，洪昇做出如此尝试，值得尊重；若就戏剧本体而论，洪昇选择短剧的形式写出四个各有杰出才华的女性的故事，却显得单调，没有构成具有"戏剧性"的情节，没有人物关系的变化，没有人物之间的冲突，基本上属于"散文化"叙事或"片段化"叙事，而不是以"矛盾"和"纠结"为中心的"戏剧化"叙事，甚至欠缺足以吸引观众的"舞台化"处理。如第一折"谢道韫"，写晋谢安精心养育已经过世的兄长遗下的一双儿女，侄子琏儿，侄女道韫，二人都聪明勤奋，知书达礼，尤

① 李调元《雨村曲话》，中国戏曲研究院编《中国古典戏曲论著集成》第八册，中国戏剧出版社，1980年，第23页。
② 吴梅《顾曲麈谈》，《吴梅戏曲论文集》，中国戏剧出版社，1983年，第67页。

其是谢道韫，更在其兄之上。某天，天降大雪，谢安招集琏儿兄妹一起赏雪，提议联吟一诗。谢安先出一句："白雪纷纷何所似？"并示意琏儿接着吟出下一句。琏儿踌躇片刻，好不容易想出了"撒盐空中差可拟"；轮到谢道韫，她随口而出："未若柳絮因风起。"此句大得谢安的赞赏，并称有了这一句就足够，诗也不必再续吟下去了。遂与侄儿、侄女一起喝酒，叫出四个歌妓吹弹助兴。歌妓吹弹完毕，众人散去，谢安不忘吩咐琏儿继续用功读书，也忍不住满心高兴地说："谁及俺谢家道韫，独吟成咏絮新诗。"此折即告结束。其基本内容是据《世说新语·言语》的一段相关文字改写而成①，只是将其中的一些细节经过"扩写"之后"曲词化"了，并增加了后半段的四个歌妓上场吹弹的部分。严格来说，这很难构成一场"戏"，而仅仅是一个不无"雅意"的生活片段。

与此相似，《四婵娟》其余三个短剧均有类似的情况。第二折"卫茂漪"，写王羲之在"永和九年"与群贤相聚于兰亭，众人推举他执笔写《兰亭序》，而他对自己的书法造诣还没有十足的信心，于是，决心拜造诣极高的表姊卫茂漪为师；而表姊也不推却，正式结为师生关系，向王羲之讲解了《笔阵图》，并传授七种执笔之法及六种"格体"；王羲之有所领悟，获益良多，辞别"师傅"，笑道："本是个姊姊弟弟，改做了老师门生；偷取那簪花妙格，去写那真本《兰亭》。"第三折"李易安"，写李清照、赵明诚夫妇时隔多年，重遇徐熙的《牡丹图》，并重价购得，喜出望外，夫妇为此庆贺，并评点古今夫妻的不同类型，以为自己兼具"美满夫妻"与"恩爱夫妻"两种类型，"做人世夫妻榜样"，心满意得地携手下场。第四折"管仲姬"，写元代赵孟頫模仿唐代的张志和，购一小船，以"法书、名画、茶灶、笔床"装点其间，不时约夫人管仲姬到船上相会，过着一种"清雅"的生活；夫人画竹，赵孟頫随即评点；夫人填词，赵也作词相和；赵不无自得地说："仔细想来，我与夫人共侣鱼虾，同盟鸥鹭，就是古人也没似我两人的哩！"② 这也是一种极为"闲淡"的生活情境。

以上各剧，均选取某个生活片段，以"闲雅"、"闲淡"为旨趣，没有戏剧"张力"，没有矛盾冲突，没有故事悬念，似乎是平平道来，平平收

---

① 刘义庆《世说新语·言语》"谢太傅寒雪日内集"条，余嘉锡撰《世说新语笺疏》，中华书局，1983 年，第 131 页。

② 洪昇《四婵娟》，王永宽等选注《清代杂剧选》，中州古籍出版社，1991 年，第 161—189页。

场。虽说也不无一点戏剧"机趣",如主人公的某些仆人上场,有些"逗乐"的成分,等等,但是,欠缺"完整的戏剧性",是这四个短剧共通的"特点"。

当然,除洪昇这一案例外,类似的例子也不少,像杨潮观的《吟风阁杂剧》、吴藻的《乔影》等等,已成"案头化"读物,人所共知,不再赘述。

三、"不完整的戏剧性"源自对非戏剧化叙事的过度"兼容"

古代戏剧作品,有戏剧化叙事,这本无疑义。可是,也有"散文化叙事"与"小说化叙事"的情形;后二者往往也被"兼容"于戏剧作品中,这是古代戏剧文本所呈现出来的客观形态。

如果说,上述洪昇等人的"短剧"有"散文化叙事"的特点,那么,"长剧"又如何?我们应该看到,有些几十出的"长剧"是杰作,它们情节线索清晰,人物形象丰满,戏剧冲突集中强烈,舞台效果动人心魄。像《琵琶记》《一捧雪》等作品,其戏剧成就已经成为人们的戏剧史常识,无须赘言。可是,就"雅部"来说,有不少"长剧"并非"戏剧化叙事",而是"小说化叙事"(或可称"列传化叙事"),剧情由不少人物的事迹串接而成,如清董榕的《芝龛记》,长达60出,其"凡例"称:"所有事迹,皆本《明史》及诸名家文集志传,旁采说部",叙述明末女将秦良玉、沈云英等人物的事迹,时间跨万历、天启、崇祯三朝,有"以曲为史"的用意。[1] 李调元《雨村曲话》因该剧人物众多,遂批评道:"意在一人不遗,未免失之琐碎,演者或病之焉。"[2] 梁启超也对此剧持基本否定意见:"布局散漫,用笔拖沓。"[3] 而像《芝龛记》这样的例子,不是特例,而是并不少见的"戏剧史现象",清昭梿《啸亭续录》卷一"大戏节戏"条记载同属"雅部"的清代宫廷大戏的创作情形:"乾隆初,纯皇帝以海内升平,命张文敏制诸院本进呈,以备乐部演习",张氏制作的戏剧有演述西游记故事的

---

① 查洪德所撰"芝龛记"条,李修生主编《古本戏曲剧目提要》,文化艺术出版社,1997年,第529页。

② 李调元《雨村曲话》,中国戏曲研究院编《中国古典戏曲论著集成》第八册,中国戏剧出版社,1980年,第27页。

③ 《梁启超批注本桃花扇》卷首《著者略历及其他著作》,凤凰出版社,2011年,第6页。

《升平宝筏》等；"又命庄恪亲王谱蜀汉《三国志》典故，谓之《鼎峙春秋》。又谱宋政和间梁山诸盗及宋金交兵、徽钦北狩诸事，谓之《忠义璇图》；其词皆出日下游客之手，惟能敷衍成章，又抄袭元、明《水浒》、《义侠》、《西川图》诸院本曲文，远不逮文敏多矣。"① 这些"大戏"，部头巨大，据长篇小说《西游记》《三国演义》《水浒传》等敷衍而成，其"小说化叙事"的特点是显而易见的。"散文化叙事"与"小说化叙事"在古代戏剧创作中的明显存在，加以"曲本位"观念的深刻影响，使得"雅部"戏剧作者自觉或不自觉地偏离了"完整的戏剧性"。

问题是，洪昇等人，都与"戏剧"打交道，他们能不懂"戏剧"吗？像洪昇，他何以要写《四婵娟》这样的"戏剧"作品呢？他以及其他的戏剧家会不会对"戏剧性"有着自己的理解而与我们今天的标准不大一样呢？答案是：非常可能。

联系其他剧作家的作品看，如清廖燕的《醉画图》、杨潮观《寇莱公思亲罢宴》、桂馥的《后四声猿》、吴藻的《乔影》②，等等，这一系列的作品，都不是"场上之曲"，可作者们都认为它们是"剧作"，依照"剧作"的样式写成。可见，在他们的心目中，有人"扮演"（哪怕是一个人物，或者是诸多人物），有故事情节（哪怕是小小的故事，或者是诸多的故事），有脚色演唱（哪怕是一人演唱，或者是众人皆可演唱），都是"戏剧"。这是颇有中国古代特色的对"戏剧"及"戏剧性"的一种理解，而抱持此一理解的作家为数不少。尤其值得注意的是，在"雅部"，从事戏剧创作的人不少是士大夫或文人墨客，他们从小受到"诗教"的熏陶，熟悉"诗骚"传统，懂得"不平则鸣"的写作法则；在"诗教"的强力"辐射"之下，他们别有怀抱，无处宣泄，诗词歌赋也不足以尽情表达，于是借助"戏剧"的样式，借助场上"傀儡"来做"替身"，将不便于在诗词歌赋中表达的"怀抱"——倾泻而出，假借场上"脚色"的嘴说自己想说的话。"脚色"的上场、下场，"脚色"在具体情境中的言说、演唱，配上个别"脚色"的"学、说、逗、唱"（这是唐代参军戏以来的一种剧场传统），这就是"戏剧"，就具有"戏剧性"。

可是，他们所理解的"戏剧性"是有偏颇的，是不完整的。戏剧，不只是如散文或小说那样记录一个生活片段，或讲述一个故事，它更应该是人

① 昭梿《啸亭杂录》，中华书局，2010 年，第 377—378 页。
② 以上剧作均见王永宽等选注《清代杂剧选》，中州古籍出版社，1991 年。

生真相的集中而强烈的展示，呈现人们不可回避的、偶然之中又有着必然性的社会矛盾冲突。不能够或不足以做这样的呈现，哪怕有"扮演"，有故事，有演唱，也不能算是具备了"完整的戏剧性"。

戏剧家曹禺先生曾经对戏剧的特性做了简明而准确的表述：戏剧就是"反着来"的。"'反着来'，就是在舞台上要做一件事又总是遇到阻力而做不成。遇阻越丰富，越复杂，越尖锐，越好。如果'顺着来'，只能是平铺直叙，把复杂多变的生活简单化、概念化。这是写戏的一个大忌。""写戏一定要有对立面，而且它必须是强大的，不能一碰就倒；它还必须是复杂的，不是一看就明白的；它更必须是多变的，不是始终如一恒定的。""要找那些最尖锐的地方下笔。"① 可惜，古代戏剧尤其是"雅部"戏不一定都是以"反着来"的思路结撰而成，也不一定有从最尖锐的地方下笔的自觉意识，像《四婵娟》里的四个短剧，没有一个是"反着来"的，都是"顺着来"的。我们判断"雅部"戏不少剧作只是具有"不完整的戏剧性"，就是基于这样的常见事实而做出的。

实际上，由于"点拍"之风的逐渐漫延，"雅部"剧作里的"曲"愈加受到重视，于是，不少作品并非以舞台上的人物互动、矛盾冲突取胜，"戏剧性"往往被"曲"的优雅曼妙"遮蔽"了。"雅部"剧作渐渐以腔调的柔婉动听见长，其曲词的雅化倾向也日益凸显，而与口语的距离越来越大，以至于一般听众难以明晓其中意思，这本身就严重削弱了剧作展示生活真相、展示社会矛盾冲突的功能。况且，过度推崇文雅的曲词，更是令人有了一种"隔"的感觉。而与真实生活相"隔"，很容易使得"雅部"戏脱离了时代、抛离了观众。比如，即以洪昇的《四婵娟》为例，写管仲姬画竹，赵孟𫖯在一旁赞赏道："【风入松】千寻成竹在心头，万竿笔端抽。风条雨叶参差秀。落鹅溪细响飕飕。点缀处，如疏似稠，更添些，石冷云幽。"又唱道："【月上海棠】霜清雪淡亭亭瘦，月韵烟姿叶叶愁。独立写清幽，恍一似天寒翠袖。端详久，这风味卿卿自有。"② 设想没有字幕，这样的曲词骤然听来，很可能不知所云。又如，吴藻的《乔影》，写女子谢絮才一上场即唱道："疏花一树护书巢，镇安排笔床茶灶。随身携玉斝，称体换青袍，裙屐丰标，羞把那蛾眉扫。"③ 此时尚未自报家门，而曲词如此文雅，

① 梁秉堃《曹禺老师教我们写戏》，《戏剧文学》2012 年第 6 期，第 60 页。
② 王永宽等选注《清代杂剧选》，中州古籍出版社，1991 年，第 186 页。
③ 王永宽等选注《清代杂剧选》，1991 年，第 336 页。

听者很可能不得要领。

　　针对"雅部"剧作的"雅化"倾向，熟悉戏场的李渔在《闲情偶寄》里就曾批评过明汤显祖的《牡丹亭》的曲词"曲而又曲"，"字字俱费经营，字字皆欠明爽。此等妙语，止可作文字观，不得作传奇观。""若云作此原有深心，则恐索解人不易得矣。索解人既不易得，又何必奏之歌筵，俾雅人俗子同闻而共见乎？"① 汤显祖也是伟大的戏剧家，其剧作竟也出现了与"场上"不大协调的情形，也有令人费解的曲词，这很能说明"雅部"剧作对"曲"的过度关注的同时引致对"戏剧性"的理解出现偏差；大剧作家汤显祖、洪昇等概莫能外，其余率尔"点拍"的剧作家就更等而下之了。

　　有鉴于此，清代戏剧批评家焦循对"雅部"戏做了一个基本论断："梨园共尚吴音。……吴音繁缛，其曲虽极谐于律，而听者使未睹本文，无不茫然不知所谓。其《琵琶》《杀狗》《邯郸梦》《一捧雪》十数本外，多男女猥亵，……殊无足观。"② 用语不无苛刻，却也是一针见血。

　　所谓"殊无足观"，自可见仁见智，我们不一定都同意焦循的意见；可是，具有广泛影响的作品越来越少，是"雅部"戏的基本事实；而缺乏广泛的影响，与其"不完整的戏剧性"有着极大关系，这一点则是不可不辨的。

（原刊于《戏剧艺术》2014 年第 6 期）

---

① 李渔《闲情偶寄》，中国戏曲研究院编《中国古典戏曲论著集成》第七册，中国戏剧出版社，1980 年，第 23 页。

② 焦循《花部农谭》，中国戏曲研究院编《中国古典戏曲论著集成》第八册，中国戏剧出版社，1980 年，第 225 页。

粤剧排场戏与叙事的程式化

粤剧排场戏是粤剧不可缺少的组成部分，尤其是在以"行当"为中心的发展阶段，粤剧的排场戏相当丰富，可以视为粤剧演员入行的必修课。

关于粤剧排场戏的定义，《粤剧大辞典》如是表述："它是相对固定的、规范的表演程式组合；它具备各不相同的表演特点和技艺特色；它有具体的内容指向，有能够被相同或相似的戏剧情节、戏剧场面套用或借用的普遍意义。根据不同戏剧具体的内容，选用不同的锣鼓点、音乐、曲牌，并以相对固定的舞台身段动作和调度，相互密切配合，组成一整套规范的程式表演。"（广州出版社，2008年版，第373页）在这里，有几个要点：一是有"相对固定的、规范的表演程式组合"，这表明粤剧的排场戏是"板块化"及"成套化"的，是一种"教科书式"的表演手段，演员入行可以有路径可循；二是"有能够被相同或相似的戏剧情节、戏剧场面套用或借用的普遍意义"，这意味着粤剧排场戏不是凭着某些人的意志确定下来的，而是折射着具有普泛意义的人生场景，可以在不同的剧目里"复制/粘贴"；三是"根据不同戏剧具体的内容，选用不同的锣鼓点、音乐、曲牌"，换言之，在"复制/粘贴"的同时，并非一成不变地刻板操作，而是在具体的戏剧情景中因应着人物的个性、情节的呼应、戏剧场面的情感效应等因素适当做出演出节奏上的调整；四是有"相对固定的舞台身段动作和调度"，也就是特定的情景配以"标准化"的身段，情景与身段相互搭配，可以理解为是配合着一定情节内容的成套化的"表演程式"，便于观众准确理解"此时此刻"的舞台呈现，构成演员与观众在剧场里的不言而喻的"默契"。

问题是，粤剧排场戏是如何形成的呢？这很值得研究。本文不避谫陋，试作探讨，尚望方家指正。

一、古代人生场景的"典型化"与粤剧排场戏的形成

古代的戏曲，是农耕文明的产物。戏曲里的人生场景对应着古代农业社会不断重复出现的人生模式、社会结构和政治生态。

　　中国古代社会的基本特征是农业人口占大多数，自隋唐以来，迄于晚清（元代前中期除外），设立科举制度，于是，亦耕亦读，耕读结合，是一代又一代青年男性的生活方式；而侥幸考取功名，"学而优则仕"，摆脱"白衣之身"，进入官场，这样的人才会"有故事"，变得"有戏可做"，进入剧作家的视野。当这类"成功人士"转化为剧中人物时，他们每每要经受一系列大同小异的场景，成为一种反复出现的人生模式：先是要上京赴考，离家别亲，长亭挥泪；接着是糟糠之妻独守空房，上京的书生杳无音讯；待到出榜之后，名列其中，"华丽转身"，迎面而来的难题是要不要"换妻另娶"；再后来是官场凶险，宦海生变，或遭受排挤，或贬出官场，或惨遭杀戮，甚至祸及家人，如此等等，轮番在舞台上演，可谓你方唱罢我登场，络绎不绝，成为戏曲史上一页又一页的重重叠叠的"戏码"。在粤剧舞台上，与之相应的排场戏就有"长亭别"、"重台别"、"考文试"、"截杀家眷"，等等。

　　古代社会，天灾人祸，各个时代每每发生，而或因战乱，或因水患，或因种种变故，流离失所、妻离子散的故事屡见不鲜。在宗法制度的辐射之下，人们极为看重父子之间的血缘关系，也甚为在意夫妻之间的忠贞程度，于是，在动荡岁月里，乱离失散，久别重逢，模样已改，一时相认却不免心怀忐忑；或者相认之后，彼此猜忌，在追念往昔之余却不容易马上重建互信；诸如此类的，所在多有，这样的"桥段"在许多剧目里也会成为不可缺少的环节。在粤剧舞台上，与之相应的排场戏就有"不认妻"、"逼嫁"、"追夫"、"杀奸妻"、"产子写血书"、"猜心事"等等。

　　古代戏台少不了帝王将相，这与皇权时代的政治生态相互对应。有时候，受到外族的入侵，有时候，是皇帝要开疆辟土，故而将出征场面和战争场面搬上舞台，也是戏曲演出的常态。在粤剧舞台上，与之相应的排场戏就有"排朝"、"考武试"、"投军"、"比武"、"打擂台"、"起兵祭旗"、"点将"、"夜战"、"水战"、"偷营劫寨"、"借兵"、"困城写降表"、"困谷口"、"回朝颁兵"等等。

　　粤剧排场戏的形成，无疑是源于与古代农业社会不断重复出现的人生模式、社会结构、政治生态相对应，而在此大前提之下，还有一个舞台实践的因素不容忽视，即某些剧目，叠经演出，故事内容深入人心，家喻户晓，同时，其中的某些情节格外"出彩"，又内含着一定的普泛性，粤剧老艺人据以作为"教科书"来传授徒弟，让徒弟在有故事情节的环境里学习演出程式，可谓是"情景化教学"：既学了必须掌握的舞台程式，又获得了日后可以灵活"配戏"的演出"段子",舞台程式和演出段子一并化为徒弟的艺术功底,这是有效培养徒弟的"法门"。笔者翻阅中国戏剧家协会广东分会、广东省文化局戏曲研究室于 1962 年编印的《粤剧传统排场集》,发现很多排场,原都是"装"在粤剧老艺人的肚子里,后来由他们口述、整理者笔录而成(另有少量的手抄本)。当年口述粤剧排场的有西洋女、豆皮元、靓新标、大牛章、新珠、孙颂文、梁少初、靓大方、大牛炳、陈荣佳等,老艺人是博闻强记,口传心授;也可以从而证明粤剧排场是他们的"情景化教学"的"独门秘笈"。于是,我们就好理解为何粤剧排场戏里有:"凤仪亭"、"挂印封金"、"送嫂"、"推墙填井"、"追曹"、"单刀会"(以上属于三国戏);还有:"三击掌"、"伏马"、"别窑"、"回窑"、"大登殿"(以上属于薛平贵戏);又如:"沙滩会"、"碰碑""救弟"、"罪子"、"取金刀"、"偷令箭"(以上属于杨家将戏);再如:"戏叔"、"苟合"、"杀嫂"、"狮子楼"(以上属于武松戏),等等,不一而足。尽管这些排场都有其原始出处,但是,一则它们够"经典",一则它们凝聚、积淀着老艺人成熟的演技,还有就是它们演来演去也都在中国古代社会的家庭伦理、国家观念和生命轨迹的框架之内,总而言之,是古代人生模式的"典型化"的产物。

二、粤剧排场戏的故事形态与行当类型

对于粤剧排场戏的认识,在上世纪的五六十年代,粤剧界曾有过辩论,《粤剧传统排场集》卷首的前言有一段话,可以帮助我们了解当时的两大观点:"关于'排场'的定义,在粤剧界中有两种不同的见解:一种认为演员在舞台上所有的基本动作如'拉山'、'扎架'、'小跳'、'俏步'、'洗马配马'、'绞纱抽蹶',甚至上场、下场等都叫排场;另一种认为排场是在许多戏中经常出现的一些片断,它由一定的人物、情节、表演程式、舞台调度、锣鼓点、曲牌唱腔等构成一个完整的表演单元。它与上述的基本动作不同,因为它有一定的情节;它又与一出戏不同,因为它只是许多戏中共有的一些片断。我们曾请教过许多老艺人和名演员,经过分析研究,都较同意后一种见解,我们也就根据这种见解来进行记录和收集工作。"这段话有倾向性,它意味着不能忽视粤剧排场戏"有一定的人物、情节、表演程式",即排场戏的性质是"有故事的表演程式"。

这就要考察一下排场戏的故事形态。可以说,排场戏是"故事中的片断",是以"情景"为中心的表演单元。这里的"情景"指的是具体而特定

的时空关系，它所呈现的舞台空间是相对固定的，所呈现的舞台时间是"切片式"的，与戏曲里的一出戏可以内含着"连绵流动的时空关系"有所区别。

且以粤剧排场戏中的"隔纱帐"为例。

其实，有两种"隔纱帐"：

一种是靓大方的手抄本，一种是西洋女的口述记录本。二者故事不同，但空间相似，都是展现男女主人公之间在"隔纱帐"情景下的戏剧行为，换言之，表现的是古代社会"男女大防"观念下的独特的"交谈环境"。靓大方手抄本的"隔纱帐"，是《好逑传》里的故事片断，演的是水冰心将"病染沉疴"的铁中玉接到家中养病，待铁中玉病好之际，设宴款待，为了避嫌，特地"垂下纱帐"，故剧中婢女冷秀说道："我家小姐摆下酒宴，隔纱帐招待铁公子。"在这酒宴间，男女主人公客客气气，礼貌周到，彼此称赞，相互敬酒，终不越礼。最后是铁中玉说："小姐，时已不早，请小姐回房歇息。"水冰心回道："公子请便。"舞台指示："二人分边下。"这样的"隔纱帐"不失温柔敦厚。

可是，还有另外一种"隔纱帐"，西洋女口述的，却是一段"男女大防"观念下的喜剧性误会：剧演小生受奸贼所害，落难躲避，来到结拜兄弟丑生家里，寄宿在书房（房里备有纱帐）；此时，丑生出外为其打探奸贼动静，迟迟未归，小生心急，走出书房，要到大堂等候消息；也正在此时，丑生的妻子花旦见丈夫外出，一人无聊，闲步散心，不经意地步入书房，见房里无人，欣赏架上书画；梅香悄然奉茶，花旦不小心"撞翻茶杯，茶水倒湿花旦衣服"，梅香说道："好彩这里无人，少奶你在此等候，我回房去攞件衫来俾你换啦！"舞台指示："花旦行埋大帐，除外衣给梅香，只着对胸衫裤，梅香拿衣入场，花旦仍坐下看书"。而此前到了大堂的小生，静候多时，仍不见丑生回来，遂折返书房，边走边自言自语；书房里的花旦听得不是丈夫的声音，且未穿外衣，"见状急躲入大帐后"。正在此刻，丑生回家，径入书房，与小生交谈，告知"奸贼已走，街上无人"，劝小生趁此机会逃走。小生随即告辞，丑生送小生出门。花旦见当下无人，"从大帐后伸出头来，四处张望"；丑生刚好再回书房，花旦却从帐后出来，四目相遇，花旦一时错愕，且惊且羞，顿觉无法解释，于是，"冲头，跑入什箱角"。这一来，引起丑生的疑惑："奇怪，为何我妻只穿内衣躲在帐内？（水波浪）定是不守家规，做出不端之事……"愤然追赶花旦，下场。此时，梅香拿衣服上场，边走边说："少奶，衣服拿来了。为何不见人？（找介）想必是去花园游玩，待我将衣服送去花园。"梅香随即下场。整段排场戏于此结束。这样的"隔纱帐"内含喜剧性冲突，与上一段"隔纱帐"显然有别。

不管如何，"隔纱帐"构成了一个具有中国古代社会特色的家庭空间关系，这是以上两段"隔纱帐"的共同之处。古代戏曲，总不免会呈现家庭生活，礼教规范的存在，赋予"隔纱帐"这样的家庭空间独特的礼教意味。在如此空间里，可以演出"正经的"戏，也可以演些"不正经的"戏，或者是介乎"正经"与"不正经"之间的戏。后人可以依据剧情的具体规定性来"复制/粘贴"进去，并适当调整气氛和节奏。而演员学会这样的"段子"之后，也就可以灵活"配戏"了。

故而，粤剧排场戏的故事形态也可以表述为以"情节单元"为中心的"段子"。而容纳这个"段子"的空间是具体的、清晰的，而非"流动"的。

至于分类，大体以粗放型的行当分类为依据，比如，1962 年编印的《粤剧传统排场集》将排场戏分为三大类型：文行、武行、丑行。文行的有"隔纱帐"、"游花园"、"长亭别"、"闹公堂"、"读家书"、"写卖身牌"、"不认妻"、"教子"、"逼宫"、"猜心事"等等；武行的有"封金挂印"、"卖酒开弓"、"取金刀"、"考武试"、"打虎"、"洞房比武"、"献刀（剑）"、"卖瘦马"、"起兵祭旗"、"斩四门"等等；丑行的有"收妖"、"睇相"、"唱拜堂歌"、"和尚登坛"、"偷宫鞋"、"访美追三山"等等。

为什么不以"十大行当"或者"六柱"来分类呢？这里就涉及到排场戏与行当程式的区别。"十大行当"各自的程式，是表演时可以灵活配套的"零件"，其形态特点是"细碎"的，即所谓"一招一式"而已；而排场戏，是表演时可以适当"插入"具体剧情之中的"部件"，是全剧的有机组成部分，由一系列有相互关联的"零件"组配而成，其形态特点是"板块化"的（或称"预制件"）。故而，分为文行、武行、丑行，意味着排场戏一般是要由若干细化的行当来完成的，是演员之间互相"配戏"的成果，如小生、花旦、丑生、梅香诸行当共同演出一段"隔纱帐"。因此，有一种意见认为"演员在舞台上所有的基本动作如'拉山'、'扎架'、'小跳'、'俏步'、'洗马配马'、'绞纱抽颠'，甚至上场、下场等都叫排场"，这一说法不符合粤剧排场戏的实际情形，也不理解粤剧排场戏的特殊功能，是错误的。

以往，粤剧班主定期散班，又定期组班，艺人们的流动性颇大，去年打东家，今年打西家；组班之后，随即"接单"演出，各个加盟的艺人都凭着自己的"本事"吃饭，身上都怀揣着不少排场戏的记忆和演法，尤其是"红船时代"，游走于珠三角的水网之间，吃住都在船上，哪里有排练场地，哪有时间预先彩排，哪能从容地听人"说戏"？甚至是，粤剧演出每每无剧本，只有演出"提纲"，所以，《粤剧传统排场集》的"前言"写道："排场，可以说编剧、导演、演员都必须懂得的基本知识。从前，由于迫切需要丰富上演剧目，艺人们就将某些流行剧目中经常出现的一些情节片断连贯组合起来成为另一出新剧目，这些被经常选用的片断就逐渐成为固定的排场。在那种情况下，粤剧的演出通常是没有完整的剧本的，只有一张提纲，提纲上只注明某场某人物上场与某人做对手，用某排场。至于演什么，怎样演，提纲里都没有写明，只有简单的五个字：'职分者当为'。这时演员只要懂得排场，就可根据固定的程式套入新剧目中进行演出，剧中人只要改名换姓就行了。如果不熟悉排场，就无法胜任。如《四郎回营》一剧，就包括'猜心事'、'盗令箭'、'别宫'、'回营'四个排场，演员学会了这四个排场就懂得演《四郎回营》或其它情节场面类似的戏了。"老一辈粤剧艺人往往将"职分者当为"挂在嘴边，笔者就曾有幸亲耳从罗家宝先生嘴里听到过这五个字。我们大概可以这么理解："职分者"是一个复合概念，兼指所充当的行当及该行当在某个排场里所担演的戏份；所谓"当为"，指一定要依循固定的程式，"职分者"与"职分者"之间是有边界的，不可混淆，不可"僭越"，不可随意改动。换言之，排场戏就是一种"程式化叙事"。

三、古代叙事的"程式化"与粤剧排场戏的艺术渊源

中国古代叙事文学的故事形态，本来就常有程式化现象。一个故事流传之后，逐步定型为一个格式，以后编故事的人，可以在这个格式之中"填"上不同的主人公的故事。人物的名字不同，故事产生的时代不同，事件中的细节也不同，但故事的展开方式却大致相近。于是，出现了若干个故事共用一个叙事程式的现象。这种现象的出现，与宋代说书中"小说"故事的类型化、程式化有关。戏曲里包括粤剧里的排场的艺术渊源可以追溯到这个层面。

宋代的说书，除讲史、说经外，"小说"也是当时的一个重要节目。"小说"讲街谈巷议的故事，不像讲史、说经那样受到某些历史的或宗教的规定性的制约，于是，"如有小说者，但随意据事演说"（《醉翁谈录》卷一），所谓"随意据事演说"，正说明了"小说"的特性，它一方面要"据

事"，即有所依傍，有一定的故事模型；另一方面可以"随意"，即在有所依傍的前提下自行在固有的故事框架之内编造情节、补充细节。问题是，当时的说书艺人，文化水平不一定高，他们所依傍的故事从何而来？从南宋罗烨的《醉翁谈录》可知，宋代"小说"名目繁多，纷纭的故事对于以"舌耕"谋生的"小说"艺人而言显得头绪杂乱，于是，为了便于艺人掌握"小说"类型，也为了备忘，宋代出现了专供说书艺人使用、具有提要性质的小说故事书。我们现在能知道的就有两部：《绿窗新话》与《醉翁谈录》。这两部书都向人提供一批故事蓝本，文字简易，篇幅短小，方便记忆。实在是开了后世文学和艺术程式化叙事的先河。

比如，《绿窗新话》上下两卷，凡154篇。编者大致将故事结构相近者编在一起，而且其标题所用动词常常相同，这是一个非常值得研究的现象。我们不仅看到书中标题的两两相对，而且还注意到相邻的若干标题共用同一个动词，如上卷前4篇，其标题依次为：刘阮遇天台女仙，裴航遇蓝桥云英，王子高遇芙蓉仙，贤鸡君遇西真仙。我们姑且将这些标题看作是4个叙事句式，其间，都以"遇"（艳遇）作为"叙事语法"上的"谓语"（即故事的基本"关目"）；又如，上卷第27—30篇，其篇目依次为：杨生私通孙玉娘，张浩私通李莺莺，华春娘通徐君亮，何会娘通张彦卿；其间，都以"通"（私通）作为故事的基本"关目"。就算题目没有出现相同的字眼，而其动词的修辞色彩也是相同或相近的，如下卷第49—52篇，其篇目依次为：李生悟卢妓箜篌，赵象慕非烟握秦，崔宝羡薛琼弹筝，文君窥长卿抚琴。这4篇作品都与音乐有关，所谓"悟"、"慕"、"羡"、"窥"，都是表现男女之间一方对另一方的技艺的赏识。再如，下卷第64—67篇，其篇目依次为：盛小丛最号善歌，永新娘最号善歌，韩娥有绕梁之声，秦青有遏云之音。其间，所谓"最号善歌"、"绕梁之声"、"遏云之音"，都是表彰艺人歌唱艺术的非凡高超，显然是同一类型的故事。若干标题共用一个动词，其叙事的"谓语"相同。而在一个叙事句式中，"谓语"具有关键意义，决定着这个叙事句式的叙事格局。若干故事共用一个"叙事谓语"，说明这些故事的叙事格局有内在的类同性。

又如，《醉翁谈录》连用19卷的篇幅收录已然分类的故事，此与《绿窗新话》相仿。它比《绿窗新话》更进一步，就是为各个类别标出类名，如"私情公案"、"烟粉欢合"、"宝窗妙语"、"遇仙奇会"、"重圆故事"、"负心类"、"不负心类"等。细味其同类的故事，亦可发现，它们有相同或相近的程式。此书作者罗烨是一位分类意识十分明确的故事研究者。他熟识勾栏瓦舍，深谙说书之道，也了解一般说书艺人的文化水平，出于方便说书艺人掌握故事的考虑，他编写了《醉翁谈录》，此书对于初通文墨的说书艺人而言，具有指示门径的作用。我们对书中的"程式化叙事"，可作如是观。

故事类型化，其最大的好处是便于记忆，易于领会，尤其是对于文化水平不高的民间艺人而言，这无疑帮了他们的大忙。他们可以依据一定的故事程式，借助他们自身的人生阅历和道听途说的事件，将故事丰富起来，说得绘声绘形，有枝有叶，不需死记硬背，不必一成不变，临场发挥，挥洒自如，这自然就能赢得听众的赞赏，而艺人的说书技艺也就在这样的说书语境中锻炼出来了。有了故事框架，怎么说都不会走样，而在故事框架之中随意点染增益，说书艺人的艺术个性会比较容易地显露出来。

我们知道，戏曲故事有不少来源于小说，小说叙事的程式化对戏曲编剧乃至于戏曲演出有着深远且深刻的影响，粤剧排场戏的"程式化叙事"的"基因"，盖在于此。

（原刊于《广东艺术》2019 年第 1 期）

清末民初士大夫观剧心态表微
——以梁济的观剧札记为中心

清末民初，是中国戏剧发展史的一个重要阶段，商业性"戏园"的出现，使得戏剧演出更容易进入人们的日常生活之中，观赏戏剧也就可以成为人们日常生活的一个环节。对于普通民众而言，他们进入"戏园"，观剧听戏，乐在其中。而就士大夫来说，他们也会随着世风的变化，去逛"戏园"，参杂在民众之间，而其观剧心态如何，颇为值得考察。

现代思想家梁漱溟先生之父梁济（字巨川，1859—1918），是清末民初一位典型的士大夫，官至内阁中书、候补侍读，长年在"皇史宬"抄录皇家档案。其思想有开明的一面，"关心大局，崇尚维新"，并不要求子女读四书五经，主张下一代学习理化、英文，接受新式教育。① 可在变动不居的时局之下，他又有保守的一面，出于儒家忠君爱国的观念，在清朝已经灭亡多年以后，于民国七年（1918）十月初七日自沉于北京积水潭，以为"殉清"之举，享年六十。这在当时是一件震惊全国的事件，陈独秀、徐志摩等纷纷写文章表达看法。而在后人编校的《梁巨川遗书》里，有一份梁氏晚年所写的观剧札记（类似于日记），附于《伏卵录》之末，其时间的起讫是民国二年（1913）至民国七年（1918），即直至梁济"殉清"前不久。

本文拟对梁济的观剧札记略作梳理，从中可见其观剧时的心态，也可以了解其晚年的一些想法，以求辨析与考察清末民初士大夫对剧场见闻及戏剧演出的思考。

一、梁济与戏剧的关系

梁济喜爱戏剧，既入场观剧，又曾搦管写作剧本。其儿子梁焕鼐（字凯铭）、梁焕鼎（字漱溟）合写的《梁济年谱》有一篇"后记"，其中写

---

① 见梁漱溟《自传》，黄曙辉编校《梁巨川遗书》附录一，华东师范大学出版社，2008年，第290页。

道："（梁济）出门游散，或时不假代步。于众中语，吐音朗澈，中气充实，闻于远坐。生平于博弈之事一不之习，或不知为之，或知之而不为也。……独喜观剧，然实不解其音律；虽尝自制剧本，率因他人所谱者而为之词，未尝一自哦咏。所当心留意者，唯在其科白作派、情节意趣之间，而隐以怀抱相寄托焉。"① 可见，梁济虽然没有经过音律训练，但是敢于创作，着眼于寄托，尽管不算是一位成功的剧作家，可也算是大胆的戏剧实践者。我们从其观剧札记里也能够看到有关他的剧本搬上舞台、付诸演出的记录，如"戊午（1918）八月初三日"所写文字："今日演《暗室青天》，戏散将出园时，忽遇旧日同寅刘君桂芬，立谈有顷。余问此戏如何。刘云：'戏自佳，而嫌前半有支离牵强处。桑岱受伤甚重，仓皇之顷，说不着如许道理；应由小姐再三不见，然后丫环口中逼出，道理方合。'余亦心知刘君言是，然余满心讽劝社会，故假借桑岱特示榜样与世间男子看。若由丫环口说，更难说到吾辈男子自己律身不苟之义；失此机会，又无从发挥，故不惜借此强聒于社会也。须知余之不避迂陋，编戏劝人，譬犹拯溺救焚，何暇学文人骚客从容风雅、刻意求工耶？阑入牵强，吾亦自知，惟无妙造自然之才，无可如何，余固无时不叹自己才短也。"又写道："今日人民为三不管，吾故借桑岱口哑哑言之：一，政府不管，警察不禁邪僻之行，法律不涉个人私德；二，学堂不管，师弟莫不相干，无复古人严师教之说；三，家庭不管，子弟自由，父兄不能干涉，则势不能不归重自己管束自己一条路。恐前边'吾辈男子自己律身不苟'之义句未说透，故补识于此以明之。"② 将前后这两段话联系起来看，可以得知，梁济写作了一个题为《暗室青天》的剧本，男主人公是桑岱③，虽然情节有不尽合理之处，但梁济因别有怀抱，对这个剧本还是相当着意并且比较珍惜的。他撰写剧本并非为了过一把写作的瘾，而是有其对家国大事的考虑的，不失其士大夫本色。除《暗室青天》外，他还有一个剧本是《好逑金鉴》，有"党争之烈败坏大事"的内容，亦见上述戊午八月初三的日记，不赘。

至于梁济写作观剧札记的经过，梁焕鼐、梁焕鼎有一段按语，介绍其中的细节："先君晚岁家居，忧心世变，而日恒入市观剧；归则挈其剧目，以

① 黄曙辉编校《梁巨川遗书》，华东师范大学出版社，2008 年，第 43 页。
② 黄曙辉编校《梁巨川遗书》，2008 年，第 257 页。
③ 王森然等《中国剧目辞典》收入"《暗室青天》"词条，称此剧为京剧，演义士桑岱立志报国事。剧本藏中国戏曲研究所。本事见《三门街》第 25—27 回。河北教育出版社，1997 年，第 772—773 页。

一日之见闻、感触记于纸背而藏之，谓其有年月日可资后来考证也。如是前后所积，无虑数十百纸，先君心事，于次等微处最可见。今谨录若干则，附《伏卵录》后。"① 这段话最值得关注的是，梁济在"忧心世变"的心境下入场观剧，此乃我们辨析与考察其观剧心态的一把"钥匙"。

二、在剧场中观察世情

梁济进入剧场，有两个角度，一个是通常意义的"看戏"，另一个是观察同在剧场里的看客，并且在与看客的交谈中解读世情。这两个方面构成了其"观剧"的全部意义。

我们可先就后一个方面做些辨析。

癸丑（1913）五月初九的日记记载，梁济在剧场里经常遇见某"前清太守"。此人时年八十，曾是"甲榜京官"，与梁济相识多时，每次遇见，"必殷然问现在谋得何等好事，有多少薪水，在何处当差，近日又兼何项事务，如某处某处最优之事亦曾占席否。盖纯乎为一身打算，而不知今日之世为治为乱当萦心也。余心不谓然，而知其系好意，不敢侮慢老者，漫应之而已。"这正是梁济"忧心世变"的具体表现。这位前清太守，身处动荡不安的年代，只是关心晚辈的职位、收入，虽然出于善意，却也极为平庸，俗不可耐，而于家国大事、为治为乱，无所用心，也不过问。这也是晚清以来的一种"社会相"，以至于进入民国，依然如此，并无改变，这才是梁济所忧心的。他心情不无沉重，于是，走出剧场，回到家里，脑海里浮现着那位前清太守的身影和话语，挥之不去，在戏单上写下几行文字，记录下来，也算是观剧时的一种"收获"。

除了记载在剧场里遇到各种官员、相谈官场见闻和为官之道等外，梁济也把目光投向一般的观众，对于观众的素质有所批评，如乙卯（1915）七月二十六日的日记写道："本日风琴歌曲甫毕，听众即全起要走，急不可待，纷纭杂乱，一片喧嚣。于台上所说之话全然不听，枉费编者苦心。"他意识到，如果不提高观众的素质，戏剧演出的效果会大打折扣，不能够达到预想的目的。梁济对于戏剧演出的功能曾经寄予厚望，认为戏剧可以"改良社会，增益民智"，戏剧的本质是"借伶人之口说出事理，微词婉讽，使

---

① 黄曙辉编校《梁巨川遗书》，华东师范大学出版社，2008 年，第 246 页。下文引用《伏卵录》，不另出注。

听者省悟警觉耳。"不管他的说法是否准确，是否切合戏剧艺术的底蕴，但是，他以政治家的头脑来思考戏剧的作用是显而易见的，他甚至把戏剧看作是政治宣传的一种工具。故此，他希望在提高观众的素质之后，"或日久人民知所注重，乃于风气有裨也。"可见，其戏剧观有着明确的功利性。

三、在剧场中品味"戏理"

我们再来考察梁济是如何"看戏"的。

梁济是一位思考型的士大夫，遇事总要想出个"理"来，故而他看戏的一个主要着眼点是"戏理"。比如，他观看《三娘教子》的演出，其感受是："如亲见贤母之境遇艰难，心事悲苦，仿佛古人实状如此，令人有起敬之思。余真觉剧中含有精理，处处与余心相合。"又说："凡吾人观剧，非真溺志声歌，必于剧中求其有合于世事者择之，乃不虚牺牲我忙迫宝贵之光阴。……然纨绔浮嚣、粗蠢庸愚之辈，则意在戏而不在理者多矣。"（乙卯二月初三日记）梁济是一个有艺术感受力的人，可是，他没有将艺术感受力看得特别重要，他更看重的是一个人对戏剧作品的意蕴的领悟力。其实，观众"意在戏"并无不对，戏剧主要是靠"戏"来感动人的，不注重"戏"就不能够接收"戏"里的信息、"戏"里的意蕴。"戏"与"理"并非对立，并非不可并存。梁济的看法不无偏颇。可是，他对"戏理"的追求，是有启示作用的。他不能满足于嘻嘻闹闹的"戏"，不能满足于平庸而乏味的"戏"，不能满足于看过之后引发不了观众思考的"戏"，这就对剧本提出了更高的要求，对戏剧演出的社会功能寄托了较大的期待。梁济的意见对于戏剧的健康发展有建设性意义。

由于梁济自有眼光，故他在看戏时对演出效果的判断与其他观众（哪怕是有身份、地位者）有别。他最不喜欢剧场里的观众不问"戏理"，只知捧"角儿"，不管场面安排是否合理、伶人表演是否传神，只要是"角儿"，就狂热喝彩。对此，他在丁巳（1917）四月十四日的日记中写道："今日演《专母》①，声颤词减，意态平庸，又以最劣角饰专诸，将古人忠孝真意全行失落，草率懈怠之情形令人发指。而一般昏顽之政界、学界、报界诸人，则对于尚伶不俟一句唱完，即狂声叫好；难保不笔诸记载，为之扬美。余积慨

---

① 《专母》，京剧，全称为《专母训子》，演专诸与伍子胥结为生死之交，其母训以"受人之托，必当忠人之事，不必以母为念"。本事出《东周列国志》第 73 回。

于是非黑白久矣，因观今日剧，故略言之。"可见，文字中所说到的"狂声叫好"情形，是常见现象，不独观看《专母》一剧为然。梁济到剧场观剧，并非全是"享受"，有时看到低劣的演出，却听到众人盲目喝彩，内心极为不屑，郁积于胸，终于到了不吐不快的时候，就笔之于书。同时，他对重要剧目，抱持敬畏之心，如《孟母》、《漂母》、《专母》三剧，他称"三戏何等重要，余抱极诚之心，出全副精神来观此剧"（同上）。足见"忠孝"等观念在其内心的地位是何等重要，已经融入其血脉之中；其所谓"戏理"，不出儒家的价值观，这也是不言而喻的。

四、在剧场中改变看法

梁济是一位非常有主见的人，通常要他改变看法不是一件容易的事情。可是，他又是一个很重视体验的士大夫，真切的体验会使他对自己原有的看法有所反思，做出改变，并且在札记里直白地写出，并不掩饰。他对梆子戏的看法就是一个显明的例子。

他本来对梆子戏并无好感，这或许是士大夫鄙夷乡村文艺的表现。可是，随着入场经验日渐丰富，观看梆子戏演出逐渐增多，而梆子戏的优点也就渐渐突显出来，使得梁济不得不刮目相看。梁济颇有自省的能力。他在反思自己对梆子戏的态度明显改变的原因时说："昔年最厌恶梆子青衣，以为俚俗不堪入耳目。近年，民事民情观察日深，文雅之心思反觉其减；如《汾河湾》《桑园会》等等农家琐屑，贫女艰难，不惟不加厌恶，而更有爱敬之心。"（乙卯二月十四日，1915）这是非常可贵的一段文字，"文雅之心思反觉其减"，这对于士大夫而言不是很容易做得到的。这一方面说明梆子戏的确有其魅力，有其不可忽视的艺术成就，另一方面也说明梁济以士大夫之尊而能够接受并且欣赏"农家琐屑"，其原因在于"民事民情观察日深"，目光向下，放低身段，思考民生疾苦，自然改变对"俚俗"文艺的看法。

以看《桑园会》为例，梁济颇为欣赏梆子戏一位名叫"荣福"的青衣饰演的罗梅英，他写道："余最爱荣福骂秋胡‘在外为官穿锦衣，而婆媳在家穿破烂衣衫。不信试向床前看，床上芦席少半边’，坚贞高洁之操，出自俚俗女子口中，更觉亲切有味，慨然动高尚之思，谓此乃人间真正可贵之事也。不知听戏者到此处，有感触否。国家百馀年不讲教育，而乡间愚民犹有知务根本、尚节义者，未始非几出迂腐之戏深印于妇孺之脑中，此非亲与乡野人接洽，不能深悉其状也。他人唱每听不出字句来，荣福唱则能听得，故赏之。"（同上）这里所说的"迂腐之戏"并非贬义，当指流传久远、深入人心、家喻户晓的某些旧剧目，他认识到某些人们已经烂熟于心的剧目对人心的影响力不能低估，尽管教育并不普及，可是，就是有了这些剧目，它们在乡间所起到的教化作用延续着儒家的文化精神。同时，我们也可以看到，长期生活在乡村底层的梆子戏艺人，由于有深切的生活体验，他们的演出不仅有乡野气息，而且有着独特的舞台感染力，一字一句均能传达出剧作蕴含的微妙精神，故而真正打动身为士大夫而又忧时伤怀的梁济。

以上几项，是笔者对梁济观剧札记所做的粗浅的辨析与考察。

有一点值得一提，即我们不应忽略当时的观剧环境并不"舒服"，甚至可以说有时候简直是"受罪"，且有梁济的文字为证："今于五月天气极燥，戏园听众千人，热气熏蒸，汗臭重浊，挥扇不停……前后左右多市侩屠夫，拥挤杂遝"。（癸丑五月初九日记，1913）而跻身于这样的观剧环境里，年复一年出入其间，除了对戏剧的爱好之外，恐怕更是梁济有意为之，借此作为自己观察社会的一个重要窗口。说到底，梁济是一位有政治热情的士大夫、有人文关怀的正直之士，在中国戏剧史的演进过程中，梁济高度关注戏园里的戏剧演出，以及他转变对地位本来低下的"花部"的态度，均有其"标本"意义，这也是我们在研究近代戏剧进程时可以留心的社会现象。

（原刊于《澳门文献信息学刊》总第 7 期，2012 年）

晚清民国戏曲理论研究述略

进入 21 世纪之后，在人们的视野中，"晚清民国"是一个较为特殊的历史阶段，说"近"不近，说"远"不远，很多东西，如昔日云烟，渐渐淡出，甚至杳无踪影；有些东西，却如陈年老酒，香醇如故，至今值得珍惜。

就以晚清民国的戏曲研究而言，在当时算是一门很"新"的学问；而在今天看来，它既属于"艺术学"的范畴，也进入"文学"的疆域，还旁涉其它相关的学科如音韵学、方言学、民俗学乃至当今正在盛行的"非遗学"，等等，可谓门庭广大，五花八门。戏曲研究的演进轨迹是一件颇堪玩味的事情。

说起来很有意思，晚清民国之前，可没有人会将研究戏曲看作是"学问"的。在以"经学"为正宗的古代学问体系里，戏曲作为古代社会的"亚文化"，不可能进入主流意识形态，与所谓的"大传统"相对而言，戏曲属于"小传统"，不登大雅之堂，研究戏曲的成果，似乎不配称为"学问"。故而，虽然自元代以来出现过《录鬼簿》《中原音韵》《太和正音谱》《曲律》《闲情偶寄》等今天可称之为"戏曲学"的著作，可它们不会被封建时代的官方认可为"著述"，像《四库全书》这类官修丛书也不会将它们收录进去。

到了晚清民国时期，情形出现重大转折，有两种情形值得关注：其一，西方的民俗学、民间文学研究（如德国格林兄弟对童话的收集、整理与研究等已开一代学术风气）借由日本学界的模仿、消化而渐渐为东方社会所知，善于及时跟踪世界学术动态的日本学者，可谓得风气之先，其民俗学及民间文学视野催生出一些启发人心、值得借鉴的研究成果。曾经受到中国儒家文化影响的日本学界，自明治维新以来不再囿于"儒学"，而呈现出"开新"的进境，这会影响到逐渐与日本学界多有交往的中国学人；受到新的学术风气的影响，中国学人不甘人后，贴合中国的实际情形，翻了一个筋斗，跃出"经学"的"掌心"，做出了古人没有做出来的新学问。其二，更为重要的是，随着具有划时代意义的 1919 年的"五四"新文化运动的兴起，中国学人有了自己的"批判意识"，重新认知古代的文化遗产，不再只"盯"住"大传统"，而将"小传统"里的戏曲、小说、民间说唱等纳入研究视野，这一批过去的"地摊货"终于正式地入了知识分子的"法眼"，对它们的研究也逐渐可以见诸学术刊物或报纸副刊，甚至一些大学"破天荒"地开出戏曲研究、小说研究的课程，可以说，中国学术的"大环境"也发生了前所未有的改变。

在巨大的学术"转型"过程中，某些人物、某些著作起到十分重要的"垂范"作用。如著名学者王国维先生，他于 1913 年在日本完成了有史以来第一部戏曲史专著《宋元戏曲史》的初稿，标志着戏曲研究正式成为一门建构于学理基础之上的"学问"。他在此书的序言里称："非吾辈才力过于古人，实以古人未尝为此学故也。"此书的问世，可以看作是晚清以来、"五四"之前的一个"学术事件"，是近代中国学术变迁的链条上不可忽视的一环。身处日本，做的是"中国学问"，而且是"新"的学问，王国维先生因之成为晚清民国一位具有"标杆"意义的人物，其《宋元戏曲史》成为现代戏曲学的开山之作。其后，"五四"新文化运动的领袖人物胡适、鲁迅，还有受其影响的顾颉刚、郑振铎等人，他们对戏曲、小说这类"俗文学"的一系列研究成果，不管是出之以专著，还是出之以论文、杂文等形式，都一新国人的耳目，汇聚成一股启人心智、重估民间文化价值的学术风气。

不过，戏曲这一门"学问"，要真正建构起来可不简单，并非若干位著名学者所能够"毕其功于一役"的，这还有待于无数后继者的多方面、多话题的探索。晚清民国的戏曲研究成果，初看起来显得方方面面都有，正反映了戏曲研究的复杂性。

其实，戏曲，只是一个很笼统的概念，其内里含有极为丰富的意蕴，存在多种"面向"，头绪众多。自宋元以来，其演出形态就历经多变，从"庙会"到"堂会"，由"广场艺术"渐变为"剧场艺术"，既"娱神"又"娱人"，在较长的历史时期里，其祭祀功能与娱乐功能或兼顾并举、交互扭结，或相互剥离、二者并存，情形甚为复杂。更值得关注的是，戏曲演出，其在民众日常生活里所起到的作用和影响也并非单一，而是呈现出"复合功能"。站在今天的文化立场上看，设若没有了戏曲演出，我们的民族素质就会大不一样。试想，站在广场上或戏台前观看戏曲演出的人们，有多少是村夫农妇，有多少是大字不识的文盲，可他们到底并非没有文化，起码他们是知道汉高祖、刘关张、秦王李世民的，这就是民间版的"历史启蒙"活教材；起码他们是知道正德皇帝游龙戏凤是荒唐混账的，陈世美不认妻是天理难容的，法海和尚拆散白娘子夫妇是歹毒不人道的，这就是民间版的"价值哲学"活教材。如此等等，无不喻示着中国民间的确出现了一所又一所依循着年例、神诞等时间节点而随机形成的"教养学校"：临时搭建或设于寺庙里的舞台就是"课堂"，连那些前去看戏的男女文盲们也成了"学生"，从而形成文盲不等于没有文化的"中国特色"。可以说，戏曲演出含有娱神、娱人以及教化民众等多种功能，显示出中国戏曲舞台以及戏曲作品的伟大作用与独特影响。故此，晚清民国的学者们，换了一种眼光，不约而同地研究起过去人们大为忽视的戏曲，而且角度各异，精彩纷呈。今天，重新阅读他们的各式各样的论著、论文，会惊异于他们的激情与专注，会佩服他们的耐心与细致，更会获知我们今天不一定感受得到的特定时期的戏曲演出的样貌；而话题之多样、见解之尖新、材料之鲜活，也让人开阔眼界、别有会心。

从存世文献的角度看，晚清民国学者们的戏曲论著、论文，除少数名著如王国维先生的《宋元戏曲史》、吴梅先生的《中国戏曲概论》等外，大多没有再版印行；原刊发于民国学术期刊上与戏曲研究相关的论文、文章，更是难觅踪影。不要说一般的读者难以见到甚至并不知晓，就算是专业研究者也不易寻获，要到图书馆查找，通常还不能外借，而且，并非所有图书馆都有入藏。这些论著、论文，往往"散在"于各地的公私收藏之中，使用起来极为不便。于是，就有了收集、影印出版这一批"隐藏"了长达半个世纪以上的戏曲论著、论文之举。

今天回过头来看这一批话题众多、形式不一的戏曲研究成果，轻轻"掸"去散落于书页之上的历史烟尘，我们依然可以认知到其中不可忽视的独特价值，要而言之，约有如下数端：

第一，"接续"王国维的研究思路，将其相关研究加以"细化"，而又"小中见大"，显示着戏曲学这一门学问的学术积累与学术推进过程。

《宋元戏曲史》作为"开山之作"，具有无可争议的典范性与权威性，最为重要的是，王国维先生此书的框架大体呈现出"戏史溯源"、"乐舞考原"、"脚色探源"、"剧本辨体"、"剧目存佚辨析"、"剧本文学研究"、"杂剧、南戏区别对待"等内在的"板块"，已经梳理出作为一门学科的"戏曲史"论著的逻辑理路。这就为后学奠定了该学科的学理基础。当然，这一草创性的论著尽管"体大思精"，却也不无粗疏，受到材料的限制，有待补充、论证的地方亦属不少，有些专题研究还有待"细化"，有意无意间，

《宋元戏曲史》为后学"预留"了不少可以进一步探研的空间。

于是，就出现了一些可以与王国维先生"对话"或补充其缺漏的论著，如在"戏史溯源"这一板块，孙楷第的《傀儡戏考原》、董每戡的《说"傀儡"》（见《说剧》）、李家瑞的《傀儡戏小史》、华木的《梅县的傀儡戏》等，它们以更为丰富的史料、较为缜密的分析做出了王国维先生尚未来得及"细做"的专题研究。《宋元戏曲史》第三章"宋之小说杂戏"专门谈及"傀儡戏"，认为傀儡戏起源甚早，大概在汉代已经有"作偶人以戏，善歌舞"的演出，历经演化，到了宋代则成为一项重要的文艺表演："至宋而傀儡最盛，种类亦最繁……则宋时此戏，实与戏剧同时发达，其以敷衍故事为主，且较胜于滑稽剧。此于戏剧之进步上，不能不注意者也。"这番话，言简意赅，点到即止，但在"戏史溯源"的问题上却是甚为重要的。至于具体情形，还有待进一步考证。故而，孙楷第等先生的上述论著就显得很有必要且甚有价值。

此外，在王国维研究思路的基础上，试图建构相对完整的"元剧学"（或可称为"元明杂剧学"），如贺昌群的《元剧概论》、孙楷第的《也是园古今杂剧考》、蔡莹的《元剧连套述例》、徐嘉瑞的《金元戏曲方言考》、冯沅君的《孤本元明杂剧钞本题记》与《元杂剧与宋明小说的几种称谓》《古剧四考》、郑振铎的《元明以来杂剧总录》等；在王国维研究思路的基础上，试图建构相对完整的"南戏学"，如钱南扬的《宋元南戏考》与《浙江的戏剧》、宗志黄的《宋元之南戏》等。可以说，这一系列成果，一则说明王国维先生开示了正确的研究路径，可谓功不可没，一则说明王国维先生的《宋元戏曲史》毕竟处于"草创"阶段，有待补充、斟酌甚至修订的地方可谓不少。后继者的劳作，一步一步，一点一滴，都不应被忽略。

第二，不再囿于王国维的研究框架，探索戏曲史上的另外一些重要问题，如地方戏研究，显示着戏曲学作为一门学问的"开新"与"拓展"。

《宋元戏曲史》局限于"宋元"，不及"明清"，这显然是很大的欠缺，是一部不完整的中国戏曲史。何况，王国维先生是一位书斋里的学者，平时不喜欢看戏，不去观察舞台，更不会专门去考察乡间演剧。而自清中叶起，"花部"即地方戏，兴盛不衰，深入人心，具有极大的艺术活力与潜力，是中国戏曲史极为重要的组成部分。

有见及此，一些学者不辞辛劳，到民间去，收集地方戏曲的剧本，考察演出的实况，了解民众的审美心理，写出了功底扎实、资料丰富、见解独到的论著，如黄芝冈的《从秧歌到地方戏》、扬铎的《汉剧丛谈》、钟琴的

《越剧》、玄然的《花鼓戏》、朱今的《我乡的目连戏》、陈子展的《花鼓戏无南北》等。

尤其值得重视的是徐嘉瑞的《云南农村戏曲史》，该书以云南农村戏曲（包括旧灯剧与新灯剧）为研究对象，"把云南现在流行的农村戏曲，做了一番搜集整理的工夫"，仅从该书附录的《云南农村戏曲集》（第一部为"旧灯剧作品"，第二部为"新灯剧作品"）可以看出，作者下了多大的功夫才能有此丰硕的收获。而作者的研究思路也值得称道，他说："（云南农村戏曲）是现在流行在民间的东西，和已经死去的元曲不同；它正在发展，正在变化，正在风行，对于努力通俗化运动的朋友，可以得许多参考的资料，可以从旧瓶中酿出许多新酒来。"（见该书"导论"）换言之，如今研究这些活态的戏曲，将之纳入戏曲史研究的范畴，不仅着眼于过去，还着眼于现在。将戏曲史研究与"田野调查"有机地结合起来，是该书的鲜明特色。这绝对不是"学究"的思路，而是体现着真正懂行的戏剧研究者的胸襟与责任感，尤为难得。这一类情形，在相关的其他论著中也有呈现，并非个别现象，我们在晚清民国的戏曲学者身上看到了十分可贵的学术品格。顺带可以提及，《云南农村戏曲史》的一些记载颇具鲜活的史料价值，比如，说到1937年后云南农村戏曲演出样貌："自抗战以后，旧灯剧渐渐消灭，新灯剧大为流行"；至1942年，抗战已入第五周年，农村有不少宣传抗战的戏在上演，"登台的脚色，是农村妇女的弟兄和丈夫，看戏的人，是生旦净丑们的家属"，他们不是职业演员，为了激励抗战的精神，粉墨登场；可以想见，那是烽火连天的岁月，那是民族危难的关头，"学校疏散下乡，有许多学校也把新旧灯剧改编成抗战戏曲，所以男女学生有许多唱灯剧的了。有许多军队，住在乡下，替人民种田、修路、挖沟、扫地，新春来了，军人们唱灯剧给乡村的农人看，因为军人多是从农村中来的！"（见该书"结论"）国难当头，鼓舞士气，民间戏曲起着不可小觑的作用；而学生的疏散下乡，军人的驻扎乡间，成为云南抗战期间戏曲演出兴盛起来的"历史契机"，这本身就是中华民族戏曲史的重要一页。作者以饱满的激情写作《云南农村戏曲史》，字里行间，洋溢着有血性的学者的正义感，数十年后，再读这样的文字，依然令人心潮澎湃。而回到学术层面，我们不能不充分估计这一类著作在"戏曲学"领域的开拓意义与价值。

第三，在新旧戏剧形式的碰撞、交融与更替过程中，探寻戏曲的新出路，显示着戏曲学作为一门学问所具有的与时俱进的活力。

晚清民国时期，艺术样式变得更为多样化，旧的继续流行，新的获得青睐，新与旧，两相对举，互成对手。以戏剧而言，文明戏出现了，话剧渐趋成熟，一些留学外国的戏剧工作者带回了新的戏剧理念，甚至在某些高等院校有"小剧场运动"，学生剧团相当活跃。在此情势之下，一些戏曲研究者不得不思考"旧剧"的命运。比如，洪深先生有《北剧之将来》一文，所谓"北剧"，指的就是京剧即"皮黄"，作者在"新剧"的压力下反观"旧剧"的不足，认为"北剧取材，大都是依据历史小说，编者乏识，类多不知选择，所以不是描写神权万能的宗教观念，便是鼓吹忠孝节义的传统的宗法思想，真正能够表现时代精神与社会生活的，简直很少。这样的题材不仅是为现代的民众所不需要，而且是太背叛时代了。"这种对"旧剧"的反思和批评，内里包蕴着对传统戏曲的热爱，故而，作者建议"不能一味在因袭上下功夫"，一定要变革，"假如他们真的肯下了决心，从事改革，存其精华，去其糟粕，北剧未始没有存在的价值。"（见左明编《北国的戏剧》）又如佟晶心的《新旧戏曲之研究》，既是简明扼要的戏曲史，又是一部探讨旧剧如何在新的时代氛围中改良自身、实现"戏剧的艺术化"的专题论著，其中，还涉及到话剧、影剧等话题。尽管说不上精深，但作者视野开阔，着眼点明确，就是探讨"因着自己的艺术化而影响到社会"的戏曲如何提升自身的感化力量的问题。与此相关，我们看到，那个时期的不少学者以"京剧"为思考对象，写出自己在特定时代里的新的认知，如稚青女士的《国剧津梁》、华连圃的《戏曲丛谭》、郭文生的《近代皮黄剧韵》等等。可以说，在"新剧"的刺激之下，学者们十分关注"旧剧"（主要是京剧）的生存之道与改良之策，为日后的"戏曲改革"奠定了某些方面的理论基础。

大体而言，晚清民国的戏曲理论研究，是一个我们过去重视不够的领域。原因可能多样，但有一条是肯定的，就是相关的文献资料"流通"不广，人们自然就知见不多、认识不深。我们不能说，这一批论著篇篇精品，字字珠玑，其实难免会有某些"粗糙"，某种"杂质"，可换一个角度来看，正是这样一批"精粗杂陈"的文献资料，更为"原生态"地展示晚清民国戏曲研究的动态风貌；学者们的各种见识，或精审，或粗浅，或是不刊之论，或是有失允当，都已经成为"学术史"里的"活化石"，无须格外"打磨"，也不必刻意"遮掩"，原原本本，呈现在后人眼前，这何尝不是一件值得"点赞"的事情呢？

（原系《近代散佚戏曲文献集成·理论研究编》序言，山西人民出版社，2018 年，编入本书时改为今题）

杂剧《赵氏孤儿》与《史记·赵世家》关系略论
——兼谈《赵世家》有异于《左传》《国语》问题

元代纪君祥的杂剧《赵氏孤儿》，其剧情惊心动魄，曲折跌宕，兹引《中国曲学大辞典》"赵氏孤儿"条的剧情梗概如下：

> 剧写晋灵公时，奸佞屠岸贾残害忠良赵盾，抄斩赵氏满门，一并杀死驸马赵朔。公主生下孤儿，屠岸贾意欲斩草除根，派韩厥把守宫门，不许放出赵氏孤儿。草泽医人程婴受公主之托，把孩子放在药箱内，携带出宫，韩厥放走程婴，并自杀以灭口。屠岸贾下令要杀全国小儿，献出孤儿者有赏。为了搭救孤儿和全国小儿，程婴与前中大夫公孙杵臼定下计策，将程婴儿子冒充赵孤，放在公孙杵臼家中，由程婴出首，并以孤儿为程子，由程抚养。公孙杵臼和程婴的儿子都被杀死，屠岸贾把出首人程婴视为心腹，并认程子实即赵氏孤儿为义子。二十年后，赵氏孤儿学就十八般武艺，程婴找机会向赵氏孤儿说明他的国仇家恨，赵氏孤儿杀死屠岸贾，韩厥、程婴、公孙杵臼等也受到封赏。（齐森华等主编《中国曲学大辞典》，浙江教育出版社，1997 年版，第 251 页）

《赵氏孤儿》的故事框架，内含几个标志性要素：1. 故事的"由头"，是屠岸贾与以赵盾为首的赵氏家族结怨，矛盾激化，屠岸贾非要灭掉赵氏全族不可，直至一个不剩；2. 故事的"核心"人物，是赵氏孤儿，他是赵盾的孙子，是赵盾之子赵朔与晋成公之姊庄姬（公主）所生的儿子，也是赵氏家族历经腥风血雨而唯一幸存下来的"种"；3. 故事的密切相关人物，有韩厥、程婴、公孙杵臼；4. 故事的紧要关头，是公孙杵臼与程婴作为赵氏家族的门客或友人，分别做出艰难之举：公孙杵臼与"假孤儿"惨死在屠刀之下，以此掩护"真孤儿"成功避世，而程婴含辛茹苦躲避山中，如爹如娘般地将孤儿抚养成人；5. 故事的结局，是孤儿长大，伺机为赵氏家族复仇。

以上数点，完全能与《史记·赵世家》对应起来。换言之，纪君祥创作《赵氏孤儿》杂剧，《史记·赵世家》是他相当重要的"文本依据"。

我们且看《史记·赵世家》的相关叙述。

首先，事件起因：

> 晋景公之三年，大夫屠岸贾欲诛赵氏。初，赵盾在时，梦见叔带持
> 要而哭，甚悲；已而笑，拊手且歌。盾卜之，兆绝而后好。赵史援占
> 之，曰："此梦甚恶，非君之身，乃君之子，然亦君之咎。至孙，赵将
> 世益衰。"屠岸贾者，始有宠于灵公，及至于景公而贾为司寇，将作
> 难，乃治灵公之贼以致赵盾，遍告诸将曰："盾虽不知，犹为贼首。以
> 臣弑君，子孙在朝，何以惩罪？请诛之。"

这是说，晋景公三年（公元前 597 年），大夫屠岸贾意欲将赵氏一族杀
掉。当初，赵盾尚然在世，曾经梦见他的祖先叔带搂着自己的腰围哭了起
来，接着却又笑出声来，还一边拍手一边唱歌。赵盾梦醒之后，觉得事有蹊
跷，专门为此事占卜，卦象显示，这预示着一个先"绝"而后"好"的大
转折过程。赵氏属下的史官继而再占一卦，解释道："主公您的梦很不吉
利，但不幸之事并非发生在主公身上，而将会发生在您的儿子身上；虽然如
此，事件却要归咎于您。到了您的孙子一辈，赵氏一族就会更加衰败了。"
而屠岸贾其人，他当初进入朝廷时就已得到晋灵公的宠幸；晋灵公死后，晋
景公继位，屠岸贾升迁为司寇。晋灵公是被刺而死的，屠岸贾借此事向赵氏
家族发难，因为杀死晋灵公的是赵穿，而赵穿是赵盾的庶侄，追究晋灵公之
死的责任人就追到赵盾身上，于是，屠岸贾向大将们一一通告："赵盾虽不
知情，但他是赵穿的长辈，也就是刺杀晋灵公的贼首。身为臣子而犯上弑
君，其子孙尚然还在朝中，该采取何种方式惩罚其罪呢？唯有灭其全族！"

我们从这个事件的起因可以看到，晋灵公宠幸屠岸贾，屠岸贾最大的靠
山就是晋灵公；一旦晋灵公被杀，靠山倒了，屠岸贾比谁都紧张，说不定接
下来遭遇不测的就是向来得到晋灵公宠幸的自己。晋灵公死后，是晋成公继
位；晋成公死后，轮到晋景公继位。晋灵公死于公元前 607 年，到晋景公三
年即公元前 597 年（此据方诗铭《中国历史纪年表》，上海辞书出版社，
1982 年版），已经过去了十年时间，可以想见，屠岸贾在这十年里一直在伺
机除掉眼中钉赵氏家族，等到晋景公时代，时机到了，"及至于景公而（屠
岸）贾为司寇"，屠岸贾趁着自己升任司寇，这个职位西周时就有，春秋时
沿用，掌管着刑狱、纠察等事，他利用职务之便，于晋景公三年终于决定出

手，先发制人，这就是"将作难"的动机所在。他紧紧揪住"凶手"赵穿与赵盾的"宗法"关系，将赵氏家族视为自己最大的生存威胁，必定除之而后快，用"以臣弑君"的罪状定了整个赵氏家族的死罪，并以此做朝中各位将领的工作，所谓"遍告诸将"，说明屠岸贾的工作还是做得相当细致的，他想要获得将领们的普遍支持，保证灭掉赵氏家族的图谋得以顺利实施。换言之，屠岸贾与赵氏家族的矛盾由于晋灵公之死而急遽激化，此一矛盾的性质属于统治集团内部的私人恩怨，无关正义，是两个权势族群之间的恶斗。在当时的情势之下，屠岸贾占了上风，赵氏家族由于赵盾的出逃并"缺席"而处于被动挨打的境地。

其次，事件的阻力：

> 韩厥曰："灵公遇贼，赵盾在外，吾先君以为无罪，故不诛。今诸君将诛其后，是非先君之意而今妄诛。妄诛谓之乱。臣有大事而君不闻，是无君也。"屠岸贾不听。韩厥告赵朔趣亡。朔不肯，曰："子必不绝赵祀，朔死不恨。"韩厥许诺，称疾不出。

屠岸贾没有想到，将领之中竟然有人敢跟他说"不"，这位将领就是韩厥。韩厥对于屠岸贾的灭赵图谋当场表示反对，而且反对的理由也比较充分："灵公遇刺，当时赵盾不在现场而在外地，先君成公早就认定赵盾无罪，故而没有追究，更没有动用极刑。如今，你们这些人要将赵盾的后人诛杀，这本来就不是先君的决定，而是你们的肆意妄为。肆意妄为，就是作乱。身为臣子，这么重大的事情而绕开国君背地里干，简直是目无国君！"面对韩厥的一番痛斥，屠岸贾充耳不闻。韩厥预知阻拦无效，赶紧向赵盾的儿子赵朔通报，并劝告他尽速逃亡。赵朔不肯离开，原因是他本人还有一个特殊身份，他是晋成公姐姐的丈夫，《史记·赵世家》记载："赵朔，晋景公之三年，朔为晋将下军救郑，与楚庄王战河上。朔娶晋成公姊为夫人。"即同样在晋景公三年，赵朔在救援郑国的军事行动中立功，在黄河边上打败了楚庄王，胜利的喜悦尚未消退；他也知道屠岸贾不好对付，一则不愿逃亡，一则寄语韩厥，若有不测，请韩将军护卫赵家香火，就算死了也没有遗憾。韩厥见赵朔如此表态，不好再说什么，只好承诺顺从赵朔的意愿，随即称病不出。

韩厥称病不出，说明当时危局已定，对自己同时对赵氏家族都极为不利。这就反衬出屠岸贾已经成功与诸多将领联手去灭掉赵氏族群。

再其次，事件的恶化：

> 贾不请而擅与诸将攻赵氏于下宫，杀赵朔、赵同、赵括、赵婴齐，皆灭其族。

果然不出韩厥所料，屠岸贾在没有请示晋景公的情况下，擅自调遣军将，包围下宫，一举诛杀赵氏全族，包括赵朔、赵同、赵括、赵婴齐等。这就是史书上著名的"下宫之难"。所谓"（屠岸）贾不请而擅与诸将攻赵氏于下宫"，足以说明此时的晋国，屠岸贾实际上掌控了军队，晋景公成了摆设，以赵朔为首的赵氏家族随之灰飞烟灭。

可是，《史记·赵世家》里的"戏剧性"却由此生发，如果没有以下的情节，就不会产生后世流传不衰的"赵氏孤儿"故事了：

> 赵朔妻成公姊，有遗腹，走公宫匿。赵朔客曰公孙杵臼，杵臼谓朔友人程婴曰："胡不死？"程婴曰："朔之妇有遗腹，若幸而男，吾奉之；即女也，吾徐死耳。"居无何，而朔妇免身，生男。屠岸贾闻之，索于宫中。夫人置儿绔中，祝曰："赵宗灭乎，若号；即不灭，若无声。"及索，儿竟无声。已脱，程婴谓公孙杵臼曰："今一索不得，后必且复索之，奈何？"公孙杵臼曰："立孤与死，孰难？"程婴曰："死易，立孤难耳。"公孙杵臼曰："赵氏先君遇子厚，子强为其难者，吾为其易者，请先死。"乃二人谋取他人婴儿负之，衣以文葆，匿山中。程婴出，谬谓诸将军曰："婴不肖，不能立赵孤。谁能与我千金，吾告赵氏孤处。"诸将皆喜，许之，发师随程婴攻公孙杵臼。杵臼谬曰："小人哉程婴！昔下宫之难不能死，与我谋匿赵氏孤儿，今又卖我。纵不能立，而忍卖之乎！"抱儿呼曰："天乎天乎！赵氏孤儿何罪？请活之，独杀杵臼可也。"诸将不许，遂杀杵臼与孤儿。诸将以为赵氏孤儿良已死，皆喜。然赵氏真孤乃反在，程婴卒与俱匿山中。

事情竟有如此之巧：表面上，下宫之难的结果是"皆灭其族"，这是一个全称判断，似乎表明一个不留；可是，万没想到还有赵朔"遗腹"，而且，此"遗腹"就在晋成公姐姐庄姬的肚子里，尚未出世。此时，庄姬已经躲进晋景公的宫里。论辈分，庄姬是晋景公的姑姑，晋景公还是庄姬的晚辈，如果他的权力是实在的话，没有道理保护不了这位姑姑。可是，屠岸贾根本不将晋景公放在眼里，咄咄逼人，气焰嚣张，不可一世，晋景公弱势，屠岸贾强势，正因为如此，朝廷内外，一片肃杀，连赵氏的门客、友人都是人人自危，甚至为了表明"忠义"而萌生自尽的想法，随赵氏而去，这就是赵朔门客公孙杵臼问赵朔友人"胡不死"的背景。程婴也想过自尽，但是，从"忠义"的角度看，自己还有履行"忠义"的义务和责任，不能那么快就死掉，起码要为赵氏留下香火，到那时再去死也不迟，故而他回应公孙杵臼道："赵朔之妻腹中有孕，如果有幸生下男婴，我有责任将此男婴抚养成人；如果生下女婴，难以承继赵氏香火，真是这样的话，我再从容赴死吧。"过不多久，庄姬分娩，产下男婴。屠岸贾闻讯，立即到宫里搜寻，斩草除根。庄姬慌乱之间，将婴儿置于自己的绔（古时女子的裤管，外面还罩以下裙）中，念念有词，祷告道："赵氏血脉要是真的灭绝，你就哭吧；如果还不至于灭绝，你就给我默不作声！"等到屠岸贾的人入宫搜捕，男婴竟然一声不吭，安然躲过。与杂剧《赵氏孤儿》相比，《史记·赵世家》写男婴的逃脱算是万分顺利了：已然被带离内宫，就在程婴和公孙杵臼的手里。《史记》没有渲染孤儿出宫之难，完全是有惊无恐而已。相反，杂剧《赵氏孤儿》在如何"逃脱"一事上大做文章。不过，回到《史记·赵世家》的语境，我们可以看到，孤儿的侥幸逃脱并没有使得程婴和公孙杵臼松一口气，而是更为紧张，原因是程婴对公孙杵臼所说的："如今，尽管没有搜索出来，但是有了这一次就会有下一次，屠岸贾必定不会放过的，该如何是好呢？"公孙杵臼毕竟年长，考虑更为周密和长远，他问程婴："有一个紧迫的问题摆在了我们的面前：将孤儿抚养长大更难还是立即死掉更难？"程婴回应道："立即死掉易，抚养孤儿难。"公孙杵臼随即说："赵氏一门，向来待你不薄，你不如勉为其难去抚养那孤儿，我挑容易的事情来做，请让我先死吧。"于是，二人说好，设法找来一个别人家的婴儿顶替，用小花被包裹起来，由公孙杵臼背着逃往山中藏匿。程婴依计出首，对着搜捕的将军谎称："我程婴不够情分，不能将赵氏孤儿抚养；谁要是给我千金之价，我愿意说出孤儿现在藏匿何处。"众将领闻之大喜，满足程婴要求，军人随即跟着程婴入山抓捕公孙杵臼。公孙假装极为生气地说："好个程婴，无耻小人！当初下宫之难发生时，你没有追随赵氏主公而死，还跟我密谋如何藏匿孤儿，如今却竟然出卖我。纵然你抚养不了孤儿，也何至于要忍心出卖这无辜的婴儿呢？"只见公孙抱着"孤儿"，大声呼唤道："天啊天啊，赵氏孤儿何罪之有？请让他活下来吧，只杀我一个人就好了。"众将领没有答应，一并将公孙和"孤儿"杀害了。这些将领以为赵氏孤儿真的死了，可以向屠岸贾交差，终于放下心头大石，不禁喜形于色。可是，他们万未想到，真正的赵氏孤儿尚在人间，程婴到底带着孤儿藏身于山野之中。

后世的赵氏孤儿故事，包括纪君祥杂剧《赵氏孤儿》，大体是依照上述"情节"编写的。当然，《史记·赵世家》里的叙述还没有到此结束，且看"时隔十五年"的下文：

> 居十五年，晋景公疾，卜之，大业之后不遂者为祟。景公问韩厥，厥知赵孤在，乃曰："大业之后在晋绝祀者，其赵氏乎？夫自中衍者皆嬴姓也。中衍人面鸟噣，降佐殷帝大戊，及周天子，皆有明德。下及幽、厉无道，而叔带去周适晋，事先君文侯，至于成公，世有立功，未尝绝祀。今吾君独灭赵宗，国人哀之，故见龟策。唯君图之。"景公问："赵尚有后子孙乎？"韩厥具以实告。于是景公乃与韩厥谋立赵孤儿，召而匿之宫中。诸将入问疾，景公因韩厥之众以胁诸将而见赵孤。赵孤名曰武。诸将不得已，乃曰："昔下宫之难，屠岸贾为之，矫以君命，并命群臣。非然，孰敢作难！微君之疾，群臣固且请立赵后；今君有命，群臣之愿也。"于是召赵武、程婴遍拜诸将，遂反与程婴、赵武攻屠岸贾，灭其族。复与赵武田邑如故。

换言之，程婴秘密地将赵氏孤儿抚养成人，一晃就过了十五年。此时，碰巧晋景公生病了，颇为惶恐，以为遇到什么不利的事情，于是，占了一卦，得到的解释是：曾经有盛大功业的家族，其后代不顺心，以"不遂"而"作祟"。晋景公问身边的大将韩厥如何应对，韩厥暗里知道赵氏孤儿尚在人世，回答道："有盛大功业的家族而在晋国断了香火的，不就是赵氏吗？其先祖是中衍，自中衍以下都姓嬴。中衍的长相是人面而鸟嘴，降临凡间，辅助殷帝太戊；其后代辅助周天子，皆有德政。到了周厉王、周幽王的时代，周天子昏聩无道，叔带离开周王朝的都城而到了晋地，辅助晋国先君晋文侯，一直到晋成公时期，赵氏家族世世代代均有功勋，也未曾断过香火。可是，就在我们这一代，我的君主，您将赵氏这一族给灭了，我们晋国人对此深感哀痛，龟策上所显示的就是这些内情。惟望君主图谋良策。"晋景公问："赵氏家族如今还有延续香火的子孙吗？"韩厥趁机将赵氏孤儿留在人世的事情和盘托出，于是，晋景公跟韩厥谋划将孤儿立为赵氏家族的后继子孙，将孤儿秘密接回宫里。众将领牵挂着晋景公的病情，入宫请安，晋景公早已授意韩厥精心布局，人多势众，胁迫诸位将领承认赵氏孤儿的身份，并且与之见面。孤儿大名赵武。诸位将领见状，不得不表态，并加以辩解："当年发生下宫之难事件，纯粹是屠岸贾策划的，他假传君命，命令我等依从；要不是这样，谁敢作难呢？其实，就算君主身体无恙，我等本来就想着要立孤儿为赵氏之后；如今，君主有令，实在是我等内心之愿啊！"于是，晋景公召来赵武、程婴，二人一一与众将领施礼相见。众将领倒过来帮助程婴、赵武围攻屠岸贾，将其一族灭掉。晋景公将赵氏原有的封地采邑重新赐予赵武。

在这里，《史记·赵世家》与纪君祥《赵氏孤儿》杂剧存在明显出入，即前者写韩厥在孤儿当初秘密离开宫里后一直活着，十五年后还辅助赵武为家族复仇；而后者写韩厥在孤儿当初秘密离开宫里时为免除程婴的后顾之忧而自行"灭口"，悲壮地牺牲。

两相对比，《史记·赵世家》与《赵氏孤儿》杂剧还有一处很大的不同，且先看《史记·赵世家》的写法：

> 及赵武冠，为成人，程婴乃辞诸大夫，谓赵武曰："昔下宫之难，皆能死。我非不能死，我思立赵氏之后。今赵武既立，为成人，复故位，我将下报赵宣孟与公孙杵臼。"赵武啼泣顿首固请，曰："武原苦筋骨以报子至死，而子忍去我死乎！"程婴曰："不可。彼以我为能成事，故先我死；今我不报，是以我事为不成。"遂自杀。赵武服齐衰三年，为之祭邑，春秋祠之，世世勿绝。

换言之，再过了五年，赵武到了举行"冠礼"之时，即年满二十岁，程婴觉得自己的责任和义务已经完成，于是决意辞别诸位大夫，并对赵武说："当年，发生下宫之难时，人人无惧赴死；我活了下来，并非怕死，而是要设法保护和抚养赵氏之后。如今，赵武已经长大，可以自立，并且恢复了赵氏在朝中的地位，我现在可以从容地赴死，与泉下的赵宣子和公孙杵臼通报喜讯了。"赵武闻言，顿首痛哭，一再请求程婴不可轻生，说道："我甘愿侍奉您一辈子，哪怕再苦再难也要回报您的养育之恩。您怎么可以忍心丢下我而去呢？"程婴回应道："我可不能答应你。要知道，公孙杵臼当年就是知道我能够成事，才会先我而死的；如今，我如果不能下黄泉跟他和赵宣子通报一声，他们会以为时间过了这么久我还没有办成大事呢！"程婴于是自杀身亡。赵武为程婴守重孝，服齐衰之丧三年；同时，划出一块专门祭祀程婴的地域，春秋两祭，世代不绝。

　　而《赵氏孤儿》杂剧第五折没有程婴"自杀"的情节，最后写到的是赵武时年二十，当面念诵程婴对自己的莫大恩德；程婴得到晋国主公赐予的十顷田庄，赵武"袭父祖列爵卿行"，二人望阙谢恩，全剧结束。

　　总括而言，《赵氏孤儿》杂剧故事框架所内含的几个标志性要素与《史记·赵世家》基本可以对应起来，即二者的主要部分是大体一致的。鉴于《史记》流传久远、影响甚大、具有权威性，纪君祥依照《史记》的描述来改编赵氏孤儿的故事，是毫无疑问的。

　　然而，有一个问题不可回避，即《左传》和《国语》，是比《史记》更早的历史文献，它们都有关于晋国的不少记载，但是唯独均无"赵氏孤儿"故事。这是怎么回事呢？

　　有史学研究者做了一番考辨，得出结论："可以断言，所谓'赵氏孤儿'云云，纯属子虚乌有"；并且提出如下几点判断：1. 赵氏族诛事件，发生在晋景公十七年（前583年，此年即鲁成公八年；《春秋左传·成公八年》的经文有"晋杀其大夫赵同、赵括"句，可证），赵武复立，可能是在晋景公十九年（前581年）。因此，《史记·赵世家》所言是错误的；2. 赵氏族诛的范围可能限于赵同、赵括两个支族，起码赵朔及其后代（即赵庄姬所生子女）未有波及［《春秋左传·成公八年》记"晋讨赵同、赵括。（赵）武从姬氏（赵庄姬）畜于公（晋景公）宫"；赵朔之子赵武因而幸免于难］；3. 赵氏族诛起因于赵庄姬的"谗言"（《春秋左传·成公四年》记"晋赵婴通于赵庄姬"。赵婴，即赵婴齐，是赵朔之叔；赵庄姬，即赵朔之妻，晋成公之女；二人私通，实为乱伦；《春秋左传·成公八年》记"晋赵庄姬为赵婴之亡故，谮之于晋侯"，即诬告与赵婴齐对立的赵同、赵括两个支族密谋"作乱"），但更主要的因素是栾氏、郤氏势力（他们与赵氏严重对立）的排挤和倾轧。4. 赵武复立主要是依靠韩厥的支持，韩厥自言"昔吾畜于赵氏，孟姬之谗（即'赵庄姬为赵婴之亡故，谮之于晋侯'事件），吾能违兵（不跟从栾氏等势力围攻赵氏）"（见《春秋左传·成公十七年》），表明在晋国的政治活动中，韩、赵二氏的联盟有着深厚的历史基础。（参见郝良真、孙继民《"赵氏孤儿"考辨》，《中国史研究》1991年第2期）我们认为，这样的考辨有历史学意义。

　　将以上几点"整合"起来看，它们构成了一个"历史文本"，其中的主要事件是"晋杀其大夫赵同、赵括"。它暴露了春秋时期晋国的内在矛盾和危机，细分一下，有如下现象：一是晋国出现"君弱臣强"局面，是晋文公以后晋国各方政治势力不断角力、相互内耗的结果；一是处于强势的权力族群不止一个，有赵氏、栾氏、郤氏等；一是由于曾经辅助晋文公的原因，几大权力族群之中，以赵氏为最大和最显赫，但同时赵氏的政治对手也是最多；一是赵氏族群之内由于乱伦等原因发生内部矛盾，矛盾不断激化，乃至于到了不可收拾的地步，这就成了"晋杀其大夫赵同、赵括"的导火索。

而与之相较，《史记·赵世家》里所讲述的"赵氏孤儿"，不妨可以看作是一个"故事文本"，它与以上的"历史文本"有着相关性，即二者的"契合点"在于春秋时期的晋国存在着对赵氏家族诸多不利因素，无非是因为赵氏在晋国的政治势力范围内较长时期一家"坐大"，成为其他权力家族的"众矢之的"，后者积累到足够的力量就必然除之而后快。

然而，不能不看到，《史记·赵世家》的"故事文本"毕竟与《春秋左传》《国语》等先秦文献所呈现出来的"历史文本"差别太大，事件缘起、发生时间、人物关系、核心情节、中间过程等，均有诸多"错位"而难以一一对应，更无法"复原"。有学者花了很大力气以不断"证伪"的方式来将"故事文本"还原为"历史文本"，依然是头绪纷乱，云里雾里，不得要领，反而失去了"故事的趣味"。

不妨换一个角度看，司马迁写《史记·赵世家》，自然会有其"资料来源"，可能是来自不无虚构成分的故事传说（有学者认为是"全采战国传说"，见杨伯峻《春秋左传注》下册鲁成公八年条，中华书局，2020年版，第718页）。清顾炎武《日知录》卷二六"史记"条有一个基本的判断："凡《世家》，多本之《左氏传》；其与《传》不同者，皆当以《左氏》为正。"（顾炎武著，黄汝城集释，栾保群校注《日知录集释》，浙江古籍出版社，2013年版，第五册，第1464页）以此观之，我们有理由推断，《史记·赵世家》没有依照《春秋左传》等"古书"来写，必有其原因。所谓"凡《世家》，多本之《左氏传》"，是基本事实，司马迁本就是精研并极端推崇《春秋》的专家，他说过："拨乱世反之正，莫近于《春秋》。《春秋》文成数万，其指万千；万物之聚散皆在《春秋》。"还说："故《春秋》者，礼义之大宗也。"（《汉书·司马迁传》）不过，曾经南游江淮、北涉汶泗的司马迁，到处观遗风，访故旧，获益良多，他就注意到"幽厉之后，周室衰微，诸侯专政，《春秋》有所不纪"（《太史公自序》），即他意识到，哪怕是《春秋》，其写法是执简驭繁，不可能什么都记录在案（有学者认为《春秋》记事"本不完备"，加以存在"传抄遗漏"，见杨伯峻《春秋左传注·前言》）；而司马迁本人的工作重点是"述故事，整齐其世传"（《汉书·司马迁传》），他明知道《史记·赵世家》的内容与《春秋左传》不相符合，但为了"述故事"，难以割舍；况且，他写作《五帝本纪》等，已经积累了收集和处理各种异闻传说的经验，不仅为了生动，而且是为了保存"异说"，并持守着一种信念："非好学深思，心知其意，固难为浅见寡闻道也。"（《史记·五帝本纪》）避免"浅见寡闻"，是司马迁的自觉行为，要非如此，《史记·赵世家》就不会留下传颂古今的"赵氏孤儿"故事了。更为主要的原因是，司马迁深为这个故事所感动，故事中的主人公如程婴、公孙杵臼等，他们的牺牲精神印证了司马迁自己的"死有重于泰山"（《报任安书》）的说法。他以如椽之笔写出了一段惊天地、泣鬼神的"传奇"。正是如此，《史记》堪称"无韵之《离骚》"。

虽然顾炎武"其与《传》不同者，皆当以《左氏》为正"的说法并无不当，但是，也没有必要"刻舟求剑"，一定要为"赵氏孤儿"故事洗脱其"传奇色彩"而还原为一个较为平实无奇的"晋国内讧事件"。事实上，就算司马迁版的"赵氏孤儿"故事与晋景公时期的晋国政治权斗的"真实"不相吻合，但是有一点是真实的，即司马迁十分珍爱这个故事，并寄寓着"述往事，思来者"（《报任安书》）的意图，从"心态史学"角度看，这样的真实性对于研究司马迁以及西汉士大夫心态，具有重要的"史学意义"。

无独有偶，西汉著名学者刘向，生活于司马迁之后的汉元帝、汉成帝时代，他熟读《史记·赵世家》，所编《新序》《说苑》都收入司马迁版的"赵氏孤儿"故事，分别见《新序》的"节士"门和《说苑》的"复恩"门。从体例而言，这是不寻常的做法，因为刘向编《新序》在前，编《说苑》在后，他在《说苑书录》中曾经声明"除去与《新序》复重者"，而司马迁版的"赵氏孤儿"故事显然例外，均见于两书之中。仔细加以辨析，刘向在文字处理上各有侧重，《新序》"节士"门里的"赵氏孤儿"故事着意表彰了程婴、公孙杵臼，他们均为"节义之士"；《说苑》"复恩"门里的"赵氏孤儿"故事凸显了程婴和韩厥，他们都是感念赵氏的恩义而不辞万难、持之以恒地加以回报。无论"节士"还是"复恩"，都符合刘向"风化天下"的著述宗旨。（参见邓骏捷《刘向校书考论》，人民出版社，2012年版，第13页）

司马迁与刘向，他们均称得上是西汉最博学之人，同时也是以严谨著称的学者，可是，他们一致地认可"赵氏孤儿"故事，其判断和写法已经超越史学范畴，或者说，他们为了表彰"忠义"，更倾向于以一种人文精神来看待"赵氏孤儿"故事，其"淑世"之心更为突出；他们都在各自的人生经历中分别遭遇过"李陵之祸"与"免为庶人"的横逆，对于违反纲常的行为和险恶的政治环境极为痛恨，故而，他们在弘扬"赵氏孤儿"故事的意蕴之时也就超越了史家身份而发出了穿越时空的人生感喟。

约形成于战国时期的"赵氏孤儿"故事，经由司马迁、刘向等名人而得以广泛传播，他们的著述在后代影响甚大；该故事代代相传，对后世的人们产生极大的心灵震撼，如东晋陶渊明《读史述九章》有《程杵》一题，诗曰："遗生良难，士为知己。望义如归，允伊二子。程生挥剑，惧兹徐耻。令德永闻，百代见纪。"（袁行霈撰《陶渊明集笺注》，中华书局，2017年版，第355页）此诗表达了陶渊明对程婴、公孙杵臼二人的敬仰与推崇之意，他在这一组诗的小序里写道："余读《史记》，有所感而述之。"可见他就是从《史记·赵世家》获知"赵氏孤儿"故事的。又如北周庾信，他有一首《和张侍中述怀》，其中有句云："畴昔逢知己，生平荷恩渥。故组竟无闻，程婴空寂寞。"清倪璠注云："《史记》曰：屠岸贾作难，公孙杵臼取他儿代（赵）武死。程婴匿赵武于山中十五年。因晋侯有疾，韩厥乃请立武为赵氏后。"（清倪璠注，许逸民校点《庾子山集注》，中华书局，1980年版，第252—254页）庾信感怀身世时也不禁想起程婴、公孙杵臼的往事。直到元代，该故事依然令后人感动不已，故而有纪君祥的《赵氏孤儿》杂剧。

从《史记·赵世家》到杂剧《赵氏孤儿》，我们看到一个故事的跨文体流变。《赵氏孤儿》与《史记·赵世家》的渊源关系是毋容置疑的，可是，前者却不是后者的"戏曲化"那么简单。在"赵氏孤儿"故事的传播史上，杂剧《赵氏孤儿》是一个更伟大的文本，并由此衍生出后世不同剧种包括影视剧的同题创作。这是另一个问题，本文暂且打住。

（原刊于《澳门文献信息学刊》总第 28 期，2021 年）

历史剧：叙事外套与故事内核的错位及磨合

——以"赵氏孤儿"题材的多次改编为例

引　言

历史剧如何定位，是一个历久弥新的话题。

茅盾先生在上世纪的 60 年代初出版了一本《关于历史和历史剧》的书①，此书的副标题是"从《卧薪尝胆》的许多不同剧本说起"，主要围绕"卧薪尝胆"故事题材依次谈了如下六点：怎样甄别史料，先秦诸子、两汉学者对于吴越关系的记载和看法，先秦诸子、两汉学者对于吴夫差越勾践的评价，先秦诸子、两汉学者对吴、越两方的文臣武将的评价，从历史到历史剧：我国的悠久传统和丰富经验，对传统的继承和发展。其关注的焦点在于历史真实问题，而讨论的目的是"如何使历史剧既是艺术又不背于历史的真实"②。

本文受到茅盾此书的启发，也借鉴其中的一些做法，但提法有所不同。

笔者认为，对于历史剧，如果做"解构"处理，会发现实际上要它完全做到"不背于历史的真实"是难度极高的，甚至不太可能。本文以"赵氏孤儿"题材的多次改编为例，认为历史剧文本可"解构"为叙事外套与故事内核，而同一故事题材的多次改编则呈现为叙事外套与故事内核的错位及磨合。所谓"错位"，指与戏剧艺术密切相关的"故事内核"总是不同程度地跟关联着历史真实的"叙事外套"不相吻合，甚至出入较大；随着时间推移，不同时代的剧作者选取同一题材进行创作，面对已然出现的"错位"现象会不断调整故事结构，或增减出场人物，以期对"错位"有所弥合，是为"磨合"。然而，"错位"终究难以消除，"磨合"的结果也未必"不背于历史的真实"，甚至有可能产生新的"错位"。

---

① 茅盾《关于历史和历史剧》，作家出版社，1962 年。

② 茅盾《关于历史和历史剧》，第 150 页。

本文的论述以元纪君祥《赵氏孤儿》杂剧为主要研讨对象，兼及同一题材的改编本如明传奇《八义记》、京剧《搜孤救孤》（孟小冬演出本）、京剧《赵氏孤儿》（马连良演出本）、秦腔《赵氏孤儿》（马健翎改编本）等。"赵氏孤儿"题材的典型性在于，故事来自史书，即《史记·赵世家》，而先秦文献与春秋时期晋国史相关的历史文本均无"赵氏孤儿"故事，记载着赵氏家族史的《史记·晋世家》的内容也与《史记·赵世家》多有不同，史学界主流意见，认同《史记·晋世家》的历史真实性，而认为《史记·赵世家》中的"赵氏孤儿"故事与史实相距甚远①。因此，讨论杂剧《赵氏孤儿》的历史真实性，就成了一个颇为烦难且不易有结果的话题。可是，如果做出话语转换，将跟历史相关的部分表述为"叙事外套"，而将剧作家想要表达的重点定义为"故事内核"，研究二者的"错位"和"磨合"关系，或许对历史剧的定位产生与前贤不同的认知；而上述二者的"错位"与"磨合"关系，涉及到历时性的集体心态问题，这将会成为历史剧研究的新的学术增长点。

一、《史记·赵世家》与"赵氏孤儿"的叙事外套

《赵氏孤儿》杂剧的故事框架即叙事外套，基本上来源于《史记·赵世家》。

杂剧内含着几个标志性要素：1. 故事的"由头"，是屠岸贾与以赵盾为首的赵氏家族结怨，矛盾激化，屠岸贾非要灭掉赵氏全族不可，直至一个不剩；2. 故事的"核心"人物，是赵氏孤儿，他是赵盾的孙子，是赵盾之子赵朔与晋成公之姊庄姬（公主）所生的儿子，也是赵氏家族历经腥风血雨而唯一幸存下来的"种"；3. 故事的密切相关人物，有韩厥、程婴、公孙杵臼；4. 故事的紧要关头，是公孙杵臼与程婴作为赵氏家族的门客或友人，分别做出艰难之举：公孙杵臼与"假孤儿"惨死在屠刀之下，以此掩护"真孤儿"成功避世，而程婴含辛茹苦躲避山中，如爹如娘般地将孤儿抚养成人；5. 故事的结局，是孤儿长大，伺机为赵氏家族复仇。

以上数点，可与《史记·赵世家》对比研究。换言之，纪君祥在创作《赵氏孤儿》时，他相当重要的"文本依据"是《史记·赵世家》。为了说明二者的密切程度，我们不妨梳理一下其中的对应关系。

---

① 参见郝良真、孙继民《"赵氏孤儿"考辨》，载《中国史研究》1991 年第 2 期。

首先，事件起因，且看《史记·赵世家》的相关叙述：

> 晋景公之三年，大夫屠岸贾欲诛赵氏。初，赵盾在时，梦见叔带持
> 要而哭，甚悲；已而笑，拊手且歌。盾卜之，兆绝而后好。赵史援占
> 之，曰："此梦甚恶，非君之身，乃君之子，然亦君之咎。至孙，赵将
> 世益衰。"屠岸贾者，始有宠于灵公，及至于景公而贾为司寇，将作
> 难，乃治灵公之贼以致赵盾，遍告诸将曰："盾虽不知，犹为贼首。以
> 臣弑君，子孙在朝，何以惩罪？请诛之。"

我们从这个事件的起因可以看到，晋灵公宠幸屠岸贾，屠岸贾最大的靠
山就是晋灵公；一旦晋灵公被杀，靠山倒了，屠岸贾比谁都紧张，说不定接
下来遭遇不测的就是向来得到晋灵公宠幸的自己。晋灵公死后，是晋成公继
位；晋成公死后，轮到晋景公继位。晋灵公死于公元前 607 年，到晋景公三
年即公元前 597 年（此据方诗铭《中国历史纪年表》，上海辞书出版社，
1982 年版），已经过去了十年时间，可以想见，屠岸贾在这十年里一直在伺
机除掉眼中钉赵氏家族，等到晋景公时代，时机到了，"及至于景公而（屠
岸）贾为司寇"，屠岸贾趁着自己升任司寇，这个职位西周时就有，春秋时
沿用，掌管着刑狱、纠察等事，他利用职务之便，于晋景公三年终于决定出
手，先发制人，这就是"将作难"的动机所在。他紧紧揪住"凶手"赵穿
与赵盾的"宗法"关系，将赵氏家族视为自己最大的生存威胁，必定除之
而后快，用"以臣弑君"的罪状定了整个赵氏家族的死罪，并以此做朝中
各位将领的工作，所谓"遍告诸将"，说明屠岸贾的工作还是做得相当细致
的，他想要获得将领们的普遍支持，保证灭掉赵氏家族的图谋得以顺利实
施。换言之，屠岸贾与赵氏家族的矛盾由于晋灵公之死而急遽激化，此一矛
盾的性质属于统治集团内部的私人恩怨，无关正义，是两个权势族群之间的
恶斗。在当时的情势之下，屠岸贾占了上风，赵氏家族由于赵盾的出逃并
"缺席"而处于被动挨打的境地。

其次，事件的阻力，再看《史记·赵世家》的相关叙述：

> 韩厥曰："灵公遇贼，赵盾在外，吾先君以为无罪，故不诛。今诸
> 君将诛其后，是非先君之意而今妄诛。妄诛谓之乱。臣有大事而君不
> 闻，是无君也。"屠岸贾不听。韩厥告赵朔趣亡。朔不肯，曰："子必
> 不绝赵祀，朔死不恨。"韩厥许诺，称疾不出。

屠岸贾没有想到，将领之中竟然有人敢跟他说"不"，这位将领就是韩厥。韩厥对于屠岸贾的灭赵图谋当场表示反对。韩厥本想劝赵朔逃亡，但赵朔不肯；见赵朔如此表态，不好再说什么，只好承诺顺从赵朔的意愿，随即称病不出。而韩厥称病不出，说明当时危局已定，对自己同时对赵氏家族都极为不利。这就反衬出屠岸贾已经成功与诸多将领联手去灭掉赵氏族群。

再其次，事件的恶化，看《史记·赵世家》的如下叙述：

> 贾不请而擅与诸将攻赵氏于下宫，杀赵朔、赵同、赵括、赵婴齐，皆灭其族。

果然不出韩厥所料，屠岸贾在没有请示晋景公的情况下，擅自调遣军将，包围下宫，一举诛杀赵氏全族，包括赵朔、赵同、赵括、赵婴齐等。这就是史书上著名的"下宫之难"。所谓"（屠岸）贾不请而擅与诸将攻赵氏于下宫"，足以说明此时的晋国，屠岸贾实际上掌控了军队，晋景公成了摆设，以赵朔为首的赵氏家族随之灰飞烟灭。

值得特别注意的是，《史记·赵世家》里接着出现的"戏剧性事件"正是由此生发，奇怪的是，此事却不见于先秦时代史书的记载①；可以说，如果没有以下的情节，就不会产生后世流传不衰的"赵氏孤儿"故事：

> 赵朔妻成公姊，有遗腹，走公宫匿。赵朔客曰公孙杵臼，杵臼谓朔友人程婴曰："胡不死？"程婴曰："朔之妇有遗腹，若幸而男，吾奉之；即女也，吾徐死耳。"居无何，而朔妇免身，生男。屠岸贾闻之，索于宫中。夫人置儿绔中，祝曰："赵宗灭乎，若号；即不灭，若无声。"及索，儿竟无声。已脱，程婴谓公孙杵臼曰："今一索不得，后必且复索之，奈何？"公孙杵臼曰："立孤与死，孰难？"程婴曰："死易，立孤难耳。"公孙杵臼曰："赵氏先君遇子厚，子强为其难者，吾

---

① 关于春秋时晋国赵氏家族，《左传》宣公二年，及成公四年、五年、八年均有记载，但全无"赵氏孤儿"故事；《国语》的"晋语"部分也没有"赵氏孤儿"记载；《史记·晋世家》同样无"赵氏孤儿"事件。"赵氏孤儿"故事见于《史记·赵世家》，屠岸贾、程婴、公孙杵臼等人的名字也见于此篇而不见载于先前文献。故而，笔者推断《史记·赵世家》的史料可能来源于司马迁所熟悉的民间传闻而不是先秦的文献记载。相反，《史记·晋世家》的内容多与《左传》《国语》的相关记载一致，而《史记·赵世家》却与之多有出入。从历史真实的角度看，《史记·晋世家》较为可信，而《史记·赵世家》的"赵氏孤儿"故事难称"信史"。

为其易者，请先死。"乃二人谋取他人婴儿负之，衣以文葆，匿山中。程婴出，谬谓诸将军曰："婴不肖，不能立赵孤。谁能与我千金，吾告赵氏孤处。"诸将皆喜，许之，发师随程婴攻公孙杵臼。杵臼谬曰："小人哉程婴！昔下宫之难不能死，与我谋匿赵氏孤儿，今又卖我。纵不能立，而忍卖之乎！"抱儿呼曰："天乎天乎！赵氏孤儿何罪？请活之，独杀杵臼可也。"诸将不许，遂杀杵臼与孤儿。诸将以为赵氏孤儿良已死，皆喜。然赵氏真孤乃反在，程婴卒与俱匿山中。

事情竟有如此之巧：万没想到赵朔还有"遗腹儿"，而且，此"遗腹儿"就在其妻即晋成公姐姐庄姬的肚子里，尚未出世。过不多久，庄姬分娩，产下男婴。屠岸贾闻讯，立即到宫里搜寻，斩草除根。庄姬慌乱之间，将婴儿置于自己的绔（古时女子的裤管，外面还罩以下裙）中，念念有词，祷告道："赵氏血脉要是真的灭绝，你就哭吧；如果还不至于灭绝，你就给我默不作声！"等到屠岸贾的人入宫搜捕，男婴竟然一声不吭，安然躲过。

与杂剧《赵氏孤儿》相比，《史记·赵世家》写男婴的逃脱算是万分顺利了：已然被带离内宫，就在程婴和公孙杵臼的手里。《史记》没有渲染孤儿出宫之难，完全是有惊无恐而已；只是牺牲了公孙杵臼和一个不知名的婴儿，程婴终于成功携带孤儿藏身于山野之中。

后世的赵氏孤儿故事，包括纪君祥《赵氏孤儿》杂剧，大体是依照上述"情节"编写的。当然，《史记·赵世家》里的叙述还没有到此结束，且看"时隔十五年"的下文：

居十五年，晋景公疾，卜之，大业之后不遂者为祟。景公问韩厥，厥知赵孤在，乃曰："大业之后在晋绝祀者，其赵氏乎？夫自中衍者皆嬴姓也。中衍人面鸟噣，降佐殷帝大戊，及周天子，皆有明德。下及幽、厉无道，而叔带去周适晋，事先君文侯，至于成公，世有立功，未尝绝祀。今吾君独灭赵宗，国人哀之，故见龟策。唯君图之。"景公问："赵尚有后子孙乎？"韩厥具以实告。于是景公乃与韩厥谋立赵孤儿，召而匿之宫中。诸将入问疾，景公因韩厥之众以胁诸将而见赵孤。赵孤名曰武。诸将不得已，乃曰："昔下宫之难，屠岸贾为之，矫以君命，并命群臣。非然，孰敢作难！微君之疾，群臣固且请立赵后；今君有命，群臣之愿也。"于是召赵武、程婴遍拜诸将，遂反与程婴、赵武攻屠岸贾，灭其族。复与赵武田邑如故。①

换言之，程婴秘密地将赵氏孤儿抚养成人，一晃就过了十五年。此时，碰巧晋景公生病了，颇为惶恐，以为遇到什么不利的事情，于是，占了一卦，得到的解释是：曾经有盛大功业的家族，其后代不顺心，以"不遂"而"作祟"。晋景公问身边的大将韩厥如何应对，韩厥暗里知道赵氏孤儿尚在人世，回答道："有盛大功业的家族而在晋国断了香火的，不就是赵氏吗？其先祖是中衍，自中衍以下都姓嬴。中衍的长相是人面而鸟嘴，降临凡间，辅助殷帝太戊；其后代辅助周天子，皆有德政。到了周厉王、周幽王的时代，周天子昏聩无道，叔带离开周王朝的都城而到了晋地，辅助晋国先君晋文侯，一直到晋成公时期，赵氏家族世世代代均有功勋，也未曾断过香火。可是，就在我们这一代，我的君主，您将赵氏这一族给灭了，我们晋国人对此深感哀痛，龟策上所显示的就是这些内情。惟望君主图谋良策。"晋景公问："赵氏家族如今还有延续香火的子孙吗？"韩厥趁机将赵氏孤儿留在人世的事情和盘托出，于是，晋景公跟韩厥谋划将孤儿立为赵氏家族的后继子孙，将孤儿秘密接回宫里。众将领牵挂着晋景公的病情，入宫请安，晋景公早已授意韩厥精心布局，人多势众，胁迫诸位将领承认赵氏孤儿的身份，并且与之见面。孤儿大名赵武。诸位将领见状，不得不表态，并加以辩解："当年发生下宫之难事件，纯粹是屠岸贾策划的，他假传君命，命令我等依从；要不是这样，谁敢作难呢？其实，就算君主身体无恙，我等本来就想着要立孤儿为赵氏之后；如今，君主有令，实在是我等内心之愿啊！"于是，晋景公召来赵武、程婴，二人一一与众将领施礼相见。众将领倒过来帮助程婴、赵武围攻屠岸贾，将其一族灭掉。晋景公将赵氏原有的封地采邑重新赐予赵武。

经过以上的梳理，《赵氏孤儿》杂剧的叙事外套与《史记·赵世家》的关系已一目了然。

二、"赵氏孤儿"的故事内核

不过，《赵氏孤儿》杂剧与《史记·赵世家》存在着明显出入，即司马迁写韩厥在孤儿当初秘密离开宫里后一直活着，十五年后还辅助赵武为家族

---

① 《史记》，"中华国学文库"本，中华书局，2012年，第1601—1606页。

复仇；而杂剧写韩厥在孤儿当初秘密离开宫里时为免除程婴的后顾之忧而自行"灭口"，悲壮地牺牲。

还有，两相对比，《史记·赵世家》与《赵氏孤儿》杂剧也有一处很大的不同，且先看《史记·赵世家》的写法：

> 及赵武冠，为成人，程婴乃辞诸大夫，谓赵武曰："昔下宫之难，皆能死。我非不能死，我思立赵氏之后。今赵武既立，为成人，复故位，我将下报赵宣孟与公孙杵臼。"赵武啼泣顿首固请，曰："武原苦筋骨以报子至死，而子忍去我死乎！"程婴曰："不可。彼以我为能成事，故先我死；今我不报，是以我事为不成。"遂自杀。赵武服齐衰三年，为之祭邑，春秋祠之，世世勿绝。①

换言之，再过了五年，赵武到了举行"冠礼"之时，即年满二十岁，程婴觉得自己的责任和义务已经完成，于是决意辞别诸位大夫，并对赵武说："当年，发生下宫之难时，人人无惧赴死；我活了下来，并非怕死，而是要设法保护和抚养赵氏之后。如今，赵武已经长大，可以自立，并且恢复了赵氏在朝中的地位，我现在可以从容地赴死，与泉下的赵宣子和公孙杵臼通报喜讯了。"赵武闻言，顿首痛哭，一再请求程婴不可轻生，说道："我甘愿侍奉您一辈子，哪怕再苦再难也要回报您的养育之恩。您怎么可以忍心丢下我而去呢？"程婴回应道："我可不能答应你。要知道，公孙杵臼当年就是知道我能够成事，才会先我而死的；如今，我如果不能下黄泉跟他和赵宣子通报一声，他们会以为时间过了这么久我还没有办成大事呢！"程婴于是自杀身亡。赵武为程婴守重孝，服齐衰之丧三年；同时，划出一块专门祭祀程婴的地域，春秋两祭，世代不绝。

而《赵氏孤儿》杂剧第五折没有程婴"自杀"的情节，最后写到的是赵武时年二十，当面念诵程婴对自己的莫大恩德；程婴得到晋国主公赐予的十顷田庄，赵武"袭父祖列爵卿行"，二人望阙谢恩，全剧结束。

纪君祥的《赵氏孤儿》杂剧，对这一题旨做了明显的变动，将"私斗"改为在中国古代政治生态里具有普遍意义的"正邪斗争"，同时一再强调，公孙、程婴除了"救孤"，更重要的是为了救全国的"半岁之下，一月之上"的婴儿，将公孙、程婴等人的"义气"置于这一更为凶险、复杂政治

---

① 《史记》，"中华国学文库"本，中华书局，2012年，第1606页。

生态之中，愈发凸显了善良人性的夺目光彩与人间正义的强大力量。

这正是《赵氏孤儿》杂剧的故事内核①。

三、故事内核与叙事外套的错位

就《赵氏孤儿》杂剧而言，其故事内核与叙事外套的错位主要有如下情形：

1. 调整人物设定与赢得"虚构空间"

《赵氏孤儿》杂剧的反派人物屠岸贾，这一人物的蓝本来自《史记·赵世家》，屠岸贾其人的名字，可见于这个文本。对于整个剧本而言，此人十分关键，一切的"戏"均由他所引发，少了他就没"戏"。

其实，《史记·赵世家》里的屠岸贾为何那么痛恨赵氏，要置诸死地而后快，司马迁并无具体交代。我们只能从字里行间约略推知，屠岸贾受到晋灵公的宠幸，而在晋灵公的继位问题上赵盾本来是反对并阻拦的，而灵公终究成功继位，赵盾对其为人极为不屑，经常规劝，以尽其"国政"之职责，无奈行为怪异且凶残的灵公不听不理，二人的关系日渐紧张，灵公甚至要非除掉赵盾不可，形势对赵氏极端不利，乃至于身为赵氏家族成员的赵穿终于将灵公杀了；而屠岸贾其人，向来与灵公沆瀣一气，臭味相投，灵公之死对他而言是"巨大损失"，按照主公的敌人就是自己的敌人的逻辑，屠岸贾对赵氏怀恨在心也就顺理成章了。他一直等待时机，结果，到了晋景公在位期间，身为"司寇"的屠岸贾伺机"翻炒"出"晋灵公之死"这篇旧文章，要找借口灭了赵氏家族。此外，《史记·韩世家》也有记载："晋景公之三年，晋司寇屠岸贾将作乱，诛灵公之贼赵盾，赵盾已死矣。欲诛其子赵朔，韩厥止贾，贾不听。"我们依照《史记·赵世家》和《史记·韩世家》的描述，大致可以梳理出以上的人物关系及其内在缘由。换言之，屠岸贾与赵氏结仇，是与灵公之死大有关系的，故而到了晋景公时期，屠岸贾要"法办"赵盾后人，结束赵氏"子孙在朝"的局面。

然而，《赵氏孤儿》杂剧在人物设定上有所调整，剧作家纪君祥对当年晋国特定的权力争斗做了一定程度的普泛化处理，即将历朝历代反复出现的

---

① 《赵氏孤儿》，本文依据王季思主编《全元戏曲》本，人民文学出版社，1999 年版。下文不另出注。

"忠奸斗争"套入"赵氏孤儿"故事之中,于是,剧中的屠岸贾上场时自报家门:"某乃晋国大将屠岸贾是也。俺主灵公在位,文武千员,其信任的只有一文一武:文者是赵盾,武者即某矣。俺二人文武不和,常有伤害赵盾之心,争奈不能入手。那赵盾儿子唤作赵朔,现为灵公驸马。某也曾遣一勇士鉏麑,仗着短刀,越墙而过,要刺杀赵盾,谁想鉏麑触树而死。……"(楔子)纪君祥要将杂剧《赵氏孤儿》的主要矛盾定位为"忠奸斗争",而不是晋国的公室与卿室之间的内部权斗,故而将晋灵公谋杀赵盾的一连串阴险举动嫁接到了屠岸贾的头上(关于这些故事的嫁接,下文将有具体论析,此处不赘),让屠岸贾一上场就在其"自报家门"的长篇道白里一一交代。同时,剧情发生的时间也锁定在"俺主灵公在位"期间,大概是受到《史记·赵世家》"屠岸贾者,始有宠于灵公"这一说法的启发。而故事时间的重新锁定,是为了让情节的安排更为集中,便于组织尖锐激烈且惊心动魄的戏剧冲突。

与此相关,纪君祥对韩厥这一人物的处理也格外引人注目,可以说改动甚大。按照《史记·赵世家》的记载,韩厥在整个"赵氏孤儿"事件中扮演着相当重要的角色,尤其是若干年之后,到了晋景公十七年,韩厥终于等到时机为赵氏平反,并成功让一直隐居的赵武"正式出山",《史记·赵世家》的说法是:"景公问韩厥,厥知赵孤在……具以实告";"于是召赵武、程婴遍拜诸将,遂反与程婴、赵武攻屠岸贾,灭其族。复与赵武田邑如故。"《史记·韩世家》也有相同记载:晋景公病,"卜大业之不遂者为祟。韩厥称赵成季(赵衰,死后谥号'成季')之功,今后无祀,以感景公。景公问曰:'尚有世乎?'厥于是言赵武,而复与故赵氏田邑,续赵氏祀。"从《史记·韩世家》曾使用"赵孤"一词可以得知,司马迁笔下的《韩世家》与《赵世家》在处理"赵氏孤儿"事件上是基本保持一致的,这两个文本的关系较为密切,其写法显然与《史记·晋世家》不同(《史记·晋世家》根本没有"赵氏孤儿"记载;因为赵氏先祖赵衰与晋文公关系甚为密切,《晋世家》对赵氏家族的记载可信度更高)。不论如何,就史实而言,韩厥其人绝无"自杀"的可能。可是,杂剧《赵氏孤儿》写程婴带孤儿出宫,把守宫门的韩厥搜出孤儿,他却深明大义,让程婴赶紧离开,为了证明自己毫无二心,在程婴面前自尽,坚定了程婴"救孤"的信心。显然,纪君祥别具匠心地调整了对于韩厥的人物设置,将这一形象塑造成一名壮烈的义士。

至于程婴和公孙杵臼二人,也是见于《史记·赵世家》;此外,司马迁在《韩世家》一篇的末尾写下一段"太史公曰":"韩厥之感晋景公，绍赵孤之子武，以成程婴、公孙杵臼之义，此天下之阴德也。"① 在司马迁眼中，韩厥之外，程婴、公孙杵臼同样是顶天立地的义士。纪君祥构思《赵氏孤儿》杂剧自然会受到这种史家判断的影响，并有意做出进一步的显然超越史实的艺术创造。

总之，人物设定和故事时间的"重置"，使得纪君祥在写作《赵氏孤儿》杂剧时赢得较大的"虚构空间"。

2. 改动关目与《赵氏孤儿》情节的戏剧化

上文已经指出，《史记·赵世家》与纪君祥《赵氏孤儿》杂剧存在明显出入，即前者写韩厥在孤儿当初秘密离开宫里之后一直活着，"十五年后"还辅助赵武为家族复仇；而后者写韩厥在孤儿当初秘密离开宫里时为免除程婴的后顾之忧而自行"灭口"，悲壮地牺牲。这已经涉及到戏剧关目的改动了。

而说到改动关目，《史记·赵世家》与《赵氏孤儿》杂剧更有一处很大的不同：

据《史记·赵世家》，赵武到了举行"冠礼"之时，即年满二十岁，程婴觉得自己的责任和义务已经完成，于是决意辞别诸位大夫，并对赵武说："当年，发生下宫之难时，人人无惧赴死；我活了下来，并非怕死，而是要设法保护和抚养赵氏之后。如今，赵武已经长大，可以自立，并且恢复了赵氏在朝中的地位，我现在可以从容地赴死，与泉下的赵宣子和公孙杵臼通报喜讯了。"赵武闻言，顿首痛哭，一再请求程婴不可轻生，说道："我甘愿侍奉您一辈子，哪怕再苦再难也要回报您的养育之恩。您怎么可以忍心丢下我而去呢？"程婴回应道："我可不能答应你。要知道，公孙杵臼当年就是知道我能够成事，才会先我而死的；如今，我如果不能下黄泉跟他和赵宣子通报一声，他们会以为时间过了这么久我还没有办成大事呢！"程婴于是自杀身亡。赵武为程婴守重孝，服齐衰之丧三年；同时，划出一块专门祭祀程婴的地域，春秋两祭，世代不绝。

而《赵氏孤儿》杂剧第五折没有程婴"自杀"的情节，最后写到的是赵武时年二十，当面念诵程婴对自己的莫大恩德；程婴得到晋国主公赐予的十顷田庄，赵武"袭父祖列爵卿行"，二人望阙谢恩，全剧结束。同时，第

---

① 《史记》，"中华国学文库"本，中华书局，2012 年，第 1684 页。

五折为了弥补已经"自杀"的韩厥的"缺位",增添了一个人物魏绛,此人在《史记·赵世家》赵氏孤儿事件里完全没有提及;而魏绛出场,是为了让他充当起《史记·赵世家》所写到的若干年后辅助赵武"复立"的韩厥的角色;又为了符合魏绛的身份和活动时间,杂剧故意将赵武"复立"的日期延后到晋悼公时期(赵武之"复立"本来在晋景公时期;晋景公之后还有一个在位八年的晋厉公,然后才到晋悼公继位),魏绛在第五折一上场就说:"下官乃晋国上卿魏绛是也。方今晋悼公在位,有屠岸贾专权,将赵盾满门良贱尽皆杀绝。谁想赵朔门下有个程婴,掩藏了赵氏孤儿,今经二十年光景。"可见这里所说的"今经二十年光景"完全不能与《史记·赵世家》对应起来,说赵武"复立"于晋悼公时期是纯粹虚构出来的①。

以上的情形,属于全剧故事始末的设计。而以下的分析,则属于杂剧故事主体的层次布局与细节处理。

我们看到,《赵氏孤儿》杂剧在"搜孤救孤"这一重大关目上文心甚细,用力极深,效果奇佳,有不少成功的添加和改动:

其一,细化了"搜孤"的过程。"搜孤"在原有的故事里只是简单的一笔,孤儿藏匿于母亲的套裤内,安静无声,躲过一劫。可是,剧作家没有放过这一可以"出戏"的情节,重新构思,将"搜孤"的过程写得惊心动魄、波澜迭起。屠岸贾得悉赵氏孤儿已经出生,马上下令:"若有盗出赵氏孤儿者,全家处斩,九族不留。"情势极为严峻,气氛十分紧张,程婴以医生的身份入宫,为产妇调理汤药,暗中将孤儿藏于药箱之内;产妇哀苦托孤,然后自缢身亡,悲剧气氛变得更为浓重。而如何安全出宫,顿时成为程婴面对的最大难题。在此千钧一发之际,将军韩厥把守宫门,程婴能否"过关",全看韩厥的态度。韩厥发觉程婴举止有异,翻检药箱,"真相"无法掩饰,程婴惊恐万状。然而,令程婴意想不到,韩厥正气凛然,顶天立地,不谋取私利,不趋炎附势,毅然"放行",程婴喜出望外。可是,当韩厥催促程婴赶快离开之时,程婴又显得心事难除,脚步迟疑;韩厥为了让程婴消除疑虑,安心逃离,大义凛然,当即自尽,以免程婴后顾之忧。韩厥的壮烈牺牲感天动地,剧情至此出现了一个小高潮。

其二,强化了"救孤"的难度。在剧中,程婴将"药箱"带出宫外,只是"救孤"的第一步,而更为艰险的情形还在后面。屠岸贾得知韩厥自尽、孤儿已被送出宫外,恼羞成怒,滥用淫威,下令将国中所有半岁之下、

---

① 魏绛是晋悼公时期的名臣,晋悼公十分倚重他,事见《史记·魏世家》。

一月之上的婴儿全数杀害，以达到斩草除根的罪恶目的，其心狠手辣、绝无人性的形象更显突出。此一情节的添加，使得戏剧矛盾的性质发生了根本性的转变，这已经不再是权贵之间的"私斗"，而成了一场是剥夺还是捍卫百姓生存权的严肃斗争。艰危异常，生灵涂炭，程婴心急如焚，寻访正直的公孙杵臼商议对策。程婴意欲将真孤儿托付给公孙，而将自己未经满月的儿子"替换"成假孤儿，让公孙前去"告发"，父子一同就义，以此挽救赵氏孤儿以及全国婴儿的性命。此时，程婴45岁，而公孙年已古稀，公孙以为程婴尚在盛年，可以抚养赵氏孤儿成人，自己以70高龄做出牺牲，更为"合算"，他要把死的机会"抢"过来。这是一次极为悲壮的"争抢"，一次惊天地、泣鬼神的"合作"，公孙牺牲了自己，而程婴也牺牲了自己的儿子。"救孤"之难，固然难在屠岸贾的淫威无处不在，更是难在公孙、程婴二人在间不容发之际面对着如何处置自我生命的艰难决断，可以说，就个体生存而言，世间之"难"，莫过于此。而正是在这样的时刻，剧中两位重要人物分别闪耀出人性的光辉，显示出义薄云天的气概。作品在韩厥就义之后再浓墨重彩塑造出公孙杵臼与程婴的义士形象，两人共同作出的巨大牺牲构成了全剧的大高潮。

其三，赋予赵氏孤儿"双重身份"，情节更加奇谲多变。"救孤"之后过了二十年，赵氏孤儿长大成人。此时，他有两重身份：他既是程婴的"儿子"，名叫"程勃"；他又过继给屠岸贾，成了家族仇人的"继子"，名叫"屠成"。这两重身份随时都会发生尖锐冲突。这正是剧作家构思剧情时的奇诡之处。到了第四折，戏剧张力不仅没有减弱，而且有继续推高的势头，这又是剧作家的高明之举；剧本的第五折，赵氏孤儿成功复仇，也就成了顺理成章的事情。

3. 虚构场景与《赵氏孤儿》情节的空间感

《赵氏孤儿》毕竟是戏剧，戏剧一定要借助具体而特定的空间来呈现人物关系的变化和人物冲突的展开。上述"搜孤救孤"的关目在《史记·赵世家》里还有着一定的依据，可是，孤儿被救之后，故事如何后续，则是一片空白，因为《赵世家》只有一句话："（屠岸贾杀公孙与'孤儿'后）赵氏真孤乃反在，程婴卒与俱匿山中。"紧接着，司马迁写"居十五年，晋景公疾"，引出韩厥在晋景公面前"谋立赵孤儿"的情节，完全没有交代程婴在十五年间是如何将孤儿抚养成人的。而作为戏剧，《赵氏孤儿》杂剧不得不有所虚构，将程婴、孤儿、屠岸贾之间的关系以"戏剧"的方式呈现出来。

在《赵氏孤儿》中，韩厥早已牺牲，不能如《赵世家》那样再利用这个人物来"勾连"程婴、孤儿这一条主线。于是，杂剧作家虚构出一个令人极感意外却又合乎人情世态的空间，即孤儿的成长环境，那就是屠岸贾的家！

有道是最危险的地方也最为安全。剧本第四折，屠岸贾上场，自称："某屠岸贾，自从杀了赵氏孤儿，可早二十年光景也。有程婴的孩儿，因为过继与我，唤作屠成，教的他十八般武艺，无有不拈，无有不会。这孩儿弓马到强似我，就着我这孩儿的威力，早晚定计，弑了灵公，夺了晋国，可将我的官位都与孩儿做了，方是平生愿足。"换言之，杂剧作者为赵氏孤儿精心虚构了一个极为独特的成长环境，他就是在屠岸贾的眼皮底下长大成人的，并且，还有了一个匪夷所思的身份，即成了屠岸贾的干儿子。

虽然是匪夷所思，可是，有着一定的情理依据。一来屠岸贾真的以为赵氏孤儿已经在其监控之下死于非命；二来哪怕程婴带着的小孩儿尚有"问题"，也可以在可控范围之内，收留程婴、收养小孩儿，正是"明智之举"；三来眼看着小孩儿日渐长大，武艺高强，可以成为自己夺取晋国权柄的有力助手。多方面的因素交织起来，屠岸贾的家成为赵氏孤儿的生活空间，是出于"艺术真实"的需要。

大体依据《史记·赵世家》改编的杂剧《赵氏孤儿》，作为一个戏剧作品，不能失却情节的空间感，这是戏剧本身的规定性所决定的。给予赵氏孤儿一个必要的成长空间，补足《赵世家》在叙事方面的欠缺，增强作品的丰富性和可信度，这些都是杂剧作家在编剧时要考虑到的。

杂剧的第四折、第五折以此为前提，展示了在屠岸贾家长大的小孩儿一个极为重要的"转变"，即由认屠岸贾为"爹爹"急转为视屠岸贾为"屠贼"。在这个转变过程中，程婴颇费苦心，描画了一个复杂的"手卷"，找准机会，让小孩儿翻开来看，趁势讲解图中诸多故事，使得小孩儿不得不接受极端可怕而骇人心目的家族惨史，一旦明了真相，小孩儿惊呼："元来赵氏孤儿正是我，兀的不气杀我也！兀的不痛杀我也！"这就为第五折赵氏孤儿擒拿屠岸贾、"报了冤仇，复了本姓"做了较为充分的铺垫。

4. 《赵氏孤儿》的心理描写与戏剧张力

纪君祥将《史记·赵世家》里的"赵氏孤儿"故事转写成戏剧，难度颇高，因为原来的故事文本没有提供多少细节，而且，"偷偷"进行的事情，不可能有多少"大动作"，没有多大的外在的戏剧性。有鉴于此，纪君祥更为着意挖掘的是故事中的微妙细节和内在的戏剧性，即写人物之间微妙的心理互动或尖锐的心理冲突。这一切，是《史记·赵世家》所欠缺的，同样是一种不可忽视的"错位"。

杂剧第二折，写程婴带赵孤出宫，来到公孙杵臼住处，打算合计合计下一步如何安排。程婴一心要保住赵孤，但屠岸贾对赵孤穷追不放，声言"要将晋国内半岁之下、一月之上小孩儿都拘摄到元帅府里，不问是孤儿不是孤儿，一个个亲手剁做三段"，气氛空前紧张，情势十分严峻，程婴到公孙家，目的是想牺牲他本人和自己的亲子（假托是"赵孤"），引开屠岸贾的注意力，让公孙好好抚养真正的赵孤。他对公孙说："念程婴年近四旬有五，所生一子，未经满月，待假妆做赵氏孤儿，等老宰辅告首与屠岸贾，只说程婴藏着孤儿，把俺父子二人一处身死。老宰辅慢慢的抬举的孤儿成人长大，与他父母报仇，可不好也？"而此时，已经得悉一切的公孙另有盘算，他明知故问道："程婴，你如今多大年纪了？"程婴再一次自称四十五岁，时年七十的公孙当即跟程婴算了一道简单的算术题："这小的算着二十年呵，方报的父母仇恨。你再着二十年呵，只是六十五岁；我再着二十年呵，可不九十岁了？其时存亡未知，怎么还与赵家报的仇？"公孙马上"修改"了程婴的方案，说："程婴，你肯舍的你孩儿，倒将来交付与我；你自首告屠岸贾处，说道太平庄上公孙杵臼藏着赵氏孤儿，那屠岸贾领兵校来拿住我和你亲儿，一处而死。你将的赵氏孤儿抬举成人，与他父母报仇，方是个长策。"在这里，两人的语气表面上好像很平淡，似乎在谈论一场交易，似乎在二人之间只剩下你推我让，而毫无慌乱，也不见犹豫，甚至连一点儿的迟疑也没有，却是事关生死，义无反顾，挺身而出，惊天动地！

程婴的方案，是要保存赵孤与公孙，让公孙抚育赵孤；公孙的方案，是要保存赵孤与程婴，让程婴担负起养大赵孤的重任。不论实施哪一种方案，都要有重大的牺牲。在此"交易"的过程中，程婴与公孙都在盘算着如何选择在最难选择的困境下的最无奈也最高尚的方案。二人的心理互动在暗中进行，不动声色，不事声张，却是道义与友情并存，献身精神与高风亮节交互辉映。须知，他们施行惊心动魄的义举，除了保护赵孤，还要守护好全晋国所有婴儿的生命！

如果说，第二折写出了程婴和公孙两人之间微妙的心理互动，增强了作品的内在戏剧性，那么，第三折的重点是写屠岸贾与程婴、程婴与公孙杵臼、公孙杵臼与屠岸贾的多重的心理冲突，将作品的戏剧张力推向了最高峰。

　　且看屠岸贾在第三折上场是如何气焰嚣张："兀的不走了赵氏孤儿也！某已曾张挂榜文，限三日之内，不将孤儿出首，即将普国内小儿，但是半岁以下，一月以上，都拘刷到我帅府中，尽行诛戮。"纪君祥借屠岸贾之口将屠本人的狠毒计谋和盘托出，凸显了程婴和公孙杵臼各自的重大牺牲并非仅仅为了赵孤，更是为了全国的"半岁以下，一月以上"的小孩，不仅是救一条命，而且是救无数生命！整个剧本的"道义高度"因而彰显出来。这是杂剧《赵氏孤儿》突破已有的故事蓝本的一大亮点。

　　在此"道义高度"之下，第三折侧重写正义的一方与邪恶的一方之间的"心理战"。

　　程婴将亲子安顿在公孙杵臼家里之后，依计行事，向屠岸贾"告发"公孙杵臼私藏赵孤。屠岸贾没有立即相信，问："你怎生知道来？"程婴机警地回答："小人与公孙杵臼曾有一面之交，我去探望他，谁想卧房中锦襕绣褥上，躺着一个小孩儿。我想公孙杵臼年纪七十，从来没儿没女，这个是那里来的？我说道：'这小的莫非是赵氏孤儿么？'只见他登时变色，不能答应，以此知孤儿在公孙杵臼家里。"按说，这一番话，逻辑清晰，程婴对公孙杵臼的"怀疑"完全合理，一般人听了也就觉得可信，可是，屠岸贾不是一般人，此人十分细心，收集到的"情报"也多，他当即发觉里面有"破绽"："咄，你这匹夫，你怎瞒的过我？你和公孙杵臼往日无仇，近日无冤，你因何告他藏着赵氏孤儿？你敢是知情么？说的是，万事全休；说的不是，令人，磨的剑快，先杀了这个匹夫者。"要是一般人，会一下子被屠岸贾的这番话吓住，何况"你怎瞒的过我"、"你敢是知情么"这些话，显然是屠岸贾对程婴发动的心理攻势，况且，程婴当然"知情"，要是心理素质弱一点也会难以招架，经不住屠岸贾气势汹汹的质问。可是，程婴毕竟老练，阅历丰富，脑筋灵活，心理素质过硬，更厉害的是他机灵地当面将了屠岸贾一军："告元帅暂息雷霆之怒，略罢虎狼之威，听小人诉说一遍咱：我小人与公孙杵臼原无仇隙，只因元帅传下榜文，要将晋国内小儿拘刷到帅府，尽行杀坏。我一来为救晋国内小儿之命，二来小人四旬有五，近生一子，尚未满月，元帅军令，不敢不献出来，可不小人也绝后了？我想有了赵氏孤儿，便不损坏一国生灵，连小人的孩儿也得无事，所以出首。"如此一来，连心思异常缜密的屠岸贾也完全看不出任何破绽，相信程婴的话了。程婴一下子将十分被动凶险的情势化解了，并且转为对自己有利的局面。

　　可剧情是一波三折，跌宕起伏。程婴化解了一时的被动，又遇上更为难堪的场景。屠岸贾由程婴领路去抓捕公孙杵臼，还要程婴亲手毒打拒不招供的公孙老人，这是哪能下得了手的？程婴先是挑细棍子来打，屠岸贾不许；再挑大棍子来打，屠岸贾还是不许，并斥责程婴是意图打死人来灭口；不得已，程婴挑了中等棍子，接连打了三次，剧本的舞台指示是"程婴行杖科；三科了"。年届七十的公孙老人，怎么能受得了连番的毒打？何况，毒打自己的就是程婴！程婴当着屠岸贾的面，不得不佯装卖力："你快招罢，省得打杀你。"公孙被打得疼痛难忍，头昏脑涨，他怎么也想不到屠岸贾会出此狠招，一个七十岁的老人，颤颤巍巍，颠颠倒倒，一不小心说漏半句："俺二人商议要救这小儿曹……"屠岸贾一听，以为正好抓到把柄，立刻追问"那一个是谁"，公孙还没有回过神来，昏昏沉沉地说："你要我说那一个，我说我说。"此时此刻，整个戏剧场面登时紧张到极点，程婴急眼了，屠岸贾兴奋了，这场戏该如何"演下去"？公孙毕竟是在宦海里长年折腾过的人物，在如此严峻的时刻，稍一回神，立刻警醒，唱了一句："哎，一句话来到我舌尖上却咽了。"可是屠岸贾紧追不放，他想趁机识破程婴："程婴，这桩事敢有你么？"程婴看得出公孙的状态有点微妙，生怕他老糊涂真的说出实情，于是语带阻吓地说："兀那老头儿，你休妄指平人！"这时，公孙完全回过神来，安抚程婴道："程婴，你慌怎么？（唱）我怎生把你程婴道，似这般有上梢无下梢？"程婴听得明白，公孙暗示他不会"有上梢无下梢"，即不会做出有头无尾的事情；而屠岸贾一心想从公孙的嘴里供出"程婴"二字，没想到公孙一句对程婴说的暗语"（不会）有上梢无下梢"让他闹不明白，连忙质问："你头里说两个，你怎生这一会儿可说'无'了？"公孙趁着屠岸贾不明所以，干脆也将屠岸贾一军："只被你打的来不知一个颠倒。"顿时化解了刚才一时说漏了嘴而惹出的麻烦和危机。

　　纪君祥充分挖掘出具体的戏剧时空里所能出现的种种变化莫测的危机，让人物在接连不断的危难挑战中展开心理互动或心理冲突，屠岸贾的阴险形象因而活灵活现，程婴、公孙的正义形象也因之有血有肉地一步步丰满起来。

　　总之，《赵氏孤儿》的剧情张力与悲情力度达到了高度统一。剧作家的"底气"在于他从古代政治生态的残酷性着眼，揭示邪恶势力的横行与正直人士的困顿，展现邪恶势力的嚣张与正义力量的顽强，将现实政治的复杂形态与古老故事的情节框架结合起来，不是简单地"复述"一个复仇的故事，而是寄寓了剧作家对现实人生及政治环境的思考，表达惩治邪恶的信念。作品借韩厥之口警告作恶多端的宵小之徒："有一日怒了上苍，恼了下民，怎不怕沸腾腾万口争谈论？天也显着个青脸儿不饶人。"（第一折）又借公孙杵臼之口揭露现实政治的不公与黑暗："他他他，只将那会谄谀的着列鼎重茵，害忠良的便加官请俸，耗国家的都序爵论功。他他他，只贪着目前受用，全不省爬的高来可也跌的来肿。"（第二折）这样的言辞，有着明显的现实针对性，表现出剧作家对历史与现实的洞察力，故而他能够将一个原本限于权贵小圈子"私斗"的故事改造成富含意蕴、伸张正义、激励人们战胜邪恶的剧本。

这是由杂剧的故事内核所决定了的。

四、叙事外套与故事内核的多次磨合

《赵氏孤儿》杂剧影响深远，并引发此后的同题创作现象。

早期南戏作品《宦门子弟错立身》中提及当时的一个南戏剧目叫《冤冤相报赵氏孤儿》，这可以视为南戏艺人将杂剧剧目《赵氏孤儿》移植过去了。现存一个南戏作品《赵氏孤儿记》（无名氏撰，明刊本，共有四十四出），有学者指出："南戏《赵氏孤儿记》似由元代杂剧改编而来。如第四十三出之【北上小楼】即从《元刊杂剧三十种》本《赵氏孤儿》第四折移植而来。二者仅差几字。"① 其实，不仅如此，目前首见于杂剧《赵氏孤儿》的主体关目"搜孤救孤"以及韩厥自我牺牲的情节，也被《赵氏孤儿记》充分吸收了，该剧第二十八出"计脱孤儿"，写程婴带孤儿出宫，被把守宫门的韩厥拦阻，细加搜查；程婴动之以情，晓之以理，韩厥终于放行；他见程婴离开时满腹狐疑，为了让程婴放心救孤出宫，自行了断，自刎之前当面对程婴说："赵盾于吾多少恩，如今尽付与其孙。程婴此去休疑我，刎死教伊放下心。"此出的下场诗有句云："韩厥刎死为孤儿。"② 这也折射出杂剧《赵氏孤儿》情节安排的"经典价值"。

不过，无名氏的《赵氏孤儿记》对叙事外套与故事内核的"错位"做出了"磨合"。原来，杂剧《赵氏孤儿》的作者毫无根据地写孤儿生母即"公主"在程婴面前"做拿裙带缢死科"，以此消除程婴的疑虑，放心偷带孤儿出宫。而南戏《赵氏孤儿记》的作者发现此处无依据，《史记·赵世家》没有说孤儿生母自杀，也没有交代其下落，正好留下一个可以想象的

---

① 王季思主编《全元戏曲》第十卷，人民文学出版社，1999 年，第 466 页。

② 王季思主编《全元戏曲》第十卷，第 541—543 页。

空间，于是，将故事改写为公主仍然活在世间，直到孤儿长大成人，与亲儿重聚。为了强化"戏剧性"，《赵氏孤儿记》还干脆改写赵朔的下场，写他曾经救助一个名叫周坚的穷人，周坚长相与赵朔相同，在"赵氏灭族"之际，周坚报恩，替赵朔赴死，故而赵朔也活在世间，最后与妻儿团圆。可见，在"磨合"的同时又产生新的"错位"。

无独有偶，明代有一本《八义记》传奇（共有四十一出），也是以"赵氏孤儿"为题材，其剧情框架跟南戏《赵氏孤儿记》基本相仿，可以看出是《赵氏孤儿记》的改写本①，且变动不多。

及后，戏曲史进入"花部"（即地方戏）兴盛时期，不少地方剧种参照《赵氏孤儿》以及其它一些相关的文艺作品（如传奇《八义记》、小说《东周列国志》相关章回等）加以改编，京剧、秦腔、蒲州梆子、中路梆子、河北梆子、豫剧、晋剧、汉剧、湘剧、川剧、赣剧、婺剧、越剧、黄梅戏等，都有相关剧目。为节省篇幅，且以京剧为例。

而传世的京剧剧本，以孟小冬传本《搜孤救孤》和马连良传本《赵氏孤儿》较有代表性。

孟小冬传本《搜孤救孤》，经翁思再先生修订。翁先生在"版本说明"里写道："旧本《搜孤救孤》是以公孙杵臼为主角的，后因谭鑫培饰演程婴，故而晚近以来，此剧便以程婴为主角，作为配角的公孙杵臼，则戏份减少，唱腔简化。"在"搜孤救孤"的艰难过程中，公孙杵臼与程婴都是重要人物，二者不可或缺，缺了谁都不能"成戏"；京剧的编写颇受元杂剧写法的影响，后者"一人主唱"，旧本《搜孤救孤》以公孙杵臼的唱为主，谭鑫培版的《搜孤救孤》以程婴的唱为主，均各有侧重，可视为"元剧遗风"。翁先生还介绍了孟小冬传本的由来："与谭鑫培戏路一致的贾洪林将此剧授于贯大元，余叔岩同贯大元切磋之后，对此剧进行了加工，格局未变，多于腔词关系上作润饰，使唱腔更加流畅蕴藉，青出于蓝而胜于蓝，成为余派代表作之一。余叔岩晚年将此剧传给了孟小冬，为孟小冬常演之拿手好戏，极受欢迎。"② 可见，一代又一代的京剧大师相当重视这一出戏，一再打磨，不断求精，使之成为京剧艺术的精品剧目。

孟氏传本《搜孤救孤》，一共四场，依次是第一场定计，第二场舍子，

① （元）纪君祥等撰《赵氏孤儿》一书内收《八义记》传奇，上海古籍出版社，2010年，第43—106页.

② 孟小冬整理，翁思再校订《搜孤救孤》，见（元）纪君祥等撰《赵氏孤儿》，第201页。

第三场公堂、搜孤，第四场法场、救孤。其结构相当严谨，略去了枝蔓，一开场即借公孙杵臼之口交代剧情背景："赵屠结冤仇，不知何日得罢休?"并自报家门："老汉，公孙杵臼，昔日曾为赵相的门客。可恨屠贼诬害赵家三百余口，只有庄姬一人，逃进宫去。闻听在宫中产生孤儿，屠贼闻知，进宫搜孤，也不知搜出无有？唉，天哪天，但愿留得忠良之后，也好与赵家报仇雪恨呐!"① 这样的开场，直截了当，省却了原著里程婴跑去公孙杵臼住处报讯等过程。而且，先由公孙登场，由他引出程婴，将更多的戏份压在程婴身上，人物的主次，以及戏份的轻重，观众一下子就会心中有数。

　　该本继承了杂剧《赵氏孤儿》在组织戏剧冲突时所设定的焦点，即程婴等人的"救孤"行为不仅是关乎赵氏一族，而且更是关乎整个晋国的婴儿的性命。京剧中的程婴，上场后见到公孙，当即道出一件"惊天动地"的大事："只因屠贼，诬杀赵家三百余口，只剩庄姬一人，逃回宫去，产生孤儿。屠贼进宫搜孤，不曾搜出。标出赏格在外，十日之内，有人献出孤儿，赏赐千金。不然，要将晋国中的婴儿，只要与孤儿般长般大，俱要刀刀斩尽。"② 然而，京剧有一个重要的改动，即一则将程婴定为整部戏的"男一号"，一则为了把戏份写足，添加了一个人物出场，这就是程婴之妻。

　　当时，程婴向公孙表示，自己愿意将亲生儿子顶替孤儿，公孙的一句台词引出了程妻："哎呀，只怕弟妹她不能应允吧。"对此，程婴似乎颇有信心而实际上也没有十足把握，答道："不妨，不妨。想你那弟妇，虽是女流，是颇通大义，想此事她，断乎不能不肯吧!"程婴的前半句是"想当然"，后半句是混杂着几分推断，故而说"断乎不能不肯吧"，这就为第二场的"舍子"埋下了伏笔。京剧中的程妻，的确如程婴所说，深明大义，对孤儿的命运极为关切，表现出一位女性的悲悯与慈爱，可是，出乎她意料的是，丈夫竟然打算将自己的亲生儿子与赵氏孤儿"调换"，程妻无论如何不能接受："官人此言差矣，想你我夫妻，年将半百，只生此子，焉能救得孤儿？万万使不得!"程婴一再哀求，乃至于下跪，程妻还是没有商量的余地："你要跪来只管跪，叫我舍子万不能。"而且反过来痛斥丈夫："虎毒不食儿的肉，你比狼虎狠十分。"夫妻冲突无法缓和，而程婴见到公孙更是万分难堪，无法交代，只能很泄气地说："这个贱人她不肯呐。"

　　戏演到这个地方，似乎演不下去了，可剧情就是峰回路转，公孙见到程

---

① 孟小冬整理，翁思再校订《搜孤救孤》，见（元）纪君祥等撰《赵氏孤儿》，第187页。

② 孟小冬整理，翁思再校订《搜孤救孤》，第188页。

妻，语气温和委婉，半是试探口风半是伺机劝说，程婴知道公孙的意思，可就是不松口，说道："公孙兄说话欠思论，奴家言来你是听。只为我家无二子，岂肯舍子救孤生。"在此胶着状态之下，程婴"手执钢刀项上刎"，公孙见状，立即夺刀，见缝插针，找准了一个劝说的机会："弟妹啊，死了丈夫你靠何人？"接着，舞台指示是"公孙唱哭头"，唱道："莫奈何我只得（顷仓）双膝（八大）（向程妻跪）跪。"程妻此时十分难为情，公孙借势拉程婴一起跪下，场面震撼，气氛凝重，情与理的冲突达致极点，程妻眼见两个堂堂男儿如此举动，禁不住激情澎湃，正义的力量压到了一切，唱出了"铁石人儿也泪淋"，强忍着无尽的哀痛，终于点头，"情愿舍子救孤生"。程婴看见妻子点头，急不可待地要将儿子抱走，可程妻毕竟是女性，是母亲，她知道一言既出驷马难追，可又不无自责："一句话儿错出唇，将娇儿送进枉死城。"自责的同时又是万般的不舍，"且把娇儿怀抱定"，此时的舞台指示是：公孙让程婴将孩子抢过交公孙抱走，程不忍、公孙再催，程将孩子交公孙；程妻抢子，扫头、撕边；程拉妻跪步，妻起；大锣打下。这是一场荡气回肠的戏，感天动地，催人泪下。

孟氏传本的第三场、第四场在解决了"舍子"问题之后，用了较大的篇幅表现程婴的一系列戏剧行动，写他假意告发、迷惑屠贼、救出赵孤，等等。同时，公孙的形象也得以兼顾。最后，屠贼以为赵氏孤儿"已除"，高枕无忧，还接纳了程婴一家"三口"。全剧至此结束。

纵观孟氏传本，以四场戏的篇幅集中写"搜孤救孤"，场面紧凑，焦点突出，在峰回路转的情节里强烈地呈现跌宕起伏的戏剧张力，表现着人情之美与人性之真，二者交织，场上各个人物的复杂性格得以多侧面而且充分地刻画出来。程婴、程妻、公孙诸人，各有亮点，形象丰满地活现于舞台之上。

而马连良传本《赵氏孤儿》，写法大有不同。

此剧的本子出自北京京剧团编剧王雁先生手笔，是马连良先生的代表性剧目。该剧编写于 1959 年，并于同年首演，大获成功。1962 年，马连良出任北京市戏曲学校校长，京剧《赵氏孤儿》被列入了该校的教学剧目，马连良本人还亲自到校教授①。

就写法而言，马氏传本采取"原原本本"的编剧思路，全剧一共十三

---

① 参见北京市文史研究馆、长安大戏院编著《赵氏孤儿》，北京出版社，2016 年版，第 92 页。马氏传本《赵氏孤儿》亦见此书，第 298—317 页。

场，人物众多，元杂剧《赵氏孤儿》暗场处理的人物如晋灵公、钼麑、提弥明等，一一登场；还添加了一个戏份不轻的人物，即庄姬身边的宫女卜凤（她在屠岸贾面前忠贞不屈，绝口不说孤儿下落，被屠岸贾当场刺死），又添加魏绛之子魏忠（增强对屠岸贾的威慑力量）。反而，在孟氏传本有重要戏份的程妻，没有出现在马氏传本里。更为抢眼的改动是，写庄姬在孤儿被送出宫外后，藏于深宫，一直活着，十五年过去，终于母子相逢（此处似受《赵氏孤儿记》和《八义记》的影响），全剧以"赵武拜庄姬，拜程婴"作结。

该剧从晋灵公受到屠岸贾的蛊惑写起，屠岸贾向晋灵公献上一种"玩法"："你我君臣各持弹弓一张，向那来往行人打去，打中头颅者为胜，不中者罚酒三杯。"魏绛是忠义之士，斥责屠岸贾，劝谏晋灵公，结果被驱遣出宫，前往塞外戍边去了（十五年后回朝，整顿朝纲）；公孙杵臼身为老臣，见晋灵公冥顽不灵，屠岸贾气焰嚣张，告老还乡去了（赵氏一族遭遇灭门之祸，为存孤而壮烈牺牲）；赵盾拼死上奏，劝晋灵公以民为本，不要受奸邪迷惑，却被国君当作耳旁风不予理睬。屠岸贾趁机挑拨，并派钼麑前去赵府暗杀赵盾；一招不灵又生一计，在赵盾上殿之时，借晋灵公之手放出神犬，扑杀赵盾，幸得提弥明出手相救，赵盾速速逃走（剧中第四场借程婴之口交代赵盾被屠岸贾"一剑劈死"），而提弥明不幸当场被抓，推出斩首。这一系列的剧情，将晋灵公之失德败政、屠岸贾之险恶卑鄙写得淋漓尽致，也是让晋灵公、钼麑、提弥明等一一登场的原因。

马氏传本的核心人物是程婴。或许是有《搜孤救孤》珠玉在前，马连良的《赵氏孤儿》没有"舍子"一场，而是以元杂剧《赵氏孤儿》的叙事过程为基础进一步加以完备，在曲折艰险、千难万难的救孤行动中塑造程婴的正直、侠义、刚烈且富于牺牲精神的丰满形象。如果说，孟氏传本是更侧重于"戏剧叙事"（故事形态是"团块化"的，时间跨度短，登场人物有限，尽量减至最少；不枝不蔓，浓烈集中），那么，马氏传本是更侧重于"小说叙事"（故事形态是"线性化"的，时间跨度长，登场人物众多，且比原著有所添加；脉络完整，首尾呼应）。马氏传本在一定程度上是元杂剧《赵氏孤儿》的"扩展版"。

京剧之外，其它地方剧种也有较大影响的改编本，如秦腔《赵氏孤儿》（马健翎根据纪君祥同名杂剧改编），全剧共有十一场，以赵盾、韩厥的"忧国"（第一场）开始，以程婴、孤儿的"挂画"（第十一场）结束。其中，最为引人注目的改动是第四场"搜孤"，写掩护孤儿出宫的不是韩厥，而是公主身边的宫女卜凤，屠岸贾亲自带人搜查，卜凤在程婴成功带着孤儿出宫后，与屠岸贾周旋，屠岸贾一无所获，咬牙切齿而去。而此时，公主也没有自尽，而是在深宫调养身体。这就为韩厥、公主多年后的出场埋下伏线。到了第十一场，孤儿手刃屠岸贾，此时，韩厥带武士上场接应，公主也领着宫女前来见证儿子复仇的场面。此刻，韩厥辅助"少将军"，完成了第一场戏里赵盾对他的嘱托；公主与孤儿重逢（此与马连良传本相同），母子团圆。而程婴，因身受屠岸贾的剑伤，且年老体衰，在巨大的胜利面前挣扎着抬起头来，望天呼叫："杵臼兄……卜凤……成功了，成功了！"终于体力不支，倒下了，孤儿扑到程婴身上，放声大哭，公主、韩厥及众人一齐向程婴下跪（韩厥存活，程婴死难，大致据《史记·赵世家》而改，但也不完全一致），全剧至此结束①。剧中的韩厥没有"死义"，而是到末尾还能出场；程婴死难而不是自杀，显然是受到史实的制约而做出的艺术处理。这也是一种"磨合"的成果。但是，无论如何，新的"磨合"与新的"错位"依然并存。

结　语

以上将"赵氏孤儿"故事的叙事外套与故事内核之间的"错位"和"磨合"做了专题研讨，属于个案研究。在此系列剧作中，可以看出剧作者们都想借"磨合"的手段来弥合"错位"，同时，又会因为某些主观因素而产生新的"错位"。统而观之，没有一个剧本可以完全做到"使历史剧既是艺术又不背于历史的真实"（茅盾语）。

历史剧的灵魂是其故事内核，它是剧作者的心思所在。故事内核来源于历史，但又不拘于历史原貌。尤其是像"赵氏孤儿"这类故事，其蓝本《史记·赵世家》是否具备"历史真实"已成问题，要求由此蓝本衍生而出的历史剧符合"历史真实"，是一种苛求，还容易进入一个"历史假定性误区"。《赵氏孤儿》杂剧的研究者，纠缠于公主赵庄姬在"下宫之难"事件里的真正角色，并依据《左传》等书的记载判定私通赵朔叔父赵婴齐的赵庄姬是"淫妇"，是导致赵同、赵括等被"灭族"的罪魁祸首②，如果从史

---

① 参见薛若琳、王安葵主编《中国当代百种曲》，江苏美术出版社，2007 年，第 665—718 页。

② 参见康保成著《戏里戏外说历史》，大象出版社，2015 年，第 95—97 页。

实甄别的角度看，这类看法无可厚非。可是，脱胎于《史记·赵世家》的杂剧《赵氏孤儿》，以及由此进一步衍生出来的诸多同题剧本，总会出现不同程度的故事内核与叙事外套的"错位"和"磨合"，无论如何"磨合"，也不能完全做到"不背于历史的真实"。

本文以一个典型的个案较为充分地说明了这一点。

不妨变换一下看问题的角度。我们能否将历史剧更多地视为"艺术作品"而不再强调富于某种"平衡感"的"使历史剧既是艺术又不背于历史的真实"的观点呢？剧作家郭启宏先生服膺于澄道人对徐渭《狂鼓史》的八字评语："借彼异迹，吐我奇气。"郭先生对此加以自己的阐释："对一个从事文学特别是戏剧文学创作的人来说，'彼'——一切题材，历史典籍、稗官野史、耳闻目睹、道听途说……'彼'的存在只是为'我'所'借'，'迹'是越'异'越好，而目的无它，全然为了吐'我'奇气'，愈'奇'愈佳。至少历史剧的创作理当如是。'"① 本文的观点与郭启宏先生的见解是相同的。

其实，历史剧作家笔下的"历史"不一定"真实"，这是普遍现象；可是，剧作家们的"借彼异迹，吐我奇气"中的"奇气"是与特定时代的社会感受、人生感悟密切相关的，就其心态而言，是真实不虚的。同一题材的多次改编，也是中国戏曲史上常见的，我们可以在多次的、反复的"错位"和"磨合"之中感受剧作家们心态的流动，其间会有微调，也会有变化，这正好是心态史的好材料与好话题。

（原刊于《戏曲与俗文学研究》第 11 辑，社会科学文献出版社，2022 年；发表时有删改，此为原稿）

---

① 郭启宏《潮剧〈绣虎〉散碎谈》，《广东艺术》2020 年第 6 期，第 64 页。

韩厥的死亡或存活与赵氏孤儿故事的演化

——兼说历史剧的两种"历史真实"

赵氏孤儿故事，千百年来一直流传于民间。故事中的主要人物如程婴、公孙杵臼等，几乎家喻户晓，深入人心。其实，有一个人物也值得关注，那就是韩厥。说实在的，程婴、公孙杵臼并不见于先秦文献，如《左传》就没有这两个人的名字；可是，韩厥不同，《左传》成公八年记韩厥帮助赵氏后人赵武"复立"；成公十七年又记载韩厥自述"昔吾畜（蓄）于赵氏"的原委，表明他与赵氏家族的密切关系，并说明自己没有参与"下宫之难"去围剿赵氏的原因①。可以说，赵氏后人赵武在"下宫之难"发生之后终于能够延续赵衰、赵盾所建立起来的在晋国的政治权势、成为日后"三家分晋"的一家，其间韩厥所起的作用十分重大。

世传赵氏孤儿故事，蓝本见于《史记·赵世家》，而《史记·晋世家》只字不提"孤儿故事"。可以说，在同一部《史记》之内，《晋世家》与《赵世家》的叙事分属不同的体系，前者主要依据先秦文献，多与《左传》等书相合，而后者主要依据司马迁所掌握的民间叙事材料，多与《左传》等书不合。这是基本情况。

元纪君祥的杂剧《赵氏孤儿》依据《史记·赵世家》而编写，程婴、公孙杵臼，以及故事的主要反面人物屠岸贾，均见于《赵世家》。然而，纪君祥对韩厥形象做了重大改变，将韩厥塑造成烈士，他为掩护程婴出宫而自杀身亡。

可是，故事在流传、演化过程中又出现了另一番情景，即后世的剧作家明知道韩厥没有死，也不能死，为了符合"历史真实"，写韩厥在赵武长大后依然在世，辅助赵武"复立"，如秦腔《赵氏孤儿》就是这样写的。

于是，韩厥的死亡或存活成了一个有意味的话题。

---

① 杨伯峻编著《春秋左传注》，中华书局，2020年，第718页、第775页。

一、元杂剧《赵氏孤儿》中的"韩厥之死"

元杂剧《赵氏孤儿》的故事框架基本参照了《史记·赵世家》。《赵世家》里出现的"戏剧性事件"不见于先秦时代史书的记载；可以说，如果没有以下的情节，就不会产生后世流传不衰的"赵氏孤儿"故事：

> 赵朔妻成公姊，有遗腹，走公宫匿。赵朔客曰公孙杵臼，杵臼谓朔友人程婴曰："胡不死？"程婴曰："朔之妇有遗腹，若幸而男，吾奉之；即女也，吾徐死耳。"居无何，而朔妇免身，生男。屠岸贾闻之，索于宫中。夫人置儿绔中，祝曰："赵宗灭乎，若号；即不灭，若无声。"及索，儿竟无声。已脱，程婴谓公孙杵臼曰："今一索不得，后必且复索之，奈何？"公孙杵臼曰："立孤与死，孰难？"程婴曰："死易，立孤难耳。"公孙杵臼曰："赵氏先君遇子厚，子强为其难者，吾为其易者，请先死。"乃二人谋取他人婴儿负之，衣以文葆，匿山中。程婴出，谬谓诸将军曰："婴不肖，不能立赵孤。谁能与我千金，吾告赵氏孤处。"诸将皆喜，许之，发师随程婴攻公孙杵臼。杵臼谬曰："小人哉程婴！昔下宫之难不能死，与我谋匿赵氏孤儿，今又卖我。纵不能立，而忍卖之乎！"抱儿呼曰："天乎天乎！赵氏孤儿何罪？请活之，独杀杵臼可也。"诸将不许，遂杀杵臼与孤儿。诸将以为赵氏孤儿良已死，皆喜。然赵氏真孤乃反在，程婴卒与俱匿山中。①

事情竟有如此之巧：本来，这一段文字之前曾描述下宫之难的结果是"（屠岸）贾不请而擅与诸将攻赵氏于下宫，杀赵朔、赵同、赵括、赵婴齐，皆灭其族"，这是一个全称判断，似乎表明一个不留；可是，万没想到还有赵朔"遗腹"，而且，此"遗腹"就在晋成公姐姐庄姬的肚子里，尚未出世。此时，庄姬已经躲进晋景公的宫里。论辈分，庄姬是晋景公的姑姑，晋景公还是庄姬的晚辈，如果他是实权在握的话，没有道理保护不了这位姑姑。可是，屠岸贾根本不将晋景公放在眼里，咄咄逼人，气焰嚣张，不可一世；屠岸贾强势，晋景公弱势，正因为如此，朝廷内外，一片肃杀，连赵氏的门客、友人都是人人自危，甚至为了表明"忠义"而纷纷萌生自尽的想

---

① 《史记》，"中华国学文库"本，中华书局，2012年，第1604—1605页。

法，随赵氏而去，这就是赵朔门客公孙杵臼问赵朔友人程婴"胡不死"的背景。程婴也想过自尽，但是，从"忠义"的角度看，自己还有履行"忠义"的义务和责任，不能那么快就死掉，起码要为赵氏留下香火，到那时再去死也不迟，故而他回应公孙杵臼道："赵朔之妻腹中有孕，如果有幸生下男婴，我有责任将此男婴抚养成人；如果生下女婴，难以承继赵氏香火，真是这样的话，我再从容赴死吧。"过不多久，庄姬分娩，产下男婴。屠岸贾闻讯，立即到宫里搜寻，斩草除根。庄姬慌乱之间，将婴儿置于自己的绔（古时女子的裤管，外面还罩以下裙）中，念念有词，祷告道："赵氏血脉要是真的灭绝，你就哭吧；如果还不至于灭绝，你就给我默不作声！"等到屠岸贾的人入宫搜捕，男婴竟然一声不吭，安然躲过。

纪君祥在改编故事时，除了上接《史记·赵世家》的关键情节进而浓墨重彩写程婴、公孙杵臼之外，还别具匠心地在韩厥身上花了不少笔墨，写他本是"佐于屠岸贾麾下"，奉命"把守公主的府门"，故意抹去他与赵氏家族的特殊关系；与此同时，剧作家更将韩厥塑造成一个有正义感的将军，写他明辨是非，分清正邪，在与程婴周旋过程中，逐步得悉内情，同情赵氏孤儿的命运，冒着极大的风险放走程婴，而程婴却是狐疑难消，生怕韩厥事后供出真相，对此，韩厥毫无保留地表明心迹：

【醉中天】我若是献出去图荣进，却不道利自己损别人。可怜他三百口亲丁尽不存，着谁来雪这终天恨。（带云）那屠岸贾若见这孤儿呵，（唱）怕不就连皮带筋，捻成齑粉。我可也没来由立这样没眼的功勋。

为了使得程婴放心离去，韩厥义薄云天，终于以死明志：

【赚煞尾】能可在我身儿上讨明白，怎肯向贼子行揣推问！猛拼着撞阶基图个自尽，便留不得香名万古闻，也好伴钽麑共做忠魂。你，你，你要殷勤，照觑晨昏，他须是赵氏门中一命根。直等待他年长进，才说与从前话本，是必教报仇人，休忘了我这大恩人。（自刎下）①

这是《赵氏孤儿》杂剧的第一折，该折最大亮点是虚构韩厥为了取得

---

① 王季思主编《全元戏曲》第三卷，人民文学出版社，1999年，第608—609页。

程婴的信任，让他消除后顾之忧，自杀身亡，以此证明自己真心帮助程婴救出赵氏遗孤。剧作家塑造了韩厥的无私正直、勇于担当的形象，其血性与刚烈，其仁义与勇武，均给人留下深刻印象。杂剧此前也写到公主（孤儿生母）自缢，也是出于剧作者的虚构；公主之死与韩厥之死，相继出现，悲情交织，使得这一出戏充满着悲剧色彩，为剧情的走向定下了"悲情"基调。

剧作家写韩厥之死，也是为了刻画好程婴。剧中关键人物程婴，作为一位民间医生，除了职业专长之外，他更具有刚毅沉着的性格，以及见义勇为、机智稳重的人格特质，他接受了晋国公主的"重托"，冒着极大的危险去担负着一件"几乎不可能完成"的任务，义无反顾，无惧无畏，同时又小心翼翼、一丝不苟、镇定自若。当韩厥打开药箱发现"人参"时，读者或观众真要为程婴捏一把冷汗。可程婴随即调整心态，一番言辞，晓之以理，动之以情，说服韩厥参与营救孤儿，韩厥也为之感动，说"我韩厥是一个顶天立地的男儿，怎肯做这般勾当"，足见程婴的话语十分奏效，也表现出他的机巧灵活与临危不乱的心理素质。程婴与韩厥的互动构成杂剧第一折主要的戏剧情境，从相互猜疑到互相信任，充满着戏剧张力，紧张曲折，环环相扣，而以韩厥的自刎达至一个小高潮。剧作家是一位善于"写戏"的行家里手。

元杂剧《赵氏孤儿》写韩厥自我牺牲的情节，影响很大，也被南戏《赵氏孤儿记》充分吸收了，该剧第二十八出"计脱孤儿"，写程婴带孤儿出宫，被把守宫门的韩厥拦阻，细加搜查；程婴动之以情，晓之以理，韩厥终于放行；他见程婴离开时满腹狐疑，为了让程婴放心救孤出宫，自行了断，自刎之前当面对程婴说："赵盾于吾多少恩，如今尽付与其孙。程婴此去休疑我，刎死教伊放下心。"此出的下场诗有句云："韩厥刎死为孤儿。"[1]

此外，明代有一本《八义记》传奇（共有四十一出），也是以"赵氏孤儿故事"为题材，其剧情框架大体与南戏《赵氏孤儿记》相仿，第三十二出"韩厥死义"，同样吸收了杂剧《赵氏孤儿》的情节安排，韩厥临死前对程婴说："宣子（即赵盾）于吾多少恩，如今尽付与他孙。程婴此去休疑惑，我自尽方能见此心。"[2] 完全不符合史实的"韩厥之死"，因为纪君祥的

---

[1] 王季思主编《全元戏曲》第十卷，人民文学出版社，1999年，第541—543页。

[2] （元）纪君祥等撰《赵氏孤儿》一书内收《八义记》，上海古籍出版社，2010年，第89页。

悲壮描述而成了"经典情节",后人一再改编,也不得不予以尊重,成为"保留节目"。

二、秦腔《赵氏孤儿》中的"韩厥之生"

不过,也有剧作家注意到《左传》等较为真确的史料,知道韩厥不能"死",他一直活到赵武长大之时,并且以自己的政治影响力辅助赵武重新取得赵氏家族本来就有的利益和权势。如秦腔《赵氏孤儿》(马健翎根据纪君祥同名杂剧改编)就是这样写的。

该剧共有十一场,以赵盾、韩厥的"忧国"(第一场)开始,以程婴、孤儿的"挂画"(第十一场)结束。其中,最为引人注目的改动是第四场"搜孤",写掩护孤儿出宫的不是韩厥,而是公主身边的宫女卜凤,屠岸贾亲自带人搜查,卜凤在程婴成功带着孤儿出宫后,与屠岸贾周旋,屠岸贾一无所获,咬牙切齿而去。而此时,公主也没有自尽,而是在深宫调养身体。这就为韩厥、公主(孤儿生母)多年后的出场埋下伏线。到了第十一场,孤儿手刃屠岸贾,此时,韩厥带武士上场接应,公主也领着宫女前来见证儿子复仇的场面。此刻,韩厥辅助"少将军",完成了第一场戏里赵盾对他的嘱托;公主与孤儿重逢,母子团圆。而程婴,因身受屠岸贾的剑伤,且年老体衰,在巨大的胜利面前挣扎着抬起头来,望天呼叫:"杵臼兄……卜凤……成功了,成功了!"终于体力不支,倒下了,孤儿扑到程婴身上,放声大哭,公主、韩厥及众人一齐向程婴下跪,全剧至此结束①。剧中的韩厥没有"死义",而是到末尾还能出场,显然是受到史实的制约而做出的艺术处理。

秦腔《赵氏孤儿》第四场是"搜孤",宫女卜凤对公主说:"公主!韩大人再三叮咛,他在暗地里保护孤儿出宫,只许咱二人知道,不许程婴知道,你要牢牢记下。"公主道:"记下了。"此处的舞台指示是"忽听拍门之声惊起",接着是程婴登场。可以看出,这个剧本的改编者对韩厥的"义举"做了暗场处理,而在危局之中让宫女卜凤代替韩厥出场与邪恶势力周旋,卜凤后来牺牲了,孤儿得以安全出宫。同时,也不写公主自缢,而是写公主为卜凤的义举而深深感动。

---

① 参见薛若琳、王安葵主编《中国当代百种曲》,江苏美术出版社,2007 年,第 665—718 页。

该剧在卜凤、公孙杵臼相继牺牲之后，将程婴藏孤一笔带过，接着就写"十五年后"，韩厥胡须苍白、头戴风帽、身披斗篷、跨马带二卫士出场，唱道：

> 有韩厥在马上自思自叹，离朝廷到如今一十五年；今日里来到了绛州地面，想起了赵相国好不心酸。自那年谏桃园忠良命断，孤儿死我辞朝隐居深山；君无道用奸佞朝纲大乱，老百姓一个个叫苦连天。晋灵公去世后小王登殿，金牌调银牌宣催我会还；但愿得我朝中改头换面，杀屠贼除大祸国泰民安。我这里催马加鞭往前赶。（第八场还朝）①

这就交待了韩厥在下宫之难发生后的行迹。与此相关，该剧的作者将元杂剧《赵氏孤儿》中的韩厥与程婴的周旋大大后移，延至十五年后才出现。此时，韩厥年纪老迈，程婴也是身体衰弱，胡须雪白，行步艰难。藏在屠岸贾家中的程婴得知韩厥回朝，主动前来相见，他心里盘算着："为孤儿十五年吞声饮恨，在人前强笑脸苦在心中；今夜晚见韩厥细盘细问，看一看他如今是奸是忠。"（第十场屈打）程婴对韩厥抱有期待，但因为时隔十五年，与韩厥其人早已疏远，不得不有所提防。而韩厥见到程婴，知道他依附屠岸贾，将程婴一把拉倒在地，斥责他"卖友求荣"，是"奴下之奴的奴才"，还将程婴乱打一阵。程婴从韩厥的愤怒中辨析出其真实立场，于是放心地告诉韩厥自己"藏孤"的原委："韩大人，是我们将孤儿抱出宫去，那贼贴出榜文，要杀全国儿童，眼看孤儿难保，我与杵臼商议，我舍出亲生之子，他舍出一条老命，这才救得孤儿不死。又怕旁人不明，加害与我，万般无奈，住在老贼家中庇护，如今孤儿长大成人了！"韩厥明白程婴苦衷，后悔误打了程婴，程婴唱道："韩大人不必这样讲，你不打我不知你是忠良；这一打把我的愁眉展放，从此后我再不独自悲伤。"

这样的写法，与元杂剧《赵氏孤儿》完全不同。看来，秦腔《赵氏孤儿》的编剧写"韩厥之生"，是为了能够与"史实"相统一，回归"历史真实"。

---

① 薛若琳、王安葵主编《中国当代百种曲》，第 701 页。

三、韩厥其人与历史剧的两种"历史真实"

历史上的韩厥，是春秋时晋国权贵韩武子的后裔，且在晋灵公时期得到赵盾的赏识和提拔，对赵氏心存感恩之心（参见《国语·晋语五》及《左传》成公十七年）。他在晋景公时期曾经抵制屠岸贾杀害赵氏家族的阴谋，拒不参与；对有人私藏赵氏孤儿，颇为知情。至晋景公晚年，韩厥仍然在晋景公身边。晋景公十七年（前583），即赵氏孤儿出生后第十五年，晋景公曾问韩厥赵氏是否尚有后人，韩厥知道赵氏孤儿匿藏的行踪，趁机告知景公赵氏孤儿尚在人世；晋景公召赵武（即赵氏孤儿）与程婴入朝，支持赵武复仇，赵武因而得以灭屠岸贾一族（此事仅见于《史记·赵世家》和《史记·韩世家》）。可知，正如秦腔《赵氏孤儿》所写，历史上的韩厥绝无"自刎"的情节。

且看《史记·赵世家》对"时隔十五年"之后的具体描述：

> 居十五年，晋景公疾，卜之，大业之后不遂者为祟。景公问韩厥，厥知赵孤在，乃曰："大业之后在晋绝祀者，其赵氏乎？夫自中衍者皆嬴姓也。中衍人面鸟噣，降佐殷帝大戊，及周天子，皆有明德。下及幽、厉无道，而叔带去周适晋，事先君文侯，至于成公，世有立功，未尝绝祀。今吾君独灭赵宗，国人哀之，故见龟策。唯君图之。"景公问："赵尚有后子孙乎？"韩厥具以实告。于是景公乃与韩厥谋立赵孤儿，召而匿之宫中。诸将入问疾，景公因韩厥之众以胁诸将而见赵孤。赵孤名曰武。诸将不得已，乃曰："昔下宫之难，屠岸贾为之，矫以君命，并命群臣。非然，孰敢作难！微君之疾，群臣固且请立赵后；今君有命，群臣之愿也。"于是召赵武、程婴遍拜诸将，遂反与程婴、赵武攻屠岸贾，灭其族。复与赵武田邑如故。①

换言之，程婴秘密地将赵氏孤儿抚养成人，一晃就过了十五年。此时，碰巧晋景公生病了，颇为惶恐，以为遇到什么不利的事情，于是，占了一卦，得到的解释是：曾经有盛大功业的家族，其后代不顺心，以"不遂"而"作祟"。晋景公问身边的大将韩厥如何应对，韩厥暗里知道赵氏孤儿尚

---

① 《史记》，"中华国学文库"本，中华书局，2012年，第1605—1606页。

在人世，回答道："有盛大功业的家族而在晋国断了香火的，不就是赵氏吗？其先祖是中衍，自中衍以下都姓嬴。中衍的长相是人面而鸟嘴，降临凡间，辅助殷帝太戊；其后代辅助周天子，皆有德政。到了周厉王、周幽王的时代，周天子昏聩无道，叔带离开周王朝的都城而到了晋地，辅助晋国先君晋文侯，一直到晋成公时期，赵氏家族世世代代均有功勋，也未曾断过香火。可是，就在我们这一代，我的君主，您将赵氏这一族给灭了，我们晋国人对此深感哀痛，龟策上所显示的就是这些内情。惟望君主图谋良策。"晋景公问："赵氏家族如今还有延续香火的子孙吗？"韩厥趁机将赵氏孤儿留在人世的事情和盘托出，于是，晋景公跟韩厥谋划将孤儿立为赵氏家族的后继子孙，将孤儿秘密接回宫里。众将领牵挂着晋景公的病情，入宫请安，晋景公早已授意韩厥精心布局，人多势众，胁迫诸位将领承认赵氏孤儿的身份，并且与之见面。孤儿大名赵武。诸位将领见状，不得不表态，并加以辩解："当年发生下宫之难事件，纯粹是屠岸贾策划的，他假传君命，命令我等依从；要不是这样，谁敢作难呢？其实，就算君主身体无恙，我等本来就想着要立孤儿为赵氏之后；如今，君主有令，实在是我等内心之愿啊！"于是，晋景公召来赵武、程婴，二人一一与众将领施礼相见。众将领倒过来帮助程婴、赵武围攻屠岸贾，将其一族灭掉。晋景公将赵氏原有的封地采邑重新赐予赵武。

可以参照的是，《史记·韩世家》里最重要的人物就是成功辅助"赵氏孤儿"赵武复立的韩厥。《韩世家》篇末有一段"太史公曰"："韩厥之感晋景公，绍赵孤之子武，以成程婴、公孙杵臼之义，此天下之阴德也。韩氏之功，于晋未睹其大者也。然与赵、魏终为诸侯十馀世，宜乎哉！"司马迁对韩厥、程婴、公孙杵臼的"忠义"之举加以表彰，而韩厥正是因为没有"自杀"，日后才有机会"以成程婴、公孙杵臼之义"；同时，韩厥活的时间长，他在晋国的势力逐渐增强，这才是其后人成为日后"三家分晋"中的韩氏的主要原因。

由此可见，秦腔《赵氏孤儿》的情节安排大体符合"历史真实"，剧作者为此而不顾元杂剧《赵氏孤儿》的原有写法，大加改动。这可以视为对"历史真实"的一种追求。

可是，问题在于，是否因此就可以说元杂剧《赵氏孤儿》不符合"历史真实"呢？按说，纪君祥在韩厥形象的塑造方面没有完全按照《史记·赵世家》的记载来写，"主观"地改写为"韩厥之死"。这是客观事实。但是为何纪君祥如此写法，还是得到南戏《赵氏孤儿记》、明传奇《八义记》

的认可而相继效仿呢？这里面是否存在着另一种"历史真实"呢？

这另外的"历史真实"是在宋元之交于汉族士大夫心目中有一种"程婴崇拜"。且以文天祥为例，他的诗作多次提到"程婴存赵"的英雄事迹，如《使北》："程婴存赵真公志，赖有忠良壮此行。"① 又如《无锡》："夜读程婴存赵事，一回惆怅一沾巾。"② 再如《自叹》："祖逖关河志，程婴社稷功。"③ 文天祥一再以程婴"存赵"的事迹来勉励自己从事爱国（赵宋江山）的行动。他如南宋文学家刘子翚、谢枋得等也和文天祥一样，都有"程婴崇拜"的情结④，形成一种流行于士大夫之间的集体心态。

在此背景下，生活于元代前期的纪君祥，上距南宋的灭亡为时不远，他的杂剧《赵氏孤儿》显然受到"程婴崇拜"心态的深刻影响。正如上文所指出的，纪君祥写韩厥之死，也是为了刻画好程婴。在剧中，程婴面对把守宫门的韩厥，赔上万二分的小心，他一开始不知道韩厥的立场，韩厥越是机警细心，程婴越是惊恐万状；当韩厥"做揭厢子见科"即打开药箱见到赵氏孤儿时，说道："程婴，你道是桔梗、甘草、薄荷，我可搜出人参来也。"此时的程婴"做慌跪伏科"，心想事情"终于败露"，无可挽回。程婴急切里心机一转，倒不如打开天窗说亮话，将屠岸贾的罪行一一历数，将全国儿童的安危摆在面前，一下子说动了韩厥，使得韩厥下定决心违抗屠岸贾之命，放走程婴。本来，这还不至于让韩厥自杀；又是程婴，他在韩厥的催促之下反而停下脚步，韩厥万分不解，程婴说："将军，我若出的这府门，你报与屠岸贾知道，别差将军赶来，拿住我程婴，这个孤儿万无活理。罢罢罢，将军，你拿将程婴去，请功受赏，我与赵氏孤儿情愿一处身亡便了。"这才让韩厥下了"死义"的决心，好让程婴走得放心。这里，纪君祥重点塑造程婴的大智大勇，连带不得不以韩厥的"死义"来衬托程婴的"忠义"。于是，韩厥与程婴两个英雄形象相得益彰。

在纪君祥的笔下，韩厥之死是出于营造戏剧张力的考虑，也是出于塑造程婴形象的需要，因为韩厥的"人物设定"是屠岸贾手下的将军，程婴如果看不到韩厥的"死义"，无论如何也不能安心救孤；如果不能安心救孤，就不会有下一步与公孙杵臼合谋的情节了。这才是纪君祥不得不写"韩厥

---

① 刘文源校笺《文天祥诗集校笺》，中华书局，2017 年，第 598 页。
② 刘文源校笺《文天祥诗集校笺》，2017 年，第 616 页。
③ 刘文源校笺《文天祥诗集校笺》，2017 年，第 820 页。
④ 参阅杨胜朋、周明初校注《赵氏孤儿》附录，长春出版社，2013 年，第 126—127 页。

之死"的内在的戏剧逻辑。说到底,这是"程婴崇拜"所导致的剧情构思。程婴与韩厥在宫门前的周旋,完全是虚构的,是纪君祥出于"程婴崇拜"心态而特意安排的。这就折射出宋元交替时期汉族士大夫或汉族文人的集体心态,这是另一种"历史真实"。

　　总之,本文之写作,意在借韩厥的生和死为话题,揭示不同剧作家对韩厥这一人物有不同的处理手法,由此而对赵氏孤儿故事的演化产生了不同的影响,并顺带谈及历史剧创作中的两种"历史真实"的现象。所谓两种"历史真实",纪君祥《赵氏孤儿》代表的是特定创作年代的集体心态的真实,而秦腔《赵氏孤儿》代表的是尊重史料前提下对"历史现场"的艺术性回归。二者各有价值,不宜一概而论。

　　　　　　　　（原刊于《澳门文献信息学刊》总第 31 期,2023 年）

《西厢记》研究史上被忽略的个案
——试论陈志宪的《西厢记笺证》

一、一部被"遗忘"的著作

《西厢记笺证》是上世纪 40 年代出版的一部著作，是中国学者整理、笺证《西厢记》的一项成果。该书的编纂者是陈志宪。

陈志宪（1908—1976），四川酉阳人，四川大学中文系教授。著有《通考序笺》（商务印书馆，1935 年）、《西厢记笺证》（中华书局，1948 年）；另有戏曲及古文研究等论文多篇①。

其《西厢记笺证》曾经得到吴梅、卢前的好评，却是一部不被学界重视或几乎被学界遗忘的著作。显明的事例是：商务印书馆于 1956 年出版《元剧俗语方言例释》（朱居易），其"本书引用及参考书目"列出了王季思《西厢五剧注》、吴晓铃《西厢记注》，却没有列出陈氏的《西厢记笺证》，其时上距《西厢记笺证》的出版仅有 8 年时间，不算太长；近些年，文化艺术出版社出版的《古本戏曲剧目提要》（1997 年），其"西厢记"词条的末尾介绍了多种《西厢记》的校注本，也没有提及《西厢记笺证》；此外，人民文学出版社"中国古典文学读本丛书"收入张燕瑾校注的《西厢记》（1994 年、1998 年），其《前言》列出了多种参考书，也没有出现《西厢记笺证》。按说，藏有此书的图书馆或个人并非绝无仅有，为何会受到如此冷遇呢？是它一无价值还是学界另有偏见呢？吴梅、卢前的好评是不是随便说说、当不得真的呢？

---

① 据笔者所知，陈氏的论文有：《关于〈桃花扇〉的一些问题》（1954 年 8 月 29 日《光明日报》）、《谈关汉卿的〈窦娥冤〉》（1955 年 1 月 3 日《光明日报》）、《〈牡丹亭〉的浪漫主义色彩和现实主义精神》（1958 年 1 月 26 日《光明日报》）、《〈单刀会〉中的英雄形象》（《四川大学学报》1958 年第 2 期）、《论苏轼词与北宋词坛》（1960 年 4 月 3 日《光明日报》）、《读毛主席词两首》（《四川文学》1964 年第 3 期）；此外，还有《文天祥〈指南录后序〉笺注》（《斯文》，1942 年 9 月）、《谢翱〈西台恸哭记〉笺注》（《国文月刊》1943 年第 23 期）。

看来，在《西厢记》的整理史和研究史上，陈志宪的《西厢记笺证》是一个值得"重审"的个案。

二、吴梅、卢前的序文与书中的旁注、夹批和笺证

《西厢记笺证》卷首分别有吴梅、卢前的序。这两篇序文都写于"乙亥十月"，乙亥即 1935 年，可知该书在 1935 年已经完成。

吴序称："《西厢》校注以王伯良为最佳，凌濛初屡加评弹，实未能过之。往岁亡友刘葱石重刻王注，印行无多，未易购览。西阳陈生志宪，未见王书，竟成此作，心窃讶之。及读一过，则详实当与王作可并誉，此出余意料外者。卓哉陈生，可不朽矣。"吴梅将《西厢记笺证》与明王伯良《古本西厢记校注》相提并论，认为陈志宪的"笺证"是"详实"的；而看见门生有如此成果，颇有喜出望外之感。"不朽"云云，虽有过誉之嫌，但此书毕竟过了吴梅这一关，实无可疑。吴梅是曲学名家，能够过他这一关，并非易事；况且，获致其好评，更是难得。

卢前的序文先历数明代的多种《西厢记》版本，也提及日本学者久保得二对《西厢记》的研究，然后介绍陈志宪的《西厢记笺证》："今年夏五，西阳陈志宪过饮虹簃，为言方有《西厢笺证》之作。及秋书成，寄前邺居，且属以序。前尝谓：校雠之学如积薪。志宪朝夕丹铅，卒竟厥业，后来故自居上，无劳辞费也已。"从这篇序文可知，陈志宪做《西厢记笺证》时，曾于 1935 年的夏天告知卢前此书的撰写情况；而此书完成于是年秋天。卢前对《西厢记笺证》的看法是"后来居上"，虽然比较笼统，但也是肯定性的评价，尤其着重于肯定其在校雠方面的贡献。看来，吴梅侧重于该书笺证之"详实"，卢前侧重于该书在文本整理上的功夫，两人的侧重点有所不同，但都对陈志宪的工作表达了赞赏之意。

书中的旁注、夹批，均移录自凌濛初刻本，正文亦依凌刻本。可以说，陈氏《西厢记笺证》既是一个经过整理后的排印本，又在一定程度上保留了凌刻本的风貌，让读者领略到原刻本的某些"原汁原味"，增添了排印本的附加值，这在古籍整理方面是可取的做法，值得后人借鉴。

就凌氏的旁注而言，有注音的，如第一本第一折［元和令］"颠不刺"的"刺"字旁有"音辣"字样；有解释意思的，如第三本第一折［后庭花］"忒聪明，忒煞思，忒风流"，"忒煞思"旁有一条注文："煞思者，有意思之思，非思量之思也。"也有属于校记性质的文字，如第四本第二折

[斗鹌鹑]"老夫人心教多"，旁注："'教'疑为'较'；王本作'数'。"这里的"王本"，指王伯良校注本；凌濛初对此本多有参考。

就凌氏的夹批来看，有的文字表达了对《西厢记》文本的评论。如第二本第一折[油葫芦]，是崔莺莺的唱词，其中有云："昨宵个锦囊佳制明勾引，今日个玉堂人物难亲近。这些时坐又不安，睡又不稳；我欲待登临又不快，闲行又闷。每日价情思睡昏昏。"此处有一夹批："'登临又不快，闲行又闷'数语，乃道张生者，移为莺语，觉非女人本色。"① 这一批评，颇有道理。"待登临又不快，闲行又闷"，见《董解元西厢记》卷一，本是描述张生的话；杂剧作者移用于崔莺莺的唱词中，的确不大符合女性口吻，何况，当时崔莺莺尚在居丧期中，三步不出闺门，何来"登临"、"闲行"之思？与崔莺莺的处境和心境都有所不合。这只能说明杂剧作者在改编时也不无牵强之处。从这条旁批可以见出凌濛初既熟读《王西厢》，又熟读《董西厢》，而且相当敏锐，颇有见地。有的夹批是对曲律的说明，如第二本第二折[沉醉东风]，是红娘的唱词，其中有云："薄衾单枕有人温，早则不冷、冷。"此处有一夹批："不冷冷，上'冷'字，句；下'冷'字，一字成句。此曲本调，此句当用韵中叠字。馀仿此。"这对于不熟悉曲律的读者来说，是很有帮助的。有的夹批是随兴而发，却又含有明代某些《西厢记》改编本的信息，如第四本第二折，老夫人觉得崔莺莺神情、体态均有异于平常，要传唤红娘来问个究竟，红娘对此心中有数，唱[紫花儿序]，做好了应付老夫人的心理准备。在此曲的末尾，凌氏有夹批云："弋阳梨园作（张）生先与红（娘）乱，丑态不一而足。无怪越人有'饶头'之癖矣。"② 此指弋阳腔的《西厢记》改本描写张生与红娘另有私情，破坏了原作的爱情主题；添此夹批，意在说明某些改本不如原著，顺带对某些男人的"饶头"之癖有所挖苦，对一夫多妻的现象表示不满。这样的夹批略带杂文笔法，别具意味。此外，有的夹批体现出凌濛初对自己所依据的底本的审慎态度，如第四本第四折，[鸳鸯煞]末尾有两句唱词："除纸笔代喉舌，千种相思对谁说？"此处的夹批云："'相思'二字，仍周本。不敢改作'风流'，然'风流'为是。"③ 这里所说的"周本"，指的是"周宪王（朱有

① 《西厢记笺证》，中华书局，1948 年，第一本，第 4 页。
② 《西厢记笺证》，第四本，第 21 页。
③ 《西厢记笺证》，第四本，第 63 页。

燉）本"，实质上就是凌濛初刻本所据之底本①。

陈氏《西厢记笺证》保留了凌刻本的这些比较有价值的旁注、夹批。这是继刘世珩的"暖红室"重刻本之后最忠实于凌刻本的一个排印本。因而，这部书具有明显的区别于其他当代学人校注本的文本特征。

至于笺证，是陈志宪下功夫最多的部分。他比较充分地吸收了前人及近人的注释和研究成果，如闵遇五的《五剧笺疑》、凌濛初的《五本解证》，以及王伯良、徐士范、徐文长、毛奇龄、吴梅、卢前、任二北等的见解。此外，比较广泛地征引前人的笔记、史籍、类书，也相当注意引用其它元杂剧作品相关词语的用例。吴梅以"详实"二字作评，大体是符合事实的。关于其中的得失，拟在下文详述。

三、"西厢学"若干问题及陈、王、吴等校注本之比较

整理、笺证《西厢记》，离不开《西厢记》的明刊本问题。尽管北京中国书店于 1980 年在一部"元刻"《文献通考》的书背上发现了《西厢记》的 4 片残页，但这些残页是否为元刻，还是一个问题，学术界并没有定论②。换言之，后人整理《西厢记》，只能根据明人刊刻的完整本子。而明刊本《西厢记》数量繁多，约 60 多种，以版本问题为纽带形成了一门有关《西厢记》的专门学问，这门学问旁及《西厢记》的作者、文本差异、语词阐释等一系列问题，姑且称之为"西厢学"。今天，我们检视陈志宪的《西厢记笺证》，也离不开"西厢学"的视野。为了判别《西厢记笺证》的得失，我们将它主要与王季思、吴晓铃的校注本加以比较；王、吴的校注本被认为是具有权威性的整理本，尤其是王本，问世于 1944 年，在此后的几十年里多次重印，发行量颇大，至今仍是相当通行的本子。此外，在必要时，也与时贤的某些校注本稍作对比。比较的目的，是想证明陈氏《西厢记笺证》是一部被忽视了的、仍具有一定学术价值的本子。

1. "王作关续"问题

陈氏《西厢记笺证》以鲜明的态度认为《西厢记》是"王作关续"

---

① 凌濛初刻本与周宪王本的关系，凌刻本卷首《西厢记凡例十则》有明确交待："此刻悉遵周宪王元本，一字不易。"见刘世珩《暖红室汇刻传奇·西厢记》，江苏广陵古籍刻印社，1990 年，第 97 页。

② 参见蒋星煜《明刊本西厢记研究》，中国戏剧出版社，1982 年，第 20—25 页。

的，前四本每一本的卷首都标明"王实甫正本"，第五本则标有"关汉卿续本"字样。

这种做法有近因，有远因，而近因和远因又有着一以贯之的统一性。1916 年，吴梅为刘世珩刊印的凌濛初刻本《西厢记》作"覆勘"，并写了《西厢记校记》，其中写道："《西厢》校订之善，自徐天池、王伯良外，惟凌初成本号为精当。"① 而印有吴梅《西厢记校记》书页的版心就刻着"王关正续本"字样，这显然是得到吴梅认可的。陈志宪持"王作关续"之见，乃是依从师说，这是"近因"。而刘世珩翻刻的凌刻本正文，前四本的版心刻着"王实甫正本"，第五本的版心则是"关汉卿续本"，区分得非常清楚；《西厢记笺证》也依此照办，悉遵凌刻本，这是"远因"。凌濛初刻本"号为精当"，分为"正本"、"续本"，看来也被吴梅视为"精当"的做法。凌刻本"悉遵周宪王元本"，这是人所共知的，或许，凌氏所见到的"周宪王元本"也是这样区分的②；这样的区分，在一定程度上代表了明人对《西厢记》作者的一种"认知"。

作者问题，是"西厢学"中的"第一悬案"，学界聚讼不休。蒋星煜曾撰《从明刊本〈西厢记〉考证其原作者》一文③，他对凌刻本的看法与吴梅的见解颇为接近："全剧五本，每本均各署作者名，可见其谨严精详。可以认为凌濛初是十分鲜明地主张王作关续的。我们决不能因为凌濛初本晚出，因而忽略作者署名之研究价值。"他还说，明代不少研究《西厢记》的学者都认为"王作关续"，"他们绝不会毫无根据的"。其结论为："从明刊本《西厢记》研究《西厢记》的作者，不失为一个新的途径。初步检索排比的结果，结论只能于王作关续。"（原文如此——引者）蒋氏的看法至今仍值得重视。

陈志宪《西厢记笺证》第四本第四折笺证"络丝娘煞尾"条云："《笺疑》云：前三本俱有络丝娘煞尾二句，为结上起下之词，是也。至此，实父之文情已完，故云'除纸笔代喉舌，千种相思对谁说'，是了语也，复作不了语，可乎？明属后人妄增，不复录。宪按：此煞尾必是续者所增，应非

---

① 刘世珩《暖红室汇刻传奇·西厢记》，江苏广陵古籍刻印社，1990 年，第 95 页。

② "周宪王本"是否存在，学界看法不一。有人认为这是凌氏"虚造的一个根本不曾有过的本子"，参见陈旭耀《现存明刊〈西厢记〉综录》，上海古籍出版社，2007 年，第 273 页。不过，依笔者之见，以存疑的态度看待"周宪王本"，似乎更为妥当，轻易否定其存在，是过于简单化的做法。

③ 蒋星煜《明刊本西厢记研究》，中国戏剧出版社，1982 年，第 271—278 页。

实父笔。不删去者，亦过存之意。且其后犹有续五本，于北词律例亦正相合。"①《笺疑》，即闵遇五的《西厢记五剧笺疑》。闵氏刻有《王实父西厢记》（四本）、《关汉卿续西厢记》（一本），也是一位"王作关续"论者。陈氏对闵氏的见解基本上是同意的，只是不像闵氏那样删去第四本第四折的"络丝娘煞尾"，以保持前四本的每一本末尾都以"络丝娘煞尾"收束的体例。这一点，与吴梅的见解有关。陈氏在第一本第四折笺证"络丝娘煞尾"条写道："吴瞿安师曰：王实甫《西厢》每本四折，合五本成之。每本第四折下，每有小络丝娘二句，在套曲之外。此盖杂剧每本情节未终，始用此式。若情节已完，便可不用。故《西厢》第五本后独无之也。凡作北剧而非四折能尽者，则第四折后可用此二句。"这是陈氏不删去第四本第四折的"络丝娘煞尾"的依据②。

如此处理，反映出陈氏对《西厢记》文本的一个看法：既把五本看作是互有关联的整体，又认为其作者不止一个。相对于闵遇五的看法来说，陈氏采用的是折中的做法，不像闵氏那样在第四本第四折与第五本之间划下了一道明确的"切分线"。保留第四本第四折末尾的"络丝娘煞尾"，实际上也是大力肯定了凌濛初以整齐划一的方式整理《西厢记》文本的贡献。

在作者问题上，与陈氏《西厢记笺证》形成对比的是王季思、吴晓铃校注本，王、吴二本均不同意"王作关续"说。吴晓铃在《西厢记·前言》中写道："从《西厢记》杂剧的内容来看，前后的情节联贯，有头有尾，有始有终，是一个完整的恋爱故事；从体制来看，它在每本之间，都用'络丝娘尾'连接；而且本与本之间的结合也很自然。前四本与第五本派做是两个人作的，不一定有什么根据。"③ 故而，吴晓铃校注本五本均署"元大都王实甫著"。而王季思的看法也很明确，他反对"王作关续"说，于1961年先后写了《关于〈西厢记〉作者的问题》、《关于〈西厢记〉作者问题的进一步探讨》二文，力主五本的作者均为王实甫④。这两篇文章的共同点

---

① 《西厢记笺证》，第四本，第67—68页。

② 这里陈氏转述吴梅语，称"王实甫《西厢》每本四折，合五本成之"，这并非代表吴梅认为《西厢记》五本均为王实甫所作；吴梅有《王实甫〈西厢记〉》一文，其中写道："《续西厢》者，相传关汉卿作。……其书虽不及《西厢》，而文字尚属整饬。"（《吴梅戏曲论文集》，中国戏剧出版社，1983年，第495页）可见，他也认为《西厢记》的作者并非一人。

③ 吴晓铃校注《西厢记》，作家出版社，1954年，第2页。

④ 见王季思校注《西厢记》附录，上海古籍出版社，1978年。按，此次印本，剧本正文及注释部分与1958年版（中华书局上海编辑所）相同。

是，强调钟嗣成的《录鬼簿》朱权的《太和正音谱》都著录《西厢记》的作者是王实甫，这是肯定王实甫的著作权的最原始依据；同时认为"我们要把王实甫的创作成就跟金元时期人民群众以及民间艺人在这作品流传过程中的积极影响联系起来看，给他以恰当的地位。"即以集体创作为基础而产生的《西厢记》，其所取得的高度成就不仅仅属于王实甫一人。这样的看法没有错，也相当辩证，但是，并没有正面回答何以不少明人会有"王作关续"之说，也没有解释这种说法的背后有些什么意味。由于王季思校注本影响甚大，"王作关续"说似乎在近几十年里声势较弱。

今天，读陈氏的《西厢记笺证》，重提"王作关续"问题，似乎意义已经不完全在于辩论作者是谁，而是把这一桩"公案"看作是一种历史现象。面对众多的明刊本《西厢记》，我们不能回避一再出现的"王作关续"说，也不能埋怨明人过于"多事"，搬出一个"关汉卿"来扰乱视听。用"快刀斩乱麻"的做法将"王作关续"说弃如敝屣，虽然很痛快，但是对明代出现的这种历史现象还是不能"破解"。仅仅根据《录鬼簿》、《太和正音谱》的片言只语的记载来解决传世的《西厢记》文本的作者问题，看来是不够的；正如王季思所强调的，这是一个集体创作的题材，或许，明人所说的"王作关续"，也是想强调这个作品不是一个人所能够完成的。至于"王实甫"也好，"关汉卿"也好，看来可能是"符号化"的名字，制造"王作关续"说的人无非是想借重他们的名声而已。此事颇大，可能有些《西厢记》流传过程中的历史"密码"需要破译，暂且打住，以待高明。

2. 文本差异问题

传世的《西厢记》文本，各本之间互有参差，数不胜数；引人注目的亦复不少，兹举两个最突出的问题为例：

其一，第二本的分折问题。

《西厢记笺证》以凌刻本为底本，与其它四本一样，分为四折一楔子。王季思校注本（1958 年、1978 年），也以凌刻本为底本，其第二本同样分为四折一楔子①。吴晓铃校注本（1954 年）则据明弘治本，将第二本分为五折，其具体情形是：以〔仙吕〕套为第一折（凌刻本同），以〔正宫〕

---

① 王季思校注，张人和集评《集评校注西厢记》的第二本则据弘治本把第二本分为五折一楔子（上海古籍出版社，1987 年）。可见在王季思校注本中，前后有两种不同的处理方式。五折一楔子的分法，又与吴晓铃的五折分法略有差异。

套为第二折（凌刻本以此套为楔子），以［中吕］套为第三折（凌刻本以此套为第二折），以［双调］为第四折（凌刻本以此套为第三折），以［越调］套为第五折（凌刻本以此套为第四折）。

这里的焦点所在是［正宫］套（叙述惠明"投书"）。陈氏在笺证里特地引用了凌氏《五本解证》的说法："历考诸剧楔子，止用［仙吕·赏花时］，或一或二，及［仙吕·端正好］一曲耳。此因欲写惠明之壮勇，难以一调尽，而为此变体耳。近本竟去'楔子'二字，则此剧多一折；若并前［八声甘州］为一，则一折二调，尤非体也。"看来，陈氏认同凌氏的见解，认为以［正宫］套为楔子，是为了"写惠明之壮勇"，仅仅用一两支曲子是不够的，所以，这是"变体"。不能因为这是"变体"而否认了其"楔子"的功能。笔者认为，划分为折还是划分为楔子，是一个值得辨析的问题。把［正宫］套视为一折，是不妥当的，因为就整个剧情来看，惠明和尚的"投书"行动，是崔张恋爱这条主线上的一个插曲，这个情节起着"楔子"的功能，是毋庸置疑的；并没有因为用了一个［正宫］的套曲，就改变了其"楔子"的性质。这一点，凌氏看得很清楚，陈志宪也十分明白和赞同凌氏的看法。王季思校注本（1958 年、1978 年）也视之为楔子，可谓英雄所见略同①。相较之下，吴晓铃校注本将"楔子"改为"折"，依据弘治本的做法，只顾及到一般楔子的外在形式，而忽略了剧中的［正宫］套作为"楔子"的本来性质。

与此相关的还有两支［赏花时］曲的问题。《西厢记笺证》依从凌刻本删去这两支［赏花时］（惠明唱，以"激将法"恳请白马将军前往普救寺解围），陈氏在笺证中有"赏花时"条："《五剧笺疑》云：二曲古本无，是后人增入。"以此作为删去的理由。在这里，陈氏故意不引用凌氏《五本解证》的看法，而引用闵遇五的《五剧笺疑》，估计是想说明，删去两支［赏花时］，不是个别人（如凌氏）的意见，而是不少人的共识。凌氏在《五本解证》里另外收录了两支［赏花时］，并说："此亦楔子也。楔子无重见。且一人之口，必无再唱楔子之体。周宪王故是当家手，必不出此。定系俗笔。徐（士范）以前后白多，去之觉冷淡而姑存之，不知剧体正套前后原不妨白多者。王伯良去之为是。"②凌氏认定两支［赏花时］是出自"俗

---

① 《王季思全集》第三卷（河北教育出版社，2005 年），收入《西厢记》校注本，其第二本的处理方式与上海古籍出版社 1978 年版相同。

② 刘世珩《暖红室汇刻传奇·西厢记》，江苏广陵古籍刻印社，1990 年，第 353 页。

笔"，不是周宪王所加。凌氏认同王伯良的做法，于正文中删去；这样做，是为了维护"剧体"的统一性。这是凌氏在整理、刊刻《西厢记》时特别关注的，也是陈志宪在做《西厢记笺证》时特别赞同的。我们注意到，王季思校注本（1958 年、1978 年）、吴晓铃校注本（1954 年）都没有收录这两支［赏花时］，但是，也都没有关于删去这两支曲子的说明文字。在这一点上，陈氏所加的笺证能够让读者了解其中的文本变异，是可取的。①

其二，"南海水月观音现"的"现"字问题。

这是《西厢记》研究史上的著名问题。"南海水月观音现"是第一本第一折［寄生草］里张生的一句唱词。当时，张生与崔莺莺"佛殿奇逢"，然后，"且回顾觑末下"，这一举止神态令张生神魂颠倒，还解读为"临去秋波那一转"；崔莺莺瞬间远去，张生呆立不走，在一旁的法聪和尚提醒他："休惹事，河中开府的小姐去远了也。"接着，张生唱了一曲［寄生草］，其中有两句回应法聪的话："你道是河中开府相公家，我道是南海水月观音现。"而"现"字引起了争议。

陈氏的笺证先分别引了凌氏、闵氏的见解，然后提出自己的看法："（凌氏）《五本解证》云：徐（士范）以朱氏本作'院'，以为对'家'字工而改之。并改'南海'为'海南'，以对'河中'。工则工矣，然自来无'海南水月'之语，况实甫惯用董解元词，董云：我恰才见水月观音现。正直取其句，不以属对为工耳。旧本作'现'，不敢喜新从徐也。（闵氏）《五剧笺疑》云：'院'，俗本作'现'。'现'，非韵，亦欠工，少风致。宪按：'现'，亦'天田'韵，非不可叶叶；以文情属对言，自以用'院'为佳。用古人成句，亦非不可改其一二也。"陈氏的做法是审慎的，剧本的正文保留凌刻本的原句，不作改动；而自己的见解体现在笺证中。他的看法与凌氏有所不同，尽管他对凌氏相当尊重。他借鉴了闵氏的看法，认为用"院"字更好，不仅仅是叶韵的问题，还考虑到"文情属对"的内涵；况且，"用古人成句，亦非不可改其一二也"，也是通达之见。关键是，用"院"字有没有道理。笔者认为，改"现"为"院"，是有道理的。张生唱词的语境离不开法聪的话，法聪在提及崔莺莺时称之为"河中开府的小

---

① 两支［赏花时］曲，是原有的，还是羼入的；以一个套曲来写"楔子"，是原有的，还是后人改编的，现在还难下结论。不过，这种种现象正好说明，传世的《西厢记》文本不大可能出自一人之手。在体例上，有的地方与元杂剧固有的"四折一楔子"不完全吻合，很可能在文本的流传过程中发生。这种现象，在《西厢记》里是常见的，因而，我们已经不可能用"刻舟求剑"的办法来追寻《西厢记》的"元本"。

姐"，"河中开府的"是修饰语，"小姐"是被修饰的对象。在张生的唱词里，"开府相公家"从语法来说，也是修饰语，只是承上省略了"小姐"一词；同样的，"南海水月观音院"，也是修饰语，它省略的是"院主"二字。这里需要辩证的是，在近代汉语里，有"院主"一词，意指官员或财主的女儿，此词可以与"小姐"对举，如明西周生撰《醒世姻缘传》第18回写两个媒婆自夸："一个说：'我题的此门小姐，真真闭月羞花，家比石崇豪富。'一个说：'我保的这家院主，实实沉鱼落雁，势同梁冀荣华。'"① 以语意而言，张生唱词的完整语句是"你道是河中开府相公家（小姐），我道是南海水月观音院（院主）"。② 这样语句始通。很多人没有从语意、语法和修辞的角度去分析，只是在"对仗"的问题上兜圈子，仅仅墨守"董词"的原句，没有触及其中的"要害"，才会提出要维护"南海水月观音现"的"现"字。其实，明代好几个著名的曲家包括写《曲律》的王骥德（伯良）都以"院"字为是；陈志宪在徐士范、闵遇五等人的启发下提出"以文情属对言，自以用'院'为佳"的见解，是有价值的，至少向读书界提供了一种值得参考的意见③。

而王季思校注本对"观音现"的注释是："按'观音现'承上白，兼本董词，坊本多作'观音院'，非也。"④ 其实，这条注释对曲词的上下句的语意、语法、修辞均未予深究；仅仅以"非也"断之，也没有说明理由。吴晓铃校注本在此处则没有注释或校记，曲词用的是"现"字。

要之，在近人的校注本中，乃至在今人的新校注本里⑤，像陈氏那样主张用"院"字的，可谓绝无仅有，而这个问题的确值得学界重新审理。

3. 语词解释问题

陈氏《西厢记笺证》在"笺证"部分所下的功夫是较大的，大体当得起吴梅"详实"的评语。今与王季思、吴晓铃校注本比较，为说明问题起

---

① 《醒世姻缘传》，上海古籍出版社，1981年，第259页。此外，关于"院主"一词的解释，参见《汉语大词典》第11册，汉语大词典出版社，1993年，第992页。

② "南海水月观音院（院主）"，这在汉语修辞中是"拈连"手法。

③ 王伯良《古本西厢记校注》对［寄生草］曲有注释："诸本俱作'现'，惟朱氏古本作'院'，今改正。"可见王伯良也以"院"字为是。见刘世珩《暖红室汇刻传奇·西厢记》，江苏广陵古籍刻印社，1990年，第374页。

④ 王季思校注《西厢记》，上海古籍出版社，1978年，第15页。

⑤ 如张燕瑾、弥松颐校注本（江西人民出版社，1980年），张燕瑾校注本（人民文学出版社，1994年）都用"现"字。

见，兼及某些新的校注本，分为三种情形，分别以例证"说话"：

其一，《笺证》有释文而王、吴未注之例。

如第一本第一折［赚煞］"临去秋波"，《笺证》："秋波，状女人之眼清如秋水也；东坡诗：佳人未肯回秋波。"按：王、吴均未注。今人张燕瑾、弥松颐（1980）注曰："像秋水般明亮的眼睛。苏轼《百步洪》诗：'佳人未肯回秋波，幼舆欲语防飞梭。'"可见是应该注的。

同上曲有"玉人"一词，《笺证》："玉人者，谓其人颜美如玉也。《诗》曰：'彼其之子，美如玉。'古诗云：'燕赵多佳人，美者颜如玉。'《晋书》：'裴令公容仪俊爽，时人皆以为玉人，见者曰：见裴叔则如玉山上行，光映照人。'。"按：王、吴均未注。今人张燕瑾（1994）注曰："王嘉《拾遗记》卷八：'蜀先主甘后……玉质柔肌，态媚容冶。先主招入绡帐中，于户外望者如月下聚雪。河南献玉人，高三尺，乃取玉人置后侧，……后与玉人齐白齐润，观者殆相惑乱。嬖宠者非惟嫉于甘后，亦妒于玉人也。'后以玉人喻指颜美如玉之人，可指女，亦可指男。"两相比较，前者更为妥贴。从语源看，《诗经·魏风·汾沮洳》的"彼其之子，美如玉"是"玉人"的最早出处[1]；《晋书》卷35"裴楷传"："（裴）楷风神高迈，容仪俊爽，博涉群书，特精理义，时人谓之'玉人'。"[2] 这是"玉人"一词较早的用例。而张燕瑾用《拾遗记》"河南献玉人"作书证，此"玉人"及下文"亦妒于玉人也"之"玉人"，均指用玉雕刻的"人形"[3]，文中以"甘后"与"玉人"对举，并非以"玉人"比喻"甘后"。可见，张氏举出的用例并不贴合《西厢记》"玉人"一词，而陈氏的笺证是对的。

又如第二本楔子［滚绣球］有"戒刀"一词，《笺证》："比丘所持小刀也。《释氏要览》曰：'《僧史略》云：戒刀皆是道具。按律，许蓄月头刀子，为割衣故。今比丘蓄刀名戒者，盖佛不许斫截一切草木、坏鬼神村故。草木尚戒，况其他也。'"按：王、吴均未注。张燕瑾（1994）注曰："戒刀：僧人所带的月头小刀。《释氏要览》曰：'戒刀皆是道具。按律，许蓄月头刀子，为割衣故。今比丘蓄刀名戒者，盖佛不许斫截一切草木、坏鬼神

---

① 程俊英译为："就是那位采药人，美如冠玉真漂亮。"《诗经译注》，上海古籍出版社，1985年，第186页。

② 《晋书》，中华书局，1987年，第1048页。

③ 《拾遗记》卷8"蜀"条："（先主）常称玉之所贵，德比君子，况为人形，而不可玩乎?"又曰："（甘）后常欲琢毁坏之。"足证此处的"玉人"就是用玉雕刻的人形。中华书局，1981年，第191页。

村故。草木尚戒，况其他也。'"这条释文几与陈氏的相同。

又如第四本第三折［三煞］，崔莺莺的唱词有："留恋你别无意，见据鞍上马，阁不住泪眼愁眉。"《笺证》："《笺疑》云：我所以留恋你者，别无他意，只有一句话耳；即下文'此一节'也（此指崔莺莺［二煞］唱词：'此一节君须记，若见了那异乡花草，再休似此处栖迟。'——引者）。因此话未曾可嘱，所以'见据鞍上马，阁不住泪眼愁眉'也。生紧接云：'还有什么语嘱付小生'，真是知心凑拍，文意妙绝。或作'（留恋你）应无计'，此际岂宜复有留恋计耶？"此处采用闵遇五《五剧笺疑》的见解。闵氏特地在此处对曲词加以阐释，揭示崔莺莺举止神态背后的心理活动，以及崔、张之间的深情；并与别本相较，对曲词有所辩证。陈氏对此颇为欣赏，故移录作为曲词的释文。这对读者是有参考意义的，也具有学术价值。按：王、吴均未注。张燕瑾（1994）仅注"据鞍"一词，未涉及曲词深意。[①]

其二，《笺证》释文详于王、吴校注本之例。

如第一本第四折［甜水令］"可意冤家"，《笺证》："冤家，称所欢之词也。《剧说》引《苇航纪谈》云：'阅《烟花记》冤家之说，有情深意浓，彼此牵萦，宁死无二，一也；两情相系，阻隔万端，心想魂飞，寝食俱废，二也；长亭短亭，临岐分袂，黯然消魂，悲泣良苦，三也；山遥水遥，鱼雁无凭，梦寐相思，柔肠寸断，四也；怜新弃旧，辜恩负义，恨切惆怅，怨深刻骨，五也；触景悲伤，抱恨成疾，六也。余谓：冤家，犹呼'奴家'、'衷家'、'咱家'。方言如是，非有意理可寻。宪按：今俗有'不是冤家不聚头'一语，则'冤家'似非若'奴家'、'咱家'之泛无意义也。必始而两情眷爱，终或怨恚相仇，乃亦恨亦爱之词耳。如此云'可意冤家'，冤家而曰可意，则是欢爱之称呼也。（以下细举元杂剧《金钱记》、《扬州梦》、《两世姻缘》有'美貌冤家'、'俏冤家'、'欢喜冤家'的用例；《还牢末》有'小冤家'的用例。文长，不录）"这一条笺证可谓详尽。而王季思校注本注曰："冤家：此亦反语以称所爱。《道山清话》：'彭汝砺晚娶宋氏，有姿色，承顺恐不及，临卒书宿世冤家四字。'元沈和甫著有《欢喜冤家》剧，见《录鬼簿》。焦循《剧说》谓：'冤家犹奴家、咱家。'失之。"陈氏的着重点在解释"冤家"之前为什么会有"可意"这一类的修饰语，解释妥帖，举证丰富；王氏校注本只举出《欢喜冤家》这一剧名，

---

① 《西厢记笺证》有释文而王、吴等未注的例子不少，这是其"笺证"部分最值得注意的地方；限于篇幅，不能尽数列出。

没有举元杂剧作品中的其它同类用例。两相比较，似以前者为胜。吴晓铃校注本于此处未出注。

又如第二本第四折［尾］崔莺莺唱词"夫人时下有人唧哝"，《笺证》："旧解有二说，一曰多言不中，一曰犹撺掇之意。宪按：《六书故》云：唧唧，窃语声，亦叹声也。《广韵》引《字林》：哝，语也。《玉篇》：哝，多言不中也。据此，则'唧哝'二字，皆所以状人语言之词，今俗谓人小声私言，亦有'唧唧哝哝'一语。此处当作以语言撺掇之意解。又按：《琵琶记》有云：'唧唧哝哝不放怀'，此又系状人闷语叹呻之词也。"而王季思校注本注曰："唧哝，亦为咕哝，或唧唧哝哝，并多言状。'有人唧哝'，即有人向夫人劝说之意。"两相比较，也似以前者为胜。吴晓铃校注本于此处未出注。

又如第三本第四折［滚绣球］崔莺莺唱词"破题儿又早别离"，《笺证》："破题儿，谓起头也。按唐宋人谓诗赋之首二句曰破题。《六一诗话》：梅圣俞《赋河豚》诗云：'春洲生荻芽，春岸飞杨华。'河豚食絮而肥，南人多与荻芽为羹。破题两句，已道尽河豚佳处。又，八比文之首二句，亦曰'破题'；是'破题'本文章起始之名。引申之，凡一切事之开始，亦曰'破题'。"而王季思校注本注曰："唐宋人谓诗赋之起首，曰破题。故谓事之起首为破题儿。"吴晓铃校注本注曰："古时诗赋的起首几句，叫作'破题'（后来八股文中也用这名称）。这儿是开始、起头儿的意思。"相较之下，仍以陈氏的为佳。

其三，《笺证》释文不如王、吴校注本之例。

如第一本第一折［赚煞］张生唱词"将一座梵王宫疑是武陵源"，《笺证》释"武陵源"用陶渊明《桃花源记》本事，并不妥帖。而王季思校注本注曰："武陵源：《东墙记》剧第三折亦有'东墙相见后，疑是武陵源'句。武陵源亦作武陵溪。友人叶德均据《北词广正谱》卷三《醉扶归》曲：'有缘千里能相会，刘晨曾误入武陵溪。'及《误入桃园》第四折《殿前欢》曲：'这时节武陵溪怎暗约，桃花片空零落，胡麻饭绝音耗。'谓元曲中武陵溪指刘阮和天台二女事，与陶渊明《桃花源记》本事无关。"吴晓铃校注本注曰："武陵源：指着汉代的刘晨、阮肇在天台山采药遇到仙女的恋爱故事说的。"王、吴的注释显得更为符合曲意。

又如第三本第四折"双斗医科范"，《笺证》："《笺疑》云：元剧名，见《太和正音谱》。必有科诨可仿，犹他剧'考试照常'之类，故不备载。"这里只是照录闵遇五《五剧笺疑》的说法。而王季思校注本不仅引用《五剧笺疑》，而且参考了叶德均的说法，认为"双斗医"插演于杂剧中，必是"院本"。此外，对"科范"一词与释道仪式的关系有所考释，并没有止步于前人的释文。吴晓铃校注本注曰："双斗医科范：科范在这里是表演的意思。'双斗医'是个院本（短剧）的名目。这里表演了一段'双斗医'，具体内容略去，所以注明。"这样的解释比较准确。相较而言，陈氏的解释均不及王、吴。

要而言之，通过比较，可以说，陈、王、吴三家校注本各有所长，尤其是陈、王两家，注释均较详细，可比性更大。

可以得出一个基本的看法：尽管《西厢记笺证》也存在一些问题，如仍有应注而未注的情形，个别释文有"掉书袋"之嫌，有些注释因袭前人而没有新的发明，等等，但是，这部书体现出较深的学术功底，相当谨严的治学态度；它博采明清诸家注释之长，吸收明代以来《西厢记》的校勘成果，而且，在古籍整理方面自成一格，是一部有学术价值的著作，不应该被学界"遗忘"。

更值得一提的是，在《西厢记》的研究史上，陈志宪的《西厢记笺证》是"五四运动"以来最早完成的一部《西厢记》现代注释本。它成书于1935年，有吴梅、卢前的序文为证[1]。只是付梓的时间较迟，出版于1948年，比王季思校注本晚了4年[2]。我们应该尊重历史，也珍视前人的成果。重新审视《西厢记笺证》，意义或许就在这里了。

（原刊于《戏曲与俗文学研究》第 1 辑，社会科学文献出版社，2016 年）

---

[1] 如今通行的王季思校注本，其校注工作大概始于 1937 年 11 月，约于 1943 年上半年修订完成，出版于 1944 年。参见王季思《〈西厢五剧注〉自序》，《王季思全集》第一卷，河北教育出版社，2005 年，第 14—15 页。

[2] 王季思曾撰《评陈志宪〈西厢记笺证〉》一文，刊载于 1948 年 7 月 16 日《中央日报·俗文学》。此文对陈志宪以"辞章家"的眼光看待《西厢记》有所批评。参见关家铮、车振华《王季思先生与〈俗文学〉周刊》，《中国非物质文化遗产》第十辑，中山大学出版社，2006 年，第 11 页。

《牡丹亭》"农事"与"花事"的关系

——从"冷僻细节"进入作品主旨的尝试

汤显祖的《牡丹亭》，内涵相当丰富，谈的人也很多。我想，不妨从一个很小的角度来审视，尝试寻找较为冷僻一点的切入路径：从"冷僻细节"进入作品的主旨，看看是否可行。

且看《牡丹亭》"农事"与"花事"的关系。

剧本里的"农事"，出现在第八出"劝农"，写杜丽娘父亲杜宝作为南安太守在"春深"时节下乡，亲自劝喻农民要及时春耕，以免失误农时。而对于杜宝而言，这是他为官一方的职责所在："为乘阳气行春令，不是闲游玩物华。"在这出戏里，散发着泥土气息和农家乐趣，年青的农夫唱起了田歌，牧童吹响了竹笛，农妇们在采桑、采茶，也忙得不亦乐乎。杜宝看在眼里，身心舒展，连忙赏酒给他们，让他们头插鲜花，以示欢庆。临到分别时，"村中男妇领了花赏了酒的，都来送太爷"，好一幅"春日劝农图"，活灵活现。

不要小看剧作家描写出来的细节，他在"农事"里刻意安插了略带乡野气息的"花事"，杜宝不仅赏酒，还赐花，可以想象着，那帮男男女女、老老少少头上插着太守送的花，该是多么高兴，简直就是田头的一道亮丽的风景。而杜宝之爱花也就不言而喻了。

杜宝下乡，着意于"农事"的同时不忘"花事"；平时在家，更是少不了"花事"的点缀。他的家里是雇请了花匠的，而且，花匠必定要每一天的早上分别给夫人、小姐送花，第九出写道，春香有点"无厘头"地埋怨花匠"花也不送"，花匠当即回敬道："每早送花，夫人一分，小姐一分。"春香故意问："还有一分哩？"言外之意是为何不给我也送一分？这是剧情所需要的"科诨"，但也看似不经意地介绍了杜宝家居生活的一个重要细节：室内插花，而花卉来自自家的花园。

这就折射出明代官员宅第的一个新的变化。原来，在明代初年，明太祖朱元璋规定：不许官员"于宅前后左右多占地，构亭馆，开池塘，以资游眺"。① 据学者研究，受此朝廷政策的制约，明代初期很少私家庭园，只是到了正德、嘉靖年间，政令松弛，崇尚奢靡，营造风气逐渐兴盛，私家庭园越来越多。② 杜宝的私家庭园正是在汤显祖所处的晚明时代被"建构"起来的。

从《牡丹亭》的具体描写看，杜宝的私家庭园颇具规模，杜丽娘说："不到园林，怎知春色如许！"（第十出）一来是"姹紫嫣红开遍"，花的品种数量繁多；一来是"云霞翠轩"和"烟波画船"兼备，更少不了一座"牡丹亭"屹立其间，这就完全是"构亭馆，开池塘"的格局了。难怪春香说："原来有座大花园，花明柳绿，好耍子哩！"（第七出）这样的规模绝对破了明初的"戒"，如果是在明太祖在位期间，是不可想象的。

正因为有"戒"，杜宝似乎也显得很低调，汤显祖没有写他到后花园"游眺"的举动（若按照明太祖的规定，"游眺"就是"违规"），看来不是"疏忽"，而是符合人物的"规定情境"的，而杜宝平时也只是让花匠每天采花送至内院，供插花之用。故而，这就可以理解为何杜宝夫妇不让女儿去后花园，除了"三步不出闺房"的教条所制约，身为官宦之家，不得"游眺"这一具有"朱明特色"的刚性规定看来也是一个不可忽视的重要原因（或许到了正德、嘉靖之后未必人人执行，但既然没有取消此项规定，有人如杜宝仍然执行，亦非矫情）。

不论如何，杜家有私家庭园是事实。可说来也妙，如果没有前面提到的"农事"，恐怕也难有剧情发展中出现的属于杜丽娘的"花事"。人们熟悉杜丽娘的"游园惊梦"，此"游园"的机缘正是杜宝的"劝农"所致；父亲下乡，杜丽娘才会在相对"宽松"的环境里"趁机"去花园走一趟。

这对于杜小姐而言，也是一种"偷期"行为。说到"偷期"，大家自然会想到张生和崔莺莺合演的"西厢房故事"，或者是其它同类型的"男欢女爱"情节。而这类故事，杜丽娘可就并不陌生了，她对"秦晋之好"的故事很入迷，而且，了如指掌，原来，杜家"有架上图书，可以寓目"（第三出，杜宝语），除儒家经书外，"其馀书史尽有"，"牙签插架三万馀"（第五出，杜宝语）。杜丽娘自称："天呵，春色恼人，信有之乎！常观诗词乐府，古之女子，因春感情，遇秋成恨，诚不谬矣。"原来，杜丽娘是一位感

---

① 《明史》卷六十八"舆服四"，中华书局，1984 年，第 1671 页。

② 参见黄永川著《中国插花史研究》，西泠印社出版社，2012 年，第 158—159 页。

受力很强的少女，她从自己可以读到的文学作品里感知到古代女子在某些时间节点上的情绪波动，随着年龄的增长，古代女子的情感体验与自己的内心感知产生某种"对应"关系，对过往女性生命故事的认同意识逐步增强，这样的阅读积累构成了她内在的知识结构的组成部分，成为了一种具有"先验性"的认知。① 而且，她所熟知的古代女性生命故事内含着一个"叙事模式"，用她的话来说就是："昔日韩妇人得遇于郎，张生偶逢崔氏，曾有《题红记》《崔徽传》二书。此佳人才子，前以密约偷期，后皆得成秦晋。"这类故事读得多了，"叙事模式"了然于胸，知道不管是韩夫人还是崔莺莺（《崔徽传》可能是作者的笔误，也可能是作者故意的"疏漏"：以"得成秦晋"而论，当指《西厢记》而非《莺莺传》；但是，杜宝家藏有《西厢记》，似乎不可能，为了模糊其事，故有"误写"为《崔徽传》之可能），都有一位"男子"与之成为"佳偶"，而且，都会经历"前以密约偷期，后皆得成秦晋"的曲折过程，这样的缠绵有些"冒险"，可也值得，因为都有"得成秦晋"的好结果。这对于正处于青春期的杜丽娘而言，不啻是"故事"，它们引发遐想，甚至会"内化"为杜丽娘的"心理预期"。故而，游园时处于"花事"之中的杜丽娘才会有一声悲叹："吾今年已二八，未逢折桂之夫！"（第十出）

这就是汤显祖的伟大发现！他发现，一位少女"适时"的青春活力与"预存"的文化积淀一旦互相结合，会产生谁也意想不到的心理能量，这种心理能量可以激发"心灵成长"，一个人的内心于是会变得无比强大。戏剧性的事件就在谁也不经意的时候发生在杜宝的家里。

花季少女喜欢花，是自然的，可杜丽娘因为父亲的"农事"而"偷期"有了自己的"花事"，这才真正激发了她"一生儿爱好是天然"的人性自觉。其实，杜丽娘平时所能够接触到的是不太"天然"的插花（明代的插花艺术达到一个空前的高峰，研究花瓶及插花艺术的著作不少，相关的成果

---

① 据陈东原先生考辨，明末以前，并无明言禁止女性学习诗文，而"女子无才便是德"一语迟至明末以后才出现，具体的文字表述在清人的书里才有。之所以提倡"无才是德"，是因为生怕女性受到在明代流传甚广的《西厢记》等书（或同类故事）的影响，崔莺莺与张生诗词唱和，以至"失身"；同时，妓女亦以能够吟诗填词著名，故而不提倡女性学习诗词，并将此意转化为"无才是德"的观念。所谓"才"，主要是指"诗才"。说见陈东原《中国妇女生活史》，商务印书馆，2015年，第147—157页。参照陈氏此说，可知杜丽娘生活在"无才是德"观念出现之前，她能够"常观诗词乐府"，其父还要专门延请老师教她读《毛诗》，均可证。

超越了前人，像袁宏道的《瓶史》、张谦德的《瓶花谱》、屠本畯的《瓶史月表》、何仙郎的《花案》，等等，都是相关的专著），每天都有"不接地气"的"鲜花"可供欣赏，不过，这不过是一种"装饰"，无法让人对之产生"心灵感应"。的确，这些瓶里的花远远不足以"感发"杜丽娘的"春心"。而只有到了后花园，看到"姹紫嫣红开遍"，那种春光的感召、春花的生命律动才能使她第一次有了"在场"的感觉，汤显祖在这里是通过了"瓶花"与花园的对比，揭示了"回归自然"与人性觉醒的内在关联。

这就是杜丽娘的"心灵成长"的一个关键节点。汤显祖发现了少女"心灵成长"的客观性，它是不以人的意志为转移的客观现象，任谁也不能"剥夺"少女们"心灵成长"的权利。这一权利是"天然"的，自然而然生发出来的。处于"心灵成长"中的女性，不一定都会懂得"情感需求"与"行为自主"的关系。可汤显祖笔下的杜丽娘，其青春活力与文化积淀一旦"碰撞"在一起，古代女子那种"密约偷期"的"自主"行为在其内心产生了一种"冲击"作用，她无法"密约"，却无妨"偷期"，"偷期"不是为了去私会情郎，而是为了偷偷摆脱父母的管束，偷偷地"自主"一回，去做青春少女喜欢做的事情：游园赏花。

这可是杜丽娘的"偷期"不同于以往男女"偷期"的独特之处。

更为奇特的是，杜丽娘的"花事"不是"趁机"去玩那么简单。按说，一个少女，正处于活泼爱玩的时候，严厉的父亲因有"农事"在身，刚好不在家，也不知道父亲什么时候回来，出于冲动好玩的天性，"偷"了父亲外出"劝农"的"期"就足够了，还不赶紧去后花园玩耍一番？说不定"下乡有几日了"的父亲会随时回家！可杜丽娘不仅仅是好玩，她还要考虑游后花园的"日期"问题，故此，听到春香提议"后花园走走吧"，杜丽娘"低回不语久之，方才取过历书选看，说明日不佳，后日欠好，除大后日，是个小游神吉期。预唤花郎，扫清花径。"这刚好跟杜丽娘此前急不可待地向春香打听后花园的情形适成对比：这一次的游园，不完全是贪玩，甚至不是贪玩，它是一次"自主"的行动，她长到十六岁从来没有这么"自主"过，毫无经验，担心有些不可预测的因素，带着几分神秘，几分惶恐，却也怀抱着几分不可放弃的执著，于是，她偷偷定下了一个相信会给自己带来好运的"期"。

这个看历书、择吉日的细节，是十分重要的，极有"仪式感"，正所谓"上帝就在细节里"。可惜没有引起人们足够的重视，以至于到了现在，某些新的改编本依然删去不演①。

通常，人们只关注杜丽娘的"游园"，认为这是一次大胆的行为，"无可排遣的春情幽怨愈积愈多，决堤冲防，势所必然。"有人进而指出："最使人感慨的是《惊梦》这场戏。这是对自然、青春和爱情的礼赞，自始至终充满庄严华妙的仪式感。"② 既然如此，那么，"仪式感"是如何产生的呢？可惜论者没有做进一步的探究。

其实，"惊梦"一场戏的"仪式感"与"肃苑"的"偷期"行为密不可分，我们不能够孤立地去释读"惊梦"，应该看到汤显祖为"惊梦"做了细致而微妙的铺垫。我们知道，整部《牡丹亭》没有提及已然十六岁的杜丽娘必定经历过的"笄礼"，但汤显祖在"肃苑"里所写的、在"惊梦"里所描述的，前后"串联"起来，可以视为汤显祖给杜丽娘"精心设置"的独特的"成人礼"，深具文学意蕴。在行为"自主"的问题上，杜丽娘这一回真的已经"成人"了。这是千百年来从未有过的"成人仪式"。杜丽娘的"花事"这才具备了前无古人的文学史价值。

如此理解《牡丹亭》"农事"与"花事"的关系，似乎不是多余的。经典作品，每每是作家精心结撰的产物，看似"不重要"的细节，并非可有可无，不宜随意删改。伟大的剧作经得起推敲，哪怕是在"冷僻细节"上严加审视，也会令人有所收获。

（此为未刊稿）

---

① 如湖南省昆剧团 2014 年演出本天香版《牡丹亭》，完全删去《肃苑》，该剧本见朱栋霖主编《中国昆剧年鉴 2015》，苏州大学出版社，2015 年，第 165—171 页。

② 袁行霈主编《中国文学史》（第三版）第四卷，高等教育出版社，2014 年，第 117 页。

《李泌传》与《邯郸记》
——管窥汤显祖的历史意识与时代感受的交互关系

汤显祖的《邯郸记》涉及唐代历史，他对唐代史料与唐代人物有过一番研究。从其《邯郸记题词》可以知道，汤显祖熟悉唐代著名人物李泌的事迹，故而在题词中扼要叙述了李泌的故事，且与《枕中记》相比附，甚至说："《枕中》所记，殆（李）泌自谓乎？"①

其实，汤显祖对此一说法并不自信，因为他知道"(《枕中记》) 世传李邺侯泌作，不可知。"其"殆泌自谓"云云，假设之辞而已。可为什么他在题词中特别把李泌的故事凸显出来呢？《李泌传》与《邯郸记》有何内在关系呢？如有关系，我们又如何解读呢？

本文试图选取这一角度，重新研读《邯郸记》，以求对汤显祖的思想与心态有进一步的认识。

一、《李泌传》与《枕中记》的"相关性"

汤显祖熟读《李泌传》，他对李泌一生的主要事迹概述如下："观察郑、虢，凿山开道至三门集，以便饷漕。又数经理吐蕃西事。元载疾其宠，天子不能庇之，为匿泌于魏少游所。载诛，召泌。"这都是李泌诸多经历中的"大关目"；而且，可以肯定的是，汤显祖读的是《新唐书·李泌传》，他在简述李泌事迹后写道："唐人高泌于鲁连、范蠡"，此语从《新唐书》中出，原文是："柳玭称：两京复，泌谋居多，其功乃大于鲁连、范蠡云。"② 查《旧唐书·李泌传》（第 130 卷），并无这一评语。汤显祖是否读过《旧唐书》，不得而知，他对《新唐书·李泌传》倒是烂熟于心的。

汤显祖发现，若依照他对李泌生平事迹"简约化"的叙述来加以比附，

---

① 汤显祖著、朱萍整理《临川四梦》，中华书局，2016 年，第 448 页。本文引用《邯郸记》原文，均据该版本，随文注明剧本页数，不另出注。

② 欧阳修、宋祁撰《新唐书》，中华书局，1987 年，第 139 卷，第 4638 页。

则李泌的故事与《枕中记》里卢生的故事有着一定程度的"相关性"，这也是他所说的"殆泌自谓"的缘由。为论述方便，且引用《枕中记》的一段文字：

> （卢生）迁陕牧。生性好土功，自陕西凿河八十里，以济不通。邦人利之，刻石纪德。移节汴州，领河南道采访使，征为京兆尹。是岁，神武皇帝方事戎狄，恢宏土宇。会吐蕃悉抹逻及烛龙莽布支攻陷瓜沙，而节度使王君奂新被杀，河湟震动。帝思将帅之才，遂除生御史中丞，河西道节度。大破戎虏，斩首七千级，开地九百里，筑三大城以遮要害。边人立石于居延山以颂之。归朝策勋，恩礼极盛。……大为时宰所忌，以飞语中之，贬为端州刺史。三年，征为常侍。①

两相比照，可以看出，卢生与李泌的人生经历有某种"重合度"，要而言之，如下四个要素是可以对应的：

1. 督办过关涉政治与民生的重大工程；
2. 曾经在边关要塞破敌立功；
3. 一度遭到权奸的妒忌与陷害；
4. 历经政坛风波而重新得到重用。

如此相似，难怪汤显祖从卢生的故事联想到李泌，则二者的"相关性"是显而易见的。不过，从历史真实来看，我们找不到卢生与李泌的这种"相关性"的确切依据，汤显祖曾说"（《枕中记》）世传李邺侯泌作，不可知"，既然是"不可知"，则"世传李邺侯泌作"云云只是"传说"而已，不能当真。可问题是，为什么汤显祖在《邯郸记题词》里那么郑重地将"李泌"牵扯进来呢？若只是作简单比附，这样的比附意义不大；宦海风波、官场恶斗，诸如此类，每每常见，历朝历代身在朝廷的张三、李四的不少故事也可以跟卢生相比附，何必将目光单单落在李泌身上呢？我们除了看到卢生与李泌的"相关性"之外，还应进一步思考汤显祖关注李泌的动机是什么。

---

① 徐士年选注《唐代小说选》，中州书画社，1982年，第26页。

二、《李泌传》与《枕中记》的"错位"关系

事实上，《李泌传》的内容并不如《邯郸记题词》里所叙述的那么简单，它比《枕中记》要复杂得多。笔者认为，卢生与李泌的"相关性"是汤显祖自己借助《邯郸记题词》而"建构"出来的，但醉翁之意不在酒，他在构思《邯郸记》时，似乎另有考虑，在创作上别有谋划，而不是仅仅着眼于对《枕中记》的改编。

这就要考察历史上的李泌其人，看看他的经历中有何奥妙能够让汤显祖对他另眼相看。可以说，《李泌传》与《枕中记》存在着某种"错位"关系，并非事事"重叠"，样样"对应"；其间的"错位"反而是我们"意会"《邯郸记》深层意蕴的一把钥匙。

李泌历经唐玄宗、唐肃宗、唐代宗、唐德宗四朝，汤显祖历经嘉靖、隆庆、万历三朝。"李泌（所处）的时代"与"汤显祖（所处）的时代"的相关性，倒是一个诱人的题目。

就李泌一生而言，有一件事做得光明磊落却付出了代价，这就是他不依附一度权倾天下的元载。《新唐书·李泌传》称"元载恶（泌）不附己"①，元载是知道李泌的才华的，也希望李泌能够依附自己，可李泌眼光独到，他早就看出元载靠把持朝政的李辅国而出人头地，李辅国与元载均喜欢弄权，怀抱野心。而元载其人更为卑鄙，他与李辅国有亲戚关系，又得到李辅国的多次提拔，可是，却参与了谋害李辅国的行动，其内心之阴险狠毒可见一斑。此外，元载为了及时得到皇帝的"密旨"，以重金买通太监董秀，因而"帝有所属，必先知之，探微揣端，无不谐契"②，其势力越来越大，以至于独揽大权，排斥异己，只是延揽、重用依附自己的人，在当时的政坛上做到了"非党与不复接"的地步。而李泌心性耿直，不与元载同流合污，结果是得罪了元载，其代价是被元载找了一个借口调离朝廷，出任江西观察使魏少游的僚佐，直到元载被诛，皇帝才把李泌召还。

《枕中记》中的卢生，只是"为时宰所忌"，并非因为不依附权贵而被驱遣出朝廷。被人妒忌与不依附他人，是两回事，这也是《李泌传》与《枕中记》发生"错位"的显著地方。可是，在《邯郸记》里，卢生一而

---

① 《新唐书》，中华书局，1987年，第139卷，第4634页。
② 《新唐书·元载传》，中华书局，1987年，第145卷，第4712页。

再、再而三地被宇文融找到"题目"去作践自己，原因十分明白，是因为卢生不依附宇文融（《枕中记》并无提及宇文融其人，这是汤显祖故意添加的），剧中宇文融有一段宾白说道：

> 自家宇文融，当朝首相。数年前，状元卢生不肯拜我门下，心常恨之。寻了一个开河的题目处置他，他到奏了功，开河三百里；俺只得又寻个西番征战的题目处置他，他又奏了功，开边一千里，圣上封为定西侯，加太子太保，兼兵部尚书，还朝同平章军国事。到如今再没有第三个题目了。沉吟数日，潜遣腹心之人，访辑他阴事，说他贿赂番将，佯输卖阵，虚作军功；到得天山地方，雁足之上，开了番将私书，自言自语，即刻收兵，不行追赶。（笑介）此非通番卖国之明验乎？把这一个题目下落他，再动不得手了。我已草下奏稿在此。（第十九出）

汤显祖将卢生的三次"宦海风波"均纳入"状元卢生不肯拜我门下，心常恨之"的缘由之下，这是非常值得注意的，他以这样的系列情节来展示一个朝廷官员在不依附权贵的情形之下会出现什么样的"后果"，这不是《枕中记》原有的题旨，倒是《李泌传》启发了他，他将李泌特定的经历"移植"到《邯郸记》里卢生的故事之中了。

据《新唐书·宇文融传》记载，此人确如汤显祖笔下所写的那样，是一个势利小人。张九龄对他的评语是"辩给多诈"[①]，并力劝另一政治人物张说要对宇文融严加防范。而张说与宇文融多次交锋，长期交恶；宇文融权势更大，与他人联手终于罢了张说的"宰相"职务，可以说十分霸道。不过，宇文融又是一个能人，《新唐书》本传说："融明辩，长于吏治"，深得唐玄宗的信任，尤其是"玄宗以融为覆田劝农使"，政绩突出，因而"擢兵部员外郎，兼侍御史"，是"开元时代"的风云人物。有趣的是，既然汤显祖注意到李泌的奇特人生，又认为李泌与卢生有"相似"的遭遇，那么，在《邯郸记》中，为何没有让与李泌有"交集"的元载露面，反而让与李泌似无"交集"的宇文融登场呢？依史书的描述，元载基本上是一个否定性的人物，而宇文融不是，他既有"坏"的一面，也有精明干练的一面。汤显祖以他作为《邯郸记》里的反面人物，作为卢生的对立面，他决定着卢生在人生重要关口的命运，显然是有意为之，而《邯郸记》的字里行间

---

① 《新唐书·宇文融传》，中华书局，1987年，第134卷，第4558页。

又隐藏着汤显祖对宇文融这类人物的憎恶与痛恨，更是值得深思。

我们知道，汤显祖本人就有不依附权贵的经历。《邯郸记》里的卢生不依附宇文融，导致接二连三的"厄运"；而在"万历时代"，尤其是在万历元年至万历十年，汤显祖可说是"运气极坏"，原因是他不愿意依附权贵。邹迪光《临川汤先生传》记载：

> 公虽一孝廉乎，而名蔽天壤，海内人以得见汤义仍为幸。丁丑会试，江陵公（张居正）属其私人啖以巍甲而不应。庚辰，江陵子懋修与其乡之人王篆来结纳，复啖以巍甲而亦不应。曰："吾不敢从处女子失身也。"公虽一老孝廉乎，而名益鹊起，海内之人益以得望见汤先生为幸。至癸未举进士，而江陵物故矣。①

丁丑，即万历五年；庚辰，万历八年；癸未，万历十一年。换言之，直到万历十一年即张居正刚刚"物故"之后，汤显祖才有机会"举进士"。而万历元年至万历十年，正是张居正权倾天下的"江陵时代"。张居正以精明干练著称，是一位很有政绩的权贵，在其生前，得到神宗皇帝的信任与倚重。就这一点而言，张居正与宇文融并非没有可比性。汤显祖没有拜在张居正的门下，与卢生没有拜在宇文融的门下，也并非没有可比性。由李泌的不依附元载，转化为《邯郸记》的卢生不依附宇文融，再联系汤显祖在长达十年的"江陵时代"而不依附张居正，并表达过十分自觉的意识："假令予以依附起，不以依附败乎？"（邹光迪《临川汤先生传》）如果我们借用法官判案时可以使用的"自由心证"，能说汤显祖的《邯郸记》所描述的宇文融跟卢生的关系，与汤显祖本人的人生经历没有一定的关联吗？在此，我们是否可以"意会"出汤显祖改编《枕中记》时不易被人发现的用心呢？

汤显祖借用《李泌传》与《枕中记》的"错位"关系来构思《邯郸记》，还有一个实例，就是《邯郸记》里的萧嵩形象。在剧中，萧嵩无比机智，与宇文融周旋，如第十九出，宇文融诬陷卢生"通番卖国"，写了一份奏章，落款时加署萧嵩之名，要萧嵩在其奏章上"押花字"；萧嵩知道这是无中生有的陷害之举，不愿意署名，宇文融以"通同卖国"的罪名胁迫萧嵩就范，萧嵩无奈，想出一个"妙招"："下官表字一忠，平时奏本花押，草作'一忠'二字，今日使些智术，于花押上'一'字之下，加他两点，

---

① 徐朔方笺校《汤显祖诗文集》下册附录，上海古籍出版社，1982 年，第 1511 页。

做个'不忠'二字，向后可以相机而行。"在第二十四出，萧嵩为卢生辩冤，宇文融在皇帝面前说萧嵩曾在奏章上"花押"，萧嵩辩称："此非臣之真正花押"，并说："臣嵩表字一忠，平日奏事，花押草作'一忠'二字。及构陷卢生事情，宇文融预先造下连名奏本，协同臣进。臣出无奈，押此一花，暗于'一'字之下，'忠'字之上，加了两点，是个'不忠'二字。见得宇文此奏，大为不忠，非臣本意。"皇帝这才知晓事件本末，召还卢生，惩办宇文融。这是萧嵩"用智"的故事。可是，查史书，开元时代的萧嵩，其本传见《新唐书》第101卷，他于"开元初，擢中书舍人"；"（开元）十四年，以兵部尚书领朔方节度使"；开元十七年，接任张说被罢官后空出来的宰相职位。①

本传没有提及他"用智"的故事，却说他在政坛上极为谨慎，而谨慎之人一般不会冒险，不会像《邯郸记》里的萧嵩那样竟然在奏章上"做手脚"。可是，我们读《李泌传》，可以看到，李泌一生机智，是一位擅于"用智"的高手，故此，史书说："泌出入中禁，事四君，数为权倖所疾，常以智免。"② 可以想见，"事四君"已经够不容易了，还要对付这前后"四君"身边为数众多的小人，该有多大的智慧才能够身历一次又一次的"惊涛骇浪"而不倒。汤显祖受到《李泌传》的启发，将李泌的机智经历"嫁接"到萧嵩身上了。

可见，汤显祖在创作《邯郸记》时，只是借取《枕中记》的情节框架（《枕中记》的叙事形态是"粗陈梗概"，为汤显祖留下很大的创作空间），剧本的不少内容为《枕中记》所没有，相较而言，得自《李泌传》的启发而转化为剧本情节者，更值得关注和研究。

我们由《邯郸记题词》而注意到李泌及《李泌传》，进而得知汤显祖刻意建构出《李泌传》与《枕中记》的"相关性"，再进而发现《李泌传》与《枕中记》的"错位"关系，这些"错位"却被汤显祖借用了，让他在改编《枕中记》时找到了"抓手"，以此寄寓汤显祖本人的对于历史、对于人生的独特思考。其实，汤显祖撰成《邯郸记》传奇，此剧成为"临川四梦"的"收官"之作，如要研讨其意义，不能局限在"小说—传奇"这种文体转换模式中去寻找，更应从汤显祖的历史意识与时代感受的交互关系来看《邯郸记》的特殊意义。

---

① 《新唐书·萧嵩传》，中华书局，1987年，第101卷，第3953页。

② 《新唐书·李泌传》，第139卷，第4638页。

三、从《李泌传》到《邯郸记》：
管窥汤显祖的历史意识与时代感受的交互关系

汤显祖虽以诗人、剧作家闻名于世，其实，他也是一位对历史研究很感兴趣的学者。他曾经在给吕玉绳的信里说自己"有意嘉、隆事"，即很想研究嘉靖、隆庆间的人物与历史，没想到此种兴趣被一位和尚泼了一瓢冷水，"忽一奇僧唾弟曰：严、徐、高、张，陈死人也，以笔缀之，如以帚聚尘"，换言之，严嵩、徐阶、高拱、张居正诸人，都是"垃圾"，研究他们干什么？汤显祖听到这番言辞后，"弟感其言，不复厝意"。可是，他研究历史的兴趣并没有减退，转而研治宋史："赵宋事，芜不可理；近芟之，《纪》《传》而已，《志》无可如何也。"从汤显祖的历史研究的成绩看，他是很有"史识"的人，连清代大史学家全祖望也对他的见识十分肯定，推崇备至，这可是史学"圈内"的意见，不能等闲视之。[①] 汤显祖关注嘉靖、隆庆历史，是意识到于他而言的这一段"近现代史"在整个明代历史进程中具有十分特殊的意义；但是，他的研究"对象"不一定是他所喜欢的人物，有些人甚至是他所十分鄙视且痛恨的，故此，那位和尚泼他冷水，他就"不复厝意"，也是"事出有因"的。不过，其实也不尽然，他只是没有像研究宋史那样"正儿八经"地做而已，他对于嘉靖、隆庆以至于万历的历史，没有忘情，时时关注，并以一种特殊的方式表达他的思考与倾向。如《邯郸记》的创作，似乎可作如是观。

这就涉及到汤显祖的历史意识与时代感受的交互关系问题。

已经有学者注意到汤显祖的时代感受。吴梅先生在研读《邯郸记》时指出："记中备述人世险诈之情，是明季宦途习气，足以考万历年间仕宦况味。勿粗鲁读过。"[②] 黄芝冈先生注意到汤显祖为《枕中记》写的评语，而

---

① 徐朔方笺校《汤显祖诗文集》下册，上海古籍出版社，1982 年，第 1232 页。徐朔方先生在笺释文字中指出，信中提及的和尚"当是僧真可，字达观"；并引全祖望《答临川先生问汤氏宋史帖子》一文，认定汤显祖在研治《宋史》方面颇有成绩，如在体例上"合《道学》于《儒林》"，即取消了《道学传》，将相关人物的传记并入《儒林传》，全祖望称汤显祖的见地乃是"百世不易之论"，徐先生亦说"汤显祖长于史学，此为一例。"又，俞越为清陆心源《宋史翼》作序，称陆氏编撰此书有一个特点："其有《儒林传》而无《道学传》，自有微意。"汤显祖的做法早于陆心源，这也是值得注意的。参见陆氏《宋史翼》（吴伯雄点校本），浙江古籍出版社，2016 年，第 2 页。

② 徐朔方笺校《汤显祖诗文集》下册附录，上海古籍出版社，1982 年，第 1574 页。

推测其写作《邯郸记》的意图："汤校点《虞初志》，在《枕中记》的评语里说：'举世方熟邯郸一梦，予故演付伶人以歌舞之。'他说明自己写《邯郸记》是为了讽刺当时的显贵。汤写《南柯记》虽同是写显贵的一生，但其主旨却在写佛家思想，因此不曾大量反映当时显贵们的施为，……《邯郸记》的悲欢离合，无头无绪，虽真像一场大梦，但实按这场梦境的所有情节，却全是当时显贵们的现形丑剧……《南柯记》和《邯郸记》虽同具佛、道的逃世思想，但对《邯郸记》究竟应当另作估价。因为它反映了当时显贵们演出的种种活剧，具有充足的现实性。"① 笔者认为，上述意见，均很有见地，且相当精辟。读《南柯记》与读《邯郸记》，我们会有不同的感受，尽管两部作品似乎很相近，其实，绝对不是简单的"同题"重复，上引黄芝冈先生的意见，值得格外重视。

可是，学者们忽略了或者说尚未深究一个事实，即汤显祖在《邯郸记题词》里将李泌与卢生来比附，这到底有何用意？不少学者注意到《邯郸记》带有汤显祖的"时代感受"，却没有关注到汤显祖的时代感受与其历史意识的"交互"关系。

从《李泌传》到《邯郸记》，其间隐藏着一个话题：汤显祖相当关注"李泌的时代"，也就是唐代的开元至贞元时期。《邯郸记》里的宇文融、萧嵩、裴光庭等，都是活跃于上述时期的政治家；而李泌，更是著名的"四朝元老"。如果说，《邯郸记》的故事蓝本《枕中记》展示"富贵荣华"的极致，那么，本来最为"著名"又可以"比附"的人物非郭子仪莫属，为何汤显祖不关注郭子仪而青眼于李泌呢？原因可能是，李泌与"李泌的时代"更有政治意味，而郭子仪尽管与李泌大致是同时期的人物，但其身上的政治意味不如李泌那么特殊和复杂，后者毕竟在当时的历史舞台上主要是一位战将，而非政坛上的权臣。

其实，在汤显祖看来，李泌这个人物更容易触动他的历史意识与时代感受，并引发这二者的交互关系。

汤显祖先后生活在嘉靖、隆庆和万历年间，我们姑且称之为"汤显祖（所处）的时代"，它与"李泌（所处）的时代"在几个要点上存在可以类比的关系：其一，权臣把持朝政，且十分强势，在历史上都具有"标签"意义；其二，曾经出现"太子废立"的"难题"；其三，朝廷十分重视"边事"。如果只挑出其中的某一点来观察和比对，在古代中国，不少时期都会

---

① 黄芝冈著《汤显祖编年评传》，文化艺术出版社，2014年，第185页。

有这样或那样同类的"要点",单一的比对意义不大;可是,若将这三点同时"打包"来比对,那么,"李泌的时代"与"汤显祖的时代"的"同构性"就显露出来了。在"李泌的时代",像李辅国、元载、宇文融等,都是权臣,臭名昭著又能量极大的李林甫、杨国忠等更是以弄权留下千古骂名,是具有"标签性"的人物;而在"汤显祖的时代",严嵩(汤显祖出生于嘉靖二十九年,严嵩于嘉靖四十五年尚然在世)、徐阶、高拱、张居正、申时行等,同样是叱咤风云的权臣,这些人物或足以流芳百世,或将会遗臭万年,他们在"强势"二字上可与李林甫、杨国忠等相比,也是具有"标签性"的人物。在"李泌的时代",有的皇帝如唐玄宗,热衷"开边",故而"边事"很多,人所熟知①;在"汤显祖的时代",有的皇帝如神宗,也是将很大的心力投入到"边事"之中,故有"万历三大征"的政绩②。为节省篇幅,且不复多说,我们不妨看看"太子废立"这个共同的"难题"。

对于汤显祖而言,太子废立的话题或许是他关注李泌的不大不小的"触媒"之一。李泌在唐德宗的太子的废立问题上曾经扮演过不可忽视的角色。据《新唐书·李泌传》记载,德宗不喜欢已立的东宫,而赏识另一个"儿子"舒王,"(李)泌揣帝有废立意",力图劝阻德宗不要改立;他知道舒王不是德宗亲生的,为德宗之弟所出,这个要紧的"秘密"还是德宗私下告诉他的,李泌说:"陛下有一子而疑之,乃欲立弟之子,臣不敢以古事争。且十宅诸叔,陛下奉之若何?"德宗听后很不高兴,说:"卿违朕意,不顾家族耶?"李泌据理力争:"臣衰老,位宰相,以谏而诛,分也;使太子废,他日陛下悔曰:'我惟一子杀之,泌不吾谏,吾亦杀尔子',则臣绝嗣矣。"说毕,痛哭流涕,颇动感情。可德宗不是那么容易说服的,李泌苦口婆心,"争执数十,意益坚;帝寤,太子乃得安。"③ 对于一个王朝而言,王储问题关系重大,不能不慎重,更不可儿戏。"立嫡立长",是宗法制度的规矩。德宗曾经动念想不守这一规矩,李泌煞费苦心加以阻止。同样的情形,也出现在万历时期。在立东宫的问题上,神宗的态度是十分暧昧的。据《明通鉴》记载,在张居正去世后,申时行等于万历十四年提议神宗册立东宫,"上以皇长子幼弱,稍俟之。时(郑)贵妃有殊宠,甫生子即进封;而

---

① 唐玄宗热衷"边功",参见范文澜著《中国通史》第三册,人民出版社,1978 年,第 155—163 页。

② 关于"万历三大征",参见樊树志著《万历传》,人民出版社,1995 年,第 227—255 页。

③ 《新唐书·李泌传》,第 139 卷,第 4636 页。

恭妃王氏，生皇长子已五岁，不益封。中外藉藉，疑上将立爱。"① 请注意
"中外藉藉"四字，说明"立东宫"自万历十四年起就已经成为一个朝里朝
外的"公共话题"，不再是朝中的"秘密事情"。而汤显祖本人，于万历十
二年，不接受内阁大臣申时行、张四维的延揽，出为南京太常寺博士，正七
品，不管如何，已经进入了仕途，他对此后的"立东宫"一事，不会没有
耳闻。我们不一定要说汤显祖会如何关注这件事，可就一个人的"时代感
受"而言，这肯定也是构成其"时代感受"的不大不小的因素。况且，"立
东宫"一事，从万历十四年起一直延宕了好多年，乃至于到万历二十一年，
依然没有明确的决定，神宗只是提出"三王并封"；而圣意一出，舆论哗
然，不少大臣纷纷上疏，表示反对，要求皇帝赶紧"立嫡"。当时，身为
"元辅"的王锡爵，揣摩上意，有意附和神宗；而庶吉士李腾芳写信给王锡
爵，提醒他如果"三王并封"，册立太子的大典会变得遥遥无期，对国家不
利，对王锡爵及其子孙也不利。王锡爵回应李腾芳说：这是"权宜之计"，
并以古人张良、李泌为例，说他们是"皆以权胜"的典范，自己也要学习
学习。② 请注意，王锡爵竟然也留心李泌！将李泌与张良相提并论，可知在
王锡爵的心目中，李泌也像张良一样，是一位以"智谋"闻名的人物。有
趣的是，唐代的李泌分别出现在王锡爵与汤显祖的视野之中，他们对李泌的
观察角度可能不大一样，但李泌作为唐代政治人物，其在明代政坛上的
"知名度"绝对不低，这也是我们观察万历时代的一个"细节"。

　　从万历十四年申时行提议册立东宫起，直到万历二十九年十月，东宫才
正式确定下来，前后耗时长达十五年；而在此"历史语境"之下，汤显祖
先后做了两件与朝政有关的事情，一件事情轰动政坛，即万历十九年上奏
《论辅臣科臣疏》，此事还惹得神宗大怒，导致汤显祖被贬往广东徐闻；另
一件事情惊动剧坛，即万历二十九年八月写完了影射明代朝政的传奇《邯
郸记》，而《邯郸记》写成之后两个月，明神宗的皇长子才被册立为"皇太
子"。提及这一事实，我们无意说，《邯郸记》的写作与太子废立问题有多
大的关系，甚至可以说或许没有关系，可是，汤显祖在"太子废立"问题
尚未解决的"历史语境"里写出了《邯郸记》，也是事实。他在此语境之下
想到了唐代的李泌，身为"元辅"的王锡爵曾几何时也想起了李泌，而李
泌与德宗时期的太子废立问题又有关联，大家可能对这个困扰明代政坛十多

① （清）夏燮编辑《明通鉴》卷68，中华书局，2013年，第2733页。
② 参见（明）谈迁撰《国榷》卷76，中华书局，1988年，第4692－4693页。

年的难题有共同的关注，恐怕也不一定是"巧合"。

　　鉴于太子废立、边事频发、权臣当政这三点在"李泌的时代"与"汤显祖的时代"具有"同构性"，汤显祖的历史意识与时代感受才会产生"交互"关系。说"交互"关系，是想强调，它是超越"对应关系"的，即上述两个"时代"既有某种程度的"同构性"，也有明显的"历史错位"，而"同构性"与"历史错位"均为汤显祖创作《邯郸记》提供"灵感"，并产生"交互"作用。比如，剧中的卢生与李泌的经历不无"重合"之处，也有明显的不同：卢生在考试时行贿，且在晚年还热衷于"采战"，诸如此类，都是李泌的故事里不具备的。① 然而，不管如何，唐代的历史在德宗时期已经全面地走向衰败，明代的历史在神宗时期也全面地走向衰败，这是不争的历史事实。汤显祖的历史意识，或许就建基于此。

　　我们不必对汤显祖与李泌之间的"因缘"做出过度解读，这两个人物很不对等。李泌作为"古人"，受到汤显祖的注意，这对于博览古今的汤显祖而言无非也是"平常事"而已。不过，经过如上分析，"李泌的时代"与"汤显祖的时代"存在着某种历史上的"可比性"，则是构成了一种"历史的张力"。我们是否也可以借助"汤显祖与李泌"这个话题，借助"李泌的时代"与"汤显祖的时代"的某些对应关系和非对应关系，来认知《邯郸记》里丰富而复杂的内涵并进一步认知汤显祖的内心世界呢？

　　《李泌传》与《邯郸记》，是汤显祖有意为我们"预设"的话题。在与汤显祖"对话"的时候，是需要了解这个话题的，否则，我们会在汤显祖的"面前"显得"失语"。这是笔者撰写拙稿的动因，也是一种尝试。敬请方家赐教。

　　　　　　[原刊于《东华理工大学学报（社会科学版）》2016 年第 3 期]

---

　　① 龚重谟先生认为"（《邯郸记》中）宇文融便是明代张居正、申时行等一班权臣化身……卢生还朝任宰相穷奢极欲，是张居正等一班权臣荒淫无耻生活的写照。"可备一说。龚重谟著《汤显祖大传》，北京燕山出版社，2014 年，第 196—197 页。

渐次成型的"童年传奇"
与岳飞故事的"童话"功能

中国古代的童话不大发达，如果将"二十四孝"故事勉强算作"童话"，那也是一种相当畸形的"童话"，一批严重扭曲人性的故事。相较而言，广泛流传于民间的岳飞故事，在其漫长的传播与改编历程中，渐次出现"童年传奇"的叙事元素，具有传奇性、趣味性和教育意义，其"童话"功能倒是值得重视的。

一、早期岳飞事迹中的童年"碎片"

有迹象表明，早期岳飞事迹中的童年"碎片"已经不无虚构的成分。

早期的岳飞事迹，从文本来看，往往见于自南宋以来出现的私家记述。最具权威性的当数岳飞的孙子岳珂的著作。岳珂花了很大的力气整理其祖父的事迹，写成《经进鄂王行实编年》。这部《编年》，不少材料可能得益于岳珂的父亲岳霖生前所收集的资料，岳珂在《经进鄂王家集序》中称："先父臣霖盖尝搜访旧闻，参稽同异，或得于故吏之所录，或传于旧稿之所存，或备于堂札之文移，或纪于稗官之直笔，掇拾未备，尝以命臣，俾终其志。"① 在某种程度上说，《编年》与《家集》是岳霖父子的共同成果，岳霖当年所做的工作为岳珂的具体编写提供了重要基础。所谓"搜访旧闻，参稽同异"，已经暗示着岳霖以及其子岳珂在将同异互见的资料写成文本时是有所取舍的，也反映着即便是在岳霖的时代作为"原生态"的岳飞事迹在其传播过程中已是众口不一。

事实上，具有权威性的岳家著述，也未必完全可靠。就在《编年》中，岳珂似有夸大祖父文化修养的嫌疑："天资敏悟强记，书传无所不读，犹好《左氏春秋》及《孙吴兵法》，或达旦不寐。家贫，不常得烛，昼拾枯薪以自给。然于书不泥章句，一见得要领，辄弃之。为言语文字，初不经意，人

---

① （宋）岳珂编，王曾瑜校注《鄂国金佗稡编续编校注》，中华书局，1989年，第829页。

取而诵之，则辨是非，析义理，若精思而得者。"① 对岳飞深有研究的王曾
瑜先生指出："这就决非是一个扶犁握锄的农家子所能达到的文化水平"，
认为岳珂的记述"确有夸大失当之处"。② 此外，岳珂不仅夸大祖父的学养，
而且还绘声绘形地描述了祖父的幼年故事，其间不无虚构的成分和或多或少
添附上去的传奇色彩："及（姚氏）生先臣之夕，有大禽若鹄，自东南来，
飞鸣于寝室之上。先臣（岳）和异之，因名焉。未弥月，黄河决内黄西，
水暴至。姚氏仓皇襁抱，坐巨瓮中，冲涛而下，乘流灭没，俄及岸，得
免。"③ 邓广铭先生说姚氏母子逃难的故事全部是由岳珂虚构的，他在《岳
飞传》中有具体的考释。④ 我们可以进一步追问：论英雄业绩，岳飞的故事
已够显赫，岳珂有必要冒后人讥刺的风险去编造乃祖的幼年传奇吗？可能的
解释是，岳珂毕竟是孙辈，与祖父隔了一代，而其祖父的事迹在他成年之前
已经传扬天下，进入"公共领域"；由于敬重岳飞的人很多，尤其是对他的
含冤而死愤愤然不能释怀，对他壮志未酬的既定事实也不能不感慨万千，出
于对英雄的崇拜，出于感性的想象，出于传扬英雄事迹的叙事需要，带有神
奇色彩的幼年故事，充满着战斗豪情的成年业绩，以及令人扼腕痛惜的临终
冤狱，这些都是构成一部完整的悲剧性英雄传奇所必要的；或许在岳珂懂事
的时候，这样或那样的岳飞故事已经开始传播，也进入了"公共领域"，在
如此氛围之下，他对于已然进入"公共领域"的祖父的事迹和逸事，多方
收集，加以本着"孝子慈孙之用心"以及"考前人之逸事，以上之史官"
的编撰意图⑤，以"宁可信其有"的心态吸收一些出于民间虚构的岳飞故
事，也是可能的。

　　岳珂的记载不乏一些较能刻划岳飞独特性格的片断性故事，如描述岳飞
从周同学艺的经过和悼念周同的特殊方式："（岳飞）生而有神力，未冠，
能引弓三百斤，腰弩八石。尝学射于乡豪周同。一日，同集众射，自眩其
能，连中的者三矢，指以示先臣，曰：'如此而后可以言射矣。'先臣谢曰：
'请试之。'引弓一发，破其筈，再发又中。同大惊，遂以其所爱弓二赠先
臣。后先臣益自练习，能左右射，随发辙中。……同与先臣别，未几而死。
先臣往吊其墓，悲恸不已。每朔望则鬻一衣，设戹酒鼎肉于同冢上，奠之而

---

① （宋）岳珂编，王曾瑜校注《鄂国金佗稡编续编校注》，中华书局，1989 年，第 57 页。
② 王曾瑜著《岳飞和南宋前期政治与军事研究》，河南大学出版社，2005 年，第 331 页。
③ 《鄂国金佗稡编续编校注》，中华书局，1989 年，第 55—56 页。
④ 邓广铭著《岳飞传》，百花文艺出版社，2002 年，第 8 页。
⑤ 岳珂《鄂国金佗稡编序》，《鄂国金佗稡编续编校注》卷首。

泣。引所遗弓，发三矢，又泣，然后酹酒瘗肉于冢之侧，徘徊凄怆，移时乃还。衣就尽，先臣（岳）和觉而索之，默不言，挞之亦不怨。"①足见岳飞对师傅周同怀着深深的感恩之情，品行中有淳朴敦厚的一面。同时，这样的故事明显地带有一定的传奇色彩，而且，一连串的细节是那么丰富，具体的描述是那么绘影绘声，发生这些故事时，岳霖或岳珂都不可能"在场"，说不定就是岳霖父子"搜访旧闻"的产物。

二、"童年传奇"一度发育迟缓及其原因

岳飞成长故事的编造过程不是直线发展的，在相当长的时间里变动不大，其发育一度比较迟缓。

岳飞的成长故事在元明两代没有明显的"繁衍"，大体停留在当年岳珂所描述的那种叙事状态。比如，元明间无名氏《岳飞破虏东窗记》第 2 出，岳飞自报家门："吾乃博通六艺，兼览百家，学射周同，受制张俊。《春秋》褒贬，吾欲考其二百四十年之昭鉴；《左传》名家，吾欲核其一十六年之沿革……"② 如此而已，语气口吻显从岳珂的《经进鄂王行实编年》化出。这种状态持续多时，以至于到了明熊大木编的《大宋中兴通俗演义》，其中"岳鹏举辞家应募"一则，在述及岳飞的身世时基本上还是照抄《经进鄂王行实编年》的有关记载，没有新的添加。《大宋中兴通俗演义》问世后，明邹元标的《岳武穆精忠传》（六卷 68 回）及明于华玉的《岳武穆尽忠报国传》（七卷 28 回），也是颇有影响的岳飞故事书，二者均据《大宋中兴通俗演义》删节而成，同样没有在"童年传奇"方面下功夫。当时，人们对编造岳飞的成长故事还没有太大的兴趣。可见，从岳珂（1183—1234）到熊大木（明嘉靖时人），逾数百年的时间，不论是在戏曲中，还是在小说里，岳飞的成长故事不算发达。

产生这一现象的原因与岳飞故事的特殊性有关。在民间，流传着的"中兴名将"故事并非只有岳飞，还有韩世忠等人，但岳飞故事最受世人重视，其特殊性在于，岳飞是以"莫须有"的"罪名"冤死狱中；"冤死"，成为岳飞故事进入"公共领域"的最大理由。自南宋以来以至于元明两代，

---

① 《经进鄂王行实编年》卷 1，见《鄂国金佗稡编续编校注》，第 58—59 页。
② 《全元戏曲》第 11 卷，人民文学出版社，1999 年，第 99 页。

人们对岳飞的冤死保持着高度关注，与此有莫大的关系。那个时期，流行的岳飞故事往往与秦桧的故事关联在一起，如元杂剧《地藏王证东窗事犯》（孔文卿撰，今有元刊本）等，人们似乎还不能从丧失民族英雄的巨大悲痛中走出来，不得不在"伸冤与复仇（编造秦桧不得好死的故事）"上大做文章。换言之，"伸冤与复仇"是元明时期流传的岳飞故事最重要的题旨。

而与"冤死"相较，其童年往事在岳飞故事中暂时处于次要的位置。

三、"童年传奇"的"追加叙述"与渐次成型

现在看来，对岳飞"童年传奇"的"追加叙述"出现较晚。大概迟至明末清初，其成长故事才显得逐渐丰满起来。

我们可以确认的是，岳飞的成长故事在岳珂的时代就已经以零碎、不"配套"的方式出现了。而这个"配套"的过程相当漫长，并且是以"追加"的方式使之成为岳飞故事的新内容。

一个英雄的成长故事，在有关史料相当欠缺的情况下，是需要编造的。编造的过程不是在"还原"历史，而是在英雄给世人已然留下的"心理映像"的基础上，叠加上一层人们心目中理想的"人格投影"。成长故事，内含着人格的形成过程，在英雄事迹穿越历史时空、传遍大江南北的情景下，人们对英雄人格的形成或早或迟是要关注到的。人格，总是在人际关系中形成，是在人与人之间的性格对比中呈现的，于是，我们看到，关于岳飞的成长故事，有一组人物关系最值得注意，也是最为有趣的，那就是岳飞与王贵、牛皋等"伙伴"的相识与相知。由这种伙伴关系牵引出一系列的岳飞成长故事，既富有传奇色彩，又兼具一定的教育意义。岳飞，作为故事中的人物，而不是历史上的"原人"，在其成长过程中散发着一股迷人的魅力。

在比较"晚熟"的岳飞成长故事中，岳飞与王贵、牛皋等人的"伙伴"关系，不是在原有的岳飞故事的体系之内滋生出来的，而是受到在民间大受欢迎的"英雄结义故事"的影响。

从史书来看，牛皋并没有"剪径"的记录，也没有与岳飞"结义"的经历。《宋史》"牛皋传"载：在牛皋隶属于岳飞之前，他在军中已经独当一面，有一定的地位："累迁荣州刺史、中军统领。……迁安州观察使，寻除蔡、唐州信阳军镇抚使，知蔡州。遇敌战辄胜，加亲卫大夫。"其后，"会岳飞制置江西、湖北，将由襄、汉规中原，命皋隶飞军。飞甚喜，即辟

为唐、邓、襄、郢州安抚使，寻改神武后军中部统领。……"① 可知，历史上的岳飞与牛皋的相识、相遇，完全是出于朝廷的意志，原本并无私人的情感和交往。至于王贵，史书并无他与岳飞"结义"的记载，《宋史》也没有为他单独立传；我们只知道他跟从岳飞，不时受到重用，但也发生过"（岳）飞尝欲斩王贵，又杖之"的事件，秦桧、张俊曾想借此挑拨王贵与岳飞的关系，虽然王贵当时不肯听从，但后来被张俊抓到一些把柄，终为张俊所利用，成为张俊打击岳飞、张宪的工具。② 在岳飞的生命历程中，王贵既是岳飞的得力将领，又曾经扮演过不光彩的角色。然而，民间艺人在编造故事时，可以不管史书的说法，他们也未必参考过《宋史》等书籍，反正，怎么过瘾就怎么编。于是，在岳飞故事的"谱系"中，围绕着岳飞的成长历程，"添加"上一层"英雄结义故事"的色彩。

比较典型的例子是弋阳腔剧本《夺秋魁》。该剧现存清初永庆堂抄本，杜颖陶、俞芸先生据以校录，编入《岳飞故事戏曲说唱集》。《夺秋魁》的故事，可能在清初之前已经流行，明显受到其它的英雄结义故事的影响。该剧第5出，写牛皋、王贵因手上无钱，准备干一些拦路打劫的勾当，王贵提醒牛皋，打劫时不能用真名，需用化名才好，牛皋问该用何名，王贵说："大家想来，有了。唐朝有两个古人，一个叫做尉迟，一个唤做雄信。"他对牛皋说："你这黑脸的是尉迟，俺这白脸就是雄信。私场演，官场用，大家试一试，尉迟！"牛皋马上应道："雄信！"③ 可以想见，这个场面是对隋唐英雄的"戏仿"。我们知道，以单雄信、尉迟恭、秦琼、程咬金等英雄人物为主人公的小说《隋史遗文》成书于明末，今存崇祯癸酉（1633）吉衣主人序本。估计这些隋唐英雄人物的故事到了明末已经相当成熟了，所以才有将这些故事系统化的《隋史遗文》的出现。《夺秋魁》是否受到《隋史遗文》的影响，我们不得而知，但可以肯定的是，反映着岳飞的成长经历的《夺秋魁》的叙事兴奋点是岳、牛、王三人的结义，这种结义的故事与流行民间的《三国演义》《水浒传》以及隋唐英雄故事等处于一种"共生共长"的叙事大环境，后出的岳飞"童年往事"逐步丰富起来，当是原有的岳飞故事与英雄结义故事"合流"的产物。

《夺秋魁》的岳、牛、王"三结义"，说的是牛、王结伴，慕名去寻找

---

① 《宋史》卷368，中华书局，1985年，第11464页。
② 参见《宋史》卷368"张宪传"，第11462—11463页。
③ 杜颖陶等编《岳飞故事戏曲说唱集》，上海古籍出版社，1985年，第15—16页。

岳飞。三人结义为兄弟后，牛、王二人怂恿岳飞一起上京，同应"武举"；于是闹出岳飞打死小梁王柴贵的事件。这个故事有相对的独立性，并在民间有一定的影响，如清嘉庆甲子（1804）刊本《白雪遗音》收录民间说唱八角鼓的一个曲目《精忠》，其中唱道："老妇人刺字，岳夫子把家离。路遇牛皋、王贵，结拜兄弟。他三人打擂投军称为奇……"[1] 八角鼓的《精忠》与剧本《夺秋魁》在故事形态上有一定的关联。

在《夺秋魁》中，岳飞的成长故事基本上"配套"了。换言之，有几个标志性的情节构成岳飞成长的重要轨迹。它们是：结义、刺字、应考、落难、婚配。在整个剧情中，"结义"是剧情的起点，而"结义"之后的兄弟关系支配着整个剧情的走向。在《夺秋魁》的叙事过程中，"结义"是最为关键的。编造故事的人，借助岳、牛、王的性格对比，以牛的莽撞、王的粗野，反衬出岳的性格特点：稳健之外有冲动，勇武之中有教养。他不像牛、王那样出身绿林，不安本分；他也不像牛、王那样头脑简单，不思后果。总之，岳飞的人格被赋予了崇高的内涵：正直、勇敢、知书达理、忠孝两全。其作为故事主人公的形象已经被定位于"文可治国，武可安邦"（第23出）的"完人"高度。

在民间影响更大、大约成书于清乾隆年间的《说岳全传》，对岳飞成长故事的处理更为细致。其故事形态跟《夺秋魁》颇有不同。从这种不同，我们可以进一步看到岳飞故事在其衍生过程中的"追加叙述"的动态发展。

与《夺秋魁》相比，《说岳全传》中的岳飞成长故事具有十分鲜明的童年化色彩。前者的故事从岳飞20岁写起，后者则从岳飞的出生写起，因而，在描述岳飞的成长轨迹方面就显得更为"配套"了：出生、识字、拜师、练武、得枪、应考、定亲、得马、结义、上京、得剑、惹祸……总之，经历更为曲折、情节更为丰富、细节更为生动；岳飞作为一个英雄，其成长过程中所遭遇的各种考验更为惊心动魄，更具有非凡的传奇色彩。

四、岳飞故事的童话功能：以"岳母刺字"为例

岳飞的"童年传奇"，其最重要的教育功能集中在岳母的形象之中。而有趣的是，岳母形象的分量不是一早就已具备的，而是在逐步加重的。我们且以"岳母刺字"这一家喻户晓的情节为例，说明岳飞"童年传奇"的童

---

[1] 杜颖陶等编《岳飞故事戏曲说唱集》，上海古籍出版社，1985年，第6页。

话功能是一步一步被赋予的。

在岳飞一步一个脚印的成长过程中，《说岳全传》中的岳母所起的作用不可忽视。是岳母，从小培养了岳飞吃苦耐劳的品性；是岳母，在家贫请不起老师的情况下亲自教儿子读书，奠定了岳飞的文化基础；是岳母，生怕儿子结交"叛贼"、在人生路上走错方向，命岳飞"在中堂摆下香案"，面对天地祖宗，在儿子的背上刺下"精忠报国"四字，这对岳飞人格的最后形成起着决定性的作用，以至于在小说的后半部分，死后的岳飞英灵不散，仍然时刻不忘保住"名节"，以免愧对母亲。在岳飞故事的流变过程中，岳母形象的凸显，意味着在"追加"的英雄成长故事中人们进一步赋予故事更为鲜明的教育功能。这是一部民族史诗式的作品，是本民族十分珍爱的故事，是在一定程度上体现着民族意志的文学载体，其教育功能的逐步提升是必然的。岳母对儿子说："但愿你做个忠臣，我做娘的死后，那些来来往往的人道：'好个安人，教子成名，尽忠报国，流芳百世！'我就含笑于九泉矣。"① 在某种意义上说，这样的母亲形象，是特定时代人们心目中的民族意志的人格化。

"岳母刺字"已经进入我们的集体记忆；自从《说岳全传》将这个情节"定型"之后，人们已经很难再做更改了。殊不知，在《说岳全传》之前，是谁刺的字、是在什么场合刺的，说法不一。故而，从微观的角度分析，仅仅是"岳母刺字"的情节，就有一个多次"追加叙述"的过程。

从最原始的资料看，我们见不到"岳母刺字"的任何记载，岳珂有关其祖父的著述对此不着一字，如果真有其事，岳珂怎么会漏掉这精彩的一笔呢？不过，岳飞的背上真是有字的，据《宋史》"何铸传"记载：何铸在审理"岳飞案"时，"飞祖而示之背，背有旧涅'尽忠报国'四大字，深入肤理。"这一细节打动了何铸，再加上找不到岳飞谋反的证据，何铸当着秦桧的面反对杀岳飞。② 那么，这四个字有何来历呢？有历史学家认为，"从情理上推断，岳母作为一个普通农妇，一般只怕不认字"，"一定要承认岳母刺字为信史，这只怕是强人所难了"。③ 于是，岳飞背上的字到底是谁刺的，就成了历史之谜。

---

① 钱彩等著《说岳全传》第 22 回，上海古籍出版社，1980 年，第 183 页。
② 《宋史》卷 380，第 11708 页。
③ 见王曾瑜著《岳飞和南宋前期政治与军事研究》，河南大学出版社，2005 年，第 681—682页。

也因为如此，在明代，出现了岳飞背上的字非岳母所刺的说法。冯梦龙校订的《精忠旗》传奇第 2 折"岳侯涅背"，岳飞一上场就已经是"在副元帅宗泽部下，除授秉义郎之职"了，"牙将张宪、王贵，具有兼人之勇"。当时，赵宋皇帝父子"双双北去"，消息传来，说"金人把京师攻陷"，岳飞闻讯，大哭道："天那！国家怎么有此大变？"于是，对身边的张宪说："张宪，你把刀来在我背上深刻'尽忠报国'四字。"张宪道："怕老爷疼痛。"岳飞说："我岳飞死也不惧，怕什么疼痛！"结果，是张宪在岳飞的背上刻了四个大字。① 在这里，强调了岳飞在"刺字"事件上的自主性，是他忠于国家的心迹的强烈表露。

而在《夺秋魁》中，另有不同的说法。该剧第 4 出"刺字"，写岳飞与牛皋、王贵结拜之后，对母亲说：欲与牛、王"一同到京取应"，"只恐孝义有亏，如何是好？"岳母道："我儿，你名传四海，义结江湖，倘或出外交游，朋友金兰为重；切莫入于匪类，叫老娘放心不下！"岳飞于是说："孩儿欲将'精忠报国'四字刺入皮肤：一则以报君父之恩，二则少誓不从奸贼之意。母亲意下如何？"没想到的是，岳母竟然不同意："我儿，你力行忠孝，所志何患不就，何必刺字；毁伤遗体，恐非孝道！"结果，在岳飞的一再恳请之下，岳母才刺了字。② 这一说法，仍然强调了岳飞的自主性，只是刺字的人，不是张宪，而是岳母。而且，是岳飞为了消除母亲的担忧，主动提出刺字，表示"不从奸贼"的志向。

到了《说岳全传》，整个情节倒过来说了：岳母以命令的口吻，要岳飞跪下，主动地要在儿子背上刺字，这一回，却是岳飞提出异议："圣人云：'身体发肤，受之父母，不敢毁伤。'母亲严训，孩儿自能领遵，免刺字吧！"岳母训斥道："胡说！倘然你日后做些不肖事情出来，那时拿到官司，吃敲吃打，你也好对那官府说'身体发肤，受之父母，不敢毁伤'么？"这样一来，岳飞才将衣服脱下，让母亲刺字。③ 这前后的变化轨迹说明，岳母形象越来越突出，越来越圣洁，越来越具有天下母亲之典范的意义；故事的艺术感染力也因之而大大加强了。

从《夺秋魁》到《说岳全传》，岳飞故事中的"童年传奇"更具有儿童文学的色彩，大大扩展了岳飞故事的接受层面，使岳飞故事真正成了家喻

---

① 《冯梦龙全集》第 12 卷，江苏古籍出版社，1993 年，第 373 页。

② 杜颖陶等编《岳飞故事戏曲说唱集》，上海古籍出版社，1985 年，第 13—14 页。

③ 钱彩等著《说岳全传》第 22 回，上海古籍出版社，1980 年，第 183 页。

户晓、老幼咸宜、妇孺皆知的民族叙事瑰宝。如果缺少了这种故事的"追加叙述",岳飞故事会显得大为逊色。

而在"追加"的过程中,故事的传奇性、趣味性显然受到《水浒传》《兴唐传》《杨家将》等以英雄结义、警恶惩奸、报效国家为叙事兴奋点的"故事群"的影响,而且,《说岳全传》的编写者故意在叙事过程中与这些作品有所联系。比如,说林冲、卢俊义是周侗的徒弟,那么,岳飞就成了林、卢的同门师弟了;又如,该书第10回写牛皋独自跑了出来,在京师的大相国寺听"评话",听了《杨家将》的"八虎闯幽州",又听了《兴唐传》的"第七条好汉"罗成的故事。这样的联系,除了增强故事的趣味性之外,还可以看出编写者比较自觉地吸收、借鉴其它英雄故事成功的叙事经验。

(原刊于《澳门文献信息学刊》总第 2 期,2010 年)

竹村则行藏《旧抄曲本》
与清邱园《党人碑》传奇辑补

一、本文写作缘起

清代传奇作家邱园（1617—?）的名作《党人碑》，流传至今的是一个不完整的本子（首尾俱缺）。目前比较便于阅读的是张树英点校本，作为"明清传奇选刊"之一，与《琥珀匙》合为一册，于1988年12月由中华书局出版（下称"中华整理本"）。

张树英先生在该书"前言"中说："《党人碑》现在没有完整的本子，收进《古本戏曲丛刊》第三集的本子是以北京图书馆所藏抄本影印的，上卷缺目次出名和第一、二出，下卷缺第二十九、三十出。清康熙年间吕士雄等编《新编南词定律》收有《党人碑》佚曲一支（曲牌是'金井水红花'，为第二出谢廷玉进京考试后抒怀所唱）"。

笔者早年在日本九州大学任教，在该校竹村则行教授处见到一套《旧抄曲本》（书衣所题），承蒙竹村教授慨然惠借，得以细读，发现其中收录有《党人碑》选出（收录该剧的散出凡11出，均为节录），其中有二出，正好可补中华整理本第二出和第二十九出之所缺。这可说是戏曲文献的一项"不无小补"的新收获。

兹撰此小文，为之辑补于后；写作时，参考了黄仕忠教授《日藏中国戏曲文献综录》（广西师范大学出版社，2010年版）相关部分（亦见本文附录）。特此谨向竹村则行教授、黄仕忠教授致谢！

二、竹村则行藏《旧抄曲本》的来源及概貌

竹村则行，1951年3月出生于日本九州大分县，原九州大学文学部教授，2014年3月荣休；2014年4月起为九州大学名誉教授。著有《杨贵妃文学史研究》（东京：研文出版，2003年）、《杨贵妃文学史资料（中国·

日本)》（福冈：城岛印刷，2014 年）、《海内外中国戏剧史家自选集（竹村则行卷）》（郑州：大象出版社，2018 年）等，是日本著名的中国文学研究家和戏曲史家。他与康保成教授合著的《长生殿笺注》（郑州：中州古籍出版社，1999 年）颇受戏曲学界的重视；他的《长生殿译注》（东京：研文出版，2011 年）受到日本学界和读书界的广泛欢迎和佳评。

这套《旧抄曲本》，一函装，凡 11 册。据竹村教授介绍，他在 20 世纪90 年代到广州访书，购自广州的某古旧书店，并携归日本福冈。

该抄本高 150 毫米，宽 122 毫米，每册厚薄大致相近，60 毫米左右（每页八行，字数不等，无格，有朱笔圈点，有改笔）。所收剧目 30 种，除去重复者，实为 28 种（以下均省略书名号）：跃鲤记、桃符记、白兔记、一捧雪、霄光剑、虎符记、万理圆、艳云亭、牧羊记、党人碑、风筝误、永团圆、双熊梦、古城记、节孝记、画中人、全德记、醉菩提、荆钗记、金印记、连环记、钗钏记、麒麟阁、红拂记、风云会、双红记、鸣凤记、长生殿（以上各剧，均只收录散出，多寡不等，最少者 3 出，最多者 17 出；详见篇末所附黄仕忠《日藏中国戏曲文献综录》相关部分）。所抄剧本，均为分角色的节录本，即只是抄录单一角色的曲、白和科介，绝大多数是"小生"这一行当。这种抄录方式，与戏曲行内的带有"盖口"的节录本，性质相仿，只是形式上不带"盖口"标识而已。故抄录者可能就是演出者。抄本没有标明抄写日期。

就所收录的 28 种剧目来看，苏州作家群的作品达 9 种之多，约占总数的三分之一。这 9 种作品是：李玉的《风云会》《万里圆》《一捧雪》《永团圆》《麒麟阁》，张大复的《醉菩提》，朱佐朝的《艳云亭》，朱素臣的《双熊梦》，以及邱园的《党人碑》。这些作品之外，大多数是元明以来经常上演的戏文、传奇，如《白兔记》《牧羊记》《连环记》《古城记》《荆钗记》《红拂记》《鸣凤记》等，此外，还有李渔的《风筝误》。因而，可以判断的是，所收剧目的创作年代的下限应为清初的康熙年间。没有一个剧目是出现于这个下限之后的。

从以上情形看，抄本也许抄录于苏州作家群的作品颇为流行的时期，应该与这些作家的活跃年代相距不远。

三、"中华整理本"《党人碑》所缺第二出佚文

《旧抄曲本》所节录的《党人碑》的出目有：第二出笤谜，第四出订

交，第七出击碑，第八出醉触，第九出侠概，第十出闭城，第十九出投观，第二十四出观会，第二十五出破筶，第二十六出渡排，第二十七出（无出目），第二十九出双圆。

"中华整理本"《党人碑》所缺第二出佚文如下（标点符号为笔者所加）：

（小生上）

【凤凰阁】才华逸众，一味痴狂天纵。谩夸珠玉蕴胸中，月露云篇传诵。梦征白凤，堪笑我名心转浓。（白）（唱，案：此字原无，据文意补）班马才名第一流，笔花璀璨昭神州，三都赋就人争赏，七步诗成鬼欲愁。休说剑，漫悲秋，棘闱鏖战夺前筹。文章自古无凭据，惟愿朱衣暗点头。

（白，案：此字原无，据文意补）小生谢应玉，表字琼仙。东阳会稽人也。夺职文坛，飞觞酒社。词倾三峡，泻成琼玉珠玑。笔扫千军，惊动蛇神牛鬼。自恨数奇不偶，落魄无成。半生诗酒，每从痛饮哭秋风。万斛牢骚，拟欲挥戈回落日。天生就不入时俗的性子，落落寡交，自养成耐得穷苦的骨头，铮铮不屋。不幸双亲早背，四壁萧然。这也不在话下。今当大比之年，特来进京应试。虽喜三场考毕，未知利钝若何。岳父刘白门，现在户部侍郎之职，小生来时，尚未通问。鄙意且待发榜之后，倘然侥幸，那时前去晋谒未迟。今日闲坐旅邸，颇觉无聊，且出去散步一回，打听揭晓消息，有何不可。吓，店主人，我到贡院前去，闲步片时，就回来的。出得门来，果然好天气也！（唱）

【金井水红花】烟带垂杨绿，霞烘艳杏红。回首帝京东，五云笼，依稀双凤。最是遥山隐隐，疑在画图中。好教我思无穷也罗！（白）你看长安片壤，古往今来，不知耽误了多少英雄豪杰也！（唱）谁不望立勋建业，位极三公，纡紫拖朱，画作皇家梁栋？叹我客怀无赖，忧心似冲，客情良苦，我谁适从？但愿得功名，唾手打破酸斋瓮。

（白）且到那边去，散走一回。（下，又上介，白）正是落花寂寂啼山鸟，杨柳青青渡水人。前面有个卖筶的，在那边，待我上前去问一筶，有何不可。先生可是卖筶的么？（介）你姓付（什）么？（介）姓刘。（介）特问一事，烦先生打一筶。（介）姓谢。（介）问功名事。（介）可有判语？（介）二十岁了。（介）若论小生的文字，篇篇锦绣，字字珠玑。只是不入试官的眼目，难道他不识字的？岂有此理！（介）

哪四个字？（介）胡说放屁！（介）走，放屁！难道我谢相公也有什么行止有亏？这等可恶放肆！（介）不是吓，我谢相公一生不作短行之事。（介）好，这个有理。（介）不消多讲。（介）什么刮答，母母母。（介）缴卦如何？（介）谶语如何？（介）好，高攀桂枝，如此说，功名毕竟有分了。先生，（唱）

　　【尾声】我是栋梁才，终须用，长安有日看花红。（介白）银钱么，我相公今日偶然不曾带得在身边，你到我下处来取罢。（介）吓，你不认得么？（介）哪，转过桥西曲水边，绿杨深处有茅檐。请了，有劳了。（下）

　　案：张树英先生据清康熙年间吕士雄等编《新编南词定律》录《党人碑》第二出佚曲一支：【金井水红花】烟带垂杨绿，霞烘艳杏红。回首帝城东，五云笼，依稀双凤。最是遥仙隐隐，疑在画图中。好教我思无穷也罗！谁不望立勋建业，位极三公，纡紫拖朱，尽作皇家梁栋？笑我客怀无赖，忧心似冲，客怀良苦，我难适从。但愿得功名，唾手打破酸虀瓮。（中华书局版《党人碑·前言》）

　　两相比较，《旧抄曲本》的文字与此略异，但出自同一祖本，是颇有可能的。

　　就第二出的情节看，作者的着眼点有两个：一个是刻画男主人公谢琼仙狂傲、自负、急躁的性格特征，为以后的情节发展做铺垫。他一上场，就自称"才华逸众，一味痴狂天纵"。然而，"天生就不入时俗的性子，落落寡交，自养成耐得穷苦的骨头。"狂傲之中兼有狷介之气。当时，他已经参加完考试，而尚未发榜，对考试的结果忧心忡忡，刚好路遇一个"卖筶"的，于是上前"问功名事"，那位卖筶的刘先生说了一些他不喜欢的话，他马上恶语相向，骂刘先生"胡说放屁"。二十岁的谢琼仙可谓年轻气盛，既能写出"篇篇锦绣，字字珠玑"的文章，又是口出粗言的狂士，没有一般文人的那种谦恭与斯文，作者对这个人物的性格有独特的把握，并以洗练的笔法加以刻画使人物一出场就给人鲜明、深刻的印象。谢琼仙日后打碎"党人碑"的惊人举动，也就有了精彩的伏笔。

　　该出另一个着眼点是，引出一位卖筶的刘先生，这个人物在以后的情节发展中起到重要的作用，其活动构成剧中的一条不可缺少的线索。比如，剧本第九出写谢琼仙"打碑"而被捕，其结义兄弟傅人龙前往营救，遇见刘先生，急切请教，说："如今又要烦先生跌一筶，看这一场祸可还有救？"

经刘先生及时指点，傅人龙机巧地救出谢琼仙；第十出，傅人龙、谢琼仙躲藏在土地神祠，巧遇刘先生，还是刘先生点拨，傅人龙杀掉两个前来追捕的捕快，方才脱难。而在此后的剧情里，由刘先生还引出刘的女儿（刘女与刘逵之女、谢琼仙构成古代叙事文学中常见的"一男双美"的人物配置），又引出刘先生出首告官、依附田虎、内应刘逵等一系列主要关目。如今，有了第二出，刘先生的来龙去脉就比较，清晰了。

总括而言，这第二出佚文的发现，可以使我们对《党人碑》的剧情构思有更清晰的把握，对作者的人物配置有更深入的了解，对全剧的伏笔与照应有更全面的领会。刘先生的艺术形象，"羼杂"了《三国演义》的诸葛亮及《水浒传》的吴用、公孙胜等的"身影"，剧作者深受三国故事和水浒故事的影响，刘先生嘴边总会提及"关王招牌"，刘先生后来充任"军师"，剧中的狄能还仿效了"刘备聘诸葛亮的故事"。由此可见，清初剧作家借鉴小说的叙事元素，以此充实剧情，也是一种不可忽视的"戏曲史现象"。

四、"中华整理本"《党人碑》所缺第二十九出佚曲

兹将《党人碑》第二十九出"双圆"的节录本移录如下：

（小生上，唱）
【海棠春】平步上云衢，书债方酬已。（介白）岳父。（介）便是。（介）想必就来了。（介，拜堂介）
【惜奴娇】举案齐，荷皇恩飞下，谨谐伉俪。风调雨顺，惟愿国泰民熙。臣早日诵太平书垂记，望重瞳远谗悔、家室宜。看取廷前、再继丹桂花飞。（合下）

按：这一出戏仅剩零星文字，主要是佚曲，不过，还是有一定的价值。《曲海总目提要》卷二十八"党人碑"条介绍该剧最后的结局："（刘）逵及（刘）铁嘴女并归于（谢）琼仙。"李修生等主编的《古本戏曲剧目提要》也说："刘逵归家，（刘）琴儿已在府中，认为己女，与刘丽娟同嫁谢琼仙。"而从以上佚文看，我们可以对《党人碑》传奇的结局有更具体的了解：刘逵、谢琼仙等人灭了田虎之后，谢琼仙"平步上云衢"，并且，"荷皇恩飞下，谨谐伉俪"，换言之，谢琼仙除了得高位、享富贵之外，还"奉旨"娶了两位刘女，也没有摆脱"奉旨成婚"的大团圆模式。

就戏剧场面而言，这一出戏除了谢琼仙之外，还有"岳父"刘逵出场，以及在"拜堂"仪式中，两位"刘女"也登场，喜气洋洋，此乃"双圆"二字的命意所在。

这出戏，谢琼仙可能是较后出场的；前面大概是呈现刘家如何安排"拜堂"仪式的隆重场面；因为这套《旧抄曲本》的"体例"是只抄录单一角色的曲、白和科介，突出"小生"这一行当，故而因"小生"谢琼仙迟迟出场，且一出场就进入"拜堂"仪式，他的戏份不多，这就导致所录的曲文比较少了。

附：《日藏中国戏曲文献综录》相关部分

竹村则行藏《旧抄曲本》目录（凡十一册）：

跃鲤记（第四出举廉、第八出观潮、第三十一出惩恶）

桃符记（第二出开门、第五出拜庙、第八出店索、第十一出投店、第十五出吟诗、第十七出告状、第十九出前审、第二十一出□魂、第二十三出、第二十四出、第二十六出）

白兔记（第二十五出诉猎、第二十六出出猎、第二十七出回猎、第二十九出团圆）——**以上第一册**

一捧雪（第三出、第四出、第十九出、第二十出、第二十二出、第二十五出、第三十出杯圆）

霄光剑（第四出论交、第七出选娇、第十五出赏端阳、第十六出迎卫、第二十五出班师、第□□出功臣宴、第三十出团圆）

虎符记（第二出设议、第五出边报、第七出交战、第九出投亲、第十一出诛忠、第十二出谒见、第十九出水战、第二十二出归第、第二十四出谈兵、第二十六出奏朝、第二十七出辞母、第二十八出擒理、第二十九出开眼、第三十出团圆）——**以上第二册**

万理（里）圆（第二出、第五出、第七出、第九出、川兵、第二十一出、第二十三出、第二十四出团圆）

艳云亭（第二出、第三出、第六出、第十一出、第十二出、第十三出、第十四出、第十六出、第二十出、第二十七出、第二十九出、第三十出、第三十四出）

牧羊记（第二出庆寿、第三出沙堤、第五出钱行、第六出过关、第八出小逼、第九出大逼上梁山、第十三出发师、第十五出败绩、第十七出做

亲、第十八出望乡、第二十三出、第二十四出重圆）——以上第三册

党人碑（第二出笤谜、第四出订交、第七出击碑、第八出醉触、第十出闭城、第十九出投观、第二十四出观会、第二十五出破笤、第二十六出渡牌、第二十七出、第二十九出双圆）

风筝误（第二出、第七出题鹞、第九出嘱鹞、第十一出鹞误、第十四出遣试、下卷第十六出梦骇、第十八出难配、第二十出蛮争、第二十一出、第二十五出凯宴、第二十八出逼婚、第二十九出咤美、第三十出释疑）——以上第四册

永团圆（第二出蘯志、第四出侠赠、第五出会衅、第七出疑宴、第八出诡离、第九出给使、第十出控休、第十二出赚娇、第十五出娇合、第十七出述缘、第十八出觅诟、第二十三出邸庆、第二十六出促姻、第二十八出闱艳、第三十出双合）

双熊梦（第二出受雇、第四出得环、第六出误毒、第七出审门、第十三出监会、第十六出批斩、第二十一出释放、第二十二出谒师、第二十四出拜香、第二十五出团圆）——以上第五册

古城记（第三出、第五出预兆、第七出待劫、第九出入曹、第十五出遇飞、第二十三出释放）

节孝记（第十一出遇拐、第十五出强媾）

画中人（第六出迁藩、第十出之任、第十六出摄魂、第二十二出被召、第二十四出破贼、第二十六出决剿、第三十一出生还、第三十二出观场、第三十四出证画）

全德记（第二出、第四出赵公求贤、第七出、第八出守信闻召、第二十二出上圣敕善）

醉菩提（第一出悯世、第五出说法、第十一出悟道、第十四出恩旨、第十八出观斗、第二十三出丐叹、第二十七出缘满、第二十九出团圆）

荆钗记（第二十三出别任、第三十七出回书、第四十七出男舟）

金印记（第九出赏荷、第十二出赏秋、第二十四出征聘、第二十六出封相）——以上第六册

连环记（第四出起布、第七出说布、第九出刺父、第十出反取、第十一出拜印、第十三出献剑、第十六出问探、第十七出三战、第十九出回军、第二十出小宴、第二十四出激布、第二十六出掩战、第二十七出计盟、第二十九出诛卓、第三十出团圆）——以上第七册

永团圆（第二出蘯志、第四出侠赠、第五出会衅、第六出疑宴、第七

出诡离、第八出绐使、第九出、赚娇、第十一出、第十四出、第十六出述缘、第十七出、第二十一出、第二十二出邸庆、第二十四出、第二十五出、第二十七出）——以上第八册

钗钏记（第二出会文、第四出送米、第八出相约、第十出讲书、第十五出明节、第十九出入罪、第二十出探监、第廿一出恤行、第二十五出放归、第二十七出寄书、第二十九出会钗、第三十五出团圆）

麒麟阁（第三出情系、第十一出入罪、第十二出起解、第十三出打擂、第十出下棋、第十五出见姑、第十七出庆集、第十八出上寿、第二十出征聘、第二十一出却扛、第二十五出三档、第二十七出惊像、第二十九出五报、第三十一出较雄、第三十二出跳涧、第三十三出□功、第三十四出荣归）

红拂记（第二出渡江、第四出告厨、第六出投旅、第七出谒见、第八出神驰、第十出私奔、第十二出落店、第十三出期访、第十五出奕棋、第十六出回家、第十七出赠产、第二十二出求名、第二十四出招军、第二十七出封官、第二十八出献策、第三十出相战、第三十三出献功、第三十四出封赠）——以上第九册

风云会（第二出嗟志、第三出相面、第四出送别、第六出擂台、第七出献笛、第廿四出陈桥、第廿六出归山、第十八出、第二十一出）——以上第十册

双红记（第二出互赠、第五出收仆、第十出手语、第十一出猜谜、第十三出盗绡、第十五出谈心、第十七出欢会、第二十三出曲江、第二十五出空获、第二十八出青门）

鸣凤记（第二出、第十五出、第二十出、第二十一出、第二十二出、第二十五出、第二十六出、第二十七出、第二十八出）

长生殿（第二出定情、第五出禊游、第十四出偷曲、第十八出絮阁、第二十一出密誓、第二十四出埋玉、第二十七出骂贼、第三十出剿寇、第三十四出收京、第三十六出弹词、第三十九出见月、第四十二出怂合、第四十八出重圆）——以上第十一册

（原刊于《戏曲与俗文学研究》第 9 辑，社会科学文献出版社，2020 年）

董每戡与《中国戏剧简史》

《中国戏剧简史》收入北京出版社"大家小书"系列，是一件值得高兴的事情。

此书作者董每戡先生（1907—1980），是戏剧史家、戏剧理论家和剧作家，中山大学中文系已故教授。

先生的著作，在戏剧研究圈子里广为人知，如《说剧——中国戏剧史专题论文集》（人民文学出版社，1983年出版）、《五大名剧论》（人民文学出版社，1984年出版）等，自出版以来，学界甚为重视，多有引用。

1999年，广东高等教育出版社出版三卷本《董每戡文集》；2011年，岳麓书社出版五卷本《董每戡集》，先生的学术影响力与日俱增。除了学术人物的身份外，作为与鲁迅、郁达夫、田汉、陈寅恪等有过或深或浅交往的历史人物，董每戡的一生经历和学术磨难，更是成为近来戏剧研究者和历史研究者共同关注的一个话题，相关著作有《历史的忧伤：董每戡的最后二十四年》（陆键东著，香港中和出版有限公司，2017年出版）等。

粤版《董每戡文集》及湘版《董每戡集》均收入了《中国戏剧简史》。如今，列入"大家小书"的京版《中国戏剧简史》即据湘版而有所校订。

为便于读者了解《中国戏剧简史》一书，兹应出版社之约，试作导读，并请方家指正。

一、《中国戏剧简史》的写作缘起

《中国戏剧简史》由商务印书馆初版于1949年。

先生在该书的前言里提及过写作缘起："过去我在国立东北大学及私立女子金陵文理学院都曾向学生们讲过这一门东西，以后恐还得讲，为免却老是在讲台上信口胡说起见，不如写下一个纲要。至于胆敢应商务印书馆之约而公之于世，那还不是'著书都为稻粱谋'？"换言之，此书原有一个基础，即曾经在大学里开设"中国戏剧简史"这一门课，编有讲义（纲要）；后来，商务印书馆约稿，于是就将此讲义加以整理充实，交付出版。

　　而在写于 1957 年 1 月 3 日的《说"郭郎"为"俳儿之首"》一文（收入《说剧》）中，有"1947 年我草《中国戏剧简史》（1949 年商务版）"字样，可知此书大体写于 1947 年，至 1948 年的春季全书已经脱稿（书末有"1948 年春天于上海"字样）。不过，若就此书的前身即上课的讲义而言，则就更早一些，原来，先生在"国立东北大学"的教学工作始于 1943 年的下半年："1943 年的秋天应老友陆侃如先生之招，暂时放下抗战戏剧工作，由贵阳到川北的三台县，在国立东北大学中国文学系教课。"（董每戡《西洋诗歌简史·自序》）由此推算，《中国戏剧简史》成书之前的讲义，可能就在 1943 年秋后动笔。

　　先生对在"国立东北大学"做戏剧史研究的情形于日后也有回忆："在对抗战最不利的年代，我在国立东北大学教书，学校的所在地是僻处川北的三台县，生活得比较安静，因之研究起中国戏剧史来。"（《说剧·1950 年上海文光书店版自序》）联系当时的实情，其中国戏剧史研究，约有如下因缘：一是教学开课的需要，先生选择讲授自己熟悉的、有学术积累的；二是此前正好从事戏剧工作（在贵阳建立"剧教队"，推动建立民众剧场，展开抗战演剧活动等），转到大学里来，其学术研究的"兴奋点"在于戏剧也是顺理成章的事情，用他的话说就是："抗日战争期中——1943 年，我结束了戏剧编导工作，恢复教学，想下工夫摸索一下"（《说剧·1983 年人民文学出版社版自序》）；三是当时中国学术界对戏剧史的研究出现了有争议的"热点"，如关于"傀儡戏"的歧见，关于唐代是否已经出现"戏剧"的辩论等等，也引发先生的思考和参与学术辩论的兴趣；他的著作不限于"宋元时期"而从"史前时期"写起（书名《中国戏剧简史》，其框架即与王国维的《宋元戏曲史》不一样），反映出先生对戏剧史研究的发展动态甚为关注，且觉得自己"有话要说"。

　　可见，《中国戏剧简史》的问世在先生的学术生涯中有其主客观条件。而日后，先生还曾在艰困的环境中于 1959 年秋天写出了近 60 万言的《中国戏剧发展史》（参见董每戡《五大名剧论·自序》）。后一部书稿在动荡的岁月中不幸"消失"，而这部书稿的前身就是我们现在见到的《中国戏剧简史》。

二、《中国戏剧简史》的基本思路

　　不限于"宋元时期"而从"史前时期"写起，最后以民国时期的话剧结尾，这是《中国戏剧简史》在"构思框架"上的"自家设定"。

活跃于上世纪 40 年代戏曲学界的叶德均先生曾说："近人治戏曲而有所成就者，首推王国维，其次便是吴梅。王氏所著《宋元戏曲史》《曲录》等不仅考证精确，而且奠定了戏曲史研究的基础。……至于吴梅，据说是'不屑于考据'的，而其成就是在作曲、度曲、制谱、订谱的诸方面。"（叶德均《吴梅的霜厓曲跋》）当时，王、吴二家，如果说不上"旗鼓相当"，也可算是"双峰对峙"了。正如叶德均所言，吴梅长于"治曲"，其主要著作《顾曲麈谈》全书离不开一个"曲"字；其《中国戏曲概论》即以"乐府亡而词兴，词亡而曲作"一句开头，书中将元明清的"剧曲"与"散曲"相提并论，虽边界不清，却也能够"粗陈梗概"。至于王国维，其视野稍有不同，既着眼于"宋代大曲"、"古剧脚色"，也触及"上古至五代之戏剧"，其《宋元戏曲史》更是对宋元时期的剧本文学情有独钟，其中的"元剧之文章"、"元南戏之文章"等篇章脍炙人口。可以说，王、吴二家各有特色，于"戏曲学"均有开创之功。

相较而言，每戡先生的"自家设定"可谓突破前人，胆气与学识兼备。

先生不同于王、吴二家的基本思路是，跳出"曲学"的藩篱，将"文本"与"剧场"联系起来考察，不仅看到"曲"，更是重视"剧"；此外，还注意到中土文艺对西域文化以及其它外来文化的借鉴、吸收和融汇，其具体论述也间或以中国戏剧与西洋戏剧做比较（先生另外著有《西洋戏剧简史》），视野开阔而要言不烦，故此，书名不叫《中国戏曲简史》而称《中国戏剧简史》，一字之别，大有深意。

先生在本书的"前言"里曾经夫子自道："过去一般谈中国戏剧的人，几乎把戏剧史和词曲史缠在一起了，他们所重视的是曲词，即贤明如王氏（国维），也间或不免，所以他独看重元剧。我以为谈剧史的人，似不应该这样偏。"这就流露出其著书的基本思路：将戏剧史与词曲史"切割"开来，重新审视戏剧的特性："戏剧本来就具备两重性，它既具有文学性，更具有演剧性，不能独夸这一面而抹煞那一面的。评价戏剧应两面兼重，万一不可能，不得不舍弃一方时，在剧史家，与其重视其文学性，不如重视其演剧性，这是戏剧家的本分，也就是剧史家与词曲家不相同的一点。"不可忽视其自家身份的重新确认，先生不做"词曲家"，而自觉地担负起"剧史家"的重任，这是中国戏剧史研究的一条"分水岭"。

先生从东西方戏剧的最大通约性出发，指出中国古代的"戏曲"的价值主要在于"剧"。当然，不同民族的戏剧，除了相互间的通约性之外，还有各自不可通约的民族特性。就民族特性而言，所谓戏曲戏曲，前人重视"曲"不无道理；可"戏曲"明显地不仅仅只有"曲"，先生有意识地要摆脱长期横亘在研究者面前的"曲学误区"，与众不同地强调了戏曲中的"舞"，并由"舞"及"戏"，去探索中国古代的"剧史"的生成与演变。他更重视"戏曲"中动态的东西即"动作性"，他要探讨戏曲的民族特性背后的内在因素。

先生曾从民俗学、语源学等方面审视中国戏剧形态的发生、演变诸问题，提出了"戏由舞来"的基本看法。他说："戏由舞来，舞者就是后世的演员，任何民族、任何国家的戏，几乎都是由古舞演变进化而来。"（《说"郭郎"为"俳儿之首"》）他又说："戏剧固然需要歌曲或者语言（宾白），倘使没有，戏剧还是戏剧，'默剧'不就是原始的戏剧吗?"（《说我国戏剧体制》）当然，就戏剧史研究这一学科而言，先生的"戏由舞来"的结论，还可以作更深入的讨论，但与别人相比，其研究路子显然是更注重中国"戏曲"的动作性，更贴近"戏曲"作为综合性舞台艺术的特质。

故而，先生的《中国戏剧简史》即以"戏由舞来"作为全书的"逻辑起点"。此书自成格局，贯通古今。全书分七章，即：考原（史前时期），巫舞（先秦时期），百戏（汉魏六朝时期），杂剧（唐宋时期），剧曲（元明时期），花部（满清时期），话剧（民国时期）。先生综合考察了中国戏剧从巫舞到戏曲、再到话剧的演变历程。可以说，早在上世纪的 40 年代，先生根据戏剧的本质，开创性地把"戏曲"与话剧两个领域打通，体现出十分可贵的探索精神。同时，他注重研究戏剧在不同时期各自的形态，注重观察唱、做、念、打诸因素不断演化的轨迹。他认为随着时代、社会的进步，旧的戏剧形态会被新的戏剧形态所扬弃，而旧戏中有生命的东西，也会在新戏中延续下来。所以，在《中国戏剧简史》的最后一章，先生对民国时期的话剧有如下看法："这一期，我认为是中国戏剧的新生期。"写作这一章，先生以与时俱进的治学态度观察和研究这个"中国戏剧的新生期"之所以形成的前因后果，以及所取得的成绩，并以一种颇为自信的语调结束全书："历史的轮子不会倒退，民主的时代潮流也无法抗拒，光明爽朗的前途终会走到的。"如此写作"戏剧简史"，可谓"一家之言"。

先生与众不同的地方还在于，他从"剧史"的角度看到中国古代的"戏曲"并非仅仅只有"文学（或曰'曲'）"，不能片面地从"戏曲"中仅仅抽取出"文学（或曰'曲'）"来加以研究。他从演剧性的角度考察中国"戏曲"的历史演进，并写出过系列论文，如《说"歌""舞""剧"》《说

"傀儡"》《说"角抵""奇戏"》《说"武戏"》《说"滑稽戏"》《说"科介"》，等等，均见其名著《说剧——中国戏剧史专题研究论文集》。这说明他是"立体"地看待古代"戏曲"及其文本的形成的；而在对古代著名的"戏曲"作品如《琵琶记》《西厢记》《还魂记》《长生殿》《桃花扇》等的赏析中，更充分注意到舞台演出的问题，这也说明他立意离开"案头"、将眼光投向"舞台"的学术追求，均见其另一部名著《五大名剧论》。

了解这些，可以加深对其《中国戏剧简史》的认识。

三、董每戡重视"演剧性"的原因及其演剧理论之本土话语

先生是戏剧界的行家里手，不是一个关在书斋里的"教书匠"。他会编剧，懂导演，尤其是在抗战时期，活跃了抗敌演剧的前线，积累了丰富的舞台经验，其长年的"舞台生活"决定着他不可能忽视"演剧性"的重要一面。

他强调"演剧性"，除了自身的实践外，还有影响着其演剧理论的本土话语。他相当推崇同样会编剧、懂导演的清代戏剧家李渔（笠翁），后者的名著《闲情偶寄》深得先生的格外重视。尤其是此书里的"演习部"，先生认为特别珍贵："原因是历来的一切曲论家们无能谈，故不曾有人谈；而笠翁有编剧和导演的实践经验，才敢于谈。"（董每戡《笠翁曲话拔萃论释》，广东高等教育出版社，2004年）在过去"剧学即曲学"的误区里，不容易在一群"曲论家"里找到"知音"，而李渔是先生认为难得的真正的"行家"。所以，李渔的《闲情偶寄》里的演剧观，是先生演剧理论之本土话语的重要来源。

先生尤其赏识李渔"填词之设，专为登场"八个字，说："一切戏，铁定都得由演员扮装人物在特定的场所——邸宅的华堂或剧场的舞台上演出，决不仅供书斋案头研读的。戏剧艺术之所以跟其他艺术不同，不只因为它是综合了各艺术部门的要素这一点，它的基本的特异点是由表演艺术的材料来决定的，虽然历来对这有各种不同的说法，但总离不开演员本身，至于他（她）们究竟拿本身的什么材料来表现，并不是这里必要论的，可以不论，我只要说剧本和由演员在舞台上表演是绝对分不开的，剧作家必须时刻为演员和舞台着想，尤其要为成千上万的观众着想。一个剧本好坏，应该由观众来评定。'专为登场'就为了这缘故。"（同上）

当然，先生对"专为登场"的内涵是辩证地把握的，不会过度而片面地强调为登场而登场，他曾经指出："戏剧本来是具有'两重性'的，它必须既具备着适宜于舞台上演出的'演剧性'（或称剧场性，舞台的品性），又该具备着'文学性'。……'文学性'不仅指剧本的结构和词采，首先包括了那作为文学艺术之第一性的思想内容，光具有丰富的'演剧性'而没有好的思想内容、结构和词采的剧本，事实上不能称之为一个好剧本，它至多只能够一时吸引观众，经不起体味。"（同上）而辩证地看待"演剧性"和"文学性"的关系是先生从事戏剧史研究的基本原则。

了解董每戡重视"演剧性"的原因及其演剧理论之本土话语，也将会有助于对其《中国戏剧简史》的"自家设定"的理解。

总之，出版董每戡的《中国戏剧简史》是一件很有意义的事情。尽管这是一部"简史"，若不求全责备，它至今仍然具有启迪后人的学术价值。

（本文原系北京出版社"大家小书"之《中国戏剧简史》的"导读"，此是未删版，标题为作者改定）

董每戡与 《西洋戏剧简史》

一

《西洋戏剧简史》收入北京出版社，"大家小书"系列，是一件值得高兴的事情。

此书作者董每戡先生（1907—1980），是戏剧史家、戏剧理论家和剧作家，中山大学中文系已故教授。

先生的著作，在戏剧研究圈了里广为人知，如《说剧——中国戏剧史专题论文集》（人民文学出版社，1983 年出版）、《五大名剧论》（人民文学出版社，1984 年出版）等，自出版以来，学界甚为重视，多有引用。

1999 年，广东高等教育出版社出版三卷本《董每戡文集》；2011 年，岳麓书社出版五卷本《董每戡集》，先生的学术影响力与日俱增。除了学术人物的身份外，作为与鲁迅、郁达夫、田汉、陈寅恪等有过或深或浅交往的历史人物，董每戡的一生经历和学术磨难，更是成为近来戏剧研究者和历史研究者共同关注的一个话题，相关著作有《历史的忧伤：董每戡的最后二十四年》（陆键东著，香港中和出版有限公司，2017 年出版）等。

粤版《董每戡文集》及湘版《董每戡集》均收入了《西洋戏剧简史》。如今，列入"大家小书"的京版《西洋戏剧简史》即据湘版而有所校订。

为便于读者了解《西洋戏剧简史》一书，兹应出版社之约，试作导读，并请方家指正。

二

先谈谈《西洋戏剧简史》的写作背景。

《西洋戏剧简史》由商务印书馆初版于 1949 年。翻开本书，并未见到著者的前言或后记，我们只能借助于他为另一部书《西洋诗歌简史》所写的"自序"约略得知写作本书的缘起。

原来，每戡先生在 1943 年下半年由贵阳转往四川的三台县，出任已经迁往此地的东北大学的教师。他在《西洋诗歌简史》"自序"里写道：

> 一个偶然的机缘，使我不得不写这《西洋诗歌简史》。本来，我所专攻的不是西洋文学，并且已学得的几种外国文也都荒疏得几乎不能阅读较深奥的典籍了。1943 年的秋天应老友陆侃如先生之招，暂时放下抗战戏剧工作，由贵阳到川北的三台县，在国立东北大学中国文学系教课，系中有必修课西洋文学史一课，好几年没有人开讲，于是逼着我吃苦头了，又于是，在参考书不易得的条件下，每上午坐在斗室中瞎编，阅八月，成《西洋文学史》卅余万言。

而我们眼前这部《西洋戏剧简史》是与《西洋诗歌简史》有关联的，它们都是这 30 余万言的《西洋文学史》的组成部分，且听先生不无解嘲地慢慢道来：

> 卅余万言的《西洋文学史》原是饾饤之作，惟间有己意。敝帚自珍，人之常情，每戥常人，岂能免俗？况生活逼人，甘于粝藿亦几不可得，惟能厚颜以饾饤之作易钱生活，所以前些日子将戏剧部分抽出，自成独立的《西洋戏剧简史》，卖给了商务印书馆；刻复将诗歌部分加以整理，也出卖了。（见岳麓书社版《董每戥集》第三册；《西洋诗歌简史》另交文光书店于 1949 年出版）

换言之，如今印行的《西洋戏剧简史》原是先生在"国立东北大学"讲授西洋文学史一课的讲义的戏剧部分，加以整理而成了一个单行本。至于"瞎编"云云，自是谦辞，1949 年初版后仅一年，于 1950 年再版，可见受到读者的欢迎；其后，香港商务印书馆还于 1964 年重刊。

当年，同类专著甚少，是此书的读者不断增多的缘由。

三

再看《西洋戏剧简史》的历史分期与学术含量。

所谓"西洋"，涵盖欧美多国，在历史分期问题上，《西洋戏剧简史》和《西洋诗歌简史》的做法一样，均分为"古代期""过渡期"和"近代期"三部分。二者如此统一，可能是先生在讲西洋文学史这一门课时先列出各个历史分期，然后每一个分期再分别就不同的文体如诗歌、戏剧等来讲授。

就《西洋戏剧简史》而言，分为三个时期，与欧美学者所写的通行的世界戏剧史著作大致相符。比如，美国学者编写的《世界戏剧史》（奥斯卡·G. 布罗凯特、弗兰克林·J. 希尔蒂合著，周靖波译，上海三联书店，2015 年出版），开头部分有三章：戏剧的起源，古希腊剧场与戏剧，希腊化时期、罗马、拜占庭的戏剧；第四章就是"中世纪欧洲戏剧"。而《西洋戏剧简史》的上篇是"古代期戏剧"，讲的是希腊、罗马，与《世界戏剧史》前三章大体对应；中篇"过渡期戏剧"，讲的是中世纪文艺复兴期的欧洲戏剧，与《世界戏剧史》第四章也大体对应。至于下篇"近代期戏剧"，从意大利、法兰西、西班牙等国一直讲到美利坚，《世界戏剧史》与之相比就显得丰富得多、细致得多。但不管如何，作为并非以西洋文学研究为主业的董每戡先生能够如此编写，起码不算"外行"。

何止不算"外行"，先生还是讲课的高手，我们从《西洋戏剧简史》的具体内容看先生的编写思路，可以看出，这是在编写讲义（教材），与一般的专著不同，字里行间流露出编写者"拟想中的讲课话语"，谓予不信，请看书中一个片断：

> 十九世纪是浪漫主义的时代，法国的浪漫主义是受德国、英国影响的，所以关于浪漫主义的意义等，在此不叙述，有人称浪漫主义文学为"文学化的法国大革命"，这话是很正确的。自然说到法国的浪漫主义，我们不能忘记雨果和他的韵文剧《欧那尼》，现在就由他说起。

就语体风格来说，这就是"拟想中的讲课话语"，什么可以"不在此叙述"，何者要重点讲授，并且还设想着如何讲起，这是拟想中的"授课内容"与当下的"著述行为"的高度统一。

我们还不妨顺便将先生介绍雨果的一段文字与上述《世界戏剧史》相关的文字对比看看，是很有兴味的事情，从中可以"窥探"《西洋戏剧简史》的学术含量：

> （介绍雨果生平）……这里仅说他在戏剧上的成就。1827 年举起浪漫主义的火把，他的《克伦威尔》一剧出世，这是他想以之证明自己的理论的东西。他认为不需要"三一致律"，重要的是动作，传统悲剧中的对仗、有韵诗都应摒弃，诗的作风必须自然，主张离奇，必须和恐

怖合作一起；不过这剧还不是极好的作品。到了 1830 年，拿出杰作五幕十六场的《欧那尼》，古典主义和浪漫主义的恶战便开始了。……（见本书下篇"法兰西"）

这是先生对雨果前后两部浪漫主义剧作的简要评论。接着再读《世界戏剧史》：

> 法国的浪漫主义的理论宣言仍首推雨果的《〈克伦威尔〉序言》（1827）。维克多·雨果（1802—1885）呼吁抛弃时间和地点一致律，谴责文类上的严格区分，主张将戏剧行动置于具体的历史场景中。……当雨果的《欧那尼》在法兰西喜剧院上演的时候，剧场内浪漫主义者与传统维护者之间的激战将演员的声音都淹没了，这种局面持续了几个晚上。（见该书第 12 章"十九世纪前期的欧洲大陆戏剧"）

这部《世界戏剧史》初版于 1968 年（晚于董每戡《西洋戏剧简史》几近 20 年），到 2008 年已经出版至第十版，是风行全球的戏剧史权威读本。两相比较，同样的论述对象，就基本的信息来看，《西洋戏剧简史》没有遗漏；而就论述文字而言，先生相当精炼地点出雨果的戏剧观是"他认为不需要'三一致律'，重要的是动作，传统悲剧中的对仗、有韵诗都应摒弃"；而《世界戏剧简史》说："雨果呼吁抛弃时间和地点一致律，谴责文类上的严格区分，主张将戏剧行动置于具体的历史场景中"。二者的"学术含量"大致相当，表述却各有特色。

而《西洋戏剧简史》之并未过时，于此可见一斑。

本书以《西洋戏剧简史》与《戏剧的欣赏和剧作》合刊。后者初版于 1951 年，由（北京）群众书店出版。它先为戏剧"辨体"，分析其不同于诗歌、散文、小说等的文体特性，以戏剧的"演剧性"为切入口，以"演剧性"与"文学性"的双重特质为考察对象。部头不大，却也写得相当精要，是"金针度人"之作。

总之，出版董每戡的《西洋戏剧简史》（含《戏剧的欣赏和剧作》）是一件很有意义的事情。先生的著作至今仍然具有启迪后人的学术价值。

（本文原系北京出版社"大家小书"之《西洋戏剧简史》的"导读"，标题为作者改定）

"就戏论戏"与董每戡阐释剧本的着眼点

引　言

董每戡先生是中国戏剧学研究的重要奠基者之一。

中国戏剧学脱胎于古代的"曲学"，而与"曲学"显然有别。回顾往昔，王国维先生的《宋元戏曲史》，已经不等于"曲学"，却与"曲学"还相距不远，具体的表现是王氏论元杂剧之美独以"元剧之文章"为最，曰："元剧最佳之处，不在其思想结构，而在其文章。其文章之妙，亦一言以蔽之曰：有意境而已矣。何以谓之有意境？曰：写情则沁人心脾，写景则在人耳目，述事则如其口出是也。古诗词之佳者，无不如是，元曲亦然。"① 王氏将"元剧"和"元曲"混用，视为同义词，即可说明《宋元戏曲史》固然与明王骥德《曲律》不在同一个论说的层面上，却在"曲学"话语方面可以互为知音。所谓"写情则沁人心脾，写景则在人耳目，述事则如其口出"，与王骥德的着眼点差不多，《曲律·论家数》曰："曲之始，止本色一家，观元剧及《琵琶》《拜月》二记可见。……文词之病，每苦太文。雅俗浅深之辨，介在微茫，又在善用才者酌之而已。"② 无论是王骥德还是王国维，都强调曲文可听可记，贴切自然，不能"太文"，要"如其口出"。王国维在《宋元戏曲史·元剧之文章》里举出关汉卿、马致远、郑光祖、无名氏等的曲文为例，说明"元剧之文章"是如何"语语明白如画"、如何"于新文体中自由使用新语言"，其着眼点与王骥德仍大体相同。

董每戡是继王国维之后在中国戏剧学领域有独特贡献的学者。他阐释剧本的着眼点与上述"二王"大不一样，比较自觉地摆脱古已有之的"曲学"藩篱，不再将剧本视为"纯文学文本"；王国维曾不无自得地表述过对元杂

---

① 王国维《宋元戏曲史》，上海古籍出版社，2008年，第88页。

② 王骥德《曲律》，中国戏曲研究院编《中国古典戏曲论著集成》第四册，中国戏剧出版社，1980年，第121—122页。

剧作为"纯文学文本"的赞美："若元之文学，则固未有尚于其曲者也。元曲之佳处何在？一言以蔽之，曰：自然而已矣。古今之大文学，无不以自然胜，而莫著于元曲。"① 值得留意的是，王国维称颂元杂剧作为"纯文学文本"时更喜欢使用"元曲"一词。而董每戡研究戏剧的路数是从舞台而来，回到舞台而去，始终不离舞台，这与不喜欢亲近舞台、不爱好看戏的王国维显然有异，其研究戏剧的着眼点跟王国维相比可谓大异其趣。

从王骥德到王国维，"曲学"的演化线索自有其内在的学理逻辑，不能视而不见，也不宜轻易否定。可是，真就只是"这样"吗？

本文拟以董每戡的"就戏论戏"为话题，探讨其阐释剧本的着眼点。观察当下的诸多剧评，以及新出剧本，发觉五花八门，以"就戏论戏"而言，不得要领者并不少见，似乎有必要重新认识董每戡研读剧本的"法门"，以期有所借鉴。

一、"就戏论戏"的提出及其方法论意义

董每戡在《五大名剧论·自序》里明确提出："我过去认为，现在还认为'戏曲'主要是'戏'，不只是'曲'。'声律'、'词藻'和'思想'都必要予以考虑，尤其重要的是人物形象和情节结构所体现的思想性和艺术性，它是必须由演员扮演于舞台之上、观众之前的东西。作者没有向谁说话，甚至扮演者也没有为自己申说什么，他或她们只代剧中的登场人物向观众诉心，跟其他任何书面形式的作品有所不同。我们要谈它具有的思想性和艺术性，应该有别于论其他文体的作品。咬文嚼字不为功，空谈概说欠具体，就戏论戏才成，我就这样练起来了。"② 这番话，是夫子自道，也是董每戡论剧之"不二法门"。

仔细琢磨，这里有几层意思需要辨析。第一，面对"戏曲"，"就戏论戏"是董每戡一贯的主张，不论"过去"还是"现在"；第二，"戏曲"并非如以前的词曲研究家所认为的那样只有"曲"，更重要的是"戏"，"戏"与"曲"是统一的，统一在声律、词藻、思想的有机结合之上；第三，声律、词藻、思想，思想是起着决定性作用的，过去的词曲研究家斤斤计较于

---

① 王国维《宋元戏曲史》，第87页。

② 陈寿楠、朱树人、董苗编《董每戡集》第二卷《五大名剧论》，岳麓书社，2011年，第117页。

声律如何、词藻怎样，而忽略了思想，可谓不得要领，而剧作不是论文，必定要借助舞台演出、透过人物性格命运的转化、社会关系的变动、情感取向的调整等等来表达思想，舞台扮演、情感呈现必定要艺术化，故此，"尤其重要的是人物形象和情节结构所体现的思想性和艺术性，它是必须由演员扮演于舞台之上、观众之前的东西"；第四，"戏曲"毕竟是戏剧，不同于其他文体，它不能没有舞台，所有的戏剧时空都呈现于舞台这一"空的空间"里，金戈铁马，花前月下，帝王的宫殿，贫民的破房，如此等等，都可以被容纳在舞台这个"空的空间"之中，千变万化，无所不包，这是除戏剧之外其他任何文体所不具备的，正因如此，剧本作为一种"文本"，永远是处于"尚待最后完成"状态，文本撰写与舞台演出结合起来，才算最终完成了的一台戏，在这个意义上，不是剧作家说了算，也不是扮演者说了算，而只能是完整的"舞台呈现"说了算，"作者没有向谁说话，甚至扮演者也没有为自己申说什么，他或她们只代剧中的登场人物向观众诉心"，这就是舞台演出的奥妙所在，也是舞台不为词曲研究家所理解的一大难点；第五，说一千，道一万，"咬文嚼字不为功，空谈概说欠具体"，这绝对不是研究戏曲的正途，研究戏曲，不可轻视"曲"，更要重视"戏"，"戏"是决定性的，"曲"具有从属的性质，二者关系不可不辩，依照辩证思维的方法，要抓住矛盾的主要方面，"戏"就是"戏曲"中的主要方面，研讨剧本，得其要领，就得"就戏论戏"，除此别无他法。

提出"就戏论戏"的主张，是董每戡的独到之处，在他之前的"戏曲史家"如王国维、吴梅，没有这样明确提出过；就是董每戡一再表达敬意、在他心目中是戏剧行家的李渔，也没有这样清晰地表达过立场。

上引《五大名剧论·自序》写于 1965 年冬，董每戡避居长沙。借助"互文性"思维，我们可以将《五大名剧论》与此前董每戡已经完成的两部书稿联系起来看，这两部书稿是写于 1958 年至 1959 年期间的《中国戏剧发展史》和《笠翁曲话论释》。董每戡知道限于体例，《中国戏剧发展史》要注重"史味"，不可能将元明清三代的戏剧名作一一论列，于是，采取一个"补救"办法，"选古典名剧若干来论析，作为《笠翁曲话论释》一书的具体实践，免招来只空谈如何作剧怎样评剧的理论而不付诸行动之讥。"① 可是，还是限于体例，也不能在以阐释李渔的戏剧见解为主的《笠翁曲话论释》里详尽、完整地解读历代名剧，故而，在写完《笠翁曲话论释》（此书

---

① 陈寿楠、朱树人、董苗编《董每戡集》第二卷《五大名剧论》，第 115 页。

于 1966 年被抄走，今天所能见到的是董每戡于 1974 年补写而成的《〈笠翁曲话〉拔萃论释》）之后，于 1962 年开始写《五大名剧论》，1965 年冬完稿，比较详尽、完整地解读了元明清三代的五部名剧，并且在该书自序里明确提出"就戏论戏"的主张，此主张也是他写出《五大名剧论》的看家本领。《五大名剧论》可以说是写于 1955 年且在学术界享有盛誉的《琵琶记简说》的扩展版，由《琵琶记》而延及《西厢记》《还魂记》《长生殿》《桃花扇》，董每戡说"我过去认为，现在还认为'戏曲'主要是'戏'，不只是'曲'"，有其内在的、一贯的学理逻辑，而且是自有古代"曲学"以来、继李渔《闲情偶寄》（即董每戡更喜欢用的《笠翁曲话》）之后在中国学术界最早具有"戏剧学"视野的学理逻辑。这一学理逻辑，与其说是董每戡的，不如说是董每戡得心应手运用于其戏剧研究及戏剧批评的"当行把式"，因而也就内含着对于戏剧学者而言的方法论意义。

二、"就戏论戏"之"戏"与"法"的辩证关系

在董每戡的"戏剧学辞典"里有两个关键词，一个是"戏"，一个是"法"。董每戡写出《〈琵琶记〉简说》后，心目中以《琵琶记》为基准，用以衡量其它剧本的剧作水平。肯定有不少是比《琵琶记》差的，否则，他选出的名剧就不会只有"五部"；可是，经过仔细的研究，尤其是运用"就戏论戏"的方法，董每戡发现有的剧作竟然高于《琵琶记》，这就更值得来一番"就戏论戏"，将其中的奥妙说透，于是就有了《五大名剧论》之一的《〈西厢记〉论》。且看董每戡写出《〈西厢记〉论》稿子后于 1973 年补写的一番话："无论法或词，《西厢》的成就确要比《琵琶记》高。"[①] 这番话很重要，董每戡研究剧本，"法"是个重要的着眼点。

董每戡关注的"法"主要有以下意蕴：

1. 创作剧本的出发点只有一个，就是"登场"。

众所周知，传世的王实甫《西厢记》杂剧改编自金代董解元《诸宫调西厢记》，这一点，董每戡是充分认识到的，可是，他又提高声量地表示："不管王实甫是否以《董西厢》为依据，我始终要称之为创作。"理由是：《西厢记》是演唱本，《董西厢》是说唱本，"演唱本跟说唱本自有不同之处，为了它须在舞台上由演员表演于观众之前，已不是由说唱艺人说唱在听

---

① 陈寿楠、朱树人、董苗编《董每戡集》第二卷《五大名剧论》，第 149 页。

众之前，而是在诉之于耳朵之外，加上了诉之于眼睛这个条件。"① 这个理由是过去的"曲学家"和"戏曲史家"所忽略的。不过，能够指出这一点，不是董每戡的厉害之处，他的厉害在于，不能只是看到故事（剧情）与原著相比是加多了还是减少了，不能仅仅注意到故事（剧情）中的某些情节是变小了还是变大了，这些都是次要的，对于"登场"而言，所起到的作用是有限的。

在董每戡心目中，"登场"不是将"说唱"转换成"演唱"那么简单，"登场"的要义在于在舞台这个"空的空间"里，活生生的"张三"与活生生的"李四"，他们或许是唐朝人，或许是宋朝人，或许是明朝人，都不打紧，打紧的是他是独一无二的"这一个"张三，他是无可替代的"那一个"李四，他们各有不同的出身，不同的成长环境，不同的性格，不同的遭际，不同的利害关系，由此必然产生一系列的矛盾冲突，这就是"戏"。其中，"人物性格"是第一要素。董每戡比较过演唱本的《西厢记》和说唱本的《董西厢》，前者对后者当然有改动，这不是要点，要点是"实际大动的在于人物性格"。这是他认为《西厢记》不是改编而是创作的立论依据，董每戡在《西厢记论》里有一个专节"主要的人物形象"，对崔老夫人、郑恒、崔莺莺、张生、红娘均有具体、细致的性格分析，并且一一与《董西厢》做比对，说明王实甫在整个创作《西厢记》的过程中"实际大动的在于人物性格"，限于篇幅，此处不再赘述，读者自可阅读原书。

这里想融汇董每戡的论述，同时受到其启发，也间出己意，申述一下"人物性格"与"登场"的关系。

"人物性格"与"登场"的关系真的那么重要吗？答案是十分重要！试想，舞台这个"空的空间"，不是什么人都有资格上去的。舞台尽管是"空的空间"，可这也是十分稀缺的空间，在古代的农业社会，年头到年尾，除了节庆神诞，平时没有演出，这个"空的空间"真的是空着，过去的乡间常有"看饿戏"的说法，就是因为人们的"戏瘾"被"饿"了很久，好不容易"开台"，大家争先恐后前往看戏。如果舞台上随便一个个平时也能见到的张三、李四登场表演，却有什么好看？必定是具有典型性的人物遇到了典型性的事件，展开了典型性的冲突，如此这般，满台是"戏"，这才好看，才能让大家过足"戏瘾"。人物的典型性是"登场"的第一重意义。

"登场"的第二重意义是，有性格的人物必有自己的主见和意志，他不

---

① 陈寿楠、朱树人、董苗编《董每戡集》第二卷《五大名剧论》，第171页。

服从命运，不服从压迫，不服从欺诈，就如同元杂剧《陈州粜米》里的不畏惧权贵贪官的张氏父子那样，跟欺压老百姓的刘衙内等死磕，誓死捍卫老百姓的权利和尊严，老子死了也要儿子继续抗争，这就是"戏"。要是换了没有性格的人物登场，汤汤水水和稀泥，有什么好看？

"登场"的第三重意义是，人物的性格冲突不是一个回合就能了事，必定是如同"张飞夜战马超"一般，一轮又一轮，一番番的较量方能定出胜负，这样的"戏"谁不爱看！

一个故事，可能是家喻户晓的，但是，高明的剧作家要是下决心搬上舞台，必定有他的"独门秘笈"，为了"登场"，在人物性格上做文章。明乎此，研究剧本，也要从故事蓝本与戏剧新本的比对中考察剧作家是否对人物性格下了功夫，是否有独到的眼光，是否有非同一般的挖掘。

中国戏剧学，在董每戡之前，没有人如此贴近舞台地揭示出上述原理。

2. 戏剧行为的"动力源"只能有一个，就是"主脑"，所有的情节受到"主脑"的牵控；戏剧的"主脑"必定内含"戏剧行动"，否则，就不是"主脑"。

董每戡十分认同清李渔对《西厢记》的基本判断，即"一部《西厢》止为张君瑞一人，而张君瑞一人，又止为'白马解围'一事。其余枝节，皆从此一事而生"；"是'白马解围'四字，即作《西厢》之主脑也。"① 董每戡指出，李渔这一说法"很中舞台演出台本的窍要"，且进一步分析："所谓'白马解围'这个关目，就包括在第二本第一折及'楔子'中，也即所谓'寺警'。前头所有的种种只不过是整部戏文的'发端'，'寺警'才是整部戏文的'主脑'——大关键，所有的一切矛盾冲突都由它派生出来，而剧本的思想意义也在这一切矛盾冲突中体现出来。也就是说，有老夫人的'许'，才产生张生的'望'，由于'许'变'赖'使张生失望，才产生红娘的'勇'和莺莺的'敢'，由于她的'敢'使张生不失'望'，才产生郑恒的'争'，一环套着一环，一连串的思想产生了一连串的戏剧行为。……行动比诸'曲子'和'宾白'更有力量，投入观众的眼睛而钻到观众心里头去的东西，比说话更响亮动人，所以说：'戏剧就是行动'。"②

与某些学者分析《西厢记》的"戏剧动因"时格外关注女主人公的"临去秋波那一转"不同，董每戡与李渔都高度重视"白马解围"，视为

<hr/>

① 陈寿楠、朱树人、董苗编《董每戡集》第二卷《五大名剧论》，第174页。
② 陈寿楠、朱树人、董苗编《董每戡集》第二卷《五大名剧论》，第174—175页。

"主脑"。"临去秋波那一转"只是内含着一刹那的"感触",构不成"行动"。可是,确立"白马解围"为"主脑"就如同做豆腐要点卤,没有使得豆浆凝固的介质,豆浆永远也不会成为豆腐;没有"白马解围"作为可以令全剧结合为有机整体的"介质",张生与老夫人、莺莺、红娘也就不可能有"戏"。换言之,如果缺少"白马解围",张生就不可能与剧中其他主要女性人物发生交集,男女授受不亲,普救寺内各走各路,各吃各饭,如此而已。上引董每戡的分析,可谓抽丝剥茧,环环相扣,戏剧行为的肌理脉络十分清晰。原书在此基础上还有更为细致详尽的阐释,相当精彩。

不宜将戏剧的"主脑"理解为"主题"。"主题"是不同文体都会有的,在很大程度上,除戏剧以外,"主题"与"主脑"对于绝大多数文体而言起码是近义词;但戏剧不同,戏剧的"主脑"不一定是"主题",因为戏剧的"主脑"具有"发动机"功能,其功能性很突出,却不一定非要担负起揭示"主题"的责任不可。一部戏剧如同一台机器,一定要"动",不动就没"戏";而要让整台机器动得起来,倒是非要有"发动机"不可,这就是董每戡和李渔这样的戏剧行家十分重视《西厢记》里"白马解围"的戏剧功能的原因。阐释剧本,找不到"动力源",就会徒劳无功。

3. 没有"阻碍"就没有戏剧,合乎生活逻辑和历史逻辑地呈现"阻碍"是戏剧家的必备手段。

董每戡明确指出:"戏剧不同于其他文体……戏剧必须写'阻碍',也即'矛盾',要不,平铺直叙,生活中本有矛盾也只轻轻带过,在舞台上就难以动人。当然,矛盾不是作者硬制造出来的,凡生活都像一条溪流,绝不是一池死水。活泼泼的溪水流过之处,必有一些小石子、大石头阻挡着,不那么畅通无阻,遇上小石子,可能逗起一些涟漪,碰上大石头,就激出一些浪花,涟漪和浪花,都是矛盾的结果,但正是生活的美。戏情必依据人的生活,有生活才有戏,生活上出现矛盾,由矛盾产生了'危机','危机'之来临和解决,都须合情合理,符合于生活逻辑。"① 董每戡在分析《西厢记》里的"阻碍"时,自然聚焦老夫人,认为"白马解围"之后,老夫人不兑现承诺,一再赖婚,是有其生活逻辑和性格逻辑的,而且,在深入分析时,董每戡进一步指出唐代郑、崔均为大姓显族,老夫人姓郑,莺莺小姐姓崔,老夫人看不起白衣张生,还有着深刻的历史逻辑。

董每戡具体分析了剧情从"寺警"逐步演化到"请宴"、"赖婚"的内

---

① 陈寿楠、朱树人、董苗编《董每戡集》第二卷《五大名剧论》,第179页。

在"戏路"，写道："'寺警'固然是全剧的主脑，'赖婚'则是具极大关键性的戏，……'寺警'只是'突如其来'的外部矛盾，在现象上很凶恶，相反，在实质上是张、崔婚姻瓜葛之因，也就是若无'寺警'，哪来这个'倚翠偷期'的故事？'请宴'则不同①，是内部矛盾，在现象上看起来不激烈，实质却是婚姻问题上的大障碍，这个障碍之所以必有，不全由于老夫人的个性来，它有'根深蒂固'的社会根源，和当时那个特定的历史环境的社会生活关系分不开。"② 戏剧中的"阻碍"或"矛盾"，除了有小障碍，还有大障碍；其生成的原因除了有外在的、突发的矛盾，还会有内在的、深层次的矛盾；除了有生活逻辑，还会有历史逻辑，如果能够一一借助舞台手段揭示出来，这样的戏剧就会有出人意表的深度。同时，只有将外在的矛盾与内在的矛盾沟通起来、交错起来、纠缠起来，深谙此作剧之"法"，"戏"才会充分展开。

这就是"戏"和"法"的辩证关系。

三、董每戡阐释剧本的着眼点是谈论戏剧的"公约数"

董每戡自觉地与"历来的词曲研究家"划清界限，其心理动因是自己阐释剧本之着眼点与"历来的词曲研究家"有着根本的区别。且看他如何表达对"历来的词曲研究家"的不屑。

他在《西厢记论》里有一个观点是相当自信且十分得意的，就是认为在"西厢私会"之后、"长亭送别"之前老夫人再一次赖婚。董每戡重视戏剧里的作用力与反作用力的"对撞"，他尊重剧情的实际，提出"赖"是最大的"障碍"，这个"赖"字并没有随着"长亭送别"而消失，相反，老夫人以一种更为狡诈阴沉的方式继续赖婚，明里是"许"，实质是"赖"。董每戡引用了老夫人此时对张生说的一段话："好秀才呵，岂不闻'非无王之德行不敢行'？我待送你去官司里去来，恐辱没了俺家谱。我如今将莺莺与你为妻，则是俺三辈儿不招白衣女婿，你明日便上朝取应去。我与你养着媳妇，得官呵来见我；驳落呵，休来见我。"董每戡在此处"敲黑板"："注意，这儿老夫人说的最末两句话，不，实则十分重要的只最末了一句话。可笑历来的词曲研究家们居然不稍予深思，竟也会相信老夫人不是在'耍花

---

① 笔者按：此处"请宴"实指《西厢记》第二本第二折至第三折的内容，含有"赖婚"。

② 陈寿楠、朱树人、董苗编《董每戡集》第二卷《五大名剧论》，第190页。

枪',诚信许婚了。读者试想想看,真正的许婚,哪能有这样许法的?真正许婚的人纵怕张生此科落第,定要他赶快回来结婚,并等待下一科再去应举。……真心诚意许婚的人绝不会说出'驳落呵,休来见我'的话。"① 董每戡认为老夫人此处是"明许暗赖",是有充分依据的,他顺着"寺警"、"请宴"、"赖婚"以至"传简"、"偷期"、"拷红"、"饯别"等情节线索,看出一直在关键之处左右剧情演化的就是老夫人的"赖",这就是戏剧家眼中的"戏情戏理",而"历来的词曲研究家"却无此敏感,也无此意识。

在《五大名剧论》里,董每戡以自己的戏剧家之眼不仅揭示出许多名剧里的奥妙和经验,也点出了一些名剧里的败笔和缺陷,对《西厢记》里张生的某些轻浮举动,对《长生殿》里后半部分的松散拖沓,均有批评。这些也是过去的"词曲研究家"没有提出过的。

"就戏论戏"是董每戡的一个核心主张,表面上,没有故作惊人之语,像一句大白话,可是,要是回顾中国戏剧学走过的漫长路程,要是明白曾几何时"曲学"一统天下,要是知道高明如王国维尚且与传统"曲学"拉不开距离,就可以深感董每戡的"就戏论戏"意涵丰富,具有方法论意义,且对于戏剧批评和戏剧创作均有重要的启示。

需要说明的是,本文并非片面否定传统"曲学","曲学"有不少值得借鉴的学问和真义。可是,"曲学"的确有严重的缺陷,具体表现是说"曲"不说"戏",重"曲"不重"戏",见"曲"不见"戏"。重温董每戡的戏剧见解,反观当下的戏剧批评和戏剧创作,我们固然不会满足于"就戏论戏",但是,如果不"就戏论戏",失去共同讨论戏剧的前提,戏剧又如何能够满足舞台的需要呢?

董每戡阐释剧本的着眼点已经成为我们今天谈论戏剧的"公约数",其理论价值和实践意义均不可忽视。

(原刊于《文化遗产》2023 年第 4 期)

---

① 陈寿楠、朱树人、董苗编《董每戡集》第二卷《五大名剧论》,第 217 页。

辑三　岭南人语

岭南文史大家黄佐的史识、理学与诗文创作

黄佐（1490—1566），字才伯，号希斋，一号太霞子，晚号泰泉先生。广东香山人。

黄佐是一位传记见于《明史》的广东人，是岭南著名的学者，更是岭南文化的重要代表人物。

黄佐生活在明代风云变幻、国运多故的时期。正德朝的败政、嘉靖朝的乱政，黄佐均亲眼所见，且有切身感受；他的仕宦生涯起起落落、波折不断也与朝政的颠颠倒倒、阴晴不定密不可分。

黄佐天资聪颖，著作等身，勤奋自励，终生不倦，集理学家、文学家、史地学家于一身。其门生多岭南才俊（如著名诗人欧大任等），而其影响又远播岭外，却是一位今天仍被低估了的文史大家。

一、黄佐的家世与人生遭际

黄佐祖籍香山（今中山市）仁厚坊（黄佐《乞恩休致以便侍养疏》自称"原籍广东广州府香山县人"）。兹据黄佐《郡志自叙先世行状》及其门人黎民表《泰泉先生黄公行状》对其家世做一介绍。

黄佐先辈原为江西筠州（今高安市）人，本在元朝为官，后南下广东珠三角，其中黄洙兄弟一支落籍香山，是为黄佐的先祖。

黄洙之二弟黄泗（1381—1450）是黄佐的曾祖父，在香山多有善举，以仁厚慈爱著称。

黄佐祖父黄瑜（1426—1497），字廷美，号双槐，人称双槐公。年二十，师从广东名儒、番禺人陈政（1418—1476），习经学，熟读《易经》《尚书》《诗经》《礼记》《春秋》等典籍。官至长乐知县，其学问与品行均受人敬重。黄佐八岁时，黄瑜去世；黄佐自小得到祖父训导，打下学问基础。经学是黄氏之家学，黄佐日后成为经学家，良有以也。

黄佐父亲黄畿（1465—1513），字宗大，初号清虚子，晚号粤洲，人称粤洲先生。黄畿深谙理学，学养丰厚；虽无功名，绝意仕进，但勤学不倦，

晚年犹精于"易学"。同时，喜爱庄子、屈原作品的风格，作文有汉魏古风。黄佐于文学方面深有造诣，与其父的影响是分不开的。

黄畿娶其父之老师陈政的次女为妻，是为黄佐母亲陈氏；陈氏身为女子而"通经史大义"，也可谓才智出众，此与黄佐外祖父陈政的家教密切相关。

作为黄畿、陈氏的独生子，黄佐于明孝宗弘治三年（1490）出生于广州承宣里（黄瑜早年在此处置业）。出生之后，黄佐得到祖父、父亲的悉心教养。家里客厅挂有宋代大儒二程（程颢、程颐）及朱熹等先贤的画像，庄重高雅，黄佐在这样的家庭氛围里成长，随着年岁的增加，黄佐以宋儒为楷模，已成心中志愿，这对他日后在理学方面的立场有着不可忽视的意义。

黄佐出生于弘治朝，完整地经历了正德、嘉靖两朝，并与世宗皇帝在同一年去世（黄佐卒于嘉靖四十五年七月，世宗皇帝卒于嘉靖四十五年十二月）。史学家有一个说法：明朝的灭亡要追溯到嘉靖帝（胡凡《嘉靖传·后记》，人民出版社，2004年）。此说颇有眼光，而黄佐正是以他走南闯北的经历见证着明朝统治的历时性"恶变"。

我们不妨结合《明史·黄佐传》及其他相关史料简单描述一下黄佐的主要人生遭际：

明武宗正德五年，黄佐举乡试第一。

正德八年七月，黄佐由父亲黄畿陪同，启程北上，准备参加会试；途经仪真（今江苏仪征市），时在十月，黄畿不幸病故，黄佐不得不扶柩而还，其上京赴试可谓半途而废。

正德十五年，黄佐抵达京师，再次赴试，经历一番周折，方被允许参加预试，最后被评为第十八名，获得廷试资格。不巧，明武宗"南巡"刚返京，过度劳顿，廷试延后；而武宗于次年驾崩。在正德朝，黄佐失去了父亲，也错过了赴试机会。于黄佐而言，正德朝时期是他的一段刻骨铭心的挫折史。

待明世宗嗣位后恢复廷试，黄佐廷试顺利，举进士，选庶吉士（黄佐《乞恩休致以便侍养疏》称"由正德十六年进士改翰林院庶吉士"）。

嘉靖初年，黄佐授编修，上《新政要务疏》《修举新政疏》，其政见未被朝廷接纳，但引起同僚的重视。我们从他的奏疏题目可以看出，黄佐对"嘉靖新政"一度是有所期待的。

嘉靖二年，朝廷册封朱彦滨为南渭王（治所在湖南永州），命黄佐参与册封事宜，黄佐遂以岷府副使身份南下；趁便在杭州与同窗梁焯相会。梁焯是南海人，又是王阳明弟子，此时王阳明丁忧，在绍兴家居；由梁氏中介，黄佐到绍兴拜会王阳明，二人相谈甚欢，黄佐在绍兴逗留七天，与王阳明论学，虽见解并非完全相合，但王阳明视黄佐为"益友"。黄佐离开绍兴后，继续南下，又趁便回广东省亲。册封完毕，黄佐于嘉靖三年返回京师。

回朝后不久，黄佐出任督广西学校官，赴桂林。得知母病，不得已而擅离职守，惹出官场风波，时任广西巡抚林富为其辩诬，始得致仕回乡，侍奉母亲。

黄佐家居期间，建粤洲草堂（后改名粤洲书院），授徒讲学；其理学以宋儒二程（程颢、程颐）及朱熹为宗，认为"朱子有万世之定论"，其与王阳明论学有不甚相合之处，盖源于此。

嘉靖十五年，朝廷有启用黄佐之议，且此议是由嘉靖皇帝提出，认为黄佐是"翰林旧臣"，可重新启用，当时大学士夏言、顾鼎臣等附议，认为"佐实可用"，朝廷授黄佐翰林院编修、左春坊左司谏之职。

嘉靖十九年二月，黄佐抵达京师供职。三月，任经筵讲官。是年冬，朝廷命黄佐掌南京院事。嘉靖二十年，黄佐奉命前往南京赴任，便道回粤省亲，五月抵家；九月，携母陈太孺人启程赴南京。嘉靖二十一年春，黄佐携陈太孺人抵达南京。黄佐于此年删改《革除遗事》（原为十六卷，删改为六卷），是书为记录建文帝在位时期历史的著作。嘉靖二十二年，居南京；其间，曾上北京，接受升为"南京国子监祭酒"的任命，然后回到南京；是年，在多人协助下完成《南雍志》（凡二十四卷）的撰写，此书为记录明代太学教育制度的著作。嘉靖二十三年，积多年努力，撰成《乐典》三十六卷；同年七月四日，陈太孺人病卒南京，黄佐扶柩返粤。嘉靖二十四年十一月二十六日，黄佐将父母合葬于白云山聚龙岗。

嘉靖二十六年，黄佐进京，本来被授予"少詹事兼翰林院侍读学士"之职，抵京后谒见辅臣夏言，二人言谈间政见发生分歧；此时，吏部左侍郎一职缺员，黄佐本有机会补缺，但遭人诬陷，夏言是主其事者，因与黄佐发生过龃龉，亲手阻断黄佐的官路。黄佐不予争辩，返粤。

嘉靖二十七年至嘉靖四十五年，黄佐居家，除讲学外，撰成《罗浮山志》（凡十二卷，多位门人出资付梓），主持编撰《广东通志》七十卷（黄佐于嘉靖三十九年为此书作序）。此外，众弟子多年记录的黄佐言论集《庸言》十二卷刻成于嘉靖三十一年，门人黎民表为后序；此书所录言论，起于嘉靖九年黄佐弃官返乡讲学之时（时年四十一岁），讫于嘉靖二十八年（时年六十岁）。

嘉靖四十五年七月二十六日夕，黄佐病卒。此时，北京的明世宗刚届六十岁，已经进入身体病废之时，与黄佐之死相隔约五个月，"驾崩"于乾清宫，"嘉靖时代"也就宣告结束。

纵观黄佐一生，虽然有过断断续续的仕宦经历，但他毕竟是一位真正的学者，而不是官僚。他是父母的独子，在父亲客死异地之后，黄佐在很多时候每每以母亲之安危为最大的心事：在桂林期间，为了返家侍奉患病的母亲，不惜弃官而去；在赴南京任职之际，考虑到母亲年事已高，为免两头牵挂，干脆带着母亲到南京赴任，终至于在异乡护送母柩而归。黄佐作为一名儒者，一位经学家，一直践行着"孝亲"的准则，在这一方面，他是坚守着"先知后行，知行合一"的行为规范的。而他不知疲倦的讲学和著述，更是体现着一种孜孜以求、诲人不倦、藏诸名山的学识和气度，惠泽后人，精光不灭。

黄佐的《泰泉集》是其主要著作，今有陈广恩点校本（凤凰出版社，2021 年）。本文论及黄佐的诗文，主要依据此点校本，谨此说明。

二 、 黄佐眼中的"明史"

正德、嘉靖两朝更替之际，黄佐正在北京，等候廷试。我们可以借助黄佐的一些作品来了解他眼中的"明史"，去寻找在翻阅清代官修《明史》时不一定读得出来的某些感觉。

黄佐有一首诗，诗题是《伏读嘉靖登极诏有述》。论诗，自然是"颂圣之作"，但考虑到黄佐成长于正德朝，即从 17 岁到 32 岁，亲眼所见正德皇帝长年荒淫废政的局面，心中充满着愤懑与失望，而新皇帝登基，作为一个已经步入中年的学者，黄佐不禁怀抱着改革积重难返之弊政的愿望与期待，他期盼着"皇穹新泰运"，希望新皇帝带来新气象，"奸如转石去，贤用拔茅荐"，"鸿猷悉以举，丕构从此奠"。当时，嘉靖皇帝 15 岁，正是青春少年，引发黄佐的想象，他满怀希望，希冀着"煌煌嘉靖治"，"宜民见通变"。而嘉靖皇帝的《登极诏书》里也不太客气地指出"皇兄大行皇帝"即正德皇帝"励精虽切，化理未孚。中遭权奸曲为蒙蔽，潜弄政柄，大播凶威"，声称"兹欲兴道致治，必当革故鼎新"。黄佐的《伏读嘉靖登极诏有述》，记录了他阅读《登极诏书》后的兴奋与感想。读这首诗，一方面可以了解少年天子登基之际，是激发出不少国人尤其是读书人的政治热情的，他们见惯了正德朝统治的腐败和风气的恶化，都盼着有机会重整乾坤，扭转颓势；另一方面，如果结合黄佐日后的漫长经历来看，则又是另一番情形了：原来，那一位他一度寄托了政治理想的嘉靖皇帝在其 45 年的皇权统治中一步一步变得沉迷道术、荒唐纵欲、远离朝政，可以想见，黄佐一年又一年地看在眼里，是如何的痛心，何等的失望！直到生命的终点，黄佐仍然没有见到不断沉沦的大明皇朝会有任何起色，就这一点而言，他所见到的"明史"正是从正德朝演进为交织着空前的财政危机和严重的政治内耗的嘉靖朝的历史过程。

承接着上述话题，我们不妨再看看黄佐在嘉靖初年给朝廷写的奏疏，其中，有一篇《新政要务疏》（见陈广恩点校本《泰泉集》卷十九），先是提到自己曾亲眼见到嘉靖皇帝的"御笔"，称"宸翰字画端劲，与同馆诸臣莫不拜手稽首，钦羡以为真得心正笔正之意。"继而写道："时方更化之初，陛下以务学为急，以正心为要，形见于外者如此，则正朝廷以正百官，万民无往而不正矣，岂非万世无疆之休乎！"话虽这么说，黄佐上疏是为了劝诫这位才 15 岁的皇帝不要在冬季取消"经筵日讲"。原来，嘉靖元年十月，司礼监官传来圣旨："免经筵日讲，待明年二月内来说。"黄佐得悉后，觉得不是滋味，认为"新政要务"之一就是皇帝要勤于学习，"养其道心"。黄佐在该奏疏里说："臣伏读国史，钦惟我圣祖高皇帝日御殿阁，令儒臣讲读书史。"而坚持"经筵日讲"是为了以"道心"抑制"人心"，黄佐引用了朱元璋的话："人心道心有倚伏之几，盖人心萌则道心息，必读书穷理以养之。久则随所意欲，莫非义理，虽有人心，亦化而为道心矣。"以此来激励皇帝持之以恒地研习书史，并寄托着自己的史识。此奏疏作于嘉靖元年十月，可见黄佐是在司礼监官传达圣旨之后不久写的。

黄佐终其一生，目光离不开正德之败政与嘉靖之乱政，两个时期相加，长达 60 年。虽然上述《新政要务疏》并没有被皇帝接纳，但也并非毫无作用，起码，皇帝记住了翰林院曾经有这么一位黄佐，于是，就有了上面介绍黄佐人生遭际时的一个"事件"：到了嘉靖十五年，嘉靖皇帝提出启用黄佐之议，他记得黄佐当年是"翰林旧臣"，可重新启用。嘉靖皇帝虽不爱学习，但他读过黄佐的《新政要务疏》，还是留下不错的印象的。

三、黄佐的理学及其与王阳明的交往

了解过黄佐的人生遭际后，我们可以明白，黄佐的家学是经学，黄佐治经是下了很大功夫的，比如，他著有《诗经通解》《泰泉乡礼》《乐典》等经部著作；从经学出发，黄佐尊崇宋儒，尤其是二程和朱熹，进而潜心于理学，成为一代理学大家。

黄佐的理学除了出自家学渊源之外，不可忽视的是，他显然又受到朱元璋的理学倾向的影响，观上述《新政要务疏》可知，他引用朱元璋的"人心道心有倚伏之几"一说，他劝诫嘉靖皇帝用心学习，其实，主要的是学习理学。从这个角度看，黄佐的理学是带有一定的政治功利目的的。

元杂剧里有一句套话："学成文武艺，货与帝王家"，虽是戏曲里的常用语，却也反映出古人尤其是知识分子的普遍心态，黄佐也不例外。他眼见着明朝政治日趋腐败，人心愈益险恶，就嘉靖朝而言，震惊朝野的"血染左顺门"事件，以及"广选秀女"、"壬寅宫变"、"严嵩专权"等等，无不是"人心"变坏的表征，黄佐是这一系列事件的"时空伴随者"，目睹与耳闻，数十年来连续不断，这对于一个正直的知识分子来说，对于一个有政治抱负的读书人而言，都是焦虑在心头的。这是黄佐之所以潜心于理学的时代背景。

黄佐的理学文章有若干篇，如《才德论》《省心论》《性命论》《用世论》《寡欲论》《内外合一论》等。

黄佐理学是以儒家"内圣外王"论为核心的，如《内外合一论》开篇即道："儒者内外合一之学，非徒成己成物而已。内圣则道体以尽性，外王则行道以辅君，必也博学穷理而约诸性乎！"可别以为这是老生常谈，接下来黄佐所要表达的论点是一层一层推进而很有自家的见地的："继善之初，命于天而至无，成性之后，发于情而至有，是故吾心本有良知，乃性之牖于天者所谓故也。"这是对"人之初，性本善"的阐释。可是，不能停留在"性本善"的层面，因为这是儒家的一种"人性预设"，顶多算是"出厂指标"，而不能保证日后固定不变的。黄佐进而指出："惟夫时习旧闻，融汇贯彻，学以复其初，思以致其明，则本体常顺，而义理自旧生新，日知其所无，性可得而尽也。"黄佐提出了"本体常顺"的目的论，而要达到这一目的，具体的日常操作是"时习旧闻，融汇贯彻，学以复其初，思以致其明"；更有意思的是，黄佐揭示了理学的运行法则，即理学不断获得生机的契机就是"自旧生新"，所谓"旧"是千古不变的法则，而所谓"新"是对法则的随时随地的运用，"旧"与"新"形成了一种辩证的关系，在这里"随时随地"内含着运用过程中的"机变"，这才是"自旧生新"之"生"的动力所在。此乃黄佐理学内含着辩证法的一个具有独创性的重要表述。因此，黄佐所谓"内外合一"，是动态的，是因应着"随时随地"的具体情形而历经"自旧生新"之后呈现出来的。这就与那种僵化的、一成不变的道学思维区别开来了。

黄佐的理学固然属于"形而上学"，可是，他没有仅仅在"形而上学"层面上来运思，而是牵涉着、考虑着实际问题。如《才德论》，这个题目本来是一个老问题，魏晋时期的玄学盛行"才性论"，其实就是"才德论"。话题由三国时魏国的曹操引起，曹操用人奉行"唯才是举"原则，即只看"才干"，不问"品性"，这就引出了对"才"与"性"一系列关系的讨论。所谓一系列关系，即才、性同还是才、性异？才、性合还是才、性离？换言之，关于才与性的关系，就有同、异、合、离四种理解；前两种理解属于本体论范畴，后两种理解属于功能论范畴。这些不同的理解构成了魏晋时期关于才性论的大讨论和大争辩。这是一个现实社会的实际问题，设计到如何选拔人才的理论问题。再看黄佐的《才德论》，尽管明代有科举考试，看似是选拔人才的主要通道，可是，就算科举制度选拔出来的人，也还是存在才与性的关系问题，科举制度本身没有真正终结或解决"才性论"的讨论。黄佐写作此文，仍然有着现实意义。黄佐认为："端天下之本，存乎德；治天下之事，存乎才。才者，德之资也；德者，才之帅也。"可谓言简意赅，直截了当。黄佐强调，"德者，才之帅也"，即在才与性（德）的关系上，起决定作用的是性（德）。德才兼备而以德为先，方能"治天下之事"。其结论是："学于古训以致知，则才日长矣；笃于自修以成身，则德日进矣。德与诚立，则天下之本端；才与诚立，则天下之事治。"这番话，是有针对性的。在才、性（德）之外引入一个"诚"字，是很有见地的。黄佐长年观察正德朝、嘉靖朝的政治，当时的官僚阶层，多小人得志，无"诚"可言，而正义难以伸张，导致朝政颠颠倒倒，社会动荡不安。而"诚"与"天下为公"相通，要正本清源，就不得不以"诚"来收拾"人心"。黄佐的《才德论》别开生面，是超越了魏晋时期的才性论的。

《明史·黄佐传》记黄佐曾与王阳明相会，"与论知行合一之旨，数相辩难"。黄佛颐《文裕公年谱》记载，嘉靖二年（癸未）冬，黄佐到杭州，与在杭的同窗梁焯（字日孚，南海人，王阳明弟子）重逢，由梁焯做中介，到绍兴拜访王阳明。黄佐与王阳明论及良知话题："公（黄佐）曰：'知犹目也，行犹足也。虽乃一时俱到，其实知先行后。'王公曰：'君太信宋儒。'公曰：'知之非艰，行之惟艰，岂宋儒耶？夫子亦曰知之未尝复行也。'王公叹曰：'直谅多闻，吾益友也。'"此外，黄佐弟子编写的黄佐言行录《庸言》记黄佐自己的说法："癸未冬，予册封道杭，会同窗梁日孚，谓阳明仰予，予即往绍兴见之。"（见黄佛颐《文裕公年谱》所引）综合以上三条材料看，这一次的会见，是黄佐生命史上的重要事件。从黄佐的语气看，王阳明知道黄佐其名在先，且与梁焯提起过，这才有"予即往绍兴见之"的故事。黄佐是奉行"正心诚意"之道的，他的话大体可信，则可知黄佐于嘉靖二年已经在江浙一带有了一定的名声，连大儒王阳明也知道黄佐其人。至于二人相见时"数相辨难"，是学者之间的切磋与商量，可视为儒林雅事。

《庸言》还记载黄佐自述他与王阳明的另一次相见："阳明王公平八寨，驻广，予已金臬江右。时开讲，官民毕集，折简招予。予往见，大喜曰：'昔与尊兄论良知。兄言明德则良能可兼，已作敷文书院对联矣，曰欲求明峻德，惟在致良知。'予曰：'明德即是良知，所谓灯即是火耳。'"（见黄佛颐《文裕公年谱》所引）所谓"予已金臬江右"，即黄佐当时被任命为江西（江右）按察司金事（黄佐其实在江西染病，没过多久就返回广东，见《答王阳明书》："六月中，始往江西，会病不可愈，乃挂冠而归"），而此时王阳明奉命巡抚两广。查《王阳明年谱》（《王阳明集·附录》，中华书局，2016 年），嘉靖七年六月，王阳明在南宁，兴办学校，说："理学不明，人心陷溺，是以士习日偷，风教不振。"《年谱》载王阳明"日与各学师生朝夕开讲，已觉渐有奋发之志"；黄佐在《庸言》中转述王阳明提及的"敷文书院"即在广西。而这一次的黄、王相会，极为难得，因为王阳明在与黄佐见面过后不久辞世（王阳明卒于嘉靖七年十一月二十九日）。原来，王阳明来到南方，"为炎毒所中"，病情较重，估计他与黄佐相见时已经是疾病缠身，在某种意义上说，他约黄佐来见，已有告别之意。

黄佐的《答王阳明书》颇为值得注意，信中以王阳明为自己的师友，言辞亲切。从信中得知，王阳明曾写信给黄佐，并赠送王氏《家传》及新刻的《传习录》。黄佐在信里说："执事之致良知者，就偏箴切，真所谓良药也。佐亦颇有所知，惟恐知而不行，有负明训，但病不能躬诣台下请教耳。"从语气看，此信似乎写于黄佐与王阳明在南方见面之前，原因是黄佐病了，暂时不能践约。如果《庸言》所记黄佐之言属实，则黄佐所说"予往见"是在这封信发出之后、黄佐病情好转之时。黄佐在理学方面与王阳明多有往还论辩，于明代理学史而言，洵为一件不可忽视的大事。

明末清初大儒黄宗羲对黄佐相当推崇，他在《明儒学案》中专列"泰泉学案"，认为黄佐治学"以博约为宗旨。博学于文，知其根而溉之者也；约之以礼，归其根则千枝万叶，受泽而结实者也。博而反约于心，则视听言动之中礼，喜怒哀乐之中节，彝伦经权之中道，一以贯之而无遗矣。盖先生得力于读书，典礼、乐律、词章，无不该通，故即以此为教。"黄宗羲关注黄佐，是因为他认识一位广东籍的朋友韩上桂，韩氏说："吾乡黄才伯，博物君子也。子何不读其集乎？"（《明儒学案》卷五十一《诸儒学案·文裕黄泰泉先生佐》）可以想见，黄宗羲是读了《泰泉集》之后方知道广东原来有这么杰出的学者，以至于要为他撰写学案。

四、黄佐的诗文创作

黄佐不以文学家名世，而其诗文创作也相当可观。

他的父亲黄畿喜爱庄子、屈原，作文摆脱八股习气；他的母亲是广东大儒陈政之女，也是教养有素，父母的学养和爱好自然对黄佐深有影响。黄佐《郡志自叙先世行状》称其父除精研《诗》《春秋》二经之外，作文自有面貌，"涤去举子陈陋习，务追《庄》《骚》，薄坟典，奇峭天出。"又说："佐自幼知读书，先考（父亲）躬教之。"平时，黄佐动笔写作，其父在旁指点，获益良多。黄佐善于学习，不仅受益于庭训，也得到同时代年青俊杰的启迪，这一点他是有自觉意识的，在《郡志自叙先世行状》中他就特别提到"正德之末，始入翰林，获与一代之英游焉"，相互切磋，学问与才华也逐渐成熟起来。

先谈一下黄佐的文章。

黄佐的文学性较强的文章可以他所作的"记"为代表。黄佐的"记"类文章，数量可观，而写法不一，十分灵活；同样是"记"，每一篇各有法度，可令读者领悟样式多变的为文之道。

比如《孤忠祠记》，大开大合，将明代洪武至永乐间的一段历史融汇其中，而又着眼于广东的忠臣义士，顺带把自己童年时受父亲教诲的一件往事牵合起来，可谓宏大叙事与微观描述相结合的典范。且看文章是这样开头的：

> 明兴近二百年，人文蔚然盛矣，独金匮石室之藏，虽博洽者罕知之，以故忠义迈行之臣，或幽焉弗闻，或闻焉弗遇，其人则亦终无所于阐。

题目是《孤忠祠记》，可黄佐先不提"孤忠祠"如何如何，一上来就说尽管明代开国以来的人文著作"蔚然盛矣",可是,有一些相当重要的人物的事迹却被"遮蔽"了,以至于博学多闻的人也知之甚少。为什么会被"遮蔽"?黄佐在下文没有明确说,但读者自可在字里行间得出答案。因为,下文所提到的人物其实是在建文、永乐"权力更替"的历史转折中站在永乐皇帝的对立面的"忠义之士",也就是跟反对朱棣篡权的方孝孺站在同一阵线的人,本文所提到的是一位广东人,原籍归善(治所在惠阳,今属惠州市),名王度,字子中,官至按察使,于壬午年(建文四年)七月因"党祸"(即文中提及的"孝孺党")被满门抄斩,"公死,年四十有七,天下哀之"。此前,"(壬午)夏五月,凤阳不守,方孝孺等与公画策,以死社稷为言";等到朱棣于壬午年六月夺得政权后,随即在七月灭掉"异己",王度就与方孝孺一样成为明代的建文朝的"牺牲品"。而在黄佐眼中,像王度这样的人就是"忠义遒行之臣"。于是,黄佐在文中发出无限的感慨:"嗟乎!五岭以南,其地万里也,振缨以求显庸者,又亡虑千百,而公一人奋其间,岂非鲜哉!"同时指出,王度的忠义精神是岭南人的骄傲,并暗示王度的事迹之所以少为人知的原因:"公既受知于时也,天步颠沛,忍视其倾,无可退之义矣。死忠徇国,固其所也。世之论者顾以天命不度诮公,又湮其迹弗求,何哉?"黄佐在这里使用"天步颠沛"来暗中指责朱棣的篡权行为,是相当大胆的,以"忍视其倾"来形容建文朝被永乐朝取代而导致的社会危机,也是十分痛心的。文章最末一段:

> 今提学副使欧阳君铎、惠州府知府顾君遂始建祠祀公,颜曰"孤忠"……阐幽妥灵,其关于名教甚大,非特公之遇而已。故予不敏,乐记其成。

作者至此才点题,与题目《孤忠祠记》相呼应。文章不长,而意蕴丰富,虽避免"直露",不无"曲笔",但意思显豁,并不难懂,作者的是非爱恨也就隐藏在字里行间。更为难得的是,黄佐在文中描述了一段自己的童年往事,甚有韵味,使得文章更加耐读:"佐幼时侍先君,闻洪武末年事缕缕,且曰:'吾广惠州有一人焉,官为御史,其姓名则遗之矣。'因潸然出涕曰:'呜呼!忠义,人伦之正也。秉彝好德,天衷之公也。顾泯没若此,为善者惧矣。小子识之,他日蕲有徵焉。'佐谨寘于怀,弗敢忘。每询诸惠人,莫能道也。及待罪史馆,得中秘书参互考之,始闻其概云。"这段文字十分重要,内含如下几个要点:其一,王度的故事,自己的父亲是知道的,而且一说起来就容易动感情；其二，父亲就是以王度的事迹为例子，教育儿子何为"忠义"，何为"人伦之正"；其三，王度的事情，属于"敏感话题"，一般人不清楚，父亲虽知有其人，而不知其人的名字（也有可能是父亲知道，但考虑安全问题，故意隐匿不说），连惠州本地人也"莫能道也"；其四，黄佐从小就留意建文朝末年的惠州义士，后来在京城任编修，有机会接触大内"秘档"，还要将"秘档"里零零碎碎的信息加以"整合"，即"参互考之"，这才得悉当年王度与方孝孺等是如何对抗朱棣的篡权行为的，其中当有很多讳莫如深的惊险故事；其五，黄佐之所以要写这篇《孤忠祠记》，除了应约而作，还有一层不得不说的缘由：即完成了父亲的嘱托，弄明白了王度事件的经过和细节，以此告慰父亲的在天之灵。

而像他的《后乐堂记》《时雨亭记》《金陵徐氏西园记》《思齐堂记》等，不定于一式，笔法灵活而圆熟，不枝不蔓，又意趣横生。限于篇幅，就不再一一做具体分析了。

此外，黄佐的书信、论文、序跋、行状等体，也是畅所欲言，不尚空谈，而每每言辞恳切，要言不烦。

下面再谈谈黄佐的诗歌创作。

黄佐诗作每每流露出浓烈的家国情怀，这与他从小受到父亲的"忠义"教育密不可分。如本书选录的《厓山怀古六首》之四：

> 两厓形胜自天开，夺港犹思卷土来。
> 千古海陵遗迹在，云涛回望重堪哀。

这首诗，令人想起晚于黄佐的另一位广东人陈恭尹（1631—1700）的《厓门谒三忠祠》："三木萧萧风又吹，两厓波浪至今悲。一声望帝啼荒殿，十载愁人拜古祠。海水有门分上下，江山无地限华夷。停舟我亦艰难日，畏向苍苔读旧碑。"厓门，在新会县南，自南宋末年以来，便是汉族民众的伤心之地。南宋最后一个皇帝赵昺（时年 8 岁）与一众大臣被元兵追杀，一路南下，最终来到新会的厓门，后无退路，前有大海，左丞相陆秀夫背负小皇帝投海殉国，标志着南宋政权的最后覆灭。将陈恭尹的诗与黄佐的诗对读，这二位一个是清朝人，一个是明朝人，而他们的"家国情怀"是相同的，黄佐眼中的"千古遗迹"与陈恭尹所见到的"厓门旧碑"，都隐藏着一段挥之不去的痛史，都借诗作流露出吊古伤今的情怀。我们还可以看到，黄佐有抱负，有见识，更有史家意识和政治眼光，在他的诗中，又不乏充满血性、歌颂正气之作，如《五坡岭文山丞相表忠祠》："间关炎岭奋霓旌，谁道平胡竟不成？三户有人消楚恨，八公无险慑秦兵。魂随精卫填南海，碧化苌弘向北平。正气到今凝不散，年年花鸟自江城。"诗作颂扬了文天祥抗击元兵的壮烈行为，表达了对以文天祥为代表的忠烈之士的敬仰之情，正气不散，精魂不灭，代代相传，永留人间。将《厓山怀古六首》与《五坡岭文山丞相表忠祠》合看，再联系上文分析过的《孤忠祠记》，可知再黄佐心目中，"忠义"二字重如千钧。这与他作为一位儒者、一名理学家是相互统一的。

黄佐的文章重视细节，其诗歌亦然。他会随时随地观察生活，感发诗兴，将理学家的"格物致知"精神与儒家经学里的"诗教"传统相结合，别开生面，颇见机趣，如他的七言绝句《采莲歌五首》其四："隔花相见两徘徊，荡桨低头笑不来。双栖白鹭忽惊起，遥见浮萍一道开。"读来有民歌风味。

黄佐的诗歌不仅有感而发，而且时有深沉的凝思，如《石歧夜泊》长诗，论诗体是七言古诗，诗题中的"石歧"是香山的文化中心，又是黄佐的故乡之所在，开头"香山秀出南海壖，四围碧水涵青天"二句，将香山（石歧）的地理特征点出，然后，写"渔歌菱唱不胜春，桂楫兰桡镜光里；石歧夜泊白鸥沙，南台缥缈浮梅花"，将石歧作为珠三角的水乡的情景描写得有声有色；又写石歧的富庶景象："竞夸北里量牛马，绝胜西康集凤凰。豪华比屋何须数，海错山珍弃如土。"不过，黄佐笔锋一转，他是儒者，是信奉程朱理学的思想家，看到"豪华比屋何须数，海错山珍弃如土"的情形是乐不起来的，反而增添了思虑和担忧："豪华堪羡更堪悲，零落山丘能几时？"此等危机意识，黄佐诗中也是较为常见的。

总之，黄佐的诗文创作别开生面，富有机趣，具有很强的可读性，且有比较深刻的思想价值。

（原系《香山文脉·黄佐卷》前言，广东人民出版社，2022年，收入本书时改为今题）

林大钦诗歌意趣初探

明代岭南诗人林大钦（1511—1545），诗风独到，承继陶渊明余绪，也呈现个人面貌，二者交织在一起，抒发了其内心超越世俗的生命体验，形成别开生面的诗歌意趣。本文试做初探，敬请读者指正。

一、直面内心的孤独

林大钦是广东海阳（今潮州）人，明世宗嘉靖十年（1531）应乡试，十一年（1532）状元及第；授翰林院编修，目睹权臣跋扈，遂无意仕进，以母老乞归。此后，在家乡讲学，沉潜书卷，怡情山水，赋诗言志，翛然自得。①

生于浊世，有才华而不愿同流合污，内心的无奈与痛苦可想而知。林大钦在科场不可谓不顺利，二十出头，已经状元及第，在当时可算是羡煞旁人，春风得意。可是，进入官场，耳闻目睹，无非骄横跋扈之人，勾心斗角之事，敏感而自尊的林大钦自然产生拒斥心理，而他的洁癖与清高更是令他身处是非之地，深感无所适从，不得不萌生退意，全身而返，使得他一生的"仕途之旅"永远处于"未完成"状态，而他就在此功业"未完成"的状态中自觉而执著地去"完成"其内心的精神探寻之旅。

林大钦清醒地意识到："人事多舛错，百年会多忧。"（《田园杂咏》八首之二）这是他面对现实的一种人生体认。笔者认为，这一人生体认是林大钦在其诗歌创作上的心路历程的逻辑起点。他对世间的污浊有着本能的反感，对蝇营狗苟的世相深恶痛绝；他在内心对自己发出的"指令"是："行行聊自由，苟营非所歆。"（《田园闲居四首》之三）这正好可以解释他乞归的原因。在世上"苟营"的人比比皆是，而"苟营"的背后是那么多的龌龊与算计，是那么多的险恶与风波，这对于有"洁癖"的林大钦来说无异

---

① 参阅《全粤诗》卷253林大钦小传，岭南美术出版社，2009年，第八册，第313页。本文所引林大钦诗歌，均见此书卷253，不另出注。

于难以置身其中的"火坑",多少人在这"火坑"里欲火焚身,而及早抽身隐退,是林大钦的唯一选择。

有"洁癖"是林大钦性格的一个重要方面。他曾经如此来表述自己的"心理镜像":"登高思振衣,临流思洗耳"(《田园杂咏八首》之五);"予本烟萝客,投足净悠襟"(《晨楼》)。不一定要说他自命清高,而更大的可能是污浊的人世激发出他对高洁人格的向往;他有一种"出逃"的心理:"振翼凌云汉,罗者安可寻;冲静得自然,荣华何足歆?"(《咏史六首》之二)这说的是古人,也是在说着他自己。他的乞归,未尝不是"出逃",逃离官场,远离是非,于是,"罗者安可寻"?摆脱"罗者"布下的陷阱,回归天然的自我,在自我的天地里寻求人生的意义。这是林大钦的人生选择。

回到自我的天地,自不免要直面内心的孤独,他选取的路径是要做一个"达人"。其实,做一个"达人"不是很容易的事情,要说没有什么内心的冲突是假的,故而,林大钦也会在其诗歌里若隐若现、时有时无地流露出情绪的波动,以及自己对一时波动的情绪的自我控制。有的时候,一场平常的风雨也能够惹起他面对孤独时的阵阵凉意和丝丝愁绪:"高堂风雨过,五月疑清秋。独坐清尘垢,冥心散远愁。利名今寂寞,出处若虚舟。杳然迷所虑,天地一云浮。"(《雨》)人在世上,"尘垢"、"远愁"是时时会出现的,并非一次过就能够清除干净。在这首诗中,五月的一场风雨突如其来,入夏后的气温忽然下降,顿时感到有如清秋般的凉意;世态炎凉,冷暖自知,正好借着这股凉意将内心的烦闷驱遣一下,适时地在"独坐"的状态中冥思,在冥思中寻求解脱,清除"尘垢",疏散"远愁";而终于体认到"出处若虚舟","天地一云浮",于是从玄虚的哲思中化解内心的不安和郁结。以现代心理学的眼光看,林大钦已经意识到,"达人"不一定是时时"豁达"的,关键在于,他要适时地调整心态,以虚空的心怀去应对困境,故而,他在《达人吟》中写道:"达人能解俗,处世贵藏晖。而我屏心想,颓然任冥微。新沐莫弹冠,新浴莫振衣。污泥出红莲,斯道可同归。"现实的人世,污泥随处可见,虽然林大钦"登高思振衣,临流思洗耳",但是,"红莲"出于"污泥"之中,只要内心有一份坚守,有一份"出污泥而不染"的信念,那么,"新沐莫弹冠,新浴莫振衣",以"和光同尘"的姿态处世,也未尝不是一种更深沉的"洁癖",在"处世贵藏晖"的前提下,做到"达人能解俗"也就不是一件很难的事情了。

二、思索"安命"的方式

孤独感，在林大钦的内心是挥之不去的，可是，正是孤独感的不断萌发，成为他寻求自我修身之道的心理动因。

在孤独中生存，最根本也最简便的方法是"知止"。林大钦对此有着非常清醒的自觉："知止乃不辱，安命故无愁。"（《田园杂咏八首》之二）换言之，"安命"以"知止"为前提。在此前提下，思索"安命"的方式。

"安命"的方式之一，是"衣食聊自须，沌然无外谋"（《田园杂咏八首》之二）。故而，在教书之余，躬耕田亩，不辞农事："种竹幽堪玩，为农道亦臧"；"耕凿人间世，萝苔物外伦"（《柴门遣兴四首》）。而农事关乎气候，唯有气候的变化是林大钦牵挂的大事；比如，天气干旱，影响收成，最是令人焦虑，而一旦天降甘霖，万物复苏，重现盎然生机，却又最是令人喜悦，且看林大钦一首诗的诗题：《久旱伤稼，岁事在夏，一雨滂沱，遂满皋落，农人缔欢，予亦喜万物之得所也》，其中写道："二仪来和泽，百谷腾阳春。绿畴纷华滋，吾圃亦怀新。……得已聊一欢，岂忧贱与贫。大运自还复，群动悲兴隆。耕种移白日，怡然丘圃春。"

他从大自然的变化中感悟出"大运自还复"的道理，既不盲目乐观，也不盲目悲观，一阴一阳，一否一泰，循环往复，无有尽时，故此，只要顺应着天地的"大运"，靠自己的绵薄之力，也能够存活于天地之间，无须"外谋"，不忧贫贱，在"耕种"的劳作中度过一天又一天，在山野与田畴之间怡然于清风之中。于是，"尺籍窥玄化，荒田解岁饥"（《田园杂咏八首》之四），"壶觞时独进，耕凿复忘机"（《归来谣二首》之二），"年来浑无事，犹得寄鱼耕"（《草堂遣兴》），"世事浑如流水过，百年生业寄耕渔"（《漫成》），"今年春穗熟，幸免寒与饥"（《农情》），如此这般，就可以安身立命，无复多求。

"安命"的方式之二，是"闭门寡尘鞅，时读几上书"（《田园闲居四首》之一）。他的藏书不算少："图书余万卷，吟诵自朝昏"（《自嘲》），教书、躬耕之外，有余闲则读书自乐。他读书的目的，除了自乐之外，就是"尺籍窥玄化"，即穿越历史的时空，领悟百年人生的大道，感受圣贤人格的魅力，认知活在世上的真谛："书中见遗烈，往往能起予。有时忽惆怅，起游步荒墟。丘墓在山冈，万代同虚芜。人生终幻化，荣名安所须？已矣齐去来，吾道光如如。"（同上）从这里可以看出，林大钦并非一个天生喜欢隐逸的诗人，历史上的英雄，他们叱咤风云的事迹依然对他有很大的感召力，所以，才会"书中见遗烈，往往能起予"，而且，是"往往"，不是一次两次，可见古人的功业是时时令他感动的，也是令他振奋的。不过，林大钦有一个突出的心理素质，就是情绪的自我调控、自我管理的能力很强，读书而"窥玄化"的意识使得他在更高的哲理层面上加以观察和思考，在"惆怅"之时，步出书斋，走向荒野，穿行于斑斑驳驳的古墓之间，一时亢奋的情绪又得到有效的抑制，经过反反复复的心灵叩问，不得不承认"人生终幻化，荣名安所须"，何况在名利场上，"损益在须臾，变故谁能系"？对于现实的险恶，他有刻骨铭心的惊恐，加上内心的"洁癖"，使得他的思路在转了一个大圈之后又回到人生有限、避祸要紧的体认之上。他认定自己的选择是正确的："已矣齐去来，吾道光如如"。他的另一首诗也说："激发兴亡事，萧条古今愁。华名终寂寞，出处任虚舟。"（《披籍》）纵观历史风云，俯视现实人生，在林大钦的内心深处，赋"归去来兮"的陶渊明始终是他的人生偶像。他向往的生活图景是："园松莫莫云长，北窗落落风凉；五柳先生独卧，一瓢陋巷羲皇。"（《田园乐词四首》之二）古人常说"读书明理"，林大钦的读书正是为了"明理"，"明理"之后，可以在内心的冲突中寻求控制情绪冲动的心理机制。

"安命"的方式之三，是"君子重慎独，恒德终不移"（《感兴十七首》之三）。"慎独"一词，在林大钦的诗歌里多次出现，如"息机绝驰役，慎独乃吾师"（《感兴十七首》之二），"慎独唱真宗，立诚慰素仰"（同前，之六），等等，足见"慎独"是其非常自觉的意识。他巧妙地将内心的孤独感转化为修炼心灵的"慎独"意识，糅合儒家的修身观念与道家的"出尘"意想，如说"心在万物外，身在万物中"（同前，之八），"檐外青山思，人间出世心"（《冬斋书兴十二首》之四），又说"道心信微漠，人欲戒惟危；大哉精一言，悠悠获我师"（同前，之十）；在"慎独"的过程中，一方面，思考个体生命的存在问题："生死道自然，妖寿何足忧"（同前，之十三），"聊当凭天命，委志顺虚无"（《秋夕》）；另一方面，又寻思着在有限的生命里持守儒家的人生理想："何妨与点也，吾意自堂堂"（《柴门遣兴四首》之四），他不在乎"一瓢陋巷"的生活，在乎的是独立的人格与安闲的心境："举世好近热，我独游大荒；蔬食未为恶，独处聊安详"（《飞蛾叹》）；"小屋闲堪赋，云泉意不贫"（《野情》）；"采药情偏逸，吟诗兴未摧"（《闲适》），这种种的表述，大体不出曾点"浴乎沂，风乎舞雩，咏而归"的意趣，故而林大钦才会说"何妨与点也"，这是他对以孔子、曾点为代表的儒家终极价值观的认同。

三、"尘外"的澄明与哲思

就诗风而论，林大钦的作品恬淡而不寡味，内敛而不隐晦。擅长五律、七律，诗体短小灵便，意绪清幽闲雅；造语平易而洁净，运思委婉而深沉。可以说，其诗歌体式变化不多，他的传世作品中没有排律、歌行体这一类大开大合的创作，才气不算充盈，气魄不算宏大。可是，短处往往也可以转化为特色和长处：林大钦的五律、七律，意境澄明，富含哲思，具有耐人玩味的意趣。

林大钦有意学陶，对五柳先生崇敬有加。而且，极为重要的一点是，不仅仅在诗歌风格上学习陶渊明，在为人处世上力求以陶为榜样，出处行藏，的确与陶有好些相似的地方。朱光潜先生在评论陶渊明时说："大诗人先在生活中把自己的人格涵养成一首完美的诗，充实而有光辉，写下来的诗是人格的焕发。陶渊明是这个原则的一个典型的例证。"①尽管林大钦算不上"大诗人"，但是，他也是努力地将自己的人格涵养成一首诗：性情恬淡，蔑视世俗；躬耕田亩，教书育人；不假外求，自食其力；持守谨严，克己慎独；不慕名利，翛然度日。在其身上，隐隐约约有着陶渊明的人格投影。

对于林大钦而言，大自然就是"尘外"的世界，他像陶渊明那样，时刻与自然取得默契，将自己融汇于山水清音之中，如他自己说的："投老衡门不用名，此身长与一鸥轻。浮生扰扰非吾意，底事悠悠空世营。混迹渔樵频自得，凭谁风月竞多清。云白山青共予好，百年怀土迥深情。"(《衡门》)他把对大自然的热爱与桑梓之情结合起来，融合无间，并在这样的情感之中寄托着自己的人生境界："吾乡风俗自淳古，直道时存献亩民。衣服不殊天朴在，藩篱剖析话情亲。粤歌鲁酒春相问，云榻烟蓑老傍人。故凭童冠将桑梓，浴水风雩语性真。"(《吾乡》)在他的心目中，"浴水风雩"的境界洵为人生乐事，追求这一境界，最是儒生本色。

心境的平和与澄明，是林大钦的心理常态。他的人生就在"平常"二字上做文章，在"平常"中发现诗意，在"平常"中感悟人生的真谛。朱光潜先生也认为陶渊明的特色在于："处处都最近人情，胸襟尽管高超而不唱高调。他仍保持着一个平常人的家常便饭的风格。法国小说家福楼拜认为

---

① 朱光潜《陶渊明》，《朱光潜美学文集》第二卷，上海文艺出版社，1982年，第207页。

人生理想在'和寻常市民一样过生活，和半神人一样用心思'。渊明算是达到了这个理想。"[①] 林大钦亦有相似之处，且听他夫子自道："吾生自谓巢居子，绝迹丘园澄物牵。杖履春风禽对语，逍遥日月花晴眠。繁华过眼须臾事，木石无心百岁缘。只此清闲超世网，何须阆苑访神仙？"（《蓬门》二首之二）超越"世网"，不恋繁华，哪怕过的是"巢居"生活，也可以逍遥世上。他还说："寥落生涯一草堂，草衣木食恣安详。烟花已许瀛洲并，日月偏随野兴长。渐止黄鹂将数侣，重来紫燕语青阳。从容久拟陶潜宅，懒懈无心学楚狂。"（《草堂遣兴二首》之一）从这里又可以看出，林大钦甘于过平常的生活，是与一般老百姓有别的，这是他经过慎重选择的结果。他冷眼观人世，其眼光与孔子时代的楚狂接舆、与东晋时代的陶渊明均有相通之处，都是内心有一种"已而，已而，今之从政者殆而"的清醒认识，反正"往者不可谏，来者犹可追"（《论语·微子》），选择"趋而避之"，完全是出于自己对世事的政治判断，这可不是一般老百姓的见识。

正因如此，林大钦在乡间林下一面感受着"平常"的乐趣，一面思索着生存哲学："自厌尘嚣杂，悠然坐碧林。谈玄归造化，守墨慰初襟。""冥搜穷物极，达识探天根。慷慨高歌里，谁能测至言？"（《冬斋遣兴四首》之三、之四）他感觉到自己可以生活在一个"自足"的精神世界里，此处才是自己安身立命的所在："抚几千山暮，凉轩独夜情。净心澄物役，了性到无生。寂寂林云满，悠悠花露清。平生用幽意，非爱百年名。"（《暮》）"穷物极"、"探天根"，这是他的一种"我思故我在"的存在方式，到底他悟到了什么，何为"物极"，何为"天根"，他没有明说，不过，或许他的感悟就在他的一些具象化的诗里，比如，他在《出门》中写道："秋色无远近，出门见寒山。却羡双飞鸟，天空任往还。"或如："秋空无片云，万里照清澈。河汉自依依，诸星向明灭。"（《对月》）心地澄明，思绪幽眇，活得明白，坦荡自如，这就是作为诗人的林大钦的诗化人生。

要而言之，林大钦是一位值得关注的明代岭南诗人，诗风独到。在恶浊的政治环境里，逃离官场，乞归乡里；面对内心孤独，超越世俗，以自己的诗化人生体悟澄明的人生境界，其传世的诗歌作品呈现出充满哲思的诗歌意趣。林大钦的诗歌创作可算是为岭南诗史添上了相当灵动的一笔。

（原刊于《澳门文献信息学刊》总第 5 期，2011 年）

---

① 朱光潜《陶渊明》，《朱光潜美学文集》第二卷，上海文艺出版社，1982 年，第 219 页。

屈大均的时代遭遇、文学创作与学术成就

屈大均（1630—1696），广东番禺沙亭乡（今番禺新造镇思贤村）人。

番禺沙亭，为屈姓族人的聚居之地，也是一个充满着爱国情操与民族气节的地方。据说，屈氏在宋徽宗的时代已经在此处居住、繁衍；在屈姓聚居的沙亭和莘汀两村，曾经有几道引人注目的石匾，如沙亭村山脚街有一石匾，上题"三闾毓秀"，这自然使人联想到战国时期的爱国诗人"三闾大夫"屈原；沙亭北约坊北边门楼刻有"明水长环"四字，莘汀村的入村门楼则刻上"临海一家"。聚居于此的屈姓族人以姓"屈"而自豪，以热爱家邦、维护"一统"为己任。而沙亭这个地名，据说就与纪念屈原有关。屈原曾作《怀沙》，这是诗人言辞愤激的绝笔之作，他既以"万民之生"为怀，又表明在逆境之中心志不改的坚定意志，表现出"知死不可让"的无畏精神。《怀沙》的诗句感动着屈姓的后人，他们就在珠江支流的扶胥江边一代一代地生活和劳作，并且把自己的聚居地称作"沙亭"，以示对"怀沙自沉"的屈原的永恒纪念，对自己崇高血脉的永久记忆。

明崇祯三年（1630）九月初五日，屈大均降生到这个世上。那一年，其父33岁，其母黄氏27岁。可他出生的时候，并不叫"屈大均"，父亲给他起的名字叫"邵龙"。原来，出生于番禺沙亭的屈宜遇，"幼遭家难"，寄养在南海的邵姓人家，改姓邵；故而一直到16岁，屈大均都叫"邵龙"。顺治二年（1645）春，16岁的"邵龙"补为"南海县学生员"，其时他的父亲已经48岁了，父子俩返回沙亭，拜谒祖庙，认祖归宗，恢复"屈"姓。"邵龙"于是借其谐音改称"屈绍隆"，"绍隆"是其字，并改其名为"大均"。因曾梦见自己登上广东翁源县北部的翁山，忽有所悟，又以"翁山"为字。世人亦习称"屈翁山"。

今以屈大均的时代遭遇、文学创作与学术成就为视角，分为五题，述论结合，供读者参考，并请指正。

一、乱世逃禅

明清易代，山河变色，血气方刚的屈大均并没有静静地坐在书斋里，他一度跟随他的老师、抗清义士陈邦彦（1603—1647，字会份，号岩野，顺德籍）一起出入沙场，奋力抗击清军。由于亲历老师的忠烈义举，在陈邦彦就义（1647）之后，他沉痛地写下如此文字："其艰难险阻之状，哀痛思慕之怀，至今不衰。"（《书西台石文》）他还在《陈岩野先生哀辞》中描述为其业师"收尸"的惨状："有弟子兮后死，曾沙场兮舆尸。抱遗弓兮哽咽，拾发齿兮囊之。"那一幕悲壮的情景，那一个个触目惊心的细节，那抱着老师遗体时抽搐着的撕心裂肺之痛……这一切都在失去恩师的屈大均的内心深处刻下永久的记忆。

同样在顺治四年（1647），万历皇帝的孙子、崇祯皇帝的堂弟朱由榔在广东肇庆以"桂王"的身份"监国"，没过多久，由于有人拥戴，他自己也称起"帝"来，年号是"永历"。清初，实为多事之秋，屈大均就生活在比较复杂的政治生态之中。

顺治六年（1649）的春季，屈大均年仅 20 岁，在其父亲屈宜遇的授意下，他前往肇庆，向"永历"小朝廷上《中兴六大典书》。当时，在"永历"朝中，以兵部尚书拜东阁大学士的王化澄颇为赏识屈大均，曾一度推荐他在"中秘"任职。按照古代官制，在"中秘"任职的多是文士，王化澄的推荐，实际上表明了屈大均的才学及见识已经得到社会"上层人士"的认可，换言之，他已成长为"文士"了。

可是，世事多变，刚好在屈大均正要踏上仕途的时候，他的父亲病倒了，而且是一病不起；屈大均不得不回到番禺，在父亲的病榻前侍奉汤药，而任职"中秘"的事就成了一句空话。延至那一年的十二月初五日，屈宜遇终告不治，享年 52 岁。屈大均将其父安葬在沙亭涌口的山上。

屈氏父子，固有骨肉之亲，而他们的关系又远非"父子"二字所能完全概括。屈宜遇对儿子谆谆教导，启蒙授业，父兼师长；尤其是在时局艰危之时对儿子多有训示，要求他立身处世以"大义"为重，不忘国耻，不仕二姓，其父的精神操守与人格追求深深地影响着正在成长中的屈大均。而屈宜遇继陈邦彦之后去世，恩师、父亲双双失去，年轻的屈大均在悲痛之余不得不面临其精神上的"断乳期"，不得不独自去思考自己的人生道路。

顺治七年（1650）的冬天，上距屈宜遇的离世大约一年，屈大均在越来越动荡的局面之下做出了一个惊世骇俗的举动：在番禺的海云寺出家为僧。

　　曾经出入沙场，曾经在陈门读经，入世的精神与儒家的学养曾经为屈大均的人格打下了"底色"，可为什么这一位热血青年要作出"逃禅"的举动呢？是什么样的内心冲突使他在一场激烈的精神挣扎中去寻找灵魂的安顿之地呢？他真的是找到安顿灵魂的地方了吗？

　　就在这一年，他为父亲守孝，父亲"不仕二姓"的嘱托犹在耳边；就在这一年，南雄失守，广州再次沦陷，连那个势力不大的"永历"皇帝也不得不离开广东逃往广西。天下已是清朝的天下，臣民已是清朝的臣民，这对于以明朝"遗民"自居的人来说怎能接受眼前的一切？十一月初三日，清兵攻占广州，大肆屠城，腥风血雨一阵阵袭来，屈氏的一些族人在惶恐慌乱中躲进南海的西樵山避难。于家于国，屈大均都有深重的挫败感。顺治七年是"庚寅"年，这一年发生的事变，屈大均称之为"庚寅丧乱"。时局纷乱，心乱如麻，前路迷茫，在"永历"朝谋取一官半职的想法看来永远落空了，父亲生前所说的"以田为书"即以耕田当作读书的"活法"在惶恐慌乱的岁月也变得不太现实了，何况屈大均还是清朝的杀戮对象陈邦彦的入室弟子并且一度在沙场冲杀呢？走投无路，心如死灰，可人们会本能地避讳"死"；不过，屈大均对"死"字没有避忌，干脆称自己的居所为"死庵"。这是一种很奇特的文化心理。住在"死庵"之中的屈大均没有自杀的冲动，对于生死，他进入了一条冥想的思路，超越了当下，超越了形而下的种种具象，在形而上的思考中获取智慧的启迪、寻求心灵的安顿。我们可以在其《死庵铭》中约略得知他的心灵轨迹："余自庚寅丧乱，即逃于禅，而以所居为死庵。铭之曰：日死于夜，月死于昼。吾如日月，以死为寿。"早慧的屈大均的确有相当好的悟性，他从日月的运行规律中得到深刻的启示：夜晚，见不到太阳，太阳隐匿于黑夜的后面；昼间，见不到月亮，月亮隐匿于白天的背后。"见不到"，也就算"死"了吧，可日月其实还在运行不息呢。这样的"死"有什么可怕呢？曾几何时，业师陈邦彦教他读《易》，"君子终日乾乾"（即君子时刻要自我振作）的道理他何尝不知？而同样是《易经》，又有"潜龙勿用"（巨龙潜伏水中，暂不施展才华）一说，这道理他又何尝不晓？这潜伏水中的巨龙，是见不到的，就当它"死"了吧。"死"，是一种潜在的"生"，是一种隐匿的"生"，是一种不得已的"生"的转换形态。他在《学易图铭》中也说："潜以终始，有悔其飞。勿用乃用，天则如斯。"他的易学修养在其内心十分痛苦时起着镇定心灵的作用。而屈大均使用"死"的概念，则显然贯穿着超越世俗层面的思考，体现着逆向思维的特点，只有这样，才会得出"以死为寿"的表述。

屈大均自称"逃禅"，他在安顿心灵的过程中除了得益于其易学修养外，还得益于他的另外一位师傅。据汪宗衍先生《屈大均年谱》记载，屈大均在顺治七年冬季出家，法名今种。他在番禺海云寺的师傅正是当年引荐他拜师于陈邦彦的天然禅师函昰。天然和尚一向赏识屈大均，对这位同乡晚辈青眼有加。在其前路迷茫之际，接纳他在海云寺出家，或许在宗教上并无多大的用意，更多的恐怕是出于对屈大均的关爱和保护。就屈大均而言，既然经过自己的冥想和思索，论证了"死"的意义，确认了太阳出没、月亮升沉的变化之道，明白了"潜龙勿用"的特殊意义，那么，"出家"是另一种形式的"死"，也是另一种形式的"生"，未尝不是权宜之计。在这种意义上，寺院就是他的"死庵"，就是他的在"潜龙勿用"时期的藏身之地。他的"逃禅"，重点在于"逃"，"禅"倒是有点陪衬的意味。

其实，就是出家多时的天然禅师，也并非一心遁入空门的人物。他未能忘情于俗世。好友陈邦彦就义后，他还赋诗哀悼，其情可感。广州再次沦陷之后，他曾在诗歌里抒发对于家国变色、生灵涂炭的悲愤："古洞暮猿凄断岸，荒野明月照谁家？越王台上西风急，夜夜哀魂到海涯。"家事国事天下事，事事关心，这是古代有抱负的知识分子的常见心态，即便已经出家，亦未能"六根清净"的。天然禅师就是这样的和尚。家国情怀大于宗教情怀，这在明末清初的出家人中并非少见。现存的文献中，倒是少见天然禅师在屈大均面前谈禅论佛的记载。

至于屈大均，尽管已经剃度，但在海云寺却不像一般和尚那样顶着"僧帽"，而是"终岁间戴一青纱幅巾"，仿佛僧不僧、儒不儒的样子，这个出家的年轻人还念念不忘他原来的"儒装"，刻意保留着一点"方巾"本色。屈大均的从兄屈士燝曾在一首诗里有意无意地托出了屈大均"逃禅"的底里："布衣思报国，十载托双林。行乞姓名隐，逃禅道力深。"双林，本指佛祖涅槃之地，后来代指寺院。出于"隐姓名"的目的，屈大均"托身"于"双林"，这很可能就是屈大均"逃禅"的真正意图。

剃度后的屈大均内心还是抱有"布衣思报国"的"遗民"情怀。据屈凤竹《屈翁山遗闻》记载，屈大均的出家与曾经参加过陈邦彦领导的"顺德起义"有关；出家后，在海云寺"日中念佛经，夜间则读兵书"。如果不是别有怀抱，和尚读"兵书"岂非咄咄怪事？"兵书"讲杀伐，与佛门格格不入，可屈大均"夜读兵书"的情景正与"布衣思报国"的抱负相吻合。

"潜龙勿用",并非毫不作为,而是伺机行动;在"潜隐"的时期读兵书以备日后之"用",也不失为一种灵活的策略。颇有悟性的屈大均已经懂得在伸缩、进退之间找到掩护自己的弹性空间。

在出家的日子里,屈大均没有一直困守在海云寺。顺治九年（1652）,23岁,屈大均自称在这一年有"飘然远游"之举。不过,在出门之前,他也颇为踌躇。他那一身僧不僧、儒不儒的装扮,在外人看来可能有点别扭。若在寺庙里,接触外界的人少,外形上"特别"一点,也不会引起太大的关注;可要出外远游,情形就不同了。身为和尚而头戴"幅巾",外形不伦不类,而且,进城出城,穿州过府,这个样子太容易惹人注目,还是以纯粹的和尚打扮为妙,于是不得不从头至脚都改为"僧装"。时隔多年,他在五十多岁的时候写了一篇《髻人说》,文中对当年在出门时花心思装扮自己有较具体的描述。从这样的生活细节可知,屈大均除了内在的精神修养之外还相当注意自己的外在形貌。他的一举一动都是颇费思量的,这与有的读书人不修边幅、不拘小节很不一样。曾经出入沙场的屈大均有豪迈之气,可在生活细节上也不失"精致"的心思。

大概在顺治十年（1653）,屈大均来到庐山。庐山,这是一个触发诗情的胜境。唐代大诗人白居易曾说:"匡庐奇秀,甲天下山。"面对久负盛名的匡庐,屈大均如得"江山之助",诗情勃然而发。和尚的身份、诗人的情怀,又身处庐山的怀抱之中,屈大均在其人生的历程上得到了一次角色的"蜕变":成了一名"诗僧"。

在"逃禅"之前,忧心国事,恩师、父亲的去世更是令他心有郁结,无法排遣;在"逃禅"之后,身居寺院,埋首黄灯之下,心在佛门之外,也是别有一番滋味。可是,这一回,过粤北,入九江,登名山,眼前云起云落,耳边瀑布潺潺,心胸为之一洗,脱去了仆仆风尘,迎来了山环水抱,如同一个赤子回归到"母亲"的怀中,大自然给予屈大均无穷的慰藉。他漫步在匡庐弯弯曲曲的山路上,哪怕是一场阵雨也让他顿觉眼前的世界一片清爽,哪怕是一阵狂风掀起瀑布边上的漫天水雾,打湿了衣衫,也似乎浑然不觉,陶然于山水的清音、迷醉于嬉游的乐趣。于是,他的《庐山道中》写道:"云际芙蓉十万枝,雨馀岩壑更生姿。一天飞瀑随风至,湿尽春衣人不知。"这里有吞吐万象的气概,这里有冬尽春来的喜悦,这里有风风雨雨的变幻足以令人感悟世事沧桑。

此时,屈大均毕竟是佛门中人,他对中国佛教史上影响深远的慧远和尚甚为景仰,置身于庐山之中,自然要寻访慧远的遗迹。慧远是东晋时的佛学家，他隐居庐山30多年，在学理上调和佛家和儒家的思想，认为佛教与儒学并行不悖，可以相互补充，表现出儒佛融合的倾向。就在出外远游之前，屈大均僧不僧、儒不儒的装扮未尝没有融合儒佛的意思，慧远的理论对这位年轻的佛门中人来说也许是正合"口味"的。有一天，屈大均在庐山来到慧远和尚曾经踏足的石门，只见两座山峰高耸云端，一道瀑布急流而下，巨大而坚硬的岩石红彤彤灿若"朝霞"，异常夺目。他撩起僧衣拾级而上，路旁奇葩吐艳，可是慧远和尚当年的身影早已缥缥缈缈、难寻踪迹，好不容易依稀辨认出慧远到过的一座亭子的台基，总算不虚此行，他在《登石门怀慧远尊者》一诗中写道："萧条远公迹，亭阶有留基。怅然增逸兴，方嗟哲人萎。"那一位他尊崇的"远公"毕竟是"哲人"，其业绩和足印都让屈大均怀想不已。

那一年，从春天到冬天，屈大均在庐山度过了一段不短的时间，留下了几十首诗歌作品。初上庐山，穿着"春衣"，聆听瀑布的隆隆水声；气候转暖，则是"听松忘日永"、"林幽鸟不鸣"；而到了深秋时节，他能欣赏到的是庐山"一啸霜林叶尽飞"的景色；入冬后，徘徊于东林寺前的虎溪，在寒冷的夜晚，"冻月浑无色"，"冰随松子落"，冬夜的庐山是那样的清幽、宁静，屈大均忘记了严寒，流连于"石旁梅花横"的出尘之境，有时迟至五更时分才恋恋不舍地返回住处。他在庐山，寻访到了诗的精灵；他在庐山，时不时与陶潜、李白、苏轼等历代才子的诗魂"约会"；在诗化的世界里，作为"诗僧"，其诗家情怀是远在禅门心性之上的。

我们不知道屈大均是在什么时候离开庐山的，也不知道他离开后又去了哪些地方。可在顺治十二年（1655）前后，他返回广东，一度寄居在罗浮山。闲暇时，他在罗浮寻幽觅胜，看花农种花，听樵夫放歌，而他自己也写下了吟咏罗浮山的诗歌20多首，享受着"独上罗浮最高顶，一声长笛月光斜"的美妙诗意。

作为僧人，屈大均并非老是远离佛门。顺治十三年（1656），他回到广州，在海幢寺做住持道独和尚的侍者。道独（？—1661），俗姓陆，广东南海人；有较高的佛学造诣，曾应邀到福建等地开讲佛法，颇有追随者。返粤后，住持海幢寺。他本是天然禅师函昰的师傅。此时，道独57岁，屈大均27岁。那一年的秋天，道独的著作《华严宝镜》脱稿，他命屈大均抄录一份。屈大均录好副本后，还奉命为道独的著作写了一篇跋。这对于屈大均来说，是身处佛门中的一种荣耀。根据佛门规矩，被选为住持的侍者，已经很不简单，其人应该是"明理笃行，坚固久远之士"，是经过住持"特选"才能出任的；何况还为住持的著作写跋语，更是不能小觑，可见道独对这位侍者实在是另眼相待。不过，从屈大均的著述史来看，他对佛学并不执著。他"逃禅"，毕竟是"逃"于佛门，而别有怀抱，另有打算，才是他遁入空门的心理背景。他喜欢写诗，诗情涌动，不可遏止；可对于佛学方面的著述，几无兴趣，一篇《华严宝镜跋》竟成了他一生之中仅见的佛学文字，而且还是"命题"作文。说到底，他只是一位披着僧衣的诗人。

二、还俗侍亲

顺治十六年至十八年，屈大均大部分时间寄居江南，结识了不少明代遗民，如杜濬、林古度、王潢、方文、杨大都、洪仲等。他们大都文采风流，颇有诗名或文名。屈大均与他们或书信来往，或诗酒唱酬，或一同参与一些拜祭活动。此外，屈大均与朱彝尊、王士禛也保持联系，朱彝尊写了《寄屈五留金陵》等诗，王士禛也有《寄庐山一灵道人越中》七律、《寄一灵道人》七绝等，可见他们交谊日深，相互间切磋诗艺，增进了解。

据汪宗衍先生《屈大均年谱》，顺治十七年，屈大均来到秀水（浙江嘉兴），与朱彝尊相会，并约好去山阴（浙江绍兴）游览，故而，朱彝尊写有《屈五来自白下，期作山阴之游》诗。这大概是三、四月间的事。在山阴，屈大均有幸结交山阴的祁理孙、祁班孙兄弟。祁氏兄弟的父亲祁彪佳（1602—1645），于1644年清军入关后，曾参与抗清活动；清兵攻占杭州，自沉殉国。祁氏家族不仅富于民族气节，而且富于藏书，其藏书楼在寓山。屈大均也曾抗清，与祁氏兄弟一见如故，得到他们的盛情接待；更为难得的是，他获许在祁氏的藏书楼读书。据朱彝尊《静志居诗话》的记载，屈大均"读书祁氏寓山园，足不下楼者五月"。朱彝尊比较了解屈大均这一段时间的读书生活，说他读了不少汉魏六朝的诗集，对诗艺尤其是"汉魏风骨"的理解更进一层。其间，朱彝尊还专程前来寓山，到访祁氏藏书楼，看望埋头读书的屈大均，表达自己对这一位南国旧相识的惦记和关怀。他有《寓山访屈五》诗，从他的描述来看，祁氏藏书楼坐落在"溪桥宛转"的江南水乡，清静幽雅，确实是读书的好地方。屈大均登楼读书，如鱼得水，如饥似渴，他在《题山阴祁五祁六藏书楼》一诗里说："闻君家书万余卷，欲向琅函作蠹鱼。"琅函，此指线装书的书匣。他乐于"作蠹鱼"，希望坐拥群籍，钻研学问，充实自己。其实，除了朱彝尊提到的汉魏六朝诗集外，屈大均读书的兴趣相当广泛，对兵书犹有所好，在同一首诗里还说："天下战争犹未已，请君亦读孙吴书。"或许受其业师陈邦彦的影响，他对兵书是未能忘怀的。其胸怀天下的志向于此可见一斑。

顺治十八年（1661）秋天，屈大均寄居在秀水，意欲返回南粤。他作《将归省母留别诸友人》八首，道出心怀萱堂、难舍诸友的复杂心情："四海皆兄弟，亲兮难再得。循彼南陔间，相思何终极。"

当时，他在江南结识的朋友韩石畊听到这个消息，特地从平湖（浙江平湖县）来到秀水，为屈大均送别。朱彝尊也在场，他写了《寒夜集灯公房听韩七山人弹琴，兼送屈五还罗浮》诗。韩七山人，即韩石畊；他是很有名的琴师，并能作曲。他演奏了好几首琴曲，都是自己创作的，从白天演奏到夜晚，全情投入。屈大均看在眼里，深为感动。他在韩氏去世后，写了《韩石畊哀辞》，忆述韩氏弹奏的情景："弹至夜分，泪洒洒沾襟，不知宫商之遂乱也。"可以想见其用情之深。从韩氏的举动可以得知屈大均在友朋辈里是得到敬重的，也可见他在江南的交游中已经建立起相当良好的人际关系，相互间结为"知音"，他们的交往颇有古风。

康熙元年（1662），屈大均终于结束了他这一次长时间的远游，回到番禺的沙亭。当初出门时接近而立之年，如今已经33岁了。这一年，从时局看，发生了一些引人瞩目的变故。四月，屈大均曾寄予希望的永历帝（朱由榔，1623—1662）被清政府杀死于云南。五月，郑成功（1624—1662），这位明清之际的抗清名将、民族英雄在收复台湾四个多月后病逝。清政权进入逐步得以巩固的时期。

我们不知道屈大均是在几月份回到番禺的。他这一次回来，又有一个"大动作"：脱下僧服，蓄发梳髻，回归儒门，也就是弃佛还俗。这在外人看来，似乎"古怪多变"，可这一举动完全符合屈大均的内在心性与性格逻辑。自"逃禅"以来，他大体上是人在"佛门"而心依"儒宗"。他躲在寺院里读兵书，他一股热血去寻访被清朝视为"异端"的函可，他以"朝圣"的心情参拜孔庙，他踏访江南的明代遗民，他写作《皇明四朝成仁录》，其言行举止绝不像是一个心无挂碍的"方外之人"。如今，或许因时局改变而有新的考虑，或许处境已经与昔日不同，于是，他决定不再戴上那一副"僧人"的面具，回归自己的本来面目。

不过，有一个原因是不能忽视的：他是个孝子，尚有母亲在堂，"出家"就不能侍奉母亲；这些年只身在外，已经够母亲操心的了，岁月不饶人，母亲的年纪日渐增大，自己怎能"久处山谷之中"而不闻不问呢？他曾在一首诗中说："只因恋慈母，不忍住深山"；又在《髻人说》一文中说：

"家贫母老，……不可以僧而侍亲"。在步入中年之后，"侍亲"的感情与责任召唤着他此时正是结束僧侣生活的时候了。

还俗之后，有一个细节也不能忽视：既然已经蓄发，且眼下生活在"大清"社会，人人都留长辫，屈大均故意梳"髻"，却是为何？原来，他立心"不辫"，内心并不认同"无人而不辫"的"社会规范"，说到底，还是其"遗民"意识在支配着他。在他的脑海深处，永远抹不去自童年起就已经"自能手作好髻"的早期记忆，那时，他还是"大明"皇朝的臣民。就是一个"髻"，联系当时的政治环境来考量，这一细节也能体现着屈大均的独特个性。

其实，在意识与行为方面，屈大均是一个很讲究自觉性的人。对于弃佛归儒，他曾在《归儒说》一文中有明确的表述。据邬庆时先生的《屈大均年谱》，这一篇《归儒说》就写于他从外地返回番禺的康熙元年。文章说："予二十有二而学禅，既又学玄。年三十而始知其非，乃尽弃之，复从事于吾儒。"所谓学禅、学玄，即出入于佛家、道家之间。到了而立之年，"复从事于吾儒"。道理何在？"盖以吾儒能兼二氏（按，即指佛、道），而二氏不能兼吾儒，有二氏不可以无吾儒，而有吾儒则可以无二氏云耳。"换言之，在儒、佛、道三家中，儒是不可替代的，儒是可以兼融佛、道二家的。儒具有最尊崇的地位。他甚至把话说得相当决绝："使天下二氏之人皆如吾之叛之，而二氏之门无人焉，吾之幸也；使天下儒者之人皆如吾之始逃之而终归之，而吾儒之门有人焉，则又吾之幸也。"似乎他做了一个弃佛归儒的榜样，天下人都可以学习他；而能够藉此光大儒家的"学统"，则是他最大的荣幸。无疑，他有了一番阅历之后，对儒家的价值认同更为自觉了。

回归儒门，屈大均可以名正言顺地侍奉母亲。他远离南粤这么久，如今返回母亲的身边，重又温馨地感受着出家以来久违了的天伦之乐。他写诗抒发母子团聚的欢乐："苏耽成道返，阿母大欢娱。何意天边月，还为掌上珠。"（《北游初归奉家慈还居沙亭作》）苏耽，是传说中的仙人，据说生活于汉代末年，年少丧父，孝顺母亲；一日，辞亲远去，登山成仙。在诗里，屈大均以苏耽自喻，不过，他觉得自己比苏耽还要孝顺，苏耽一去不回，自己"出家"后还能返家，所以，"阿母大欢娱"，儿子赢得母亲的欢心。母亲朝思暮想，好不容易看见远道归来的儿子，自然视为"掌上珠"了。融融母子亲情，溢于言表。

不过，日子也过得并不安稳。就在屈大均回到沙亭前后，朝廷因沿海地区有"寇扰"，下令当地居民迁徙，内移五十里。对于朝廷的这一举动，屈大均在其《广东新语》卷二有记载:"岁壬寅(康熙元年)二月,急有迁民之令……令滨海民悉徙内地五十里,以绝接济台湾之患。"此令似与郑成功收复台湾(时在顺治十二年十二月)、与清朝对抗有关。沙亭在珠江支流扶胥江边,自然在"迁海令"的适用范围之内。康熙二年(1663),屈大均领着母亲离开沙亭,迁往泷州(今广东罗定)的一个林姓的亲戚家暂住。

在罗定,屈大均于闲居生活中除了和家人共聚之外,没有放弃诗歌创作。他留意罗定的山歌,采集罗定的民间故事,自觉地承受民间文学的滋养。如他的诗集里收录了两首罗定山歌,其中一首云:"果下紫骝嘶,郎来自水西。折侬花不得,花不为郎低。"来自河水西头的年轻男子匆匆赶来,与自己心仪的女子在果园相会;男子想为女子折一枝花,可老是够不着,"花不为郎低",俏皮的口吻语带双关,女子内心的矜持与甜蜜尽在不言中。屈大均还根据一段民间传闻创作了一首四言体的《亚姑井谣》。他在这首诗歌的小序里介绍了一个发生在罗定界石村的悲情故事:界石村的东边和西边各有一口水井。话说某个时候,有姑嫂二人同居。嫂子行为不检,风流度日;而小姑则贞洁自守,不畏淫威,抗拒强暴,以弱小之身自沉于东边的水井之中。事发后,相比之下,嫂子自惭形秽,内疚自责,觉得没有颜面,跑到村的西边,也投井自尽。据说,东井水清,西井水浊;村民长期饮用东井之水,名之曰"亚姑井"。屈大均在诗里盛赞"亚姑"即故事中的小姑:"水不能清,以姑而清。"并对故事中的嫂子予以谴责:"水不能浊,以嫂而浊。"是非褒贬,毫不含糊。

究竟屈大均他们在罗定住了多长时间,待形势缓和后,有没有或什么时候举家迁回番禺沙亭,文献阙如,难以确知。可以知道的是,康熙三年(1664),番禺沙亭屈姓族人重修南海神祠,屈大均一连写了多首诗歌以记其事,如《南海神祠作》二首,以及《南海神祠古木棉花歌》《南海祠下作》,其中,《南海神祠古木棉花歌》诗里写道:"十丈珊瑚是木棉,花开红比朝霞鲜。……南海祠前十余树,祝融旌节花中驻。……二月花开三月叶,半天飞落人争接。"似乎在木棉花开的季节,屈大均回过沙亭,或许正是二、三月间的事。

三、军旅历练

回到岭南,屈大均先在番禺老家落脚,过不多久,因受聘做家庭教师,举家移居东莞。在短短的两年间,他先后失去心爱的妻子和幼女。而他本人，也不断地为生计奔忙，日子过得实在有点凄苦。

妻子王华姜去世后，他续娶东莞 26 岁的女子黎静卿为继室，黎氏为他产下一子，名"明道"，时在康熙十二年（1673），屈大均已经 44 岁了。

就在屈大均步入中年之时，清朝的政局发生了一个震惊朝野的变故：吴三桂于康熙十二年十一月二十一日发动兵变、宣布反清。

原来，在清政权逐步稳固下来之后，清廷对拥有重兵的"三藩"越来越深怀顾忌。"三藩"，即镇守云南的平西王吴三桂、镇守广东的平南王尚可喜、镇守福建的靖南王耿精忠。他们自雄一方，横征暴敛，耗费天下财赋达一半之多，这也是历史上"尾大不掉"的一个实例。朝廷见时机已到，下诏撤藩。此举令吴三桂惊愕不已。在如此"严峻"的情势之下，吴三桂杀死云南巡抚朱治国，拘捕礼部侍郎折尔肯，不拘远近，发布檄文，自称"天下都招讨兵马大元帅"，以明年为"周王元年"，改元"绍武"，铸钱"利用通宝"，蓄头发，改衣冠，大有拥兵自重、号令天下之势。此时，贵州巡抚曹申吉、提督李本深，以及云南提督张国柱均跟从响应。随后，吴三桂迅速控制滇、黔、川、湘等地；耿精忠据守福建，见形势大变，也宣布叛清。一时间，风起云涌，掀起了大范围的反清浪潮。

康熙十三年（1674）春，屈大均受到国内反清浪潮的鼓舞，藏于内心深处的激情又一次勃然而发；他毅然走出家门，挥别婚后刚过两年的黎氏和出生仅有数月的幼子，投身军旅，弃笔从戎，其奔波忙碌、南来北往的一生又翻开了新的一页。

其实，和以往出门时一样，屈大均的内心并非没有矛盾。一方面是"家"，一方面是"国"，两者难以兼顾。家中有老小，怎能放心得下？何况，长期以来，"我亲疾痛馀，颐养少甘旨。手足苦不仁，扶持赖两弟。"对此，他觉得有负于母亲，有愧于兄弟，内心的愧疚是难以释怀的。可是，自年轻时起，喜谈"王霸"，以报效故国为己任，如今反清的形势有了很大的转机，机不可失，时不我待，就只能"为国弃庭闱"，就应该"豪杰贵先人，奋扬在乘势"。于是，忠孝不能两全："获报君父仇，于孝乃不细。"在"家"与"国"之间权衡，孰轻孰重，不言自明。在经历内心矛盾之后，下定决心，"努力赴戎行，介胄不挥涕。上天悯苦心，所希锡智慧"（《从军行》）。他真希望为来之不易的反清大业贡献自己的才智和力量。

屈大均裹起行囊，走清远，过英德，历乳源，上乐昌，出南雄，一路上跋山涉水，风尘仆仆。再往北走，进入湖南，途经宜章、郴州、耒阳等地，沿湘水而上，抵长沙。他有一些诗歌和散文记述其由粤入湘的路线及见闻，如《过清远诸滩》《湘阴》《人日衡阳舟中》《零陵道中晓行》以及《浮湘记》等。

据汪宗衍先生《屈大均年谱》，屈大均到湖南后"与吴三桂言兵事"，至于具体在何时何地，则语焉不详。屈大均在《继室黎孺人行略》中曾提及此事："甲寅（康熙十三年，1674）春，予从军于楚。……敌人（按：指清军）侦知予上书言兵事……"《年谱》所谓"与吴三桂言兵事"一语，似据此文而言。当时，连清军都知道屈大均上书给吴三桂，可见也算是一个不大不小的"事件"。当然，吴三桂对屈大均的谋略看法如何，是否采纳，我们不得而知。甚至是，屈大均是否在上书时面见吴三桂本人，也只能存疑。不过，屈大均"上书言兵事"，十分符合他向来喜谈"王霸之术"的个性，这一行为与他《从军行》所说的"上天悯苦心，所希锡智慧"是相互对应的。他不仅要为国出力，而且还要献出自己的谋略；曾几何时，他在困顿之时不是想到了留侯张良吗？张良的故事与魅力说不定早已成了影响着他的一个"心灵映像"。屈大均志向远大，可不是以一般读书人自居的，他也不屑于做一个只会读书的人。

据屈凤竹《屈翁山遗闻》的记载，屈大均这次上书，其大意是：主张由江西、浙江以图南京；由湖北、河南以图北京；由广西、福建夹击广东。由此看来，屈大均的谋略是一种全局性的思考，而不是"占山为王"、以据守山头为目的的偏狭思路。《遗闻》在介绍了这一谋略后，加上一句："故以先生监军桂林，负平定两广之责。"如果是这样，则吴三桂似乎曾经采用了屈大均的一些主张，并付诸行动。姑且录此一说，以俟史家详考。

自春天入湘后，屈大均经常流转于湖南各地，而在长沙居留的时间似乎多一些。他在长沙写过多首诗歌，其中《长沙秋望》有句云："雨过星沙楚望开，天边王气尚昭回。苍梧倘得重华返，紫盖应朝南岳来。"重华，原指上古贤君虞舜，此似指朱明皇室；苍梧，泛指湖广一带。他对目前活跃于湖广的反清风潮寄予厚望，期盼着朱明的"王气"重返人间。这是其明代遗民心态的自然流露。不过，他对于反清形势和个人处境似乎也不乐观。他来到岳阳洞庭湖，见到芦花漫天飞舞的情景，心事重重，甚为抑郁，吟出《湖中有怀》，其中写道："芦花千万里，如雪落纷纷。似我愁心乱，风吹不到君。更怜洞庭雁，栖宿暮无群。"屈大均入湘从军，以"洞庭雁"自居；因在吴三桂统领的军队中缺乏人事上的照应，颇生孤独之感，所谓"栖宿暮无群"大概是他从军后无法诉说的一种悲凉的内心体验。这样的心境，为他以后离开吴三桂的军队埋下了伏笔。

　　大概在康熙十三年冬，屈大均奉命由湘入桂，以"广西按察司副使"的身份监督"安远大将军"孙延龄统领的军队。康熙十四年（1675）正月，他身处桂林，接到从兄屈士燝因病去世的消息。屈士燝也是一位爱国志士，他的去世令屈大均十分悲伤。但碍于军职，屈大均不能回番禺吊唁，"未及抚棺尽哀"（《伯兄白园先生墓表》），深感遗憾。

　　监军桂林期间，屈大均也随军队流转于广西各地。他在桂林的宝积山拜谒诸葛武侯祠，缅怀三国时代诸葛亮的丰功伟绩，仰慕他"事迹高青史"（《宝积山诸葛忠武侯祠》）的辉煌一生。他到过桂、黔交界的福禄镇，见识过那里"乱峰盘鸟道，行客意迟回"（《福禄咫尺边界停车怅望有作》）的自然景观。他到过永安州（今蒙山县），感受过那里的瘴疠之气："蒙山蒙水古蒙州，烟瘴千年毒未收。"（《永安州道中作》）他到过平南县，那里的壮族居民在山上搭建简陋居所，而他们这些军人没有房屋，只能"野宿寒依火"（《宿平南县村中作》），就着火把取暖，以度过漫漫长夜。可以想见其军旅生活也备尝艰辛。

　　康熙十四年九月初五日，是屈大均46岁生日。这一天，他和几位将领一同到郊外去，骑马游玩。早已步入中年，屈大均适逢生辰，想到自己的志向与经历，别有一番怀抱，于是在诗里夫子自道："节制凭儒术，忠诚至大勋。自矜年四十，于道亦曾闻。"（《生日同诸将郊行作》）他自以为到了这个年岁，对儒家之"道"已经有所领悟，颇为自信地说"于道亦曾闻"；并且想将"儒术"用于军事之中，希望凭着自己的学识、修养而成为一名儒将，为恢复故国建立功勋。在"监军"期间，屈大均度过了一个身为"军人"的生日，有着特别的意义。

　　身在军旅之中，屈大均对自己的期许是比较高的。尽管艰苦、辛劳，但他心怀着成就一番事业的信念；哪怕有时候乡愁涌动、思亲的渴望萦绕心头，他也只好暂时压抑着、强忍着，依然将"国"至于"家"之上，正如他在诗中所表白的："无能酬父老，不敢忆家乡。"为了功业，他勤恳、尽责，耗费了心力，也耗费了光阴，他觉得自己真诚地付出了，能否如愿以偿，心里面却是没底的："终岁劳军事，徒令白发长。"（《昭江夜行作》）

　　随着时间的推移，吴三桂等人的反清局面由主动转为被动。康熙皇帝全面布局，严加镇压，一些反清的将领迫于形势又只好归降清朝；而反清的势力互有利益上的盘算与牵制，四分五裂，不能合拍。更为可怕的是，以吴三桂为代表的所谓反清里领袖，他们打出的"兴明"、"反满"的旗号只是幌子，以此招揽各方义士为他们效力，实际上他们没有奉明朝为"正朔"，也没有奉朱姓为国主，自己另立门户，只是想谋取私利而已。

事实上，在这样的局势下，反清运动的前景不容乐观。屈大均是不无苦恼的。他感到日子过得相当黯淡。人在黯淡的处境里，一些情绪想压抑也压抑不住。比如，屈大均无论如何也相当眷恋着亲情。他是志士，但本质上更是一位诗人；他不能长期压抑自己作为孝子对日渐年迈的母亲的思念，不得不寄情于诗歌："故乡怜有母，辛苦忆军中"（《野宿荔浦作》）。他不明说自己惦记着母亲，而说母亲牵挂着尚在军旅中的儿子；想象着母亲望眼欲穿、渴望儿子快点回到身边的神情，那神情是那么凄然，那么无奈，那么牵肠挂肚、愁苦绵绵。而作为儿子，能不心酸吗？更为黯淡、更令他心情郁闷的是，广西的这支军队，兵力严重不足，缺乏外援，形同孤旅，作战的能力很弱，正所谓"欲战愁兵少"（同上），难有大的作为。思前想后，他是不是开始萌生退意呢？他在野外过夜时，仰望夜空，喝着闷酒，思虑重重，彻夜难眠："卧看珠斗落，吟使绿尊空"（同上）。月淡星稀，内心原有的热望也开始冷却下来了。

康熙十五年（1676）春天，屈大均终于辞去在广西的军职，结束了自己一生中为期两年的军旅生活，回到广东。

屈大均以什么理由辞职，我们不得而知。他在《继室黎孺人行状》里只是说："丙辰（康熙十五年）春二月，予谢事归。"或许，孙延龄的军队弱小无能，反清运动陷入低潮，加上家里亲人在他从军后历经磨难，都可能是他决意离开的原因。其中，反清运动陷入低潮和被动的局面，恐怕是主因。

就在这一年的正月十五日，即屈大均辞职前不久，耿精忠部下五千余人向清朝投降；屈大均离开军旅后两三个月，全国的反清形势愈加不妙，五月初二日，康熙帝向兵部下了一道谕旨，称："自逆贼煽乱以来，各省绿旗官员兵丁，剿御贼寇，恢复地方，戮力行间，著有劳绩。"这显然是表彰兵部"剿寇"有功，使很多地方失而复得，相形之下，反清势力处于下风，处境严峻。其后，这一年的十月，耿精忠本人也终于投降清朝；同年十二月，吴三桂杀孙延龄，这一种"狗咬狗"的把戏日益显示着当时的所谓"反清"已经走向末路。而孙延龄与吴三桂的矛盾并非一朝一夕，也许敏锐的屈大均早就看在眼里，对他们借"兴明"来谋私利也早有警觉。屈大均本是不为私利而来，他一心报效"故国"，而当他感觉到吴三桂、孙延龄的"路向"不对，意兴阑珊，全身而退，自也在情理之中。

他先赴佛山，与家人团聚。此前，家人因屈大均参与反清，受到连累，不得不逃离番禺沙亭，躲至佛山。屈大均对家人过着惊恐的日子甚感不安。没过多久，康熙十五年四月，他返回沙亭，拜祭已经去世的从兄屈士燆。那个时候，时局稍为安定，屈大均也携带家小重归故里，有《移家返沙亭有作》一诗以记其事："浮云亦有庐，归与老农居。半亩林塘外，三春风雨馀。将乘无事日，更读古人书。咫尺先公墓，松间且荷锄。"所谓"无事日"，固然指脱离军旅的日子，也似有局面已经平和下来的意思。此时，一切依然在清朝统治者的掌控之下，还是回到原来的样子；"故国"只能在梦寐之中了，屈大均感受到"草野犹王土，江山匪故家"（《岁朝咏史作》，作于康熙十五年立春日）的悲痛。

四、翁山诗文

屈大均的时代遭遇不断丰富着其内心的阅历，对于一位诗人而言，这正是诗文创作的鲜活素材。

屈大均留给后人的重要遗产是他的诗文作品。他的诗集主要有《翁山诗外》，其文集主要有《翁山文外》及《翁山文钞》。

作为诗人，屈大均可以说是岭南独领风标的人物。

清代诗歌史上有"岭南三大家"之说。"岭南三大家"是康熙诗坛上"粤诗"的主要代表。这一说法并非事后"追加"，"三大家"在世的时候已经得到当时诗坛的确认。所谓"三大家"，指的就是屈大均、梁佩兰、陈恭尹。屈大均在"岭南三大家"中是最有影响力的。

康熙二十年（1681），屈大均的挚友顺德陈恭尹（1631—1700，字元孝）为南海梁佩兰（1629—1705，号药亭）的《六莹堂集》作序，提及屈、梁、陈同为岭南诗人的不同风格特点，"岭南三家"的说法已见端倪。其中说："翁山纵横捭阖，朴茂奇古；药亭雄迈滔莽，精警卓拔；而予以感慨放浪之言，颉颃其间……予窃谓翁山江河之水也，药亭瀑布之水也，而予幽涧之水也；翁山之味纯而冽，药亭之味清而旨，予之味淡而永。"从这样的比较可知，在陈恭尹的眼中，论诗作格局之大，屈还在梁、陈之上。

康熙二十三年（1684），清代诗坛上的重要人物朱彝尊也将屈、梁、陈三人相提并论，写下《王先生士禛代祀南海，兼怀梁孝廉佩兰、屈处士大均、陈处士恭尹》一诗。康熙三十年（1691），当时的诗坛盟主王士禛同样将他们三人连在一起，写下《闻越王台重建七层楼落成寄屈翁山、陈元孝、梁药亭》一诗。可见，"岭南三家"已经不是陈恭尹的"个别"提法，不是某个人的"私见";三个人已经进入诗坛重要人物的"法眼",他们的诗歌创作成就得到了权威诗家的承认,名声早已传出岭外。而三人之中,屈大均的诗歌是最早为世人所认识的。

康熙三十一年(1692),24卷本的《岭南三大家诗选》问世,编者是广东诗人王隼。王隼编选此书,并非一时心血来潮。据屈凤竹《屈翁山遗闻》的记载,三家诗的编选是出于当时的一种"共识":"岭南三家,当时聚于省城,言诗者宗之,久已称为三家。王氏《诗选》,一本诸当时公意。"换言之,《诗选》的编成是顺应了"公意"。该书卷首有序,作序的是曾任惠阳地方官员的王煐。王煐在序中说:"岭南三先生以诗鸣当世,予耳其名者久矣。翁山之诗见于世最早,……元孝诗行世最晚。"这道出了"岭南三大家"受到世人关注的时间顺序。王煐称"翁山诗如万壑奔涛,一泻千里";"药亭诗如良金美玉,温厚和平";"元孝诗如哲匠当前,众材就正,运斤成风,既无枉挠,亦无废弃,各适其用"。从这样的对比来看,不管是陈恭尹,还是王煐,他们都认为屈大均的诗歌作品以格局雄阔取胜,以此迥别于其他岭南诗人。

屈大均诗歌的格局呈现出如陈恭尹所说的"纵横捭阖"的气象,如王煐所说的"万壑奔涛"的气魄,与他的气质、学养、经历有密切关系:他从年轻时起就志存高远,胸怀家国,不甘于蜗居岭南一隅,追求着雄豪壮阔的人生;他追随业师陈邦彦,读经书,谈王霸,钻研兵法,于政治、军事多有用心;他冒风霜,顶酷暑,穿行于大江南北,甚至渡黄河、入朔方,会晤四方人物,为反清事业奔波劳碌,乃至于投笔从戎,来往于湘、桂之间,置身于士卒之中。诗歌无非也是人生的写照,有什么样的人生,有什么样的气度,才会有什么样的诗歌格局。当然,一个诗人的成长也离不开诗歌传统的滋养,而诗人在传统中如何"认祖归宗",是我们理解其诗歌创作之精神脉络的重要门径。

屈大均的诗学追求是明确而一贯的,那就是他非常自觉地继承"屈骚"的传统。对其先祖屈原,屈大均一直表现出无限的敬仰之情;对于《离骚》《怀沙》等屈原的作品,屈大均一直奉为诗歌创作的圭臬。屈原的爱国精神和诗歌风格在一定程度上已经"内化"为屈大均的精神血脉。在《赠陈药长》诗里,他写道:"谁道《离骚》乃变风,可怜忠原心无己。"他认为,《离骚》体现了屈原忠于祖国、心中"无己"的博大胸怀和伟大的献身精神。他还说:"每闻人诵《怀沙》篇,感念先臣泪沾臆。"他感佩于屈原的崇高人格,内心有一份作为屈姓后人的自豪感以及继承先祖"忠愤"精神的使命感。他曾说："夫吾家为三闾大宗子姓之秀，固宜以灵均（按：即屈原）为师，忠以致身，文以流藻，以求无负先大夫所以垂光来叶之意。"（《哭从弟孚士文》）与此同时，屈原诗歌作品浪漫的想象、飞扬的气势、大开大阖的构思，以及充分吸收民歌的表现手法，等等，都对屈大均的诗歌创作有着深刻的影响。

我们且看屈大均作于顺治十二年的《罗浮放歌》：

> 罗浮山上梅花村，花开大者如玉盘。我昔化为一蝴蝶，五彩绡衣花作餐。忽遇仙人萼绿华，相携共访葛洪家。凤凰楼倚扶桑树，琥珀杯流东海霞。我心皎皎如秋月，光映寒潭无可说。临风时弄一弦琴，猿鸟啾啾悲枫林。巢由不为苍生起，坐使神州俱陆沉。

此时，屈大均 26 岁，出家尚未还俗，暂居罗浮山上，心系天下安危。罗浮山，是晋朝道教学者葛洪炼丹著述的地方，流传着很多仙家故事，本来是一个隐逸的好去处，身处其中，或多或少会熏染上一些"仙气"吧；何况山上梅花盛开，一股"清逸"之气飘然而来，让诗人展开想象的翅膀，或化为蝴蝶穿梭于花丛之中，或遇见仙人一同寻访葛洪的住处，登上"凤凰楼"，手捧"琥珀杯"，好不自在悠游。可是，一阵阵猿猴的悲鸣，一声声惊鸟的哀叫，却使诗人有如梦中骇然而醒，放眼河山，河山变色；回忆故国，故国陆沉。他深深地感到责任重大，觉得在此"国变"之时，不能做"巢父"、"许由"，不能像这两位上古时代的"隐士"那样不顾苍生、不问政治，而"神州陆沉"正是因为现实中有太多的"巢父"、"许由"龟缩于安全的地方，没有挺身而出为恢复故国效力，致使异族统治者得以掌控神州。在这首诗里，诗人的思绪大起大落，在飞扬、绮丽的想象背后跳动着一颗"皎皎如秋月"般纯洁的爱国之心。

屈大均饱读诗书，固然有一种知识分子的眼光，可他的眼睛除了关注时局之外，还非常密切地了解民间的声音；收集民谣，成为他诗歌创作过程中不可缺少的一个环节，如同战国时代的屈原充分吸收、借鉴楚国民歌一样。在他的诗集里，就有不少民谣，这是他在民间采风的成果。如有的民谣讥刺、谴责官员贪污腐败、鱼肉百姓的罪恶行径：

> 白金乃人肉，黄金乃人膏。使君非豺虎，为政何腥臊！
> 长官尽奸富，为恶未渠央。各使金如粟，各使马如羊。

长官们手中的白金、黄金，都是老百姓的血汗乃至性命换来的。他们良心泯灭，横征暴敛，导致多少人妻离子散、走向绝路；他们禽兽不如，心狠手辣，一方面欲壑难填，能贪则贪，一方面挥金如土，花天酒地。字里行间，充满着对贪官的激愤、对百姓的同情。屈大均是诗人，可他首先是一个以悲悯的眼光注视着大地的热血男儿。

得到民歌滋养的屈大均，能够将民歌晓畅、上口的表现手法运用于自己的诗歌创作，使其作品的书卷气糅合在质朴、明快的格调之中，既有韵味，又不失平和、亲切。如他吟咏菊花的作品：

> 两月含苞久，三冬吐蕊长。花干同白露，叶湿似清霜。有日那能暖，非时不用香。篱边自荣落，谁见此孤芳。
>
> 未敢违霜露，宜寒故晚开。重阳嫌太早，白雁莫相催。冉冉辞秋草，依依有早梅。炎方无月令，嗟汝后时才。
>
> 不是花难发，炎洲故晚寒。苦心嫌自见，佳色畏人看。地暖非吾性，山深正所安。微红有霜叶，采采作晨餐。

这是他写于康熙二十三年前后的作品，已经回到岭南，写的是岭南的菊花。在屈大均的笔下，岭南的菊花自有其独特的个性：她低调、谦卑，不事张扬，"清贫"度日，虽然以霜露为"晨餐"，却有着一份"山深正所安"、"篱边自荣落"的豁达气度；她不愿意赶着去凑热闹，抱持着"佳色畏人看"的清高心态；她既自信，又耐得住寂寞，相信是"花"总会有"开"的时候，相信自己经得起严寒的考验，是"大器"总会是"晚成"的，不趋时，不争先恐后，不为了一时的利益或名声而出卖自己，正是"不是花难发，炎洲故晚寒"。诗人对此有所感叹："嗟汝后时才"，"非时不用香"。其实，"后时才"毕竟是"才"，只是不与时人争名声而已；既然不争名声，又何用"香"去招惹、吸引别人呢？这一朵岭南的菊花，默默地"修炼"自己，只与"早梅"相伴，不屑与"时花"为伍，这样的品格、性情、气质，无疑是诗人晚年内心境界的文学写照，蕴含着经过历练之后一种澹然、从容的人生态度。

《翁山诗外》收录作品3000多首，从年轻时代一直到临终前，屈大均没有中止过诗歌创作，其诗歌记录了他壮阔、跌宕的一生，记录了他忽动忽静、复杂多变的人生阶段，记录了他行走于大江南北的"脚踪"与"身影"，记录了他对祖国大好河山的无限热爱和尽情赞美，记录了他的追求、痛苦、彷徨及烦恼，记录了他对亲人的关爱、眷恋与不舍，记录了他对朋友的信赖、欣赏和同志之情；上下几十年，纵横数千里，在这个广阔的时空之中屈大均挥动他如椽的诗笔，表达着一个爱国者的赤诚与信念，一个志士的刚毅与渴望，一个丈夫的柔情与浪漫，一个孝子的内疚与体贴。在他的诗歌里，我们可以看到一个有血有肉、内心世界十分丰富、人生轨迹异常曲折的屈大均。

诗歌之外，屈大均也写了大量的散文，其中的"记"类作品对了解屈大均的人生经历尤有帮助；同时，它们往往也是一篇篇的美文，可读性强，文笔既优雅又雄浑多姿。代表作有《宗周游记》《自代东入京记》《自代北入京记》《登华记》《浮湘记》等。兹录《登华记》描述华山莎萝坪的片断，以见其生动文笔之一斑：

> 有坪曰莎萝，其东巇楼阁尽嵌于壁，与岩口互相吐吞，欲坠复倚。以铁索绁之而上，其壁之坎，尽受手足二分，势甚危险。既上西玄门，索则双垂，吾以身委索，索直身直，索横身横，汗濡索滑，坠于重渊矣。……

山上的建筑物建得如此险要，登上华山是如此的惊心动魄；造物主之神奇、工匠们之伟力、登山者之无畏，借助简洁、传神的文字刻画得淋漓尽致。

在《翁山文外》《翁山文钞》里，还有大批的序、传、论、尺牍、行状等文章，每每出自真性情；就算是应酬文字也并非敷衍之作。屈大均的写作态度是严谨的，虽然他在散文方面的成就为其"诗名"所掩盖，但是，作为一位有创作特色的岭南散文家，屈大均也理当受到后人的敬重。

五、《广东新语》

屈大均留给后人的另一份重要遗产是他的《广东新语》。

这是一部具有学术价值的笔记。屈大均在《广东新语自序》中曾介绍此书的写作缘起："《广东新语》一书，何为而作也？屈子曰：予尝游于四方，阅览博物之君子，多就予而问焉。予举广东十郡所见所闻，平昔识之于己者，悉与之语。语既多，茫无端绪，因诠次之而成书也。"换言之，他经常越岭北上，接触各地的友人，友人往往对广东的事情和风物既充满着好奇之心又所知甚少，于是，每每问及，屈大均一一作答，久而久之，积累的素材越来越多，干脆将这些材料分门别类，编辑成书。为什么叫作"新语"呢？屈大均也有解释：因为已经有《广东通志》，为了与之有所区别，凡是《广东通志》已有的则求其略，而为《广东通志》所略或没有的则求其详，因而，屈大均所写的，其小部分《广东通志》有所涉及，大部分是《广东通志》所没有的，故曰"新"。由此可见，屈大均写作此书是非常讲究著述宗旨，不是随便编出一本来炫耀自己博学多识。

《广东新语》凡28卷，涉及广东的气象、地理、植物、动物，以及稻作文化、花果文化、水乡养殖、岭南特产、民间工艺、商品交换、饮食习惯、民俗风情、民间信仰、文物古迹、文学艺术、文化交流、奇事逸闻等。说它是"一部岭南文化百科全书式的著作"可能有过誉之嫌，可它实实在在是一部了解岭南自然生态与人文生态的重要参考书，兼具知识性、趣味性与可读性，也兼备作者的个人性情与乡邦情结。

我们试从个人性情与乡邦情结这个角度略举数例。

屈大均身为诗人，对岭南诗坛倾注了自己的关切之情，对广东诗歌发展史的研究投入了很大的心力，并作了多方考察，如书中的"《宝安诗录》"条：

> 明兴，东莞有凤台、南园二诗社，其诗颇得源流之正。琴轩陈公琏尝为《宝安诗录》，自宋元以至国初。其后，祁方伯顺增损为《前集》，自琴轩至方伯时得数十人，为《后集》；外郡士大夫有为宝安作者，亦因其旧增附焉。吾粤诸邑，惟东莞诗有合集。区启图尝梓同乡先辈选诗曰《峤雅》，凡五百余家，其书未成。予编《岭南诗选》前后集，《前集》自唐开元至明万历，《后集》自万历至今，人各有传，仿《列朝诗集》之体，积二十年，亦未有成书，可叹也。（卷12"诗语"）

这一段文字，信息量是不少的。可以看到，屈大均长年搜集岭南历代诗歌作品，从唐代开元年间一直到清代的康熙年间，时间跨度甚大，其工作量可想而知。他比较推崇明末钱谦益编的《列朝诗集》的体例，即为每一位入选的诗人作传，其《岭南诗选》亦照此办理。这意味着他除了收集诗歌作品外，还要费很大力气去考辨历代岭南诗人的生平与创作资料，以图呈现岭南诗歌的发展轨迹。可惜，或许是因为他过于谨慎，精益求精，或许是因为资料有所欠缺，未够完备，或许是因为另有工作，无暇顾及，总之，虽然积二十年之功，却"未有成书"，连他自己也感到非常遗憾。他知道，另有一位区启图先生，曾经编选《峤雅》，也是一部岭南诗选，可惜这位区先生的书也没有编成。算来算去，广东的东莞（宝安）是唯一一个有本地诗歌合集的地方，这部合集就是《宝安诗录》。屈大均对这部书的编者、编选范围、增编情况，均有介绍，并且解释了东莞之所以能够产生这部诗选的原因，是自明朝以来，当地有凤台、南园两个诗社，参加诗社的作者"颇得源流之正"，有良好的诗风，形成了当地重视诗歌创作的风气。这是广东诗歌史上的一条重要资料。

在诗坛之外，屈大均对岭南史地也颇为用心。他心目中的岭南大地，物产丰富，百姓善良；既有南方文化的特色，又有中原文化的影响，正是南方文化与中原文化的结合，使得岭南文化呈现出迷人的风情。追根溯源，屈大均相当留意南雄的珠玑巷。在历史上，珠玑巷是南方文化与中原文化的"接合点"，大批的北方移民度岭而来，以珠玑巷为"中转站"，然后再到岭南各地去开辟新的聚居点。屈大均有见及此，在《广东新语》中记载了两条有关资料，两条资料的说法各有不同，但都具有参考价值：

其一，"珠玑巷"条："吾广故家望族，其先多从南雄珠玑巷而来。盖祥符有珠玑巷，宋南渡时，诸朝臣从驾入岭，至止南雄，不忘枌榆所自，亦号其地为珠玑巷，如汉之新丰，以志故乡之思也。"（卷2"地语"）

其二，"珠玑巷名"条："珠玑巷得名，始于唐张昌。昌之先，为南雄敬宗巷孝义门人；其始祖辙，生子兴，七世同居敬宗。宝历元年，朝闻其孝义，赐珠玑绦环以旌之；避敬宗庙谥，因改所居为珠玑巷。予沙亭始祖迪功郎，讳禹勤，初从珠玑巷而至，族谱云'南屈珠玑实始迁'。"（卷2"地语"）

第一条资料主要以南宋的衰败时局为背景，说的是因北方沦陷，大批人士南迁，以至于跋山涉水，来到岭南。他们的故乡是中原，"祥符"是开封的旧称，开封有珠玑巷；人们南来之后，为了不忘自己的"根"，于是，就称落脚的地方为"珠玑巷"。这样的做法就像当年汉高祖刘邦一样：刘邦定都关中，为了慰藉其父的思乡之情，将落脚地改称为"新丰"（今西安市东北；刘邦的故乡是江苏沛县丰邑）。而第二条资料的说法与此不同，说的是南雄"珠玑巷"的得名始于唐代，此地原称敬宗巷，因为避讳，当地人张昌在唐敬宗（李湛）宝历元年（825）将"敬宗巷"改称"珠玑巷"。同时，屈大均不忘补上一笔，说自己的远祖屈禹勤就是从珠玑巷南下来到番禺的。屈大均觉得这两条不同的资料可以并存，于是一同收进书中，没有主观地作出取舍，这是一种比较谨慎的态度。

屈大均饱含感情，描述岭南的胜景，在他的笔下，岭南各地的山山水水美不胜收，如"白云山"条：

> 白云者，南越主山。在广州北十五里。自大庾逶迤而来，既至三城，从之者有三十余峰，皆知名。每当秋霁，有白云蓊郁而起，半壁皆素，故名曰白云。其巅为摩星岭。岭半有寺，亦曰白云。左一溪曰归龙，其上飞流百仞，盘舞喷薄，陈宗伯潴而为湖，湖东北为楼馆十数所，环植荔枝、梅、竹之属，名云淙别业。下有古寺二，右景泰，左月溪，林径水石皆绝异……又北一里，有峰曰宝象，上有动石，游人叱之辄动。前有泉，因虎跑而得，甚甘。……（卷3"山语"）

白云山的宏大气势、山上的诸多景点，以及飞瀑、流泉、怪石，还有那郁郁葱葱的荔枝树、"半壁皆素"的白云，无不引人遐想、牵动游兴。在《广东新语》中，这一类文字很多，屈大均以其亲身的体验娓娓道来；岭南人读了觉得亲切，岭外人读了想必也会心向往之。

屈大均对乡邦先贤与乡邦文献充满着敬意。他注意到岭南人在儿童教育方面独树一帜，所编写的童蒙读物以其易于诵读的特色深受欢迎，传出岭外、风行海内，流传甚广、影响极大，最有代表性的就是《三字经》。书中"《三字经》"条云：

> 归善杨肖斋传芳，有《性理五经》、《子史摘要》，著为四字、七字经行世，今不存。其童蒙所诵《三字经》，乃宋末区适子所撰。适子，顺德登州人，字正叔。入元抗节不仕，或问之，曰："吾南人操南音，安能与达鲁花赤俯仰耶？"（卷11"文语"）

归善，是广东惠阳的旧称；归善人杨传芳曾经以四字、七字句编写儿童读物《性理五经》与《子史摘要》，可惜没有流传下来。而一纸风行的《三字经》也是岭南人的杰作，其编写者区适子还是一位具有民族气节的知识分子。他由宋入元，"抗节不仕"，对蒙元统治者采取不合作的态度，不屑于与"达鲁花赤"（此语代指蒙古人）接触，保持着自己的铮铮风骨。

总之，《广东新语》是一部很有价值的奇书，可以从不同的角度去解读。文化史的角度、经济史的角度、风俗史的角度、工艺史的角度等等，都可以作为人们进入《广东新语》所展现的迷人的"岭南世界"的切入点。一部《广东新语》，可以使更多的人认识广东，也可以使广东以其独特的风姿进入更多的人的视野之中。

（据董上德著《屈大均》部分内容改写；《屈大均》，广东人民出版社，2008 年）

黄岩《岭南逸史》与故事的岭南化

　　《岭南逸史》是广东较早具有全国性影响的小说，也是较早流传到海外并受到了外国读者重视的粤地"说部"。其作者是生活于清代中叶的黄岩。

　　黄岩（1750？—1830后），字峻寿，号耐庵子、花溪逸士，广东嘉应州桃园堡（今梅县桃尧镇）人。《嘉应州志》卷二九《艺文志》记载："黄岩，《花溪文集诗集》。岩，桃源堡人。《岭南荔支咏》，存；《医学精要》，存；《眼科纂要》，存。"其《眼科纂要》一书有自序，写于嘉庆二十四年（1819），序中称"今年将七旬"，即接近70岁，上推其生年当在1749年之后；另外，其《医学精要》有温葆淳写于道光十年（1830）的序，有"闻黄翁尚大耋"一语，可知黄岩在1830年尚在人世，得享高寿。从这些材料看，黄岩本是乾嘉至道光时期一位颇有影响的医学家，他的医学著作受到当时人的重视；同时，他又是小说家和诗文作者。

　　《岭南逸史》是一部章回体小说，全书共有二十八回。作者署名"花溪逸士"。书中第十九回描述一位张姓"儒医"为一少妇诊病，其中所谈论的"医理"头头是道，与作者本人就是造诣颇深的医学家密不可分。

　　小说写的是明代万历年间的广东故事。主人公黄逢玉是嘉应州才子，兼备武功，尤熟剑法。一天，父亲黄思斋惦念其家在广东从化的妹妹，对已经16岁的逢玉说："尔姑娘移徙从化，往常多有书信寄来；近今十数年，并无信息，不知作何景况。闻得两个儿子俱不听教训，常为他们怄气欲死。我今欲使尔到彼探视一番，也见我兄妹之情。"逢玉当下表示乐于前往，顺道去游玩向往已久的罗浮山。这是全书故事的一个"由头"。从上面的引文即可略知书中的语言多用白话，又夹杂着一些文言语句。这是文人小说的特点。

　　全书故事情节相当曲折，写黄逢玉路经罗浮山梅花村，村里居民遭遇贼人，逢玉以其武功保护了当地的张翰一家。张翰有一个女儿名贵儿，感恩于逢玉出手相救，遂将贵儿许配逢玉，当即定下亲事。定亲之后，逢玉继续上路，路过嘉桂岭瑶族地区，其时，瑶族女寨主李小鬟（金华公主）近得两口宝剑，悠游无事，赋诗自乐，却一时难觅佳句，命部将阿摩寻找天下才子代为赋诗；逢玉与阿摩相遇，阿摩亲眼见证了逢玉的诗才，盛情邀请逢玉入寨见金华公主。逢玉眼中的公主"风姿窈窕，举止安闲，光彩动人"，公主却见逢玉的诗作"词气高浑"、书法"墨势奇横"，真是一表人才，爱慕不已，遂托其舅父苻雄向逢玉求婚。逢玉以有婚约在先等理由婉拒，且看其婉拒的说辞：

> 小生有老父母在堂，谅公主必不能如孙夫人从刘归汉，小生亦安敢学蔡伯喈恋牛忘亲？此难从命者一；小生已聘张氏为室，昔宋弘不弃糟糠，尾生死不负约，小生安敢停妻再娶，独蹈薄幸之名？此难从命者二；且陋巷贫儒，理隔荣盛，河鲂宋子。宜配华簪，是以公子忽不敢藕齐，隽不疑辞婚于霍，君子题之。小生何人，而独蹈富阳满氏之辙，以上玷金枝玉叶之乱乎？此其尤难从命者三也。吾闻君子爱人以德，愿将军另选名门，小生当即告别。（第五回）

此处的情节处理，显然是借鉴了元代著名南戏《琵琶记》里蔡伯喈在被招赘为牛丞相之婿时所说的"三不从"的"话语策略"。而此前写逢玉以武功解救张翰一家、张翰以女儿许配，也是"化用"了元杂剧《西厢记》里崔府老夫人为解除"普救寺之围"而许诺招赘"有功之人"的"桥段"。由此可见，黄岩是一位熟悉戏曲故事的小说家，他善于借鉴戏曲故事的某些情节"关目"来构思其小说的情节布局。从戏曲史看，戏曲借鉴小说故事的例子甚多，往往是将某个小说故事改编成戏曲作品，甚至是照搬小说故事而为之配套"唱词"就成了"一部戏"，如京剧里的"三国戏"、"水浒戏"、"包公戏"，等等，不胜枚举，相较而言，小说借鉴戏曲故事的例子却较少一些，《岭南逸史》在这方面提供了一个具有学术研讨意义的案例。

不过，黄岩写这部小说只是对某些戏曲故事略有"模仿"而已，他的着眼点主要是描述明万历年间具有"广东特色"的风情与人事。该书卷首"凡例"写道："是编悉依《霍山老人杂录》《圣山外纪》《广东新语》及《赤雅外志》、永安、罗定、省府诸志考定。间有一二年月不符者，因事要成片段，不得不略为组织。"换言之，借鉴戏曲故事的"桥段"等只是"略为组织"所需要的手法，而写出一部可与"正史"并存的"逸史"，才是目的。

作者毕竟是一位既懂医道有颇谙儒家学说的文人，他深知"小说为正史之余"的文体特点，他在构思小说时是以广东的史料为主要依托的。

从细节看，黄岩很注意细节的"岭南化"，比如，他写逢玉的书法风格是："回头见案上有一枝秃茅笔，拈起来蘸得饱饱，也不凝思，也不起稿，就于素绫上，效白沙笔法，一挥而就，写得奇气溢目，峭削槎枒，真个：放而不放，留而不留；法而不囿，肆而不流。"这一点，与明代的广东大儒陈白沙的写字风格完全吻合，也可见黄岩对陈白沙相当了解，他是将以使用"茅笔"为特色的"白沙笔法"嫁接到逢玉身上了。也就是说，在处理细节时，黄岩用心很细，有其笔法细腻的一面。

若从故事的框架看，黄岩熟悉广东的地方志和各地风情与人事，整部《岭南逸史》涉及的内容，除小说旨趣外，也是具有一定的"历史意味"的，如作品第四回就提及了明代初期广东地区汉族与瑶族的关系："明洪武初，瑶人来归，设瑶蛮峒官、狼目诸司，薄税轻徭以羁縻之，稍得安息。至隆庆间，诸司目受瑶人金币，纵容犯法，渐渐玩梗起来，戕杀平民，劫夺商贾……"并提到瑶族的一个分支是"罗旁瑶"，上文所说及的金华公主就属于"罗旁瑶"。《岭南逸史》描述了"罗旁瑶"的地理位置："嘉桂岭，此岭居万山之中，云峦环抱，去会城之北二百余里，当番禺、南海、三水之中，连接从化、清远。"又说："（进入嘉桂岭地域）远远望见双峰突起，峰凹里一座关隘，枪刀密布，极其雄壮。两边俱是立石，崭岩峭削，中间用青石砌成一道，层级而上。入了关门，一带平冈。中间立一个营盘，左右营房无数。插天也似一杆大桅，上悬黄旗，一面写着'朝天关'三字，迎风招飐；营后又是陡绝的亭山。"（第五回）这里关于"罗旁瑶"的文字，是参考了屈大均《广东新语》卷七"瑶人"条以及其他地方志著作而写的。诸如此类的描述，可证黄岩在"凡例"中所说的是符合事实的。今天读《岭南逸史》，可以丰富我们关于明清时代岭南民族关系的知识以及加深我们对民族融合的历史过程的了解。

《岭南逸史》写了男主人公黄逢玉先后与多名女子的"姻缘"，显然受到明清时期白话小说所流行的"一男多美"模式的影响，故事很曲折，而审美趣味未免有庸俗的成分。不过，它又跟通行的"才子佳人"小说不同，男主人公和女主人公并非只是陶醉于"花前月下"、"卿卿我我"，而故事的情节处理更多的是借鉴了"杨宗保与穆桂英"之类的"套路"，男女人物不乏"金戈铁马"的英雄气概，也折射出岭南人"尚武"的族群特色，这可说是"才子佳人"小说在广东的一种新的"变异"。

《岭南逸史》流传到海外，颇受外国读者的欢迎，也引发外国学者的研究兴趣，如上世纪八十年代，一位日本学者曾经对它做过颇为深入的探讨，从诸种版本到丰富的小说内容，均一一辨析，钩沉索隐，其基本看法是：

"作者根据史实，以他的故乡为中心，把历史上的人物和他虚构的人物巧妙地交织成爱情的瓜葛。然后让汉族青年与少数民族及汉族的女性相继结婚，征讨那些威胁农民生活的乱民贼军，确保治安，辅助王化。"并说："以嘉应州（梅县）为故乡的作者黄岩，非常熟悉这里的高山密林，并在广泛地描绘这从东江到北江乃至西江地区纵横地带的文字里，洋溢着浓烈的南方亚热带气息。在这样的背景下驰骋着的人物所组成的矛盾，是一幅惊心动魄的战争画卷，可以说是继承了《三国演义》那样的好传统。"（波多野太郎《读〈岭南逸史〉》）①这样的评价，大致符合实际。一部岭南小说能够产生如此国际影响，也是不容小觑的。

（据董上德著《岭南文学艺术》第四章"岭南小说"部分内容改写；《岭南文学艺术》，广东人民出版社，2019 年）

---

① 波多野太郎《读〈岭南逸史〉》，吴锦润译，载《广东民族学院学报》1984 年第 1 期。

苏曼殊的文学创作与翻译劳绩

晚清光绪十年（1884）八月初十（9月28日），一个苏家婴儿出生于日本横滨，取名戬。其时，父亲苏杰生（1846—1904）在横滨做茶叶生意，已经38岁；生母为日本女子河合若（1866—?），年仅19岁。河合若以女佣身份在苏家协助料理家务，得以和苏杰生相遇，私下怀孕，产下一子，是为苏戬，即后世知名的苏曼殊。

苏曼殊（1884—1918），僧人兼诗人，小说家兼翻译家；他又是方外之士与革命志士的结合体，且兼有中日血缘。如此奇异的人物，尽管已经飘然远去，却长久留在历史的视野之中。

他生活在一个风云际会的年代，行云流水般地度过了其短暂的一生。

他曾经浪迹于东瀛以及中国的多个城市，其足迹还曾经远涉东南亚等地，结识豪杰无数。虽年寿不永，却留下了脍炙人口的诗歌和小说，还有那些开风气之先的译述。

今以苏曼殊的文学创作与翻译劳绩为视角，分为三题，述论结合，供读者参考，并请指正。

一、苏曼殊的诗僧之诗

苏曼殊出家为僧，而又以诗人著称于世，故世人多称之为"诗僧"。其实，"诗僧"的名号于苏曼殊既合适又不太合适：从其特定的身份而言，是合适的，他就是一个心有所感而不得不出之以"诗"的和尚，即他自己所说"尚留微命作诗僧"（《有怀》二首之二）；可是，从其内心的矛盾、纠结来说，他却不以做"诗僧"为其人生目标。苏曼殊不满足于只做纯粹的"诗僧"是显而易见的，且听其夫子自道："诸天花雨隔红尘，绝岛漂流一病身。多少不平怀里事，未应辛苦作词人。"（《步韵答云上人》三首之一）既然"未应辛苦作词人"，可见还是想做点什么，去应对那些或发生在自己身边或发生在家国之内的"不平之事"。总而言之，其诗歌作品里虽也有一点"色即是空，空即是色"的禅意，多多少少与其"诗僧"的身份有些对应关系，可是，更为多见的是在动荡局势下伤心的体验、孤寂的感受，以及压抑不住内心痛苦时的狂歌。

"伤心"，是苏曼殊艺术世界里的一个关键词，他是天底下一个大伤心人。身世的悲苦、身体的病弱、身份的尴尬，这一切都是"伤心的理由"。可更为深切的是身处乱世所带来的悲伤，即常年过着"东飘西荡"的生活，一来国内政局日益动荡，二来国际环境日趋恶劣，自己身为"燕子龛"的主人而居无定所，用他的话来说，就是"燕子龛者，曼殊所以自名其漂泊无定之住处也"，他所身历的诸般苦况无不与乱世中的"漂泊无定"相关。

我们要理解苏曼殊的伤心体验，可以借助他的一则随笔来进入其特殊的伤心语境："余年十七，住虎山法云寺（按：即位于广州番禺雷峰山的海云寺）小楼三楹，朝云推窗，暮雨卷帘，有泉，有茶，有笋，有芋。师傅居羊城，频遣师兄馈余糖果、糕饼甚丰。嘱余端居静摄，毋事参方。后辞师东行，五载，师傅圆寂，师兄不审行脚何方，剩余东飘西荡，匆匆八年矣。偶与燕君（按：即沈燕谋）言之，不觉泪下。"苏曼殊 17 岁，正好是 1900 年，"匆匆八年"已过，此时，他已经 25 岁，从指间流走的岁月里，似乎值得留恋的就只有早年师傅的关爱和师兄的殷勤了，而多少难言之隐、颠沛生涯，只能引起黯然神伤，惹出两行清泪。从 17 岁到 25 岁，这是他 35 年的生命历程中相当关键的段落，其间，他参加过"拒俄义勇队"；与黄兴等人一起学习军事、练习射击；表兄林紫垣断绝了其经济来源；频繁流转于中日之间及国内各地，为生计奔忙，为养母操心，为国家担忧。就当时的形势而言，民族主义高涨，革命浪潮涌动，革命派与改良派论战，苏曼殊以僧人身份从事革命活动，站在康有为的对立面，还一度试图暗杀代表保守势力的康有为；而革命的艰难与挫折，生活的困窘与动荡，加上朋友间的反目，放纵饮食等不良习惯导致身体的病变，又使得苏曼殊身心俱疲，苦闷不堪。

苏曼殊创作诗歌，对自己的作品删汰很多，从现有的材料看，其最早正式发表的诗歌作品是《以诗并画留别汤国顿》二首，刊载于 1903 年 10 月 7 日的《国民日日报》的附张《黑暗世界》。换言之，他从此年开始才找到自己诗歌创作的满意感觉。这两首作品，论气度，论襟怀，论气势，都可以看作是已经 20 岁的苏曼殊心灵一角的展示。步入壮年，血气方刚；祖国积弱，外寇欺凌，激发起内心的义愤。家国多难，风雨如磐，置身当下，回顾历史，他想起了两个古人，一是鲁连，一是荆轲，都是铁血汉子。其一云："蹈海鲁连不帝秦，茫茫烟水着浮身。国民孤愤英雄泪，洒上鲛绡赠故人。"战国时代的鲁连（鲁仲连）不畏强权，不愿苟且偷生，其宁死不屈的精神激励着后世无数义勇之士，苏曼殊也以鲁连自勉，一方面感伤于"茫茫烟水着浮身"，一方面深切地表达着对国家前途的担忧、对帝国主义列强的痛恨，提笔作画，留赠友人，一笔一画都倾注了炽热的情感，仿佛画在生绡（鲛绡）上的不是作画的颜料，而是自己一滴一滴的"英雄泪"。其二云："海天龙战血玄黄，披发长歌览大荒。易水萧萧人去也，一天明月白如霜。"侵略与反侵略，压迫与反压迫，正义与邪恶两种力量正在激烈地对抗，正是在1903年4月，苏曼殊在日本加入了"拒俄义勇队"，这是其生命史上不可忽视的事件；同年八、九月间，因为迫于无奈，尤其是得不到表兄林紫垣的经济资助，不得不离开日本，返回中国，但是，他在友人为他送别的时刻郑重表明："易水萧萧人去也，一天明月白如霜。"襟怀坦荡，不改初衷；品行高洁，似明月，如白霜。他以一种悲壮的情怀告别友人，眼前仿佛浮现出当年行色匆匆的荆轲的高大身影。没有离愁，有的只是壮志未酬的激越感触。

留别汤国顿的这两首诗作，呈现出日后作为"诗僧"的苏曼殊的某种人生"底色"。尽管他是那么瘦弱多病，那么狂怪异常，而且还是入了空门的和尚，可是，别以为他天性颓废，其实，他的内心深处潜伏着刚烈的血性，没有如此血性，写不出"披发长歌览大荒"的豪气。这一点，有后来成为苏曼殊好友的蔡哲夫在1909年的回忆为证：蔡氏于1905年秋天居住杭州，某日，过灵隐岩前，"见一祝发少年，石栏危坐"，身穿僧衣，"眉宇间悲壮之气逼人，余以为必奇士，大有不得已而为之也"，此时，蔡氏并不认识眼前的这位年少僧人正是苏曼殊，只是凭初次印象就觉得其人出家乃"不得已而为之"，他最为深刻的观感是苏曼殊眉宇间有"悲壮之气"，从而判断其人必为"奇士"（蔡哲夫《曼殊画跋》）。我们完全可以相信蔡氏的印象，第一印象的"保真度"是比较高的。再看苏曼殊本人在其画作《听鹃图》上的题跋："'最可惜，一片江山，总付与啼鴂。'每诵古人词，无非红愁绿惨，一字一泪，盖伤心人别有怀抱。于乎，郑思肖所谓'词发于爱国之心'。余作是图，宁无感焉？"这是他于1908年春在东京所写。郑思肖（1241—1318）是南宋的爱国作家，所作诗文多"感愤壮烈"之气，如其诗有句云："宁可枝头抱香死，何曾吹落北风中。"（《寒菊》）梁启超称其著作最能"振荡余心"（《重印郑所南心史序》）。而苏曼殊显然对郑思肖也是充满着景仰之情，虽此时远离中国，却也将郑思肖这样的人物记在心里，时刻未忘，其心志可见一斑。

从以上的诗作看，苏曼殊的"伤心"与"伤时"紧密相连，混合为一。

以个体而言，"伤心"是个人遭遇种种人生挫折的心理体验；就个体与国家命运的关系而论，"伤时"是比"伤心"具有更为深广之社会内容的心理体验。二者的结合，是我们理解苏曼殊诗歌的一把钥匙。

且看苏曼殊写于1909年的《寄晦闻》："忽闻邻女艳阳歌，南国诗人近若何？欲寄数行相问讯，落花如雨乱愁多。"晦闻，即南社诗人黄节（1873—1935）。诗中的"南国诗人"当指包括黄节在内的南社成员。南社，是辛亥革命前成立的文学团体，筹备于1907年；是年冬天，刘师培夫妇从日本回国，柳亚子邀集黄节、陈去病、邓实、高旭等人在上海一家酒楼为刘氏夫妇洗尘，席间相约成立"南社"。1908年，苏曼殊的朋友陈去病、柳亚子的诗作中已经出现"南社"字样（而其正式成立的日子是1909年11月13日）。苏曼殊虽人在日本，但与国内朋友多有书信来往，如1909年3月间就和邓实等人通过信，当对南社的筹备情况有所了解，他后来也正式加入南社。从这一层关系来看，他关注"南国诗人"的近况，除了出于朋友间的牵挂外，还对这一批有志于"革命"的诗人的活动怀有很大的兴趣。而清朝政府的政治高压手段，也引起苏曼殊的担忧，那些高压手段如同无情的狂风，故而有"落花如雨乱愁多"之句。

苏曼殊于1912年正式参加南社。加入一个社团，对于一个人来说，可是一件严肃的事情，尤其是我们必须了解南社的性质，它不是一个吟风弄月的诗社，且看其发起者之一高旭所撰写的《南社启》，他一下笔就以疾呼的口吻写道："国魂乎，盍归来乎！抑竟与唐虞、姬似之版图以长逝，听其一往不返乎！恶，是何言，是何言！国有魂，则国存；国无魂，则国将从此亡矣！……欲存国魂，必自存国学始；而中国国学之尤为可贵者，端推文学。"并且声言南社不是一般的诗社，以呼唤"国魂"为己任，"欲一洗前代结社之积弊，以作海内文学之导师"（原载1909年10月17日《民吁日报》）。高旭所谓"国魂"，指的是在异族统治下汉民族的尊严与独立，即他在《光复歌》中所呼吁的："汉族二万万，其中岂无一个伟男子！父兄之仇最切齿，为语同胞快斩靼鞑靼祀。恢复旧山河，一洗弥天耻。"陈去病也对"南社"的命名做了解释，说："南者，对北而言，寓不向满清之意。"（《南社长沙雅集纪事》）柳亚子说得更为直截了当，"它底名字叫南社，就是反对北庭的标志了"（《新南社成立布告》）。换言之，"南社"，就是与"北庭"对着干的社团，其政治含义极为鲜明。他们借助诗歌创作，意图唤起国人的民族意识和抗争意志。

苏曼殊自然了解南社成立的宗旨，他的创作思想与南社同仁的政治理念与艺术追求也是相通的。他在 1909 年写下一首诗，题为《西湖韬光庵闻鹃声柬刘三》，诗曰："刘三旧是多情种，浪迹烟波又一年。近日诗肠饶几许？何妨伴我听啼鹃。"刘三，即刘季平（1890—1938），早年与苏曼殊在日本成城学校做同学，后来又在南京陆军小学做同事，二人为至交。至于这首诗，苏曼殊曾经介绍其写作背景，其《听鹃图跋》写道："昔人天津桥《听鹃词》云：'最可惜，一片江山，总付与啼鴂！'衲今秋弛担韬光庵，夜深闻鹃声，拾笔图此（指画作《听鹃图》），并柬季平一诗。"诗人的情思由"夜闻鹃声"而来，联想到流传久远的《听鹃词》，其中，"最可惜，一片江山，总付与啼鴂"一句，令诗人感触尤深，不能自已，挥毫作画，吟咏成诗，诗画合一，表达着自己对祖国的深忧，对大好山河的眷恋，而在当时，舆图已经长久落入异族手里的哀痛之情更是溢于言表。他虽身处寺庙，却心系家国，孤苦难耐，自然想到好友刘三，希望在远方的朋友也能够理解自己此情此景的悲苦感触，故有"何妨伴我听啼鹃"之句。这样的文艺创作，与高旭在《南社启》中所表达的民族意识与文艺观念是合拍的。这首诗发表在 1910 年 6 月出版的《南社》第二集，正好说明它得到南社同仁的认可。

其实，当时的南社诗人面对着国家的内忧外患，内心悲苦，无法排遣，而当政者又是异族的统治者，自然对满清政府充满着激愤，对过去一段刻骨铭心的"亡国"历史尤为敏感，他们的民族意识就是这样激发出来的。故此，他们对"啼鹃"怀有极为复杂的感情。无独有偶，高旭的诗歌作品里也有"啼鹃"意象，如其《谒孝陵》："白日惨淡钟山高，秣陵王气何萧条。啼鹃不诉亡国恨，秋风肠断哀南朝。"这与苏曼殊"夜闻鹃声"时的内心感受是相似的。借助这样的比较，我们可以理解苏曼殊们的"伤心"具有深广的社会、历史内涵。

家国的命运与个体的命运紧密相连。苏曼殊由于身世的独特、家庭氛围的缺失，他对自身的"个体"的感受与一般人有别，他没有把自己视为家庭中的"个体"，却把自己视为家国中的"个体"，故此，他所结交的朋友大都是时刻关注家国命运的革命者，如陈独秀、章太炎、柳亚子、刘季平、陈少白、冯自由、马君武、孙中山、鲁迅等等，苏曼殊活在这一批革命家当中，活在萌动着革命力量的社会关系中，也活在种种的革命思潮相互激荡的时代氛围中。若然偶尔结交某一个革命家，那很可能只是一种不可多得的机缘，可是，接二连三，再三再四，让自己置身于众多革命家之中，成为穿行于他们之间的"这一个"苏曼殊，这样的个体生存方式，简直就是"苏曼殊式"的。我们可以理解，革命家的热情与担当，及其超越"小我"、关怀"大我"的胸襟，对于自感身世孤苦的苏曼殊而言，不啻是人间至真至诚的关爱，故而他与众多革命家建立起特殊的依存关系。我们且看他写于1910年夏天的一首诗，题为《耶婆提病中，末公见示新作，伏枕奉答，兼呈旷处士》。诗题中的"耶婆提"，即印度尼西亚的爪哇，当时他在爪哇担任英文教员，时常抱病度日，"与药炉为伍"；"末公"，即当时人在日本从事反清活动的章太炎，因他学佛后别号"末底居士"，故人称之为"末公"；"旷处士"，即章太炎弟子黄侃，其时也在日本。章太炎时任总部设立在东京的光复会会长，是旅居日本的反清志士的领袖。他将自己的诗作寄示苏曼殊，苏亦以诗作答。苏诗开头写道："君为塞上鸿，我是华亭鹤。遥念旷处士，对花弄春爵。良讯东海来，中有《游仙》作。劝我加餐饭，规我近绰约。"换言之，你我都远离祖国，漂泊海外；你的书信来自东瀛，多有眷顾，且体贴入微，劝我注意饮食，规诫我不要多近女色。尚在病中的苏曼殊读着章太炎的来信与诗作，倍感亲切和温暖，虽在异乡孑然一身，却也感受到不是亲人胜似亲人的关怀，而且还是"知心知肺"的言辞，这对他是莫大的慰藉。当然，苏曼殊虽然身在海外，对祖国的危局却了然于胸，尤其是对章太炎诗作中流露出的忧愤深表共鸣，故此，接着写道："上国亦已芜，黄星向西落。青骊逝千里，瞻乌止谁屋？江南春已晚，淑景付冥莫。建业在何许？胡尘纷漠漠。"国家已经受到"胡尘"即帝国主义列强的侵犯，大好河山蒙羞，国运衰微，革命形势也极为不利，你不得不远离祖国，身入异邦；我也漂泊海外，不知道在何处栖息为好。苏曼殊对章太炎"深于忧患"的心态表达了充分的理解。章氏寄示的诗作有句云："中原乱无象，披发入蛮夷"（当时，章氏身在日本，故称"入蛮夷"）；"登楼望旧乡，天柱亦已颓"；"邦家既幅裂，文采复安施"。章氏也是对国家的前景、革命的前途均深感忧虑，对自己身为文人而不能扭转邦家"幅裂"的局面而万分愧疚，故有"文采复安施"的慨叹。由此可以看出，苏曼殊与章太炎一样，在对于"自我"的认知上，他们都视"小我"为"大我"中的一员。

不过，在苏曼殊看来，"小我"虽然离不开"大我"，但是，毕竟太渺小，不仅无法左右家国的命运，也不能左右自己的行藏，无助感、孤独感、无奈感，时常袭扰心头，哪怕谈一场没有结局的恋爱，瞬间的欢愉惹出的是无尽的哀愁；对于未来，自己无法掌控，无法改变，无法超脱，却又不得不勉强地、暂时地将自己抽离于现实；既纠结于尘网之中，又不无自我欺骗地意图摆脱于尘网之外，这就是苏曼殊，这就是富于情感的诗人与碍于清规戒律的僧人奇妙结合在一起的苏曼殊，其复杂心态表露在他的诗中，如其最为脍炙人口的《过若松町有感示仲兄》："契阔死生君莫问，行云流水一孤僧。无端狂笑无端哭，纵有欢肠已似冰。""仲兄"，就是苏曼殊一生的挚友陈独秀，此诗开首即以"契阔死生君莫问"领出，似有无端的烦恼一触而发。或许，陈独秀曾经问及其近来的私生活，问及其异性相好的近况，这在朋友间本来是一种关切，却一时惹恼了苏曼殊，"君莫问"三字，冷言冷语，似乎不近人情，而他一定是有淤积已久的哀愁，一直没有倾诉对象，陈独秀的问询刚好触发了他内心的痛处，胸中的苦楚一泻而出。本来，声称"行云流水一孤僧"，似乎是他作为僧人的一种宗教体验，因为佛家尤其是禅宗讲究的是"无住"，"无住"即行云流水的状态，不执著，不滞不碍，洒脱豁达；可是，接着，是一句"无端狂笑无端哭"，这是一种非宗教体验，是一种神经质的精神状态，是一种过于执著才会有的心理倾向。我们可以看到，苏曼殊在同一个时刻，其宗教体验与非宗教体验是混合起来的，而且，后者往往处于"强势"而压倒了前者，故此，"纵有欢肠已似冰"，正好说明苏曼殊的宗教体验敌不过其世俗体验。其"诗僧"之诗，可作如是观。

这一位"诗僧"，不能说他在诗歌造诣方面已经有很深的功力，从他的存世之作来看，以绝句居多，篇幅短小，诗体较为单一，连律诗也不多见；以单首诗作而论，最长的是《耶婆提病中，末公见示新作，伏枕奉答，兼呈旷处士》，共 17 韵、34 句，而且，为其诗作中的特例；而像"歌行体"等篇幅较长的诗体形式，并未见到。或许，对于苏曼殊而言，绝句是他最易于驾驭的诗体。他不乏诗情，而其诗才在其同辈人中不是最出色的。于是，其作品欠缺大气磅礴、酣畅淋漓的气象，其诗思不无婉约的意绪，可是没有展现出在大开大合中起承转合、跌宕多姿的诗艺。不过，他的短处或许又可以转化为他赖以立足诗坛的长技，不可否认，他的诗歌自有面貌，深深打上"苏氏"印记，别人写不出来，尤其是写不出其特有的韵味。苏曼殊的诗歌，不可复制，只此一家，原因就在于，这些作品是一个身世悲凉、身份特殊、亦僧亦俗还同时吸收了中、日两国文化观念的人，体验了僧、俗不分的人间历练之后写出来的带血带泪的诗篇，敢问天底下有多少人经历了像苏曼殊这样的人生呢？苏曼殊情感纤细、敏锐，多病的身体使得他对周遭的人事易于做出情绪化的反应，革命的情怀使得他纤细的情感又平添了几许悲壮与豪气，宗教的约束还使得他在穿行于僧、俗之间时比别人多了一些纠结与不安，如此诗人，如此僧人，如此尚未脱离天真与情欲而且还处于青壮年时期的苏曼殊，他写出来的诗歌就如同空谷足音，所传递出来的是特异独行者的一阕悲吟。我们试听："淡扫娥眉朝画师，同心华髻结青丝。一杯颜色和双泪，写就梨花付与谁?"（《为调筝人绘像》）我们再听："禅心一任娥眉妒，佛说原来怨是亲。雨笠烟蓑归去也，与人无爱亦无嗔。"（《寄调筝人》）调筝人，是苏曼殊心爱的日本艺妓百助眉史，他们之间既有一缕深情，又有难以跨越的鸿沟，这样的情诗出自一个和尚之手，在中国诗歌史上绝不多见。情感是如此美好，结局是那样难堪，人生的两难，最是令人唏嘘不已。

二、苏曼殊悲歌式的小说

一个年轻人，生逢乱世，无处安生，游荡四方，不期然与妙龄女子相遇，生出无限缠绵，惹出无限惆怅，最后独吞无限凄酸，这就是苏曼殊的小说。

与其说这里有"艳情"，不如说，作者之意在于仅仅以"艳情"为引子，引出人生的悲凉与凄苦，当你读完全篇，你会觉得"艳情"远远不如通常的"预期"，不像明清艳情小说里有那么多半咸不淡或又咸又甜的情节，满足某些人特殊的"味觉"需求；相反，苏曼殊的小说，你一定要说"艳"，那也是"冷艳"，而不是"俗艳"，那"冷艳"的背后是人生的无常与无奈，小说中的"情"是如此真挚、浓烈、绵长，而相互爱恋的男女，他们所面对的是如此冰冷、坚硬的世界，容不下丝丝温情，容不下生离死别的男女之间的一瓣心香，我们只能从小说里读出一段又一段乱世下的悲歌。

苏曼殊传世的小说并不多，计有：《断鸿零雁记》（1911—1912，先后写于爪哇、上海），《天涯红泪记》（1914，写于东京，未完稿），《绛纱记》（1915，写于东京），《焚剑记》（1915，写于东京），《碎簪记》（1916，写于杭州），《非梦记》（1916，写于杭州）。正是这几篇小说，伴随着苏曼殊一步一步走向生命的尽头，换言之，它们大多是其"晚年"之作。

想当初，1903 年的时候，苏曼殊翻译嚣俄（雨果）的小说，其汉文程度还不算过硬，使用文言尚有障碍，不得不出之以白话，是为十四回的《惨世界》；其间，幸好得到陈独秀的帮忙，其中有些文字还是陈的手笔。作为小说家，苏曼殊在语言方面的"功底"并无明显优势，"童子功"未称扎实；可他好学、勤奋，天赋甚高，想不到，过了若干年，自己写起小说来，用的是文言，相当典雅、优美，表情达意，描摹世情，都往往得心应手；字里行间，笔触细腻，饱蘸浓情；而情节安排，婉曲有致，悬念迭起，读之不忍释卷。不能不惊呼苏曼殊的文字表达有如此神速的进步！

苏曼殊的小说时常展现两代人的冲突，长辈的固执、无情，与后辈的柔弱、多情，两相对立，形成反差，导致后辈难以承受的痛楚。这一点，深深植根于苏曼殊在苏氏家族的悲苦身世与凄酸经历。如此身世，如此经历，在苏曼殊的心灵深处留下无法弥补的巨创，成为他小说创作的内在动因。

给他赢得盛名的《断鸿零雁记》，似乎是一篇不得不写的作品。可以想见，在写作之前，作者积压了太多的悲伤和愤懑，借助小说，得以宣泄出来。

小说的主人公是已经出家为僧的河合三郎，生于日本，其生父早死，母亲将他带到中国，过继给一位"父执"为义子；三年后，其母亲留下三郎，独自返回东瀛。三郎的"义父"没过多久也离开人世，其妻对三郎极为刻薄，早年的乳母在多年之后回忆往事，也禁不住对三郎说："至尔无知小子，受待之苛，莫可伦比。"三郎正是在缺乏父爱和母爱的家庭环境中渐渐长大的。他日后祝发为僧，有其不得不弃家出走的原因。在三郎的心目中，"断鸿"、"零雁"的意象正好比喻其独特的身世，孤苦无助，孑然一身，如浮萍，似飞蓬，无根地四处游荡，凄凉地与世沉浮。苏曼殊笔下的三郎，虽然不能说是自己的替身，但是，无可否认，三郎的形象显然有自己的身影。从创作心理的角度来说，苏曼殊对自己的生父素无好感，乃至于其生父去世，他也没有回家奔丧；而在小说里，苏曼殊一下笔，就构思出三郎的生父早已去世的情节，生父对于三郎而言，已经成了一种冰冷的存在，这多少反映出"父亲"这一角色在苏曼殊的内心世界里成了一个不想去碰触的"心灵死角"。这对于我们理解苏曼殊心灵上的阴影，或许是一把不可缺少的"钥匙"。

一方面是缺乏父爱，一方面又不得不面对与生俱来的"私生子"身份，苏曼殊在身份认同、族群认同上都倍感孤零，茫然若失；加上族人的冷眼，周遭的闲言碎语，更是处于难堪境地，愈发产生在"宗法"社会里的"无根"的心理暗示，这或许是"断鸿"、"零雁"的文学意象的心理来源。而且，创作《断鸿零雁记》时，作者将近"而立"之年，在渐渐步入中年的时候，其小说处女作以"断鸿"、"零雁"为主要意象，可见"无根"的心理暗示依然十分强大，与其"行云流水一孤僧"的自我镜像两相呼应。

在"宗法"社会里"无根"，是一件很要命的事情，有如"游魂"一般，苏曼殊的出家与此有相当大的关系；而出家之后，他可以不再姓"苏"了，与友朋的来往书信，其落款没有出现过一个"苏"字。可是，这位出家的"和尚"又自称"情根未断"（1910 年 6 月 8 日《致高天梅》），正是余情未了，才会写出一篇又一篇的情僧小说。

《断鸿零雁记》的三郎，正是一位情僧，他自幼出家，在南方的海云寺"三戒俱足"。值得注意的是，苏曼殊在写给朋友的信里，有时落款只写一个"三"字，即为"三郎"的简称（如1914年2月26日《致何震生》；苏曼殊是其生父苏杰生的第三子，故称三郎）。小说中的三郎与作者自己的生平经历显然有着某种关联。三郎的母亲也是日本人，她将三郎带到中国，有一个不可忽视的文化观念，即希望三郎"离绝岛民根性"，以中国为"上国"，接受"上国"的文化教育，这未尝不是苏曼殊自己的文化观念的一种折射。更为有趣的是，小说中，三郎游走于中国和日本之间，回到日本，接触到的心仪女子，也是以学习中国文化为荣，书画诗词，无所不通；《庄子》、陶诗、烂熟于心；还对明代侨居日本的朱舜水先生崇拜有加。这似乎表明，苏曼殊虽然自认在宗法社会中"无根"，可是，在"文化中国"的语境里，他又意识到自己的"根"就在中国，并以此自豪。不过，小说中的三郎形象，毕竟也带有日本文化的因素，并非"纯种"的中国人，尤其在对待男女情事方面，受到日本佛教界一些风俗的影响，比如，日本和尚可以结婚，小说中写道："日俗真宗，固许带妻，且于刹中行结婚礼式。"三郎由此想到，自己要推脱与日本女子的婚事，如果以"出家"为由，是推脱不掉的。这正是日本的佛教文化与中国的佛教文化的巨大差异。虽说三郎无意与日本女子结婚，但是，对于"情根未断"的"和尚"而言，日本的佛教文化又为"和尚"的情丝不断乃至于谈情说爱提供了一种可以依傍的文化资源，三郎形象的独特性与复杂性于此可见一斑。

三郎可不是我们民间社会俗称的"花和尚"。一般的"花和尚"打着宗教的外衣，破坏清规，玩弄女性，可三郎绝无此般恶习。他与小说中的一位女子雪梅是青梅竹马，本有婚约，是雪梅的父亲眼见三郎"义父"一家日渐衰落，悔其前约；而雪梅生母已逝，后母刻薄无情，雪梅坚贞自守，属意三郎，誓不另嫁，处境悲凉。当初，三郎也感知雪梅情义，可迫于长辈意志，无可奈何，左思右想，为了不至于让雪梅痛苦一生，"默默思量，只好出家皈依佛陀、达摩、僧伽，用息彼美见爱之心，使彼美享有家庭之乐；否则，绝世名姝，必郁郁为余而死……"如此说来，三郎出家，其部分原因是为了雪梅，为了使她停息"见爱之心"。这也是三郎对雪梅的一种特殊的"爱"。不过，这种爱情，明显带有旧时宗法社会的色彩，男女双方的痛苦，无非缘于对婚约的一份敬畏之心，不无"宿命"的观念，算不上自由恋爱。过了若干年后，两人相遇，三郎心目中还是有"雪梅者，余未婚妻也"的预先认定，致使他在接到雪梅的信函后思绪起伏，心潮不平；尤其是得知自己出家后，雪梅依然一往情深，心无二念，三郎感动不已，痛哭流涕，小说写道："一见彼姝之书，亦惨同身受，泪潸潸下"。三郎的表现，也是出自真情，当然，其真情似乎也含有道义的成分和自责的心理。

《断鸿零雁记》还有另一位女主人公静子，是三郎在日本的表姐。这样的人物关系，表面上是节外生枝，实际上是作者的精心布局。作者在处理三郎与雪梅这一条情节线时埋下伏笔，原来，雪梅在信函里表示非三郎不嫁，请三郎即归日本省亲，求得母亲许可，希望借助三郎母亲的意志来维护原有的婚约，并且送上足够的路费。三郎于是依从雪梅的意愿回到日本，回到故乡逗子寻访母亲，终于母子重逢。三郎有一个阿姨住在箱根，他随同母亲到箱根探访，与其表姐静子相遇。静子娇羞可人，秀外慧中，对三郎体贴入微，谈吐又清雅，学养又深厚，三郎为之倾倒不已。本来，三郎这次回到日本，除了省亲，还有一个目的是劝说母亲确认自己与雪梅的婚事，为此，他接受了雪梅给他的不菲的赞助。可是，出乎意料，母亲只字不提雪梅，却要三郎与静子成婚，而三郎不知道是忘记了雪梅的嘱托，还是困于静子之情而不能自拔，也从未提及雪梅。于是，作者花了极多的笔墨描写三郎与静子之间的缠绵与烦恼，构成了整篇小说的主要部分。小说着重刻画三郎内心的苦闷与冲突。他欣赏静子之美，而且，两人兴趣相投，谈诗论画，契合无间；他不忘自己"和尚"的身份，佛家的戒律时时牵制着其内心的情感波澜。他曾经想，如果留在日本做"和尚"，兼顾两者并非不可能，可他终于不肯长留日本，伺机从静子身边仓惶逃离，甚至和母亲不辞而别，几经周折，回到中国。

苏曼殊对这篇小说的构思，其侧重点前后有所转移。全篇有 27 章，前 5 章写三郎是如何成了"断鸿零雁"，揭示其身世之苦。第 6、7 章，是一个过渡段落，写三郎经由香港登船前往日本，在香港拜会其外语老师西班牙籍的罗弼牧师及其女儿，得到牧师女儿的一批赠书，其中就有拜轮（拜伦）全集，三郎在船上还翻译了其中的《大海》，一共六章，其译文一如苏曼殊本人公开发表的同题译作，可证小说中的三郎与苏曼殊之间的相互关联。第 8 章至第 20 章，侧重点是描写三郎到达日本后与静子的感情纠葛，回归母亲身边的三郎深感母命难违，母亲与自己的阿姨联手逼婚，而她们逼婚的对象又是自己极为爱慕的表姐；而娴静温婉的表姐也一再表示非三郎莫嫁，其情真挚，其爱感人。三郎在情感的"夹缝"里几无喘气的空间。这已经与前 5 章的"断鸿零雁"的凄惨意象产生较大的距离，转入了一个典型的

"苏曼殊话题"，即一个人（尤其是"和尚"）在情感的"夹缝"里如何把持与选择？作者在小说里给予的答案是：只能暧昧地逃离。我们可以称之为"苏曼殊答案"。第21至27章，为全篇的结局部分，写三郎逃离日本、回到中国，抵达上海后，转至杭州，在灵隐寺结识了一位经历与自己相似的湘籍僧人法忍（十六七岁，父母早逝，其叔父将他卖给富家为继子，曾与邻居的女儿相恋，受到义父的严酷管制，意欲投水自尽，却被他人救起，后来"入岳麓为僧"），两人惺惺相惜，同病相怜。此时，小说又回到"断鸿零雁"的文学意象上来。在一场法事中，三郎认识了麦氏兄妹，原来他们是三郎的乡邻，告知乡中消息；三郎得悉雪梅后来不改嫁他姓，不畏后母淫威，最终"绝粒而夭"。顿时，三郎悲从中来，泪如雨下，决计返乡寻访雪梅的葬身之所；却遍寻不获，踪迹莫辨，悲怆不已，留下"弥天幽恨"。

　　这样的结局，依然与"苏曼殊话题"息息相关。"苏曼殊话题"的核心是：在情感的"夹缝"里暧昧地痛苦一生。"暧昧"是关键词，而苏曼殊从小受到日本文化的熏陶，日本文化的特色之一就是"暧昧"。日本人在表达自己的意愿时不喜欢直截了当，喜欢拐弯抹角，这是一种民族特性。作为有一半日本血统的苏曼殊，受此影响，毫不足怪。他笔下的三郎，在情感的"夹缝"中正是暧昧地痛苦着：他并非不爱雪梅，并非不爱静子，还有，与西班牙牧师的女儿也保持着暧昧关系，当静子发现该女子从香港寄到日本来的邮件时，问道："三郎，今兹肯为我倾吐其详否耶？"三郎的反应是："余无端闻其细腻酸咽之词，以余初不宿备，故噤不能声。"静子在一边吃醋，三郎在一边显得手足无措，不知如何是好，又是典型的"暧昧"！而接着，作者写道："余心知此子（按：指静子）固天怀活泼，其此时情波万叠而中沸矣。余情况至窘，不审将何词以答。少选，遽作庄容而语之曰：'阿姊当谅吾心，絮问何为？余实非有所恋恋于怀，顾余所怏怏不自聊者，又非如阿姊所料，余周历人间至苦，今已绝意人世，特阿姊未之知耳。'"始终没有明确表述自己与那位西班牙女郎的关系，也没有明确表述自己和静子的关系，更不会在静子面前提及自己这次来日本得到雪梅的资助，总之，全是"暧昧"。而如此暧昧，怎能不痛苦万状呢？

　　值得注意的是，《断鸿零雁记》发表于1912年，在此之前，1906年苏曼殊与陈独秀一起东渡日本；1906—1912年，苏曼殊有不少时间是在日本度过的，而这段时间，正好是日本文艺界"自然主义文学"最为盛行的时期：1906年，岛崎藤村发表了小说《破戒》，次年，田山花袋也写出了小说《棉被》，这两部小说都以描述主人公内心的欲望和苦闷著称于世，也是日

本式"暧昧"的一种文学化呈现；它们的问世，引起极大的轰动和关注，
分别成为当年的"文艺事件"，开了日后流行于日本的"私小说"的先河。
而细腻的心理描写，浓郁的抒情笔调，不必讳言的"自传体"笔法，都是
这些小说的艺术特征。同样，《断鸿零雁记》渗入了"自传体"的成分，主
人公也为欲望和苦闷所纠缠，笔调哀婉感人，并且，小说中的主要故事就发
生在日本，染上了一层日本式的"暧昧"色彩。就具体的生活环境和创作
心态而言，我们不能排除苏曼殊受到了日本自然主义文学影响的可能性。

问题还在于，苏曼殊对这种"暧昧"有一种自觉的意识，他要借助
"暧昧"所产生的"剪不断"的情感体验来表现人生的悲苦，印证佛家立教
的基本理念；可另一方面，对于人生之中的种种"两难"境遇，苏曼殊又
借助生动的文学形象加以"具象化"，其间不无现实的内容、切身的感受，
时不时地、有意无意地超越了佛家的宗教说辞，以艺术手法描述了俗世人间
一段段理也理不清却令人魂牵梦绕的"情感苦难"。苏曼殊小说的魅力，正
在于此。

苏曼殊的其它几篇小说，大体也是写"情感的苦难历程"。

读苏曼殊的小说，你会感到里面的人物关系太纠结了。而纠结的人物关
系，又蒙上了一层挥之不去的"暧昧"色彩，这是苏曼殊小说的一大特色。
人之情感世界的复杂性与纵深感在苏曼殊的小说里得到了一种较为极致的表
现，不妨说，苏曼殊是在试验着小说这一文体在承载人的情感之多元化方面
的叙事能力，他做出了可贵的尝试，取得了不容忽视的成就。

三、苏曼殊的译述劳绩

苏曼殊是近代史上一位不可忽视的翻译家。他之所以成为翻译家，与他
先后在多所学校里教授外语有关，他要为学生们准备外语资料，随手做一些
翻译工作，是自然而然的事情，不过，这不是主要原因，主要的原因在于，
他有多元文化共存、交融的观念，并且，这一观念成为他的自觉意识。

作为中日混血儿，苏曼殊心灵世界的文化构成早就注定不是单一的，而
是复合型的，可以说，这是他的"先天条件"。在当时的中国社会里，能够
认同"中学为体，西学为用"，已经是相当开明了，而文化保守主义，依然
大行其道，影响深远，人们养成了一种心理定势，鄙夷外来文化，独尊中土
文明。如此一来，大大限制了人们的文化视野，而人们的文化趣味也趋向单
一，这样的文化生态严重阻碍了中国社会的近代化进程，难怪美国学者费正

清不得不指出："两千年间中国政治生活中儒家典范根深蒂固的惰性，说明了反对这种惰性的中国现代革命为什么会这样可悲地旷日持久。"（《美国与中国》第四章）正是在这个意义上，我们今天重新认识苏曼殊当年的译述劳绩，或许，对中国文化的近代变迁及其未来走向会有更清醒的认识。

苏曼殊是一位特别注重"文学因缘"的翻译家，能够别具慧眼地拈出这个词语，其识见已经非同一般。在他的观念中，文学作品是要在世界范围内互相比较的，不同地域的作品是要"结缘"的。我们且看他在《文学因缘序》里的见地："印度为哲学文物渊源，俯视希腊，诚后进耳。其《摩诃婆罗多》《罗摩衍那》二章，衲谓中土名著，虽《孔雀东南飞》《北征》《南山》诸什，亦逊彼闳美。"换言之，一定要打开国门，去看一看别国文学的长处，反思本国文学的不足；环顾世界，寻找不同于本国特色的文学之美，以便丰富本国文学的表现力，比如，印度古代文学尤其是长篇史诗就有值得中国作家借鉴的地方。与此同时，不必失去对于本国文学的自信，要看到本国文学的特异所在，有意识地将本国文学的精华推介到海外。苏曼殊在上述文章中特别指出，不同地域的文学各有价值，不可以相互替代："夫文章构造，各自含英，有如吾粤木棉、素馨，迁地弗为良。"用今天的眼光看，这是相当辩证的见解。一方面，各地域的文学都是"各自含英"的，另一方面，它们又是可以在比较、交流中"结缘"的。忽略了其中的任何一面，都会显得视野偏狭。故此，他编辑了《文学因缘》一书，该书其实是中国古典文学的译文集（以英译汉诗为主），先于 1908 年在日本东京出版（博文馆印制，齐民社发行），后在 1915 年由上海群益书社重印，更名为《汉英文学因缘》。书中选录了部分《诗经》作品，也选入了李白、白居易的名篇，此外，还有若干首诗歌选自《古诗十九首》《乐府诗集》等。部头不大，选目却颇见心思。其中，有的译作标明译者（外籍人士），更多的译作没有署名，大抵这些译文是苏曼殊在自己读过的汉诗英译作品中挑选出来的，可见他平时相当关注汉诗的英译，积累了一定的资料，并有意识地汇集优秀译作（有的作品同时收录两种译文，以备读者比较），将之编辑成书，在英语世界里扩大汉诗的影响。其实，我们还要看到，苏曼殊不仅关心汉诗的英译，也关注汉诗的法文翻译，只不过，在他看来，汉诗法译的质量不能令人满意，他说："法译《离骚经》《琵琶行》诸篇，雅丽远逊原作。"（《文学因缘序》）这里透露出一个重要信息，即苏曼殊选择译文的标准之一是"雅丽"，如果译文不够"雅丽"，就不能入其法眼。他毕竟是诗人，深谙诗歌三昧，其取舍是相当严格的。

　　除了扩大汉诗的影响，苏曼殊在推动"文学因缘"方面的工作，更多的是翻译外国名家的作品，将之介绍到中国来。而在外国名家中，他格外重视英国大诗人拜伦和雪莱。

　　有一点值得注意，就外语才能而言，苏曼殊有一半日本血统，断断续续在日本生活，日文程度当然不低，对日本文学也相当熟悉，可是，日本历代文学作品似乎没有入他的"法眼"，后人多方收集、编辑而成的《曼殊外集——苏曼殊编译集四种》（朱少璋编，学苑出版社，2009 年）中没有日本文学的译作。原因恐怕是复杂的，或许日本文学的"幽玄"风格过于"内敛"，在苏曼殊看来暂无介绍的必要，或许相较而言日本文学与中国文学的反差远不如西方文学与中国文学的反差大，反差大更加显示出不同民族文学之间的张力，在反差中更容易互补。从这一角度看，苏曼殊对于翻译对象的选择会有自己试图改造中国文学的考虑。

　　对此，可以作为旁证的是苏曼殊 1909 年旅居日本时写的诗："丹顿裴伦是我师，才如江海命如丝。朱弦休为佳人绝，孤愤酸情欲语谁?"（《本事诗》十首之三）人在日本，却以西方诗人丹顿（今译但丁）、裴伦（今译拜伦）为师，这是耐人寻味的。吸取西方文学的养分，是他的自觉意识。而这里所提及的但丁、拜伦，不仅诗艺出众，而且思想深刻，追求自由，反对奴役，抨击专制制度，向往个性解放，这样的思想激荡着无数人的心灵。苏曼殊以之为师，本身就是一种价值认同，这对于理解苏曼殊的内心世界与文学观念极为重要。

　　苏曼殊于拜伦（George Gordon Byron）极为推崇，曾经为《拜伦集》题诗："秋风海上已黄昏，独向遗编吊拜伦。词客飘蓬君与我，可能异域为招魂。"联系到拜伦离开英国、漂泊异域的经历，正好跟自己相仿，写此诗时，自己也在南渡新加坡的途中，故有"秋风海上"的情景描述，可谓情景相生；而人生际遇、思想倾向均有相近之处，自然容易引发心灵的共鸣，遂生"词客飘蓬君与我"的感慨，并且以拜伦的异国知音的身份翻译拜伦的诗作。苏曼殊对于自己与拜伦的缘分，极为珍惜，曾经在其自传体小说《断鸿零雁记》里有具体描写（限于小说语境，将航行目的地改为日本横滨）："船行可五昼夜，经太平洋。斯时风日晴美，余徘徊于舵楼之上，茫茫天海，渺渺余怀。即检罗弼大家（西班牙女子，苏曼殊的异国友人）所贻书籍，中有莎士比亚、拜伦及室梨（今译雪莱）全集。余尝谓拜伦犹中土李白，天才也……乃先展拜伦诗，诵《哈喀尔游草》（今译《哈罗德游记》），至末篇有《大海》六章，遂叹曰：'雄浑奇伟，今古诗人无其匹矣。'濡笔译为汉文。""余既译拜伦诗竟，循还朗诵；时新月在天，渔灯三五，清风徐来，旷哉观也！"从中约略可见苏曼殊在翻译拜伦诗作时的情态，既兴奋又满足，似乎不是在翻译，而是借拜伦的诗歌倾吐自己的胸次与情怀。

其实，苏曼殊所译拜伦诗作并不多，较有影响者当数《赞大海》《哀希腊》《去国行》等篇。像《去国行》，选自长诗《哈罗德游记》第一章，写的是英国青年贵族公子哈罗德出国远游，在离开祖国的海岸时内心的复杂感受。他回想到自己在英国上层社会生活时的孤独，不为别人理解的苦闷，以及自己与其它贵族在人生理想与生活态度上的差异，还有贵族女性喜新厌旧、朝秦暮楚的浮浪心性，于是，愤然、决然地离开："悠悠沧浪天，举世无与忻。世既莫吾知，吾岂叹离群。""此行任所适，故乡不可期。欣欣波涛起，波涛行尽时。欣欣荒野窟，故国从此辞。"其译笔可谓典雅妥帖，不失原作情韵。为方便比较，引用翻译家杨德豫先生的相关译文："如今我一身孤孤单单，在茫茫大海漂流；没有任何人为我嗟叹，我何必为别人忧愁？""船儿呵，全靠你，疾驶如飞，横跨那滔滔海浪；任凭你送我到天南地北，只莫回我的故乡。我向你欢呼，苍茫的碧海！当陆地来到眼前，我就欢呼那石窟、荒埃！我的故乡呵，再见！"（《拜伦抒情诗七十首》）抒情主人公并非不爱自己的祖国，可自己的故乡虽号称"文明昌盛之邦"，却充斥着虚伪、欺诈与专制，不如置身于大海或荒野，自由自在地、本真地生活，不与心口不一、奢靡腐朽的贵族为伍，这就是"欣欣波涛起"、"欣欣荒野窟"的情感来源。他的孤傲品性，他的独立人格，他的愤世嫉俗的情怀，既形象又酣畅地抒发了出来。我们看到，苏曼殊用五言诗的形式来翻译，别有一种铿锵有力而又情感充沛的笔法，虽然句式整齐，却是笔触多变，且又朗朗上口，句意与原作吻合，这对于译者而言，是具有很大挑战性的；而他的诗歌才华与创作个性也融入到译作之中，更是难能可贵。苏曼殊在《拜伦诗选序》里曾自述其译诗理念："按文切理，语无增饰；陈义悱恻，事辞相称。"联系他的译诗实践，应该说，他已经做到了。

不必讳言，在翻译外国诗歌时，苏曼殊持守着汉诗的古典主义理念，故而他没有用散文来翻译，也不用白话，而是固执地使用四言诗或五言诗的句式，如翻译拜伦的《赞大海》、歌德的《题〈沙恭达罗〉诗》，用的是四言诗，至于拜伦的《哀希腊》《去国行》，以及其他英国诗人如彭斯（Robert Burns）、豪易特（William Howitt）、雪莱（Percy Bysshe Shelley）等的诗歌，均用五言诗。这说明一个倾向，即他翻译外国文学，主要是借鉴其思想内容，而不是外在形式，他还要将自己选定的外国诗歌经过"语言包装"转化为貌似中国古诗的样式，这与他融合外来文化的思想有关。不过，用中国古诗的整齐句法来翻译外国诗歌，也难免会有削足适履之感。今天我们读苏曼殊的诗歌译作，在看到其不足之余，尤其需要回到具体的时代语境来理解苏曼殊的文化追求。当时的批评家对于苏曼殊的翻译有一个说法："含英咀华，合泰东西艺文之魂于一炉而共冶之。"（《〈潮音〉介绍》，1912 年 2 月 23 日《民声日报》"新刊介绍"栏目）这是符合特定实际情况的一种判断。

借助这个角度，或许我们更容易理解苏曼殊为什么会以"翻译"加上"创作"的手法来处理雨果《悲惨世界》的译述工作。泰东与泰西，即东方与西方，其文艺作品应该交流，这是苏曼殊时代有一部分人的文化观念，故而才会有"合泰东西艺文之魂于一炉而共冶之"的说法。他们注重的是"艺文之魂"，而且要将东西方文艺作品的精神、意绪"于一炉而共冶之"。在东西方文化发生碰撞、交流的早期，人们的翻译观念不一定与今天的一样，他们不追求翻译的完整性，甚至不追求翻译的"本真性"，而是追求翻译工作在"当下"的"时效性"与大众的"接受度"。以苏曼殊翻译《悲惨世界》为例，其译述文字最早是连载于 1903 年的《国民日日报》（该年 10 月 8 日起）上的，以满足大众的阅读需要。于是，苏曼殊借用了国民熟识的章回体小说的形式，选译《悲惨世界》第一部第二卷"沉沦"。

《悲惨世界》是长篇巨著，苏曼殊选择其中的"沉沦"，可谓别有深意、独具匠心。"沉沦"描述的是该长篇小说的男主人公因为偷了一块面包而被捕判罪，入狱后四处逃亡，经历万般曲折。雨果在此书卷首的"作者序"中写道："贫穷使男子潦倒，饥饿使妇女堕落，黑暗使儿童羸弱。"并指出，这是谁也不能回避的三大社会问题，而造成这些问题的主因是"在文明鼎盛时期人为地把人间变成地狱并使人类与生俱来的幸运遭受不可避免的灾祸"。换言之，在雨果看来，人道主义的泯灭就体现在"文明鼎盛"的时代而"人为地把人间变成地狱"，而唯有重新唤起人们对人道主义的觉悟，才有可能使人类摆脱"悲惨世界"。显然，雨果的人道主义打动了苏曼殊，小说的男主人公的悲惨遭遇也引起了苏曼殊的极大关注。同情弱势群体，同情弱势民族，是当时在国际上流行的一股进步思潮，苏曼殊推崇拜伦，推崇雨果，皆缘于拜伦、雨果这样的大文豪都是人道主义者，他们都支持十九世纪二十年代希腊的民族独立运动，同情革命，反抗专制，因为如此，苏曼殊非常重视拜伦、雨果的文学创作。他理解这些西方作家的"艺文之魂"，就是借助文学创作来改造社会、改良人心，推进人类的幸福。而像雨果的《悲惨世界》，以一个穷苦的小人物为主人公，写出一部小人物的长篇"史诗"，这在中国的小说史上是从来没有出现过的。苏曼殊敏感地选取这部小说的一个关键部分，加以译述，推荐给中国的读者，其出众的眼光与精细的文学感受力，在当时是不多见的。

有一点，可以帮助我们理解苏曼殊在译述《悲惨世界》时的心境。也同样在1903年，苏曼殊将自己搜集到的有关女性英雄郭耳缦（Emma Goldman，1869–1940）的生平资料写成《女杰郭耳缦》一文。他极力表彰郭耳缦"常寄同情于不幸之贫民"的精神，称之为女中豪杰，表达了崇敬之情。尤其值得注意的是，苏曼殊在文中引述郭耳缦的话，替当时行刺美国总统麦金莱的枣高士辩护："该犯人久苦逆境，深恶资本家之压抑贫民，失望之极，又大受刺激，由万种悲愤中，大发其拯救同胞之志愿者耳。"郭耳缦不为总统麦金莱之死而感到可惜，自称："吾宁深悼夫市井间可怜劳动者之死也！"其同情弱势者的政治倾向不言而喻。苏曼殊深为感动，称赞道："其卓见如此。"我们不可忽视苏曼殊在此文中所表达的其本人与郭耳缦相同的政治倾向，他选译雨果的《悲惨世界》不是偶然的。

苏曼殊选译的部分，分为十四回，每一回都有回目，如第一回的回目是"迪涅城行人落魄，苦巴馆店主无情"，回目中的所谓落魄的"行人"，就是这十四回的故事中的主要人物之一，苏曼殊将他的名字译作"金华贱"（今译"冉阿让"）；第十四回的回目是"孟主教济贫赠银器，金华贱临命发天良"。可见，在其选译部分，金华贱是贯串始终的人物。苏曼殊将他的名字中国化了，在第五回，男主人公自我介绍道："我姓金，名华贱，曾经犯罪，坐监一十九年，四天前才释放出来。"疑"金华贱"谐音"今华贱"，与原著中的人物名字的发音几无关联，可能是苏曼殊别有怀抱，有意为之，用"金华贱"三字暗示"今天的中华民族处于受欺凌的弱势地位，如同贱民"。随意改动，虽然犯了翻译的大忌，却也不无意味，这或许是苏曼殊翻译工作的瑕疵与特色。

我们不可忽视苏曼殊在其译述工作中别有怀抱的表现。他尽管让金华贱贯穿始终，却在全部十四回的故事里安插了一个原著没有的人物，此人"姓明，名白，字男德"，其故事约占六回的篇幅，换言之，苏曼殊在以金华贱为贯串人物的小说中"塞"进了自己"创作"的文字，而且占去了全部篇幅的二分之一。如此"译述"，显然出格，可正是这段文字，帮助我们理解苏曼殊心目中的"革命"。

明白，字男德，显然谐音"明白难得"，意指能够明白当今世道的人是难得的。在苏曼殊的心目中，所谓"当今世道"，就是小说里的正面人物明男德所说的："世界上有了为富不仁的财主，才有贫无立锥的穷汉。"苏曼殊借明男德的口还说："世界上物件，应为世界人公用，那铸定应该是那一人的私产吗？那金华贼不过拿世界上一块面包吃了，怎么算是贼呢？……你看世界上那些抢夺了别人国家的独夫民贼，还要对着那主人翁，说什么'食毛践土'、'深仁厚泽'的话哩！"因为明男德这个人物是苏曼殊杜撰的，我们有理由相信，出自该人物的话，很大程度上与苏曼殊的思想相关，虽不能说这些话就等同于苏曼殊的想法，却也对我们理解苏曼殊大有帮助。

　　尤其值得注意的是明男德在小说中所表白的社会观与宗教观。他说："我的身体虽是由父母所育，但是我父母，我祖宗，不仗着世上种种人的维持，哪能独自一人活在世上？就是我到这世上以后，不仗着世上种种人的养育教训，也哪能到了今日？难道我只好报父母的恩，就把世上众人的恩丢在一旁，不去报答么？"这段话，表述了人与社会的关系，人不可能脱离社会而存在，超越了儒家"孝"的观念的狭隘性。这样的思想，与苏曼殊的身世、家境的特殊情况有密切的关联，从而帮助我们理解苏曼殊为什么会选择具有社会主义思想的陈独秀做朋友，而且是挚友。对于社会的改造，明男德也有看法："我法国人被历代的昏君欺压已久，不许平民习此治国救民的实学，所以百姓的智慧就难以长进。目下虽是革了命，正当思想进步的时光，但是受病已久，才智不广，不能自出心裁，只知道羡慕英国人的制度学问。"这也反映出苏曼殊的思考：在革命年代，民众才智不广，是一个很严重的问题；而要将革命落到实处，非要推行"治国救民的实学"不可。他于1904年到湖南实业学堂任教，与革命家黄兴做同事，或许即与其思想有关。此外，小说中的明男德还说："照我看来，为人在世，总要常时问着良心就是了，不要去理会什么上帝，什么天地，什么神佛，什么礼义，什么道德，什么名誉，什么圣人，什么古训。这般道理，一定要心地明白真理、脱除世上种种俗见的人，方才懂的。"虽然我们不能据此就说苏曼殊的宗教观很模糊，可是，苏曼殊对世界上种种宗教的看法，有超越"俗见"之处，即他将"凭着良心做人"这一条置于一切宗教之上，"良心"是他的宗教观中最为重要的关键词。联系到他一生的行藏，以及他作为宗教人士的种种言行举动，我们会明白，他不是一般的宗教人士（曾于1900年剃度为僧），他没有极端的宗教偏执；他更为看重的是自己作为社会一分子的良心，而不是身为宗教人士的"出世"愿景，甚至可以说，他根本就不在乎"出世"。故此，他要译述这个俗世之中的"悲惨世界"。

　　由于插入了以明男德为主人公的一段故事，苏曼殊借此可以比较自由地以影射的笔法来批评中国社会。这是我们在阅读其译述的《悲惨世界》时另一个值得注意的地方。明男德是法国巴黎人氏，他行侠仗义，好打抱不平，曾经将孤苦无依的金华贱从监狱里救了出来，又独自刺杀了法国某地为非作歹的村官满周苟（谐音"满洲狗"），然后，不远万里，来到东方的"尚海"（谐音"上海"），见识了"尚海"的众生相。而在离开法国之前，他对"尚海"已经有所了解："尚海那个地方，曾有许多出名的爱国志士。但是，那班志士，不过嘴里说得好，实在没有用处。一天二十四点钟，没有一分钟把亡国灭种的惨事放在心里，只知道穿些很好看的衣服，坐马车，吃花酒。还有一班，这些游荡的事倒不去做，外面却装着很老成，开个什么书局，什么报馆，口里说的是藉此运动到了经济，才好办利群救国的事，其实也是孳孳为利，不过饱得自己的荷包。真是到了利群救国的事，他还是一毛不拔。哎，这种口是心非的爱国志士，实在比顽固人的罪恶还要大几万倍。"其实，这也表达了苏曼殊对某些"爱国志士"的极度失望。明男德来到"尚海"之后，见到的是灯红酒绿，乌烟瘴气，于是，不想久留，又回到巴黎。此时，受到法国十八世纪资产阶级革命思潮的影响，明男德参与了刺杀拿破仑一世的行动，失败后吞枪自尽。在写到这样的情节时，苏曼殊也不忘使用讽刺笔调，如写明男德在行刺之前的内心活动："不料拿破仑这厮，又想作威作福。我法兰西国民，乃是义侠不服压制的好汉子，不像那做惯了奴隶的支那人，怎么就好听这鸟大总统来做个生杀予夺、独断独行的大皇帝呢？"趁机拿"支那人"来说事，这显然是讽刺中国某些人安于接受清朝专制统治的"奴性"。显然，苏曼殊在译述《悲惨世界》时，自觉地借明男德的形象向国人提出一个极为严肃的话题：反抗奴性！"做惯了奴隶的支那人"，这是苏曼殊最不愿意见到的事实。他的这一判断，与鲁迅在《灯下漫笔》（1925年）里的论述相通。鲁迅说中国人的历史只有两个时代：一、想做奴隶而不得的时代；二、暂时做稳了奴隶的时代。固然，鲁迅的论述更为深刻，但不可忽视的是，苏曼殊在1903年的判断比鲁迅早了22年。

　　苏曼殊译述《悲惨世界》，是译与述的结合，而"述"之中更多的是自己的添加与创作。这样的翻译实践，可以从两个方面看：就"翻译"而言，不算成功，苏曼殊并非忠实于原著，有违国际通行的翻译准则；就其"译述成果"来看，十四回的故事，大体符合中国章回小说的体例，人物形象鲜明突出，情节线索分明，故事气氛充满着诡异与悬念，行文风格颇有中国武侠小说的豪迈之气。这是颇为"中国化"的一次翻译与创作的结合体，为中国近代翻译史添上了独特的一笔。

纵观苏曼殊一生的创作与译述，与其说是"浪漫气质"所致，不如说是他以真率性情做了一系列超迈前人的尝试。他是一位游走于世间的"弃儿"，又是一位试图获取人间温暖而经常感到孤寂的热血青年，更是一位秉承着天赋而任性使气又近乎天然地具有宗教情怀的浪人。他生活在"他者"的世界之中，不愿与这样的"他者"世界相协调，相反，"不协调"才是他处世的方式，这是理解苏曼殊其人其作的一把钥匙。因而，他的诗歌、小说、译述，有着一定的内在关联，其精神内核可作如是观。

（据董上德著《苏曼殊》部分内容改写；《苏曼殊》，广东人民出版社，2014 年）

梁启超《新中国未来记》与"融媒体"尝试

《新中国未来记》是梁启超的一部未及完成的小说。它是作者对小说文体的一次"革命性"实验，也可以称之为是"融媒体"尝试。

从"融媒体"的角度来阅读《新中国未来记》，会有一种"先锋性"的体验；否则，却会觉得它是一部很"怪"的作品，甚至要说它是"小说"也似乎有些勉强。它打破了一般读者被通俗小说长年培养出来的"阅读期待"，读者在作品里读不到常见的金戈铁马或花月风情，读不到细致入微的细节描写，读不到步步惊心的情节悬念。然而，如果改换"阅读期待"，不再以追求情节为目的，而明白到这是作为一位政治活动家的梁启超在摆弄"融媒体"，作品里的很多内容也就会显示出其在中国传统小说之中从未有过的"新元素"，读者会产生新鲜的阅读体验。

梁启超（1873—1929），字卓如，号任公，别署饮冰室主人，广东新会人。是近代史上著名的政治活动家、政论家、文学家和学者。1891 年，拜康有为为师；甲午（1894）之战的次年即 1895 年春，赴京会试，因甲午战败，人心思变，于是在京协助康有为联合各省举人发动"公车上书"，主张维新变法；1898 年（戊戌），光绪帝接受变法主张，梁启超奉旨入京，赏六品衔，参与创办京师大学堂、译书局、编译学堂；而于戊戌政变失败后逃往日本避难，先后主编《清议报》《新民丛报》，主张"君主立宪"，同时热心介绍西方的社会政治学说，其一系列的政论文章引发知识界的高度关注，并产生很大的影响。梁启超的政治活动丰富而多变，先是拥护袁世凯，并一度出任袁政府的司法总长；后于 1916 年与蔡锷联合，反对袁世凯复辟帝制。晚年为清华大学国学院"四大导师"之一，在学术界也占有一席重要地位。

他虽不是职业小说家，可在创新小说文体方面却极为"大胆"。

梁启超《新中国未来记》的创意来自其"新小说观"。这可以分为两个层面来说：其一，光绪二十八年（1902），梁启超创办一份杂志，名为《新小说》，杂志创刊需要稿子，亲力亲为，保证符合自己的办刊宗旨，故而以《新中国未来记》来打头炮，这也是他涉足小说创作领域的机缘所在；其二，既然标榜"新小说"，当然力求不同于过往的小说写法，用梁启超的话来说就是要进行一次"小说界革命"。他在《新小说》创刊号的发刊词里写道:"今日欲改良群治,必自小说界革命始;欲新民,必自新小说始。"换言之,梁启超认为小说这一文体与群众相亲近,容易为群众所接受,群众也乐于阅读,故而"革新"小说文体,让它担负起"新民"的历史使命。梁启超具有远见地将群众喜闻乐见的小说改造成一种前所未有的"新媒体",使之承载着种种新的"政治信息",让这些"政治信息"借由小说而广为传播,以求奠定某种政治理念的"群众基础"。用今天的眼光看,梁启超相当超前地将政论体、新闻体和小说体"融合"了起来。

它固然也算是"小说体",表面上看,梁启超用的就是章回小说的形式,第一回是"楔子",第二回是"孔觉民演说近世史,黄毅伯组织宪政党",此后第三、四、五回的回目依次是:"求新学三大洲环游,论时局两名士舌战","旅顺鸣琴名士合并,榆关题壁美人远游","奔丧阻船两睹怪象,对病论药独契微言"(此后,尚有不少内容作者来不及写)。作品虚构光绪二十八年(1902)即作者写作的那一年之后的第60年(即1962年),南京举行"维新五十年大祝典","其时正值万国太平会议新成,各国全权大臣在南京,已经将太平条约画押……那时我国民决议在上海地方开设大博览会……各国专门名家、大博士来集者不下数千人,各国大学生来集者不下数万人,处处有演说坛,日日开讲论会",好不热闹,在众多的演讲会中,本小说单表一场:是全国教育会会长文学大博士孔觉民老先生演说的"中国近六十年史"——由此引出60年前的人物"登场"。所谓"新中国未来",指梁启超所预想着的中国已经够资格开"大博览会"的时代。这只是一个"由头",小说各章回的叙述主要是以"倒叙"的手法、借孔老先生之口"演述"出来。换言之,在梁启超的构想里,小说的时间跨度是从1902年到1962年,可知除了描述1902年的事情是"写实"居多以外,会有更多的内容是梁启超的"虚设"与"拟想",可惜此书只写到第五回(仍停留在1902年),我们不知作者在后面的布局里该是"如何出彩"。

若以小说论小说,这五回的内容以同是"广东人"的黄克强(曾入读德国柏林大学,主张改良政治)、李去病(曾入读法国巴黎大学,主张"革命"行动)回到国内后游历多处的行踪作为情节线索,从一处到另一处如何如何,遇见何人,谈论何事,有何见闻,等等,均"收录"于作者的笔下;而黄、李二人对政治的多次辩论则"填充"了这五回的大部分篇幅,故而小说"融"入了不少政论体的文字,如第三回写道:

　　两君还自闷闷的饮了十来杯，那热血越发被这酒涌送上来了，李君便开口道："哥哥，你看现在中国还算得个中国人的中国吗？十八省的地方，哪一处不是别国的势力范围呢？不是俄，便是英，不是英，便是德，不然便是法兰西、日本、美利坚了。……"黄君道："可不是吗！但天下事是人力做得来的，咱们偌大一个中国，难道是天生来要做他人的鱼肉的不成！都只为前头的人没血性，没志气，没见识，所以把他弄成到这个田地。我想但是用力人力可以弄坏的东西，一定还用人力可以弄好转来。"

　　如果这一段文字还不算典型的"政论体"，那么，请再看下面一段：

　　李君道："我也不是一定要和什么一姓的人做对头，只是据政治学的公理，这政权总是归在多数人的手里，那个国家才能安宁的。你想天下哪里有四万万的主人被五百万的客族管治的道理吗？但凡人类的天性，总是以自己的利益的为先，别人的利益为后，所以主权若是在少数人，一定是少数的有利，多数的有害；主权若是在客族，一定是客族有利，主族有害，这利害两椿是断不能相兼的。但我们今日就不管到他是多数还是少数，是客族还是主族，总之政治上这责任两个字是不能不讲的，一国人公共的国家，难道眼巴巴看着一群糊涂混账东西把他送掉不成！……"

　　可以说，这一类政论文字在书里所在多有。

　　如果要了解1902年的梁启超的民族主义、爱国主义思想，以及对国家政体的思考，它们是不可多得的鲜活文字，与梁启超的其他政论文章构成明显的"互文关系"。

　　其实，小说里的"黄克强"和"李去病"，是现实里的梁启超的"分身"；尽管梁启超的政治倾向更多的是与"黄克强"的改良政治主张比较一致，但是，主张"革命"的"李去病"口中的民族主义、爱国主义言论其实也是梁启超的心中所想。从这一角度看，《新中国未来记》未尝不是一部梁启超的"分角色"的"思想自传"。

　　至于说到"新闻体"，又可以看到，梁启超在作品中像是刻意要"及时报道"黄、李的行踪似的，如第五回一开头就写道："却说黄、李两君自从别过陈仲滂之后，回到北京，恰恰碰着中俄新密约被日本的报纸揭了出来，又传说有广西巡抚勾引法兵代平乱党一事。上海、东京各学生，愤激已极，上海一班新党，便天天在张园集议，不知道近来人心风俗如何，听见有这等举动，自是欢喜不尽，便连忙跑到上海，想趁这机会，物色几条好汉，互相联络。船到上海，才拢码头，黄君便有个表叔打发伙计迎接上岸……"作者很注意黄、李二人的行动的"时效性"，故而在上海"多事"的时候，不写黄、李"回到北京"时有过一些什么故事,仅仅一笔带过,马上写他们二人几乎是"马不停蹄"似的转道上海而去。其后,大段文字便是"报道"黄、李二人在上海的见闻与观感,以及他们下一步的打算。这样的写法,更像是一种"追踪报道"。

《新中国未来记》第一至五回(即目前所能见到的全部)最早发表于《新小说》第一、二、三、七号,可见是梁启超一边办刊一边赶写的。他在卷首的"绪言"里说:"余欲著此书,五年于兹矣,顾卒不能成一字。况年来身兼数役,日无寸暇,更安能以余力及此? 顾确信此类之书,于中国前途,大有裨助,夙夜志此不衰。既念欲俟全书卒业,始公诸世,恐更阅数年,杀青无日,不如限以报章,用自鞭策,得寸进尺,聊胜于无。《新小说》之出,其发愿专为此编也。"换言之,在1902年之前,他已经构思了五年,可没有写出一个字;借创办《新小说》之机,迫使自己"得寸进尺"地写出来,而且,他还说"编中寓言,颇费覃思,不敢草草",可知下笔相当谨慎,并非如"急就章"般敷衍成文。事实上,要构想从1902年到1962年的"中国历史",是太难了,尽管身为"文坛巨子",梁启超却是深感虚构未来历史之不易,这才是他构思五年也不容易写不出一个字的主要原因;否则,以他"倚马可待之才",就算忙于多项事务,也不至于写不出一个字。故此,虽不知他何以没有写完,但是可以说,他写不完也属正常,事关中国社会的巨大转变,"未来"如何,就梁启超的思想立场而言,实在难以预设和想象。

可话说回来,如今"融媒体"盛行,回顾一下梁启超早年的尝试,可以看到广东人勇于"开新"的一个案例,未尝不是一件值得岭南人自豪的事情。

(据董上德著《岭南文学艺术》第四章"岭南小说"部分内容改写;《岭南文学艺术》,广东人民出版社,2019年)